Ian McEwan

Abbitte

Roman
Aus dem Englischen von
Bernhard Robben

Diogenes

Titel der 2001 bei
Jonathan Cape, London,
erschienenen Originalausgabe:
›Atonement‹

Die Übersetzung wurde
gefördert vom British Centre of
Literary Translation der Universität
von East Anglia, Norwich
Umschlagfoto von
Chris Frazer Smith

Für Annalena

www.diogenes.ch
300/02/8/2
ISBN 3 257 06326 1

»Liebe Miss Morland, bedenken Sie, wie schrecklich die Vermutungen sind, die Sie da gehegt haben. Wie sind Sie darauf verfallen? Bedenken Sie, in welchem Land und in welcher Zeit wir leben. Bedenken Sie, daß wir in England und daß wir Christen sind. Fragen Sie doch Ihren eignen Verstand, Ihren eignen Sinn für das Wahrscheinliche, Ihre eigne Beobachtung: Wo haben Sie um sich her so etwas erlebt? Werden wir für solche Abscheulichkeiten erzogen? Üben unsere Gesetze Nachsicht dagegen? Könnten sie unentdeckt bleiben in einem Land wie diesem, wo der gesellschaftliche und schriftliche Verkehr so auf der Höhe ist, wo jeder Mann von einer Nachbarschaft aus Amateurspionen umringt ist und wo Reisen und Zeitungen alles und jedes aufdecken? Liebste Miss Morland, was für Gedanken haben Sie da in sich aufkommen lassen?«

Jane Austen: *Die Abtei von Northanger*

ERSTER TEIL

Eins

Das Theaterstück – für das Briony Plakat, Programmzettel und Eintrittskarten entworfen sowie einen umgekippten Wandschirm in eine Abendkasse verwandelt und eine Sammelbüchse mit einer roten Kreppmanschette ausgeschlagen hatte – war von ihr in einem zweitägigen Schaffensrausch geschrieben worden, über dem sie sogar ein Frühstück und auch noch das Mittagessen vergaß. Als alles bereit war, sah sie das fertige Werk ein letztes Mal durch, während sie auf die Ankunft ihrer Kusine und der beiden Vettern aus dem Norden wartete. Bis zur Heimkehr ihres Bruders blieb für die Proben nur noch ein einziger Tag Zeit. Bald schaurig schön, bald schrecklich traurig begann die herzergreifende Geschichte mit einem gereimten Prolog, der verkündete, daß jede Liebe, die nicht auf Vernunft basiert, zum Scheitern verurteilt ist. Die unbesonnene Leidenschaft für einen verruchten fremdländischen Grafen stürzt die Heldin Arabella ins Unglück, denn als sie Hals über Kopf mit ihrem Auserwählten in ein Seebad durchbrennt, erkrankt sie an Cholera. Vom Grafen und ihren Lieben verlassen, lernt sie, in einer Dachkammer ans Bett gefesselt, ihr Leid mit Fassung zu tragen. Doch das Schicksal gewährt ihr eine zweite Chance in Gestalt eines verarmten Arztes – in Wahrheit ein verkleideter Fürst, der sein Leben den Elenden und Bedürftigen weiht. Dank seiner Hilfe genesen, trifft Arabella diesmal eine kluge Wahl und wird reich belohnt: Sie versöhnt sich mit ihrer Familie und feiert mit dem heilkundigen Fürsten an »einem windigen, strahlend schönen Tag im Frühling« Hochzeit.

Mrs. Tallis las die sieben eng beschriebenen Seiten der *Heimsuchungen Arabellas* vor ihrer Frisierkommode im Schlafzimmer, fest umschlungen von der Dichterin, die nicht von ihrer Seite wich. Briony suchte im Gesicht der Mutter nach jeder noch so kleinen Gefühlsregung, und ihr zuliebe sah Emily Tallis bald erschrocken drein, bald kicherte sie vor Entzücken und schenkte zum Schluß ihrer Tochter ein beifälliges Lächeln und ein weises, zustimmendes Kopfnicken. Sie drückte Briony an sich, zog sie auf den Schoß – ach, wie innig vertraut ihr dieser warme, glatte, kleine Körper war, der sich noch nicht von ihr gelöst hatte, noch nicht ganz –, sagte, daß das Stück »phantastisch« sei, und war auf der Stelle damit einverstanden, wie sie dem Mädchen in seine zierliche Ohrmuschel flüsterte, daß Briony genau dieses Wort auf jenem Plakat zitierte, das auf einer Staffelei neben dem Kartenschalter in der Eingangshalle stehen sollte.

Briony konnte nicht ahnen, daß dies bereits der Moment höchster Erfüllung war. Nie wieder sollte sie ihr Vorhaben derart glücklich machen, alles weitere würde bloß Wunschtraum und Enttäuschung sein. Noch aber kam es vor, daß sie sich in der sommerlichen Dämmerung, kaum war das Licht erloschen, ins köstliche Nest ihres Himmelbettes kuschelte und mit pochendem Herzen ihren leuchtenden, schmachtenden Phantasien nachhing, jede für sich ein kleines Theaterstück – und in allen kam Leon vor. In einem

Schauspiel verzerrte er sein gutmütiges, großes Gesicht vor Gram, als Arabella in Einsamkeit und Verzweiflung versank, in einem anderen stand er, Cocktailglas in der Hand, in einem vornehmen Lokal der Stadt und prahlte vor seinen Freunden: Ja, meine jüngere Schwester, die Dichterin Briony Tallis, von der habt ihr bestimmt schon gehört. In einem dritten Phantasiestück aber riß er begeistert die Arme hoch, sobald der letzte Vorhang gefallen war – nur daß es leider keinen Vorhang gab, nein, das ließ sich einfach nicht einrichten. Sie hatte dieses Stück weder für ihre Kusine noch für ihre Vettern geschrieben, es war allein für ihren Bruder bestimmt. Es sollte seine Rückkehr feiern und seine Bewunderung wecken, sollte ihn fortlocken von den unbedacht gewählten Freundinnen hin zu jener einen, der passenden Ehefrau, die ihn bewegen würde, aufs Land zurückzukehren, wo die dann Briony allerliebst darum bitten mochte, ihre Brautjungfer zu sein.

Briony gehörte zu jenen Kindern, die eigensinnig darauf beharren, daß die Welt genau so und nicht anders zu sein hat. Während im Zimmer ihrer großen Schwester aufgeschlagene Bücher und lose Kleider wild durcheinanderlagen, der Aschenbecher nicht geleert und das Bett nicht gemacht war, glich Brionys Zimmer einem Tempel, ganz dem sie beherrschenden Dämon geweiht: Der Modellbauernhof auf dem breiten Fenstersims enthielt die üblichen Tiere, doch schauten sie alle in dieselbe Richtung – hinüber zu ihrer Besitzerin –, als wollten sie jeden Moment ein Lied anstimmen, ja, selbst die Hennen im Hühnerhof standen adrett in Reih und Glied. Tatsächlich war Brionys Zimmer der einzige Raum im oberen Stock, in dem wirklich Ordnung herrschte. Sogar in ihrem Puppenhaus mit seinen vielen Kammern schienen die Bewohnerinnen mit den steifen Rücken strikte Anweisung erhalten zu haben, sich keinesfalls an die Wände zu lehnen; und die vielen, daumengroßen Figuren – Cowboys, Tiefseetaucher und Menschenmäuse –, die auf der Frisierkommode in Formation standen, ließen unwillkürlich an ein Bürgerheer denken, das seinen Einsatzbefehl kaum erwarten kann.

Die Vorliebe für Miniaturen ist bezeichnend für einen ordnungsliebenden Geist, ebenso aber auch die Neigung zur Geheimniskrämerei: Verschob Briony an ihrem heißgeliebten Lackschränkchen eine quer zur Maserung eingearbeitete Schwalbenschwanzverbindung, öffnete sich ein verborgenes Schubfach, in dem sie ihr mit einer Schließe gesichertes Tagebuch sowie ein Notizbuch aufbewahrte, dessen Eintragungen nach einem selbsterfundenen Kode verschlüsselt waren. In einem Spielzeugtresor, der sich nur durch eine sechsstellige Zahlenkombination öffnen ließ, lagen Briefe und Postkarten. Eine lose Bodendiele unter ihrem Bett diente als Versteck für eine alte blecherne Portokasse. Diese enthielt vier Jahre alte Schätze, die noch von ihrem neunten Geburtstag stammten, aus jener Zeit also, in der sie mit dem Sammeln begonnen hatte: eine mutierte Doppeleichel, Katzengold, einen auf dem Rummelplatz gekauften Regenzauber und einen Eichhörnchenschädel, leicht wie eine Feder.

Doch verborgene Schubfächer, verschließbare Tagebücher und Geheimschriften konnten Briony über eines nicht hinwegtäuschen: über die schlichte Wahrheit nämlich, daß sie keine Geheimnisse hatte. Durch ihre Sehnsucht nach Harmonie und Ordnung blieben ihr die tollkühnen Möglichkeiten der Bösewichter dieser Welt versagt. Chaos und Zerstörung waren für ihren Geschmack zu unordentlich, und grausam zu sein, brachte sie einfach nicht übers Herz. Da sie wie ein Einzelkind aufwuchs und das Haus der Familie Tallis recht abgelegen war, fand sich zumindest in den Sommerferien kaum Gelegenheit zu mädchenhaften Intrigen mit irgendwelchen Freundinnen, weshalb auch in ihrem Leben nichts so interessant oder beschämend war, daß sich ein Versteck dafür gelohnt hätte. Niemand wußte etwas über den Eichhörnchenkopf unter ihrem Bett, und niemand wollte etwas davon wissen. Zur Besorgnis gab es allerdings keinen Anlaß; dieser Eindruck entstand erst im nachhinein, als Abhilfe bereits gefunden war.

Mit elf Jahren schrieb Briony ihre erste Geschichte – ein törichtes, ein halbes Dutzend Volkssagen imitierendes Stückchen, dem es, wie sie erst später begriff, an jener Weltläufigkeit mangelte, die dem Leser unwillkürlich eine gewisse Achtung abnötigt. Doch zeigte ihr bereits dieser unbeholfene erste Versuch, welch ein Quell von Geheimnissen die schöpferische Phantasie ist: Saß sie an einer Geschichte, durfte niemand davon erfahren. Das Erdachte war zu zart, zu empfindlich, zu beschämend, als daß man irgend jemandem davon erzählen durfte. Sie zuckte schon zusammen, wenn sie nur *sie sagte* oder *und dann* niederschrieb, und wurde verlegen, wenn sie vorgab, die Gefühle einer bloß erfundenen Person zu kennen. Schilderte sie die Schwächen einer Figur, gab sie notgedrungen etwas Persönliches preis, da der Leser doch zwangsläufig vermuten mußte, daß sie sich selbst beschrieb. Auf welche andere Autorität hätte sie sich sonst berufen können? Erst wenn eine Geschichte fertig war, wenn sämtliche Schicksale bekannt, alle Knoten gelöst waren und das Opus einen Anfang und ein Ende hatte, so daß es wenigstens in dieser Hinsicht allen anderen fertigen Geschichten dieser Welt glich, fühlte sie sich unangreifbar und war bereit, Löcher in den Rand zu stanzen, die Kapitel mit einem Stück Schnur zusammenzubinden, ein Deckblatt zu bemalen und das vollendete Werk ihrer Mutter oder auch ihrem Vater zu zeigen, wenn der ausnahmsweise mal zu Hause war.

Man unterstützte ihre ersten Versuche. Ja, sie wurden sogar freudig begrüßt, als der Familie Tallis aufging, daß ihr Küken eine höchst eigenwillige Phantasie besaß und mit Worten umzugehen wußte. An langen Nachmittagen wälzte sie Lexika und Wörterbücher, was zu Wendungen führte, die auf verblüffende Weise unzutreffend waren: die Münzen, die ein Bösewicht in seinen Taschen verbarg, waren »esoterisch«, ein Gangster, der beim Diebstahl eines Wagens erwischt wurde, weinte in »schamloser Auto-Exkulpation«, die Heldin unternahm auf ihrem Vollblut einen »kursorischen« Ritt durch die Nacht, und die zerfurchte Stirn des Königs wurde zur »Hieroglyphe« seines Mißfallens. Die Familie ermunterte Briony, ihre Geschichten in der Bibliothek vorzulesen, und es überraschte die Eltern und auch die große Schwester, wie unerschrocken dieses stille Mädchen auftrat, um die Zuhörer in den Bann seiner Erzählkunst zu ziehen, wie es mit dem freien Arm gestikulierte, beim Sprechen der Dialoge die Augenbrauen in die Höhe zog und beim Lesen sogar sekundenlang vom Blatt aufschaute, um nacheinander jedem ins Gesicht zu sehen und unverhohlen die ungeteilte Aufmerksamkeit ihrer Familie einzufordern.

Doch selbst ohne deren Aufmerksamkeit, ohne ihr Lob und ihre unübersehbare Freude an den Geschichten wäre Briony nicht vom Schreiben abzubringen gewesen. Zumal sie, wie so viele Schriftsteller vor ihr, feststellen mußte, daß nicht jede Anerkennung hilfreich ist. Cecilias Begeisterung zum Beispiel schien ein wenig übertrieben, vielleicht sogar mit Herablassung gepaart, und auch etwas peinlich, wollte ihre große Schwester doch jede gebundene Erzählung katalogisieren, um sie dann zwischen Rabindranath Tagore und Quintus Tertullian ins Regal einzureihen. Falls dies scherzhaft gemeint sein sollte, ließ Briony sich nicht davon beirren. Sie kannte nun ihren Weg und fand Erfüllung auf anderen Ebenen, denn Geschichten drehten sich nicht bloß um Geheimnisse, sie schenkten zudem noch jenen Genuß, den ihr alles Verkleinern bereitete. Auf fünf Seiten konnte sie eine Welt erschaffen, die sie glücklicher machte als ihr Modellbauernhof. Die Kindheit eines verwöhnten Prinzen ließ sich auf einer halben Seite umreißen, für einen Ritt im Mondschein durch verschlafene Dörfer brauchte sie nur einen einzigen rhythmisch betonten Satz, und mit einem Wort – einem *Blick* – vermochte sie die Liebe zu wecken. War eine Geschichte zu Papier gebracht, schienen die Blätter vor lauter Leben in ihrer Hand zu beben. Selbst ihrer Ordnungsliebe konnte sie frönen, ließ sich mit Worten doch jedes Chaos in geregelte Bahnen lenken. Eine Krise im Leben der Heldin durfte sie mit Hagelschauer, Donner und Sturm untermalen, wohingegen Hochzeitsfeierlichkeiten gemeinhin mit strahlendem Sonnenschein und einer sanften Brise gesegnet waren. Auch die waltende Gerechtigkeit gehorchte ihrem Ordnungssinn, denn Tod und Eheschließung verkörperten die treibenden Kräfte einer jeden Geschichte, wobei ersterer ausschließlich den moralisch fragwürdigen Figuren vorbehalten blieb und letztere als Belohnung bis zur letzten Seite hinausgezögert wurde.

Mit dem Stück, das sie für Leons Heimkehr geschrieben hatte, wagte sie sich erstmals in die Welt des Theaters vor, doch die Umstellung fiel ihr bemerkenswert leicht. Welch eine Wohltat, ohne ein *sie sagte* auszukommen, nicht mehr das Wetter, den knospenden Frühling oder die Züge der Heldin schildern zu müssen – Schönheit, so hatte sie entdeckt, wandelte auf schmalem Grat; Häßlichkeit dagegen gab es in unbegrenzter Vielfalt. Ein Universum auf das zu beschränken, was in ihm gesagt wurde, entsprach tatsächlich einer außergewöhnlichen, fast bis zur Bedeutungslosigkeit gesteigerten Ordnung, doch wurde dafür jede Äußerung von einem überschwenglichen Gefühl begleitet, für das Ausrufezeichen unverzichtbare Dienste leisteten. Mag sein, daß *Die Heimsuchungen Arabellas* ein Melodram genannt werden mußte, auch wenn seine Verfasserin dieses Wort noch nie gehört hatte. Das Stück sollte jedenfalls nicht zum Lachen reizen, sondern Furcht, Erleichterung und Erbauung – in ebendieser Reihenfolge – auslösen, und der unschuldige Eifer, mit dem Briony ihr Vorhaben vorantrieb, mit dem sie sich um Plakate, Karten und die Abendkasse kümmerte, machte sie für ein Scheitern besonders anfällig. Gewiß hätte sie Leon ohne weiteres auch mit einer neuen Geschichte begrüßen können, doch die Nachricht, daß ihre Vettern und ihre Kusine aus dem Norden kamen, hatte sie veranlaßt, eine neue Form zu wagen.

Daß die fünfzehnjährige Lola und die neunjährigen Zwillinge Jackson und Pierrot daheim einem erbitterten Ehekrieg entronnen waren, hätte Briony stärker berücksichtigen sollen. Schließlich hatte sie gehört, wie ihre Mutter das impulsive Verhalten ihrer jüngeren Schwester Hermione kritisierte, wie sie die Lage der drei Kinder bedauerte und ihren schwächlichen, feigen Schwager Cecil verurteilte, der nach Oxford ins All Souls College geflohen war. Briony hatte ebenfalls mit angehört, wie ihre Mutter und ihre Schwester die neuesten Geschehnisse und ungeheuerlichen Vorfälle kommentierten, die Klagen und Gegenklagen, und sie wußte, daß der Besuch sich länger, vielleicht sogar bis in die Schulzeit hinziehen konnte. Ihr entging auch nicht, daß es hieß, in diesem Haus sei ohne weiteres Platz für drei weitere Kinder, und die Quinceys dürften so lange bleiben, wie sie wollten, vorausgesetzt, die Eltern – sollten sie sich je gemeinsam hier aufhalten – verschonten die Familie Tallis mit ihren Querelen. In zwei Räumen gleich neben Brionys Zimmer hatte man Staub gewischt, neue Gardinen aufgehängt und Möbel aus anderen Zimmern aufgestellt. Normalerweise hätte Briony dabei geholfen, doch hatte sie gerade ihren zweitägigen Schaffensrausch, und außerdem mußte der Zuschauerraum noch hergerichtet werden. Undeutlich war ihr bewußt, daß jede Scheidung eine ziemlich unangenehme Sache war, nur eignete sich so etwas in ihren Augen kaum als literarisches Thema, weshalb sie auch nicht weiter darüber nachdachte. Eine Verbindung wurde auf profane Weise gelöst, ein unwiderruflicher Vorgang, und deshalb gab eine Scheidung für den Geschichtenerzähler eigentlich nichts her: Sie gehörte in die Gefilde der Unordnung. Allein auf die Ehe kam es an, oder vielmehr auf jene Hochzeit, die in formaler Vollendung die Tugend belohnte, auf das überwältigende Festgepränge, das atemberaubende Bankett und das schwindelerregende Versprechen eines lebenslangen Bundes. Eine gelungene Hochzeit war die uneingestandene Andeutung des zunächst noch Undenkbaren, der sexuellen Wonnen. Unter den beifälligen Blicken der versammelten Familien und Freunde strebten Held und Heldin durch die Gänge dörflicher Kirchen oder städtischer Kathedralen ihrem unschuldigen Höhepunkt entgegen und brauchten danach niemals wieder auch nur einen Schritt zu tun.

Wäre die Scheidung der heimtückische Gegensatz zu alldem gewesen, hätte man sie mühelos zu Krankheit, Verrat, Diebstahl, Gewalt und Lüge in die andere Waagschale werfen können, doch kam sie gänzlich unromantisch daher und steckte voller fader Probleme und Streitereien. Wie die Wiederbewaffnung, die Abessinienkrise oder die Gartenarbeit taugte sie schlichtweg nicht für eine Geschichte, und als Briony nach langem Warten am Samstag morgen endlich das Knirschen von Rädern unter ihrem Schlafzimmerfenster hörte, als sie die Seiten zusammenraffte und die Treppe hinunterstürzte, durch die Halle und hinaus ins gleißende Mittagslicht lief, lag es weniger am fehlenden Mitgefühl als am überaus konzentrierten künstlerischen Ehrgeiz, daß sie den verblüfften jungen Besuchern, die da ein wenig verloren mit ihrem Gepäck vor dem Einspänner standen, zurief: »Hier sind eure Rollen. Ich habe alles aufgeschrieben. Morgen ist die erste Vorstellung! Und in fünf Minuten fangen die Proben an!«

Doch ihre Mutter und ihre Schwester durchkreuzten

Brionys Pläne augenblicklich mit einem sterbenslangweiligen Programm: Die Besucher – alle drei rothaarig und sommersprossig – wurden auf ihre Zimmer geführt, Hardmans Sohn Danny trug die Koffer hinauf, dann gab es in der Küche ein Erfrischungsgetränk, danach einen Rundgang durchs Haus, ein Bad im Pool, und schließlich sollte im Südgarten im Schatten der Weinstöcke zu Mittag gegessen werden. Emily und Cecilia Tallis schwatzten unentwegt drauflos, was die Gäste zweifellos um ebenjene gute Laune brachte, für die doch eigentlich gesorgt werden sollte. Briony wußte, wie es sie selbst deprimiert hätte, wenn sie zweihundert Meilen zu einem fremden Haus gereist wäre, um muntere Fragen über sich ergehen zu lassen, witzige Bemerkungen und hunderterlei Andeutungen, die besagen sollten, ihr sei es völlig freigestellt, zu tun, was sie wolle. Offenbar war keineswegs allgemein bekannt, daß Kinder am liebsten in Ruhe gelassen wurden. Doch die drei Quinceys bemühten sich redlich, amüsiert oder unbeschwert zu wirken, was ein gutes Omen für *Die Heimsuchungen Arabellas* sein mochte, besaß dieses Trio doch offenkundig das Geschick, etwas vorzugeben, was nicht der Wahrheit entsprach. Allerdings hatten die Gäste nur wenig Ähnlichkeit mit den Charakteren, die sie verkörpern sollten, weshalb sich Briony noch vor dem Mittagessen in den leeren Probenraum – das Kinderzimmer – stahl, über die gestrichenen Dielen auf und ab schritt und sich überlegte, wie sie ihre Rollen verteilen könnte.

Sehr überzeugend wirkte es nicht gerade, daß Arabella, die so dunkelhaarig wie Briony war, sommersprossige Eltern hatte, daß sie mit einem sommersprossigen Fürsten aus dem Ausland durchbrannte, eine Dachkammer von einem sommersprossigen Wirt mietete, ihr Herz an einen sommersprossigen Fürsten verlor und von einem sommersprossigen Vikar vor einer sommersprossigen Gemeinde getraut wurde. Doch so würde es kommen. Ihre Vettern hatten allzu helle Haut, ihre Gesichter leuchteten geradezu. Wenn Arabella nun die einzige war, die keine Sommersprossen hatte, ließe sich dies vielleicht noch am ehesten als ein Hinweis – eine Hieroglyphe, wie Briony vielleicht geschrieben hätte – auf ihre Besonderheit erklären. Obwohl sie in einer schurkischen Welt lebte, würde niemand an ihrer reinen Seele zweifeln. Blieb noch das Problem mit den Zwillingen, die kein Außenstehender auseinanderhalten konnte: War es möglich, daß der niederträchtige Graf solch verblüffende Ähnlichkeit mit dem hübschen Fürsten hatte und daß beide wiederum Arabellas Vater *und* dem Vikar so ähnlich sahen? Was, wenn Lola die Rolle des Fürsten übernahm? Jackson und Pierrot wirkten wie zwei eilfertige kleine Jungen, die sicherlich taten, was man ihnen auftrug. Doch würde die Schwester einen Mann spielen? Sie hatte grüne Augen in einem schmalen Gesicht mit markanten Wangenknochen, und ihre spröde Zurückhaltung verbarg ein aufbrausendes Temperament und einen starken Willen. Allein die Andeutung, daß Lola die Männerrolle übernehmen möge, könnte einen Wutausbruch heraufbeschwören. Und würde es Briony wirklich fertigbringen, Lola vorm Altar zur Trauung die Hand zu reichen, während Jackson aus dem Gebetbuch vorlas?

Es war schon fünf Uhr, als es Briony endlich gelang, das Ensemble im Kinderzimmer zu versammeln. Sie hatte drei Stühle in einer Reihe aufgestellt, sich selbst aber zwängte sie in einen alten Kinderhochstuhl – ein unkonventioneller Einfall, der ihr den Vorteil eines Schiedsrichters beim Tennis einbrachte. Die Zwillinge waren nur mit Mühe vom Pool fortzubewegen gewesen, in dem sie drei Stunden ohne Unterbrechung getobt hatten. Sie kamen barfuß und trugen über den Badehosen, aus denen Wasser auf die Dielen tropfte, ärmellose Trikothemden. Aus dem verfilzten Haar rann ihnen das Wasser in den Nacken, und beide Jungen fröstelten und schlackerten mit den Beinen, um warm zu werden. Nach dem langen Bad war ihre Haut schrumpelig und blaß, so daß die Sommersprossen im trüben Licht des Kinderzimmers beinahe schwarz wirkten. Ihre Schwester, die zwischen ihnen saß, gab sich dagegen vollkommen gelassen. Sie hatte reichlich Parfüm aufgetragen und ein grünes Baumwollkleid angezogen, das ihr leuchtendrotes Haar noch unterstrich. Ihre Sandalen ließen ein Fußkettchen und zinnoberrote Zehennägel sehen. Beim Anblick dieser Nägel zog sich etwas in Brionys Brust zusammen. Sie ahnte, daß sie Lola nicht bitten konnte, den Fürsten zu spielen.

Alle saßen nun, und die Dichterin wollte gerade mit ihrer kleinen Ansprache beginnen, den Inhalt des Stücks zusammenfassen und einen Vorgeschmack auf jene Begeisterung heraufbeschwören, die ihnen der Auftritt vor den Erwachsenen morgen abend in der Bibliothek bescheren würde, da sagte Pierrot: »Ich hasse Theater und solchen Kram.«

»Ich auch, und verkleiden tu ich mich schon gar nicht«, erklärte Jackson.

Beim Mittagessen hatte es geheißen, man könne die Zwillinge allein dadurch auseinanderhalten, daß Pierrot ein dreieckiges Stückchen Haut am linken Ohrläppchen fehle, weil er als kleines Kind einen Hund gequält hatte.

Lola wandte den Blick ab.

Briony fragte gefaßt: »Wieso haßt du denn Theater?«

»Alles bloß Angeberei.« Achselzuckend verkündete Pierrot diese selbstverständliche Tatsache.

Briony wußte, daß manches für seine Ansicht sprach. Genau deshalb liebte sie das Theater, zumindest ihre eigenen Stücke: Alle Welt sollte sie vergöttern. Doch wie sie nun die Jungen betrachtete, unter deren Stühlen sich Pfützen sammelten, bis das Wasser schließlich in den Ritzen zwischen den Dielen versickerte, da ahnte sie, daß die beiden ihre ehrgeizigen Ziele niemals verstehen würden. In versöhnlichem Ton fragte sie: »Glaubt ihr wirklich, daß Shakespeare bloß angeben wollte?«

Schüttelspeer? Pierrot blickte über den Schoß seiner Schwester hinweg zu Jackson. Dieser kriegerische Name klang irgendwie vertraut und roch nach Schulmief und erhobenem Zeigefinger, aber die Zwillinge bestärkten sich gegenseitig.

»Das weiß doch jeder.«

»Und ob.«

Als Lola zu reden begann, wandte sie sich erst an Pierrot und fuhr dann mitten im Satz zu Jackson herum. In Brionys Familie hatte Mrs. Tallis beiden Töchtern nie etwas gleichzeitig mitteilen müssen. Briony konnte nun erleben, wie man so etwas anstellte: »Ihr spielt in diesem Stück mit, sonst knallt's, und dann sag ich's den Eltern.«

»Wenn du uns eine knallst, dann sagen *wir's* den Eltern.«

»Entweder ihr spielt jetzt mit, oder ich sag's den Eltern.« Daß die Drohung geschickt abgeschwächt worden war, verminderte keineswegs ihre Wirkung.

Pierrot sog an seiner Unterlippe. »Und was sollen wir tun?« gab er klein bei.

Lola hätte ihm am liebsten sein verklebtes Haar zerzaust: »Denkt dran, was die Eltern gesagt haben. In diesem Haus sind wir Gäste, und wir sind – was sind wir? Kommt schon. Was sind wir?«

»Zu-vor-kom-mend«, verkündeten die Zwillinge trübselig im Chor und stolperten dabei kaum über das ungewohnte Wort.

Lola drehte sich zu Briony um und lächelte. »Bitte, erzähl uns doch mehr über dein Stück.«

Die Eltern. Die institutionalisierte Macht, die diesem Plural innegewohnt hatte, sollte bald zerstieben, falls dies nicht bereits geschehen war, doch durfte es im Augenblick noch nicht eingestanden werden, und selbst den Jüngsten wurde Tapferkeit abverlangt. Briony schämte sich plötzlich für ihre selbstsüchtige Haltung. Sie wäre nie auf den Gedanken gekommen, daß ihre Vettern und ihre Kusine gar nicht mitspielen wollten, da sie ihr eigenes Drama, ihre eigene Katastrophe durchlebten und sich nur als Gäste des Hauses zum Mitwirken verpflichtet fühlten. Noch schlimmer aber war Lolas Klarstellung, daß sie selbst auch bloß gezwungenermaßen mitmachte. Die empfindsamen Quinceys wurden *genötigt.* Doch – Briony mußte sich anstrengen, diesen schwierigen Gedanken zu fassen – war es nicht auch Manipulation, wenn Lola die Zwillinge vorschob, um durch sie etwas über sich selbst auszusagen, etwas Feindseliges, Zerstörerisches? Briony spürte, daß sie gegenüber dem älteren Mädchen im Nachteil war, daß ihr zwei Jahre Raffinesse fehlten, die, gegen sie ins Spiel gebracht, das eigene Stück plötzlich kläglich und peinlich wirken ließen.

Und während sie Lolas Blick konsequent mied, umriß sie den Inhalt des Stücks, obwohl dessen Stumpfsinn sie nun zu überwältigen drohte. Sie brachte es einfach nicht mehr über sich, ihren Verwandten die Aufregungen einer Premiere auszumalen.

Kaum war sie fertig, sagte Pierrot: »Ich will den Grafen spielen. Ich will der Böse sein.«

Und Jackson erwiderte bloß: »Ich bin der Fürst. Ich bin immer der Gute.«

Briony hätte sie umarmen und ihre kleinen Gesichter küssen können, antwortete aber nur: »Das wäre also geregelt.«

Lola streckte die Beine, strich den Rock glatt und machte Anstalten zu gehen. Mit einem traurigen, aber vielleicht auch bloß resignierten Seufzer meinte sie noch: »Da du das Stück geschrieben hast, nehm ich mal an, daß du selbst die Arabella spielst…«

»Ach was«, sagte Briony. »Nein, stimmt doch gar nicht.«

Sie sagte *nein,* meinte aber *ja.* Natürlich spielte sie die Arabella. Sie hatte nur was dagegen, wie Lola »nehm ich mal an« sagte. Schließlich spielte sie die Arabella nicht, weil sie das Stück geschrieben hatte; sie übernahm die Rolle, weil ihr nie etwas anderes in den Sinn gekommen wäre, weil Leon sie als Arabella sehen sollte und weil sie eben Arabella *war.*

Doch sie hatte *nein* gesagt, und nun meinte Lola liebenswürdig: »Dann hast du also nichts dagegen, wenn ich sie spiele? Ich glaube, ich eigne mich ideal dafür. Ehrlich gesagt, von uns beiden bin ich...«

Sie ließ den Satz in der Schwebe, und Briony starrte sie an, unfähig, auch nur ein Wort zu sagen oder ihr Entsetzen zu verbergen. Das Stück entglitt ihr, doch wußte sie nicht, was sie erwidern sollte, um es erneut an sich zu ziehen.

Lola nutzte Brionys Schweigen zu ihrem Vorteil: »Letztes Jahr war ich lange krank, den Teil der Rolle könnte ich also auch gut spielen.«

Auch? Briony gelang es nicht, mit dem älteren Mädchen Schritt zu halten. Das Drama des Unvermeidlichen trübte ihre Sinne.

Einer der Zwillinge sagte stolz: »Außerdem hast du in der Schulaufführung mitgespielt.«

Wie sollte sie ihnen erklären, daß Arabella keine Sommersprossen hatte? Ihre Haut war blaß, ihr Haar schwarz, und ihre Gedanken waren Brionys Gedanken. Aber konnte sie einer Kusine etwas abschlagen, die so fern von daheim war und deren Familienleben in Trümmern lag?

Lola schien ihre Gedanken zu lesen, denn jetzt spielte sie ihre letzte Karte aus, das unschlagbare As. »Bitte sag ja. Es wäre das einzig Schöne, was mir seit *Monaten* passiert ist.«

Ja. Unfähig, das Wort über die Lippen zu bringen, vermochte Briony bloß zu nicken; sie war so entsetzt, daß ein Kribbeln selbstvernichtender Gefügigkeit über ihre Haut kroch, sich ausbreitete und den Raum zu verdunkeln schien. Sie wollte gehen, wollte sich hinlegen, allein, aufs Bett, mit dem Gesicht nach unten, und das Pikante dieses gräßlichen

Augenblicks genießen, die Verästelungen des Geschehens bis zu jenem Moment zurückverfolgen, in dem die Welt noch in Ordnung war. Sie mußte sich mit geschlossenen Augen den ganzen Reichtum dessen ausmalen, was sie verloren, was sie fortgegeben hatte, und mußte sich innerlich auf dieses neue Regime einstellen. Es galt nicht bloß Leon zu bedenken, denn was war zum Beispiel mit dem creme- und pfirsichfarbenen, alten Satinkleid, das Mutter ihr für Arabellas Hochzeit herauslegen wollte? Das würde sie nun Lola geben. Wie konnte ihre Mutter die eigene Tochter übergehen, die sie doch all die Jahre geliebt hatte? Und als Briony sich ausmalte, wie sich das Kleid elegant um ihre Kusine schmiegte, als sie das herzlose Lächeln ihrer Mutter sah, da wußte sie, daß ihr nur noch ein einziger vernünftiger Ausweg blieb, daß sie fortlaufen, unter Hecken leben, Beeren essen und mit keinem Menschen mehr reden würde, bis im Dämmerlicht eines Wintermorgens ein bärtiger Waldschrat sie fand, zusammengerollt am Fuße einer riesigen Eiche, schön, aber tot, mit nackten Füßen, oder nein, lieber noch in den Ballettschuhen mit den rosa Schleifen...

Sie wollte sich nun ganz auf das Selbstmitleid konzentrieren, und nur in der Einsamkeit war sie in der Lage, den schmachvollen Details Leben einzuhauchen, doch kaum hatte sie zugestimmt (wie sehr ein Kopfnicken den Lauf der Welt verändern konnte!), nahm Lola auch schon Brionys Manuskriptbündel vom Boden auf, und die Zwillinge rutschten von den Stühlen, um ihrer Schwester in die Mitte des Kinderzimmers zu folgen, das Briony am Vortag ausgeräumt hatte. Durfte sie ihr jetzt einfach das Feld überlassen? Eine Hand an der Stirn, schritt Lola die Dielen auf und ab, überflog die ersten Seiten des Stücks und murmelte Sätze aus dem Prolog vor sich hin. Dann verkündete sie, daß es nicht schaden könne, am Anfang zu beginnen, und wies gleich ihren Brüdern die Rollen von Arabellas Eltern zu, beschrieb ihnen den Auftakt des Stückes und schien über diese Szene alles zu wissen, was es zu wissen gab. Gnadenlos weitete Lola ihren Einfluß aus und machte jegliches Selbstmitleid der Verfasserin zunichte. Aber vielleicht stand Briony die völlige Auslöschung noch bevor? Sie war nämlich nicht einmal als Arabellas Mutter eingeplant, weshalb jetzt wohl endgültig der Moment gekommen war, sich aus dem Zimmer zu stehlen, sich aufs Bett zu werfen und das Gesicht zu vergraben? Doch Lolas herrisches Vorgehen, ihre rücksichtslose Art, außer den eigenen Interessen alles zu ignorieren, sowie die Erkenntnis, daß ihr niemand eine Träne nachweinen, ja, daß man ihre Empfindungen nicht einmal bemerken würde, all das gab Briony schließlich die Kraft, sich ihrer Kusine zu widersetzen.

In ihrem überwiegend angenehmen und wohlbehüteten Leben hatte sie sich noch nie zuvor gegen jemanden zur Wehr setzen müssen. Und plötzlich verstand sie: Es war, als wollte man Anfang Juni ins Schwimmbecken springen – man mußte sich einfach überwinden. Also zwängte sie sich aus ihrem Kinderstuhl und ging mit pochendem Herzen und stockendem Atem auf ihre Kusine zu.

Sie nahm Lola die Blätter aus der Hand und sagte mit erstickter, etwas fistelig klingender Stimme: »Besten Dank auch, aber wenn du die Arabella spielst, dann bin ich die Regisseurin, und deshalb werde ich den Prolog vorlesen.«

Lola schlug die sommersprossige Hand vor den Mund.

»'tschuldigung«, flötete sie. »Ich wollte doch nur endlich anfangen.«

Briony wußte nicht recht, was sie darauf erwidern sollte, also wandte sie sich an Pierrot und sagte: »Du siehst aber nicht gerade wie Arabellas Mutter aus.«

Die Kritik an Lolas Rollenverteilung und das Gelächter, das Briony mit ihrer Bemerkung bei den Jungen auslöste, verschob das Kräftegleichgewicht. Lola zuckte demonstrativ mit ihren knochigen Schultern, ging ans Fenster und starrte hinaus. Vielleicht kämpfte sie nun selbst mit der Versuchung, einfach aus dem Zimmer zu stürmen.

Obwohl die Zwillinge anfingen, sich zu balgen, und ihre Schwester fürchtete, Kopfweh zu bekommen, nahm die Probe schließlich doch irgendwie ihren Anfang. Als Briony den Prolog vorlas, herrschte gespannte Stille.

> Dies ist der unbesonnenen Arabellas Geschichte,
> Die mit einem fremdländischen Bösewichte
> Unerlaubt nach Eastbourne echappierte,
> Was die Eltern doch sehr konsternierte...

Arabellas Vater stand mit seiner Gattin am schmiedeeisernen Tor des Herrenhauses, flehte erst seine Tochter an, ihren Entschluß noch einmal zu überdenken, und verbot ihr dann in seiner Verzweiflung schlicht und einfach, die Eltern zu verlassen. Ihm gegenüber stand die traurige, doch störrische Heldin, der Graf an ihrer Seite, und die an eine nahe Eiche gebundenen Pferde wieherten und scharrten ungeduldig mit den Hufen. Dem Vater sollte vor lauter zärtlichen Gefühlen die Stimme zittern, wenn er sagte:

Mein Liebes, du bist hübsch und fein,
Nur arglos, wenn du meinst,
Die Welt läg dir zu Füßen,
Doch kann sie sich erheben
Und dir auf ebenjene treten...

Briony ließ die Schauspieler Aufstellung nehmen; sie selbst hakte Jackson unter, Lola und Pierrot standen Hand in Hand wenige Schritte vor ihr. Die Jungen prusteten los, als sich ihre Blicke trafen, aber die Mädchen brachten sie zum Schweigen. Ärger hatte es bereits genug gegeben, doch ahnte Briony erst, welche Kluft sich zwischen einer Idee und ihrer Ausführung auftun konnte, als Jackson in monotonem Geleier von seinem Blatt ablas und jedes seiner Worte wie ein Name auf einer Totenliste klang; als er das Wort »arglos« immer wieder falsch aussprach, obwohl es ihm oft genug vorgesagt worden war, und als er die letzte Zeile »Und dir auf ebenjene treten« ein ums andere Mal vergaß. Lola sprach ihren Text zwar korrekt, doch lustlos, und manchmal lächelte sie im unpassenden Moment wie über einen heimlichen Einfall, als wäre sie fest entschlossen, Briony zu zeigen, daß sie mit ihren Gedanken einer fast Erwachsenen ganz woanders war.

Und so machten sie weiter, die Kusine und die Vettern aus dem Norden, eine geschlagene halbe Stunde lang, und richteten Brionys Werk unaufhaltsam zugrunde. Zum Glück kam schließlich Brionys große Schwester, um die Zwillinge zum Baden abzuholen.

Zwei

Weil sie so jung war und der Tag so schön, aber auch weil das Verlangen nach einer Zigarette in ihr aufkeimte, rannte Cecilia Tallis fast, Blumen in der Hand, den Pfad entlang, der vorbei am alten Badeplatz mit seiner moosigen Ziegelmauer dem Flußlauf folgte, ehe er hinter einer Biegung im Eichenhain verschwand. Doch auch die Langeweile der Sommerwochen seit ihrem Schulabschluß trieb sie hinaus, denn daheim schien das Leben erstarrt, und so ein herrlicher Tag wie heute machte sie ruhelos, beinahe unbeherrscht.

Der kühle, tiefe Schatten der Bäume war eine Wohltat, das scharf konturierte Geflecht der Äste verzauberte sie. Durch das eiserne Schwingtor – vorbei am Rhododendron beim Grenzgraben und quer durch eine offene Parklandschaft, die als Kuhweide an einen Bauern aus dem Dorf verkauft worden war – gelangte sie zum Tritonbrunnen, einer verkleinerten Ausgabe von Berninis Brunnen auf der Piazza Barberini in Rom.

Der muskulöse Meeresgott, der da so gelassen auf seiner Muschelschale hockte, vermochte allerdings – so schwach war der Wasserdruck – bloß einen knapp zehn Zentimeter hohen Strahl durch sein Schneckenhorn zu blasen, weshalb ihm das Wasser auf den Kopf plätscherte und durch die Steinlocken und die Furche des mächtigen Rückgrats rann, um dort einen schimmernden dunkelgrünen Fleck zu hinterlassen. In diesem fremden nordischen Klima war der Triton weit fort von heimatlichen Gefilden, doch bot er einen schönen Anblick in der Morgensonne, genau wie die vier Delphine, die jene Muschel mit gewelltem Rand trugen, auf der er saß. Sie betrachtete die Schuppen, die auf den Delphinen und den Schenkeln des Meergottes eigentlich nichts zu suchen hatten, und sah dann zum Haus hinüber. Am schnellsten käme sie über den Rasen und durch die Terrassentür in den Salon zurück, aber ihr Spielgefährte aus Kindertagen und einstiger Studienfreund Robbie Turner lag vor der Rosenhecke auf den Knien, um Unkraut zu jäten, und sie hatte keine Lust, sich mit ihm zu unterhalten. Jetzt jedenfalls noch nicht. Seit der Universität hatte er sich aufs Gärtnern verlegt, doch war neuerdings auch die Rede von einem Medizinstudium, was ihr nach einem Abschluß in Literatur etwas hochgegriffen schien, aber auch ziemlich anmaßend, da ihr Vater schließlich dafür bezahlen mußte.

Sie wässerte kurz die Blumen, tauchte sie noch einmal ins tiefe, kalte Wasser des – originalgroßen – Brunnenbeckens und machte einen Bogen um Robbie, indem sie rasch zum Haupteingang eilte – eine Gelegenheit, dachte sie, um noch einige Augenblicke länger im Freien bleiben zu können.

Keine Morgensonne und auch sonst kein Licht konnten darüber hinwegtäuschen, wie häßlich der Landsitz der Familie Tallis war: Gerade mal vierzig Jahre alt, klotzig, mit hellroten Ziegelsteinmauern, durchbrochen von wuchtigen, neogotischen Bleiglasfenstern, sollte er eines Tages in einem Artikel von Pevsner höchstpersönlich (vielleicht aber auch von einem seiner Mitarbeiter) als eine »Tragödie vertaner Gelegenheiten« und von einem jüngeren Anhänger der modernen Schule als »schrecklich geschmacklos« bezeichnet werden. Noch um 1880 hatte an seiner Stelle ein Haus im Stil der Gebrüder Adam gestanden, das einem Brand zum Opfer gefallen war. Geblieben waren nur ein künstlich angelegter See mit einer Insel, über die mittels zweier steinerner Brücken die Zufahrt führte, sowie am Ufer ein verfallener stuckverzierter Tempel. Cecilias Großvater, aufgewachsen über einem Eisenwarenladen, hatte mit einer Reihe von Patenten für Vorhängeschlösser, Riegel, Schnappschlösser und Schließbänder den Grundstock fürs Familienvermögen gelegt und dem neuen Haus seine Vorliebe für alles Solide, Sichere und Praktische vermacht. Kehrte man aber dem Eingang den Rücken zu, sah die Auffahrt hinunter und ignorierte die Holsteiner Kühe, die schon jetzt den Schatten der wenigen Bäume suchten, war die Aussicht gar nicht so übel, vermittelte sie doch nach wie vor einen Eindruck von zeitloser, ereignisloser Ruhe, was Cecilia erst recht darin bestätigte, daß sie möglichst bald wieder von hier fortmußte.

Sie ging ins Haus, eilte durch die schwarzweiß geflieste Eingangshalle – das Echo der Schritte so vertraut, so unangenehm laut – und blieb vor der Tür zum Salon stehen, um wieder zu Atem zu kommen, während kühle Tropfen von den Blumenstengeln auf ihre Füße fielen. Der Anblick der Purpurweidenzweige und wilden Schwertlilien hob ihre Stimmung. Die Vase, nach der sie suchte, stand auf einem amerikanischen Kirschholztisch gleich neben der spaltbreit geöffneten Terrassentür, die nach Südosten zeigte und morgendliches Sonnenlicht einließ, das in hellen Parallelogrammen über den taubenblauen Teppich wanderte. Cecilias

Atem beruhigte sich, und ihr Verlangen nach einer Zigarette wuchs, doch zögerte sie noch und blieb einen Moment an der Tür stehen, wie gebannt von dem harmonischen Anblick, der sich ihr bot: die drei abgewetzten Chesterfields um den noch fast neuen Kamin im gotischen Stil, in dem ein winterliches Büschel Riedgras stand, das ungestimmte Cembalo, auf dem nie gespielt wurde, der ungenutzte Notenständer aus Rosenholz und die schweren, von einer blau-orangefarbenen Kordel locker zurückgehaltenen Samtvorhänge, die den Blick auf den wolkenlosen Himmel und die gelbgrau gesprenkelte Terrasse freigaben, in deren Fliesenritzen Kamille und Mutterkraut wuchsen. Einige Stufen führten zum Rasen hinab, der sich bis zum knapp fünfzig Meter entfernten Triton-Brunnen erstreckte und an dessen Einfassung Robbie immer noch arbeitete.

Daß sie gerannt war – was sie in letzter Zeit nur noch selten tat –, und den Fluß und die Blumen, die feine Maserung der Eichenstämme, die hohe Zimmerdecke, den geometrischen Lichteinfall, den Pulsschlag in den Ohren, der langsam der Stille wich: All dies genoß sie, weil es das Vertraute in etwas angenehm Fremdes verwandelte. Zugleich aber hatte sie ein schlechtes Gewissen wegen der Langeweile, die sie hier zu Hause plagte. Sie war mit der vagen Annahme aus Cambridge zurückgekehrt, ihrer Familie eine längere Zeit der Anwesenheit zu schulden. Doch ihr Vater blieb in der Stadt, und wenn ihre Mutter nicht gerade an einer Migräne laborierte, wirkte sie abwesend, sogar unfreundlich. Gelegentlich brachte Cecilia ihr den Tee auf das Zimmer – in dem ein ebenso sensationelles Durcheinander herrschte wie in ihrem – und hoffte, sich in aller Ruhe mit ihr unterhalten zu können, doch Emily Tallis wollte nur die kleinlichen Sorgen um den Haushalt mit ihr teilen. Oder sie trank ihre Tasse Tee in mattem Schweigen und ließ sich mit einer Miene, die im Dämmerlicht nicht zu entschlüsseln war, in die Kissen sinken. Briony aber verlor sich in Schreibphantasien – was zunächst nur eine Laune gewesen zu sein schien, hatte sich zu einer hartnäckigen Obsession entwickelt. Cecilia hatte ihre Schwester am Morgen auf der Treppe gesehen, wie sie die erst gestern eingetroffene Kusine und die beiden Vettern, diese armen Tröpfe, ins Kinderzimmer brachte, um dort das Stück mit ihnen einzuüben, das am Abend zur Ankunft von Leon und dessen Freund aufgeführt werden sollte. Es blieb nur wenig Zeit, und jetzt hielt Betty auch noch einen der Zwillinge wegen irgendeiner Lappalie in der Spülküche fest, aber Cecilia dachte nicht daran, helfend einzugreifen – dafür war es einfach zu heiß; außerdem würde das Unterfangen ohnehin in einer Katastrophe enden, weil Briony einfach zuviel erwartete und weil niemand, vor allem aber die Vettern nicht, ihren übertriebenen Ansprüchen genügen konnte.

Cecilia wußte, daß sie ihre Tage nicht länger im Kuddelmuddel ihres unaufgeräumten Zimmers vertrödeln, nicht länger in Zigarettenqualm gehüllt auf dem Bett liegen konnte, das Kinn in die Hand gestützt, ein Kribbeln im eingeschlafenen Arm, um in Richardsons *Clarissa* zu schmökern. Sie hatte halbherzig angefangen, einen Stammbaum zu erstellen, doch blieben die Vorfahren väterlicherseits bis zu dem Tag, an dem ihr Urgroßvater seinen bescheidenen Eisenwarenladen eröffnete, im Morast ewiger Bauernarbeit versunken, wobei die Männer verdächtig oft die Namen gewechselt hatten, was Cecilia ziemlich verwirrte, und manche Gewohnheitsehe war gar nicht erst im Kirchenregister verzeichnet worden. Sie konnte nicht länger bleiben, sie wußte, sie sollte Pläne für ihre Zukunft schmieden, doch sie tat nichts dergleichen. Möglichkeiten boten sich durchaus, nur durfte sie sich mit allen Zeit lassen. Auf ihrem Konto war genug Geld angespart, um davon ein Jahr bescheiden leben zu können. Leon hatte sie immer wieder aufgefordert, mit ihm einige Zeit in London zu verbringen. Studienfreunde erboten sich, eine Stelle für sie zu finden – nichts Besonderes, sicher, aber sie wäre unabhängig. Mütterlicherseits besaß sie zudem interessante Onkel und Tanten, die sich stets freuten, wenn sie vorbeischaute, etwa die wilde Hermione, die Mutter von Lola und den Jungs, die in ebendiesem Augenblick mit einem Liebhaber, der beim Rundfunk arbeitete, in Paris weilte.

Niemand hielt Cecilia auf, niemanden kümmerte es sonderlich, ob sie ging oder blieb. Sie litt auch nicht an Apathie – manchmal war sie regelrecht wütend vor lauter Ruhelosigkeit –, doch hätte sie es gern gesehen, daß man sie von ihrer Abreise abhielte, daß sie gebraucht würde. Gelegentlich redete sie sich ein, sie bliebe Briony zuliebe oder um ihrer Mutter zu helfen oder weil sie nie wieder so lange daheim sein würde, weshalb sie bis zum Ende durchhalten wollte. Doch in Wahrheit fand sie die Aussicht, einen Koffer zu packen und den Morgenzug zu nehmen, nicht besonders verlockend. Abschied um des Abschieds willen? Gelangweilt, doch komfortabel daheim herumzulungern glich einer lustvollen Selbstbestrafung, zumindest aber blieb ihr noch die Hoffnung auf ein wenig Abwechslung; ginge sie jedoch fort, könnte etwas Schreckliches geschehen oder, schlimmer noch, etwas Schönes, etwas, das sie keinesfalls verpassen durfte. Und dann war da noch Robbie, der sie verrückt machte, indem er sie auf Abstand hielt und seine großartigen Pläne ausschließlich mit ihrem Vater besprechen wollte. Sie kannten sich, seit sie sieben waren, sie und Robbie, und es irritierte Cecilia, wie verkrampft sie neuerdings miteinander redeten. Natürlich war das vor allem seine Schuld – ob es ihm zu Kopf gestiegen war, daß er seinen Abschluß mit Auszeichnung bestanden hatte? –, trotzdem wußte sie, daß sie ihr Verhältnis zu Robbie ins reine bringen mußte, bevor sie an eine Abreise denken konnte.

Durch die offene Tür drang der schwache Ledergeruch von Kuhmist, der außer an den kältesten Tagen immer in der Luft hing und nur von jenen wahrgenommen wurde, die länger fort gewesen waren. Robbie hatte die Hacke beiseite gelegt, um aufzustehen und sich eine Zigarette zu drehen, eine Marotte aus seiner Zeit als Kommunist – eine Phase übrigens, die, wie sein Faible für Anthropologie und die geplante Wanderung von Calais nach Istanbul, bald wieder in Vergessenheit geraten war. Ihre eigenen Zigaretten waren oben im zweiten Stock in einer von vielen Taschen.

Sie trat ins Zimmer und stopfte die Blumen in die Vase, die früher Onkel Clem gehört hatte. An seine Beerdigung – vielmehr an die zweite Bestattung gegen Ende des Krieges – konnte sie sich noch gut erinnern: die Lafette, die auf den ländlichen Friedhof fuhr, der Sarg unter der Regimentsflagge, die zum Salut erhobenen Degen, der Fanfarenstoß am Grab und – beeindruckender als alles andere für eine Fünfjährige – der weinende Vater. Außer Clem hatte er keine Geschwister gehabt. In einem der letzten Briefe, die der junge Leutnant nach Hause geschrieben hatte, stand die Geschichte, wie er in den Besitz der Vase gekommen war. Man hatte ihn dem Französischen Sektor als Verbindungsoffizier zugeteilt. Kurz bevor die ersten Bomben fielen, veranlaßte er in letzter Sekunde die Evakuierung einer kleinen Stadt westlich von Verdun. Etwa fünfzig Frauen, Kinder und alte Menschen konnten so gerettet werden. Später führten der Bürgermeister und andere Honoratioren Onkel Clem zur Museumsruine. Zum Dank überreichte man ihm die Vase aus einer zerstörten Vitrine. Er konnte sie unmöglich ablehnen, auch wenn es noch so unangenehm sein würde, mit Meißner Porzellan unterm Arm Krieg zu führen. Einen Monat später wurde die Vase dann sicherheitshalber in einem Bauernhaus zurückgelassen, doch Leutnant Tallis holte sie sich wieder, durchquerte bei Hochwasser einen Fluß und kehrte um Mitternacht auf demselben Weg zu seiner Truppe zurück. Als er während der letzten Kriegstage Wache schieben mußte, gab er die Vase in die Obhut eines Freundes. Später gelangte sie dann auf Umwegen zum Regimentshauptquartier und wurde einige Monate nach Onkel Clems Beerdigung bei der Familie Tallis abgegeben.

Es war völlig sinnlos, Wildblumen arrangieren zu wollen. Sie ordneten sich von selbst, und es würde die Wirkung verderben, wenn man die Schwertlilien und Purpurweiden zu gleichmäßig verteilte. Minutenlang brachte Cecilia hier und da kleine Korrekturen an, damit der Strauß einen möglichst natürlichen Anblick bot, und fragte sich dabei, ob sie nun zu Robbie hinausgehen sollte. Dann müßte sie nicht extra nach oben laufen. Aber irgendwie war ihr nicht wohl in ihrer Haut, außerdem war sie verschwitzt und hätte gern ihr Äußeres in dem großen vergoldeten Spiegel über dem Kamin geprüft. Wenn Robbie sich aber umdrehte – er stand mit dem Rücken zum Haus und rauchte –, würde er direkt ins Zimmer blicken. Endlich hatte sie ihr Werk vollendet und trat einen Schritt zurück. Paul Marshall, der Freund ihres Bruders, würde jetzt bestimmt glauben, daß man die Blumen mit der gleichen Unbekümmertheit, mit der sie gepflückt worden waren, auch in die Vase gestellt hatte. Sie wußte, es brachte nichts, Blumen zu ordnen, wenn noch kein Wasser in der Vase war, aber was machte das schon? Sie konnte einfach nicht anders, und nicht alles, was Menschen taten, war logisch und korrekt, vor allem dann nicht, wenn sie allein waren. Ihre Mutter hatte sich Blumen im Gästezimmer gewünscht, und Cecilia tat ihr nur zu gern diesen Gefallen. Wasser gab es in der Küche. Doch Betty bereitete das Abendessen vor, und sie war schrecklich schlecht gelaunt. Jackson oder Pierrot, einer der kleinen Jungen jedenfalls, verkroch sich vor lauter Angst, und die Aushilfe aus dem Dorf hätte es ihm am liebsten gleichgetan. Selbst im Salon konnte man gelegentlich ein gedämpftes Schimpfen oder das Scheppern einer Pfanne hören, die ungewöhnlich heftig auf die Herdplatte gesetzt wurde. Wenn Cecilia jetzt in die Küche ging, würde sie zwischen den vagen Instruktionen ihrer Mutter und der energisch hantierenden Betty vermitteln müssen. Da war es doch vernünftiger, sie ging nach draußen und füllte die Vase am Brunnen.

Irgendwann vor Cecilias zwanzigstem Geburtstag hatte ein Freund ihres Vaters, ein Mitarbeiter des Victoria and Albert Museums, jene Vase untersucht und für echt erklärt. Sie war tatsächlich aus Meißner Porzellan und das Werk des großen Künstlers Höroldt, der sie 1726 bemalt hatte. Höchstwahrscheinlich hatte sie einst König August dem Starken gehört. Die Schätzung ergab, daß sie wertvoller war als alle übrigen Stücke im Haus – zumeist von Cecilias Großvater gesammelter Trödel –, doch wollte Jack Tallis, daß die Vase in Erinnerung an seinen Bruder ganz normal benutzt wurde. Sie sollte nicht in irgendeiner Glasvitrine eingesperrt sein. Wenn sie den Krieg überstanden hatte, würde sie auch die Familie Tallis überdauern. Seine Frau hatte nichts dagegen einzuwenden, denn wenn die Vase auch noch so wertvoll war und noch so viele Erinnerungen daran hingen, gefiel sie Emily Tallis eigentlich nicht. Die kleinen gemalten Chinesen, die sittsam im Garten um einen Tisch versammelt waren, die Zierpflanzen und phantastischen Vögel fand sie kitschig und deprimierend, wie sie überhaupt alle Chinoiserie langweilte. Cecilia hatte dazu keine bestimmte Meinung, nur fragte sie sich manchmal, was eine Versteigerung der Vase bei Sotheby's wohl einbringen würde. In der Familie hielt man die Vase aber nicht deswegen in Ehren, weil Höroldt so meisterlich mit polychromer Glasur umzugehen, verschlungenes Blätterwerk zu zeichnen oder blaugoldene Bandverzierungen aufzutragen gewußt hatte, sondern wegen Onkel Clem, der Leben gerettet und nachts einen Fluß durchquert hatte und kaum eine Woche vor dem Waffenstillstand gefallen war. Blumen, vor allem aber Wildblumen, schienen da ein angemessener Tribut zu sein.

Cecilia hielt das kühle Porzellan in beiden Händen, verlagerte ihr Gewicht auf einen Fuß, um mit dem anderen die Terrassentür weit aufzuschieben, und trat hinaus in die blendende Helligkeit. Wie eine freundliche Umarmung hüllte die von den Steinen aufsteigende Wärme sie ein. Zwei Schwalben schwirrten über dem Brunnen; im trägen Dunkel einer riesigen Libanonzeder durchschnitt der Gesang eines Zilpzalps die Luft. Die Blumen bogen sich in der leichten Brise und kitzelten Cecilias Gesicht, als sie vorsichtig die drei zerborstenen Stufen zum Kiesweg hinunterbalancierte.

Als Robbie sie kommen hörte, drehte er sich überrascht um. »Ich war in Gedanken«, erklärte er.

»Würdest du mir eine deiner bolschewistischen Zigaretten drehen?«

Er warf seine eigene Zigarette fort, griff nach der Blechdose, die auf seiner Jacke auf dem Rasen lag, und folgte Cecilia in Richtung Brunnen. Eine Weile schwiegen sie.

»Schöner Tag«, sagte sie mit einem Seufzer.

Er betrachtete sie mit amüsiertem Mißtrauen. Irgendwas war zwischen ihnen, und selbst Cecilia mußte zugeben, daß ihre unverfängliche Bemerkung über das Wetter ziemlich abwegig klang.

»Und wie ist *Clarissa*?« Er schaute seinen Fingern zu, die den Tabak rollten.

»Langweilig.«

»So was sagt man doch nicht.«

»Wenn sie bloß endlich einen Zahn zulegen würde.«

»Tut sie schon noch. Und dann wird's besser.«

Sie gingen langsamer und blieben schließlich stehen, während er die Selbstgedrehte fertig rollte.

Sie sagte: »Fielding würde ich allemal lieber lesen«, und ahnte gleich, daß sie etwas Dummes geäußert hatte. Robbie ließ seinen Blick über den Park und die Kühe zu dem Eichenhain im Flußtal schweifen, durch den sie am Morgen gelaufen war. Bestimmt vermutete er hinter ihren Worten irgendeine verschlüsselte Bedeutung und glaubte, sie wolle ihm ihre Vorliebe fürs Sinnliche und Vollblütige zu verstehen geben, was natürlich völliger Unsinn war. Irritiert fragte sie sich, wie sie ihm diesen Gedanken wieder ausreden könnte. Seine Augen gefielen ihr, dieses unvermengte Nebeneinander aus Grün und Orange, das im Sonnenlicht noch körniger als sonst wirkte. Und ihr gefiel, daß er so groß war. Eine interessante Kombination für einen Mann, kraftvoll und doch intelligent. Cecilia hatte die Zigarette genommen, und er zündete sie ihr an.

»Ich weiß, was du meinst«, sagte er, als sie fast am Brunnen angelangt waren. »Es steckt mehr Leben in Fielding, aber dafür ist er psychologisch oft viel unschärfer als Richardson.«

Sie stellte die Vase neben den rauhen Stufen ab, die zum Steinbecken anstiegen. Auf eine Grundsemesterdebatte über die Literatur des achtzehnten Jahrhunderts hatte sie nun wirklich keine Lust. Außerdem fand sie Fielding keineswegs unscharf, und Richardson hielt sie auch nicht gerade für einen überragenden Psychologen, aber sie wollte sich gar nicht darauf einlassen, wollte nicht definieren, parieren oder attackieren. Davon hatte sie genug, und Robbie konnte schrecklich logisch sein.

Also sagte sie: »Hast du schon gewußt, daß Leon heute abend kommt?«

»Ich hab so was läuten hören. Freust du dich?«

»Er bringt seinen Freund mit, diesen Paul Marshall.«

»Den Schokoladenmillionär? Herrje, und für den hast du Blumen gepflückt?«

Sie lächelte. Tat er eifersüchtig, um zu verbergen, daß er tatsächlich eifersüchtig war? Sie verstand ihn nicht mehr. In Cambridge hatten sie sich auseinandergelebt. Alles andere wäre auch zu schwierig geworden. Sie wechselte das Thema. »Der alte Herr sagt, du willst Arzt werden?«

»Ich habe drüber nachgedacht, ja.«

»Das Studentenleben scheint dir zu gefallen.«

Wieder wandte er den Blick ab, doch diesmal nur kurz, kaum eine Sekunde lang. Als er sich wieder umdrehte, meinte sie, einen Anflug von Ärger zu erkennen. Hatte sie zu abfällig geklungen? Erneut schaute sie in seine Augen, sah die grünen, die apfelsinenfarbenen Sprenkel wie in einer Kindermurmel. Doch war er die Freundlichkeit selbst, als er erwiderte: »Ich weiß, Cee, daß du nicht viel davon hältst. Aber wie soll ich sonst Arzt werden?«

»Eben. Aber noch mal sechs Jahre? Und warum das alles?«

Er war nicht beleidigt. Sie war es, die zuviel in seine Bemerkungen hineininterpretierte, die in seiner Gegenwart ganz hibbelig wurde, und das ärgerte sie.

Er nahm ihre Frage ernst. »Weil mir kein Mensch jemals Arbeit als Landschaftsgärtner geben wird. Unterrichten will ich nicht, und Beamter mag ich nicht werden. Aber Medizin interessiert mich ...« Er verstummte, als wäre ihm etwas eingefallen. »Hör mal, ich habe mit deinem Vater vereinbart, daß ich alles zurückzahle. So ist es abgemacht.«

»Daran habe ich doch überhaupt nicht gedacht.«

Es überraschte sie, daß er glaubte, sie hätte das Thema Geld angeschnitten. Wie kleinlich von ihm. Robbies Ausbildung war von Anfang an von ihrem Vater finanziert worden, und nie hatte sich jemand deswegen beschwert. Fast hatte sie schon geglaubt, es sich nur einzubilden, aber offenbar war Robbie in letzter Zeit tatsächlich ziemlich schwierig. Er legte es darauf an, sie sooft wie möglich bloßzustellen. Vor zwei Tagen hatte er zum Beispiel geklingelt – was an sich schon merkwürdig war, da er sonst kam und ging, wie es ihm gefiel. Als man sie rief, stand er draußen und fragte mit lauter, kühler Stimme, ob er sich ein Buch ausleihen dürfe. Der Zufall wollte es, daß Polly auf den Knien die Fliesen der Eingangshalle schrubbte. Also zog Robbie umständlich die Schuhe aus, die überhaupt nicht dreckig waren, und anschließend, als wären sie ihm erst nachträglich eingefallen, auch noch die Socken, um dann wie ein Clown auf Zehenspitzen über den nassen Boden zu kaspern. Ständig legte er es darauf an, sich von ihr zu distanzieren. Er gab den Sohn der Putzfrau, der eine Besorgung im Herrenhaus zu erledigen hat. Sie ging mit ihm in die Bibliothek, und als er sein Buch gefunden hatte, bat sie ihn, doch auf einen Kaffee zu bleiben. Stotternd schlug er ihre Bitte aus, aber das war nur Theater – sie kannte kaum jemanden, der so selbstsicher war wie Robbie. Sie wußte genau, daß er sich über sie lustig machte, als er ihr einen Korb gab. Sie ging nach oben, legte sich mit *Clarissa* aufs Bett, las, ohne ein Wort zu verstehen, und spürte, wie sie immer ärgerlicher und verwirrter wurde. Er machte sich über sie lustig, oder sie wurde bestraft – und sie wußte nicht, was schlimmer war. Bestraft, weil sie sich in Cambridge in anderen Kreisen bewegt hatte, weil ihre Mutter keine Zugehfrau war und weil sie so schlecht abgeschnitten hatte – dabei bekamen Frauen doch sowieso kein richtiges Abschlußzeugnis.

Sie hob die Vase auf und stellte sie – etwas unbeholfen, weil sie die Zigarette noch in der Hand hielt – auf den Beckenrand. Sicher wäre es vernünftiger gewesen, erst die Blumen herauszunehmen, aber sie war einfach zu durcheinander. Mit heißen, trocknen Händen drückte sie das Porzellan gegen den Körper. Robbie sagte nichts, aber sie sah seinem Gesicht an – seinem gezwungenen, angespannten Lächeln, bei dem sich kaum die Lippen verzogen –, wie leid ihm seine Worte taten, was sie jedoch keineswegs beruhigte. So war es in letzter Zeit nämlich immer, wenn sie sich unterhielten: Stets hatte einer von beiden etwas Falsches gesagt und wollte die letzte Bemerkung wieder ungeschehen machen. Ihren Gesprächen fehlte jede Leichtigkeit und Verläßlichkeit; man konnte sich dabei nicht entspannen. Statt dessen immer bloß Sticheleien, Fallenstellerei und verlegenes Schweigen, was sie sich selbst beinahe ebensosehr zum Vorwurf machte, obwohl sie keinen Moment daran zweifelte, bei wem die Schuld zu suchen war. Schließlich hatte sie sich nicht verändert, ganz im Gegensatz zu ihm. Er stellte diesen Abstand her zwischen sich und der Familie, die so völlig offen zu ihm gewesen war und ihm alles gegeben hatte. Da sie aber damit rechnete, erneut einen Korb von ihm zu bekommen, und weil sie wußte, wie sehr sie sich darüber ärgern würde, hatte sie ihn nicht zum Dinner eingeladen. War schließlich sein Problem, wenn er sich unbedingt absondern wollte.

Vier Delphine trugen auf ihren Schwanzflossen die Muschel, in der der Triton hockte; und dem Delphin, der Cecilia am nächsten war, quollen Moos und Algen aus seinem weit geöffneten Maul. Die kugelförmigen steinernen Augenballen, groß wie Äpfel, schimmerten grünlich. Auf den nordwärts gewandten Flächen hatte die ganze Statue eine blaugrüne Patina angesetzt, so daß der muskelbepackte Triton, wenn man sich bei dämmrigem Licht aus einem bestimmten Winkel näherte, hundert Faden tief im Meer zu stehen schien. Gewiß hatte Bernini sich vorgestellt, daß das Wasser fröhlich aus der breiten Muschel mit ihren gewellten Rändern in das Becken plätscherte, doch war der Druck zu schwach, weshalb das Wasser lautlos über die Unterseite der Muschel rann, von der schmarotzender Schleim in tropfenden Fäden herabhing wie Stalaktiten in einer Kalksteinhöhle. Das Becken selbst war gut einen Meter tief, das Wasser klar, der Grund aus fahlem, cremefarbenem Stein, auf dem sich weißrandige Rechtecke aus gebrochenem Sonnenlicht wellten, einander überlappten und sich wieder teilten.

Sie hatte vorgehabt, sich über die Brüstung zu lehnen, die Blumen in der Vase zu lassen und das kostbare Stück seitlich einzutauchen, doch in ebendiesem Augenblick wollte Robbie etwas wiedergutmachen und beschloß, ihr zu helfen.

»Gib her«, sagte er und streckte eine Hand aus. »Ich füll sie für dich, wenn du so lange die Blumen hältst.«

»Danke, ich schaff das schon.« Sie hielt die Vase bereits über das Becken.

Aber er sagte: »Guck, ich hab sie schon«, und hielt den Rand der Vase fest zwischen Daumen und Zeigefinger. »Paß auf, deine Zigarette wird naß. Komm, nimm die Blumen.«

Mit dieser Aufforderung versuchte er, ihr seine männliche Autorität aufzudrängen, doch erreichte er damit bei Cecilia nur, daß sie noch fester zupackte. Sie hatte keine Zeit und auch überhaupt keine Lust, ihm zu erklären, daß sie sich, wenn sie die Vase zusammen mit den Blumen eintauchte, davon ebenjenen Eindruck unverfälschter Natürlichkeit erhoffte, den sie mit ihrem Arrangement hervorrufen wollte. Also verstärkte sie ihren Griff und wandte ihm zugleich den Rücken zu, doch ließ Robbie sich nicht so leicht abschütteln. Mit einem Geräusch, als bräche ein trockner Ast, splitterte ein Teil vom Vasenrand ab und zerbrach in zwei dreieckige Stücke, die aus seiner Hand ins Wasser fielen und synchron in Zickzackschwüngen zu Boden sanken, wo sie sich in einigen Zentimetern Abstand im gebrochenen Licht zu krümmen schienen.

Cecilia und Robbie erstarrten mitten im Kampf. Ihre Blicke trafen sich, doch vermochte Cecilia in der giftigen Melange aus Grün und Orange weder Entsetzen noch ein schlechtes Gewissen zu erkennen, höchstens so etwas wie Anmaßung, vielleicht sogar ein Triumphgefühl. Sie war geistesgegenwärtig genug, die beschädigte Vase wieder auf die Stufe zu stellen, bevor sie sich der Bedeutung dieses Vorfalls bewußt wurde. Das Ganze war zu schön, einfach köstlich, denn sie wußte, je schwerer der Schaden, um so schlimmer würde es für Robbie werden: ihr verstorbener Onkel, der geliebte Bruder ihres Vaters, der sinnlose Krieg, die tückische Flußdurchquerung, der Wert der Vase, die mit Geld nicht zu bezahlen war, Heldentum, menschliche Güte und all die Jahre, die diese Vase durch ihre Geschichte verkörperte, eine Geschichte, die bis zu dem Genie von Höroldt und noch darüber hinaus bis zur Meisterschaft jener Alchemisten zurückreichte, die das Porzellan wiederentdeckt hatten.

»Du Idiot! Jetzt sieh doch nur, was du angestellt hast.«

Er schaute ins Wasser, dann blickte er sie an, schüttelte einfach bloß den Kopf und legte eine Hand vor den Mund. Mit dieser Geste nahm er alles auf sich, doch haßte sie ihn dafür, so unangemessen fand sie seine Reaktion. Er blickte ins Becken und seufzte. Einen Moment fürchtete er, sie könnte zurückweichen und gegen die Vase treten, und hob warnend die Hand, sagte aber keinen Ton. Statt dessen begann er, sein Hemd aufzuknöpfen. Ihr war sofort klar, was er vorhatte. Ausgeschlossen. Er war ins Haus gekommen und hatte Schuhe und Socken ausgezogen – nun, sie würde es ihm zeigen. Sie schleuderte die Sandalen von den Füßen, knöpfte ihre Bluse auf und zog sie aus, löste den Rock, streifte ihn ab und trat an den Beckenrand. Er stand da, Hände in den Hüften, und glotzte, während sie in Unterwäsche ins Wasser stieg. Seine Hilfe ausschlagen, ihm keine Möglichkeit zur Wiedergutmachung gönnen, so lautete seine Strafe. Das eiskalte Wasser, ihr Aufkeuchen waren seine Strafe. Sie hielt den Atem an und sank hinab, ihr Haar aufgefächert über dem Wasser. Daß sie sich ertränkte, war seine Strafe.

Als sie einige Sekunden später wieder auftauchte, eine Scherbe in jeder Hand, da wußte er, daß er besser daran tat, ihr nicht aus dem Wasser zu helfen. Die zarte, weiße Nymphe, von der das Wasser weit kräftiger herabströmte als von dem bulligen Triton, legte die Stücke sorgsam neben die Vase. Dann zog sie sich rasch wieder an, streifte mühsam die Seidenärmel über die nassen Arme und stopfte sich die offene Bluse in den Rock, griff nach den Sandalen, klemmte sie sich unter den Arm, steckte die Scherben in die Rocktasche und hob die Vase auf. Ihre Bewegungen waren schroff, und sie wich seinem Blick aus. Er existierte nicht, er war verbannt, das gehörte ebenfalls zu seiner Strafe. Wie betäubt stand er da, als sie barfuß über den Rasen davonging, und sah ihr nach, sah ihr nasses, jetzt dunkleres Haar schwer auf ihre Schultern herabfallen und die Bluse befeuchten. Dann drehte er sich um und suchte das Becken ab, ob nicht ein Bruchstück übersehen worden war, konnte aber kaum etwas erkennen, da sich das Wasser noch nicht wieder beruhigt hatte, fast, als würde es stets aufs neue vom Gespenst ihrer Wut aufgewühlt. Er legte eine gespreizte Hand auf die Oberfläche, als wollte er das Wasser besänftigen. Cecilia war längst im Haus verschwunden.

Drei

Laut Plakat sollte die Uraufführung der *Heimsuchungen Arabellas* nur einen Tag nach der ersten Probe stattfinden. Doch für die Autorin und Regisseurin war es nicht leicht, genügend Zeit zum konzentrierten Arbeiten zu finden. Wie am Nachmittag zuvor bestand die Schwierigkeit darin, die Schauspieler zusammenzutrommeln. Jackson, Arabellas strenger Vater, hatte in der Nacht ins Bett gemacht, was verängstigten kleinen Jungen fern von daheim manchmal eben passiert. Gängiger Theorie zufolge war Jackson deshalb angehalten worden, Bettwäsche und Schlafanzug in die Waschküche zu bringen, um sie dort selbst auszuwaschen, und zwar von Hand und unter der Aufsicht von Betty, die man angewiesen hatte, sich unnahbar und unnachgiebig zu zeigen. Dies wurde dem Jungen keineswegs als Strafe auferlegt, vielmehr beabsichtigte man, seinem Unterbewußten für die Zukunft beizubringen, daß derartige Vorfälle dieser Art unangenehme und harte Arbeit nach sich zogen. Der Junge dürfte es trotzdem als Bestrafung empfunden haben, dort vor dem riesigen Steinbecken zu stehen, das ihm bis hinauf an die Brust reichte, die nackten Arme bis zu den aufgerollten Hemdsärmeln im Seifenschaum, die nassen Laken schwer wie ein Sack Steine und er selbst vom Gefühl einer Katastrophe wie betäubt. Briony schaute immer mal wieder vorbei, weil sie wissen wollte, wie weit er war.

Sie durfte ihm jedoch nicht helfen, und Jackson hatte noch nie in seinem Leben Wäsche gewaschen. Zweimal einseifen, immer wieder ausspülen, dann der beidhändige Kampf mit der Mangel und anschließend die fünfzehn Minuten, die er bebend am Küchentisch hockte, Brot, Butter und ein Glas Wasser vor sich, all das kostete zwei Stunden Probenzeit.

Als Hardman vor der frühen Hitze in die Küche flüchtete, um ein Glas Bier zu trinken, vertraute ihm Betty an, daß es schlimm genug sei, bei diesem Wetter für den Abend einen Braten zubereiten zu müssen, und daß sie persönlich finde, der Junge würde zu hart rangenommen, lieber hätte sie ihm einen scharfen Klaps auf den Po verpaßt und die Wäsche selbst gewaschen. Das wäre Briony ganz lieb gewesen, denn der Vormittag ging unerbittlich dahin. Als dann ihre Mutter nach unten kam, um selbst nach dem Rechten zu sehen, machte sich ein Gefühl der Erleichterung breit, in Mrs. Tallis aber regte sich ein uneingestandenes schlechtes Gewissen, weshalb Emily, als Jackson mit kleinlauter Stimme fragte, ob er jetzt bitte ins Schwimmbecken dürfe, diesem Wunsch sofort nachgab und die Einwände ihrer Tochter so großzügig beiseite wischte, als wäre es Briony gewesen, die dem hilflosen kleinen Burschen die unangenehmen Strapazen auferlegt hatte. Nun wurde also erst einmal gebadet, und danach kam das Mittagessen.

Immerhin waren die Proben ohne Jackson fortgesetzt worden, doch fand sie es deprimierend, daß Arabellas Abschied, diese wichtige erste Szene, noch nicht wie am Schnürchen lief; außerdem sorgte sich Pierrot viel zu sehr um das Schicksal seines Bruders dort unten in den Tiefen des Hauses, um als tückischer fremdländischer Graf viel hermachen zu können, denn was Jackson erlitt, mochte Pierrot noch bevorstehen. Immer wieder lief er zur Toilette am Ende des Flurs.

Als Briony von einem ihrer Ausflüge in die Waschküche zurückkam, fragte er: »Hat's was gesetzt?«

»Nein, noch nicht.«

Wie sein Bruder besaß Pierrot die Fähigkeit, den Versen jeglichen Sinn zu rauben. Der Reihe nach ließ er die Worte aufmarschieren: »Glaubst-du-denn,-du-könntest-meiner-Gewalt-entrinnen?« Vollzählig und korrekt.

»Das ist eine Frage«, warf Briony ein. »Verstehst du nicht? Am Ende geht's rauf.«

»Rauf? Wie meinst du das?«

»Da. Jetzt hast du's gemacht. Du fängst tief an und hörst mit einem höheren Ton auf. Es ist eine *Frage.*«

Er schluckte schwer, holte tief Luft, machte noch einen Versuch und ließ die Worte diesmal auf einer ansteigenden Tonleiter antreten.

»Am Ende. Der Ton geht nur am Ende rauf.«

Jetzt ließ er wieder das alte monotone Geleier hören, wechselte am Ende aber die Tonlage und jodelte die letzte Silbe in den Raum.

Aufgetakelt wie eine Erwachsene, für die sie sich im Grunde ihres Herzens auch hielt, war Lola am Morgen im Kinderzimmer erschienen. Zu einem kurzärmeligen Kaschmirpullover trug sie eine um die Hüfte weit geschnittene Flanellhose mit Schlag und Bügelfalte. Zusätzliche Zeugnisse ihrer Reife waren ein mit winzigen Perlen besetztes

Samthalsband, eine smaragdene Spange, die im Nacken die roten Locken zusammenhielt, drei silberne Armreife, lose am sommersprossigen Handgelenk getragen, sowie die Tatsache, daß sie bei jeder Bewegung einen Hauch Rosenwasserduft verbreitete. Und gerade weil sie sich alle Mühe gab, ihre Überlegenheit nicht zu zeigen, wirkte sie erst recht herablassend. Geduldig ging sie auf Brionys Vorschläge ein, sagte ihren Text, den sie über Nacht auswendig gelernt zu haben schien, mit ausreichender Betonung auf und ermunterte immer wieder ihren kleinen Bruder, ohne je die Autorität der Regisseurin in Frage zu stellen. Es war, als hätte Cecilia, oder nein, als hätte Brionys Mutter sich bereit erklärt, eine Rolle in dem Stück zu übernehmen, um ein wenig Zeit mit den Kindern zu verbringen, fest entschlossen, sich keinesfalls anmerken zu lassen, wie sehr sie sich in Wahrheit langweilte. Von ungehemmter kindlicher Begeisterung war jedenfalls nichts zu merken. Am Vorabend hatte Briony ihren Verwandten den Kartenschalter und die Sammelbüchse gezeigt, und die Zwillinge waren um die publikumswirksamsten Rollen gleich aneinandergeraten, doch Lola hatte bloß die Arme verschränkt und ihrer Kusine mit einem matten Lächeln, das zu undurchsichtig war, als daß darin auch nur ein Anflug von Ironie zu erkennen gewesen wäre, höfliche, erwachsene Komplimente gemacht.

»Wunderbar. Wie klug von dir, Briony, daran zu denken. Und das hast du wirklich alles ganz allein zuwege gebracht?«

Briony wurde den Verdacht nicht los, hinter dem tadellosen Verhalten ihrer älteren Kusine verberge sich eine niederträchtige Absicht. Vielleicht vertraute Lola ja auch darauf, daß die Zwillinge in ihrer Unschuld das Stück schon zum Scheitern bringen würden und daß sie nur zu beobachten und in aller Ruhe abzuwarten brauchte.

Dieser unbewiesene Verdacht, Jacksons Waschküchenarrest, Pierrots klägliche Schauspielerei und die erdrückende Hitze schlugen Briony aufs Gemüt. Außerdem irritierte es sie, daß Danny Hardman in der Tür stand und ihnen so lange zusah, bis sie ihn fortschicken mußte. Lolas spröde Unnahbarkeit schien unüberwindbar, und Pierrot war einfach kein normal klingender Satz zu entlocken, weshalb sie regelrecht erleichtert war, als sie sich unvermutet allein im Kinderzimmer wiederfand. Lola hatte behauptet, ihre Frisur noch einmal überdenken zu müssen, und ihr Bruder war über den Flur zur Toilette oder sonstwohin verschwunden.

Briony saß auf dem Boden, lehnte mit dem Rücken an einem der großen eingebauten Spielzeugschränke und fächelte sich mit den Blättern ihres Theaterstücks Luft zu. Die Stille im Haus war vollkommen – kein Laut von unten, keine Schritte, kein Gluckern der Abwasserleitung; die vom hochgeschobenen Fenster gefangene Fliege gab ihren Kampf verloren, und draußen perlte Vogelsang auf und verebbte gleich wieder in der Hitze. Sie streckte die Beine aus und konzentrierte sich ganz auf die Falten ihres weißen Musselinrocks und die vertrauten, liebgewonnenen Hautrunzeln an den Knien. Eigentlich hätte sie heute morgen etwas anderes anziehen müssen. Sie sollte sich mehr um ihr Äußeres kümmern, so wie Lola. Es wäre kindisch, das nicht zu tun. Aber lästig war es auch. Die Stille summte ihr in den Ohren, und ihr Blick war leicht verzerrt – die Hände im Schoß schienen unnatürlich groß und zugleich weit fort, als würde sie aus großer Ferne auf sie hinabsehen. Briony hob eine Hand, krümmte die Finger und wunderte sich, wie schon so oft, daß dieses Ding, diese Greifmaschine, diese fleischige Spinne am Armende ihr gehörte und gänzlich ihrem Kommando unterstand. Oder hatte dieses Etwas womöglich doch ein Eigenleben? Sie beugte die Finger, streckte sie. Das Rätsel lag in dem Augenblick vor der Bewegung verborgen, in jenem entscheidenden Moment zwischen Starre und Veränderung, in dem ihre Absicht wirksam wurde. Wie eine Welle, die sich bricht. Bliebe sie auf dem Wellenkamm, dachte Briony, könnte sie vielleicht das Rätsel ihrer selbst lösen, könnte jenen Teil in sich erkennen, der sie in Wahrheit bestimmte. Sie führte ihren Zeigefinger dichter ans Gesicht und starrte ihn an, beschwor ihn, sich zu bewegen. Er blieb reglos, aber sie spielte auch nur, meinte es nicht ganz ernst, und ihren Finger zu einer Bewegung zu drängen, ihn etwa krümmen zu wollen, war nicht dasselbe, wie ihn wirklich zu bewegen. Als sie ihn dann tatsächlich krümmte, schien der eigentliche Vorgang im Finger zu beginnen und nicht in irgendeinem Teil ihres Hirns. Wann wußte der Finger, daß er sich bewegen sollte, wann wußte sie, daß sie ihn bewegen wollte? Sich selbst zu überlisten war unmöglich. Es gab nur ein Entweder-Oder und keinen Einschnitt, keine Nahtstelle, doch wußte sie, daß hinter dem glatten, ebenmäßigen Stoff das wahre Selbst lag – ihre Seele vielleicht? –, das beschloß, der Selbsttäuschung ein Ende zu machen und den entscheidenden Befehl zu geben.

Diese Gedanken fand sie so vertraut und tröstlich wie die genaue Entsprechung ihrer Beine, diesen vergleichbaren, doch konkurrierenden, symmetrischen und spiegelbildlichen Anblick. Stets folgte ein zweiter Gedanke dem ersten, ein Rätsel gebar das nächste: Waren alle Menschen so lebendig wie sie selbst? Nahm ihre Schwester sich zum Beispiel genauso wichtig, schätzte sie sich selbst so sehr, wie Briony sich schätzte? War es eine ebenso aufregende Angelegenheit, Cecilia zu sein, wie die, Briony zu sein? Besaß ihre Schwester auch ein wahres Selbst, das hinter der sich brechenden Welle verborgen blieb, und verbrachte sie ihre Zeit damit, über sich selbst nachzudenken, sich einen Finger vors Gesicht zu halten? Taten das alle Menschen? Auch ihr Vater, Betty, Hardman? Falls die Antwort ja lautete, dann war die Welt, die Welt der Menschen, unglaublich kompliziert: Zwei Milliarden Stimmen, und jeder einzelne fand seine Gedanken gleichermaßen wichtig, stellte gleich große Ansprüche ans Leben und hielt sich, genau wie alle anderen, für etwas Besonderes, dabei war eigentlich niemand etwas Besonderes. Ertrinken mochte man in seiner eigenen Bedeutungslosigkeit. Sollte die Antwort aber nein lauten, dann war Briony von Maschinen umgeben, die rein äußerlich nett und intelligent wirkten, denen aber ihr helles, persönliches *Inneres* fehlte. Das wäre eine finstere, einsame Welt, zudem höchst unwahrscheinlich. Denn obwohl es ihrem Ordnungssinn widersprach, wußte sie doch mit überwältigender Gewißheit, daß alle Menschen Gedanken hegten, die den ihren ähnelten. Sie wußte es, auch wenn es ein gleichsam trockenes Wissen blieb, da sie kein rechtes Gefühl dafür hatte.

Die Proben verletzten ihren Ordnungssinn. Ihre in sich geschlossene Welt, die sie mit klaren, vollkommenen Linien umrissen hatte, war vom Gekritzel fremder Gedanken, fremder Bedürfnisse verunstaltet worden; und die Zeit, die sich auf dem Papier so leicht in Akte und Szenen gliedern ließ, verrann sogar in diesem Augenblick. Vermutlich konnte sie erst nach dem Mittagessen wieder mit Jackson rechnen. Leon würde mit seinem Freund am frühen Abend eintreffen, vielleicht auch schon eher, und die Vorstellung war für sieben Uhr angesetzt. Dabei hatte immer noch keine richtige Probe stattgefunden; außerdem konnten die Zwillinge nicht spielen, konnten nicht mal ihren Text aufsagen, und Lola hatte die Rolle an sich gerissen, die Briony zustand. Nichts war, wie es sein sollte, und es war heiß, unglaublich heiß. Das Mädchen wand sich in seiner Not und stand auf. Die staubigen Bodenleisten hatten Hände und Rock beschmutzt. Gedankenverloren wischte Briony sich die Finger am weißen Musselin ab und trat ans Fenster. Am leichtesten hätte sie Leon beeindruckt, wenn sie ihm eine Geschichte geschrieben, sie ihm in die Hand gedrückt und ihm beim Lesen zugesehen hätte. Der Schriftzug des Titels, das bemalte Deckblatt, die *gebundenen* Seiten – allein in diesem Wort lag die ganze Faszination der übersichtlichen, limitierten und beherrschten Form, auf die sie mit der Entscheidung, ein Theaterstück zu schreiben, verzichtet hatte. Eine Geschichte war einfach und direkt: Sie ließ nichts zwischen sich und den Leser kommen – keine Mittelsmenschen mit persönlichen Zielen oder Unzulänglichkeiten, keinen Zeitdruck, dafür unbegrenzte Möglichkeiten. In einer Geschichte brauchte man sich bloß etwas zu wünschen, man mußte es nur niederschreiben, und schon gehörte einem die Welt; bei einem Theaterstück aber hatte man sich mit dem zufriedenzugeben, was verfügbar war: keine Pferde, keine Dorfstraßen, kein Strand. Kein Vorhang. Jetzt, da es zu spät war, fand sie es so verblüffend offensichtlich: Eine Geschichte war eine Form der Telepathie. Indem sie Zeichen auf die Seite setzte, konnte sie dem Leser die eigenen Gedanken und Gefühle übermitteln. Ein magischer Prozeß, gewiß, doch war er so geläufig, daß niemand mehr innehielt und darüber staunte. Einen Satz lesen und ihn verstehen war ein und dasselbe, genau wie das Krümmen eines Fingers – nichts lag dazwischen. Es gab keine zeitliche Kluft, in der die Zeichen erst enträtselt wurden. Man sah das Wort *Schloß*, und schon tauchte es in der Ferne auf, lag dort hinter weiten, hochsommerlichen Wäldern, der Himmel zartblau, und aus einer Schmiede stieg Rauch, ein Kopfsteinpflasterweg schlängelte sich durchs dunkle Grün...

Sie stand am weitgeöffneten Fenster des Kinderzimmers und mußte das, was sich ihrem Blick bot, schon einen Moment lang gesehen haben, ehe sie es bewußt registrierte. Es war eine Landschaft, in die – zumindest in der Ferne – ein mittelalterliches Schloß gut gepaßt hätte. Einige Meilen hinter dem Land der Familie Tallis stiegen die Surrey Hills mit ihrer reglosen Schar stämmiger Traubeneichen an, deren Grün vom milchigen Dunst der Hitze gemildert wurde. Davor dann die offene Parklandschaft, die heute brütend wie eine Savanne dalag, wild und trocken, mit vereinzelten Bäumen, die scharfe, gedrungene Schatten warfen, und überall das lange Gras, dem bereits das löwenmähnige Gelb des Hochsommers auflauerte. Näher, schon innerhalb der umgrenzenden Balustrade, lag der Rosengarten, noch näher dann der Triton-Brunnen, an dessen Beckenrand sie ihre Schwester sah; gleich vor ihr stand Robbie Turner. Es wirkte irgendwie offiziell, wie er sich da vor ihr aufgebaut hatte, die Beine leicht gespreizt, den Kopf erhoben. Ein Heiratsantrag. Das würde Briony nicht überraschen. Sie hatte selbst eine Geschichte geschrieben, in der ein einfacher Holzfäller eine Prinzessin vor dem Ertrinken rettete und sie dann heiratete. Was sich hier ihren Blicken bot, paßte dazu. Robbie Turner, der einzige Sohn einer einfachen Putzfrau und eines unbekannten Vaters, Robbie, dem Brionys Vater den Besuch von Schule und Universität ermöglicht hatte, der Landschaftsgärtner hatte werden wollen und nun daran dachte, Medizin zu studieren, dieser Robbie besaß die kühne Vermessenheit, Cecilia einen Antrag zu machen. Das war völlig verständlich. Solche dramatischen Augenblicke, die alle Standesgrenzen vergessen ließen, waren der Stoff, aus dem Liebesgeschichten sind.

Nicht ganz so verständlich war jedoch, wieso Robbie jetzt gebieterisch die Hand hob, als erteile er einen Befehl, dem Cecilia sich nicht zu widersetzen wagte. Wirklich erstaunlich, daß sie sich nicht gegen ihn durchzusetzen wußte. Offenbar auf sein Drängen hin zog sie ihre Kleider aus, und das auch noch rasend schnell. Schon trug sie keine Bluse mehr, nun ließ sie den Rock zu Boden sinken und trat einen Schritt beiseite, während er ihr, die Hände in den Hüften, ungeduldig zusah. Welch seltsame Macht besaß er über sie? Erpressung? Drohungen? Briony hob beide Hände vors Gesicht und wich ein wenig vom Fenster zurück. Sie sollte lieber die Augen schließen, dachte sie, sollte sich den Anblick der Demütigung ihrer Schwester ersparen. Doch das war unmöglich, denn es gab weitere Überraschungen. Cecilia, die zum Glück noch ihre Unterwäsche trug, stieg ins Becken, stand hüfttief im Wasser, hielt sich die Nase zu – und verschwand. Nur noch Robbie war zu sehen, auf dem Kiesweg lagen die Kleider, weiter hinten der stille Park und die fernen, blauen Berge.

Die Abfolge der Ereignisse war unlogisch – Ertrinken und anschließende Rettung hätten dem Heiratsantrag vorausgehen müssen. Das jedenfalls war Brionys letzter Gedanke, ehe sie sich damit abfand, daß sie schlichtweg nicht begriff, was dort geschah, und einfach weiter zusehen mußte. Aus dem zweiten Stock, gleichsam über Jahre hinweg, konnte sie unbemerkt und bei einwandfreiem Sonnenlicht einen Blick auf die Welt der Erwachsenen werfen, auf ihre Riten und Gepflogenheiten, von denen sie nichts wußte, noch nicht. Solche Dinge passierten also. Noch während der Kopf ihrer Schwester wieder auftauchte – Gott sei Dank! –, überkam Briony eine erste, undeutliche Ahnung, daß die Zeit der Märchenschlösser und Prinzessinnen für sie vorbei war, daß es von nun an um dieses merkwürdige Hier und Jetzt gehen würde, um die Frage, was zwischen den Menschen geschah, den ihr bekannten gewöhnlichen Sterblichen, welche Macht der eine über den anderen haben mochte und wie rasch man alles falsch, völlig falsch verstehen konnte. Cecilia war aus dem Becken gestiegen, griff nach ihrem Rock und streifte sich gleich darauf mit einiger Mühe die Bluse über die feuchte Haut. Dann wandte sie sich abrupt um, hob aus dem tiefen Schatten des Brunnenrandes eine Blumenvase auf, die Briony zuvor nicht bemerkt hatte, und ging damit zum Haus. Kein Wort zu Robbie, kein Blick.

Er starrte ins Wasser, zweifellos ganz mit sich zufrieden, und eilte dann ebenfalls in Richtung Haus. Plötzlich lag der Schauplatz verlassen da; allein der nasse Fleck auf dem Boden, dort, wo Cecilia dem Brunnen entstiegen war, bewies, daß überhaupt etwas vorgefallen war.

Briony lehnte an der Wand und starrte mit leerem Blick ins Kinderzimmer. Sie war versucht, sich dramatisch und verzaubert zu fühlen und das, was sie gesehen hatte, für ein Tableau vivant zu halten, das eigens ihretwegen aufgeführt worden war, ein Moralstück in rätselhaftem Gewand, allein für sie. Doch wußte sie sehr wohl, daß es bei diesem Vorfall überhaupt nicht um sie gegangen war, daß er auch dann geschehen wäre, wenn sie nicht dort gestanden hätte, wo sie nun einmal stand. Nur der Zufall hatte sie ans Fenster geführt. Dies war kein Märchen, dies war die Wirklichkeit, die Welt der Erwachsenen, in der Frösche nicht mit Prinzessinnen redeten und die einzigen Botschaften jene waren, die die Menschen einander zukommen ließen. Sie könnte natürlich auf Cecilias Zimmer laufen und eine Erklärung verlangen. Doch Briony widerstand dieser Versuchung, sie wollte allein für sich jenem vagen Kitzel des Denkbaren folgen, den sie zuvor schon manchmal empfunden hatte, jener flüchtigen Erregung angesichts einer Ahnung, die sie schon beinahe zu fassen meinte, zumindest intuitiv. Im Laufe der Jahre würde dieser Gedanke immer greifbarer werden. Sie würde sich eingestehen, daß sie ihrem dreizehnjährigen Ich womöglich mehr Erkenntnis zugebilligt hatte, als wahrscheinlich war. Es mochte ihr damals an den genauen Worten gefehlt haben, doch hatte sie wohl nichts weiter im Sinn gehabt, als endlich mit dem Schreiben zu beginnen.

Während sie im Kinderzimmer auf die Rückkehr ihrer Kusine und ihrer Vettern wartete, hatte sie das Gefühl, eine Szene wie die am Brunnen beschreiben und auch eine verborgene Beobachterin wie sich selbst einfügen zu können. Schon malte sie sich aus, wie sie nach unten in ihr Schlafzimmer eilte, zu einem neuen Block mit liniertem Papier und ihrem marmorierten Bakelitfüller. Sie konnte die einfachen Sätze vor sich sehen, die anwachsende Zahl telepathischer Symbole, die aus der Feder quollen. Sie würde die Szene dreimal darstellen, aus drei verschiedenen Perspektiven; die Aussicht auf ihre schriftstellerische Freiheit erregte sie, endlich erlöst vom lästigen Kampf zwischen Gut und Böse, zwischen Held und Schurke. Keiner der drei war böse, und sie waren allesamt nicht sonderlich gut. Sie mußte nicht urteilen. Es brauchte keine Moral zu geben. Sie hatte bloß unabhängige Individuen darzustellen, die so lebendig wie sie selbst waren und mit dem Gedanken rangen, daß der Geist anderer Menschen so lebendig wie der eigene sein könnte. Nicht bloß Niedertracht und Ränkespiel, sondern Verwirrung und Mißverständnis machten die Menschen unglücklich, vor allem aber ihr Unvermögen, die simple Wahrheit zu begreifen, daß andere Menschen ebenso real waren wie sie selbst. Nur in der erzählenden Form konnte man in diese fremden Seelen eindringen und sie gleichberechtigt nebeneinander darstellen. Eine andere Moral brauchte keine Geschichte zu haben.

Sechs Jahrzehnte später würde sie schildern, wie sie sich im Alter von dreizehn Jahren gewissermaßen durch die Literaturgeschichte geschrieben hatte, von ersten Geschichten in der europäischen Tradition der Sagen und Märchen über Theaterstücke mit schlichter Moral bis hin zu jenem unparteiischen psychologischen Realismus, den sie während einer Hitzewelle im Jahre 1935 an einem bestimmten Vormittag für sich entdeckt hatte. Sie würde sehr wohl um das Ausmaß ihrer Selbststilisierung wissen und diese Erklärung in mokantem oder zumindest selbstironischem Ton abgeben. Ihr Werk war dafür bekannt, daß ihm jegliche Moral abging, doch wie so viele Autoren fühlte sie sich durch wiederholte Fragen gedrängt, eine Geschichte zu spinnen, eine Skizze ihres Werdegangs zu geben, die jenen Augenblick umschrieb, in dem sie unverkennbar sie selbst geworden war. Sie wußte, daß es nicht richtig war, in der Mehrzahl von ihren Theaterstücken zu sprechen, daß ihr Spott sie von dem ernsten, nachdenklichen Kind distanzierte und sie sich nicht so sehr an den lang vergangenen Vormittag als vielmehr an die späteren Schilderungen davon erinnerte. Womöglich waren ihr die Gedanken an einen gekrümmten Finger, an die Überlegenheit der Erzählung über das Theaterstück und die unerträgliche Vorstellung fremder Seelen an ganz anderen Tagen in den Sinn gekommen, doch erhielt, was immer sich zugetragen hatte, Bedeutung erst durch ihr veröffentlichtes Werk und wäre ansonsten in Vergessenheit geraten.

Sie konnte allerdings nicht allzuweit vom Geschehenen abweichen, schließlich bestand kein Zweifel daran, daß ihr eine Art von Offenbarung zuteil geworden war. Als das junge Mädchen zurück ans Fenster ging und hinabblickte, war der nasse Fleck auf dem Kies verdunstet. Von der Pantomime am Brunnen war nun nichts mehr übrig außer dem, was in der Erinnerung fortdauerte, in drei verschiedenen, sich überschneidenden Erinnerungen. Die Wahrheit war so schemenhaft geworden wie die Phantasie. Sicher könnte Briony jetzt gleich beginnen, könnte niederschreiben, was sie gesehen hatte, könnte sich der Herausforderung stellen, indem sie sich weigerte, ihre Schwester zu verurteilen, die sich vorm Haus und bei hellem Tageslicht fast nackt gezeigt hatte. Dann müßte die Szene neu gestaltet werden, einmal durch Cecilias, dann durch Robbies Augen. Doch jetzt blieb dafür keine Zeit. Brionys Pflichtgefühl wie auch ihr Ordnungssinn waren übermächtig; sie mußte beenden, was sie begonnen hatte, es galt Proben abzuhalten, Leon war auf dem Weg hierher, und die Familie erwartete am Abend eine Theatervorstellung. Vielleicht sollte sie noch einmal in die Waschküche gehen und nachsehen, ob Jacksons Heimsuchungen nicht endlich vorüber waren. Mit dem Schreiben konnte sie warten, bis sie genügend Zeit dafür hatte.

Vier

Erst spät am Nachmittag erklärte Cecilia die Vase für repariert. Sie war auf einem Tisch vor dem Südfenster der Bibliothek einige Stunden von der Sonne gebacken worden, und bis auf drei dünne Schlangenlinien in der Glasur, die wie Flüsse auf einer Karte zusammenliefen, war nichts mehr zu sehen. Niemand würde je etwas merken. Cecilia wollte, die Vase in beiden Händen, gerade die Bibliothek verlassen, als sie ein Geräusch wie von bloßen Füßen auf den Fliesen vor der Tür hörte. Die ganze Zeit hatte sie jeden Gedanken an Robbie Turner unterdrückt, und sie fand es unverschämt, daß er erneut ohne Socken durch das Haus lief. Sie trat auf den Flur, fest entschlossen, sich dieser Anmaßung oder seinem Spott zu stellen – und stieß statt dessen auf ihre völlig verstörte Schwester. Brionys Augenlider waren geschwollen und rot, und sie knetete ihre Unterlippe mit Zeigefinger und Daumen, eine alte Angewohnheit, die verriet, wie heftig sie geweint haben mußte.

»Was ist los, Liebes?«

Doch Brionys Augen waren trocken. Sie senkte unmerklich den Blick, musterte die Vase und drängte dann an Cecilia vorbei zur Staffelei, die das Plakat mit dem fröhlichen vielfarbigen Titel und einem an Chagall erinnernden, rund um die Buchstaben angeordneten Mosaik aus pastellfarbenen Glanzlichtern ihres Stückes trug: der Abschied von den weinenden Eltern, der Ritt zur Küste im Mondschein, die Heldin auf dem Krankenbett, eine Hochzeit. Briony blieb davor stehen, riß dann, mit einer einzigen, heftigen, diagonalen Bewegung mehr als die Hälfte von dem Plakat ab und warf das Papier auf den Boden. Cecilia stellte die Vase ab, lief zu ihrer Schwester und kniete nieder, um zu retten, was zu retten war, ehe Briony auf dem Bild herumtrampeln konnte. Es wäre nicht das erste Mal, daß sie Briony vor einem Akt der Selbstzerstörung bewahrte.

»Sind es die Vettern, Schwesterchen?« Cecilia wollte ihre Schwester trösten, denn sie hatte das Küken der Familie schon immer gern verhätschelt. Als Briony noch klein war und von Alpträumen geplagt wurde – diese gräßlichen Schreie in der Nacht –, war Cecilia immer in ihr Zimmer gerannt und hatte sie geweckt. *Komm zurück,* hatte sie geflüstert. *Es ist nur ein Traum. Komm zurück.* Und dann hatte sie Briony mit in ihr eigenes Bett genommen.

Sie wollte ihrer Schwester den Arm um die Schulter legen, aber Briony zupfte nicht mehr an ihrer Lippe; sie stand an der Haustür, eine Hand auf dem großen Messingknauf, einem Löwenkopf, den Mrs. Turner noch am Nachmittag poliert hatte. »Die Vettern sind doof. Aber darum geht's nicht. Es ist...« Sie verstummte und wußte nicht recht, ob sie ihrer Schwester anvertrauen sollte, was ihr gerade klar geworden war.

Cecilia glättete das abgerissene Papierdreieck und dachte, wie sehr sich ihre Schwester doch veränderte. Es wäre ihr lieber gewesen, wenn Briony geweint hätte und sich auf der seidenen Chaiselongue im Salon von ihr hätte trösten lassen. Nach einem frustrierenden Tag, dessen aufwühlende

Gefühle sie nicht genauer analysieren wollte, wäre es eine Erleichterung gewesen, die kleine Schwester zu streicheln und ihr besänftigend zuzureden. Freundliche Worte und Liebkosungen für Briony hätten ihr geholfen, die eigene Fassung wiederzugewinnen. Doch noch in ihrem Kummer legte die jüngere Schwester eine verwirrende Unabhängigkeit an den Tag. Sie hatte Cecilia den Rücken zugewandt und öffnete die Tür.

»Aber was ist denn?« Cecilias Stimme war die eigene Not anzuhören.

Hinter ihrer Schwester, weit hinter dem See, schlängelte sich die Auffahrt durch den Park, wurde schmaler und stieg allmählich bis zu jener Stelle an, an der ein winziger Fleck, formlos in der wabernden Hitze, langsam größer wurde, dann flackerte und wieder in sich zusammenzusinken schien. Das mußte Hardman sein, der sich zu alt fühlte, um das Autofahren noch zu lernen, weshalb er Besucher mit der Kutsche abholte.

Briony hatte sich nochmals umgedreht und blickte ihre Schwester herausfordernd an. »Das Ganze ist ein Fehler. Es ist das falsche...« Sie holte tief Luft und schaute an Cecilia vorbei; ein Zeichen dafür, daß gleich ein Lexikonwort seinen ersten Auftritt erleben würde. »Es ist das falsche Genre!« Sie sprach es aus, als hätte es nur eine Silbe, so, wie es ihrer Meinung nach die Franzosen taten, brachte aber das ›r‹ nicht recht über die Lippen.

»Jean?« rief Cecilia ihr nach. »Was redest du da?«

Doch Briony hüpfte bereits auf ihren zarten weißen Fußsohlen über den glühenden Kies davon.

Cecilia ging in die Küche, um die Vase mit Wasser zu füllen und sie hinauf in ihr Schlafzimmer zu bringen, wo sie die Blumen wieder aus dem Waschbecken fischte. Sie ließ sie in die Vase gleiten, doch weigerten sie sich erneut, das kunstvolle Durcheinander einzunehmen, das sie so gern gesehen hätte, und ordneten sich wie vorsätzlich der Größe nach, die längeren Stengel gleichförmig um den Rand verteilt. Cecilia nahm die Blumen heraus und ließ sie noch einmal in die Vase fallen, und wieder arrangierten sie sich zu einem akkuraten Gesamtbild. Eigentlich war es auch nicht so wichtig. Schließlich dürfte es höchst unwahrscheinlich sein, daß dieser Mr. Marshall sich über die allzu symmetrische Anordnung der Blumen an seinem Bett beschwerte. Sie trug den Strauß über den knarrenden Flur in den zweiten Stock zu jenem Raum, der das Zimmer von Tante Venus genannt wurde, stellte die Vase auf die Nachtkommode neben dem Himmelbett, und damit war der kleine Auftrag, den ihre Mutter ihr am Morgen, vor gut acht Stunden, gegeben hatte, erledigt.

Sie blieb noch, da der Raum angenehm frei von allen persönlichen Dingen war – bis auf Brionys Zimmer schien dies das einzige Schlafgemach zu sein, in dem Ordnung herrschte. Und es war kühl hier, denn die Sonne stand inzwischen auf der anderen Seite des Hauses. Alle Schubladen waren leer, auf den Tischen nicht einmal Fingerabdrücke zu sehen, und unter der Chintzdecke würden sich reine, gestärkte Laken übers Bett spannen. Es reizte sie, eine Hand unter die Decke zu schieben und das Bettzeug zu befühlen, dann aber sah sie sich doch lieber nur in Mr. Marshalls Zimmer um. Den Bezug des Chippendale-Sofas vor dem Himmelbett hatte man so sorgfältig glattgestrichen, daß es einem Sakrileg gleichgekommen wäre, sich darauf zu setzen. Ein milder Geruch nach Wachs hing in der Luft, im honigfarbenen Licht schienen die schimmernden Möbelstücke zu flirren und zu atmen. Als sich ihr Blickwinkel änderte, sah sie die Festgäste auf dem Deckel einer alten Brauttruhe das Tanzbein schwingen. Offenbar hatte Mrs. Turner das Zimmer am Vormittag hergerichtet, doch wischte Cecilia jeden noch so fernen Gedanken an Robbie rasch beiseite. Sie fühlte sich wie ein Eindringling, schließlich war der künftige Bewohner dieses Zimmers nur noch wenige hundert Schritte vom Haus entfernt.

Vom Fenster aus konnte sie sehen, daß Briony über die Brücke zur Insel eilte, die grasbewachsene Böschung hinabstieg und hinter den Bäumen am Tempel verschwand. In etwas größerer Entfernung ließen sich gerade noch die beiden Gestalten mit Hüten ausmachen, die hinter Hardman in der Kutsche saßen. Jetzt entdeckte sie auch eine dritte, zuvor übersehene Gestalt, die der Kutsche über die Auffahrt entgegenging. Bestimmt war das Robbie Turner auf dem Weg zurück ins Pförtnerhaus. Er blieb stehen, und als die Gäste näher kamen, schienen seine Umrisse mit denen der Besucher zu verschmelzen. Sie konnte sich die Begegnung vorstellen – das männliche Schulterklopfen, die derben Späße. Es ärgerte sie, daß ihr Bruder nicht wissen konnte, wie sehr Robbie bei ihr in Ungnade gefallen war. Mit einem ungehaltenen Seufzer wandte sie sich vom Fenster ab, um auf ihr Zimmer zu gehen und sich eine Zigarette zu holen.

Irgendwo mußte sie noch eine Schachtel haben, doch erst nachdem sie mehrere Minuten verärgert ihr Tohuwabohu durchwühlt hatte, fand sie die Zigaretten in der Tasche ihres blauseidenen Morgenmantels auf dem Badezimmerboden. Während sie die Treppe zur Eingangshalle hinunterging, steckte sie sich eine Zigarette an, wohl wissend, daß sie das nicht gewagt hätte, wenn ihr Vater zu Hause gewesen wäre. Er hegte sehr genaue Vorstellungen darüber, wo und wann sich eine rauchende Frau zeigen durfte, jedenfalls nicht auf der Straße oder an irgendeinem anderen öffentlichen Ort, nicht beim Betreten eines Zimmers, nicht im Stehen und überhaupt nur dann, wenn ihr eine angeboten wurde, niemals aber rauchte sie eine Zigarette aus eigenem Vorrat – Regeln, die ihm so selbstverständlich schienen wie ein Naturgesetz. Auch nach drei Jahren Studium am Girton College in Cambridge fehlte ihr der Mut, sich gegen ihn aufzulehnen. Jene unbeschwerte Ironie, die sie gern vor ihren Freundinnen zeigte, verließ sie in seiner Gegenwart, und sie hörte selbst, wie dünn ihre Stimme plötzlich klang, wenn sie einmal einen vorsichtigen Widerspruch wagte. Eigentlich fand sie es immer unangenehm, nicht einer Meinung mit ihrem Vater zu sein, selbst wenn es sich bloß um eine unbedeutende Haushaltsangelegenheit handelte, und wie sehr die große Literatur auch ihr Empfinden geformt haben mochte, so hatte doch keine Lektion in praktischer Kritik sie gänzlich von ihrem kindlichen Gehorsam befreien können. Auf der Treppe zu rauchen, während Vater im Ministerium in Whitehall festsaß – mehr Revolte ließ ihre Erziehung nicht zu, und selbst dieses bißchen war schwer erkämpft.

Als sie auf den breiten, die Eingangshalle beherrschenden Treppenabsatz trat, führte Leon seinen Freund Paul Marshall durch die weitgeöffnete Tür. Hinter ihnen kam Danny

Hardman mit dem Gepäck. Der alte Hardman war draußen gerade noch zu erkennen, wie er stumm auf die Fünf-Pfund-Note in seiner Hand starrte. Das indirekte Nachmittagslicht, vom Kies gebrochen und von der Lünette gefiltert, tauchte die Halle in die gelborangefarbenen Töne eines Sepiadrucks. Die Herren sahen ihr lächelnd entgegen, die Hüte in der Hand. Und wie sie es manchmal tat, wenn sie einen Mann zum ersten Mal traf, fragte sie sich, ob er wohl der Auserwählte war, ob sie sich an diesen Augenblick für den Rest ihres Lebens erinnern würde – mit Dankbarkeit oder mit einem tiefen, bohrenden Bedauern.

»Cecilia, Schwesterherz!« rief Leon.

Als sie sich umarmten, fühlte sie an ihrem Schlüsselbein einen dicken Füllfederhalter durch den Stoff seiner Jacke und meinte, in den Kleiderfalten Pfeifenrauch zu riechen, was sie für einen Augenblick sehnsüchtig an nachmittägliche Teebesuche auf den Zimmern der Männercolleges denken ließ; zumeist ganz höfliche, harmlose Zusammenkünfte, auf denen es aber, vor allem im Winter, auch recht fröhlich zugegangen war.

Paul Marshall gab ihr die Hand und deutete eine Verbeugung an. Etwas komisch Grüblerisches lag in seinem Gesicht. Die erste Bemerkung aber war konventionell und langweilig: »Ich habe schon viel von Ihnen gehört.«

»Und ich von Ihnen.« Immerhin konnte sie sich an ein Telephongespräch mit ihrem Bruder vor einigen Monaten erinnern, in dessen Verlauf die Frage aufgekommen war, ob sie jemals einen Amo-Riegel gegessen hatten oder je einen essen würden. »Emily hat sich hingelegt.«

Das brauchte kaum gesagt zu werden. Als Kinder hatten

sie stets behauptet, an der Verdunklung bestimmter Fenster schon vom anderen Ende des Parks aus erkennen zu können, ob ihre Mutter Migräne hatte oder nicht.

»Und der alte Herr übernachtet in der Stadt?«

»Vielleicht kommt er später noch.« Cecilia wußte, daß Paul Marshall sie anstarrte, doch ehe sie seinen Blick erwidern konnte, mußte sie noch etwas klarstellen. »Die Kinder wollten ein Theaterstück aufführen, aber das wird wohl ein Schlag ins Wasser.«

Marshall sagte: »Dann war es bestimmt Ihre Schwester, die wir unten am See gesehen haben. Sie hat den Brennesseln eine ordentliche Tracht Prügel verpaßt.«

Leon trat einen Schritt zur Seite, um den jungen Hardman mit dem Gepäck vorbeizulassen. »Wo bringen wir Paul unter?«

»Im zweiten Stock.« Cecilia hatte den Kopf leicht geneigt und diese Worte zugleich an den jungen Hardman gerichtet, der bis zur Treppe vorgegangen war, jetzt aber stehenblieb und sich umdrehte, einen Lederkoffer in jeder Hand, um zu der Gruppe zurückzuschauen, die dort mitten auf der weiten, gefliesten Schachbrettfläche stand. Sein Gesicht verriet stummes Unverständnis. In letzter Zeit war ihr aufgefallen, daß er sich oft bei den Kindern herumtrieb. Vielleicht interessierte er sich für Lola. Immerhin war er sechzehn und bestimmt kein kleiner Junge mehr. Die Pausbacken, an die sie sich noch so gut erinnerte, waren verschwunden, und der kindliche Schwung seiner Lippen hatte sich in die Länge gezogen, bis er auf unschuldige Weise grausam wirkte. Das Akne-Muster über seinen Brauen schien frisch, doch milderte das Sepialicht den unschönen Anblick. Ihr wurde klar, daß sie sich den ganzen Tag schon merkwürdig gefühlt und Merkwürdiges wahrgenommen hatte, als läge alles bereits lange zurück und würde durch nachträgliche Ironie, die sie nicht ganz verstand, erst recht lebendig.

Geduldig erklärte sie ihm: »Das große Zimmer neben dem Kinderzimmer.«

»Das Zimmer von Tante Venus«, ergänzte Leon.

Fast ein halbes Jahrhundert lang hatte man sich Tante Venus in weiten Teilen der kanadischen Northern Territories nicht aus der Krankenpflege fortdenken können, dabei war sie eigentlich gar keine richtige Tante, das heißt, sie war nur die Tante des verstorbenen Vetters zweiten Grades von Mr. Tallis, doch hatte ihr kein Mensch, als sie in den Ruhestand ging, das Anrecht auf ein Zimmer im zweiten Stock streitig gemacht, wo sie während Cecilias früher Kindheit eine gutmütige bettlägerige Invalidin gewesen war, die dahinwelkte und kurz nach Cecilias zehntem Geburtstag klaglos verschied. Eine Woche später wurde Briony geboren.

Cecilia führte die Besucher in den Salon und durch die Terrassentür, vorbei an den Rosen, zum Swimmingpool, der hinter den Stallgebäuden lag, auf allen Seiten von einem hohen Bambusdickicht umgeben, das nur durch eine tunnelähnliche Bresche Einlaß bot. Sie duckten sich unter niedrig hängendem Bambusrohr hindurch und traten auf eine Terrasse mit gleißendweißen Fliesen, von denen die Hitze wie von einem Glutofen aufstieg. Tief im Schatten stand in sicherer Entfernung vom Beckenrand ein weißgestrichener Blechtisch, darauf ein Krug mit eisgekühltem Punsch, abgedeckt mit einem Gazetuch. Sobald Leon die Liegestühle aufgestellt hatte, setzten sie sich in einem Halbkreis mit

Blick auf das Wasser. Marshall, der zwischen Leon und Cecilia saß, riß gleich das Gespräch an sich und hielt einen Monolog von zehn Minuten. Er bekannte, wie herrlich es sei, sich fern der Stadt in dieser Beschaulichkeit, dieser Ruhe aufhalten zu können, sei er doch neun Monate lang Tag für Tag in jeder wachen Minute ein Sklave seiner Vision gewesen und ständig zwischen Chefbüro, Sitzungssaal und Werkhalle hin und her geeilt. Ein großes Haus am Clapham Common habe er sich gekauft, doch bislang kaum Zeit gehabt, sich dort aufzuhalten. Die Markteinführung des Regenbogen-Amo sei ein Triumph gewesen, allerdings erst nachdem diverse Vertriebskatastrophen abgewendet werden konnten; außerdem hatte die Anzeigenkampagne einige ältere Bischöfe gekränkt, weshalb eine neue Werbestrategie entworfen werden mußte; und dann habe der Erfolg schließlich seine eigenen Probleme mit sich gebracht, unglaubliche Verkaufszahlen, neue Produktionsziffern, Streit wegen der Überstundentarife und des Standorts für eine zweite Fabrik, gegen den alle vier beteiligten Gewerkschaften etwas einzuwenden hatten, so daß sie wie Kinder becirct und beschwatzt werden mußten, und jetzt, nachdem alles zur Zufriedenheit geklärt worden war, erwartete ihn eine noch größere Herausforderung: Armee-Amo, der khakifarbene Schokoriegel mit dem Slogan »Gib mir mein Amo!«, ein Produktkonzept, das davon ausging, daß mehr für die Streitkräfte getan werden müsse, falls Herr Hitler nicht endlich Ruhe gebe; ja, es bestehe sogar die Hoffnung, daß dieser Riegel zur Notration einer jeden Grundausrüstung gehören sollte, was bedeuten würde, daß die Firma, falls es zu einer allgemeinen Einberufung käme, weitere fünf Fabriken bauen könnte; doch gab es manch einen im Vorstand, der überzeugt davon war, daß man zu einer Einigung mit Deutschland finden könne und finden müsse, weshalb Armee-Amo sich als Schuß in den Ofen erweisen würde; ein Vorstandsmitglied hatte Marshall sogar vorgeworfen, ein Kriegstreiber zu sein, doch aller Erschöpfung und allen bösen Vorwürfen zum Trotz würde er sich von seinem Ziel, seiner Vision nicht abbringen lassen. Marshall endete damit, daß er wiederholte, wie herrlich es sei, »hier draußen« zu sein, in dieser »Abgeschiedenheit«, da man hier doch gleichsam Atem schöpfen könne.

Während sie ihn in den ersten Minuten seines Vortrags beobachtete, verspürte Cecilia ein angenehm flaues Gefühl im Magen, als sie sich ausmalte, wie herrlich selbstzerstörerisch und fast erotisch es doch sein müßte, mit diesem beinahe attraktiven, ungeheuer reichen und doch so unfaßbar dummen Mann verheiratet zu sein. Er würde ihr seine breitgesichtigen Kinder einpflanzen, alles lärmende, dickschädlige Jungen mit einer Vorliebe für Fußballspiele, Gewehre und Flugzeuge. Als er sich zu Leon umwandte, musterte sie sein Profil. Beim Sprechen zuckte ein langer Muskel an seinem Kinn. Von den Augenbrauen standen einige dicke schwarze Haare ab, und aus seinen Ohren sproß ein ähnlich schwarzes Gewächs, das sich lächerlich wie Schamhaare kringelte; er sollte mal seinem Friseur Bescheid sagen.

Die allerkleinste Änderung der Blickrichtung rückte ihr Leons Gesicht vor Augen, doch der schaute höflich seinen Freund an und schien fest entschlossen, nicht zu ihr hinzusehen. Als Kinder hatten sie sich sonntags gegenseitig mit »dem Blick« gequält, wenn ihre Eltern betagte Verwandte zum Essen eingeladen hatten. Das waren pietätvolle Anlässe, für die eigens das alte Silberservice aufgedeckt wurde. Die ehrwürdigen Großonkel, Tanten und Großeltern mütterlicherseits waren Viktorianer, ein verstörtes, ernstes Volk, ein verlorener Stamm, der seit zwei Jahrzehnten verdrießlich in einem frivolen, fremden Jahrhundert herumirrte und in schwarzen Kleidern das Haus betrat. Der zehnjährigen Cecilia und ihrem zwölfjährigen Bruder jagten sie entsetzliche Angst ein, und der nächste Lachkrampf war immer nur einen Atemzug weit entfernt. Wer den Blick auffing, war ihm hilflos ausgeliefert, wer ihn aussandte, war immun. Meist war Leon der Stärkere, da er eine todernste Miene aufsetzen konnte, bei der er die Mundwinkel nach unten zog und gleichzeitig mit den Augen rollte. So bat er Cecilia etwa im unschuldigsten Ton um das Salz, und obwohl sie die Augen niederschlug, wenn sie es ihm reichte, ja, obwohl sie den Kopf abwandte und tief Luft holte, genügte es manchmal, zu wissen, daß er seinen Blick aufgesetzt hatte, um sie neunzig Minuten lang dem unterdrückten Beben eines drohenden Kicheranfalls auszuliefern. Leon war derweil fein raus, da er nur gelegentlich nachsetzen mußte, wenn er glaubte, daß sie sich zu erholen begann. Sie selbst hatte ihn nur selten mit einer Miene hochnäsigen Schmollens aus der Fassung gebracht. Gelegentlich mußten die Kinder auch zwischen den Erwachsenen Platz nehmen, wo es nicht ganz ungefährlich war, den Blick zu proben – wer bei Tisch Fratzen zog, riskierte, gescholten und früh zu Bett geschickt zu werden. Der Trick bestand darin, schnell einen Versuch zu wagen, indem man sich etwa erst die Lippen leckte, um anschließend amüsiert zu lächeln und dabei zugleich das Augenmerk des andern auf sich zu lenken. Einmal hatten sie beide aufgeschaut und sich im selben Moment ihren Blick zugeworfen, woraufhin Leon Suppe aus seiner Nase über das Handgelenk einer Großtante versprühte. Beide Kinder waren für den Rest des Tages auf ihre Zimmer verbannt worden.

Cecilia hätte ihren Bruder gern beiseite genommen und ihm gesagt, daß Mr. Marshall Schamhaare aus den Ohren wuchsen. Dieser beschrieb gerade die Begegnung im Sitzungssaal mit jenem Mann, der ihn einen Kriegstreiber genannt hatte. Sie hob den Arm, als wollte sie sich übers Haar streichen, wodurch sie unwillkürlich Leons Aufmerksamkeit auf sich lenkte. Im selben Moment warf sie ihm den Blick zu, den er seit mehr als zehn Jahren nicht gesehen hatte. Er preßte die Lippen zusammen, wandte den Kopf ab und starrte auf einen Fleck neben seinen Schuhen, wo er etwas sehr Interessantes entdeckt zu haben schien. Als Marshall sich gleich darauf zu Cecilia umwandte, vergrub Leon sein Gesicht hinter vorgehaltener Hand, die bebenden Schultern aber ließen sich vor seiner Schwester nicht verbergen. Er konnte von Glück sagen, daß Marshall gerade zum Schluß kam.

»...da man hier doch gleichsam Atem schöpfen kann.«

Abrupt sprang Leon auf. Er ging an den Rand des Bekkens und betrachtete nachdenklich ein klatschnasses rotes Handtuch, das jemand neben dem Sprungbrett vergessen hatte. Dann schlenderte er, Hände in den Taschen und sichtlich wieder gefaßt, zu ihnen zurück.

Er sagte zu Cecilia: »Rate mal, wen ich unterwegs getroffen habe.«

»Robbie.«

»Ich habe ihn für heute abend eingeladen.«

»Leon! Wie konntest du?«

Er hatte Lust, sie ein wenig aufzuziehen. Rache vermutlich. Zu seinem Freund sagte er: »Der Sohn der Putzfrau erhält ein Stipendium fürs Gymnasium, ein Stipendium für Cambridge, studiert zur gleichen Zeit wie Cee – und drei Jahre lang spricht sie kaum ein Wort mit ihm! Sie hat ihn nicht mal in die *Nähe* ihrer Freunde von der Roedean School gelassen.«

»Du hättest mich vorher fragen sollen.«

Sie war tatsächlich verärgert, und Marshall, dem dies auffiel, sagte beschwichtigend: »Ein paar solcher Stipendiaten habe ich in Oxford kennengelernt, und manche waren sogar verdammt clever. Aber sie konnten auch richtig neidisch sein, was doch ein ziemlich starkes Stück war, fand ich.«

Sie fragte: »Haben Sie eine Zigarette für mich?«

Er bot ihr eine aus seinem Silberetui an, warf Leon eine zu und bediente sich dann selbst. Mittlerweile waren sie alle aufgestanden, und als Cecilia sich zu Marshalls Feuerzeug vorbeugte, sagte Leon: »Er hat einen erstklassigen Verstand, deshalb kapiere ich einfach nicht, wieso er durch Blumenbeete kriecht.«

Sie ging zum Sprungbrett, setzte sich und versuchte, einen möglichst entspannten Eindruck zu machen, doch ihre Stimme klang etwas gepreßt. »Er denkt daran, auch noch Medizin zu studieren. Mir wäre es wirklich lieber gewesen, du hättest ihn nicht eingeladen, Leon.«

»Und der alte Herr ist einverstanden?«

Sie zuckte die Achseln. »Hör mal, ich finde, du solltest jetzt zu ihm gehen und ihn wieder ausladen.«

Leon war ans flache Ende gegangen und schaute sie über die sanft wogende, ölig blaue Wasserfläche an.

»Meinst du das ernst?«

»Mir egal, wie du es anstellst. Erfinde eine Ausrede.«

»Ist was zwischen euch?«

»Nein, da ist nichts.«

»Wird er zu aufdringlich?«

»Ach Quatsch.«

Verärgert stand sie auf und ging hinüber zum kleinen Pavillon, einem nach vorn offenen, von drei kannelierten Säulen getragenen Bau. Sie lehnte sich an die mittlere Säule, rauchte und betrachtete ihren Bruder. Gerade erst hatten sie noch zusammengehalten, und schon lagen sie sich wieder in den Haaren – fürwahr, die Wiederkehr der Kindheit. Paul Marshall stand ziemlich genau in der Mitte zwischen ihnen und wandte, während sie sich unterhielten, den Kopf wie bei einem Tennisspiel vom einen zum anderen. Er wirkte neutral, vielleicht ein wenig neugierig, und schien den Streit der Geschwister nicht weiter beunruhigend zu finden. Das, dachte Cecilia, sprach immerhin für ihn.

Ihr Bruder sagte: »Meinst du, er kann nicht mit Messer und Gabel umgehen?«

»Hör auf, Leon! Du hattest überhaupt kein Recht, ihn einzuladen.«

»Blödsinn!«

Das anschließende Schweigen wurde nur vom Brummen der Filterpumpe untermalt. Es gab nichts, was sie tun konnte, nichts, wozu sie Leon bewegen konnte, und plötzlich überkam sie die Einsicht, wie sinnlos der Streit war. Sie räkelte sich am warmen Stein, rauchte träge ihre Zigarette zu Ende und betrachtete das Bild, das sich ihr bot – die aus ihrem Blickwinkel verkürzte Chlorwasserbahn, der an einen Liegestuhl gelehnte schwarze Schlauch eines Traktorreifens, die beiden Männer in cremefarbenen, fast gleich hellen Anzügen und der blaugraue, vor dem grünen Bambus aufsteigende Rauch. Das Ganze sah wie gemeißelt aus, wie erstarrt, und wieder fühlte sie: All dies war bereits vor langer Zeit geschehen, und was auch kommen mochte, ob unbedeutend oder noch so kolossal, es war vorherbestimmt. Was die Zukunft brachte, sei es oberflächlich auch durchaus seltsam oder schockierend, konnte sie nicht überraschen, konnte bloß vertraut wirken und sie vielleicht zu den Worten veranlassen, die sie allerdings nur zu sich selbst sagen durfte: Ach ja, natürlich. Das. Ich hätte es wissen müssen.

Leichthin fragte sie: »Weißt du, was ich denke?«

»Nein, was denn?«

»Ich denke, wir sollten ins Haus gehen, und du solltest uns irgendeinen verrückten Drink mixen.«

Paul Marshall klatschte in die Hände, daß es zwischen den Säulen und der Rückwand des Pavillons widerhallte. »Es gibt da einen, den kann ich besonders gut«, rief er. »Mit zerstoßenem Eis, Rum und geschmolzener Schokolade.«

Dieser Vorschlag löste einen Blickwechsel zwischen Cecilia und ihrem Bruder aus, und damit war der Zwist beigelegt. Leon ging vor; Cecilia und Paul folgten ihm, und als sie am Bambustunnel anlangten, sagte sie: »Eigentlich hätte ich lieber was Bitteres. Oder auch einen sauren Drink.«

Marshall lächelte. Vor der Bresche blieb er stehen und ließ ihr den Vortritt, als beträten sie einen Salon. Während sie das Dickicht durchquerten, spürte sie, wie er leicht ihren Unterarm streifte.

Es konnte auch ein Blatt gewesen sein.

Fünf

Was Briony schließlich veranlaßt hatte, die Proben abzubrechen, sollten weder Lola noch die Zwillinge erfahren. Im Augenblick ahnten sie noch nicht einmal, daß dem so war. Sie übten gerade die Krankenszene, in der die bettlägerige Arabella in ihrer Dachkammer zum ersten Mal den als Arzt verkleideten Fürsten empfängt; und bislang lief es ganz gut, jedenfalls verhunzten die Zwillinge ihren Text nicht schlimmer als zuvor. Lola hatte zwar keine Lust, sich auf den Boden zu legen und ihren Kaschmirpullover schmutzig zu machen, dafür aber sackte sie in einem Sessel zusammen, und dagegen wußte die Regisseurin schließlich auch nichts einzuwenden. Die Ältere hatte sich ihre Haltung gnädiger Herablassung so zu eigen gemacht, daß sie sich über jede Kritik erhaben fühlte, dennoch hielt Briony, nachdem sie Jackson gerade noch geduldig belehrt hatte, plötzlich inne, runzelte die Stirn, als ob sie sich korrigieren wollte, und dann war sie verschwunden. Es gab keine künstlerischen Meinungsverschiedenheiten, keinen eindeutigen Wendepunkt, kein Hinausstürmen und Türenschlagen. Sie drehte sich einfach um und schlenderte aus dem Zimmer, als wollte sie zur Toilette gehen. Die anderen warteten und ahnten nicht, daß das Projekt längst gestorben war. Die Zwillinge fanden sogar, sie hätten sich größte Mühe gegeben, vor allem Jackson, der fürchtete, bei der Familie Tallis in Ungnade gefallen zu sein, und das wiedergutmachen wollte, indem er Briony zufriedenstellte.

Während sie warteten, spielten die Jungen mit einem Holzklötzchen Fußball. Ihre Schwester starrte aus dem Fenster und summte leise vor sich hin. Nach einer unermeßlich langen Weile trat sie auf den Flur und ging ans andere Ende zu einer offenen Tür, die in ein Schlafzimmer führte. Von hier aus überblickte sie die Auffahrt und den See, aus dem eine phosphoreszierend schimmernde, in der brüllenden Hitze des späten Nachmittags weißglühende Säule aufzusteigen schien, vor der sie Briony, die hinter dem Inseltempel direkt am Wasser stand, fast nicht erkennen konnte. Das heißt, Briony hätte auch im Wasser stehen können – bei diesem Licht ließ sich das kaum sagen. Jedenfalls machte sie nicht den Eindruck, als ob sie bald zurückkommen würde. Gerade wollte Lola aus dem Zimmer gehen, als ihr neben dem Bett ein irgendwie männlich wirkender Koffer aus braunem Leder mit breiten Riemen und den verblichenen Aufklebern von Dampfschiffen auffiel. Vage erinnerte er sie an ihren Vater, und kaum blieb sie davor stehen, stieg ihr ein schwacher, rußiger Geruch nach Eisenbahnwaggons in die Nase. Sie preßte einen Daumen auf das Schloß und öffnete es. Das polierte Metall war kühl, ihr Griff hinterließ kleine feuchte Flecken. Als das Schloß tatsächlich mit lautem Scheppern aufschnappte, fuhr sie erschrocken zusammen. Rasch drückte sie es zu und eilte nach draußen.

Abermals schien die Zeit für die Geschwister stillzustehen. Schließlich schickte Lola die Zwillinge nach unten und ließ nachsehen, ob das Schwimmbecken frei war – die Anwesenheit von Erwachsenen machte die beiden verlegen. Die Zwillinge kehrten zurück, um zu berichten, daß Cecilia sich mit zwei Männern am Pool aufhalte, doch hatte Lola das Kinderzimmer inzwischen verlassen. Sie war in ihrem winzigen Schlafzimmer und richtete sich vor einem auf dem Fensterbrett aufgestellten Handspiegel die Haare. Die Jungen warfen sich auf das schmale Bett, tobten, kitzelten sich gegenseitig und veranstalteten einen Höllenlärm, doch Lola war zu träge, sie auf ihr eigenes Zimmer zu schicken. Jetzt, da es kein Theaterstück mehr geben würde und sie nicht ins Wasser konnten, litten die beiden unter der endlosen, ereignislosen Zeit. Dann packte sie auch noch das Heimweh, als Pierrot sagte, er sei hungrig – bis zum Essen waren es noch Stunden, aber es schickte sich nicht, jetzt nach unten zu gehen und um etwas zu essen zu bitten. Außerdem trauten sich die Jungen nicht in die Küche, weil sie sich vor Betty fürchteten, die ihnen auf der Treppe begegnet war, als sie mit grimmiger Miene rote Gummilaken in ihr Zimmer hinaufgetragen hatte.

Kurz darauf fanden sich die drei wieder im Kinderzimmer ein, da dies bis auf ihre Schlafzimmer der einzige Raum war, in dem sie sich mit einigem Recht aufhalten zu dürfen glaubten. Das blaue, zerschrammte Klötzchen lag immer noch da, wo sie es hingetreten hatten, und alles schien wie zuvor.

Sie standen lustlos herum, und Jackson sagte: »Mir gefällt's hier nicht.«

Diese schlichte Feststellung verstörte seinen Bruder, der sich an die Wand stellte und so tat, als bearbeite er mit der Schuhspitze etwas Faszinierendes an der Fußleiste.

Lola legte Pierrot den Arm um die Schulter und sagte: »Ist ja gut. Wir fahren bald wieder nach Hause.« Ihr Arm war viel dünner und leichter als der von Mutter, doch Pierrot unterdrückte sein Schluchzen, da er nicht vergessen hatte, daß sie in einem fremden Haus waren, in dem man großes Gewicht auf gutes Benehmen legte.

Jackson war selbst den Tränen nahe, aber er konnte noch reden: »Gar nicht bald. Das sagst du bloß. Wir können überhaupt nie mehr nach Hause...« Er schwieg, um seinen ganzen Mut zusammenzuraffen. »Es ist eine Scheidung.«

Pierrot und Lola erstarrten. Das Wort war nie im Beisein der Kinder gefallen, und sie hatten es nie zuvor in den Mund genommen. Der Zischlaut am Anfang verkündete flüsternd die Schande der Familie, das weiche Glucksen am Ende deutete unaussprechliche Obszönitäten an. Jackson selbst blickte ziemlich betreten drein. Das Wort war ihm einfach herausgerutscht, konnte aber durch nichts wieder zurückgeholt werden. Es laut auszusprechen war, wie ihm schien, fast genauso schlimm wie das, was es bedeutete – was immer das auch sein mochte. Genau wußte es nämlich keiner von ihnen, nicht einmal Lola. Drohend trat sie auf ihn zu, die Augen schmal wie die einer Katze.

»Wie *kannst* du es wagen?«

»Stimmt doch«, murmelte er und wandte den Blick ab. Er wußte, daß er Ärger bekam, daß er es verdiente, Ärger zu bekommen, aber bevor er ihr entwischen konnte, packte sie ihn am Ohr und zog sein Gesicht zu sich heran.

»Wenn du mich haust«, sagte er rasch, »erzähl ich's den Eltern.« Doch er selbst hatte diesen Appell unwirksam gemacht, hatte ihn zum wertlosen Totem einer vergangenen goldenen Zeit erklärt.

»*Nie* wieder sagst du dieses Wort. Hast du mich gehört?«

Beschämt nickte er, und sie ließ ihn los.

Vor lauter Schreck hatten die Jungen ihren Kummer verdrängt, und Pierrot, wie stets darauf bedacht, allen Streit möglichst rasch zu beenden, rief fröhlich: »Und was machen wir jetzt?«

»Das frage ich mich auch immer.«

Der hochgewachsene Mann im hellen Anzug hatte womöglich schon einige Minuten in der Tür gestanden, lang genug, um zu hören, wie Jackson das Wort aussprach, und mehr noch als seine plötzliche Anwesenheit machte selbst Lola diese Vorstellung sprachlos vor Schreck. Wußte er über ihre Familie Bescheid? Sie starrten ihn abwartend an. Er kam mit ausgestreckter Hand auf sie zu. »Paul Marshall.«

Pierrot, der ihm am nächsten stand, ergriff stumm die dargebotene Hand, sein Bruder tat es ihm nach. Als die Älteste an der Reihe war, sagte sie: »Lola Quincey. Und das da sind Jackson und Pierrot.«

»Was für prächtige Namen. Aber wie kann man euch denn auseinanderhalten?«

»Die meisten finden mich netter«, sagte Pierrot. Es war ein Familienwitz, eine Antwort, die sich ihr Vater ausgedacht hatte und die einem Fremden gewöhnlich ein Lachen entlockte. Aber dieser Mann verzog keine Miene; er sagte nur: »Ihr müßt die Verwandten aus dem Norden sein.«

Gespannt warteten sie darauf, daß er verriet, was er sonst noch über sie wußte, und beobachteten, wie er die nackten Dielen des Kinderzimmers abschritt und sich bückte, um das Holzklötzchen aufzuheben und in die Luft zu werfen. Holz klatschte auf Haut, als er es geschickt wieder auffing.

»Mein Zimmer ist auf diesem Flur.«

»Ich weiß«, sagte Lola. »Das Zimmer von Tante Venus.«

»Ganz genau. Ihr altes Zimmer.«

Paul Marshall sank in den Sessel, in dem eben noch die kranke Arabella geruht hatte. Sein Gesicht war wirklich seltsam. Er hatte ein breites, fliehendes Kinn und wirkte um die Augen reichlich verkniffen. Grausame Züge, doch ein freundlicher Mann, dachte Lola, eine interessante Kombination. Während Paul Marshall die Bügelfalten zurechtzupfte und von Quincey zu Quincey blickte, fiel Lolas bewundernder Blick auf seine schwarzweißen Lederhalbschuhe, was ihm keineswegs entging. Rhythmisch zuckte ein Fuß zu einer lautlosen Melodie.

»Tut mir leid, das mit eurem Theaterstück.«

Die Zwillinge rückten zusammen. Eine Ahnung von jenseits der Bewußtseinsschwelle trieb sie, die Reihen zu schließen, als ihnen aufging, daß dieser Mann – wenn er denn mehr als sie selbst über die Proben wußte – sicher auch in eine Menge anderer Dinge eingeweiht war. Jackson stieß gleich zum Kern ihrer Sorgen vor. »Kennen Sie unsre Eltern?«

»Mr. und Mrs. Quincey?«

»Ja!«

»Ich habe in der Zeitung über sie gelesen.«

Die Jungen starrten ihn an; die Neuigkeit raubte ihnen die Sprache. Sie wußten, daß die Zeitungen sich mit ungeheuerlichen Dingen befaßten, mit Erdbeben und Zugunglücken, mit dem, was die Regierung und das Volk jeden Tag so trieben, und mit der Frage, ob man für den Fall, daß

Hitler England angriff, noch mehr Geld für Waffen ausgeben sollte. Es beeindruckte sie, verwunderte sie aber nicht über die Maßen, daß ihre eigene Katastrophe auf einer Stufe mit diesen weltbewegenden Angelegenheiten rangierte. Das klang, als ob es wahr wäre.

Um die Fassung nicht zu verlieren, stemmte Lola beide Hände in die Hüften. Ihr Herz raste wie von Sinnen, und sie brachte kein Wort hervor, obwohl sie wußte, daß sie etwas fragen mußte. Ihr war, als würde ein Spiel gespielt, das sie nicht verstand, doch begriff sie sehr wohl, daß etwas Unschickliches, wenn nicht gar Beleidigendes vorgefallen war. Als sie ansetzte, versagte ihre Stimme, und sie mußte sich räuspern und noch einmal beginnen.

»Was haben Sie über sie gelesen?«

Er zog seine zusammengewachsenen dicken Augenbrauen in die Höhe und gab mit den Lippen ein abschätziges, blubberndes Geräusch von sich. »Ach, ich weiß nicht. Nichts Besonderes. Dumme Geschichten eben.«

»Dann wäre ich Ihnen überaus verbunden, wenn Sie vor den Kindern kein Wort darüber verlieren würden.«

Es war eine Formulierung, die sie irgendwo aufgeschnappt und nun in blindem Vertrauen von sich gegeben hatte, wie ein Lehrling die Beschwörungsformel eines Zauberers wiederholt.

Es schien zu funktionieren. Marshall zuckte zusammen, als ihm aufging, welchen Patzer er begangen hatte, und er beugte sich zu den Zwillingen vor. »Jetzt hört mir beide mal gut zu. Alle Welt weiß doch, daß eure Eltern ganz wunderbare Menschen sind, die euch sehr lieb haben und ständig nur an euch denken.«

Feierlich nickten Jackson und Pierrot, und Marshall wandte sich gleich wieder Lola zu. Nach den zwei starken Gin-Cocktails, die er mit Leon und dessen Schwester im Salon getrunken hatte, war er nach oben gegangen, um sein Zimmer zu suchen, auszupacken und sich zum Abendessen umzukleiden. Doch er hatte die Schuhe noch nicht ausgezogen, da lag er bereits auf dem riesigen Himmelbett und fiel, eingelullt von der ländlichen Stille, den Drinks und der frühabendlichen Schwüle, in einen leichten Schlaf. Er träumte, daß seine jüngeren Schwestern, alle vier, um sein Bett standen, ihn beschwatzten, berührten und an seinen Kleidern zippelten und zerrten. Mit heißer Brust und brennender Kehle wachte er auf, unangenehm erregt und auch ein wenig verwirrt, weil er einen Augenblick lang nicht wußte, wo er sich befand. Als er aber auf dem Bettrand saß und Wasser trank, hörte er die Stimmen, die seinen Traum ausgelöst haben mochten, worauf er über den knarrenden Flur zum Kinderzimmer ging. Anfangs hatte er gemeint, drei Kinder zu sehen, doch jetzt bemerkte er, daß das Mädchen schon beinahe eine Frau war, herrisch und selbstsicher, mit ihren Locken und Armreifen, dem Samthalsband und den lackierten Fingernägeln so ganz die präraphaelitische kleine Prinzessin.

Er sagte zu ihr: »Du hast einen wirklich ausgezeichneten Geschmack. Ich finde, die Hose steht dir ganz besonders gut.«

Statt verlegen zu sein, fühlte sie sich geschmeichelt und strich mit den Fingern leicht über den Stoff, wo er sich über ihren schmalen Hüften bauschte. »Die haben wir bei Liberty's gekauft, als ich mit Mutter in London im Theater war.«

»Und was habt ihr euch angesehen?«

»Hamlet.« In Wirklichkeit waren sie im London Palladium in einer Matinee gewesen, Lola hatte Erdbeersaft auf ihr Kleid gekleckert, und das Liberty's lag nur gleich gegenüber.

»Eines meiner Lieblingsstücke«, sagte Paul, der zu ihrem Glück Chemie studiert hatte und das Schauspiel auch nicht kannte. Immerhin konnte er versonnen zitieren: »Sein oder nicht sein...«

»Das ist hier die Frage«, stimmte sie ein. »Und mir gefallen Ihre Schuhe.«

Er drehte den Fuß, um die handwerkliche Verarbeitung besser zur Geltung zu bringen. »Tja, von Ducker's in The Turl. Die machen so ein Holzding von deinem Fuß und bewahren das für alle Zeiten auf einem Regal auf. Da liegen Tausende unten in einem Kellerraum, dabei sind die meisten Leute längst tot.«

»Ist ja schrecklich.«

»Ich hab Hunger«, sagte Pierrot noch einmal.

»Wirklich?« fragte Paul Marshall und klopfte auf seine Hosentasche. »Dann hab ich was für dich, wenn du raten kannst, womit ich mein Geld verdiene.«

»Sie sind Sänger«, sagte Lola. »Zumindest haben Sie eine hübsche Stimme.«

»Nett, aber falsch. Weißt du, du erinnerst mich an meine Lieblingsschwester –«

»Sie haben eine Schokoladenfabrik«, unterbrach ihn Jackson.

Bevor sein Bruder allzu großes Lob einheimsen konnte, sagte Pierrot rasch: »Wir haben Sie am Pool reden hören.«

»Also nicht geraten.«

Er zog einen rechteckigen, in fettabweisendes Papier gehüllten, etwa zehn Zentimeter langen und knapp drei Zentimeter breiten Schokoriegel aus der Tasche, den er in den Schoß legte, sorgsam auswickelte und dann zur allgemeinen Begutachtung hochhielt. Höflich rückten sie näher.

Der Riegel war von einer glatten graugrünen Hülle umgeben, die der Mann mit dem Finger anschnipste. »Zuckerguß, seht ihr? Innen Milchschokolade. Immer gut, selbst wenn er schmilzt.«

Er hob die Hand noch höher und griff fester zu, damit sie sehen konnten, wie sich das Zittern seiner Muskeln auf den Riegel übertrug.

»Einen davon fürs Marschgepäck eines jeden Soldaten in diesem Land. Grundausrüstung.«

Die Zwillinge schauten sich an. Sie wußten, daß ein Erwachsener sich nicht für Süßigkeiten interessierte. Pierrot sagte: »Soldaten essen aber keine Schokolade.«

Und sein Bruder fügte hinzu: »Die wollen lieber Zigaretten.«

»Warum sollen die außerdem Süßigkeiten umsonst kriegen und Kinder nicht?«

»Weil sie für unser Land kämpfen.«

»Dad sagt, es gibt keinen Krieg.«

»Na, da täuscht er sich aber.«

Marshall klang etwas gereizt, und Lola sagte beschwichtigend: »Vielleicht gibt es ja doch Krieg.«

Er lächelte sie an. »Wir nennen ihn Armee-Amo.«

»Amo, amas, amat«, sagte sie.

»Genau.«

Jackson fragte: »Warum muß alles, was man kaufen kann, mit einem O enden?«

»Ist richtig langweilig«, sagte Pierrot. »Genau wie Rolo oder Schoko.«

»Oder Omo und Polo.«

»Ich glaube, die beiden versuchen, mir klarzumachen«, sagte Paul Marshall zu Lola, während er ihr den Riegel gab, »daß sie nichts davon abhaben wollen.«

Sie nahm ihn feierlich und warf den Zwillingen dabei einen triumphierenden Blick zu. Die Jungen wußten, daß sie selbst schuld hatten. Sie würden den Mann jetzt kaum noch fragen können, ob er nicht doch einen Amo für sie übrig hatte. Und so sahen sie zu, wie Lolas Zunge sich grün färbte, während sie über die Zuckergußecken leckte. Paul Marshall lehnte sich unterdessen in seinem Sessel zurück und betrachtete Lola aufmerksam über die Kirchturmspitze hinweg, die er mit den Händen vor seinem Gesicht geformt hatte.

Er schlug die Beine übereinander, streckte sie dann wieder aus und holte tief Luft. »Beiß rein«, sagte er sanft. »Du mußt reinbeißen.«

Es krachte laut, als der Riegel unter ihren makellosen Schneidezähnen nachgab, und gleich darauf konnte man den weißen Rand der Zuckerhülle und die dunkle Schokolade darunter erkennen. Im selben Augenblick hörten sie von unten eine Frau die Treppe hinaufrufen, dann noch einmal, nachdrücklicher und schon aus größerer Nähe. Jetzt erkannten die Zwillinge die Stimme, und entsetzt schauten sie einander an.

Lola lachte mit vollem Mund. »Hört ihr, Betty ruft euch. Zeit für die Badewanne! Ab mit euch. Nun macht schon.«

Sechs

Kaum hatte sich Emily Tallis davon überzeugt, daß Briony und die Kinder ihrer Schwester anständig zu Mittag gegessen hatten und ihr Versprechen halten würden, mindestens zwei Stunden lang nicht in die Nähe des Schwimmbeckens zu gehen, zog sie sich aus der weißen Glut der Nachmittagshitze ins kühle, dunkle Schlafzimmer zurück. Sie spürte keinen Schmerz, noch nicht, fühlte ihn aber nahen. Leuchtende Punkte glühten in ihrem Blickfeld auf, kleine Nadellöcher, als würde der abgewetzte Stoff der sichtbaren Welt vor ein weit helleres Licht gehalten. Im oberen rechten Winkel ihres Hirns fühlte sie eine Schwere, die reglose Trägheit eines zusammengerollten, schlafenden Tieres, doch wenn sie ihren Kopf berührte, wenn sie die Hände gegen die Stirn preßte, verschwand es aus dem Koordinatennetz des realen Raumes. Nun lag es wieder in der oberen rechten Ecke ihres Bewußtseins, und in der Phantasie konnte sie sich auf Zehenspitzen stellen und die rechte Hand danach ausstrecken. Sie durfte das Tier nicht reizen. Rückte diese träge Kreatur erst einmal vom Rand in die Mitte, würde der bohrende Schmerz alle übrigen Gedanken auslöschen, und sie hätte keine Chance mehr, mit Leon und der Familie zu Abend zu essen. Es hatte nichts gegen sie, dieses Tier, ihr Elend war ihm egal. Es bewegte sich, wie sich ein gefangener Panther bewegt: weil es wach war, weil es sich langweilte, aus Bewegungsdrang oder ganz grundlos, einfach so und ohne irgendeine Absicht. Sie lag ohne Kissen auf dem Rücken im Bett, ein Glas Wasser in Reichweite und neben sich ein Buch, das sie nicht würde lesen können. Ein langer, verwischter Streifen Tageslicht, der sich oberhalb der Vorhangleiste über die Zimmerdecke zog, war alles, was die Dunkelheit durchbrach. Aus Angst lag sie wie erstarrt, ein Messer an der Kehle; sie wußte, daß sie vor lauter Furcht nicht schlafen konnte, daß ihre einzige Chance darin bestand, sich nicht zu bewegen.

Sie dachte an die immense Hitze, die über Haus und Park aufstieg, diesig über den Grafschaften rund um London lag und Höfe und Städte erstickte, und sie dachte an die glutheißen Schienen, die Leon und seinen Freund herbrachten, an das Abteil unter schwarzem Dach, in dem sie bei offenem Fenster geröstet wurden. Sie hatte für den Abend einen Braten bestellt, aber es würde viel zu schwül für ein warmes Essen sein. Sie hörte, wie das Haus sich ächzend dehnte. Oder trockneten Balken und Pfosten aus und zogen sich im Mauerwerk zusammen? Sie schrumpften, alles schrumpfte. Leons Aussichten zum Beispiel auch, die wurden von Jahr zu Jahr schlechter, weil er jede Hilfe von seinem Vater ausschlug und damit die Chance auf eine anständige Beamtenlaufbahn vertat. Eher gab er sich mit dem simpelsten Posten in einer privaten Bank zufrieden und lebte bloß für die Wochenenden und für seinen Ruderachter. Eigentlich müßte sie strenger mit ihm sein, aber er war immer so gutmütig, so zufrieden und stets in Gesellschaft erfolgreicher Freunde. Zu attraktiv, zu beliebt, keine Spur von Kummer oder Ehrgeiz. Eines Tages brachte er vielleicht einen Freund mit nach

Hause, der ihre älteste Tochter heiraten würde, falls die drei Jahre im Girton College ihre Älteste nicht um sämtliche Chancen gebracht hatten, Cecilia mit ihrem affektierten Wunsch nach Einsamkeit, der Raucherei im Schlafzimmer und der unmöglichen Sehnsucht nach einer kaum vergangenen Zeit unter dicken, Brillen tragenden Mädchen aus Neuseeland, mit denen sie sich einen Boy geteilt hatte. Oder sagte man Faktotum? Der legere Jargon von Cecilias Cambridge – Audimax, Damenflor oder Fidulität, und dieses blasierte Sich-unters-gemeine-Volk-Mischen, die Schlüpfer, die über der Heizung trockneten, und die Haarbürsten, die man zu zweit benutzte, all das verstimmte Emily Tallis ein klein wenig, machte sie aber natürlich überhaupt nicht eifersüchtig auf ihre Tochter. Sie selbst war daheim erzogen und mit sechzehn in die Schweiz geschickt worden für zwei Jahre, die aus wirtschaftlichen Erwägungen auf ein Jahr verkürzt werden mußten, und sie war überzeugt, daß dieses ganze Getue – von wegen Frauen an die Uni – eigentlich ziemlich kindisch war, eine harmlose Laune höchstens, genau wie dieser Achter der rudernden Damen, die doch nur ein wenig neben ihren Brüdern posieren und dabei feierlich das Banner gesellschaftlichen Fortschritts vor sich hertragen wollten. Und das, obwohl die Frauen nicht mal ein richtiges Abschlußzeugnis erhielten. Als Cecilia im Juli mit ihrem Examen nach Hause kam – was für eine Unverschämtheit von diesem Mädchen, auch noch unzufrieden mit den Noten zu sein! –, hatte sie noch keinen Mann, von Kindererziehung keine Ahnung und keinerlei praktische Kenntnisse, aber was hätten ihr die Lehrerinnen, diese Blaustrümpfe mit den dämlichen Spitznamen und dem furchterregenden Ruf, auch beibringen können? Diese aufgeblasenen Weiber gewannen Unsterblichkeit durch die schlichtesten, lächerlichsten Verschrobenheiten, etwa, weil sie eine Katze an einer Hundeleine spazieren führten, mit dem Männerrad fuhren oder sich mit einem Sandwich in der Hand auf der Straße zeigten. Eine Generation später würden diese dummen, ignoranten Damen längst tot sein, aber am Professorentisch noch immer verehrt und im Flüsterton bewundert werden.

Als sie spürte, wie das Biest im schwarzen Pelz sich regte, ließ Emily ihre Gedanken wandern, schickte sie fort von der ältesten Tochter und sandte die Tentakeln ihres bangenden Gemüts nach der Jüngsten aus. Die arme Briony, die sanfte, liebe Kleine, die ihr Bestes gab, die abgebrühte Kusine und die quirligen Vettern durch ihr mit Herzblut geschriebenes Schauspiel zu unterhalten. Sie zu lieben war ein Trost, doch wie sie gegen ein Scheitern schützen, gegen Lola, diese Wiedergeburt von Emilys jüngster Schwester, die in ihrer Jugend ebenso altklug und intrigant gewesen war und sich soeben aus ihrer Ehe verdrückt hatte, aber wollte, daß alle Welt einen Nervenzusammenbruch dafür verantwortlich machte? Emily konnte es nicht wagen, an Hermione zu denken. Also achtete sie im Dunkeln auf einen ruhigen Atem und lauschte angestrengt, um den Ablauf der Ereignisse an den Geräuschen abzulesen. In ihrem Zustand war dies alles, was sie zum Geschehen beitragen konnte. Sie legte eine Hand an die Stirn, und wieder knackte es, als das Haus sich enger zusammenzog. Tief unten erscholl ein metallisches Scheppern, vielleicht ein Topf, der zu Boden gefallen war: der sinnlose Braten im Anfangsstadium seiner Vorbereitungen. Von oben vernahm sie das Getrappel von Füßen, die über Dielen liefen, und Kinderstimmen, mindestens zwei oder drei gleichzeitig, erst lauter, dann leiser, gleich darauf wieder laut, vielleicht ein Streit, vielleicht auch helle Begeisterung. Das Kinderzimmer lag einen Stock über ihr und nur ein Zimmer weiter. *Die Heimsuchungen Arabellas.* Wäre sie nicht so krank, würde sie nach oben gehen und die Kleinen beaufsichtigen oder ihnen helfen, denn sie hatten sich zuviel vorgenommen, das wußte sie. Ihre häufige Unpäßlichkeit hinderte sie, den Kindern zu geben, was eine Mutter ihnen geben sollte. Das hatten die Kleinen gespürt und sie deshalb schon immer beim Vornamen genannt. Cecilia müßte ihr eigentlich zur Hand gehen, aber die war zu sehr mit sich selbst beschäftigt, zu intellektuell, um sich mit Kindern abzugeben ... Zum Glück widerstand Emily der Versuchung, diese Überlegungen weiter zu verfolgen; sie trieb langsam dahin, fiel nicht gerade in einen Schlaf, versank aber in invalide Gedankenleere, und viele Augenblicke vergingen, bis sie auf dem Flur vor ihrem Schlafzimmer Schritte hörte, nackte Füße, den gedämpften Lauten zufolge, also mußte es Briony sein. Das Mädchen trug bei diesem heißen Wetter einfach keine Schuhe. Minuten später hörte sie heftiges Gerangel, wieder aus dem Kinderzimmer, und etwas Hartes schusselte über den Boden. Mit den Proben war es vorbei, Briony hatte sich schmollend verzogen, und die Zwillinge tobten durch das Zimmer, während Lola – falls sie ihrer Mutter denn tatsächlich so ähnlich war, wie Emily vermutete – still triumphierte.

Ständiges Grämen um die Kinder, ihren Mann, ihre Schwester oder um die Küchenhilfe hatte ihre Sinne aufgerauht; Migräne, Mutterliebe und im Laufe der Jahre so manche reglose Stunde auf dem Bett hatten aus ihren Empfindungen einen sechsten Sinn destilliert, ein vielarmiges Gespür, das im Halbdunkel durch das Haus tastete, ungesehen und allwissend. Nur die Wahrheit fand den Weg zu ihr zurück, denn was sie wußte, das wußte sie. Gedämpftes Stimmengemurmel drang durch teppichbedeckten Boden herauf und war für sie deutlicher als ein Typoskript: Eine Unterhaltung, die eine Wand, besser noch zwei Wände durchdrang, hatte bis auf die entscheidenden Nuancen und Wendungen alles Überflüssige abgestreift. Was für andere nur ein dumpfer Laut zu sein schien, wurde durch ihre wachen Sinne, empfindlich wie die Elektroden über dem Kristall eines Rundfunkempfängers, ins nahezu Unerträgliche verstärkt. Sie lag im Dunkeln und wußte Bescheid. Je weniger sie tun konnte, um so vertrauter wurde ihr alles. Doch obwohl sie manchmal gern aufgestanden und eingeschritten wäre, vor allem, wenn sie meinte, daß Briony sie brauchte, hielt der Schmerz sie ans Bett gefesselt. Schlimmstenfalls fuhr ein Zwillingspaar Küchenmesser über ihren Sehnerv, kurz darauf wieder, mit stärkerem Druck, und sie war aufs neue völlig abgeschottet und allein. Sogar ein Stöhnen verschlimmerte ihre Qual.

So lag sie dort, während der Nachmittag dahinging. Die Haustür wurde geöffnet und wieder geschlossen. Bestimmt war Briony verbittert nach draußen, ans Wasser, geflüchtet, zum Pool oder an den See, vielleicht auch bis hinunter an den Fluß. Emily hörte leise Schritte auf der Treppe – Cecilia, die endlich die Blumen ins Gästezimmer trug, eine kleine Gefälligkeit, an die sie sie schon mehrfach hatte erinnern müssen. Später rief Betty nach Danny, dann rollte eine

Kutsche über den Kies, und Cecilia ging nach unten, um die Gäste zu begrüßen. Bald zog durch das Dämmerlicht ein Hauch von Zigarettenqualm – dabei war Cecilia schon tausendmal gebeten worden, auf der Treppe nicht zu rauchen, doch wollte sie bei Leons Freund Eindruck machen, was an sich nichts Schlechtes war. Stimmen hallten über den Flur, Danny kämpfte mit dem Gepäck, ging wieder runter, dann Stille – Cecilia dürfte mit Leon und Mr. Marshall zum Pool gegangen sein, um jenen Punsch zu trinken, den Emily am Morgen eigenhändig zubereitet hatte. Sie hörte ein vierbeiniges Geschöpf die Treppe heruntertollen – die Zwillinge, die ins Schwimmbecken wollten und enttäuscht feststellen würden, daß die Erwachsenen sich am Becken aufhielten.

Sie glitt in einen Dämmerschlaf hinüber und wurde von einer brummenden Männerstimme im Kinderzimmer und den Antworten der Kleinen geweckt. Bestimmt nicht Leon, der würde sich jetzt, da sie wieder vereint waren, kaum von seiner Schwester trennen, also wohl Mr. Marshall, der unweit vom Kinderzimmer einquartiert war. Er unterhielt sich eher mit den Zwillingen, merkte sie, nicht so sehr mit Lola. Emily fragte sich, ob die Zwillinge wohl unhöflich gewesen waren, ging doch jeder Junge offenbar davon aus, daß sich seine Anstandspflichten durch sein Ebenbild halbierten. Dann kam Betty nach oben und rief die Kinder, vielleicht ein wenig zu streng, wenn man an Jacksons Qualen vom Vormittag dachte. Zeit fürs Bad, für den Tee, fürs Bett – die Scharniere der Tage: Wasser, Nahrung, Schlaf, diese Sakramente der Kindheit waren aus ihrem täglichen Stundenverlauf nahezu ganz verschwunden. Brionys späte, ungeplante Ankunft hatte allerdings auch dann noch für Leben in diesem Haus gesorgt, als Emily schon fast vierzig war, und wie anheimelnd, wie wohltuend das gewesen war: Lanolin-Seife und weiche, weiße Badetücher, mädchenhaftes Geplapper, das durch das dampfgeschwängerte Badezimmer hallte; die Kleine mit an den Körper gepreßten Armen ins Handtuch wickeln und dann ihre Tochter in jener kindlichen Hilflosigkeit auf dem Schoß halten, die Briony vor kurzem noch so genossen hatte; doch nun blieben ihr Kind und das Badewasser hinter verschlossenen Türen, wenn auch viel zu selten, denn das Mädchen sah stets so aus, als ob es ein Bad und frische Kleider vertragen könnte. Briony hatte sich ganz in eine intakte Innenwelt zurückgezogen, von der das Schreiben nur die sichtbare Oberfläche bildete, die schützende Kruste, die selbst – oder gerade – eine liebende Mutter nicht durchbrechen konnte. Ständig war ihre Tochter in Gedanken mit irgendwas beschäftigt, plagte sich mit einem unausgesprochenen, selbstauferlegten Problem, als könnte die gleichgültig schonungslose Welt von einem Kind neu ersonnen werden. Mittlerweile war es sinnlos, Briony zu fragen, was sie dachte. Dabei hatte es eine Zeit gegeben, da hätte man eine fröhliche, verworrene Antwort erhalten, die selbst wiederum Anlaß zu törichten, gewichtigen Fragen bot, die von Emily stets ausführlich beantwortet worden waren; und obwohl sie sich an die gewundenen Mutmaßungen, zu denen sie sich beide so gern verstiegen hatten, heute kaum noch erinnern konnte, wußte sie, daß sie zu niemandem so überzeugend wie zu ihrem elfjährigen jüngsten Kind gesprochen hatte. An keiner Tafel, keinem schattigen Rand eines Tennisplatzes hatte man sie je so gewandt, so inspiriert reden hören. Jetzt aber ließen die Dämonen namens »Talent« und »Befangenheit« ihre Tochter verstummen, und obwohl Briony noch ebenso zärtlich war – erst beim Frühstück war sie herangerückt, um die Finger in die Hand ihrer Mutter zu schieben –, bedauerte Emily, daß diese redselige Zeit vergangen schien. Nie wieder würde sie so sprechen können, und solche Gründe waren es, weshalb man sich ein weiteres Kind wünschte. Bald würde sie siebenundvierzig sein.

Das gedämpfte Grollen in den Abflußrohren – sie hatte es gar nicht einsetzen hören – endete mit einem Beben, das die Luft erzittern ließ. Jetzt dürften Hermiones Jungen im Bad sein, an jedem Ende der Wanne einer der dünnen, knochigen, kleinen Körper, zwei gleiche, gefaltete, weiße Tücher auf dem verblichenen blauen Rohrstuhl, davor die riesige Korkmatte mit der von einem lang schon toten Hund angekauten Ecke; und statt lebhaften Geplappers ängstliches Schweigen; keine Mutter, nur Betty, zu deren gutem Herz kein Kind jemals vordringen würde. Wie konnte Hermione nur einen Nervenzusammenbruch haben – der Ausdruck, der üblicherweise ihren beim Rundfunk arbeitenden Freund umschrieb –, wie konnte sie Schweigen, Angst und Kummer für ihre Kinder in Kauf nehmen? Eigentlich sollte Emily das Bad der Kinder beaufsichtigen, doch wußte sie, daß sie sich, selbst wenn keine Messer über ihren Sehnerven schwebten, nur aus Pflichtgefühl um ihre Neffen gekümmert hätte. Es waren nicht ihre eigenen Kinder. So einfach war das. Außerdem waren sie kleine Jungen und im Grunde ziemlich verschlossen. Ihnen fehlte jede Neigung zu vertrauten Zärtlichkeiten, schlimmer noch, sie ließen sich nicht mal auseinanderhalten, denn das fehlende Hautdreieck hatte sie bislang nicht ausfindig gemacht. Kein Wunder also, daß man sie einzeln gar nicht recht kennenlernen konnte.

Sacht stützte sie sich auf einen Ellbogen und führte das Glas Wasser an die Lippen. Nach und nach zog er sich zurück, ihr animalischer Folterknecht, und schon vermochte sie zwei Kissen vors Kopfbrett zu stopfen, um sich aufzusetzen. Es war ein langsames und umständliches Manöver, da sie sich vor allzu hastigen Bewegungen fürchtete und das Quietschen der Bettfedern möglichst lang hinauszögern wollte, durch das prompt die Männerstimme fast übertönt worden wäre. Halb aufgerichtet, eine Hand in einen Kissenzipfel gekrallt, erstarrte sie und lenkte ihre geballte Aufmerksamkeit in die hintersten Winkel des Hauses. Da war nichts, doch dann, wie ein Licht, das in völliger Dunkelheit an- und ausgeht, ein kurzes, juchzendes, gleich wieder gedämpftes Lachen. Lola also, im Kinderzimmer mit Marshall. Emily fuhr fort, es sich bequem zu machen, lehnte sich zurück und nippte an dem lauwarmen Wasser. Dieser begüterte junge Unternehmer war vielleicht doch kein so schlechter Kerl, wenn er bereitwillig seine Zeit damit zubrachte, Kinder zu unterhalten. Bald würde sie riskieren können, die Leselampe anzumachen, und in zwanzig Minuten könnte sie vielleicht sogar schon wieder nach unten gehen und die diversen Stränge ihrer Sorgen und Nöte selbst in die Hand nehmen. Am dringlichsten war ein Abstecher in die Küche, da es vielleicht noch nicht zu spät war, den Braten in kalten Aufschnitt und Salat abzuwandeln, danach wollte sie ihren Sohn begrüßen und seinen Freund in Augenschein nehmen und ihn willkommen heißen. Wenn dies erledigt war, würde sie nachsehen, ob die Zwillinge gut versorgt waren, und sie dann zum Trost vielleicht mit einer Süßigkeit belohnen. Anschließend dürfte es Zeit für das Telefonat mit Jack sein, der bestimmt vergessen hatte, ihr zu sagen, daß er heute nicht nach Hause kam. Sie würde trotz der stets kurz angebundenen Frau in der Zentrale und dem aufgeblasenen jungen Mann im Vorzimmer zu ihrem Mann vordringen und ihm versichern, daß er kein schlechtes Gewissen zu haben brauchte. Dann würde sie Cecilia suchen und sich davon überzeugen, daß sie die Blumen wie gewünscht ins Zimmer gestellt hatte, und sie bitten, ihr am Abend doch bei den Gastgeberpflichten ein wenig beizustehen, sich etwas Hübsches anzuziehen und nicht in jedem Zimmer zu rauchen. Danach aber, und das war wichtiger als alles andere, mußte sie Briony suchen, denn daß es mit dem Stück nichts wurde, war gewiß ein schwerer Schlag, und das Kind würde allen Trost brauchen, den eine Mutter zu geben vermochte. Was allerdings bedeutete, daß sie sich direktem Sonnenlicht aussetzen mußte, und selbst die schwächer werdenden Strahlen der frühen Abendsonne vermochten einen Anfall auszulösen. Also mußte sie die Sonnenbrille finden, und das hatte Vorrang noch vor der Küche, da die Brille hier irgendwo in diesem Zimmer lag, in einer Schublade, zwischen Buchseiten oder in einer Tasche, und es wäre doch ärgerlich, extra ihretwegen wieder nach oben gehen zu müssen. Außerdem sollte sie flache Schuhe anziehen, nur für den Fall, daß Briony bis hinunter an den Fluß gegangen war...

Und so blieb Emily, nachdem sich das Biest davongeschlichen hatte, noch einige Minuten in den Kissen liegen, machte geduldig ihre Pläne, verbesserte sie und überlegte sich, was in welcher Reihenfolge zu geschehen hatte. Sie würde beschwichtigend auf das Haus wirken, das ihr im kränklichen Zwielicht des Schlafzimmers wie ein geplagter, spärlich bevölkerter Landstrich vorkam, aus dessen waldigen Weiten widerstreitende Kräfte die unterschiedlichsten Ansprüche an ihre ruhelose Aufmerksamkeit stellten. Sie hegte keine Illusionen: Alte Pläne, falls man sich denn an sie erinnern konnte, Pläne, die vom Geschehen längst überholt worden waren, zeugten meist von einer fieberhaft aufgeregten, viel zu optimistischen Einschätzung der Ereignisse. Sie konnte ihre Tentakeln zwar in alle Zimmer des Hauses ausstrecken, aber nicht in die Zukunft. Sie wußte auch, daß es letztlich um ihren Seelenfrieden ging, daher hieß es, Eigeninteresse und Zuvorkommenheit lieber nicht voneinander zu trennen. Behutsam richtete sie sich auf, schwang die Beine aus dem Bett und nestelte die Füße in ihre Pantoffeln. Statt jetzt schon geöffnete Vorhänge zu riskieren, knipste sie nur die Leselampe an und begann zaghaft mit der Suche nach ihrer dunklen Brille. Sie hatte bereits entschieden, wo sie zuerst nachschauen wollte.

Sieben

Der Tempel auf der Insel, um 1780 im Stil von Nicholas Revett erbaut, war als Blickfang gedacht, der ohne alle religiöse Bedeutung das Augenmerk auf sich lenken und die ländliche Idylle betonen sollte. Er stand auf einer vorspringenden Sandbank, also nahe genug am Ufer, um ein interessantes Spiegelbild auf das Wasser zu werfen; und aus den meisten Blickwinkeln wurde die Säulenreihe mit dem Ziergiebel darüber auf das hübscheste von den Ulmen und Eichen halb verdeckt, die um den Tempel wuchsen. Von nahem machte er allerdings einen traurigeren Eindruck: Feuchtigkeit war durch eine defekte Isolierschicht gedrungen und hatte stellenweise den Stuck abbröckeln lassen. Irgendwann im späten neunzehnten Jahrhundert wurden dann einige unbeholfene Reparaturarbeiten ausgeführt, der Zement aber nicht angestrichen, weshalb er sich braun verfärbt hatte und dem Gebäude ein fleckiges, kränkliches Aussehen verlieh. An anderen Stellen stachen die faulenden Träger wie die Rippen eines verhungernden Tieres hervor. Die zweiflügelige Tür, die einst in einen runden Raum mit Kuppeldach geführt hatte, war längst entfernt worden und der Steinboden dick mit Blättern, Moder und dem Kot von allerhand Vögeln und anderem Getier bedeckt. Ende der zwanziger Jahre hatten Leon und seine Freunde sämtliche Scheiben in den hübschen, georgianischen Fenstern eingeschlagen. Die hohen Nischen, früher einmal von Statuen besetzt, waren leer bis auf die schmutzigen Überreste einiger Spinnennetze. Möbel gab es keine, eine Bank ausgenommen, die Leon und seine frechen Schulfreunde vom Kricketplatz im Dorf hereingetragen hatten. Die Beine aber, die man ihr ausgerissen hatte, um damit die Fenster zu zerschlagen, verrotteten längst draußen zwischen den Brennesseln und dem unverwüstlichen Glas.

Gerade so wie der Pavillon am Schwimmbecken hinter den Stallgebäuden auf den Tempel anspielte, stellte der Tempel selbst einen Verweis auf das ursprüngliche Haus der Gebrüder Adam dar, doch wußte in der Familie Tallis niemand, worin dieser Verweis eigentlich genau bestand. Vielleicht im Stil der Säulen oder des Ziergiebels, vielleicht auch in den Fensterproportionen. Zu den verschiedensten Gelegenheiten, vor allem jedoch an Weihnachten, wenn man sich gern großherzig zeigte, schlenderten Familienmitglieder über die Brücken und versprachen, der Sache auf den Grund zu gehen, doch dachte niemand mehr daran, sich die nötige Zeit zu nehmen, wenn das hektische neue Jahr erst einmal begonnen hatte. Stärker noch als der Verfall war es diese verlorene Erinnerung an den bedeutenderen Verwandten des Tempels, die das kleine Gebäude zu einem derart kummervollen Anblick machte. Der Tempel war das Waisenkind einer imposanten Gesellschaftsdame: Heute, da der Kleine niemanden mehr hatte, der für ihn sorgte, niemanden, zu dem er aufschauen konnte, hatte er sich gehenlassen und war vor der Zeit gealtert. Wo zwei Landstreicher frevelhafterweise einmal ein Freudenfeuer entzündet hatten, um einen Karpfen zu braten, der ihnen nicht gehörte, prangte an der Außenwand ein spitz zulaufender, mannsgroßer Rußfleck. Und auf dem von Kaninchen kurz gehaltenen Gras hatte lange ein verschrumpelter Stiefel gelegen. Doch als Briony sich umsah, war der Stiefel verschwunden, wie letzten Endes wohl alles verschwinden würde. Mit eigenem schwarzen Trauerflor gedachte der Tempel des abgebrannten Herrenhauses, und seine Sehnsucht nach jenem imposanten, unsichtbaren Wesen verbreitete eine unbestimmt weihevolle Atmosphäre. Seine tragische Geschichte aber bewahrte den Tempel davor, bloße Imitation zu sein.

Schlägt man nur lang genug Brennesseln nieder, stellt sich wie von selbst eine Geschichte ein, weshalb Briony schon bald völlig in ihrem Tun aufging und auf grimmige Weise zufrieden war, obwohl jedermann bei ihrem Anblick geglaubt hätte, ein fürchterlich schlechtgelauntes Mädchen vor sich zu haben. Sie hatte von einer schlanken Haselnußgerte die kleineren Äste abgestreift, und da es allerhand zu tun gab, machte sie sich unverzüglich ans Werk. Eine große Brennessel mit arrogantem Blick, den Kopf scheu gesenkt, die mittleren Blätter wie auf Unschuld plädierende Hände nach außen gewandt – das war Lola, und obwohl sie um Gnade winselte, mähte die fast ein Meter lange Rute sie mit sirrendem Hieb in Kniehöhe ab und schleuderte den wertlosen Torso durch die Luft. Das war zu schön, um damit gleich wieder aufzuhören, und so waren die nächsten Brennesseln alle Lola; die da, die sich vorbeugte, um ihrer Nachbarin etwas ins Ohr zu flüstern, wurde mit einer abscheulichen Lüge auf den Lippen dahingerafft; und da war sie wieder, schmiedete, abgesondert von den anderen, giftige Ränke mit gesenktem Kopf; und dort drüben brüstete sie sich in einer Schar junger Bewunderer und streute Gerüchte über Briony aus. Bedauerlich, aber die Bewunderer mußten mit ihr sterben. Dann zeigte sie sich erneut, protzte schamlos mit ihren Sünden – Stolz, Völlerei, Neid, mangelnder Gemeinschaftssinn – und zahlte für jede mit dem Leben. In einer letzten gehässigen Tat fiel sie Briony zu Füßen und verbrannte ihr die Zehen. Kaum aber war Lola oft genug gestorben, fielen drei Paar junger Nesseln der Unfähigkeit der Vettern zum Opfer – ausgleichende Gerechtigkeit machte keine Unterschiede und kannte kein Erbarmen für die Kleinen. Dann wurde das Schreiben von Theaterstücken selbst zur Nessel, genaugenommen gleich zu mehreren: die Seichtheit, die vergeudete Zeit, das Durcheinander fremder Leben, diese hoffnungslose Schauspielerei – im Garten der Künste auch sie nur ein Unkraut, das dran glauben mußte.

Erleichtert über das Ende ihrer Karriere als Theaterschriftstellerin arbeitete Briony sich mit frischer Kraft um den Tempel herum vor, mied die Glasscherben und folgte dem äußeren Rand der Grünfläche, an dem das abgeknabberte Gras auf dichtes, unter den Bäumen hervorquellendes Gestrüpp traf. Das Geißeln der Nesseln wurde zur Selbstreinigung, und so knöpfte sie sich ihre Kindheit vor, für die sie keine Verwendung mehr hatte. Ein dürres Exemplar mußte für alles herhalten, was sie bis zu diesem Augenblick gewesen war. Doch damit nicht genug. Die Füße fest ins Gras gestemmt, befreite sie sich mit dreizehn Schlägen von jedem Jahr ihres alten Ichs. Sie peitschte auf die hilflose Abhängigkeit früher Kindheit ein, auf das übereifrige Schulmädchen, das stets gelobt werden wollte, und auf den dummen Stolz der Elfjährigen, die sich bei ihren ersten Geschichten ganz auf die gute Meinung ihrer Mutter verlassen hatte. Und während die Nesseln über ihre linke Schulter flogen oder ihr zu Füßen fielen, erzeugte die schlanke Gertenspitze einen Doppelton, sooft sie durch die Luft zischte. »Nie mehr!« ließ sie die Haselrute singen. »Genug damit!«

Bald schon nahm die Bewegung selbst sie völlig gefangen, aber auch der Zeitungsartikel, den sie im Rhythmus ihrer Schläge formulierte. Kein Mensch auf der Welt war so gut wie Briony Tallis, die im nächsten Jahr ihr Land bei den Olympischen Spielen in Berlin vertreten und bestimmt eine Goldmedaille gewinnen würde. Man studierte sie sorgfältig, bestaunte ihre Technik, ihre Vorliebe, barfuß aufzutreten, um besser das Gleichgewicht zu halten, das in diesem anstrengenden Sport so überaus wichtig war, kam doch jedem Zeh eine eigene Aufgabe zu; man bewunderte die Art, wie sie jeden Streich aus dem Handgelenk führte und die Hand erst am Ende des Schlags herumriß; die besondere Methode, ihr Gewicht zu verteilen und die Hüftdrehung für zusätzlichen Schwung zu nutzen; ihre eigenwillige Art, die Finger der freien Hand zu spreizen – sie war eben eine Klasse für sich, eine Autodidaktin, die jüngste Tochter eines hohen Beamten. Man achte nur auf ihre Konzentration, wie exakt sie den Winkel berechnete, nie einen Schlag vertat und jede Nessel mit nahezu übermenschlicher Präzision vernichtete. Um es so weit bringen zu können, mußte man schon sein ganzes Leben diesem Sport widmen. Und wie nahe war sie doch daran gewesen, ihre Tage als Theaterschriftstellerin zu verplempern!

Plötzlich hörte sie in ihrem Rücken, wie die Kutsche über die erste Brücke rumpelte. Sie fühlte seinen Blick auf sich ruhen. War dies seine kleine Schwester, die er zuletzt vor drei Monaten in der Waterloo Station gesehen hatte? Dieser internationale Sportstar? Es bereitete ihr ein seltsames Vergnügen, sich nicht nach ihm umzudrehen; schließlich mußte er langsam einsehen, daß sie auf die Meinung anderer Leute nicht mehr angewiesen war, auch nicht auf seine. Sie war ein Champion, vertieft in die komplexen Anforderungen ihrer Kunst. Außerdem würde er bestimmt die Kutsche anhalten, um ihr die Böschung hinunter entgegenzulaufen, so daß ihr nichts anderes übrigbliebe, als diese Unterbrechung mit gebotenem Anstand hinzunehmen.

Verklingendes Hufgeklapper und das Rattern der Räder, die sich über die zweite Brücke entfernten, bewiesen vermutlich, daß ihr Bruder wußte, wie sehr der Meisterin Distanz und professioneller Respekt gebührten. Trotzdem fühlte sie ein wenig Bedauern aufkommen, während sie weiter zuschlug, immer noch um den Tempel herum, bis sie von der Straße aus nicht mehr zu sehen war. Eine Zickzackreihe niedergemähter Nesseln legte ebenso von ihrem Werk Zeugnis ab wie die brennenden weißen Pickel an Füßen und Beinen. Die Spitze der Haselrute pfiff in weitem Bogen nieder, doch wurde es immer schwieriger, den Beifall der Menge heraufzubeschwören. Die Farben rannen aus den Bildern, das selbstverliebte Vergnügen an Balance und Bewegung verflog, der Arm schmerzte. Und so wurde sie zu einem einsamen Mädchen, das mit einem Stock nach Brennesseln schlug, bis es schließlich innehielt, die Gerte unter die Bäume warf und sich umschaute.

Der Preis für selbstvergessene Tagträumerei war immer aufs neue dieser Augenblick der Rückkehr, dieses erneute Sich-Wiedereinfinden in das, was zuvor gewesen war und nun noch ein wenig schlimmer schien. Ihre Phantastereien, so reich an glaubwürdigen Details, wurden angesichts der harten Wirklichkeit zur flüchtigen Posse. Sie fand nur schwer zurück. *Komm zurück* hatte ihre Schwester immer geflüstert, wenn sie aus einem Alptraum erwachte. Briony war die göttliche Schöpfungsmacht abhanden gekommen, doch erst in diesem Augenblick der Rückkehr wurde ihr der Verlust schmerzhaft bewußt. An einem Tagtraum reizte schließlich gerade die Illusion, daß man sich seiner Logik hilflos ausgeliefert wähnte: Von der internationalen Konkurrenz gedrängt, sich mit den Besten der Welt in der obersten Liga zu messen, nahm sie jene Herausforderungen an, welche die Meisterschaft auf ihrem Feld – dem Nesselpeitschen – mit sich brachte, und sah sich getrieben, die eigenen Grenzen zu überschreiten, um die jubelnde Menge zufriedenzustellen und die Beste und – wichtiger noch – die Einzige ihrer Art. Doch natürlich war sie immer nur sie selbst gewesen, war es stets nur um sie selbst gegangen. Nun aber hielt sie sich wieder in der Welt auf, nicht in jener, die sie geformt hatte, sondern in der, von der sie geformt worden war, und sie fühlte, wie sie unter dem frühen Abendhimmel zusammenschrumpfte. Sie hatte keine Lust mehr, draußen zu sein, war aber auch noch nicht soweit, wieder ins Haus gehen zu können. Gab es denn nichts anderes im Leben, nur drinnen oder draußen? Konnte ein Mensch nicht auch wodershin? Sie kehrte dem Tempel den Rücken zu und wanderte langsam über den von Kaninchen perfekt gepflegten

Rasen zur Brücke. Im Licht der sinkenden Sonne schwebte vor ihr eine Wolke von Insekten, die wie an einem unsichtbaren Gummiband auf und ab schnellten – ein rätselhafter Balztanz oder aber bloße Lebenslust, die sich jeder Deutung verweigerte. In einer Anwandlung von rebellischem Trotz stieg sie den steilen Grashang zur Brücke hinauf, und als sie die Zufahrt betrat, beschloß sie, hier stehenzubleiben und zu warten, bis ihr etwas Bedeutsames widerfuhr. Dies war die Herausforderung, die sie dem Sein stellte – sie würde sich nicht vom Fleck rühren, nicht zum Essen gehen, sich nicht mal bewegen, wenn ihre Mutter sie ins Haus riefe. Sie würde einfach auf der Brücke warten, still und beharrlich, bis Ereignisse, echte Ereignisse und nicht bloß Phantastereien, die Herausforderung annahmen und ihrer Bedeutungslosigkeit ein Ende setzten.

Acht

Am frühen Abend verfärbten sich die hohen Wolken im Westen zu einem verwaschenen, gelben Federstrich, der im Verlauf der nächsten Stunde kräftiger und schließlich so dunkel wurde, daß er das Sonnenlicht über den Wipfeln der riesigen Parkbäume zu rötlicher Glut filterte. Die Blätter wurden nußbraun, ölschwarz lugten die Äste zwischen dem Laub hervor, und das verdorrte Gras nahm die Farben des Himmels an. Ein Maler des Fauvismus mit einer Vorliebe für unmögliche Farben hätte sich eine solche Landschaft ausdenken mögen, eine, über der Himmel und Erde rot aufflammten und in der die bauchigen Stämme der älteren Eichen derart schwarz aussahen, daß sie beinahe blau wirkten. Die Sonne ging unter und verlor an Kraft, doch schien es noch heißer zu werden, denn die Brise, die den ganzen Tag ein wenig Abkühlung gebracht hatte, flaute allmählich ab, bis kein Luftzug mehr die drückende Hitze milderte.

Dieser Anblick, zumindest ein winziger Ausschnitt daraus, wäre für Robbie Turner durch eine verschlossene Dachluke sichtbar gewesen, hätte er sich die Mühe gemacht, sich in der Wanne hinzustellen, die Knie zu beugen und den Hals zu verrenken. Das kleine Schlafzimmer, das Bad und die dazwischen gezwängte Zelle, sein sogenanntes Arbeitszimmer, lagen unter der südlichen Dachhälfte und waren den ganzen Tag von der Sonne geröstet worden. Seit über einer Stunde, also seit er von der Arbeit zurückgekommen war, lag er in dem lauen Wasser, das allein sein Blut und wohl auch seine Gedanken warm hielten. Langsam zog ein schmales Segment des gesamten Spektrums, gelb zu orange, durch das umrahmte Himmelsrechteck über ihm, während er unvertraute Gefühle Revue passieren ließ und immer wieder zu gewissen Erinnerungen zurückkehrte. Jede stets so neu wie beim ersten Mal. Fiel ihm ein weiteres Detail ein, zuckten hin und wieder seine Bauchmuskeln unter zwei Zentimetern Wasser. Ein Tropfen auf ihrem Oberarm. Naß. Zwischen den BH-Körbchen eine gestickte Blume, ein schlichtes Tausendschön. Ihre Brüste weit auseinander und klein. Auf ihrem Rücken ein Leberfleck, vom Träger halb verdeckt. Als sie aus dem Wasser stieg, der Blick auf das dreieckige Dunkel, das ihr Schlüpfer doch verbergen sollte. Naß. Er sah es, er brachte sich dazu, erneut hinzusehen. Wie straff ihre Beckenknochen den Stoff spannten, dann der ausgeprägte Hüftschwung, die überraschend weiße Haut. Als sie nach ihrem Rock griff, verriet ein achtlos angehobener Fuß, daß Erdkrumen an jedem der so lieblich sich verjüngenden Zehen hing. Noch ein Leberfleck, eine kleine Münze, auf ihrem Schenkel und irgendwas Purpurfarbenes an der Wade – ein rotes Muttermal, eine Narbe. Kein Makel. Eine Zierde.

Er hatte sie von klein auf gekannt und doch nie angesehen. In Cambridge war sie einmal mit einem bebrillten Mädchen aus Neuseeland und einer Kommilitonin auf sein Zimmer gekommen, als ein Freund aus Downing zu Besuch bei ihm weilte. Eine Stunde wurde vertändelt, man reichte Zigaretten herum und erzählte läppische Witze. Hin und wieder waren sie sich auch auf der Straße begegnet und hatten sich zugelächelt. Es schien ihr peinlich gewesen zu sein, fast, als flüsterte sie ihren Freundinnen im Vorübergehen zu: Das ist der Sohn unserer Putzfrau. Doch er bewies gern, daß ihm derlei nichts ausmachte – da läuft die Tochter der Frau, für die meine Mutter arbeitet, hatte er mal zu einem Freund gesagt. Ihm blieb immer die Politik, die ihn unangreifbar machte, seine wissenschaftlich belegten Klassentheorien und eine ziemlich aufgesetzt wirkende Selbstsicherheit. Ich bin, was ich bin. Und sie war wie eine Schwester, beinahe unsichtbar. Dieses lange, schmale Gesicht, der kleine Mund – hätte er je darüber nachgedacht, hätte er vielleicht sogar gesagt, sie habe ein Pferdegesicht. Doch er wußte längst, daß eine seltsame Schönheit davon ausging – etwas Ruhiges, wie Geschnitztes, vor allem von den hohen Wangen, dem kühnen Schwung der Nasenflügel und ihrem Mund, voll und glänzend wie eine Rosenknospe. Ihre dunklen Augen wirkten versonnen, der Blick einer Statue, doch bewegte sie sich schnell und ungeduldig – die Vase wäre noch heil, hätte sie ihm das Gefäß nicht so plötzlich aus der Hand gerissen. Sie war ruhelos, keine Frage, gelangweilt, fühlte sich eingesperrt im Hause Tallis und würde sicher bald wieder abreisen.

Er würde mit ihr reden müssen. Schließlich stieg er zitternd aus der Wanne, gewiß, daß eine große Veränderung mit ihm vorging. Nackt lief er durch sein Arbeitszimmer ins Schlafzimmer. Das ungemachte Bett, die wahllos abgeworfenen Kleider, ein Handtuch auf dem Boden und die Äquatorhitze verbreiteten betäubende Sinnlichkeit. Er warf sich lang aufs Bett, Gesicht ins Kissen, und stöhnte. Ihr lieblicher, köstlicher Anblick, seine Freundin aus Kindertagen, die nun unerreichbar zu werden drohte. Sich einfach so auszuziehen – selbst ihr liebenswerter Versuch, exzentrisch zu wirken, sich kühn zu geben, hatte etwas Gewolltes, etwas Übertriebenes an sich. Jetzt würde sie sich mit Vorwürfen plagen und konnte doch nicht wissen, was sie ihm angetan hatte. Dabei wäre alles nicht so schlimm, wenn es sich ausbügeln ließe, wenn sie nicht so wütend auf ihn wäre wegen dieser Vase, die ihm in den Händen zerbrochen war. Aber selbst ihre Wut liebte er. Er drehte sich auf die Seite, die Augen starr und blicklos, und gab sich einer Leinwandphantasie hin: Sie trommelte auf sein Revers, vertraute sich dann mit einem leisen Seufzer der sicheren Umklammerung seiner Arme an und ließ sich von ihm küssen; sie vergab ihm nichts, sie gab bloß auf. Mehrmals betrachtete er diese Szene, ehe er sich wieder dem Wirklichen zuwandte: Sie war wütend auf ihn, und sie würde erst recht wütend sein, wenn sie erfuhr, daß er zum Abendessen kam. Da draußen im grellen Licht hatte er nicht rasch genug daran gedacht, Leons Einladung abzulehnen. Unwillkürlich hatte er sein Ja herausgeblökt, und nun mußte er sich ihrem Zorn stellen. Wieder stöhnte er auf, ohne sich darum zu kümmern, ob man ihn unten hörte, und dachte daran, wie sie sich vor ihm ausgezogen hatte – so unbekümmert, als ob er noch ein Kind wäre. Natürlich. Jetzt wurde es ihm klar. Sie hatte ihn demütigen wollen. Da, es war heraus, die unleugbare Tatsache. Demütigung. Die hatte sie gewollt. Sie war keineswegs bloß liebreizend und hold, und er konnte es sich nicht leisten, ihr nachzugeben, denn sie war eine Kraft, die ihn in Untiefen ziehen, ihn ertränken konnte.

Aber vielleicht – er drehte sich auf den Rücken – sollte er ihre Wut gar nicht ernst nehmen. Benahm sich Cecilia nicht ziemlich theatralisch? Bestimmt hatte sie ihm etwas anderes sagen wollen, hatte ihm in ihrer Wut zeigen wollen, wie schön sie eigentlich war, um ihn so an sich zu binden. Doch konnte er einer derart eigennützigen, Sehnsucht und Hoffnung entsprungenen Idee trauen? Ihm blieb nichts anderes übrig. Er schlug die Beine übereinander, verschränkte die Hände hinterm Kopf, spürte, wie die Haut trocknete und kühler wurde. Was hätte Freud dazu gesagt? Wie wäre es mit: Hinter demonstrativer Empörung verbarg sie das unbewußte Verlangen, sich vor ihm entblößen zu wollen. Schön wär's! Doch es war bloß ein Satz, nur ein Versuch, das Vorgefallene zu entkräften, und dies, was er nun durchlitt, diese Qual war die Strafe dafür, daß er die dämliche Vase zerbrochen hatte. Er würde Cecilia nie wiedersehen. Er mußte sie heute abend wiedersehen. Ihm blieb keine Wahl, er würde hingehen. Und sie würde ihn dafür verachten. Er hätte Leons Einladung ablehnen sollen, doch kaum war sie ausgesprochen, hatte sein Herz ausgesetzt, war ihm sein geblöktes Ja entwichen. Heute abend würde er in einem Raum mit ihr sein, und dieser Körper, den er gesehen hatte, die Leberflecke, die blasse Haut, das rote Muttermal, würde nur von ihren Kleidern verhüllt werden. Er allein kannte ihn – und Emily natürlich. Doch nur er würde an ihn denken. Und Cecilia würde nicht mit ihm reden und ihn nicht ansehen wollen, aber selbst das wäre besser, als hier zu liegen und zu stöhnen. Nein, wäre es nicht. Es wäre schlimmer, aber er wollte es trotzdem. Er wollte es unbedingt. Er wollte, daß es schlimmer war.

Schließlich erhob er sich, halb angezogen, ging ins Arbeitszimmer, setzte sich an die Schreibmaschine und überlegte, was er ihr für einen Brief schreiben sollte. Wie Bad und Schlafzimmer lag das Arbeitszimmer eingezwängt unterm Dachfirst, ein Flur zwischen den beiden anderen Räumen, kaum mehr, gerade mal zwei Meter lang und anderthalb Meter breit. Wie in jedem Zimmer gab es auch hier eine von unbehandeltem Kiefernholz umrahmte Dachluke. In der Ecke lag die Wanderausrüstung – Stiefel, Stock und Lederrucksack. Ein zerkerbter Küchentisch nahm fast den gesamten Platz ein. Robbie kippte mit dem Stuhl nach hinten und musterte den Tisch, als wäre er sein Leben. Vor der schrägen Zimmerwand türmten sich die Akten und Papiere aus den letzten Monaten vor dem Examen. Er konnte mit den Notizen eigentlich nichts mehr anfangen, doch verband er zuviel Arbeit, zuviel Erfolg damit, um sie jetzt schon ausmisten zu wollen. Halb darüber ausgebreitet lagen einige Wanderkarten von Nord-Wales, Hampshire und Surrey sowie von der längst aufgegebenen Wanderung nach Istanbul. Und da war ja auch der Kompaß mit der schlitzförmigen Spiegelpeilung, mit dem er mal ohne Karte nach Lulworth Cove gelaufen war.

Unter dem Kompaß lagen Audens Gedichte und Housmans *A Shropshire Lad.* Am anderen Tischende türmten sich diverse Geschichtsbücher, theoretische Abhandlungen und Handbücher über Landschaftsgärtnerei. Zehn getippte Gedichte lugten unter dem ablehnenden Bescheid der Zeitschrift *Criterion* hervor, von Mr. Eliot höchstpersönlich mit seinen Initialen versehen. Unmittelbar vor Robbie stapelten sich die Bücher, denen sein jüngstes Interesse galt: Auf dem geöffneten Exemplar von *Gray's Anatomy* lag ein Folioblatt mit eigenen Zeichnungen. Er hatte sich als Aufgabe gesetzt, sämtliche Knochen zu zeichnen und so ihre Namen auswendig zu lernen. Zur Ablenkung rief er sich einige in Erinnerung, murmelte ihre Bezeichnungen vor sich hin: Kopfbein, Hakenbein, Dreiecksbein, Mondbein ... Die bislang gelungensten, in Tinte und mit Buntstiften ausgeführten Bilder, die einen Querschnitt durch Ösophagus und Lungentrakt zeigten, hatte er an die Deckenbalken über seinem Tisch geheftet. Füllfederhalter und Stifte sammelte er in einem Zinnbecher, an dem der Henkel fehlte. Die Schreibmaschine war eine noch ziemlich neue Olympia, die er an seinem einundzwanzigsten Geburtstag bei einem festlichen Mittagessen in der Bibliothek von Jack Tallis geschenkt bekommen hatte. Reden waren gehalten worden, von Leon ebenso wie von seinem Vater, und bestimmt war auch Cecilia dabeigewesen. Doch Robbie konnte sich nicht daran erinnern, auch nur ein einziges Wort mit ihr gewechselt zu haben. Ob sie wohl wütend war, weil er sie jahrelang ignoriert hatte? Noch so eine fatale Hoffnung.

An den äußersten Rändern des Schreibtisches einige Photographien: auf dem Rasen vorm College die Theatertruppe von *Was ihr wollt,* er selbst als Malvolio, gelb bestrumpft mit gekreuzten Kniegürteln. Wie passend. Noch ein Gruppenphoto, er mit jenen dreißig französischen Kindern, die er in einem Internat in der Nähe von Lille unterrichtet hatte. Zuletzt in einem metallenen, von Grünspan überzogenen Jugendstilrahmen ein Photo von Grace und Ernest, seinen Eltern, drei Tage nach der Hochzeit. Hinter ihnen schob sich ein Kotflügel ins Bild – bestimmt nicht ihr eigener Wagen, und weiter weg ragte eine Darre über eine Ziegelmauer. Es seien schöne Flitterwochen gewesen, hatte Grace stets behauptet, zwei Wochen Hopfen pflücken mit der Familie ihres Mannes, und geschlafen hatten sie in einem Zigeunerwagen auf dem Hof. Sein Vater trug ein kragenloses Hemd. Halstuch und Gürtelstrick sollten ihm wohl etwas Verwegenes, etwas Zigeunerhaftes geben. Kopf und Gesicht waren rund, wirkten aber nicht besonders fröhlich, da der Vater nur gezwungen lächelte, weshalb sich auch seine Lippen nicht öffneten; und statt die Hand seiner jungen Braut zu halten, hatte er die Arme vor der Brust verschränkt. Sie dagegen lehnte sich an ihn, schmiegte ihren Kopf an seine Schulter und hielt sich umständlich mit beiden Händen an Hemd und Ellbogen fest. Grace, immer fidel und sanftmütig, lächelte für zwei, doch willige Hände und ein freundlicher Charakter sollten nicht genügen. Man könnte meinen, daß Ernest in Gedanken bereits woanders war, daß er bereits sieben Sommer voraus zu jenem Abend enteilte, an dem er seine Arbeit als Gärtner der Familie Tallis aufgeben und ohne Gepäck, ja sogar ohne Abschiedsbrief auf dem Küchentisch das Haus verlassen würde, um eine Frau und einen sechsjährigen Sohn zurückzulassen, die sich den Rest ihres Lebens fragen sollten, was aus ihm geworden war.

Ansonsten lagen zwischen korrigierten Seiten und Stapeln von Wälzern über Landschaftsgärtnerei und Anatomie diverse Briefe und Postkarten: unbezahlte Collegerechnungen, Briefe von Tutoren und Freunden, die ihm zum Abschluß als Jahrgangsbester gratulierten, was er immer wieder aufs neue mit Vergnügen las, sowie andere Schreiben, in denen vorsichtig nach seinen Plänen gefragt wurde. Der zuletzt eingegangene, in bräunlicher Tinte auf offiziellem Whitehallpapier verfaßte Brief stammte von Jack Tallis, der ihm seine Unterstützung für die Gebühren zusagte, die beim Medizinstudium anfielen. Dann gab es da noch Anmeldeformulare, zwanzig Seiten lang, und dicke, engbedruckte Zulassungsbroschüren aus Edinburgh und London, deren methodische, straffe Prosa einen Vorgeschmack auf eine noch ungewohnte Form akademischer Strenge zu bieten schien. Doch heute lockten sie nicht mit Abenteuer und Neubeginn, sondern drohten mit Exil. Er sah sie vor sich – die weit entfernte Straße mit ihren trostlosen Reihenhäusern, die billige Bleibe mit Blümchentapete, düsterem Kleiderschrank und wollener Bettdecke, die neuen ernsten Freunde, meist jünger als er, Gefäße mit Formaldehyd, dumpf widerhallende Vorlesungssäle – und in jedem Bild fehlte sie.

Vom Stapel Gartenbücher nahm er sich den Band über Versailles, den er sich aus der Bibliothek der Familie Tallis geborgt hatte, und zwar an jenem Tag, an dem ihm zum ersten Mal aufgefallen war, wie gehemmt ihn ihre Gegenwart machte. Er hatte vor der Tür gekniet, um die Arbeitsschuhe auszuziehen, als ihm auffiel, wie es um seine Strümpfe stand – Löcher an Ferse und Zehen, und bestimmt rochen sie nicht gerade angenehm –, weshalb er einer plötzlichen Regung folgte und sie ebenfalls auszog. Als er hinter ihr über den Flur tapste und barfuß die Bibliothek betrat, war er sich wie ein Idiot vorgekommen und hatte nur noch daran gedacht, möglichst rasch wieder zu verschwinden. Schließlich konnte er durch die Küche entkommen und hatte Danny

Hardman zum Vordereingang geschickt, um ihm Schuhe und Strümpfe zu holen.

Cecilia hätte bestimmt niemals diese Abhandlung aus dem achtzehnten Jahrhundert über die Hydraulik von Versailles gelesen, in der ein Däne auf Latein das Genie von Le Nôtre pries. Mit Hilfe eines Wörterbuches hatte Robbie die ersten fünf Seiten an einem Vormittag übersetzt, um dann zu kapitulieren und sich mit den Illustrationen zu begnügen. Es war wohl kaum ihre Art Buch, eigentlich war es niemandes Buch, doch hatte sie es ihm vom Bibliothekstreppchen heruntergereicht, also mußten irgendwo auf dem Einband noch ihre Fingerabdrücke sein. Ganz gegen seinen Willen hob er das Buch an die Nase und schnupperte daran. Staub, altes Papier, Seifengeruch an seinen Händen, doch nichts, was an sie erinnerte. Wie hatte es ihn erwischt, wie war er in diesen fortgeschrittenen Zustand der Fetischisierung eines Liebesobjektes geraten? Gewiß hatte Freud in seinen *Drei Abhandlungen über Sexualtheorie* so manches dazu zu sagen. Ebenso wie Keats, Shakespeare und Petrarca und all die anderen, selbst in Chaucers *Romaunt of the Rose* stand etwas darüber. Drei Jahre lang hatte er nüchtern die Symptome studiert, hatte sie bloß für literarische Konventionen gehalten, doch wie ein Höfling mit Halskrause und Hutfeder an den Rand des Waldes trat, um sinnend ein fallen gelassenes Liebespfand zu betrachten, so verehrte er nun ihre flüchtigen Spuren – kein Taschentuch, sondern bloß Fingerabdrücke! – und suhlte sich im Ingrimm seiner Herzensdame.

Und dennoch vergaß er den Durchschlag nicht, als er ein Blatt Papier in die Schreibmaschine spannte. Er tippte Datum und Anrede und hob gleich mit einer Entschuldigung für sein »tolpatschiges und unbedachtes Benehmen« an. Dann hielt er inne. Sollte er ihr seine Gefühle offenbaren und wenn ja, wie weit sollte er gehen?

Falls es eine Entschuldigung geben kann, vermag ich nur zu sagen, daß mir auffiel, wie leichtsinnig mir in letzter Zeit in Deiner Gegenwart zumute ist. Ich meine, schließlich bin ich noch nie zuvor barfuß in ein fremdes Haus gegangen. Es muß wohl an der Hitze liegen!

Wie fadenscheinig er klang, dieser vorgeschützte leichte Ton. Er führte sich wie ein Mann mit akuter Tb auf, der tat, als habe er nur eine Erkältung. Zweimal riß er an dem Bügel für den Wagenrücklauf und schrieb diesmal: *Es kann kaum als Entschuldigung gelten, ich weiß, aber in letzter Zeit scheine ich in Deiner Nähe schrecklich leichtsinnig zu werden. Was habe ich mir nur dabei gedacht, barfuß ins Haus zu gehen? Und habe ich je zuvor den Rand einer Vase abgebrochen?* Er ließ die Hände auf den Tasten ruhen und widerstand dem Drang, noch einmal ihren Namen zu tippen. *Ich glaub, Cee, es lag nicht an der Hitze!* Nun war das Launige dem Melodram gewichen, womöglich gar der Wehleidigkeit. Rhetorische Fragen hatten etwas Klebriges an sich, und das Ausrufezeichen war stets eine willkommene Zuflucht für jene, die schreien mußten, um sich verständlich zu machen. Eine solche Zeichensetzung verzieh er nur seiner Mutter, die in ihren Briefen ein gutes Bonmot mit einer Reihe von fünf Ausrufezeichen markierte. Er drehte die Walze und kreuzte das Satzzeichen mit einem »x« wieder aus. *Ich glaub, Cee, es lag nicht an der Hitze.* Den Humor war er damit los, dafür klang es jetzt nach

Selbstmitleid. Das Rufzeichen mußte wieder her. Offenbar sorgte es nicht bloß für eine gewisse Lautstärke.

Er spielte noch eine weitere Viertelstunde mit den Sätzen, dann spannte er ein neues Blatt ein und tippte den Text ins reine. Die entscheidenden Zeilen lauteten nun: *Barfuß ins Haus zu tapsen, die antike Vase zu zerbrechen – es wäre nur allzu verständlich, wenn Du mich für verrückt hieltest. In Wahrheit aber fühle ich mich in Deiner Gegenwart ziemlich dumm und tölpelhaft, Cee, und ich glaube nicht, daß es an der Hitze liegt! Kannst Du mir verzeihen? Robbie.* Den Stuhl nach hinten gekippt träumte er einige Augenblicke vor sich hin, dachte an die Seiten, bei denen sich neuerdings die *Anatomy* stets von allein aufzuschlagen schien, ließ sich dann nach vorn fallen und tippte, ehe er sich zurückhalten konnte: *In meinen Träumen küsse ich Deine Möse, Deine süße, feuchte Möse. In Gedanken liebe ich Dich von früh bis spät.*

Da – es war passiert, die Reinschrift ruiniert. Er zog das Blatt aus der Schreibmaschine, legte es beiseite und schrieb den Brief von Hand noch einmal neu, fand er doch, daß dieser persönliche Zug dem Anlaß angemessen war. Bei einem Blick auf die Uhr fiel ihm schließlich ein, daß er noch seine Schuhe putzen mußte. Er erhob sich vom Schreibtisch und achtete darauf, sich nicht den Kopf an den Deckenbalken zu stoßen.

Er kannte keine gesellschaftliche Scheu, was manch einer ziemlich ungehörig fand. So war er bei einem Abendessen in Cambridge mal während eines plötzlich auftretenden Schweigens von jemandem, der ihn nicht mochte, laut nach seinen Eltern gefragt worden. Robbie hatte den Mann mit offenem Blick gemustert und ihm freundlich geantwortet, daß sein Vater sich schon vor langem auf und davon gemacht habe und daß seine Mutter als Reinemachefrau arbeite, ihr Einkommen aber gelegentlich auch als Wahrsagerin aufbessere. Sein unbekümmerter, nachsichtiger Ton verzieh dem Fragesteller dessen Unwissenheit. Danach erläuterte Robbie eingehend seine näheren Lebensumstände und erkundigte sich zum Schluß höflich nach den Eltern seines Gegenübers. Manche Leute behaupteten, daß es seine Unschuld sei, seine Unerfahrenheit, die ihn vor jeder Kränkung schütze, daß er eine Art heiliger Narr sei, der selbst durch einen mit glühender Kohle ausgelegten Salon gehen könne, ohne sich weh zu tun. Doch Cecilia wußte, in Wahrheit verhielt es sich einfacher. Robbie hatte sich von klein auf ungehindert zwischen dem Pförtnerhaus und dem Haus der Familie Tallis bewegen können. Jack Tallis förderte ihn, Leon und Cecilia waren seine besten Freunde, zumindest bis zum Gymnasium. Und als Robbie an der Universität feststellte, daß er schlauer als die meisten Studenten war, streifte er auch noch die letzten Fesseln ab. Er brauchte sich seine Überlegenheit nicht anmerken zu lassen.

Grace Turner machte es nichts aus, sich um seine Wäsche zu kümmern – wie hätte sie auch sonst, außer mit warmen Mahlzeiten, ihre Mutterliebe beweisen können, da ihr Baby doch schon dreiundzwanzig Jahre alt war? –, doch seine Schuhe putzte Robbie lieber selbst. In Anzugshose und weißem Unterhemd lief er auf Socken die kurze, steile Treppe hinunter, in der Hand ein Paar schwarze Halbschuhe. Von der Wohnzimmertür führte ein schmaler Vorraum bis zur

Haustür, durch deren Milchglasscheibe ein unbestimmtes, blutoranges Licht die beige- und olivefarbenen Tapeten mit einem feurigroten Honigwabenmuster verzierte. Überrascht von dieser Verwandlung hielt er kurz inne, eine Hand auf dem Türknauf, und trat dann ein. Im Zimmer war es stickig und warm, die Luft schmeckte leicht salzig. Offenbar war die Sitzung gerade erst zu Ende gegangen. Seine Mutter lag auf dem Sofa, Pantoffeln baumelten an ihren Füßen.

»Molly war hier«, sagte sie und richtete sich auf, als er hereinkam. »Und weißt du, was? Mit ihr wird alles wieder gut.«

Robbie holte sich den Schuhputzkasten aus der Küche, setzte sich in einen Sessel neben seine Mutter und breitete eine Seite des drei Tage alten *Daily Sketch* auf dem Teppich aus.

»Prima«, sagte er. »Ich hab euch gehört und bin deshalb oben geblieben, um ein Bad zu nehmen.«

Er wußte, daß er gleich aufbrechen und vorher seine Schuhe putzen mußte, doch er lehnte sich zurück, reckte die langen Glieder und gähnte.

»Unkraut jäten! Mein Gott, was fang ich nur mit meinem Leben an?«

Er klang eher amüsiert als besorgt, kreuzte die Arme und starrte an die Zimmerdecke, während er mit dem großen Zeh des einen Fußes den Spann des anderen massierte.

Seine Mutter starrte in die Leere über seinem Kopf. »Erzähl schon. Was gibt's? Was ist los? Und sag bloß nicht ›gar nichts‹.«

Eine Woche nachdem Ernest verschwunden war, wurde Grace Turner Putzhilfe bei der Familie Tallis, denn eine junge Frau mit Kind auf die Straße zu setzen, das brachte Jack Tallis nicht fertig. Im Dorf fand er einen Gärtner und Handlanger, dem er keine Unterkunft zu stellen brauchte, ging aber davon aus, daß Grace nur ein oder zwei Jahre bleiben und dann fortziehen oder wieder heiraten würde. Ihr sonniges Gemüt und ihr Geschick im Polieren – die Familie spöttelte gern über die Andacht, mit der sie sich den Oberflächen der Dinge widmete – sorgten dafür, daß Grace im Haus gern gesehen war, doch sollte sie letztlich ihre Beliebtheit bei der sechsjährigen Cecilia und ihrem achtjährigen Bruder Leon retten, und durch sie wurde auch Robbie zu dem, was er heute war. In den Schulferien durfte Grace ihren sechsjährigen Jungen mitbringen. Er wuchs heran und konnte sich im Kinderzimmer und überall dort, wo Kinder Zutritt hatten, ob im Haus oder im Garten, frei bewegen. Mit Leon kletterte er auf Bäume, Cecilia aber war seine kleine Schwester, die vertrauensvoll seine Hand nahm und dafür sorgte, daß er sich ungeheuer klug vorkam. Als Robbie einige Jahre später ein Stipendium fürs Gymnasium erhielt, tat sich Jack Tallis zum ersten Mal als Gönner hervor und kam für Uniform und Schulbücher auf. Im selben Jahr wurde Briony geboren. Nach der schwierigen Geburt war Emily lange krank, und Graces Hilfsbereitschaft festigte ihre Stellung: Am Weihnachtstag jenes Jahres – 1922 – marschierte Leon mit Zylinder und hohen Reitstiefeln durch den Schnee zum Pförtnerhaus, in der Hand einen grünen Umschlag von seinem Vater. Das Schreiben des Anwalts teilte Robbies Mutter mit, daß ihr von nun an, unabhängig davon, welche Stellung sie bei der Familie Tallis bekleidete, das Pförtnerhaus gehörte. Doch sie war auch weiterhin jeden Tag gekommen und hatte, als die Kinder älter wurden, sich wieder mehr um die Hausarbeit gekümmert und sich ganz besonders fürs Polieren verantwortlich gefühlt.

Über Ernest hatte sie sich folgende Theorie zurechtgelegt: Er war unter falschem Namen an die Front geschickt worden und nicht zurückgekehrt. In jedem anderen Fall wäre das Desinteresse für das Schicksal seines Sohnes einfach unmenschlich gewesen. Während der wenigen Minuten, die sie am Tag für sich hatte, etwa wenn sie vom Pförtnerhaus zum Herrenhaus lief, dachte sie oft daran, welch vorteilhafte Wende ihr Leben doch genommen hatte. Vor Ernest hatte sie nämlich immer etwas Angst gehabt. Vielleicht wären sie zusammen gar nicht so glücklich geworden, wie sie es in dem eigenen kleinen Haus mit ihrem genialen Liebling war. Tja, wenn Mr. Tallis ein anderer Mann gewesen wäre … Manch eine Frau, die sich bei ihr für einen Schilling einen Blick in die Zukunft kaufte, war von ihrem Mann verlassen worden, und weit mehr Ehemänner waren an der Front getötet worden. Diese Frauen führten ein erbärmliches Leben; fast wäre es ihr ebenso ergangen.

»Nichts«, erwiderte er auf ihre Frage. »Mit mir ist überhaupt nichts.« Und während er nach Bürste und schwarzer Schuhwichse griff, sagte er: »Dann sieht die Zukunft für Molly also rosig aus.«

»Sie heiratet innerhalb der nächsten fünf Jahre. Und sie wird sehr glücklich werden. Jemand aus dem Norden, ein Mann mit Bildung.«

»Weniger hätte sie auch nicht verdient.«

In behaglichem Schweigen schaute sie zu, wie er mit einem gelben Poliertuch die Halbschuhe wienerte. Bei jeder

Bewegung zuckten über seinen hübschen Wangenknochen die Muskeln, strafften sich unter der Haut an den Armen und bildeten komplizierte Muster. Irgendwas mußte an Ernest dran gewesen sein, daß er ihr einen solchen Jungen hinterlassen hatte.

»Du willst also los?«

»Leon kam gerade an, als ich zurückging. Weißt du, er hatte seinen Freund dabei, diesen Schokokönig, und die beiden haben mich überredet, heute abend zum Dinner zu kommen.«

»Ach nee, deshalb habe ich also den ganzen Nachmittag das Silber geputzt. Und sein Zimmer hergerichtet.«

Er nahm seine Schuhe und stand auf. »Such ich mein Gesicht im Löffel, seh ich nur dich.«

»Raus mit dir. Deine Hemden hängen in der Küche.«

Er packte Bürste und Schuhwichse wieder in die Kiste, trug sie hinaus, wählte unter den drei Hemden auf dem Trockengestell eines aus cremefarbenem Leinen aus, ging zurück durchs Wohnzimmer und wollte schon nach draußen, als sie ihn noch mal zurückhielt.

»Und dann diese Kinder. Macht der Junge doch glatt ins Bett. Die armen kleinen Mäuse.«

Robbie blieb achselzuckend in der Tür stehen. Er hatte nach ihnen gesehen und sie am Schwimmbecken entdeckt, wo sie am späten Vormittag in der Hitze schrien und lachten. Wenn er nicht dazwischengegangen wäre, hätten sie noch seine Schubkarre ins tiefe Wasser geschoben. Danny Hardman war ganz in der Nähe gewesen und hatte lüstern nach dem Mädchen gestiert, obwohl er eigentlich arbeiten sollte.

»Die werden's schon überleben«, sagte er.

Plötzlich konnte er es kaum mehr erwarten, endlich aus dem Haus zu kommen, rannte nach oben, nahm drei Stufen mit jedem Schritt, zog sich rasch in seinem Schlafzimmer fertig an, pfiff tonlos vor sich hin und zog den Kopf ein, um sich vor dem Schrankspiegel Pomade ins Haar zu streichen. Er hatte überhaupt kein Ohr für Musik und hätte unmöglich sagen können, ob ein Ton höher oder tiefer als der andere war. Seit er endgültig entschieden hatte, zu dem Dinner zu gehen, war er ziemlich aufgedreht und fühlte sich zugleich seltsam frei. Schlimmer als es war, konnte es nicht mehr werden. Methodisch und mit einem gewissen Vergnügen an seinen knappen Bewegungen erledigte er – als bereite er sich auf eine gefährliche Reise oder eine militärische Heldentat vor – die vertrauten kleinen Verrichtungen, vergewisserte sich, daß er seine Schlüssel hatte, steckte zehn Schilling in die Brieftasche, putzte sich die Zähne, hauchte in die gewölbte Hand, um seinen Atem zu prüfen, nahm den Brief vom Tisch und steckte ihn in einen Umschlag, füllte das Zigarettenetui auf und sah nach, ob das Feuerzeug funktionierte. Dann machte er sich ein letztes Mal vor dem Spiegel Mut, bleckte die Zähne, musterte sich im Profil und schaute über die Schulter noch einmal zurück auf sein Konterfei. Endlich klopfte er auf seine Taschen, sprang, wieder drei Stufen auf einmal nehmend, die Treppe hinunter, rief seiner Mutter noch einen Gruß zu und trat auf den schmalen, gepflasterten Weg, der zwischen den Blumenbeeten hindurch zu einem Tor im Lattenzaun führte.

In den kommenden Jahren sollte er noch oft an den Augenblick zurückdenken, als er sich für eine Abkürzung entschied und den Pfad durch das Eichenwäldchen einschlug, um die eigentliche Auffahrt erst dort wieder zu betreten, wo sie in einem weiten Bogen auf See und Haus zuführte. Ihm blieb Zeit genug, dennoch fiel es ihm schwer, langsam zu gehen. Viele unmittelbare und manch mittelbare Freuden mengten sich in den Reichtum dieser Minuten: die schwindende, rötliche Dämmerung, die warme, reglose, noch von den Gerüchen nach verdorrendem Gras und gebackener Erde durchzogene Luft, seine von der Gartenarbeit angenehm müden Glieder, die vom Bad noch weiche Haut, das frische Hemd und sein einziger Anzug. Selbst die Vorfreude und die Angst, die ihn bei dem Gedanken an Cecilias Anblick überkamen, waren eine Art sinnliches Vergnügen, das von einem allgemeinen Glücksgefühl umhüllt, ja gleichsam umarmt wurde – mag sein, daß es weh tat, vielleicht war es schrecklich peinlich, und sicher führte es zu nichts, doch hatte er für sich selbst herausgefunden, was es bedeutete, verliebt zu sein, und das war aufregend genug. Andere Nebenströme ließen das Glücksgefühl anschwellen: Immer noch erfüllte ihn der Gedanke mit Stolz, den Abschluß mit Auszeichnung bestanden zu haben, sogar, wie es hieß, Jahrgangsbester gewesen zu sein. Und jetzt hatte er auch noch die Zusage, daß Jack Tallis ihn weiterhin unterstützen würde. Vor ihm lag ein neues Abenteuer und kein Exil, da war er sich plötzlich sicher. Es war richtig und in Ordnung, daß er Medizin studierte. Er hätte seinen Optimismus nicht erklären können – er war glücklich, und deshalb würde er auch Erfolg haben.

Ein einziges Wort umfaßte alles, was er fühlte, und das erklärte, warum er später immer wieder an diesen Augenblick zurückdenken sollte: Freiheit. Ein freies Leben und sich frei bewegen. Vor langer Zeit, noch ehe er überhaupt von Gymnasien gehört hatte, war er für eine Aufnahmeprüfung eingetragen worden. Und Cambridge war, sosehr es ihm dort auch gefallen hatte, die Wahl seines ehrgeizigen Direktors gewesen. Selbst seine Fächer waren für ihn von einem charismatischen Lehrer ausgesucht worden. Doch nun hatte er aus eigenem Entschluß sein Leben als Erwachsener begonnen. Es gab da eine Geschichte, in der er selbst den Helden spielte, und schon ihr Anfang hatte unter seinen Freunden für einen kleinen Schock gesorgt. Landschaftsgärtnerei war kaum mehr als der Spleen eines Bohemiens, Resultat eines laschen Bestrebens – so hatte er mit Hilfe von Freud analysiert –, den abwesenden Vater zu ersetzen oder ihn zu überwinden. Ein Lehrerdasein – in fünfzehn Jahren: Mr. R. Turner, Cambridge-Absolvent und Fachbereichsleiter Englisch – kam in dieser Geschichte auch nicht vor, ebensowenig wie eine Dozentenstelle an der Universität. Obwohl er das Literaturstudium mit Auszeichnung abgeschlossen hatte, schien es ihm im nachhinein nur ein fesselndes Gesellschaftsspiel gewesen zu sein. Bücher zu lesen und sich eine eigene Meinung zu bilden erschien ihm nur noch als ein selbstverständlicher Bestandteil einer zivilisierten Existenz. Das Ein und Alles aber war es nicht, was immer Dr. Leavis in seinen Vorlesungen auch behaupten mochte. Es war weder die höchste Berufung noch die allerwichtigste Beschäftigung für einen wachen Verstand und auch nicht die erste oder die letzte Bastion gegen barbarische Horden, ebensowenig wie dies das Studium der Musik, der Historie oder der Wissenschaften sein konnte. Im letzten Studienjahr hatte Robbie sich auch Vorlesungen von einem Psychoanalytiker, einem kommunistischen Gewerkschaftler und einem Arzt angehört, und alle hatten ebenso leidenschaftlich und überzeugend für ihr Fach plädiert, wie Dr. Leavis dies für seines getan hatte. Vermutlich wurden derlei Ansprüche auch für die Medizin erhoben, doch ging es Robbie letztlich um etwas Einfacheres, um etwas Persönlicheres: Seine praktische Veranlagung und der ungenutzte wissenschaftliche Elan würden ein Ventil finden, er würde sich weit subtilere Fähigkeiten aneignen als jene, die er bei der Textinterpretation erworben hatte, und vor allem hätte er endlich seine eigene Entscheidung getroffen. Er würde sich ein Zimmer in einer fremden Stadt nehmen – und anfangen.

Dort, wo der Pfad in die Auffahrt einmündete, trat er schließlich wieder unter den Bäumen hervor. Es dämmerte. Das schwindende Licht ließ den Park größer wirken, und das weiche gelbe Glühen in den Fenstern auf der anderen Seite des Sees machte das Haus beinahe imposant und schön. Sie war dort, vermutlich in ihrem Schlafzimmer, kleidete sich zum Essen um – seinem Blick entzogen, auf der Rückseite des Gebäudes im zweiten Stock. Ein Fenster mit Blick auf den Brunnen. Doch er verdrängte diese lebhaften, taghellen Gedanken, weil er nicht völlig aufgewühlt ankommen wollte. Wie das Ticken einer mächtigen Uhr klackten die harten Sohlen seiner Schuhe über den Schotterweg, und er zwang sich, an die Zeit zu denken, an den großen Vorrat, den Luxus seines unerschöpften Vermögens an Zeit. Nie zuvor hatte er sich so unverschämt jung gefühlt, nie so unersättlich, und noch nie hatte er so ungeduldig darauf gewartet, daß seine Lebensgeschichte endlich anfing. Es gab Männer in Cambridge, die als Lehrer geistig fit waren und noch anständig Tennis spielen konnten, die ruderten und doch schon zwanzig Jahre älter waren als er selbst. Zwanzig Jahre auf ungefähr diesem Niveau körperlichen Wohlbefindens, um seine Geschichte in Gang zu bringen – fast noch einmal so lange, wie er schon gelebt hatte. Zwanzig Jahre würden ihn in die ferne Zukunft des Jahres 1955 versetzen. Welch wichtige Dinge würde er dann wissen, die ihm heute noch verborgen waren? Blieben ihm danach noch einmal dreißig Jahre, die in etwas besinnlicherem Tempo verstreichen würden?

Er malte sich aus, wie er 1962 sein mochte, mit fünfzig, wenn er alt, aber noch nicht so alt sein würde, daß er nutzlos wäre, stellte sich den wettergegerbten, weisen Arzt vor, der er dann sein würde, seine geheimen Geschichten, seine gesammelten Tragödien und Erfolge. Tausende von Büchern würde er bis dahin ebenfalls gesammelt haben, denn er würde ein Arbeitszimmer besitzen, düster und riesengroß, vollgestopft mit den Trophäen eines von Reisen und Nachdenken geprägten Lebens – seltene Regenwaldpflanzen, vergiftete Pfeile, unsinnige elektrische Erfindungen, Specksteinfiguren, Schrumpfköpfe, Eingeborenenkunst. Auf den Regalen medizinische Nachschlagewerke und Erbauungsbücher, gewiß, aber auch jene Bücher, die noch in seiner Kammer unterm Dach lagen – die Lyrik aus dem achtzehnten Jahrhundert, die ihn fast verführt hätte, Landschaftsgärtner zu werden; die Werke von Jane Austen, dritte Auflage, Eliot und Lawrence und Wilfred Owen, die Gesamtausgabe von Conrad, das unschätzbare Exemplar von Crabbes *The Village* aus dem Jahre 1783, sein Housman und Audens *The Dance of Death* mit einem Autogramm des Autors. Denn darauf kam es schließlich an, nicht wahr, daß er ein guter Arzt sein würde, weil er die großen Werke der Literatur studiert hatte. Welch genaue Lesart seine geschärften Sinne dem menschlichen Leid abgewinnen würden, dem selbstzerstörerischen Wahn oder dem schlichten Unglück, das die Menschen in die Krankheit trieb! Geburt und Tod und dazwischen das zarte Leben. Aufstieg und Fall – das war die Sache des Arztes ebenso wie die der Literatur. Er dachte an den Roman des neunzehnten Jahrhunderts. Großes Verständnis und ein weitsichtiger Blick, ein schlichtes warmes Herz und ein kühler Verstand: er würde ein Arzt sein, der ein Auge für die abgründigen Wege des Schicksals hatte, für die eitlen und komischen Verleugnungen des Unabwendbaren; er würde den schwachen Puls fühlen, den verlöschenden Atem hören, die fiebrige Hand erkalten spüren, und auf eine Weise, die nur die Religion und die Literatur lehren konnten, über die Armseligkeit und den Adel der Menschheit nachdenken...

Seine Schritte durch den stillen Sommerabend beschleunigten sich im Rhythmus der sich überschlagenden Gedanken. Vor ihm, keine hundert Meter weiter vorn, lag die Brücke, und er meinte zu sehen, wie sich auf dem dunklen Weg ein weißer Schemen abhob, den er im ersten Moment für ein Stück vom fahlen Mauerwerk der Brüstung gehalten hatte. Als er ihn genauer in Augenschein zu nehmen versuchte, verschwammen die Konturen, formten aber schon nach wenigen Schritten die Umrisse einer menschlichen Gestalt, doch ob sie ihm Gesicht oder Rücken zukehrte, ließ sich auf diese Entfernung nicht genau sagen. Sie verharrte reglos, und er nahm an, daß er beobachtet wurde. Ein, zwei Sekunden lang spielte er mit dem Gedanken, einen Geist vor sich zu haben, doch glaubte er nicht ans Übernatürliche, so daß er die Gestalt nicht einmal für jenes äußerst harmlose Wesen halten mochte, das angeblich in der normannischen Dorfkirche spukte. Vor ihm stand ein Kind, soviel erkannte er jetzt, und deshalb mußte es Briony mit ihrem weißen Kleid sein, in dem er sie heute schon gesehen hatte. Schließlich erkannte er sie deutlich, hob eine Hand und rief ihr zu: »Ich bin's, Robbie«, aber sie rührte sich immer noch nicht.

Während er auf sie zuging, fiel ihm ein, daß es möglicherweise besser wäre, wenn der Brief vor ihm im Haus einträfe, da er ihn sonst vielleicht im Beisein anderer Leute übergeben mußte, etwa vor den Augen ihrer Mutter, die sich ihm gegenüber recht distanziert gezeigt hatte, seit er von der Universität zurückgekehrt war. Vielleicht würde er Cecilia den Brief auch überhaupt nicht geben können, weil sie ihn nicht in ihre Nähe ließ. Wenn er aber den Brief Briony gab, hätte Cecilia Zeit, ihn in Ruhe zu lesen und darüber nachzudenken. Und ebendiese Minuten würden sie vielleicht wieder besänftigen.

»Ich habe mich gefragt, ob du mir wohl einen Gefallen tun könntest«, sagte er, als er vor Briony stand.

Sie nickte und wartete.

»Läufst du voraus und gibst Cee diesen Brief?« Während er sie fragte, drückte er ihr den Umschlag schon in die Hand, und sie nahm ihn ohne ein Wort.

»Ich komme in ein paar Minuten nach«, wollte er noch

sagen, aber sie hatte sich bereits umgedreht und rannte über die Brücke davon. Er lehnte an der Brüstung, nahm eine Zigarette und sah Briony nach, wie sie davonhüpfte und allmählich in der Dämmerung verschwand. Ein schwieriges Alter für ein Mädchen, sinnierte er nachsichtig. Zwölf, oder war sie schon dreizehn? Ein, zwei Sekunden verlor er sie aus den Augen, dann sah er, wie sie die Insel überquerte, ein heller Fleck vor der dunklen Ansammlung von Bäumen. Schließlich verschwand sie wieder, und erst als sie am anderen Ende der zweiten Brücke wieder auftauchte, die Auffahrt verließ und eine Abkürzung über den Rasen nahm, zuckte er plötzlich zusammen und erstarrte vor Entsetzen und absoluter Gewißheit. Ein unaufhaltsamer, wortloser Schrei brach aus ihm hervor, dann lief er rasch einige Schritte über die Auffahrt, stockte, lief weiter, blieb erneut stehen und begriff, daß jede Verfolgung sinnlos war. Er konnte sie nicht mehr sehen, als er die Hände um den Mund wölbte und Brionys Namen hinausbrüllte. Auch das war sinnlos. Er stand da, bemühte sich verzweifelt, sie ausfindig zu machen – als ob das helfen könnte –, strengte ebenso verzweifelt sein Gedächtnis an und wünschte sich, daß er unrecht habe. Aber er hatte sich nicht getäuscht. Den handgeschriebenen Brief hatte er auf *Gray's Anatomy* gelegt, aufgeschlagen auf Seite 1546, Sektion Splanchnologie: die Vagina. Das getippte Blatt aber, das neben der Schreibmaschine gelegen hatte, war das Blatt, das er genommen und in den Umschlag gesteckt hatte. Da brauchte es keinen Freudschen Scharfsinn, die Erklärung war praktisch und simpel: Der harmlose Brief hatte auf Bild 1236 mit der kühn sprießenden, vorwitzig aufragenden Krone Schamhaar gelegen, die obszöne Version aber in bequemer Reichweite auf dem Tisch. Wieder brüllte er Brionys Namen, obwohl er ahnte, daß sie jeden Augenblick am Haus sein würde. Und da war sie auch schon, Sekunden später; ein ferner Rhombus aus ockerfarbenem Licht zeigte ihre Umrisse, die sich weiteten, stockten und dann zu nichts zusammenschrumpften, als Briony das Haus betrat und die Tür sich hinter ihr schloß.

Neun

Zweimal innerhalb nur einer halben Stunde kam Cecilia aus ihrem Schlafzimmer, sah sich im goldgerahmten Spiegel auf dem oberen Treppenabsatz und kehrte unzufrieden zu ihrem Kleiderschrank zurück. Ihr erster Versuch hatte sie in einem schwarzen Kleid aus Naturseide gezeigt, das ihrer Gestalt, zumindest im Spiegel der Frisierkommode, durch geschickten Schnitt einen gewissen Ernst zu verleihen schien. Ihre dunklen Augen verstärkten noch einen Hauch von Unberührbarkeit. Und statt die Wirkung mit einer Perlenkette zu kontrastieren, griff sie in einer spontanen Eingebung nach einer Halskette aus reinem Gagat. Den Schwung der Lippen hatte sie auf Anhieb perfekt getroffen. Diverse Verrenkungen, die ihren Kopf in allen drei Flügeln des Spiegels zeigten, verrieten ihr, daß ihr Gesicht keineswegs zu schmal wirkte, jedenfalls nicht heute abend. Man vertraute darauf, daß sie anstelle ihrer Mutter in der Küche nach dem Rechten sah, und sie wußte, daß Leon sie im Salon erwartete, dennoch fand sie die Zeit, ehe sie aus dem Zimmer ging, noch einmal vor die Frisierkommode zu treten und Parfüm auf ihre Ellbogen zu tupfen, eine verspielte Note, die so ganz ihrer Stimmung entsprach, als sie die Tür hinter sich schloß.

Doch als sie auf den Flurspiegel zulief, entdeckte sie in seinem neutralen Widerschein eine Frau auf dem Weg zu einer Beerdigung, noch dazu eine strenge, freudlose Frau, deren schwarzes Panzerkleid Ähnlichkeit mit gewissen in Streichholzschachteln hausenden Insekten aufwies. Ein Hirschkäfer! Das war sie, ihr künftiges Ich, in Witwenkleidern und mit fünfundachtzig Jahren. Cecilia zögerte keinen Augenblick, machte auf dem – ebenfalls schwarzen – Absatz kehrt und eilte zurück auf ihr Zimmer.

Sie war skeptisch, weil sie wußte, welche Streiche einem der Verstand spielen kann. Zugleich aber weilte sie im Geiste mit jedem Gedanken beim kommenden Abend; sie mußte sich unbedingt wohl in ihrer Haut fühlen. Das schwarze Seidenkleid sank zu Boden, in Unterwäsche und hochhackigen Schuhen trat sie vor den Schrank, musterte die auf der Kleiderstange dargebotenen Möglichkeiten und dachte daran, wie doch die Zeit verstrich. Sie haßte es, streng auszusehen. Entspannt wollte sie sich geben und zugleich selbstbeherrscht. Vor allem aber wollte sie so aussehen, als hätte sie keinen Augenblick darüber nachgedacht, was sie anziehen würde, und das brauchte seine Zeit. Unten in der Küche zog sich inzwischen der Knoten der Ungeduld immer enger zusammen, während die Minuten verrannen, die sie eigentlich allein mit ihrem Bruder verbringen wollte. Bald würde ihre Mutter auftauchen und die Sitzordnung mit ihr bereden wollen, Paul Marshall würde aus seinem Zimmer auftauchen und Gesellschaft brauchen, und dann würde Robbie vor der Tür stehen. Wie sollte sie da einen klaren Gedanken fassen?

Mit den Fingern strich sie die wenigen Handbreit ihrer persönlichen Geschichte entlang, dieser kurzen Chronik ihres Geschmacks. Da war der schnieke Fummel aus

Backfischtagen, der heute so grotesk, schlabberig und geschlechtslos wirkte, und obwohl eines der Kleider Weinflecke und ihre erste Zigarette ein Loch in ein anderes gebrannt hatte, brachte Cecilia es einfach nicht über sich, sie auszusortieren. Dann kam ein Kleid mit der ersten zaghaften Andeutung von Schulterpolstern, und gleich darauf folgten die selbstbewußteren, dynamischeren, reiferen Schwestern, die schon die burschikosen Jahre abgestreift hatten, Taille und Kurven entdeckten, die Hoffnungen der Männer aber souverän ignorierten und wieder länger wurden. Ihr neuestes und bestes Stück, das sie sich zum Examen gekauft hatte, ehe sie von ihrer beschämenden Note erfuhr, war ein die Figur betonendes, dunkelgrünes, diagonal geschnittenes, rückenfreies Abendkleid mit Nackenband. Viel zu elegant, um es daheim zum ersten Mal zu tragen. Also ließ sie die Hand zurückwandern und holte ein Kleid aus Moiré mit plissiertem Oberteil und langettiertem Saum heraus – eine sichere Wahl, da das Rosa matt und dezent genug für den Abend war. Der dreiflügelige Spiegel sah das genauso. Sie zog sich andere Schuhe an, tauschte die Gagatkette gegen die Perlen, frischte ihr Make-up auf, kämmte sich das Haar, tupfte einen Tropfen Parfüm auf den Halsansatz, von dem jetzt mehr als vorher zu sehen war, und trat kaum eine Viertelstunde später wieder auf den Flur.

Tagsüber hatte sie den alten Hardman gesehen, wie er mit einem Weidenkorb durchs Haus gegangen war, um Glühbirnen auszuwechseln. Vielleicht war deshalb das Licht auf dem oberen Treppenabsatz greller als sonst, da sie nie zuvor solche Schwierigkeiten mit diesem Spiegel gehabt hatte. Schon aus über zehn Meter Entfernung sah sie, daß er sie nicht vorbeilassen würde; das Rosa wirkte blaß und naiv, die Taille saß zu hoch, und das Kleid bauschte sich über den Hüften wie das Partykostüm einer Achtjährigen. Fehlten bloß die Häschen-Knöpfe. Eine Unregelmäßigkeit im alten Spiegelglas verkürzte ihr Bild im Näherkommen, so daß sie plötzlich das Kind vor sich sah, das sie vor fünfzehn Jahren gewesen war. Sie blieb stehen, hob versuchsweise die Hände an den Kopf und faßte ihr Haar zu Zöpfen zusammen. Dieser selbe Spiegel mußte sie Dutzende Male so gesehen haben, wie sie die Treppe hinabstürmte, vermutlich auf dem Weg zur nachmittäglichen Geburtstagsfeier irgendeiner Freundin. In ihrer Verfassung wäre es allerdings nicht gerade hilfreich, wenn sie nach unten ginge und wie Shirley Temple aussähe oder sich doch zumindest so vorkäme.

Eher resigniert als in Eile oder verärgert, kehrte sie abermals in ihr Zimmer zurück. Sie war sich völlig sicher: Diese viel zu lebhaften, unzuverlässigen Eindrücke, ihre Selbstzweifel sowie die Überdeutlichkeit und gespenstische Verzerrung, in der sich ihr das Vertraute zeigte, waren bloß weitere Spielarten dessen, was sie den ganzen Tag über gesehen und gefühlt hatte. Was sie zwar gefühlt, aber worüber sie lieber nicht nachgedacht hatte. Außerdem wußte sie, was zu tun war, und hatte es von Anfang an gewußt. Sie besaß nur ein Kleid, das ihr wirklich gefiel, und das war das Kleid, das sie jetzt anziehen würde. Sie ließ das rosafarbene Kleid auf das schwarze fallen, schritt verächtlich über den Haufen hinweg und griff nach dem Abendkleid, ihrem grünen, rükkenfreien Examenskleid. Während sie es anzog, genoß sie noch durch die Seide ihrer Petticoats die straffe Liebkosung des diagonal geschnittenen Stoffes, und sie fühlte sich auf vornehme Weise unerschütterlich, aalglatt und geborgen; sie selbst war die Meerjungfrau, die ihr da aus dem Ganzkörperspiegel entgegensah. Sie behielt die Perlen um, zog sich wieder die schwarzen Pumps an, prüfte noch einmal Haar und Make-up, verzichtete diesmal auf Parfüm und stieß, als sie die Tür öffnete, einen Schrei des Entsetzens aus. Nur wenige Zentimeter vor ihrem Gesicht erblickte sie eine erhobene Faust. Im ersten Schreck glich ihre Wahrnehmung der radikalen Perspektive eines Picassos, in der Tränen, umrandete, geschwollene Augen, feuchte Lippen und eine gerötete, ungeputzte Nase zu einem Bild feuchtrosigen Kummers verlaufen. Sie faßte sich, legte die Hände auf die knochigen Schultern und drehte den ganzen Körper, bis sie das linke Ohr sehen konnte. Es war Jackson, der gerade an ihre Tür klopfen wollte. In der Hand hielt er eine graue Socke. Als sie einen Schritt zurückwich, stellte sie fest, daß er gebügelte, graue Shorts und ein weißes Hemd trug, aber barfuß war.

»Was ist los, kleiner Mann?«

Einen Moment lang traute er seiner eigenen Stimme nicht. Statt dessen hielt er die Socke hoch und deutete damit über den Flur. Cecilia beugte sich vor und sah Pierrot in einiger Entfernung stehen, der, ebenfalls barfuß und ebenfalls mit einer Socke in der Hand, zu ihnen herüberblickte.

»Ihr habt also jeder nur eine Socke, wie?«

Der Junge nickte und schluckte, und dann endlich brachte er hervor: »Miss Betty sagt, es setzt was, wenn wir jetzt nicht zum Abendbrot runtergehen, aber wir haben bloß ein Paar Socken.«

»Und deshalb habt ihr euch gestritten?«

Jackson schüttelte entschieden den Kopf.

Als sie mit den Jungen über den Flur in deren Zimmer ging, griff erst der eine nach ihrer Hand, dann der andere, und es überraschte sie, wie sehr sie sich darüber freute. Unwillkürlich dachte sie wieder an ihr Kleid.

»Warum habt ihr eure Schwester nicht gefragt, ob sie euch hilft?«

»Sie redet gerade nicht mit uns.«

»Warum das denn nicht?«

»Weil sie uns *haßt.*«

Ihr Zimmer war ein heilloses Durcheinander aus schmutzigen Kleidern, nassen Handtüchern, Apfelsinenschalen, rund um ein Blatt Papier angeordneten Comicheftschnipseln, umgekippten und teilweise mit Decken verhüllten Stühlen und einer umgedrehten Matratze. Auf dem Teppich zwischen den Betten zeichnete sich ein großer, feuchter Fleck ab, in dessen Mitte ein Stück Seife und durchweichte Toilettenpapierstreifen lagen. Eine Gardine hing halb abgerissen an der Vorhangleiste, und obwohl die Fenster geöffnet waren, roch die Luft abgestanden, als sei sie schon mehrfach ausgeatmet worden. Sämtliche Schubladen waren geöffnet und ausgeleert. Überhaupt erweckte das Zimmer den Eindruck einer ausweglosen Langeweile, die nur gelegentlich durch spontane Ideen und Wettkämpfe unterbrochen worden war – Höhlen bauen, von einem Bett zum anderen hüpfen oder sich ein Brettspiel ausdenken, um dann vorzeitig die Lust daran zu verlieren. Kein Mensch aus dem Haushalt der Familie Tallis kümmerte sich um die Zwillinge.

Ihr schlechtes Gewissen übertönend, verkündete Cecilia mit fröhlicher Stimme: »In dem Chaos kann man ja auch nichts finden.« Und so begann sie aufzuräumen, machte die Betten, streifte die Pumps ab, kletterte auf einen Stuhl, um den Vorhang wieder anzubringen, und teilte den Zwillingen kleine, anspruchslose Aufgaben zu. Sie gehorchten aufs Wort, erledigten ihre Arbeiten aber still und bedrückt, als wären sie eine Strafe und keine Rettung, eine Schande und kein Entgegenkommen. Sie schämten sich für ihr Zimmer. Während Cecilia in ihrem hautengen, grünen Kleid auf dem Stuhl stand und den hellen Rotschöpfen zusah, die im Zimmer auf und nieder wippten, kam ihr der naheliegende Gedanke, wie hoffnungslos und beängstigend es doch für diese beiden Jungen sein mußte, ungeliebt in einem fremden Haus und gleichsam aus dem Nichts heraus ihren Platz finden zu müssen.

Mit einiger Mühe – sie konnte die Knie kaum beugen – stieg sie wieder vom Stuhl, setzte sich auf den Bettrand und klopfte links und rechts auf das Laken. Doch die Jungen blieben vor ihr stehen und sahen sie erwartungsvoll an.

Im verhaltenen Singsangton eines Vorschullehrers, den sie einmal sehr bewundert hatte, sagte sie: »Wir weinen doch nicht etwa über ein Paar verlorene Socken?«

Pierrot erwiderte: »Eigentlich wollen wir wieder nach Hause.«

Ernüchtert verfiel sie wieder in den Ton einer Erwachsenen. »Das ist im Augenblick aber nicht möglich. Deine Mutter ist in Paris mit – na ja, sie macht ein bißchen Urlaub, und dein Vater hat an der Universität zu tun, also müßt ihr noch eine Weile bleiben. Tut mir leid, daß sich keiner um euch gekümmert hat. Aber am Schwimmbecken war es doch schön, nicht?«

Jackson sagte: »Wir wollten im Theaterstück mitspielen, aber Briony ist einfach weggelaufen und immer noch nicht wieder da.«

»Bist du sicher?« Noch jemand, um den sie sich Sorgen machen mußte. Briony hätte schon längst wieder im Haus sein sollen. Sie dachte an all die Leute, die unten auf sie warteten: ihre Mutter, die Köchin, Leon, der Gast, Robbie. Selbst die Wärme, die hinter ihr durch das offene Fenster ins Zimmer strömte, stellte Anforderungen, denn dies war einer jener Sommerabende, von denen man das ganze Jahr über träumte, und nun war er endlich da, mit all seinen schweren Gerüchen und seinen Freuden im Schlepptau, und sie wurde von fremden Ansprüchen und kleinen Kümmernissen viel zu sehr abgelenkt, um sich darauf einlassen zu können. Aber sie mußte einfach. Unbedingt. Es wäre falsch, es nicht zu tun. Bestimmt würde es himmlisch sein, draußen auf der Terrasse zu sitzen und mit Leon Gin Tonic zu trinken. Schließlich war es nicht ihre Schuld, daß Tante Hermione mit irgendeinem Schwachkopf durchgebrannt war, der wöchentlich im Rundfunk Kamingespräche moderierte. Genug der Traurigkeit. Cecilia stand auf und klatschte in die Hände.

»Tja, das mit dem Theater ist zu schade, aber wir können nichts dagegen tun. Also laßt uns die Socken suchen und nach unten gehen.«

Ihre Nachforschungen ergaben, daß die Socken, in denen die Zwillinge angekommen waren, gewaschen wurden und daß Tante Hermione im Eifer ihrer alles überschattenden Leidenschaft offenbar vergessen hatte, mehr als ein zusätzliches Paar einzupacken. Also ging Cecilia in Brionys

Schlafzimmer und suchte sich aus der Lade Socken von möglichst unmädchenhaftem Aussehen – weiß, knöchellang, mit roten und grünen Erdbeeren am oberen Saum. Sie nahm an, daß sich die Jungen weiter um die grauen Socken streiten würden, doch trat das genaue Gegenteil ein, und um weiterem Kummer vorzubeugen, ging sie zurück in Brionys Zimmer, um noch ein zweites Paar zu holen. Diesmal hielt sie kurz inne, schaute aus dem Fenster in die Dämmerung hinaus und fragte sich, wo ihre Schwester sein mochte. Im See ertrunken, von Zigeunern vergewaltigt, von einem Auto angefahren, dachte sie ganz routiniert, war es doch ein verläßlicher Grundsatz, daß nichts je so geschah, wie man es sich vorstellte, weshalb ihr dies als wirksame Methode galt, das Allerschlimmste schon einmal auszuschließen.

Wieder bei den Jungen kämmte Cecilia Jacksons Haar mit einem Kamm, den sie zuvor im Blumenwasser einer Vase angefeuchtet hatte, hielt sein Kinn fest zwischen Daumen und Zeigefinger und zog einen sauberen, schnurgeraden Scheitel. Pierrot wartete geduldig, bis er an die Reihe kam, und dann liefen beide ohne ein Wort davon, um sich Betty zu stellen.

Etwas langsamer folgte ihnen Cecilia und schenkte dem kritischen Spiegel diesmal nur einen flüchtigen Blick, doch war sie zufrieden mit dem, was sie sah. Im übrigen schien ihr das eigene Bild jetzt auch nicht mehr so wichtig, da sich ihre Stimmung geändert hatte, seit sie bei den Zwillingen gewesen war. Ihr Gedankenkreis hatte sich gleichsam vergrößert, hatte einen unbestimmten Entschluß aufkommen lassen, der Gestalt annahm, ohne über einen festen Inhalt zu verfügen oder bestimmte Vorsätze nach sich zu ziehen: Sie wußte nur, daß sie von hier fortmußte. Der Gedanke war angenehm und beruhigend und kein bißchen entmutigend. Auf dem oberen Treppenabsatz hielt sie inne. Unten würde ihre Mutter wegen ihrer langen Abwesenheit von der Familie vor lauter schlechtem Gewissen nichts als Unruhe und Verwirrung stiften. Und diesem Durcheinander mußte sie noch die Neuigkeit hinzufügen, daß, falls es denn stimmte, Briony immer noch nicht wieder zurück war. Zeit würde vergehen, und man würde sich Sorgen machen, bis Briony sich wieder eingefunden hatte. Ein Anruf aus dem Ministerium würde die Familie informieren, daß Mr. Tallis noch arbeiten müsse und deshalb in der Stadt übernachte. Und Leon, der die seltene Gabe besaß, sich jeglicher Verantwortung zu entziehen, würde mitnichten in die Rolle seines Vaters schlüpfen. Im Prinzip würde sie auf Mrs. Tallis übergehen, doch letztlich lag der Erfolg des Abends allein in Cecilias Händen. Soviel stand fest und lohnte keinen Protest – sie würde sich keinem lauschigen Sommerabend anheimgeben können und nicht barfuß unter mitternächtlichem Sternenhimmel über den Rasen wandeln. Sie fühlte unter ihrer Hand das schwarzfleckige, lackierte Kiefernholz des Treppengeländers, irgendwas Neogotisches, eine Nachahmung, doch unverrückbar und solide. Über ihrem Kopf hing an drei Ketten ein großer, gußeiserner Leuchter, der zu ihren Lebzeiten nie angezündet worden war. Man verließ sich lieber auf zwei quastengeschmückte Wandlampen, deren Viertelkugeln aus falschem Pergament das Licht zu suppigem, gelbem Schimmer dämpften, in dessen Widerschein sie lautlos über den Treppenabsatz huschte, um einen Blick ins Zimmer ihrer Mutter zu werfen. Die halb geöffnete Tür und der Lichtbalken, der auf den Flurteppich fiel, bestätigten ihr, daß Emily Tallis sich von ihrer Bettcouch erhoben hatte. Cecilia eilte zurück zur Treppe, verharrte erneut und zögerte, doch blieb ihr keine Wahl. Sie ging nach unten.

An der Rollenverteilung war nichts neu, aber das bekümmerte sie kaum. Vor zwei Jahren hatte sich ihr Vater im Innenministerium vergraben, um geheimnisvolle Gutachten zu erstellen; ihre Mutter hatte schon immer im Schattenland der Gebrechlichen gelebt; Briony war von jeher auf die mütterliche Hilfe ihrer älteren Schwester angewiesen; und Leon hatte noch nie etwas anderes getan, als sich von allem fernzuhalten, und dafür hatte sie ihn stets geliebt. Daß es so einfach sein würde, wieder in die alten Rollen zu schlüpfen, hätte sie allerdings nicht geglaubt. Schließlich war sie durch Cambridge von Grund auf verändert worden, weshalb sie angenommen hatte, gegen einen solchen Rückfall immun zu sein. Doch niemand in der Familie schien ihre Veränderung zu bemerken, und ihr war es nicht gelungen, sich dem Einfluß gewohnter Erwartungen zu entziehen. Sie machte deshalb niemandem Vorwürfe, lungerte vielmehr den ganzen Sommer, getrieben von dem vagen Verlangen, wichtige Familienbande neu zu knüpfen, daheim herum. Nur merkte sie jetzt, daß sich diese Bande nie gelockert hatten: Ihre Eltern waren auf je eigene Weise abwesend, Briony verlor sich in ihrer Phantasiewelt, und Leon lebte in der Stadt. Es wurde Zeit für den nächsten Schritt. Sie brauchte ein Abenteuer. Da gab es die Einladung von Onkel und Tante, sie nach New York zu begleiten. Tante Hermione war in Paris. Sie könnte nach London ziehen und sich eine Stelle suchen – zumindest würde sie dann die Erwartung ihres Vaters erfüllen. Freudige Erregung, das war es, was sie empfand, nicht Ruhelosigkeit; und sie wollte nicht zulassen, daß dieser Abend sie enttäuschte. Es würde andere Abende wie diesen geben, doch um sie genießen zu können, würde sie woanders sein müssen.

Von dieser neuen Gewißheit gestärkt – die Wahl des richtigen Kleides hatte ein übriges getan –, schritt sie durch die Eingangshalle, stieß die filzbespannte Tür auf und ging über den im Schachbrettmuster gefliesten Flur in die Küche. Sie drang in eine Wolke vor, in der körperlose Gesichter auf unterschiedlichen Höhen hingen wie Skizzen im Zeichenblock eines Malers, und alle Augen blickten hinab zu dem, was sich auf dem Küchentisch befand und durch Bettys breiten Rücken vor Cecilia verborgen blieb. Das zartrote Glühen auf Knöchelhöhe war das Kohlefeuer im Doppelherd, dessen Klappe in ebendiesem Augenblick mit lautem Scheppern und einem erbosten Fluch zugeschlagen wurde. Dichter Dampf stieg aus einem Kessel kochenden Wassers auf, um den sich niemand zu kümmern schien. Doll, die Küchenhilfe, ein mageres Mädchen aus dem Dorf, dessen Haar zu einem strengen Knoten aufgesteckt war, stand am Bekken und wusch unter mißgelauntem Geklapper die Topfdeckel ab, doch auch sie hatte sich halb umgedreht, um zu sehen, was sich vor Betty auf dem Tisch befand. Eines der Gesichter gehörte Emily Tallis, ein anderes Danny Hardman, ein drittes dessen Vater. Da Jackson und Pierrot offenbar auf Stühlen standen, schwebten ihre Köpfe mit feierlichen Mienen über den anderen. Cecilia spürte den Blick des jungen Hardman auf sich ruhen. Sie funkelte ihn wütend an und gab sich erst zufrieden, als er die Augen niederschlug. Es war ein langer, harter Tag in der heißen Küche gewesen, der überall seine Spuren hinterlassen hatte: Fettspritzer vom Braten und breit getretene Gemüseschalen machten die Fliesen glitschig; tropfnasse Geschirrtücher, Andenken an heroische, doch schon vergessene Mühen, hingen schlaff über dem Herd wie vergilbende Regimentsfahnen in einer Kirche, und Cecilias Schienbein stieß an einen übervollen Korb mit Gemüseabfällen, die Betty für ihre Gloucester Old Spot, eine für den Dezember gemästete Sau, mit nach Hause nehmen wollte. Die Köchin blickte über die Schulter, um zu sehen, wer gekommen war, und ehe sie sich wieder umdrehen konnte, erkannte Cecilia die Wut in diesen Augen, die vom gallertartigen Backenspeck zu schmalen Schlitzen verengt wurden.

»Nimm ihn runter!« schrie Betty. Ihr Zorn richtete sich eindeutig gegen Mrs. Tallis. Doll sprang vom Becken zum Herd, schlitterte, wäre fast ausgerutscht, schnappte sich zwei Lappen und zog den Kessel vom Feuer. Die Sicht klarte auf und ließ Polly zum Vorschein kommen, das Zimmermädchen, von dem jeder behauptete, es sei etwas unbedarft, das aber immer länger blieb, wenn es etwas zu tun gab. Ihre vertrauensvollen, weitaufgerissenen Augen stierten ebenfalls auf den Tisch. Cecilia schob sich an Betty vorbei, um selbst sehen zu können, was alle sahen – ein riesiges, schwarz angelaufenes, soeben erst aus dem Ofen gezogenes Blech mit einem Berg gebackener Kartoffeln, die immer noch leise vor sich hin brutzelten. Es mußten mindestens hundert sein, Reihen blaßgoldener Buckel, in die Betty mit einem Blechlöffel stieß, um dort herumzukratzen und hier etwas abzuschaben. Die Unterseite bedeckte eine klebrige, dunkelgelbe Kruste, vereinzelt hatte sich eine glänzende Kuppe zu bernsteinfarbenem Braun verfärbt, und an manchen Stellen war um zerplatzte Haut ein filigranes Netz aufgeblüht. Sie waren einfach vollkommen oder würden es doch bald sein.

Als Betty die letzten umgedreht hatte, fragte sie: »Und daraus sollen wir jetzt einen Kartoffelsalat machen, Ma'am?«

»Ganz genau. Schneid ab, was verbrannt ist, wisch das Fett ab, gib die Kartoffeln in die große toskanische Schüssel, und spar nicht mit dem Olivenöl, dann…« Emily wies mit unbestimmter Geste auf einen Obstkorb neben der Tür zur Speisekammer, in dem sich vielleicht auch eine Zitrone finden würde.

Zur Decke gewandt fragte Betty: »Und wollen Sie auch einen Rosenkohlsalat?«

»Also wirklich, Betty!«

»Einen Salat aus überbackenem Blumenkohl? Einen Meerrettichsalat?«

»Mach doch bitte nicht so ein Theater um nichts und wieder nichts.«

»Einen Brotpuddingsalat?«

Einer der Zwillinge schnaubte verächtlich.

Und während Cecilia schwante, was als nächstes kommen würde, geschah es auch schon. Betty drehte sich zu ihr um, packte sie am Arm und flehte sie an: »Bitte, Miss Cee, ein Braten sollte es sein. Den ganzen Tag haben wir uns abgeplagt, und das bei einer Hitze, die das Blut zum Kochen bringt.«

Die Szene war neu, die Zuschauer ein ungewohntes Element, doch das Problem war vertraut: Wie ließ sich der Friede wiederherstellen, ohne ihre Mutter zu demütigen? Außerdem hatte Cecilia nun doch wieder beschlossen, sich zu ihrem Bruder auf die Terrasse zu gesellen, weshalb sie unbedingt zu den Gewinnern gehören und eine rasche Entscheidung herbeiführen mußte. Sie nahm ihre Mutter beiseite, und die mit den Abläufen wohlvertraute Betty befahl jedermann, sich wieder an die Arbeit zu machen. Emily und Cecilia Tallis standen in der offenen Tür, die zum Kräutergarten führte.

»Wir haben eine Hitzewelle, Darling, und ich laß mir meinen Salat nicht ausreden.«

»Ich weiß, Emily, es ist viel zu heiß, aber Leon ist völlig verrückt nach Bettys Braten. Er redet pausenlos von nichts anderem, und selbst vor Mr. Marshall hat er schon damit angegeben.«

»Ach, du lieber Himmel«, sagte Emily.

»Mir geht es wie dir. Ich will ja auch keinen Braten, aber am besten überlassen wir die Wahl doch jedem selbst. Sag Polly, daß sie ein paar Salatblätter pflücken soll, und in der Speisekammer ist noch Rote Bete. Betty könnte ein paar neue Kartoffeln kochen und dann kalt stellen.«

»Du hast völlig recht, Darling. Weißt du, ich würde den kleinen Leon wirklich nur ungern enttäuschen.«

So wurde es also beschlossen, und der Braten war gerettet. Betty fügte sich bereitwillig und trug Doll auf, neue Kartoffeln zu putzen; Polly ging mit einem Messer nach draußen.

Kaum hatten alle die Küche verlassen, setzte sich Emily eine dunkle Brille auf und sagte: »Bin ich froh, daß das endlich geregelt ist. Eigentlich mache ich mir nämlich Sorgen um Briony, weißt du. Sie dürfte ziemlich aufgebracht sein und läuft bestimmt irgendwo draußen herum und bläst Trübsal. Ich werde mal lieber nach ihr suchen.«

»Keine schlechte Idee. Ich habe mir auch schon Gedanken um sie gemacht«, sagte Cecilia und hatte keineswegs die Absicht, ihrer Mutter zu sagen, sie möge sich nicht allzu weit von der Terrasse entfernen.

Der Salon, der Cecilia am Vormittag mit seinen Lichtparallelogrammen fasziniert hatte, lag nun im Halbdunkel und wurde nur noch von einer einzigen Lampe am Kamin erhellt. Die offene Terrassentür umrahmte einen grünlichen Himmel, vor dem sich, in einiger Entfernung, Kopf und Schultern ihres Bruders als vertrauter Umriß abhoben. Sie hörte Eiswürfel im Glas klirren, und als sie nach draußen ging, streifte sie Poleiminze, Kamille und Mutterkraut, die noch berauschender als am Vormittag rochen. Niemand konnte sich an den Namen oder gar an das Aussehen des kurzzeitig eingestellten Gärtners erinnern, der sich vor einigen Jahren darangemacht hatte, die Ritzen zwischen den Bodenplatten zu bepflanzen. Damals hatte niemand verstanden, was er damit bezweckte. Vielleicht war er deshalb entlassen worden.

»Schwesterchen! Ich schmore hier schon seit einer Dreiviertelstunde.«

»Entschuldige. Wo ist mein Glas?«

Ein niedriger Holztisch war an der Hausmauer mit einer kugelförmigen Paraffinlampe zu einer kleinen Bar hergerichtet worden. Endlich hielt sie ihren Gin Tonic in der

Hand. Sie zündete sich eine Zigarette an Leons Zigarettenglut an, und sie prosteten sich zu.

»Dein Kleid gefällt mir.«

»Kannst du es überhaupt sehen?«

»Dreh dich um. Wunderbar. Diesen Leberfleck hatte ich ganz vergessen.«

»Wie läuft's in der Bank?«

»Langweilig, aber höchst bequem. Wir können den Abend und das Wochenende immer kaum erwarten. Wann läßt du dich mal blicken?«

Sie schlenderten über die Terrasse und schlugen dann den Kiesweg zwischen den Rosen ein. Der Triton-Brunnen ragte vor ihnen auf, eine tintenschwarze Masse jetzt, deren vielgestaltiger Umriß sich gestochen scharf vor einem Himmel abhob, der mit schwindendem Licht immer grünlicher wurde. Sie hörten das Wasser tröpfeln, und Cecilia meinte sogar, es riechen zu können, silbrig und bitter, doch vielleicht war das auch nur der Drink in ihrer Hand.

Nach einer Weile sagte sie: »Ich drehe hier noch durch.«

»Spielst du wieder Hausmütterchen? Weißt du, neuerdings gibt es für Mädchen die unmöglichsten Stellen. Sie können sogar eine Beamtenlaufbahn einschlagen. Das würde dem alten Herrn bestimmt mächtig gefallen.«

»Mit meinem Abschluß würde mich doch niemand nehmen.«

»Ach, das kümmert keinen Menschen mehr, wenn dein Leben erst einmal angefangen hat.«

Sie ging mit Leon zum Brunnen, wandte sich zum Haus um, lehnte sich an den Beckenrand und verharrte einen Augenblick schweigend am Ort ihrer Schande. Leichtsinnig, lächerlich, doch vor allem schändlich und beschämend. Nur die Zeit, der züchtige Schleier weniger Stunden, hinderte ihren Bruder daran, sie so zu sehen, wie sie gewesen war. Ein solcher Schutz fehlte ihr bei Robbie. Er hatte sie gesehen, er würde sie immer sehen können, selbst dann, wenn die Zeit den Vorfall zu einem Stammtischwitz verflachte. Wegen der Einladung war sie immer noch wütend auf ihren Bruder, aber sie brauchte ihn, wollte an seiner Freiheit teilhaben, und deshalb drängte sie ihn, ihr das Neuste zu erzählen.

In Leons Leben, vielmehr in seiner erzählten Version davon, war niemand böswillig, schmiedete kein Mensch üble Pläne, log oder betrog. Jeder wurde aus noch so geringem Anlaß gelobt, als sei allein seine Existenz Grund genug zum Staunen. Leon erinnerte sich immer an die besten Sprüche seiner Freunde, und seine Anekdoten nahmen die Zuhörer stets für die Menschen und ihre Schwächen ein. Jeder war wenigstens ein »prachtvoller Bursche« oder doch ein »vernünftiger Kerl«, und nie klafften Motiv und äußerer Anschein auseinander. Stieß er bei einem Freund auf ein Rätsel oder einen Widerspruch, fand er dafür immer eine vorteilhafte Erklärung. Literatur und Politik, Wissenschaft und Religion langweilten ihn nicht, weil sie schlicht keinen Platz in seiner Welt hatten, ebensowenig wie Dinge, über die man sich ernsthaft streiten konnte. Er hatte sein Jurastudium nicht abgeschlossen und war glücklich, diese ganze Episode rasch wieder vergessen zu können. Daß er je einsam, gelangweilt oder verzagt war, konnte man sich nur mit Mühe vorstellen; sein Gleichmut schien ebenso grenzenlos wie sein Mangel an Ehrgeiz, und er ging stets davon aus, daß jeder so war wie er selbst. Trotz seiner Oberflächlichkeit aber war er ein durchaus erträglicher Mensch, manchmal sogar ein wahrer Trost.

Zuerst redete er von seinem Ruderklub. Er war vor kurzem Schlagmann im zweiten Achter geworden, und obwohl ihn alle nett behandelt hatten, wäre er doch glücklicher, wenn jemand anderes das Tempo angeben würde. Selbst in der Bank hatten sie irgendwas von einer Beförderung verlauten lassen, doch als nichts daraus wurde, war er darüber sogar erleichtert. Und dann die Frauen: Mary, die Schauspielerin, die in Noël Cowards *Private Lives* so phantastisch gewesen und plötzlich nach Glasgow verschwunden war, ohne daß jemand den Grund dafür gekannt hätte. Er vermutete, daß sie sich um eine sterbende Verwandte kümmern mußte. Mit Francine wiederum, die so ein wunderbares Französisch sprach und deren Monokel stets für Aufsehen sorgte, war er letzte Woche in der Oper, und in der Pause hatten sie den König gesehen, der in ihre Richtung zu blicken schien. Die reizende, verläßliche, allgemein beliebte Barbara, die er – ginge es nach Jack und Emily – heiraten würde, hatte ihn eingeladen, eine Woche im Schloß ihrer Eltern in den Highlands zu verbringen. Er fand, nur ein Flegel könnte so etwas ausschlagen.

Sobald sein Redefluß zu versiegen drohte, stachelte ihn Cecilia mit neuen Fragen zu weiteren Geschichten an. Seine Miete im Albany war unerklärlicherweise gesunken. Ein alter Freund hatte eine lispelnde Frau geschwängert, sie daraufhin geheiratet und führte heute ein überaus glückliches Leben. Ein anderer Freund hatte sich ein Motorrad zugelegt. Und der Vater eines weiteren Freundes hatte sich eine

Staubsaugerfabrik gekauft und gesagt, sie sei die reinste Lizenz zum Gelddrucken. Irgend jemandes Großmutter war ein tapferer Stecken, weil sie eine halbe Meile weit mit einem gebrochenen Bein gelaufen war. Lieblich wie die Abendluft plätscherte dies Gerede dahin und beschwor eine Welt mit Happy-End und lauter guten Vorsätzen herauf. Schulter an Schulter, halb sitzend, halb stehend, betrachteten sie das Haus ihrer Kindheit, dessen wirre architektonische Anspielungen auf das Mittelalter ihnen nun wie launische, unbekümmerte Zitate erschienen; die Migräne ihrer Mutter war nur ein heiteres Intermezzo in einer komischen Oper, der Kummer der Zwillinge ein kleines Rührstück und der Zwischenfall in der Küche kaum mehr als das fröhliche Gerangel lebhafter Komparsen.

Als es an ihr war, einen Bericht über die letzten Monate abzugeben, ließ sie sich unwillkürlich von Leons Ton anstecken, doch klang er in ihrem Mund ungewollt sarkastisch. Sie machte die eigenen Anstrengungen auf dem Feld der Genealogie lächerlich, schilderte einen winterlichen Stammbaum, der kahl und wurzellos geblieben war. Großvater Harry Tallis war der Sohn eines Bauern, der Cartwright hieß, seinen Namen aber aus irgendeinem Grund geändert hatte, weshalb sich weder ein Eintrag über seine Geburt noch über seine Eheschließung finden ließ. Und was *Clarissa* betraf – all diese Stunden zusammengerollt auf dem Bett, das Kribbeln im eingeschlafenen Arm – wenn das nicht das Gegenteil eines *Verlorenen Paradieses* war –, so wurde ihr die Heldin um so verhaßter, je stärker sich ihre todesfixierte Tugend offenbarte. Leon nickte und schürzte die Lippen; er würde niemals so tun, als ob er wüßte, wovon sie redete, würde sie allerdings auch nie unterbrechen. Sie verlieh diesen Wochen der Langeweile und Einsamkeit einen absurden Anstrich, beschrieb, wie es kam, daß sie bei ihrer Familie war, daß sie meinte, ihre lange Abwesenheit wiedergutmachen zu müssen, und dabei doch nur herausgefunden hatte, daß ihre Eltern und ihre Schwester auf je eigene Weise nicht anwesend waren. Vom großmütigen Halblächeln ihres Bruders ermuntert, probierte sie es mit einigen komischen Einlagen, die sich um ihr tägliches Verlangen nach einer Zigarette drehten; um Briony, die das Plakat abriß; um die Zwillinge vor ihrem Zimmer, jeder mit einer Socke in der Hand; und um ihre Mutter, die sich zum Abendessen ein Wunder der Verwandlung wünschte –, daß Kartoffelsalat aus Bratkartoffeln ward – eine biblische Anspielung, die Leon jedoch entging. Allem, was sie sagte, lag eine Verzweiflung zugrunde, eine Leere oder doch etwas Ausgeschlossenes, Ungenanntes, das sie rascher reden und mit zunehmend weniger Überzeugungskraft immer stärker übertreiben ließ. Die liebenswerte Belanglosigkeit von Leons Leben war ein geschliffenes Konstrukt, seine Seichtheit vorgetäuscht, die Selbstbeschränkung ein Ergebnis unsichtbarer, harter Arbeit sowie seiner Veranlagung, und mit beidem konnte sie nicht konkurrieren. Sie hakte sich bei ihm unter und drückte seinen Arm. Noch so eine Sache: Sanft und charmant war Leon in Gesellschaft, doch faßte sich der Arm im Jackenärmel wie tropisches Hartholz an. Sie dagegen fühlte sich weich und nahezu in jeglicher Hinsicht durchsichtig.

Zärtlich schaute er sie an. »Was ist los, Cee?«

»Nichts. Gar nichts.«

»Du solltest wirklich vorbeikommen, bei mir wohnen und dich ein wenig umschauen.«

Jemand lief über die Terrasse, und im Salon gingen die Lichter an. Briony rief nach ihrem Bruder und ihrer Schwester.

Leon rief zurück: »Wir sind hier drüben!«

»Wir sollten hineingehen«, sagte Cecilia. Immer noch Arm in Arm spazierten sie auf das Haus zu. Als sie an den Rosen vorübergingen, fragte sie sich, ob es tatsächlich etwas gab, das sie ihrem Bruder anvertrauen wollte. Jedenfalls würde sie ihm ganz bestimmt nicht gestehen, wie sie sich hier heute vormittag aufgeführt hatte.

»Ich möchte in die Stadt.« Doch noch während sie die Worte aussprach, stellte sie sich vor, wie etwas sie festhielt, wie sie unfähig war, ihre Sachen zu packen oder den Zug zu erwischen. Vielleicht wollte sie überhaupt nicht fort, doch wiederholte sie mit Nachdruck: »Ich würde wirklich gern kommen.«

Ungeduldig wartete Briony auf der Terrasse darauf, ihren Bruder begrüßen zu können. Jemand aus dem Salon redete mit ihr, doch sie gab nur über die Schulter hinweg Antwort. Als sie näher kamen, konnten Cecilia und Leon die Stimme verstehen – es war ihre Mutter, die sich streng zu geben versuchte.

»Ich sage es zum letzten Mal. Du gehst jetzt nach oben und wäschst dich und ziehst dich um!«

Mit einem unentschlossenen Blick auf ihre Geschwister näherte sich Briony der Terrassentür. Sie hielt etwas in der Hand.

Leon sagte: »Wir würden dich im Handumdrehen irgendwo unterbringen.«

Als sie im Salon in das Licht mehrerer Lampen traten, war Briony immer noch da, immer noch barfuß und in ihrem schmutzigen, weißen Kleid; ihre Mutter stand in der gegenüberliegenden Tür und lächelte nachsichtig.

Leon streckte die Arme aus und sagte in jenem verwegenen Schurkenton, der nur für sie bestimmt war: »Wenn das nicht mein kleines Schwesterchen ist!«

Kreischend rief Briony den Namen ihres Bruders, lief in seine Arme und drückte, während sie an Cecilia vorüberflog, ihrer Schwester ein doppelt gefaltetes Stück Papier in die Hand.

Da Cecilia wußte, daß ihre Mutter sie beobachtete, setzte sie eine Miene amüsierter Neugier auf, ehe sie den Zettel auseinanderfaltete. Und diese Miene vermochte sie sogar noch beizubehalten, als sie das kleine Quadrat aus getippten Buchstaben überflog und mit einem Blick in sich aufnahm – eine Botschaft, deren Ton und Wucht von dem einen, mehrfach wiederholten Wort bestimmt wurde. Neben ihr erzählte Briony ihrem Bruder von dem Theaterstück, das sie für ihn geschrieben hatte, und schilderte ihm jammernd, wieso die Proben geplatzt waren. *Die Heimsuchungen Arabellas* sagte sie stets aufs neue. *Die Heimsuchungen Arabellas.* Selten hatte sie so enthusiastisch, so aufgekratzt gewirkt. Ihre Arme schlangen sich immer noch um seinen Hals, und sie stand auf Zehenspitzen, um ihre Wange an sein Gesicht zu schmiegen.

Anfangs kreiste in Cecilias Gedanken bloß ein einziges Wort: *Natürlich, natürlich.* Warum war ihr das bloß vorher nicht aufgefallen? Jetzt war ihr alles klar. Der ganze Tag, die Wochen zuvor, ihre Kindheit. Ein Leben. Jetzt begriff sie. Warum hätte sie sonst so lang gebraucht, ein Kleid auszuwählen, warum sich wegen einer Vase gestritten, warum alles so anders gefunden, warum nicht abreisen können? Was hatte sie bloß so blind, so begriffsstutzig gemacht? Sekunden vergingen; sie konnte unmöglich noch länger starr auf das Blatt blicken. Beim Zusammenfalten aber dämmerte ihr etwas: Dieser Brief war doch bestimmt nicht unverschlossen geschickt worden. Sie wandte sich zu ihrer Schwester um.

Leon sagte gerade: »Wie wär's denn damit? Ich kann gut meine Stimme verstellen und verschiedene Rollen sprechen, du sogar noch besser. Warum tragen wir das Stück nicht zusammen vor?«

Cecilia trat um ihn herum, um Briony ansehen zu können.

»Briony? Hast du das hier gelesen, Briony?«

Doch Briony, die irgendeine schrille Antwort auf den Vorschlag ihres Bruders gab, wand sich in seinen Armen, versteckte sich vor ihrer Schwester und vergrub das Gesicht in Leons Jackett.

Vom anderen Salonende sagte Emily beschwichtigend: »Immer mit der Ruhe.«

Wieder wechselte Cecilia ihre Stellung und stand nun auf der anderen Seite ihres Bruders: »Wo ist der Umschlag?«

Doch Briony wandte erneut das Gesicht ab und lachte hysterisch über etwas, das Leon gesagt hatte.

Dann merkte Cecilia, daß noch jemand im Raum war, der sich irgendwo hinter ihr bewegte, nah am Rand ihrer

Wahrnehmung, und als sie sich umdrehte, stand Paul Marshall vor ihr. Er hielt ein silbernes Tablett in der Hand, auf dem fünf Cocktailgläser standen, jedes zur Hälfte mit einer breiigen, braunen Flüssigkeit gefüllt. Er nahm ein Glas und reichte es ihr.

»Probieren Sie. Nur zu, ich bestehe darauf.«

Zehn

Allein schon ihre verworrenen Empfindungen bestätigten Briony, daß sie eine Arena erwachsener Gefühle und Scheinheiligkeiten betreten hatte, von der sie als Schriftstellerin nur profitieren konnte. Welches Märchen wäre je so widersprüchlich gewesen? Heftige, unbeherrschte Neugier hatte sie veranlaßt, den Brief aus dem Umschlag zu reißen – sie las ihn in der Eingangshalle, kaum daß sie von Polly eingelassen worden war –, aber obwohl die schockierende Notiz ihre Tat im nachhinein rechtfertigte, meldete sich nun ihr schlechtes Gewissen. Es war falsch, anderer Leute Briefe zu öffnen, doch war es Rechtens und für sie enorm wichtig, möglichst umfassend Bescheid zu wissen. Natürlich hatte sie sich gefreut, ihren Bruder wiederzusehen, nur hielt sie das nicht davon ab, ihre Gefühle zu übertreiben, um der vorwurfsvollen Frage ihrer Schwester auszuweichen. Und anschließend hatte sie so getan, als renne sie nach oben auf ihr Zimmer, um beflissen der Anordnung ihrer Mutter zu folgen – dabei wollte sie nicht bloß Cecilia entkommen, sondern auch allein sein, um erneut über Robbie nachzudenken und die ersten Sätze einer Geschichte zu Papier zu bringen, die ihr das Leben selbst diktierte. Keine Prinzessinnen mehr! Der Vorfall am Brunnen, diese Ahnung einer schrecklichen Bedrohung, und zum Schluß, als beide ihrer Wege gegangen waren, die flimmernde Leere, die über dem nassen Fleck auf dem Kies zitterte – all das mußte überdacht werden. Dieser Brief war etwas Elementares, Brutales, vielleicht sogar etwas Kriminelles, ein dunkles Prinzip, und bei aller Aufregung über die Möglichkeiten, die sich dadurch eröffneten, zweifelte sie nicht daran, daß ihre Schwester irgendwie bedroht wurde und Hilfe brauchte.

Das Wort: Sie gab sich Mühe, es nicht in ihren Gedanken nachklingen zu lassen, und doch tanzten die Buchstaben obszön in ihrem Kopf herum, als jonglierte ein Druckfehlerteufel mit vagen, anzüglichen Anagrammen – böse Möwe; im Theater eine flüsternde Vorsagerin französischer Herkunft; ein Metallring zum Durchziehen einer Schnur. Reimworte wie aus einem Kinderbuch blitzten auf – ein großes Lärmen, Kutteln fielen ihr ein, eine Beilage aus Semmelbröseln, aber auch etwas, das sie sich selbst niemals geben wollte. Natürlich hatte sie das Wort noch nie gehört, hatte es nicht geschrieben gesehen oder auch nur in Sternchen gesetzt entdeckt. Nie hatte man in ihrer Gegenwart auf die Existenz dieses Wortes hingedeutet, ja, nicht einmal ihre Mutter hatte je auf das Vorhandensein jenes Körperteils verwiesen, auf den sich – ganz bestimmt – dieses Wort bezog. Sie zweifelte keine Sekunde an dem, was damit gemeint war. Der Zusammenhang half, schon der zweite Buchstabe schien ein genaues typographisches Abbild geben zu wollen. Daß aber das Wort von einem Mann geschrieben worden war, der damit gestand, dieses Bild im Sinn zu haben, der bekannte, in seiner Einsamkeit davon besessen zu sein, erfüllte sie mit tiefster Abscheu.

Dreist hatte sie den Zettel mitten in der Eingangshalle gelesen und gleich die Gefahr gespürt, die von solch brutaler

Unverblümtheit ausging. Etwas unabweisbar Menschliches oder Männliches schien die Ordnung im Haus zu stören, und Briony wußte, wenn sie ihrer Schwester nicht zu Hilfe eilte, würden sie alle darunter leiden. Ihr war auch klar, daß sie Cecilia nur auf behutsame, taktvolle Weise helfen konnte, denn sonst, das wußte Briony aus Erfahrung, würde sich ihre Schwester gegen sie wenden.

Diesen Gedanken hing sie nach, während sie Gesicht und Hände wusch und ein frisches Kleid auswählte. Die dazu passenden Socken blieben unauffindbar, doch verschwendete sie keine Zeit darauf, sie zu suchen, sondern zog andere an, band die Schnürsenkel ihrer Schuhe und setzte sich an ihren Schreibtisch. Unten trank man Cocktails, also hatte sie mindestens zwanzig Minuten für sich allein. Das Haar würde sie noch schnell bürsten, bevor sie aus dem Zimmer lief. Vor dem offenen Fenster zirpte eine Grille. Im tröstlich gelben Lichtkegel der Tischlampe lag vor ihr ein Stoß Notizpapier aus Vaters Büro; der Füllfederhalter ruhte in ihrer Hand. Das Heer der Bauernhoftiere stand in Reih und Glied auf dem Fensterbrett; die prüden Puppen posierten in den diversen Zimmern ihres zur Vorderseite hin offenen Landhauses und warteten gespannt auf die ersten Wortperlen der gefeierten Autorin. In diesem Augenblick aber war der Drang zum Schreiben stärker als Brionys Vorstellung von dem, was sie eigentlich schreiben wollte. Am liebsten hätte sie sich einer Idee überlassen, die ihr wie von allein die Feder führte, wollte den schwarzen Faden sehen, der aus ihrer kratzenden, silbrigen Federspitze spulte und sich zu Worten verknüpfte. Doch wie sollte sie den Veränderungen gerecht werden, die sie endlich zu einer richtigen Schriftstellerin gemacht hatten, wie dem chaotischen Schwarm neuer Eindrücke, dem Ekel und der Faszination, die sie empfand? Ordnung mußte her. Sie wollte, wie längst beschlossen, mit einem schlichten Bericht dessen beginnen, was sie am Brunnen gesehen hatte. Doch dieser Vorfall im Sonnenlicht war nicht halb so interessant wie die Dämmerung, die Minuten auf der Brücke, sie, verloren in trägen Tagträumereien, und dann Robbie, der aus dem Halbdunkel auftauchte und ihren Namen rief, in der Hand dies kleine weiße Rechteck, das den Brief enthielt, der wiederum das Wort enthielt. Welche Botschaft aber enthielt dieses Wort?

Sie schrieb: »Es war einmal ein Mann, der hatte einen Schwamm...«

Bestimmt war es nicht zu kindisch, wenn sie behauptete, Stoff für eine Geschichte zu haben, denn dies war zweifellos die Geschichte eines Mannes, der von allen geliebt wurde, dem die Heldin aber noch nie so recht getraut hatte; und schließlich konnte sie, Briony, sogar beweisen, daß er die Verkörperung des Bösen schlechthin war. Aber sollte sie als Schriftstellerin inzwischen nicht welterfahren genug sein, um über derlei einfältige Ideen wie Gut und Böse zu stehen? Es mußte doch einen erhabenen Dichterparnaß geben, von dem aus alle Menschen mit gleichem Maß zu beurteilen waren, von dem aus nicht jeder gegen jeden in einem lebenslangen Hockeyspiel kämpfte, sondern sich alle gemeinsam in glorreicher Unvollkommenheit dem lärmenden Gerangel überließen. Doch falls solch ein Ort existierte, war sie seiner unwürdig. Sie würde Robbie diese ekelhaften Phantasien niemals verzeihen.

Wie gelähmt, einerseits von dem Drang, ihre heutigen

Erfahrungen in einem einfachen Tagebucheintrag festzuhalten, und andererseits dem Ehrgeiz, etwas Größeres daraus zu machen, etwas Geschliffenes, Eigenes, Obskures zu formulieren, starrte sie stirnrunzelnd einige Minuten auf das Blatt Papier mit dem kindischen Zitat und schrieb kein weiteres Wort. Handlung konnte sie, und für Dialoge hatte sie ein Händchen. Wälder im Winter waren kein Problem, auch eine schauerliche Burgmauer nicht. Doch wie stellte man Gefühle dar? Sicher, sie konnte einfach *Sie war traurig* hinschreiben oder zeigen, was eine traurige Person tat, doch was war mit der Traurigkeit selbst, wie konnte man die vermitteln, so daß sie in all ihrer niederdrückenden Unmittelbarkeit spürbar wurde? Noch schwieriger waren eine Drohung oder die verwirrende Empfindung widersprüchlicher Gefühle. Mit dem Füller in der Hand blickte sie ins Zimmer und in die starren Gesichter ihrer Puppen, fremd gewordene Gefährten einer Kindheit, die sie nun für abgeschlossen hielt. Eine frostige Erfahrung, dieses Erwachsenwerden. Nie wieder würde sie bei Emily oder Cecilia auf dem Schoß sitzen, höchstens mal zum Spaß. Vor zwei Sommern, an ihrem elften Geburtstag, waren ihre Eltern, ihr Bruder und ihre Schwester sowie eine fünfte Person, an die sie sich nicht mehr erinnern konnte, mit ihr auf den Rasen gegangen und hatten sie in einer Decke elfmal in die Luft geschleudert und vorsorglich – weil es Glück bringen sollte – noch ein weiteres Mal. Würde sie heute noch ähnlich empfinden, die unbändige Freiheit beim Flug hinauf spüren, das blinde Vertrauen in den fürsorglichen Zugriff erwachsener Hände, wenn diese fünfte Person doch ohne weiteres auch Robbie sein könnte?

Ein behutsames, weibliches Räuspern ließ sie überrascht aufschauen. Es war Lola. Sie lugte vorsichtig herein und klopfte, kaum trafen sich ihre Blicke, leise an die Tür.

»Darf ich reinkommen?«

Ohne Brionys Antwort abzuwarten, trippelte sie in einem blauen, enganliegenden Satinkleid ins Zimmer. Ihr Haar hing offen herab, und sie war barfuß. Als sie näher kam, legte Briony den Füller beiseite und verdeckte den geschriebenen Satz mit einem Buch. Lola setzte sich auf den Bettrand, plusterte die Wangen auf und blies theatralisch die Luft wieder aus. Es war, als hätten sie schon immer in schwesterlicher Eintracht einen abendlichen Schwatz gehalten. »Waren das gräßliche Stunden.«

Als Briony unter dem grimmigen Blick ihrer Kusine eine Augenbraue hob, fuhr sie fort: »Die Zwillinge haben mich richtig gefoltert.«

Briony glaubte, sie sagte das nur so dahin, doch kehrte ihr Lola die Schulter zu und zeigte ihr hoch oben auf dem Arm einen langen Kratzer.

»Wie schrecklich!«

Lola streckte die Handgelenke aus, die rundherum aufgescheuert waren.

»Tausend Stecknadeln?«

»Genau.«

»Ich hol dir Jod.«

»Laß nur, hab mich schon drum gekümmert.«

Es stimmte, der frauliche Duft von Lolas Parfüm vermochte den Kindergeruch nach Wundsalbe kaum zu überdecken. Da war es doch das mindeste, daß Briony von ihrem Tisch aufstand und sich zu ihrer Kusine setzte.

»Du armes Ding!«

Brionys Mitleid trieb Lola die Tränen in die Augen, und ihre Stimme klang heiser: »Alle halten sie für Engel, bloß weil sie sich so ähnlich sehen, dabei sind sie kleine *Bestien.*«

Sie unterdrückte einen Schluchzer, schien ihn mit bebendem Kiefer hinabzuwürgen und sog durch geblähte Nüstern wieder tief Luft ein. Briony nahm ihre Hand und meinte zu ahnen, wie man Lola liebgewinnen konnte. Dann ging sie zu ihrer Kommode, holte ein Taschentuch, faltete es auf und reichte es ihr. Lola wollte sich schon schneuzen, als sie beim Anblick fröhlicher, Lasso schwingender Cowgirls leise japste, immer lauter und lauter schnuckte und schließlich ein Geräusch von sich gab, als wollte sie Gespenster nachahmen. Unten klingelte es an der Tür, und Augenblicke später war undeutlich zu hören, wie hohe Absätze über die Fliesen der Eingangshalle klackten. Das dürfte Cecilia sein, die Robbie öffnete. Da sie fürchtete, man könnte Lola unten hören, stand Briony erneut auf und zog die Schlafzimmertür zu. Der Kummer ihrer Kusine weckte in ihr eine vage Unruhe, einen geradezu freudigen Eifer. Sie ging zum Bett zurück und legte den Arm um Lola, die ihre Hände vors Gesicht schlug und weinte. Daß zwei neunjährige Jungen einem derart schroffen, herrischen Mädchen so zusetzen konnten, erstaunte Briony und verlieh ihr ein Gefühl von Macht – daher der freudige Eifer. Vielleicht war sie selbst doch nicht so schwach, wie sie stets angenommen hatte; schließlich hatte man sich an anderen Menschen zu messen – sie waren der einzige Anhaltspunkt. Und hin und wieder erfuhr man dabei sogar etwas Wichtiges über sich selbst. Da sie nicht wußte, was sie sagen sollte, tätschelte sie ihrer

Kusine die Schultern und dachte, daß Jackson und Pierrot kaum allein für einen solchen Kummer verantwortlich sein konnten; aber dann fiel ihr wieder ein, daß es in Lolas Leben noch andere Probleme gab. Das Haus im Norden – Briony stellte sich Straßen mit rußgeschwärzten Fabriken und unwirsche Männer vor, die mit Stullen in der Blechbüchse zur Arbeit schlurften. Das Heim der Quinceys war verschlossen und würde Lola und ihre Brüder vielleicht nie wieder aufnehmen.

Allmählich beruhigte sich Lola. Behutsam fragte Briony: »Was ist denn passiert?«

Die Größere putzte sich die Nase und dachte einen Augenblick nach. »Ich wollte gerade ins Bad, da kamen sie reingestürzt und fielen über mich her. Irgendwie haben sie mich auf den Boden geworfen...« Bei diesem Gedanken mußte sie erneut gegen ein Schluchzen ankämpfen.

»Aber warum sollten die so was tun?«

Lola holte tief Atem, sammelte sich und starrte blicklos ins Zimmer. »Sie wollen nach Hause. Das geht nicht, hab ich gesagt, und jetzt glauben sie, ich wäre diejenige, die sie hier festhält.«

Daß die Zwillinge unvernünftigerweise ihre Verzweiflung an ihrer Schwester ausließen, konnte Briony sogar verstehen, doch ihr Ordnungssinn verlangte, daß Lola ihre Fassung rasch wiedergewann, denn sie konnten jeden Moment nach unten gerufen werden.

»Das können die einfach noch nicht begreifen«, gab Briony weise von sich, während sie zum Waschbecken ging und heißes Wasser einlaufen ließ. »Sind eben kleine Kinder, die einen harten Schlag verkraften müssen.«

Tief bekümmert senkte Lola den Kopf und nickte so verloren, daß Briony mit einem Mal die zärtlichsten Gefühle für sie empfand. Sie schob Lola ans Waschbecken, drückte ihr einen Waschlappen in die Hand und erzählte ihr dann aus den unterschiedlichsten Beweggründen – dem praktischen Verlangen nach einem Themenwechsel, der Sehnsucht, ein Geheimnis teilen und dem älteren Mädchen zeigen zu können, daß sie selbst auch so ihre Erfahrungen gemacht hatte, doch vor allem, weil sie sich für Lola zu erwärmen begann und sie enger an sich binden wollte – von Robbie und dem Treffen auf der Brücke, vom Umschlag und davon, wie sie ihn geöffnet und was in dem Brief gestanden hatte. Statt das Wort laut auszusprechen, was ihr undenkbar erschien, buchstabierte sie es bloß, und das vorsichtshalber auch noch rückwärts. Die Wirkung auf Lola war überwältigend. Sie hob das tropfnasse Gesicht aus dem Waschbecken, und die Kinnlade fiel ihr runter. Briony reichte ihr ein Handtuch. Sekunden vergingen, in denen Lola um Worte rang. Sie übertrieb ein wenig, fand Briony, aber das war schon in Ordnung, genauso wie ihre heiser geflüsterte Frage:

»Denkt daran *von früh bis spät*?«

Briony nickte und wandte, von der Tragödie schier überwältigt, den Blick ab. Ihre Kusine, die jetzt eine tröstende Hand auf ihre Schulter legte, könnte ihr in Sachen dramatischer Mimik noch allerhand beibringen.

»Wie schrecklich für dich. Der Mann ist ein Psychopath.«

Ein Psychopath. Das Wort besaß Raffinesse und die Tragweite einer medizinischen Diagnose. All die Jahre hatte sie ihn gekannt und nicht geahnt, was es mit ihm auf sich hatte. Früher, als sie noch kleiner war, hatte er sie oft huckepack getragen und getan, als wäre er ein Monster. Sie war sogar viele Male mit ihm allein an der Badestelle gewesen, wo er ihr im Sommer Wassertreten und Brustschwimmen beigebracht hatte. Jetzt, da sein Zustand einen Namen trug, empfand sie eine gewisse Genugtuung, doch schien sich das Rätsel um den Brunnen dadurch noch zu vertiefen. Allerdings wollte sie diesen Vorfall lieber mit keinem Wort erwähnen, da sie mit einer einfachen Erklärung rechnete und ihre Unwissenheit nicht zur Schau stellen mochte.

»Und was will deine Schwester jetzt tun?«

»Ich habe keine Ahnung.« Sie verschwieg ebenfalls, daß sie sich vor der nächsten Begegnung mit ihrer Schwester fürchtete.

»Weißt du, gleich am ersten Nachmittag, als er am Schwimmbecken die Zwillinge so angeschrien hat, da habe ich ihn schon für ein Ungeheuer gehalten.«

Briony versuchte, sich ähnliche Momente in Erinnerung zu rufen, in denen bereits Symptome des Wahnsinns zu beobachten gewesen waren. Sie sagte: »Immer hat er so nett getan; der macht uns doch schon seit Jahren was vor.«

Der Themenwechsel hatte bewirkt, was er bewirken sollte, denn die eben noch gerötete Haut um Lolas Augen war nun wieder blaß und voller Sommersprossen und sie selbst ganz die alte. Sie griff nach Brionys Hand. »Ich glaub, wir sollten die Polizei informieren.«

Der Wachtmeister im Dorf war ein netter Mann mit gewichstem Schnurrbart und einer Frau, die ihnen auf dem Fahrrad Hühnerfleisch und frische Eier brachte. Undenkbar, ihm von dem Brief zu erzählen und das Wort zu buchstabieren – ob nun vorwärts oder rückwärts. Sie wollte ihre Hand wieder zurückziehen, aber Lola verstärkte den Griff und schien die Gedanken des jüngeren Mädchens zu erahnen.

»Wir brauchen ihm doch bloß den Brief zu zeigen.«

»Vielleicht möchte sie das nicht.«

»Natürlich will sie das, Psychopathen können über jeden herfallen.« Lola blickte schlagartig bestürzt drein und schien ihrer Kusine etwas Neues erzählen zu wollen, sprang dann aber unvermittelt auf, schnappte sich Brionys Bürste, stellte sich vor den Spiegel und machte Anstalten, sich schwungvoll das Haar zu striegeln. Doch kaum hatte sie damit angefangen, hörten sie Mrs. Tallis zum Essen rufen. Gleich verschlechterte sich Lolas Laune wieder, und Briony vermutete, daß die jüngsten Ereignisse für diese raschen Stimmungswechsel verantwortlich waren.

»Hoffnungslos. Ich bin nicht annähernd fertig«, sagte Lola, wieder den Tränen nah. »Ich hab mit meinem Gesicht noch nicht mal angefangen.«

»Macht nichts«, tröstete Briony sie. »Ich gehe jetzt nach unten und sag Bescheid, daß du gleich nachkommst.« Doch Lola lief schon aus dem Zimmer und schien sie nicht mehr zu hören.

Nachdem sich Briony kurz durchs Haar gefahren war, blieb sie ihrerseits vorm Spiegel stehen, musterte das Gesicht und fragte sich, was zu tun wäre, wenn sie damit »anfangen« würde, wozu es gewiß eines Tages kommen mußte. Noch etwas, das Zeit beanspruchen würde. Immerhin brauchte sie keine Sommersprossen zu pudern oder zu übermalen, und das dürfte ihr gewiß einige Arbeit ersparen.

Vor ewig langer Zeit, nämlich vor etwa drei Jahren, war sie zu der Erkenntnis gelangt, daß sie mit nachgezogenen Lippen wie ein Clown aussah. Dieses Fazit mußte dringend überdacht werden. Allerdings nicht sofort, denn es gab noch ungeheuer viel zu bedenken. Sie stand vor dem Tisch und schraubte geistesabwesend die Kappe wieder auf den Füllfederhalter. Eine Geschichte zu schreiben war ein armseliges, hoffnungsloses Unterfangen, wenn um sie herum solch mächtige und chaotische Kräfte walteten, daß den ganzen Tag lang ein Ereignis das vorherige beinahe völlig umdeutete oder es jedenfalls von Grund auf veränderte. *Es war einmal ein Mann, der hatte einen Schwamm.* Ob sie nicht einen schrecklichen Fehler begangen hatte, als sie sich ihrer Kusine anvertraute? Cecilia wäre bestimmt nicht glücklich, wenn die reizbare Lola den Inhalt von Robbies Brief hinausposaunte. Und wie sollte sie jetzt nach unten gehen und mit einem Psychopathen am Tisch sitzen? Wenn die Polizei ihn verhaftete, würde sie, Briony, vielleicht vor Gericht erscheinen und zum Beweis das Wort laut aussprechen müssen.

Widerstrebend verließ sie das Zimmer, lief über den halbdunklen, getäfelten Flur zur Treppe, blieb stehen und lauschte. Noch immer drangen Stimmen aus dem Salon – sie hörte ihre Mutter, dann Mr. Marshall und gleich darauf die Zwillinge, einen nach dem anderen. Also keine Cecilia, kein Psychopath. Briony fühlte, wie ihr Puls sich beschleunigte, als sie lustlos nach unten ging. Nichts in ihrem Leben war mehr einfach. Erst vor drei Tagen hatte sie *Die Heimsuchungen Arabellas* beendet und auf ihre Verwandten gewartet. Alles sollte anders sein, hatte sie sich gewünscht, und nun war alles anders: Alles war schlimmer und konnte jeden Augenblick noch schlimmer werden. Auf dem Treppenabsatz blieb sie erneut stehen und legte sich einen Plan zurecht: Sie würde sich von ihrer launischen Kusine fernhalten, ihr nicht mal einen Blick zuwerfen – sie konnte sich weder eine Verschwörung leisten, noch wollte sie einen verheerenden Gefühlsausbruch auslösen. Und obwohl sie vorhatte, ihre Schwester zu beschützen, wagte sie sich nicht einmal in Cecilias Nähe. Robbie mußte sie schon aus Sicherheitsgründen meiden. Ihre hektische Mutter dürfte heute auch keine große Hilfe sein, also wollte sie sich an die Zwillinge halten – die beiden mußten sie retten. Sie würde in ihrer Nähe bleiben und auf sie aufpassen. Diese sommerlichen Abendessen fingen immer spät an – es war schon nach zehn –, und die Jungen würden müde sein. Außerdem wollte sie Mr. Marshall in ein Gespräch verwickeln und ihn nach Süßigkeiten fragen – wer sie erfand, wie sie hergestellt wurden. Ein feiger Plan, gewiß, aber ein anderer fiel ihr nicht ein. Und da man jeden Augenblick das Essen auftragen würde, war dies wohl kaum der richtige Augenblick, um Wachtmeister Vockins aus dem Dorf herbeizurufen.

Sie ging die Treppe hinunter. Sie hätte Lola raten sollen, sich umzuziehen, damit man den Kratzer am Arm nicht sehen konnte, denn wenn sie darauf angesprochen wurde, brach sie bestimmt wieder in Tränen aus. Doch vermutlich hätte Briony sowieso keine Chance gehabt, Lola ein Kleid auszureden, das jede Bewegung fast unmöglich machte. Schließlich drehte sich beim Erwachsenwerden alles um das freudige Erdulden solcher Unannehmlichkeiten. Sie ließ sich selbst ja auch darauf ein. Obwohl es nicht ihr Kratzer war, fühlte sie sich ebenso dafür verantwortlich wie für alles andere, was noch geschehen konnte. Wenn ihr Vater daheim war, ordnete sich der Haushalt um eine feste Mitte. Er kümmerte sich um nichts, wanderte nicht durchs Haus, sorgte sich nicht um anderer Leute Wohlergehen und trug nur selten jemandem etwas auf – eigentlich saß er meist nur in der Bibliothek. Doch allein seine Anwesenheit sorgte für Ordnung und auch für Freiheit. Drückende Lasten wurden leichter. War er zu Hause, machte es nichts, wenn Mutter sich ins Schlafzimmer zurückzog; es reichte schon, daß er mit einem Buch im Schoß unten saß. Wenn er seinen Platz am Eßtisch einnahm, ruhig, umgänglich und überaus selbstgewiß, wurde eine Krise in der Küche zu einem lustigen Zwischenfall, der ohne ihn ein herzergreifendes Drama gewesen wäre. Er wußte fast alles, was es sich zu wissen lohnte, und wußte er es nicht, hatte er eine ziemlich genaue Vorstellung davon, welche Autorität man zu Rate ziehen sollte, weshalb er mit Briony dann in die Bibliothek ging und ihr beim Suchen half. Wenn er, wie er es nannte, kein Sklave des Ministeriums und des Krisenstabs gewesen wäre, wenn er daheim wäre, Hardman den Wein holen ließe, die Unterhaltung lenkte, gleichsam beiläufig entschiede, wann sie »nach nebenan« gingen, würde sie jetzt nicht mit solch schleppenden Schritten die Halle durchqueren.

Es waren diese Gedanken an ihren Vater, die sie langsamer werden ließen, als sie an der Tür zur Bibliothek vorbeikam, die seltsamerweise nicht offenstand. Sie verharrte und lauschte: Aus der Küche das Klirren von Metall gegen Porzellan, aus dem Salon die leise Stimme ihrer Mutter und, irgendwo ganz in der Nähe, einer der Zwillinge, der mit hoher, klarer Stimme sagte: »Und es wird wohl mit ›ä‹ geschrieben«, worauf sein Bruder antwortete: »Ist mir doch egal. Steck ihn in den Umschlag.« Dann aber vernahm sie hinter der Tür zur Bibliothek ein scharrendes Geräusch, gleich darauf einen dumpfen Schlag und ein Murmeln, das ebenso von einem Mann wie von einer Frau stammen konnte. In der Erinnerung – und Briony sollte noch oft an diesen Augenblick zurückdenken – hegte sie keine besonderen Erwartungen, als sie die Hand auf den Messingknauf legte und die Tür öffnete. Doch sie hatte Robbies Brief gelesen, sie hatte sich zum Beschützer ihrer Schwester erkoren und war von ihrer Kusine belehrt worden: Was sie sah, mußte zumindest teilweise von dem geprägt gewesen sein, was sie bereits wußte oder doch zu wissen glaubte.

Als sie die Tür aufdrückte und den Raum betrat, erkannte sie im ersten Augenblick überhaupt nichts. Nur eine Tischlampe mit grünem Schirm verbreitete ein wenig Licht, das kaum mehr als das Prägeleder der Schreibtischunterlage beleuchtete. Einige Schritte weiter entdeckte Briony sie dann, dunkle Gestalten im hintersten Winkel. Und obwohl sie sich nicht rührten, ahnte Briony sofort, daß sie einen Kampf, ein Handgemenge unterbrochen hatte. Ihr bot sich ein Anblick, der so vollständig der Verwirklichung ihrer schlimmsten Ängste glich, daß sie glaubte, ihre erhitzte Phantasie habe die Figuren auf die dicht an dicht stehenden Buchrücken projiziert. Doch die Illusion, oder vielmehr die Hoffnung auf eine ebensolche, verflog, als ihre Augen sich an das Dämmerlicht gewöhnten. Niemand regte sich. Briony starrte an Robbies Schulter vorbei in die erschreckten Augen ihrer Schwester. Er hatte sich nach dem

Eindringling umgedreht, ließ Cecilia aber nicht los. Sein Körper drängte sich an sie, schob ihr das Kleid übers Knie und hielt sie in der Regalecke gefangen. Seine linke Hand lag in ihrem Nacken und griff in ihr Haar, mit der rechten hielt er ihren Unterarm fest, den sie wie aus Protest oder zur Abwehr gehoben hatte.

Er sah so groß und wild aus, und Cecilia mit ihren nackten Schultern und schlanken Armen wirkte so zart, daß Briony nicht einmal ahnte, was sie eigentlich vorhatte, als sie auf die beiden zuging. Sie wollte schreien, bekam aber kaum Luft, ihre Zunge war schwer und wie gelähmt. Robbie schob sich vor ihre Schwester. Doch dann riß Cecilia sich los, und er ließ sie laufen. Briony blieb stehen, rief ihren Namen, aber Cecilia hastete wortlos an ihr vorbei, und das Gesicht ihrer großen Schwester verriet keine Spur von Dankbarkeit oder Erleichterung. Ihre Miene wirkte eher ausdruckslos, beinahe gefaßt, und sie hielt den Blick stur auf die Tür gerichtet, durch die sie schließlich nach draußen eilte. Dann war sie fort, und Briony war allein mit ihm. Er schaute sie nicht an, drehte sich mit dem Gesicht zur Ecke, glättete sein Jackett und zog den Schlips gerade. Vorsichtig wich sie vor ihm zurück, doch traf er keine Anstalten, über sie herzufallen; er sah sich nicht einmal nach ihr um. Also machte sie kehrt und rannte aus dem Zimmer, Cecilia hinterher. Aber die Eingangshalle war leer. Briony wußte nicht, wohin Cecilia gegangen war.

Elf

Obwohl im letzten Moment noch frisch gehackte Pfefferminze zu geschmolzener Schokolade, Eigelb, Kokosnußmilch, Rum, Gin, zerstoßener Banane und Puderzucker gegeben worden war, schmeckte der Cocktail nicht sonderlich erfrischend und raubte ihnen endgültig den Appetit, dem zuvor schon die abendliche Hitze merklich zugesetzt hatte. Fast allen Erwachsenen, die das stickige Eßzimmer betraten, wurde beinahe übel bei dem Gedanken an einen Braten, selbst kalte Bratenscheiben mit Salat waren ihnen zuviel, und gern hätten sie sich mit einem Glas kühlem Wasser begnügt. Doch Wasser gab es nur für die Kinder, dem Rest blieb nichts anderes übrig, als sich mit dem temperierten Dessertwein zu erfrischen. Drei Flaschen standen geöffnet auf dem Tisch – war Jack Tallis nicht da, wußte Betty meist eine inspirierte Wahl zu treffen. Da sich zudem keines der drei hohen Fenster öffnen ließ, deren Rahmen sich schon vor langer Zeit verzogen hatten, schlug den Gästen schon beim Eintritt ein warmes Staubaroma aus den Perserteppichen entgegen. Zum Glück hatte wenigstens der Fischhändler, der die Vorspeise, einen Krabbensalat, bringen sollte, mit seinem Wagen eine Panne gehabt.

Das Gefühl, ersticken zu müssen, wurde von der dunkel gemaserten Täfelung an Decke und Wänden ebenso verstärkt wie von dem einzigen Bild, das in diesem Zimmer hing, einem riesigen Gemälde über dem unbenutzbaren Kamin – durch einen Fehler in den Plänen des Architekten war weder an einen Rauchfang noch an einen Schornstein gedacht worden. Das Porträt im Stile Gainsboroughs zeigte vor einer vage toskanischen Landschaft eine aristokratische Familie – Eltern, zwei halbwüchsige Mädchen und ein Kind, alle dünnlippig und geisterblaß. Niemand wußte, wer diese Menschen waren, doch durfte man annehmen, daß Harry Tallis geglaubt hatte, sie würden seinem Haushalt einen Anschein von Gediegenheit verleihen.

Emily stand am Kopf der Tafel und wies den Gästen ihren Platz zu. Sie dirigierte Leon an ihre rechte Seite und Paul Marshall nach links. Rechts neben Leon sollten Briony und die Zwillinge sitzen, während links neben Marshall Cecilia saß, dann folgte Robbie, anschließend Lola. Robbie stand hinter seinem Stuhl, klammerte sich daran fest und war erstaunt, daß niemand sein pochendes Herz zu hören schien. Um den Cocktail hatte er sich drücken können, doch hungrig war er deshalb trotzdem nicht. Er mied Cecilias Blick, wandte sich ein wenig von ihr ab und stellte mit Erleichterung fest, daß sein Platz bei den Kindern war.

Auf ein Kopfnicken seiner Mutter hin murmelte Leon ein kurzes, halbherziges Dankgebet – und segne, was du uns bescheret hast –; und die Stühle scharrten dazu ihr Amen. Die nun folgende Stille, in der sie sich setzten und ihre Servietten auffalteten, während Betty mit dem Fleisch um den Tisch ging, wäre von Jack Tallis, der irgendein Thema von geringem Allgemeininteresse angeschnitten hätte, mühelos überbrückt worden. So aber sahen und hörten die Essensgäste zu, wie Emily Tallis sich an jedem Platz murmelnd vorbeugte und mit dem Servierbesteck über die Silberplatte schabte. Worauf sollten sie ihr Augenmerk auch sonst richten, wenn es in diesem Zimmer außer ihnen doch nur ihr eigenes Schweigen gab? Emily Tallis hatte die Kunst des belanglosen Geplauders noch nie beherrscht, was ihr auch weiter nichts ausmachte. Leon rekelte sich auf seinem Stuhl, vollkommen zufrieden mit sich und der Welt, hielt die Weinflasche in der Hand und studierte ihr Etikett. Cecilia weilte in Gedanken bei dem, was vor knapp zehn Minuten geschehen war, und wäre zu keinem vernünftigen Satz fähig gewesen. Robbie, der sich hier zu Hause fühlte, hätte durchaus ein Gespräch anfangen können, war aber selbst auch noch viel zu aufgewühlt. Außerdem hatte er vollauf damit zu tun, Cecilias nackten Arm an seiner Seite – diese Wärme, die von ihm ausging – zu ignorieren, ebenso wie den feindseligen Blick, mit dem ihn die schräg gegenübersitzende Briony bedachte. Und selbst wenn man es schicklich gefunden hätte, daß Kinder ein Thema aufbrachten, wären sie dazu nicht in der Lage gewesen: Briony konnte nur an das denken, was sie mit angesehen hatte, Lola litt unter dem Schock eines tätlichen Angriffs und unter einer Vielzahl widersprüchlicher Gefühle, und die Zwillinge heckten mit Inbrunst irgendeinen Plan aus.

Es war Paul Marshall, der mehr als drei Minuten eines erstickenden Schweigens beendete. Er lehnte sich auf seinem Stuhl zurück und sprach hinter Cecilias Kopf zu Robbie: »Bleibt es beim Tennis morgen?«

Robbie fiel ein fünf Zentimeter langer Kratzer auf, der sich von Marshalls Augenwinkel parallel zur Nase herabzog und damit erst recht betonte, wie sehr seine Züge nach oben drängten, sich gleichsam unter den Augen zusammenballten. Nur Bruchteile eines Zentimeters bewahrten ihn davor, wie ein attraktiver Widerling auszusehen, so aber wirkte er nur albern – die leere Kinnfläche stand im heftigen Widerspruch zur zerfurchten, überbetonten Stirn. Robbie mußte ebenfalls auf seinem Stuhl nach hinten rutschen, damit er hören konnte, was Marshall sagte, doch selbst in seiner jetzigen Verfassung zuckte er unwillkürlich zusammen. Wie ungehörig, sich gleich zu Beginn des Abendessens von der Gastgeberin abzuwenden und ein Zwiegespräch zu beginnen.

Robbie erwiderte knapp: »Ich denke schon«, und warf dann, gleichsam als Wiedergutmachung, in die allgemeine Runde: »Ist es in England je so heiß gewesen wie heute?«

Da er von Cecilias Körperwärme abrückte und gleichzeitig Brionys Blick auszuweichen versuchte, sah er sich die letzten Silben dieser Frage in das erschrockene Gesicht von Pierrot richten, der ihm links schräg gegenübersaß. Der Junge starrte ihn mit offenem Mund an und gab sich alle erdenkliche Mühe, als versuchte er, eine Frage im Geschichtsunterricht zu verstehen. Oder ging es um Erdkunde? Um Physik?

Briony beugte sich über Jackson hinweg zu Pierrot vor, faßte ihn an die Schulter und ließ Robbie dabei nicht aus den Augen. »Laß ihn in Ruhe«, zischte sie und sagte dem kleinen Jungen dann leise: »Du brauchst ihm nicht zu antworten.«

Emily meldete sich vom anderen Tischende. »Das war eine völlig harmlose Bemerkung über das Wetter, Briony. Entweder du entschuldigst dich jetzt sofort, oder du gehst auf dein Zimmer.«

Wenn Mrs. Tallis in Abwesenheit ihres Mannes Autorität auszuüben versuchte, bemühten sich ihre Kinder nach Kräften, den Eindruck aufrechtzuerhalten, daß ihr dies auch gelang. Briony, die ihre Schwester jetzt nicht im Stich lassen wollte, senkte also den Kopf und sprach zum Tischtuch: »Tut mir leid. Ich hätte es lieber nicht sagen sollen.«

Das Gemüse wurde in Schüsseln oder auf Servierplatten aus mattem Spode-Porzellan gereicht, doch war man so abgelenkt oder auch so höflich darauf bedacht, den fehlenden Appetit zu verbergen, daß schließlich auf den meisten Tellern neben den Bratkartoffeln der Kartoffelsalat lag und beim Rosenkohl die Rote Bete, während der Salat in Bratensoße schwamm.

»Das wird dem Alten gar nicht gefallen«, sagte Leon und stand auf. »Ein 21er Barsac, aber was soll's, die Flasche ist nun mal geöffnet.« Er schenkte seiner Mutter ein Glas ein, dann seiner Schwester und Paul Marshall, und als er vor Robbie stand, sagte er: »Ein Heiltrunk für den lieben Doktor. Du mußt mir unbedingt mehr von deinen Plänen erzählen.«

Doch wartete er keine Antwort ab und sagte, während er wieder Platz nahm: »Ich liebe diese Affenhitze. Sie macht England zu einem anderen Land. Sämtliche Regeln ändern sich.«

»Unsinn«, sagte Paul Marshall. »Nenne mir auch nur eine Regel, die sich ändert.«

»Nun gut. Der einzige Raum, in dem man im Klub das Jackett ausziehen darf, ist das Billardzimmer. Steigt das Thermometer aber vor drei Uhr nachmittags auf zweiunddreißig Grad, darf man sein Jackett am nächsten Tag auch in der oberen Bar ausziehen.«

»Am nächsten Tag! Also wirklich, ein anderes Land!«

»Du weißt genau, was ich meine. Die Leute sind lockerer – ein paar Tage Sonne, und wir werden die reinsten Italiener. Letzte Woche habe ich sogar gesehen, wie man in der Charlotte Street die Tische auf den Bürgersteig gestellt und draußen gegessen hat.«

»Meine Eltern waren stets der Ansicht«, sagte Emily, »daß warmes Wetter bei jungen Menschen eine lose Moral fördere. Spärliche Kleidung, dafür tausend neue Orte, an denen man sich treffen kann. Aus dem Haus, aus dem Blick. Vor allem deine Großmutter hatte was gegen den Sommer. Sie hatte stets eine Vielzahl von Gründen parat, warum meine Schwestern und ich im Haus bleiben mußten.«

»Na schön«, erwiderte Leon. »Was meinst du, Cee? Warst du heute etwa unanständiger als sonst?«

Alle schauten zu ihr hinüber, der brüderliche Spott war erbarmungslos.

»Gütiger Himmel, du wirst ja rot! Also lautet die Antwort ja.«

Da er meinte, für sie einspringen zu müssen, sagte Robbie: »Eigentlich –«

Doch Cecilia unterbrach ihn. »Mir ist schrecklich heiß, das ist alles. Und die Antwort lautet tatsächlich ja. Ich habe mich wirklich sehr unanständig benommen. Ich habe nämlich Emily trotz der Hitze und gegen ihren Willen dazu überredet, daß es dir zu Ehren heute abend Braten gibt. Und jetzt begnügst du dich mit Salat, während wir alle deinetwegen leiden. Also reich ihm das Gemüse, Briony, damit er für eine Weile den Mund hält.«

Robbie meinte, ein Beben in ihrer Stimme zu hören.

»Die gute alte Cee. Heute in Bestform, wie?« sagte Leon.

Und Marshall sagte: »Geschieht dir ganz recht.«

»Sieht so aus, als sollte ich mich lieber mit Kleineren anlegen.« Leon lächelte die neben ihm sitzende Briony an. »Hat dich denn wenigstens die Hitze dazu gebracht, dich schlimmer als gewöhnlich zu benehmen? Hast du irgendwelche Regeln gebrochen? Bitte, sag ja.« Mit übertriebener Geste griff er nach ihrer Hand, aber Briony entzog sie ihm.

Sie war noch ein Kind, dachte Robbie, und ihr war durchaus zuzutrauen, daß sie gestand, seine Nachricht gelesen zu haben, daß sie einfach damit herausplatzte, was wiederum dazu führen mochte, daß sie beschrieb, was sie in der Bibliothek gesehen hatte. Er beobachtete Briony genau, während sie Zeit zu gewinnen suchte, indem sie ihre Serviette nahm und sich die Lippen abtupfte, fühlte sich aber eigentlich nicht bedroht. Was geschah, würde geschehen. Und wenn es noch so fürchterlich werden sollte, konnte das Essen doch nicht ewig dauern; er wollte schon eine Möglichkeit finden, wie er Cecilia heute abend noch sehen konnte. Gemeinsam würden sie sich dann dieser neuen, außerordentlichen Tatsache in ihrer beider Leben stellen – ihren veränderten Leben – und dort fortfahren, wo sie aufgehört hatten. Bei diesem Gedanken rutschte ihm das Herz in die Hose. Bisher war alles bloß unbedeutend und schattenhaft gewesen, und er brauchte nichts zu fürchten. Er nahm einen kräftigen Schluck vom süßlichen, lauwarmen Wein und wartete.

Briony sagte: »Es ist langweilig, ich weiß, aber *ich* habe heute nichts Schlimmes getan.«

Er hatte sie unterschätzt. Diese Betonung konnte nur auf ihn und ihre Schwester zielen.

Der neben ihr sitzende Jackson meldete sich zu Wort: »O doch, hast du wohl. Du hast dafür gesorgt, daß es kein Theater gibt. Dabei wollten wir mitspielen.« Der Junge blickte sich am Tisch um, die grünen Augen glitzerten vor Kummer. »Und du hast selbst gesagt, daß wir mitmachen dürfen.«

Sein Bruder nickte. »Ja genau, das hast du.« Niemand vermochte das Ausmaß ihrer Enttäuschung zu ermessen.

»Da habt ihr's«, sagte Leon. »Die hitzköpfige Briony. Wäre es kühler gewesen, würden wir jetzt in der Bibliothek sitzen und Theaterkunst genießen.«

Dieses harmlose Geschwätz, das jedem Schweigen vorzuziehen war, gestattete es Robbie, sich hinter einer Maske amüsierten Interesses zu verbergen. Cecilias gewölbte linke Hand lag an ihrer Wange, als wollte sie ihn aus ihrem Blickfeld verbannen. Und indem er vorgab, Leon zuzuhören, der gerade davon erzählte, wie er in einem Theater im West End einen flüchtigen Blick auf den König erhascht hatte, konnte er in aller Ruhe ihren bloßen Arm und ihre Schulter betrachten und sich dabei dem erregenden Gedanken hingeben, daß sie seinen Atem auf ihrer Haut spürte. Oben auf der bloßen Schulter entdeckte er ein an den Knochen geschmiegtes oder vielmehr zwischen zwei Knochen nistendes, von feinem Flaum umschattetes Grübchen. Bald, sehr bald würde seine Zunge über diesen ovalen Rand fahren und in die Senke vordringen. Seine Erregung grenzte an Schmerz und wurde durch die vielen Widersprüche noch verstärkt: Sie war vertraut wie eine Schwester und doch so exotisch wie eine Geliebte; er hatte sie immer schon gekannt, er wußte nichts über sie; sie war unscheinbar, sie war schön; sie war selbstsicher – wie geschickt hatte sie sich vor ihrem Bruder geschützt –, und noch vor zwanzig Minuten hatte sie geweint; sein blöder Brief widerte sie an, und doch hatte sie sich durch ihn geöffnet. Er bedauerte den Brief, und er jubelte über seine Missetat. Bald würden sie zusammen sein, allein und mit neuen Widersprüchen – Übermut und Sinnlichkeit, Verlangen und Angst vor der eigenen Courage, Scheu und Ungeduld. In einem ungenutzten Zimmer irgendwo oben im zweiten Stock oder fort vom Haus, draußen, unter den Bäumen am Fluß. Wo? Die Mutter von Mrs. Tallis war keine Närrin gewesen: Draußen. Sie würden sich in die samtweiche Dunkelheit hüllen und erneut beginnen. Und das war kein Tagtraum, es war real, so würde seine nahe Zukunft sein, herbeigesehnt und unausweichlich. Doch genau das hatte in irriger Selbstgewißheit der elende Malvolio auch gedacht, den er einst auf dem College-Rasen gespielt hatte: »Es kann nichts geben, was sich zwischen mich und die weite Aussicht meiner Hoffnungen stellen könnte.«

Noch vor einer halben Stunde hatte überhaupt keine Hoffnung mehr bestanden. Nachdem Briony mit seinem Brief im Haus verschwunden war, hatte er sich verzweifelt gefragt, ob er wieder umkehren sollte, und war doch weitergegangen. Selbst als er vor der Haustür stand, war er noch zu keinem Entschluß gekommen, weshalb er sich minutenlang unter der von einer beharrlichen Motte umschwirrten

Terrassenlampe herumdrückte und versuchte, sich für die weniger unerfreuliche der beiden verhängnisvollen Möglichkeiten zu entscheiden: Jetzt hineingehen und sich ihrer Abscheu und ihrer Wut stellen, eine Erklärung abgeben, die sie nicht akzeptieren würde, und vermutlich von ihr fortgeschickt werden – eine unerträgliche Demütigung; oder ohne ein Wort nach Hause gehen und den Eindruck hinterlassen, daß der Brief in voller Absicht geschickt worden sei, um sich dann die ganze Nacht zu quälen und tagelang über das Vorgefallene zu brüten und nicht zu wissen, wie sie reagiert hatte – noch unerträglicher. Und feige. Er überdachte erneut seine Wahl und kam zum selben Ergebnis. Ihm blieb kein anderer Ausweg, er mußte mit ihr reden. Also legte er die Hand auf den Klingelknopf. Trotzdem, der Gedanke, einfach zu gehen, war zu verlockend. Er konnte ihr aus seinem sicheren Schreibzimmer eine Entschuldigung schicken. Memme! Die Spitze seines Zeigefingers berührte das kühle Porzellan. Ehe das Für und Wider aufs neue einsetzen konnte, zwang er sich, den Knopf zu drücken. Er wich einen Schritt von der Tür zurück und fühlte sich wie jemand, der gerade eine Selbstmordpille geschluckt hatte – ihm blieb nichts anderes übrig, als zu warten. Dann hörte er ein Geräusch in der Eingangshalle, kurze weibliche Schritte näherten sich.

Als sie die Tür aufmachte, hielt sie seinen gefalteten Brief in der Hand. Sekundenlang starrten sie sich nur an und sagten kein Wort, denn trotz seines langen Zauderns hatte er sich nicht überlegt, was er eigentlich sagen wollte. Sein einziger Gedanke war, daß er sie noch schöner fand, als er sie sich vorgestellt hatte. Sie trug ein Seidenkleid, das jede

Kurve, jede Linie ihres geschmeidigen Körpers zu liebkosen schien, doch die schmalen, sinnlichen Lippen waren mißbilligend, vielleicht sogar angewidert zusammengepreßt. Ihren genauen Gesichtsausdruck konnte er nicht erkennen, das Licht in ihrem Rücken blendete ihn.

»Es war ein Versehen, Cee«, brachte er schließlich hervor.

»Ein Versehen?«

Durch die offene Salontür drangen Stimmen in die Eingangshalle. Er konnte Leon hören, dann Marshall. Wohl aus Angst, sie könnten unterbrochen werden, wich sie zurück und gab die Tür frei, jedenfalls folgte er ihr durch die Halle in die dunkle Bibliothek und wartete an der Tür, während sie nach dem Schalter der Tischlampe suchte. Sobald das Licht anging, drückte er die Tür hinter sich zu. Bestimmt würde er in wenigen Augenblicken durch den Park zurück nach Hause gehen müssen.

»Das war nicht der Brief, den ich abschicken wollte.«

»Nein.«

»Ich habe den falschen in den Umschlag gesteckt.«

»Ja.«

Ihren knappen Antworten konnte er nichts entnehmen, und auch ihre Miene konnte er noch immer nicht deutlich erkennen. Sie trat aus dem Lichtkreis, strich die Regale entlang, und er drang weiter ins Zimmer vor, folgte ihr zwar nicht direkt, mochte sie aber auch nicht aus seiner unmittelbaren Nähe lassen. Wenn sie gewollt hätte, dann hätte sie ihn schon an der Tür abfertigen können, doch nun bot sich wenigstens die Gelegenheit, ihr eine Erklärung zu geben, bevor er ging.

Sie sagte: »Briony hat ihn gelesen.«

»Herrje, das tut mir leid.«

Gerade hatte er einen entrückten Augenblick des Überschwangs heraufbeschwören wollen, eine flüchtige Ungeduld mit allen Konventionen, eine Erinnerung an die Lektüre von *Lady Chatterley's Lover,* den Roman in der Orioli-Edition, die er in Soho unterm Ladentisch gekauft hatte. Doch dieses neue Element – das unschuldige Kind – machte sein Vergehen unverzeihlich. Jetzt weiterzureden wäre ordinär gewesen. Er konnte sich nur wiederholen, diesmal im Flüsterton.

»Es tut mir leid…«

Sie rückte weiter von ihm ab, bewegte sich auf die Ecke, den dunkleren Schatten zu. Und obwohl er glaubte, daß sie vor ihm zurückwich, machte er noch einige Schritte in ihre Richtung.

»Eine dumme Sache. Du solltest den Brief nie zu Gesicht bekommen. Kein Mensch sollte ihn lesen.«

Sie drang immer weiter vor. Ein Ellbogen streifte die Regale, sie schien daran entlangzugleiten, fast, als wollte sie zwischen den Büchern verschwinden. Dann hörte er einen leisen, feuchten Laut, wie er entsteht, wenn man zum Reden ansetzt und die Zunge sich vom Gaumen löst. Doch sie sagte kein Wort. Erst jetzt kam ihm der Gedanke, daß sie vielleicht gar nicht vor ihm zurückwich, sondern ihn immer tiefer ins Dunkle lockte. Seit er auf die Klingel gedrückt hatte, gab es für ihn nichts mehr zu verlieren. Also folgte er ihr langsam, während sie davonglitt, bis sie schließlich in einer Ecke stehenblieb und zusah, wie er langsam näher kam. Jetzt blieb er ebenfalls stehen, kaum vier Schritte von ihr entfernt. Er war nahe genug, und das Licht reichte gerade aus, um zu erkennen, daß sie den Tränen nahe war und zu reden versuchte. Doch noch war sie dazu nicht fähig und schüttelte nur den Kopf, als wollte sie andeuten, daß er noch warten müsse. Dann wandte sie sich ab und legte die Handflächen zusammen, umschloß Nase und Mund und preßte die Finger in die Augenwinkel.

Als sie sich wieder in der Gewalt hatte, sagte sie: »Das geht seit Wochen so...« Etwas schnürte ihr die Kehle zu, und sie mußte einen Augenblick innehalten. Er ahnte gleich, was sie meinte, schob den Gedanken aber wieder beiseite. Sie holte tief Luft und fuhr dann etwas nachdenklicher fort: »Vielleicht auch schon seit Monaten. Ich weiß nicht. Aber heute... der ganze Tag war so seltsam. Ich meine, es war seltsam, wie ich die Dinge wahrgenommen habe, fast wie zum ersten Mal. Alles sah so anders aus – viel zu scharf, zu real. Sogar meine eigenen Hände kamen mir anders vor. Und dann wieder meine ich, Ereignisse wahrzunehmen, als wären sie bereits vor langer Zeit passiert. Den ganzen Tag bin ich schon wütend auf dich – und auf mich selbst. Ich dachte, ich wäre erst richtig glücklich, wenn ich dich nie wiederzusehen bräuchte, wenn ich nie wieder mit dir reden müßte. Ich dachte, du ziehst fort, um Medizin zu studieren, und ich bin glücklich. Ich war so wütend auf dich. Dabei war das wohl nur meine Art, nicht an dich denken zu müssen. Eigentlich ziemlich typisch...«

Sie lachte nervös auf.

»Deine Art?« fragte er.

Bis jetzt hatte sie den Blick gesenkt gehalten, doch als sie Antwort gab, schaute sie ihn an. Er sah nur das Weiße in ihren Augen schimmern.

»Du hast es vor mir gewußt. Etwas ist passiert, nicht? Und du hast es schon gewußt. Das ist, als würde man so nah vor etwas Großem stehen, daß man es nicht mehr sehen kann. Selbst jetzt weiß ich nicht genau, ob ich es wirklich sehe, aber ich weiß, daß es da ist.«

Sie blickte wieder nach unten, und er wartete.

»Ich weiß es, weil ich mich deshalb so lächerlich aufführe. Du dich natürlich auch... Aber heute morgen, so was habe ich noch nie getan. Hinterher war ich ganz schön wütend auf mich. Eigentlich schon, als es passierte. Ich sagte mir, daß ich dir eine Waffe an die Hand gegeben habe, die du gegen mich nutzen könntest. Und dann, heute abend, als ich langsam zu begreifen begann – wie kann man nur so ahnungslos sein? So dumm?« Ein unangenehmer Gedanke ließ sie zusammenzucken. »Weißt du überhaupt, wovon ich rede? Sag mir, daß du es weißt.« Sie hatte Angst, daß es gar nichts Gemeinsames gab, daß ihre Vermutungen falsch waren und sie sich mit ihren Worten nur noch weiter isoliert hatte, daß er sie für eine Närrin hielt.

Er rückte näher an sie heran. »Ich weiß es. Ich weiß es genau. Aber warum weinst du? Willst du mir noch etwas sagen?«

Er dachte, es gäbe ein unüberwindbares Hindernis, und er meinte natürlich, daß sie bereits jemanden hätte, aber sie verstand nicht. Sie wußte nicht, was sie ihm antworten sollte, und blickte ihn bestürzt an. Warum sie weinte? Wie sollte sie ihm das erklären, wo soviel Gefühl, so viele Gefühle auf sie einstürmten? Er spürte selbst, daß seine Frage unfair war, unangebracht, weshalb er krampfhaft überlegte, wie sie sich besser formulieren ließe. Verwirrt starrten sie sich beide an, brachten kein Wort hervor und spürten, daß ein zartes, kaum geschlungenes Band sich wieder zu lösen drohte. Daß sie seit Kindertagen alte Freunde waren, wurde ihnen jetzt zum Hemmnis – ihre frühere Beziehung war ihnen peinlich. In den letzten Jahren hatten sie sich voneinander entfernt, ihre Freundschaft war brüchig geworden, doch war sie immer noch eine alte Gewohnheit, und mit ihr zu brechen, um sich einander als Fremde zu nähern, verlangte eine absichtsvolle Eindeutigkeit, die ihnen für den Augenblick abhanden gekommen war. Worte schienen da keinen Ausweg zu bieten.

Er legte seine Hände auf ihre bloßen Schultern. Ihre Haut fühlte sich kühl an, doch als sich ihre Gesichter einander näherten, war er sich unsicher und glaubte, sie würde fortspringen oder ihn, wie in einem Film, mit flacher Hand auf die Wange schlagen. Ihr Mund schmeckte nach Lippenstift und Salz. Nur kurz ließen sie voneinander ab, dann nahm er sie in den Arm; sie küßten sich erneut, diesmal mit größerem Selbstvertrauen. Mutig zuckten ihre Zungenspitzen vor, berührten sich, und genau in diesem Augenblick gab Cecilia jenen nachgebenden, seufzenden Laut von sich, der, wie er erst später begriff, einen Wandel ankündigte. Bis zu dieser Sekunde war es noch irgendwie komisch gewesen, ein vertrautes Gesicht so nah vor Augen zu haben. Sie fühlten sich von den amüsierten Blicken jener Kinder beobachtet, die sie einmal gewesen waren, aber die Berührung der Zungen – lebende, schlüpfrige Muskel, feuchte Haut auf Haut – und der seltsame Laut, der sich ihr entwand, änderten alles. Dieser Laut schien in ihn einzudringen, ihn der Länge nach zu durchfahren, so daß sein ganzer Körper aufbrach und er aus sich heraustreten konnte, um sie ungeniert zu küssen. Was zuvor gehemmt gewesen war, schien nun unpersönlich, beinahe abstrakt. Ihr Seufzer klang gierig, und er machte ihn gierig. Hart drängte er sie in die Ecke zwischen die Bücher. Sie küßte ihn, zerrte an seinen Kleidern, zupfte blindlings an seinem Hemd, seinem Hosenbund herum. Ihre Köpfe zuckten, attackierten einander, aus den Küssen wurden Bisse. Ihr Mund schnappte keineswegs bloß spielerisch nach seiner Wange. Robbie fuhr zurück, kam wieder, und sie biß noch einmal zu, härter diesmal, biß in seine Unterlippe. Er küßte ihren Hals, zwängte ihren Kopf ins Regal, sie riß an seinem Haar und drückte sein Gesicht auf ihre Brüste. Unerfahrenes Gefummel, dann hatte er ihre Brustwarzen gefunden, klein und hart, und er nahm sie in den Mund. Sie erstarrte, dann überlief sie ein Schauder. Eine Sekunde lang glaubte er, sie wäre ohnmächtig geworden. Ihre Arme schmiegten sich um seinen Kopf, und als sie zudrückte, tauchte er auf, rang nach Atem, richtete sich zu voller Größe auf und zog sie an sich, preßte ihren Kopf an seine Brust. Wieder schnappte sie nach ihm, zerrte an seinem Hemd. Als sie einen Knopf auf die Dielen hüpfen hörten, mußten sie ein Grinsen unterdrücken und den Blick abwenden. Gelächter hätte das Ende bedeutet. Sie knabberte an seinen Brustwarzen. Das Gefühl war unerträglich. Er hob ihr Gesicht an, hielt sie, drückte sie an seine Rippen und küßte ihre Augen, teilte ihre Lippen mit seiner Zunge. Hilflosigkeit entlockte ihr aufs neue einen Laut, der wie ein enttäuschtes Seufzen klang.

Endlich waren sie Fremde, ihre Vergangenheit vergessen. Sie wurden sogar sich selbst fremd und wußten nicht mehr, wer oder wo sie waren. Die schwere Tür zur Bibliothek ließ keinerlei vertraute Laute zu ihnen durchdringen, die sie zu sich bringen oder sie aufhalten konnten. Sie waren der Gegenwart entrückt, außerhalb der Zeit, kannten weder Erinnerung noch Zukunft. Es gab nur noch dieses alles verlöschende, packende, anschwellende Gefühl und den Laut von Stoff auf Stoff, von Haut auf Stoff, als ihre Glieder sich in ruhelosem, sinnlichem Ringkampf aneinander rieben. Seine Kenntnis war gering, und er wußte nur aus zweiter Hand, daß sie sich nicht hinlegen mußten. Sie dagegen verfügte bis auf die Filme, die sie gesehen hatte, all die Romane und Gedichte, die sie gelesen hatte, nicht über die geringste Erfahrung. Trotz dieses Nachteils überraschte es sie nicht im mindesten, wie genau sie wußten, was sie wollten. Sie küßten sich erneut, ihre Arme klammerten sich um seinen Kopf. Sie leckte an seinem Ohr, dann biß sie ihm ins Ohrläppchen. Und diese Bisse erregten ihn, brachten ihn immer stärker auf, führten ihn. Unter ihrem Kleid tastete er nach ihren Pobacken, drückte fest zu, drehte sie halb, um ihr einen Klaps zu geben, es ihr heimzuzahlen, aber dafür war nicht genügend Platz. Sie griff nach unten, um sich die Schuhe auszuziehen, und ließ ihn dabei keinen Moment aus den Augen. Noch mehr Gefummel, diese Knöpfe, die Beine und Arme, die in die richtige Stellung gebracht werden mußten. Sie hatte überhaupt keine Erfahrung. Ohne ein Wort hob er ihren Fuß aufs unterste Regal. Sie bewegten sich unbeholfen, waren aber viel zu selbstlos, um sich jetzt dafür zu schämen. Als er das enge Seidenkleid hochschob, schien es ihm, als spiegelte ihr unsicherer Blick sein Empfinden. Doch es gab nur das eine unvermeidbare

Ende, und sie konnten nichts anderes tun, als sich darauf zuzubewegen.

Von seinem Gewicht in der Ecke gehalten, schlang sie erneut die Arme um seinen Hals, stützte die Ellbogen auf seine Schultern und hörte nicht auf, sein Gesicht zu küssen. Der Augenblick selbst kam mühelos. Sie hielten den Atem an, als die Membran nachgab, und im selben Moment blickte Cecilia rasch zur Seite, gab aber keinen Laut von sich, als wäre es eine Frage des Stolzes. Sie rückten näher zusammen, tiefer ineinander, und dann, mehrere Sekunden lang, geschah nichts. Statt ekstatischer Raserei herrschte Reglosigkeit. Und nicht die erstaunliche Tatsache, daß sie angekommen waren, sondern das ehrfürchtige Gefühl, zurückgekehrt zu sein, ließ sie verharren – Kopf an Kopf im Dämmerlicht starrten sie in das wenige, was vom Auge des anderen zu erkennen war. Endlich fiel alles Unpersönliche von ihnen ab. Natürlich war an einem Gesicht nichts unfaßbar. Der Sohn von Grace und Ernest Turner, die Tochter von Emily und Jack Tallis, Freunde seit Kinderzeit, Studienkameraden, stellten sich in einem Augenblick umfassenden, stillen Glücks der ungeheuren Veränderung, die sie bewirkt hatten. Das so nahe, vertraute Gesicht war nicht lächerlich, es war wundervoll. Robbie starrte die Frau an, das Mädchen, das er immer schon gekannt hatte, und dachte, die Veränderung beträfe allein ihn und sei so fundamental, so elementar biologisch wie die Geburt. Nichts derart Einzigartiges oder Bedeutendes war seit dem Tag seiner Geburt geschehen. Sie erwiderte seinen Blick, erschüttert von der eigenen Verwandlung, überwältigt von der Schönheit in einem Gesicht, das zu ignorieren sie eine lebenslange Gewohnheit gelehrt hatte. Sie flüsterte seinen Namen so behutsam wie ein Kind, das die einzelnen Laute probiert. Als er mit ihrem Namen antwortete, klangen die wenigen Silben wie ein neues Wort – der Laut war der gleiche, doch die Bedeutung hatte sich geändert. Und dann sprach er die drei Worte, die noch soviel schlechte Kunst, noch soviel Lug und Trug nicht ganz entwerten können. Sie wiederholte sie und legte genau die gleiche, leichte Betonung auf das zweite Wort, als wäre sie diejenige, die zuerst gesprochen hatte. Er glaubte an keinen Gott, doch war es unmöglich, nicht an eine unsichtbare Präsenz, an einen Zeugen im Zimmer zu denken und daran, daß diese laut gesprochenen Worte wie Unterschriften unter einem unsichtbaren Vertrag waren.

Etwa eine halbe Minute hatten sie sich nicht gerührt, noch länger auszuharren hätte die Beherrschung einer formidablen tantrischen Kunst vorausgesetzt. Sie liebten sich an den Bücherregalen, die bei jeder Bewegung ächzten. Es ist durchaus nicht ungewöhnlich, in solchen Augenblicken davon zu träumen, daß man an einem hohen, abgelegenen Ort eintrifft. Er stellte sich vor, wie er über eine sanfte, runde Hügelkuppe schlenderte, die sich zwischen zwei höheren Gipfeln erhob. Er war ohne alle Eile, zum Erkunden aufgelegt und ließ sich die Zeit, an einen Felsrand zu gehen und einen Blick den nahezu senkrechten Abhang hinabzuwerfen, in den er sich bald stürzen mußte. Er fühlte sich versucht, gleich jetzt in den leeren Raum zu springen, doch war er ein Mann von Welt, und er konnte wieder fortgehen, konnte warten. Es war nicht leicht, denn es zog ihn zurück, und er mußte diesem Drang widerstehen. Solange er aber nicht an den Abgrund dachte, würde er auch nicht in seine

Nähe gehen und sich der Versuchung aussetzen. Er zwang sich, an die langweiligsten Dinge zu denken, an die er sich erinnern konnte – an schwarze Schuhcreme, ein Bewerbungsformular, ein feuchtes Handtuch auf dem Badezimmerboden. Dann war da noch der umgedrehte Deckel einer Abfalltonne, in dem sich zwei Zentimeter Regenwasser gesammelt hatten, und der Teefleck, ein unvollständiger Ring, auf den Gedichten von Housman. Ihre Stimme setzte dem kostbaren Auflisten ein Ende. Sie rief ihn, lud ihn ein, murmelte etwas in sein Ohr. Natürlich. Sie würden zusammen springen. Er war jetzt bei ihr, lugte in den Abgrund, und sie sahen, wie der Abhang sich unter ihnen in der Wolkendecke verlor. Hand in Hand würden sie sich rückwärts fallen lassen. Sie sagte es noch einmal, murmelte in sein Ohr, und diesmal konnte er sie deutlich verstehen.

»Da ist jemand im Zimmer.«

Er schlug die Augen auf: Eine Bibliothek, in einem Haus, es war völlig still. Er trug seinen besten Anzug. Und dann fiel es ihm erstaunlich leicht wieder ein. Er blickte angestrengt über seine Schulter, konnte aber nur den schwach beleuchteten Tisch sehen, unverändert, wie die Erinnerung aus einem Traum. Die Tür war aus ihrer Ecke nicht zu sehen. Doch war kein Laut zu hören, nichts. Cecilia irrte sich, verzweifelt wünschte er sich, daß sie sich irrte, und so war es auch. Er wandte sich zu ihr um und wollte es ihr sagen, da verstärkte sie ihren Griff um seinen Arm, so daß er sich noch einmal umdrehte. Langsam trat Briony in ihr Blickfeld, blieb am Tisch stehen und sah sie an. Einfältig stand sie da, starrte zu ihnen hinüber und ließ die Arme locker herabhängen wie ein Revolverheld bei einem Duell im Wilden

Westen. In diesem ernüchternden Augenblick erkannte er, daß er noch nie jemanden gehaßt hatte. Es war ein Gefühl so rein wie die Liebe, doch leidenschaftslos, eiskalt und rational. Es war überhaupt nicht persönlich gemeint, er hätte jeden gehaßt, der hereingekommen wäre. Im Salon oder auf der Terrasse wurden Drinks serviert, dort sollte Briony eigentlich sein – bei ihrer Mutter, ihrem geliebten Bruder, ihrer Kusine und den kleinen Vettern. Es gab keinen vernünftigen Grund, warum sie sich in der Bibliothek aufhielt, es sei denn, sie suchte ihn und wollte ihm verwehren, was ihm gehörte. Und jetzt wurde ihm klar, was passiert war: Sie hatte den verschlossenen Umschlag geöffnet, um seinen Brief zu lesen, war angewidert gewesen und hatte sich auf ihre merkwürdige Art zugleich betrogen gefühlt. Sie hatte ihre Schwester gesucht – zweifellos mit dem erregenden Gedanken, sie beschützen zu müssen oder tadeln zu wollen –, als sie hinter der verschlossenen Tür zur Bibliothek ein Geräusch vernommen hatte. Getrieben von übermäßiger Ignoranz, dummer Phantasterei und mädchenhafter Redlichkeit war sie gekommen, um Einhalt zu gebieten. Was sie nicht einmal mehr zu tun brauchte, da sie sich längst getrennt und voneinander abgewandt hatten, um nun unauffällig ihre Kleider zu richten. Es war vorbei.

Die Teller fürs Hauptgericht waren längst wieder abgeräumt worden, und Betty hatte den Brotpudding aufgetragen. War es Einbildung, fragte sich Robbie, oder lag es an Bettys Niedertracht, daß ihm die Portionen der Erwachsenen doppelt so groß wie die der Kinder vorkamen? Leon schenkte die dritte Flasche Barsac ein. Er hatte sein Jackett ausgezogen und somit den beiden anderen Männern erlaubt, es ihm gleichzutun. Leise pochte es an die Fenster, wenn Nachtschwärmer sich gegen die Scheiben warfen. Mrs. Tallis tupfte sich mit der Serviette das Gesicht ab und schaute mit Wohlwollen auf die beiden Zwillinge. Pierrot flüsterte Jackson etwas ins Ohr.

»Keine Geheimnisse am Essenstisch, ihr beiden. Wir möchten alle gern hören, was euch beschäftigt.«

Jackson, zum Sprecher ernannt, mußte heftig schlucken. Sein Bruder hielt den Blick gesenkt.

»Könntest du uns bitte entschuldigen, Tante Emily? Wir wollen auf die Toilette.«

»Natürlich, aber es heißt ›wir möchten‹, nicht ›wir wollen‹. Und es wäre keineswegs nötig gewesen, uns so genau wissen zu lassen, was ihr vorhabt.«

Die Zwillinge rutschten von ihren Stühlen. Als sie an der Tür anlangten, wies Briony plötzlich mit dem Finger auf sie und kreischte: »Meine Socken! Die tragen ja meine Erdbeersocken!«

Die Jungen blieben stehen, drehten sich um und schauten beschämt erst auf ihre Fußknöchel und dann auf ihre Tante. Briony war von ihrem Platz aufgesprungen. Es mußten mächtige Gefühle in dem Mädchen sein, dachte Robbie, die jetzt ein Ventil fanden.

»Ihr seid in mein Zimmer gegangen und habt sie aus meiner Schublade genommen.«

Cecilia hatte während des Essens kaum ein Wort gesagt, doch jetzt brachen auch aus ihr tiefere Gefühle hervor.

»Herrgott noch mal, nun halt doch den Mund! Manchmal bist du wirklich eine enervierende kleine Primadonna.

Die Jungen hatten keine sauberen Socken, also habe ich ihnen welche gegeben.«

Verblüfft starrte Briony sie an. Gescholten, betrogen von derjenigen, die sie doch nur beschützen wollte. Jackson und Pierrot schauten immer noch auf ihre Tante, die zweifelnd den Kopf neigte, sie dann aber doch mit einem leichten Nicken entließ. Mit übertriebener, fast theatralischer Sorgfalt schlossen sie hinter sich die Tür, und kaum hatten sie die Klinke losgelassen, griff Emily zum Löffel, und alle anderen taten es ihr nach.

Sanft tadelnd sagte sie: »Könntest du nicht etwas freundlicher zu deiner Schwester sein?«

Als sich Cecilia an ihre Mutter wandte, fing Robbie einen Hauch von Achselschweiß auf, der ihn an frisch gemähtes Gras denken ließ. Bald würden sie draußen sein. Er schloß kurz die Augen. Ein Krug mit Vanillesoße, ein Liter oder mehr, wurde vor ihm abgestellt, und er wunderte sich, daß er die Kraft hatte, ihn anzuheben.

»Tut mir leid, Emily, aber sie benimmt sich schon den ganzen Tag daneben.«

Mit der Gelassenheit einer Erwachsenen erwiderte Briony: »Das mußt gerade du sagen.«

»Soll heißen?«

Das, wußte Robbie, war nicht die richtige Frage. In dieser Phase ihres Lebens befand sich Briony in einem unbestimmten Übergangsstadium zwischen Kinderzimmer und Erwachsenenwelt, und niemand vermochte zu sagen, wann sie die Grenze in welche Richtung überschritt. In ihrer jetzigen Verfassung als aufgebrachtes, kleines Mädchen war sie jedenfalls geradezu gefährlich.

Eigentlich wußte Briony selbst nicht so genau, was sie sagen wollte, doch konnte Robbie das nicht ahnen, als er eingriff, um das Thema zu wechseln. Er wandte sich an Lola, die links von ihm saß, redete aber, als schlösse er den ganzen Tisch mit ein: »Nette Jungen, deine Brüder.«

»Ha!« Briony war wütend und gab ihrer Kusine keine Zeit zur Antwort. »Das beweist doch bloß, wie wenig Ahnung du hast.«

Emily legte den Löffel hin. »Wenn du jetzt nicht aufhörst, Liebling, muß ich dich bitten, den Tisch zu verlassen.«

»Aber sieh doch, was sie ihr angetan haben! Ihr Gesicht haben sie zerkratzt und tausend Stecknadeln mit ihren Handgelenken gespielt.«

Alle Augen richteten sich auf Lola. Die Haut um ihre Sommersprossen lief dunkel an, weshalb der Kratzer kaum noch zu erkennen war.

Robbie sagte: »So schlimm sieht es nun auch wieder nicht aus.«

Briony funkelte ihn erbost an. Ihre Mutter sagte: »Die Fingernägel kleiner Jungen. Wir sollten dir eine Salbe besorgen.«

Lola gab sich tapfer. »Ich habe mich schon drum gekümmert. Und es tut auch kaum noch weh.«

Paul Marshall räusperte sich. »Ich habe sie selbst gesehen – mußte dazwischengehen und sie auseinanderreißen. Haben mich wirklich überrascht, diese kleinen Bälger. Sind richtig über sie hergefallen…«

Emily war aufgestanden. Sie ging zu Lola und griff nach ihren Händen. »Jetzt seht euch ihre Arme an. Das ist doch kein Spiel mehr. Du hast ja blaue Flecken bis zu den Ellbogen. Wie um alles in der Welt haben die das fertiggebracht?«

»Ich weiß nicht, Tante Emily.«

Wieder rutschte Marshall auf seinem Stuhl nach hinten, um an Cecilias und Robbies Rücken vorbei mit dem jungen Mädchen zu sprechen, das ihn mit Tränen in den Augen anschaute. »Weißt du, es ist keine Schande, sich über so etwas aufzuregen. Du bist ungeheuer tapfer, aber du hast auch einiges durchgemacht.«

Lola gab sich alle Mühe, nicht zu weinen. Emily zog ihre Nichte an sich und strich ihr über den Kopf.

Marshall sagte zu Robbie: »Du hast recht, es sind nette Jungen, aber ich schätze, sie haben in letzter Zeit ziemlich viel über sich ergehen lassen müssen.«

Robbie hätte gern gewußt, warum Marshall nicht schon früher was gesagt hatte, wenn Lola doch so übel mitgespielt worden war, aber am Tisch herrschte jetzt helle Aufregung. Leon rief zu seiner Mutter hinüber: »Soll ich einen Arzt holen lassen?« Cecilia stand auf. Robbie berührte ihren Arm, sie drehte sich nach ihm um, und zum ersten Mal seit der Bibliothek trafen sich ihre Blicke. Es blieb ihnen allerdings kaum Zeit, sich anzusehen, denn schon eilte Cecilia zu ihrer Mutter, die gerade anordnete, daß ein kalter Wikkel vorzubereiten sei. Emily murmelte tröstende Worte auf den Kopf ihrer Nichte hinab. Marshall blieb sitzen und schenkte sich noch einmal nach. Briony erhob sich nun ebenfalls, stieß aber plötzlich einen ihrer durchdringenden Kleinmädchenschreie aus, nahm einen Umschlag von Jacksons Stuhl und hielt ihn hoch.

»Ein Brief!«

Sie wollte ihn öffnen. Robbie fragte unwillkürlich: »Für wen?«

»Hier steht ›An alle‹.«

Lola löste sich von ihrer Tante und wischte sich mit der Serviette übers Gesicht. Mit überraschender Autorität befahl Emily: »Du wirst ihn nicht aufmachen, sondern tun, was ich dir sage. Bring ihn her.«

Briony bemerkte den ungewöhnlichen Ton in der Stimme ihrer Mutter und trug brav den Brief um den Tisch herum. Als Emily schließlich ein Stück liniertes Papier hervorzog, wich sie einen Schritt von Lola zurück. Während sie vorlas, konnten Robbie und Cecilia mitlesen:

> *Wir laufn wäk, weil Lola und Beti so schlimm zu uns sinn und weil wir nach Haus wolln. Tut uns leid wegen dem Obst was wir mitgenomm ham. Unn Theater gabs auch nich.*

Sie hatten beide einen Zickzackschnörkel unter ihre Vornamen gemalt.

Nachdem Emily den Brief verlesen hatte, fiel kein Wort. Lola stand auf und ging einige Schritte in Richtung Fenster, änderte dann aber ihre Absicht und kehrte ans Tischende zurück. Geistesabwesend schaute sie nach links und nach rechts und murmelte dabei immer wieder: »O verdammt, verdammt...«

Marshall trat zu ihr und legte eine Hand auf ihren Arm. »Alles wird wieder gut. Wir bilden Suchmannschaften und finden sie im Handumdrehen.«

»Genau«, sagte Leon. »Sie haben ja höchstens ein paar Minuten Vorsprung.«

Doch Lola hörte nicht hin, für sie war der Fall klar. Auf dem Weg zur Tür sagte sie: »Mummy bringt mich um.«

Leon griff nach ihrer Schulter, aber sie schüttelte ihn ab und war gleich darauf durch die Tür verschwunden. Sie hörten sie durch die Eingangshalle rennen.

Leon wandte sich an seine Schwester. »Wollen wir zusammen suchen gehen, Cee?«

Marshall sagte: »Draußen ist es ziemlich dunkel. Es scheint kein Mond.«

Die ganze Gesellschaft bewegte sich nun auf die Tür zu. Emily sagte: »Jemand sollte hier warten, und das kann ich ebensogut selbst tun.«

»Hinter der Kellertür liegen Fackeln«, sagte Cecilia.

Und Leon riet seiner Mutter: »Ich glaube, du solltest auf dem Revier anrufen.«

Robbie ging als letzter aus dem Speisesaal und war offenbar auch der letzte, so schien ihm, der sich der neuen Lage anpaßte. Seine erste Reaktion, die auch noch vorhielt, als er in die etwas kühlere Halle trat, war das Gefühl, betrogen worden zu sein. Er konnte nicht glauben, daß die Zwillinge in Gefahr schwebten. Die Kühe würden ihnen solche Angst einjagen, daß sie wieder nach Hause liefen. Die tiefe Nacht rund um das Haus, die dunklen Bäume, die lockenden Schatten, das kühle, frisch gemähte Gras – all das war doch ihm selbst und Cecilia vorbehalten, wartete nur auf sie, darauf, daß sie es nutzten und für sich beanspruchten. Morgen würde gehen, auch irgendeine andere Zeit, bloß jetzt nicht. Doch plötzlich hatte das Haus seinen Inhalt in eine Nacht gespien, die nun von einer familiären, fast komischen Katastrophe beherrscht wurde. Stundenlang würden sie sich draußen herumtreiben, würden Hallo schreien und Fackeln schwenken, bis man irgendwann die müden, dreckigen Zwillinge fand. Lola würde sich wieder beruhigen, und nachdem man sich bei einem Nachttrunk gegenseitig beglückwünscht hatte, fände der Abend sein Ende. Nach Tagen oder schon nach Stunden wäre all dies bloß noch eine amüsante Erinnerung, die bei Familientreffen hervorgekramt wurde: Die Nacht, in der die Zwillinge fortrannten.

Die Suchmannschaften brachen bereits auf, als Robbie durch die Haustür nach draußen trat. Cecilia hatte sich bei ihrem Bruder untergehakt, drehte sich aber, ehe sie ging, noch einmal um und sah ihn im Licht der Eingangshalle stehen. Mit einem Blick und einem Achselzucken gab sie ihm zu verstehen, daß ihr im Augenblick nichts anderes übrigblieb. Und noch ehe er mit einer Geste liebevollen Verständnisses reagieren konnte, wandte sie sich von ihm ab und zog, die Namen der Jungen rufend, mit Leon davon. Marshall war ihnen über die Auffahrt bereits vorausgeeilt und nur noch durch die Fackel in seiner Hand auszumachen. Lola war gar nicht mehr zu sehen. Briony ging ums Haus herum. Sie wollte natürlich nicht mit Robbie zusammensein, wie er mit einiger Erleichterung feststellte, da er bereits entschieden hatte: Wenn er nicht mit Cecilia gehen konnte, wenn er sie nicht ausschließlich für sich haben konnte, dann würde er sich, genau wie Briony, allein auf die Suche machen. Diese Entscheidung aber sollte, wie er sich noch oft eingestehen mußte, sein Leben verändern.

Zwölf

Auch wenn das alte Haus der Gebrüder Adam noch so stilvoll gewesen war und noch so imposant den Park beherrscht hatte, konnten seine Mauern doch niemals so wuchtig wie die des Landsitzes gewesen sein, der nun seinen Platz einnahm, noch hatten seine Zimmer wohl je diese beklemmende Stille gekannt, die das Haus Tallis gelegentlich zu überwältigen drohte. Emily spürte deren erdrükkende Allgegenwart, als sie die Tür hinter den Suchtrupps schloß und sich der Halle zuwandte. Vermutlich saß Betty mit ihren Gehilfen noch in der Küche beim Nachtisch und ahnte nicht, daß der Speisesaal verlassen dalag. Kein Ton war zu hören. Die Mauern, die Täfelung, das aufdringlich klobige, fast neue Inventar, die kolossalen Kaminböcke, die mannshohen Feuerstellen aus hellem Stein erinnerten an vergangene Jahrhunderte und an eine Zeit einsamer Burgen in schweigenden Wäldern. Ihr Schwiegervater mußte äußersten Wert auf eine Atmosphäre der Gediegenheit und Familientradition gelegt haben. Ein Mann, der sein Leben damit zugebracht hatte, eiserne Riegel und Schlösser zu ersinnen, kannte den Wert ungestörter Abgeschiedenheit. Gegen Lärm von draußen war man drinnen jedenfalls völlig gefeit, selbst vertraute, häusliche Geräusche klangen gedämpft und wurden manchmal regelrecht erstickt.

Emily seufzte, konnte sich selbst nicht recht hören, und

seufzte noch einmal. Sie war zum Telefon gegangen, das auf einem halbrunden, schmiedeeisernen Tisch neben der Tür zur Bibliothek stand, ihre Hand lag auf dem Hörer. Um Wachtmeister Vockins sprechen zu können, würde sie erst mit seiner Frau reden müssen, einem Plappermaul, das gern über Hühnereier und derlei Dinge schwatzte – Futterpreise, Füchse und daß die neumodischen Tragetüten doch viel zu dünn seien. Ihr Mann dagegen weigerte sich beharrlich, ihr jenen Respekt zu erweisen, den man von einem Polizisten eigentlich erwarten durfte. Vielmehr pflegte er Platitüden von sich zu geben, die wie hart erkämpfte Weisheiten aus seinem zugeknöpften Brustkorb quollen: Für ihn regnete es nie, es schüttete nur; Müßiggang war aller Laster Anfang, und ein fauler Apfel verdarb die ganze Ernte. Im Dorf hieß es, er sei, bevor er zur Polizei ging und sich einen Schnauzbart wachsen ließ, bei der Gewerkschaft gewesen. Damals, in den Tagen des Generalstreiks, wollte man gesehen haben, wie er in der Eisenbahn Flugblätter verteilte.

Was sollte sie dem Wachtmeister bloß sagen? Bis er ihr erzählt hatte, daß Jungs nun einmal Jungs sind, bis ein halbes Dutzend Dorfbewohner aus dem Bett geholt und ein Suchtrupp zusammengestellt worden war, dürfte eine Stunde vergangen sein, und die Zwillinge wären längst von allein zurück, völlig verstört und zur Vernunft gebracht von den beängstigenden Ausmaßen der Welt bei Nacht. Eigentlich sann sie auch gar nicht über die Jungen nach, sondern über deren Mutter, ihre Schwester, vielmehr über deren Wiedergeburt in Lolas drahtiger Gestalt. Als Emily vom Tisch aufgestanden war, um das Mädchen zu trösten, hatte es sie selbst überrascht, wie sehr sie sich innerlich dagegen sträubte. Und je stärker ihr Widerwille wurde, desto nachdrücklicher hatte sie Lola bemuttert, um dieses Gefühl zu überspielen. Der Kratzer in Lolas Gesicht war schließlich nicht zu übersehen, die blauen Flecke auf ihrem Arm ziemlich schockierend, vor allem, weil die kleinen Jungen daran schuld waren, doch ein alter Widerstreit machte Emily zu schaffen. Es war ihre Schwester Hermione, die sie da trösten sollte, Hermione, diese Diebin der Aufmerksamkeit, die Diva der Verstellungskunst, sie war es, die sie an ihre Brust drückte. Und je stärker es in Emily brodelte, desto fürsorglicher wurde sie, das war schon immer so gewesen. Als dann die arme Briony den Brief der Jungen fand, war es ebendieser alte Widerstreit, der dafür sorgte, daß Emily sie mit ungewohnter Schärfe anfuhr. Wie ungerecht von ihr! Doch die Vorstellung, daß ihre Tochter oder sonst irgendein weibliches Wesen, das jünger war als sie selbst, diesen Brief öffnen und die Spannung auskosten könnte, indem sie ihn ein klein wenig zu langsam aufriß, daß sie ihn laut der versammelten Gesellschaft vorlas, die Neuigkeit verkündete und sich selbst in den Mittelpunkt rückte, weckte alte Erinnerungen und kleinliche Gedanken.

Hermione hatte sich durch ihre Kindheit gelispelt, getänzelt und geprahlt und sich bei jeder nur erdenklichen Gelegenheit aufgeblasen, ohne auch nur eine Sekunde – das jedenfalls glaubte ihre verärgerte, stillschweigende ältere Schwester – daran zu denken, wie albern und absurd sie wirkte. Erwachsene, die sie zu dieser pausenlosen Kokketterie ermunterten, gab es zur Genüge. Selbst an jenem denkwürdigen Tag, als die elfjährige Emily einen ganzen Saal schockierte, indem sie gegen eine Terrassentür lief und sich dabei so übel an der Hand verletzte, daß ihr Blut ein scharlachrotes Bukett auf das weiße Musselinkleid des Kindes neben ihr spritzte – auch da war es die neunjährige Hermione gewesen, die sich mit einem Schreikrampf ins Rampenlicht zu rücken wußte. Während Emily fast vergessen im Schatten eines Sofas auf dem Boden lag und ein Onkel mit einiger medizinischer Erfahrung ihr sachkundig einen Druckverband anlegte, gaben sich etwa ein Dutzend Verwandte alle Mühe, Emilys Schwester zu beruhigen. Und die scharwenzelte jetzt in Paris mit einem Radiofritzen herum, während sie, Emily, sich um die Kinder kümmern mußte. *Plus ça change* hätte Wachtmeister Vockins dazu vermutlich nur gesagt.

Lola ließ sich ebensowenig bändigen wie ihre Mutter. Kaum war der Brief vorgelesen worden, überbot sie die entlaufenen Brüder mit ihrem eigenen dramatischen Abgang. Mummy bringt mich um, ach ja? Dabei war sie selbst doch diejenige, die den Geist ihrer Mummy lebendig hielt. Jede Wette, dachte Emily, daß man Lola noch suchen mußte, wenn die Zwillinge längst wieder da waren. Die eisernen Grundsätze von Lolas Selbstverliebtheit würden schon dafür sorgen, daß sie so lange dort in der Dunkelheit blieb und sich an ihrem vermeintlichen Unglück weidete, bis alle Welt erleichtert alle Aufmerksamkeit auf sie richtete, wenn sie schließlich wieder auftauchte. Ohne sich von ihrer Bettcouch zu rühren, hatte Emily am Nachmittag erraten, daß Lola Brionys Theaterstück hintertrieb, ein Verdacht, den das zerrissene Plakat auf der Staffelei erhärtete. Und ganz wie sie vermutet hatte, war Briony nach draußen geflohen, eingeschnappt und unauffindbar. Wie sehr Lola doch Hermione darin ähnelte, daß sie ihre Hände in Unschuld wusch, während andere sich auf ihr Betreiben hin selbst vernichteten.

Emily stand unentschlossen in der Eingangshalle, konnte sich für kein Zimmer entscheiden, lauschte auf die Stimmen der Suchtrupps und bemerkte erleichtert – wie sie sich eingestehen mußte –, daß sie keinen Ton hören konnte. Ein Drama um nichts und wieder nichts veranstalteten diese fortgelaufenen Jungen. Wieder einmal wurde ihr Hermiones Leben aufgezwungen. Es gab keinen Anlaß, sich um die Zwillinge zu sorgen. Sie würden schon nicht hinunter an den Fluß gehen, und wenn sie es leid waren, kamen sie bestimmt ins Haus zurück. Emily stand da, umgeben von den starken Mauern einer Stille, die ihr in den Ohren summte und nach eigenem Rhythmus mal lauter und mal leiser wurde. Sie nahm die Hand vom Telefon, massierte sich die Stirn – von der Migräne, diesem Biest, war Gott sei Dank nichts zu spüren – und ging in den Salon. Es gab noch einen Grund, Wachtmeister Vockins vorläufig nicht anzurufen: Jack würde sich bald melden und seine Entschuldigungen vorbringen wollen. Der Anruf wurde stets vom Telefonisten des Ministeriums durchgestellt, dann hörte sie den jungen Assistenten mit seiner näselnden, seltsam wiehernden Stimme und schließlich ihren Mann selbst, der an seinem Schreibtisch saß und dessen Worte in dem riesigen Raum mit der Kassettendecke widerhallten. Sie zweifelte nicht daran, daß er Überstunden machte, doch wußte sie auch, daß er nicht im Klub übernachtete, und er wußte, daß sie dies wußte, dennoch verloren sie kein Wort darüber. Sie ähnelten einander in ihrer Angst vor Auseinandersetzungen, und die regelmäßigen, abendlichen Anrufe waren, auch wenn Emily ihm kein Wort glaubte, für beide ein Trost. Selbst wenn es sich bei diesem kleinen Schauspiel um gewöhnliche Heuchelei handelte, mußte Emily zugeben, daß sie ihren Zweck erfüllte. Es gab in ihrem Leben so manchen Anlaß zur Zufriedenheit – das Haus, den Park und vor allem ihre Kinder –, und daran wollte sie nichts ändern, indem sie Jack zur Rede stellte. Außerdem vermißte sie nicht so sehr seine Anwesenheit als vielmehr seine Stimme am Telefon. Immerzu belogen zu werden war zwar nicht gerade Liebe, verriet aber doch nachhaltige Anteilnahme; sie mußte ihm schließlich etwas bedeuten, wenn er ihr über einen so langen Zeitraum hinweg derart ausgeklügelte Ausreden vorsetzte. Seine Schwindeleien waren eine Art Tribut an die Bedeutsamkeit ihrer Ehe.

Betrogenes Kind, betrogene Frau, doch war sie nicht so unglücklich, wie sie vielleicht sein sollte. Die erste Rolle hatte sie auf die zweite vorbereitet. Sie blieb in der Tür zum Salon stehen und bemerkte die mit Schokolade verschmierten Cocktailgläser und die offene Terrassentür. Der kleinste Lufthauch brachte das Riedgras vorm Kamin zum Rascheln. Zwei oder drei behäbige Motten umkreisten die Lampe auf dem Cembalo. Ob jemals wieder darauf gespielt werden würde? Daß diese Nachtgeschöpfe vom Licht angezogen wurden, in dessen Schein sie so leicht gefressen werden konnten, war für sie eines jener Rätsel, die ihr immer wieder ein bescheidenes Vergnügen bereiteten. Sie wollte die Lösung gar nicht kennen. Bei einem offiziellen Abendessen hatte einmal irgendein Professor, der wohl ein wenig mit ihr plaudern wollte, auf einige Insekten gezeigt, die um den Kronleuchter schwirrten, und ihr erzählt, daß die Tiere von der optischen Täuschung einer noch tieferen Dunkelheit hinter dem Licht angezogen würden. Auch auf die Gefahr hin, gefressen zu werden, mußten sie dem Instinkt folgen, der sie nach der dunkelsten Stelle auf der anderen Seite des Lichtes suchen hieß – doch in diesem Fall war es eine Illusion. In ihren Ohren klang das wie Haarspalterei oder wie eine Erklärung um der Erklärung willen. Wie konnte jemand glauben, er könne die Welt mit den Augen eines Insekts sehen? Nicht alles, was geschah, hatte auch eine Ursache, und wer tat, als wenn das anders wäre, der griff vergebens ins Getriebe der Welt ein, was allerhand Kummer heraufbeschwören konnte. Manche Dinge sind eben, wie sie sind.

Sie wollte nicht wissen, warum Jack so viele Nächte hintereinander in London verbrachte. Das heißt, eigentlich wollte sie nicht, daß man es ihr sagte. Und sie wollte auch nichts Genaues über diese Arbeit wissen, die ihn so lange im Ministerium festhielt. Als sie vor Monaten, kurz nach Weihnachten, einmal in die Bibliothek gegangen war, um ihn aus seinem Nachmittagsschlaf zu wecken, hatte sie einen Ordner offen auf dem Tisch liegen sehen. Allein aus leiser, weiblicher Neugier warf sie einen Blick darauf, da sie eigentlich kaum Interesse für seine Verwaltungsarbeit hatte. Das erste Blatt trug eine Liste mit Kapitelüberschriften: Devisenkontrolle, Lebensmittelrationierung, Massenevakuierung großer Städte, Arbeitsdienst. Die gegenüberliegende Seite aber war handgeschrieben, eine Reihe arithmetischer Aufgaben, durch Textabschnitte unterteilt. Jacks steife, braune, gestochen scharfe Schrift riet ihr, mit fünfzig zu multiplizieren. Für jede abgeworfene Tonne Sprengstoff kalkuliere man fünfzig Opfer. Bei hunderttausend Tonnen abgeworfener Bomben innerhalb von zwei Wochen ergebe das fünf Millionen Tote. Sie hatte ihn noch nicht geweckt, das leise Pfeifen seines Atems vermischte sich mit winterlichem Vogelgesang, der über den Rasen ins Zimmer drang. Wässeriges Sonnenlicht rieselte über Bücherrücken, der Geruch nach warmem Staub war allgegenwärtig. Sie trat ans Fenster und starrte hinaus, versuchte, den Vogel zwischen den kahlen Ästen der Eiche auszumachen, die sich schwarz vor einem unruhigen, in graue und bläßlich blaue Farben getauchten Himmel abhob. Sie wußte sehr wohl, daß es solche Formulare mit bürokratischen Beispielrechnungen geben mußte. Und natürlich handelte es sich dabei nur um die Vorsichtsmaßnahmen von Verwaltungsangestellten, die sich gegen alle Eventualitäten absichern wollten. Zudem waren diese enorm hohen Zahlen doch gewiß nur eine Form von Selbstüberschätzung und derart hanebüchen, daß sie schon unverantwortlich genannt werden mußten. Schließlich war Verlaß darauf, daß Jack, der Beschützer der Familie, der Garant für Ruhe und Ordnung, stets mit Weitblick handelte. Also war es sicher nur dummes Zeug. Als sie ihn weckte, grunzte er, beugte sich vor, schloß abrupt die Akten und zog, immer noch sitzend, ihre Hand an seinen Mund, um einen trockenen Kuß darauf zu drücken.

Sie beschloß, die Terrassentür offenzulassen, setzte sich in eine Ecke des Chesterfield-Sofas und merkte, daß sie genaugenommen gar nicht wartete. Niemand, den sie kannte, konnte so tatenlos verharren wie sie, ohne auch nur ein

Buch im Schoß zu halten, konnte so sacht durch die eigenen Gedanken schlendern, als gelte es, einen unbekannten Garten zu erkunden. Jahrelanges Ausweichen vor der Migräne hatte sie diese Geduld gelehrt. Sich Sorgen machen, angespanntes Nachdenken, Lesen, Schauen, Wünschen – all das galt es zu vermeiden und die Gedanken gemächlich treiben zu lassen, während die Minuten sich wie Schneeflocken aufhäufelten und die Stille um sie herum immer tiefer wurde. Wie sie so dasaß, spürte sie den Abendwind, der sie mit dem Saum ihres Kleides am Schienbein kitzelte. Ihre Kindheit war so fühlbar nah wie die Changeant-Seide – ein Geschmack, ein Laut, ein Geruch, alles zusammen ein Ganzes, das einfach mehr als eine bloße Stimmung sein mußte. Da saß jemand in diesem Raum, ihr trauriges, immerzu übersehenes, zehnjähriges Ich, ein Mädchen, noch stiller als Briony, das sich über die ungeheure Leere der Zeit wunderte und erstaunt erfuhr, daß sich das neunzehnte Jahrhundert seinem Ende zuneigte. Wie typisch für sie, so in diesem Zimmer zu sitzen, nicht bei den anderen zu sein. Dieses Gespenst war nicht von Lola heraufbeschworen worden, weil sie Hermione glich, auch nicht von den undurchschaubaren Zwillingen, die in die Nacht hinausgelaufen waren. Das hatte vielmehr Brionys allmähliche Abkehr getan, der Rückzug in die Autonomie, der das nahende Ende der Kindheit ihrer Tochter ankündigte. Wieder einmal sah sich Emily damit konfrontiert. Briony war ihre Jüngste, die letzte, und zwischen dem Jetzt und dem Grab würde nichts mehr solch elementare Bedeutung haben, nichts mehr so angenehm sein wie die Sorge um ein Kind. Sie war keine Närrin. Sie wußte, es war Selbstmitleid, dem sie da nachgab, wenn sie sich ihren eigenen Untergang ausmalte: Bestimmt würde Briony wie ihre Schwester aufs Girton College gehen, und sie, Emily, würde allmählich steif und mit jedem Tag bedeutungsloser werden; Alter und Erschöpfung würden ihr Jack zurückbringen, und nichts würde gesagt werden, nichts gesagt werden müssen. Da hockte das Gespenst ihrer Kindheit allgegenwärtig im Raum, um sie an den kurzen Bogen des menschlichen Daseins zu erinnern. Wie rasch die Geschichte doch vorüber war. Weder gewaltig noch nichtssagend, bloß ungestüm. Und unbarmherzig.

Doch diese simplen Wahrheiten konnten ihre Stimmung nicht trüben. Sie glitt darüber hinweg, schaute gleichmütig auf sie hinab und verflocht sie gedankenverloren mit anderen Erwägungen. Sie hatte vor, am Weg zum Schwimmbekken einige Seckelblumen zu pflanzen. Außerdem wollte Robbie unbedingt eine Pergola bauen und eine langsam wachsende Glyzinie daran emporranken lassen, da er deren Blüte und Geruch so gern hatte. Doch sie und Jack würden längst begraben sein, bevor deren Wirkung voll zur Geltung kam. Die Geschichte wäre zu Ende. Sie dachte daran, wie ihr beim Abendessen etwas Glasiges, Irres in Robbies Blick aufgefallen war. Ob er dieses merkwürdige Kraut rauchte, von dem sie in einer Zeitschrift gelesen hatte, diese Zigaretten, die junge Männer mit einem Hang zur Boheme die Grenzen zum Wahn überschreiten ließ? Sie mochte den Jungen und freute sich für Grace Turner, daß so ein intelligenter Bursche aus ihm geworden war. Doch eigentlich war er eher Jacks Spielzeug, der lebende Beweis für irgendein gleichmacherisches Prinzip, das er über die Jahre verfolgt hatte. Wenn er über Robbie sprach, was nicht sehr oft geschah, dann stets mit einem Hauch selbstgerechter Genugtuung. Irgendwas war bewiesen worden, etwas, das als Kritik an Emily gemeint war. Sie hatte sich dagegen ausgesprochen, als Jack vorschlug, dem Jungen die Schule zu bezahlen, da sie fand, es schmecke nach Einmischung und sei Leon und den Mädchen gegenüber ungerecht. Sie sah sich auch nicht widerlegt, bloß weil Robbie sein Studium in Cambridge mit Auszeichnung bestand. Eigentlich hatte er es damit für Cecilia mit ihrer Drei nur noch schwerer gemacht, doch war es einfach absurd, wenn ihre Tochter deswegen die Enttäuschte spielte. Robbies Aufstieg. »Das kann nicht gutgehen« lautete die Redensart, die sie oft vorbrachte, woraufhin Jack stets selbstgefällig antwortete, daß davon bislang wenig zu merken sei.

Nichtsdestotrotz war es höchst unangemessen gewesen, wie Briony am Tisch mit Robbie geredet hatte. Emily könnte es durchaus verstehen, wenn sie Vorbehalte gegen ihn haben sollte. Das wäre nicht weiter verwunderlich. Doch sie in Worte zu fassen, das war schlichtweg ungehörig. Wie geschickt dieser Mr. Marshall alle wieder beruhigt hatte. Ob er in Frage kam? Nur schade, daß er nicht besser aussah, seine eine Gesichtshälfte glich einem vollgestopften Schlafzimmer. Vielleicht würde sie mit der Zeit ja ein wenig eckiger wirken, das Kinn einer Käsekante gleichen. Oder einem Stück Schokolade. Falls er wirklich die ganze britische Armee mit Amo-Riegeln belieferte, könnte er außerdem ungeheuer reich werden. Doch Cecilia, die in Cambridge diesem modischen Snobismus verfallen war, hielt einen Menschen mit einem Abschluß in Chemie für ein unvollkommenes menschliches Wesen. Ihre eigenen Worte. Drei Jahre lang auf dem College herumlümmeln und Bücher lesen, die sie ebensogut hätte zu Hause lesen können – Jane Austen, Dickens, Conrad, sie alle standen unten in der Bibliothek in vollständigen Gesamtausgaben. Wie war sie bloß darauf verfallen, daß diese Beschäftigung – Bücher zu lesen, die man gemeinhin doch nur zum Vergnügen las – sie anderen überlegen machte? Selbst ein Chemiker konnte von Nutzen sein. Vor allem dann, wenn er eine Möglichkeit entdeckt hatte, Schokolade aus Zucker, Chemikalien, braunem Farbstoff und Pflanzenöl herzustellen. Ganz ohne Kakaobutter. Eine Tonne von dem Zeugs zu produzieren, hatte er über seinem erstaunlichen Cocktail erklärt, koste so gut wie gar nichts. Er konnte seine Konkurrenten unterbieten *und* seine Gewinnspanne erhöhen. Vulgär gesprochen, doch welcher Luxus, wie viele ungetrübte Jahre ließen sich aus diesen billigen Bottichen schöpfen.

Unbemerkt verstrich mehr als eine halbe Stunde, in der sich diese Bruchstücke – Erinnerungen, Urteile, vage Entschlüsse und Fragen – still vor ihr ausbreiteten, während sie selbst kaum ihre Stellung änderte und auch nicht hörte, wie die Uhr die Viertelstunden schlug. Sie spürte, wie der Wind kräftiger wurde, einen Flügel der Terrassentür zuwarf und wie er dann wieder abflaute. Später störte Betty sie mit ihren Küchengehilfen, die im Speisesaal abräumten, doch erstarben diese Geräusche bald wieder, und Emily begab sich erneut hinaus ins weitverzweigte Wegenetz ihrer Träumereien, ließ sich von ihren Assoziationen treiben und vermied mit der Erfahrung Tausender Kopfschmerzattacken alle verstörenden und allzu groben Gedanken. Als dann schließlich das Telefon klingelte, schreckte sie keineswegs zusammen, stand bloß sofort auf, nahm den Hörer ab und rief, wie sie es immer tat, mit ansteigendem, leicht fragendem Ton: »Hier Tallis?«

Erst kam die Vermittlung, der näselnde Assistent, eine Pause, das Rauschen der Fernverbindung und dann Jacks gleichmütige Stimme: »Es ist ein wenig später geworden, Liebling. Tut mir schrecklich leid.«

Es war halb zwölf, doch das kümmerte sie nicht, denn er würde zum Wochenende kommen, und eines Tages würde er für immer daheim bleiben, ohne daß auch nur ein unfreundliches Wort gefallen war.

»Ist nicht weiter schlimm«, erwiderte sie.

»Die Verlautbarung zur Verteidigungspolitik mußte überarbeitet werden. Man will wohl eine zweite Auflage drucken. Und dann noch dieses und jenes.«

»Die Aufrüstung«, sagte sie begütigend.

»Ja, leider.«

»Du weißt doch, daß alle dagegen sind.«

Er gluckste. »Nicht hier im Büro.«

»Aber ich bin es.«

»Nun ja, meine Liebe. Eines Tages werde ich dich hoffentlich zu meinem Standpunkt bekehren.«

»Oder ich dich zu meinem.«

Ein Hauch von Zuneigung prägte diesen Schlagabtausch, und seine altvertraute Geläufigkeit war ihnen ein Trost. Wie gewöhnlich fragte er nach dem Tagesgeschehen. Sie erzählte ihm von der großen Hitze, davon, daß die Aufführung von Brionys Stück geplatzt und daß Leon mit einem Freund eingetroffen war, zu dem sie anmerkte: »Er steht auf deiner

Seite, will aber noch mehr Soldaten, damit er der Regierung seine Schokoriegel verkaufen kann.«

»Aha, ich verstehe. Pflugscharen zu Stanniolpapier.«

Sie beschrieb das Abendessen und Robbies wilden Blick. »Müssen wir ihn denn wirklich auch noch Medizin studieren lassen?«

»Das müssen wir. Ein kühner Schachzug von ihm. Typisch Robbie. Wird bestimmt eine gute Figur machen.«

Dann berichtete sie, wie der Brief der Zwillinge dem Essen ein Ende gesetzt hatte und die Suchtrupps aufgebrochen waren, um den Park zu durchkämmen.

»Diese kleinen Racker. Und? Wo haben sie sich rumgetrieben?«

»Ich weiß nicht. Ich warte noch.«

Schweigen herrschte am anderen Ende, unterbrochen nur von einem fernen, mechanischen Klicken. Als der hohe Beamte sich schließlich wieder zu Wort meldete, hatte er seine Entscheidungen bereits getroffen. Daß er sie beim Vornamen nannte, was er nur selten tat, zeigte ihr, wie ernst es ihm war.

»Ich lege jetzt den Hörer auf, Emily, weil ich gleich danach die Polizei anrufen werde.«

»Ist das denn wirklich nötig? Bis die hier ist…«

»Solltest du etwas Neues hören, gib sofort Bescheid.«

»Warte…«

Ein Geräusch hatte sie veranlaßt, sich umzudrehen. Leon öffnete die Haustür. Dicht hinter ihm sah sie Cecilia mit einer Miene, die sprachlose Bestürzung verriet. Dann kam Briony, die einen Arm um die Schultern ihrer Kusine gelegt hatte. Lolas Gesicht war weiß und starr wie eine Totenmaske, so daß Emily, auch wenn sie ihr keinerlei Regung ansehen konnte, sofort das Schlimmste befürchtete. Wo waren die Zwillinge?

Leon kam durch die Halle auf sie zu und streckte die Hand nach dem Telefon aus. Ein Schmutzstreifen zog sich von seinem Hosenaufschlag bis zum Knie. Schlamm. Bei diesem trockenen Wetter. Er atmete schwer, und eine Haarsträhne fiel ihm ins Gesicht, während er den Hörer an sich riß und ihr den Rücken zuwandte.

»Bist du das, Daddy? – Ja. Hör mal, ich glaube, es ist besser, wenn du herkommst. – Nein, noch nicht, aber das ist nicht alles. – Nein, nein, kann ich dir jetzt nicht sagen. – Möglichst noch heute. – Die müssen wir sowieso anrufen. Mach es am besten gleich.«

Sie griff sich ans Herz und ging einige Schritte auf Cecilia und die Mädchen zu. Mit gesenkter Stimme murmelte Leon rasch etwas hinter vorgehaltener Hand in die Sprechmuschel. Emily konnte kein Wort verstehen, wollte es auch gar nicht. Am liebsten hätte sie sich sofort auf ihr Zimmer zurückgezogen, doch da warf Leon krachend den Hörer auf die Gabel und drehte sich zu ihr um. Aus schmalen Schlitzen schaute er sie entschlossen an, und sie fragte sich, ob es Wut war, die aus seinem Blick sprach. Er zwang sich, ruhiger zu atmen. In einer seltsamen Grimasse zog er die Lippen über die Zähne und sagte: »Gehen wir in den Salon und setzen uns hin.«

Sie verstand genau, was er damit meinte. Er wollte es ihr jetzt nicht sagen, wollte nicht, daß sie auf den Fliesen zusammenbrach und dabei mit dem Kopf aufschlug. Sie starrte ihn an, rührte sich aber nicht vom Fleck.

»Komm schon, Emily«, sagte er.

Heiß und schwer lag die Hand des Sohnes auf ihrer Schulter, und selbst durch die Seide hindurch konnte sie fühlen, wie verschwitzt sie war. Widerstandslos ließ sich Emily zum Salon führen, und all ihre Angst konzentrierte sich auf die simple Tatsache, daß sie sich hinsetzen sollte, ehe er ihr sagte, was passiert war.

Dreizehn

In einer halben Stunde würde Briony ihre Schandtat begangen haben. Da sie wußte, daß sie die weiten Gefilde der Nacht mit einem Psychopathen teilte, hielt sie sich anfangs im Schatten der Mauern, lief dicht am Haus entlang und duckte sich, wenn sie an einem erleuchteten Fenster vorbeikam. Sie wußte, er würde die Auffahrt hinuntergehen, weil ihre Schwester und Leon diesen Weg eingeschlagen hatten. Kaum aber glaubte sie sich in sicherer Entfernung, kehrte sie dem Haus kühn den Rücken und schlug einen weiten Bogen, der sie zu den Stallgebäuden und zum Schwimmbecken führen sollte. Es lag doch auf der Hand, fand sie, daß die Zwillinge dort waren, mit den Schläuchen spielten oder mit dem Gesicht nach unten leblos auf dem Wasser trieben, ununterscheidbar bis in den Tod. Sie überlegte, wie sie den Anblick beschreiben würde, die Jungen, die auf dem sanft wogenden, beleuchteten Wasser dümpelten, ihr Haar, das sich tentakelgleich auffächerte, ihre bekleideten Leichen, die lautlos zusammenstießen und wieder auseinanderglitten. Trockene Nachtluft schlüpfte zwischen Haut und Kleid, und sie fühlte sich im Dunkel behend und geschmeidig. Es gab nichts, was sie nicht beschreiben konnte, sogar das leise Tappen eines Irren, der verstohlen über den Weg schlich, immer am Rand entlang, um das Geräusch seiner Schritte zu dämpfen. Da ihr Bruder bei Cecilia war, brauchte sie sich wenigstens um ihre Schwester keine Sorgen zu machen. Sie könnte auch diese köstliche Luft beschreiben, das Gras, das seinen süßen Viehgeruch verströmte, den hart gebrannten Boden, der noch die Glut des Tages speicherte und einen erdigen Duft nach Ton abgab, und die schwache Brise, die einen Hauch von Grün und Silber vom See herübertrug.

Jetzt lief sie mit elastischen Schritten übers Gras und glaubte, die ganze Nacht lang so laufen, die seidige Luft durchschneiden zu können, wie auf Stahlfedern voranzuschnellen, festen Boden unter den Füßen; und die Dunkelheit bestärkte sie noch in dem Gefühl, rasend schnell dahinzueilen. Sie kannte Träume, in denen sie so zu laufen vermochte, in denen sie sich schließlich vorbeugte, die Arme ausbreitete und vertrauensvoll – das einzig Schwierige, doch im Schlaf einfach genug – vom Boden abhob, indem sie bloß einen Schritt hinauftat, flach über Hecken, Tore und Dächer segelte, sich hochschwang und dann jubelnd unterm Wolkenrand über Felder schwebte, bis sie irgendwann wieder hinabtauchte. Sie ahnte nun, daß dies möglich war, wenn sie es nur entschieden wollte; die Welt, durch die sie rannte, liebte sie und würde ihr geben, was sie wollte, würde das Gewünschte geschehen lassen. Und wenn es soweit war, wollte sie, Briony, es in Worte fassen. War Schreiben nicht auch eine Weise, sich emporzuschwingen, ein Flug der Einbildung, der Phantasie, der Wirklichkeit werden konnte?

Doch noch schlich ein Psychopath mit düsterer, unerfüllter Seele durch die Nacht – einmal hatte sie seine Absichten bereits durchkreuzt. Um ihn beschreiben zu können, mußte sie mit beiden Beinen fest auf der Erde stehen. Zuvorderst jedoch galt es, ihre Schwester vor ihm zu beschützen, erst dann mußte sie einen Weg finden, ihn auf dem Papier heraufzubeschwören. Briony wurde langsamer, fiel in einen gemächlichen Trott und stellte sich vor, wie sehr er sie hassen mußte, seit sie ihn in der Bibliothek gestört hatte. Es machte ihr angst, doch war dies ein Entree, ein weiteres erstes Mal, ein Augenblick der Verwirklichung: von einem Erwachsenen gehaßt zu werden. Kindlicher Haß ist freigebig und flatterhaft. Er hat nicht viel zu bedeuten. Von einem Erwachsenen gehaßt zu werden aber glich der feierlichen Aufnahme in eine neue Welt, war gleichsam eine Beförderung. Wenn er nun umgekehrt war und ihr mit mörderischen Absichten hinterm Stall auflauerte? Sie durfte keine Angst haben. Sie hatte seinem Blick in der Bibliothek standgehalten, als ihre Schwester an ihr vorbeischlüpfte, ohne sich für ihre Rettung erkenntlich zu zeigen. Es ging hierbei ja auch nicht um Dank, das wußte sie, auch nicht um Belohnung. Selbstlose Liebe bedurfte keiner Worte, schließlich würde sie ihre Schwester auch dann noch beschützen, wenn Cecilia niemals anerkennen sollte, wie tief sie in ihrer Schuld stand. Briony durfte sich jetzt nicht vor Robbie fürchten, nur Abscheu und Ekel waren am Platz. Die Familie Tallis hatte ihm zu allerlei Annehmlichkeiten verholfen: das Haus, in dem er aufgewachsen war, unzählige Reisen nach Frankreich, seine Schuluniform, die Bücher, sogar Cambridge – und zum Dank dafür hatte er dieses widerliche Wort gegen ihre Schwester gebraucht, war sogar, in unglaublicher Verletzung des Gastrechtes, ihr gegenüber handgreiflich geworden und hatte sich danach frech mit ihnen an den Tisch gesetzt, als wenn nichts geschehen wäre. Diese Scheinheiligkeit! Wie sie sich wünschte, ihn bloßzustellen. Das wahre Leben, ihr Leben, das nun begann, hatte ihr einen Bösewicht in Gestalt eines alten Freundes der Familie mit kräftigen, linkischen Gliedern und einem freundlichen, kantigen Gesicht geschickt, der sie früher oft Huckepack getragen hatte, der mit ihr im Fluß geschwommen war und sie dabei in der Strömung festgehalten hatte. Wie sinnig, dachte Briony – die Wahrheit war seltsam und trügerisch, sie mußte gegen die Strömung des Gewöhnlichen erkämpft werden. Und welch eine Überraschung – Bösewichter wurden weder durch lautes Zischen noch durch lange Monologe angekündigt, sie kamen auch nicht mit häßlichen Visagen, mit düsterem Gewand daher. Leon und Cecilia suchten vor dem Haus in der entgegengesetzten Richtung. Vielleicht könnte sie ihrem Bruder von Robbies Attacke erzählen. Dann würde er seinen Arm um ihre Schultern legen. Gemeinsam würden sich die Tallis-Kinder gegen diesen Widerling zur Wehr setzen, würden ihn rücksichtslos aus ihrem Leben verbannen. Sie würden ihrem Vater gegenübertreten, ihn bekehren, würden ihn über seine Wut und Enttäuschung hinwegtrösten müssen. Daß sein Schützling sich als Psychopath erweisen sollte! Lolas Wort wirbelte den Staub anderer, irgendwie verwandter Worte auf – Mann, Irrsinn, Axt, Brutalität, Gericht – und bestätigte die Diagnose.

Sie ging um die Stallgebäude herum, blieb nahe beim Uhrturm unter dem Torbogen stehen und rief die Namen der Zwillinge. Zur Antwort hörte sie nur trappelnde, scharrende Hufe und einen dumpfen Schlag, als ein schweres Gewicht gegen die Stallwand krachte. Sie war froh, daß sie sich nie für Pferde oder Ponys begeistert hatte, die sie in ihrer jetzigen Lebensphase doch nur vernachlässigen müßte. Und obwohl die Tiere ihre Nähe spürten, ging sie nicht zu ihnen hinein. Für die Tiere mußte sie ein Genie, eine kaum erreichbare Göttin sein; sie buhlten um ihre Aufmerksamkeit. Doch Briony wandte sich ab und ging weiter zum Schwimmbecken. Sie fragte sich, ob die ausschließliche Verantwortung für ein anderes Wesen, und sei es ein Pferd oder ein Hund, grundsätzlich mit der wilden, nach innen gewandten Reise zu vereinbaren war, die das Schreiben bedeuten konnte. Sorgenvolle Anteilnahme, sich auf die Eigenheiten eines anderen Wesens einzulassen, die Geschicke anderer fürsorglich zu lenken, das ließ sich wohl kaum geistige Freiheit nennen. Vielleicht würde sie eine jener Frauen werden – beneidet oder bemitleidet –, die sich entschieden, keine Kinder zu bekommen. Sie folgte dem Plattenweg, der außen um das Stallgebäude herumführte. Wie die Erde gaben jetzt auch die Sandsteinfliesen die Hitze wieder ab, die sie am Tag gespeichert hatten. Briony spürte sie auf ihren nackten Schenkeln und ihren Wangen, stolperte, als sie durch den dunklen Bambustunnel eilte, und gelangte schließlich zu den beruhigend geometrischen Fliesen am Beckenrand.

An die erst im Frühjahr installierten Unterwasserlampen hatte sie sich noch nicht gewöhnt. Ihr aufwärts strahlender, bläulicher Schimmer verlieh allen Dingen am Becken den farblosen, mondhellen Glanz einer Photographie. Zwei Gläser und ein Krug standen auf dem alten Blechtisch, daneben lag ein Tuch. Ein drittes Glas mit aufgeweichten Fruchtstücken stand einsam auf dem Sprungbrettende. Im Becken schwammen keine Leichen, kein Kichern drang aus der Dunkelheit des Pavillons, kein Geflüster aus dem Schatten des Bambusdickichts. Langsam schritt sie das Becken ab, hatte aber die Suche schon aufgegeben. Die gleißende, gläserne Stille des Wassers zog sie an. Der Psychopath mochte eine Gefahr für ihre Schwester sein, doch war es herrlich, so spät noch draußen herumzulaufen und dafür sogar die mütterliche Erlaubnis zu haben. Eigentlich nahm Briony auch nicht an, daß die Jungen in Gefahr waren. Selbst wenn sie die gerahmten Landkarten in der Bibliothek entdeckt hatten und clever genug gewesen waren, sie zu deuten, selbst wenn sie wirklich vorhatten, den Park zu durchqueren und die ganze Nacht lang nach Norden zu wandern, würden sie den Eisenbahnschienen durch den Wald folgen müssen. Zu dieser Jahreszeit hüllte jedoch ein dichtes Blätterdach den Weg in nachtschwarze Dunkelheit. Die einzige andere Route aber führte durch das Schwingtor unten am Fluß. Und selbst dort würde es kein Licht geben, keine Chance, auf dem Weg zu bleiben, den tief hängenden Ästen auszuweichen oder die Brennesseln zu umgehen, die reichlich auf beiden Seiten wuchsen. Nie würden sie es wagen, sich ernsthaft in Gefahr zu begeben.

Sie waren in Sicherheit, Cecilia war bei Leon, und ihr, Briony, stand es frei, im Dunkeln umherzuwandern und über diesen außergewöhnlichen Tag nachzudenken. Sie kehrte dem Schwimmbecken den Rücken und entschied, daß ihre Kindheit in dem Augenblick zu Ende gegangen war, als sie das Plakat zerrissen hatte. Die Zeit der Märchen lag hinter ihr, im Verlauf nur weniger Stunden war sie Augenzeugin geheimnisvoller Vorgänge geworden, hatte ein unaussprechliches Wort gelesen, eine brutale Tat vereitelt und war, indem sie den Haß eines angeblich vertrauenswürdigen Erwachsenen auf sich gezogen hatte, zur Mitspielerin in jenem Drama des Lebens geworden, das außerhalb der Kinderstube stattfand. Jetzt brauchte sie bloß noch die Geschichten zu finden, nicht ihren Inhalt, sondern eine Erzählweise, die dem frisch erworbenen Wissen gerecht wurde. Oder meinte sie ihrem besseren Verständnis von der eigenen Unwissenheit?

Nachdem sie minutenlang aufs Wasser gestarrt hatte, war ihr der See in den Sinn gekommen. Bestimmt versteckten sich die Jungen im Inseltempel. Er war abgelegen, doch nicht zu weit vom Haus entfernt, ein netter, kleiner Schlupfwinkel, der einen tröstlichen Ausblick aufs Wasser bot und nicht allzu tief im Schatten lag. Sicher waren die anderen geradewegs über die Brücke gegangen, ohne dort unten nachzusehen. Sie beschloß, in einem weiten Bogen ums Haus herum zum See zu laufen.

Zwei Minuten später kreuzte sie den Kiesweg, der zwischen Rosenhecken zum Triton-Brunnen führte, dem Schauplatz jener geheimnisvollen Begebenheit, die zweifellos die späteren Grausamkeiten bereits angekündigt hatte. Im Vorübergehen meinte sie, von weit her ein schwaches Rufen vernehmen zu können, und glaubte, aus den Augenwinkeln ein Licht aufblitzen und wieder erlöschen zu sehen. Sie blieb stehen und spitzte die Ohren, um trotz des plätschernden Wassers etwas zu hören. Ruf und Licht waren aus dem einige hundert Meter entfernten Wald am Fluß gekommen. Also ging sie ein kurzes Stück in diese Richtung, blieb dann erneut stehen und horchte. Doch da war nichts, nur der Wald, eine dunkle, wogende Masse, die im

Westen gerade noch vor dem graublauen Himmel auszumachen war. Nachdem sie eine Weile gewartet hatte, beschloß sie, wieder umzudrehen und zum Haus und zur Terrasse zurückzukehren, auf der zwischen Gläsern, Flaschen und einem Eiskübel eine kugelförmige Paraffinlampe brannte. Die Salontür stand immer noch weit offen und ließ die Nacht herein, so daß Briony direkt ins Innere sehen konnte. Im Licht einer einzigen Lampe sah sie, teilweise von einem Samtvorhang verdeckt, ein Sofaende, über dem in einem seltsamen Winkel ein zylindrischer Gegenstand gleichsam zu schweben schien. Erst nachdem sie weitere zwanzig Meter näher herangegangen war, begriff sie, daß sie auf ein menschliches, körperloses Bein starrte. Und sie mußte noch näher heran, um ihren Blickwinkel zu verstehen: Es war natürlich ihre Mutter, die da auf die Zwillinge wartete. Sie wurde größtenteils von den Gardinen verdeckt, und das bestrumpfte Bein ruhte auf dem Knie des anderen, wodurch es diesen merkwürdigen, schiefen, frei schwebenden Eindruck machte.

Um nicht in Emilys Sichtfeld zu geraten, schlich sich Briony dicht ans Haus, an ein Fenster auf der linken Seite. Sie stand zu weit hinter ihrer Mutter, um die Augen zu erkennen, konnte nur eine flache Mulde in ihrem Gesicht sehen, jene Stelle, an der der Wangenknochen in die Augenhöhle überging. Briony zweifelte nicht daran, daß Emilys Lider geschlossen waren. Den Kopf hatte sie nach hinten gelehnt, die Hände locker gefaltet in den Schoß gelegt. Mit jedem Atemzug hob und senkte sich die rechte Schulter ein wenig. Ihre Lippen blieben unsichtbar, doch kannte Briony die herabgezogenen Mundwinkel, die so leicht für ein Zeichen – eine Hieroglyphe – des Vorwurfs gehalten wurden. Dabei war ihre Mutter grenzenlos gütig, lieb und freundlich. Sie dort mitten in der Nacht so allein sitzen zu sehen war traurig, aber zugleich auch irgendwie erhebend. Briony genoß diesen Blick durchs Fenster mit einem Gefühl des Abschieds. Ihre Mutter war sechsundvierzig, hoffnungslos alt. Eines Tages würde sie sterben. Und wenn es im Dorf dann zum Begräbnis kam, sollte man allein an Brionys würdevollem Schweigen die ganze Tiefe ihres Kummers erahnen. Freunde, die murmelnd ihr Beileid aussprachen, würden vom Ausmaß der Tragödie überwältigt sein. Briony sah sich einsam in einer großen, von einem hoch aufragenden Kolosseum umschlossenen Arena stehen, den Blicken nicht bloß jener Menschen ausgesetzt, die sie kannte, sondern aller Menschen, die sie je kennenlernen sollte, dem gesamten Ensemble ihres Lebens, das hier zusammengekommen war, um sie in ihrem Leid zu lieben. Auf dem Friedhof dann, in jenem Winkel, den sie die Großelternecke nannten, würde sie, Arm in Arm mit Leon und Cecilia, endlos lange im hohen Gras vor dem neuen Grabstein verweilen – wiederum vor aller Augen. Es mußte Zeugen geben. Und es war das Mitleid dieser Menge, das schon jetzt ihre Tränen fließen ließ.

Sie hätte zu ihrer Mutter gehen, sich an sie kuscheln und ihr von den Geschehnissen des Tages erzählen können. Dann hätte sie kein Verbrechen begangen. So vieles wäre nicht geschehen, alles hätte abgewendet werden können, und die glättende Hand der Zeit hätte dafür gesorgt, daß sich bald niemand mehr an diesen Abend erinnern würde: die Nacht, in der die Zwillinge fortrannten. War das 1934,

1935 oder 1936 gewesen? Doch ohne ersichtlichen Grund – falls man nicht die unbestimmte Aufforderung, nach den Jungen zu suchen, und ihre Begeisterung darüber, so spät noch draußen sein zu dürfen, dafür halten wollte – kehrte sie dem Haus den Rücken und streifte dabei mit der Schulter den Flügel der Terrassentür, der gleich darauf ins Schloß fiel. Wie ein scharfer Tadel klang der helle Schlag von knochentrockener Kiefer auf Hartholz. Wenn sie blieb, würde sie sich erklären müssen, also glitt sie zurück in die Dunkelheit und huschte auf Zehenspitzen über die Fliesen und die in den Ritzen wachsenden, wohlriechenden Kräuter davon. Dann war sie auf dem Rasen bei den Rosenrabatten, auf dem sie lautlos weiterlaufen konnte. Sie bog um die Hausvorderseite und betrat den Kiesweg, über den sie am Nachmittag barfuß gehüpft war.

Kurz vor der Brücke wurde sie langsamer. Sie war wieder an ihrem Ausgangspunkt und meinte, die anderen sehen oder doch ihre Rufe hören zu müssen. Aber sie war allein. Die düsteren Konturen einzelner Bäume im Park ließen sie zögern. Jemand haßte sie, das durfte sie nicht vergessen, und er war gewalttätig, unberechenbar. Leon, Cecilia und Mr. Marshall waren längst weit fort. Die Bäume in ihrer Nähe, zumindest die Stämme, hatten menschliche Formen. Oder verbarg sich jemand dahinter? Selbst wenn jemand davor stehen würde, wäre er für sie unsichtbar. Zum ersten Mal nahm sie nun bewußt den Wind wahr, der durch die Wipfel blies, und dieses vertraute Geräusch machte sie nervös. Millionen einzelner, präziser Bewegungen bombardierten ihre Sinne. Als die Brise für einen Moment kräftiger wurde und dann abflaute, entfernte sich das Geräusch, wanderte wie ein lebendes Wesen durch den dunklen Park davon. Sie blieb stehen und fragte sich, ob sie sich wirklich bis zur Brücke vorwagen, sie überqueren, den Weg verlassen und die steile Böschung zum Inseltempel hinunterklettern sollte. Eigentlich war es ja nicht weiter wichtig – bloß so eine Ahnung, daß die Jungen dorthinunter gegangen sein könnten. Außerdem hatte sie im Gegensatz zu den Erwachsenen keine Fackel dabei. Von ihr wurde nichts erwartet; in den Augen der anderen war sie noch ein Kind. Die Zwillinge waren bestimmt nicht in Gefahr.

Sie verharrte kurz auf dem Kiesweg, zur Umkehr nicht verängstigt genug und nicht mutig genug, um weiterzugehen. Vielleicht sollte sie lieber ihrer Mutter beim Warten im Salon Gesellschaft leisten. Oder sie wählte eine gefahrlosere Route, blieb auf dem Hauptweg, kehrte um, ehe sie den Wald erreichte, und tat trotzdem so, als hätte sie ernsthaft gesucht. Dann aber – gerade weil ihr dieser Tag bewiesen hatte, daß sie kein Kind mehr war, daß sie zu den Akteuren einer größeren Geschichte gehörte, und weil sie sich beweisen mußte, diese Rolle auch verdient zu haben – zwang sie sich, nicht länger stehen zu bleiben und endlich über die Brücke zu gehen. Wenn der Wind ins Riedgras fuhr, klang von unten ein Rascheln herauf, das der Brückenbogen noch verstärkte; dann erscholl plötzlich ein Flügelschlagen auf dem Wasser, das ebenso abrupt wieder verstummte. Allein die Dunkelheit ließ diese alltäglichen Geräusche so laut klingen. Und Dunkelheit war eigentlich nichts weiter – kein Stoff, keine greifbare Substanz, bloß die Abwesenheit von Licht. Die Brücke führte nur zu einer künstlichen Insel in einem künstlich angelegten See. Die Insel aber lag schon seit fast zweihundert Jahren dort, und vom übrigen Land unterschied sie nichts weiter, als daß sie durch Wasser von ihm getrennt war. Falls sie überhaupt jemandem gehörte, dann doch wohl ihr. Sie war die einzige, die herkam. Für alle anderen war dies nur der Weg nach Hause oder fort von daheim, ein Flecken Erde zwischen zwei Brücken, ein so vertrauter Teil der Landschaft, daß ihn niemand mehr wahrnahm. Hardman kam zweimal im Jahr mit seinem Sohn, um das Gras rund um den Tempel zu mähen. Die Landstreicher hatten hier Rast gemacht. Und manchmal beehrten vereinzelte Wildgänse das schmale, grasbewachsene Ufer, doch ansonsten war es das einsame Königreich der Kaninchen, Wasservögel und Wasserratten.

Es sollte also nicht weiter schwer sein, sich einen Weg die Böschung hinab zu bahnen und übers Gras zum Tempel zu laufen. Doch wieder zögerte sie und schaute sich einfach nur um, rief nicht einmal die Zwillinge beim Namen. Undeutlich schimmerte der fahle Bau im Dunkeln und schien sich sogar vollständig aufzulösen, wenn sie ihn ins Auge faßte. Bis dorthin waren es gut dreißig Meter, doch näher noch, mitten auf der Grasfläche, sah sie einen Busch, an den sie sich nicht erinnern konnte. Das heißt, in ihrer Erinnerung stand er viel näher am Ufer. Die Bäume waren irgendwie auch nicht richtig, zumindest nicht das, was sie von ihnen erkennen konnte. Die Eiche war viel zu klobig, die Ulme zu struppig, und beide schienen sich in ihrer Fremdartigkeit gegen sie verbündet zu haben. Als Briony die Hand ausstreckte, um das Brückengeländer zu berühren, erschreckte sie der schrille, unangenehme Schrei einer Ente, dessen letzter, erstickter Ton beinahe menschlich klang. Die

Böschung war ziemlich steil, das hielt sie auf, ebenso wie der Gedanke, vergebens hinabzugehen. Aber die Entscheidung war gefallen. Rücklings machte sie sich an den Abstieg, hielt sich an Grasbüscheln fest und blieb unten erneut stehen, um sich die Hände am Kleid abzuwischen.

Sie ging direkt auf den Tempel zu, hatte sieben oder acht Schritte zurückgelegt und wollte gerade nach den Zwillingen rufen, als der Busch, der mitten in ihrem Weg stand – jener Busch, der ihrer Meinung nach eigentlich näher ans Ufer gehörte –, sich vor ihr aufzulösen begann, sich vielmehr verdoppelte, hin und her schwankte und sich dann in zwei Hälften teilte. Er änderte auf unbegreifliche Art sein Aussehen, wurde im unteren Ansatz schlanker, eine senkrechte Säule nun, die fast zwei Meter hoch aufstieg. Bestimmt wäre sie sofort stehengeblieben, wenn sie nicht immer noch fest davon überzeugt gewesen wäre, einen Busch vor sich zu haben, und davon, daß Blickwinkel und Dunkelheit ein seltsames Spiel mit ihr trieben. Noch ein oder zwei Sekunden, noch ein paar Schritte, da wußte sie, daß sie sich irrte. Sie erstarrte. Die senkrechte Masse war eine Gestalt, ein Mensch, der jetzt vor ihr zurückwich und mit dem dunkleren Hintergrund der Bäume verschmolz. Der verbleibende dunkle Fleck auf dem Boden war ebenfalls ein Mensch, der erneut die Konturen änderte, als er sich aufsetzte und ihren Namen rief.

»Briony?«

Sie hörte die Hilflosigkeit in Lolas Stimme – das war der Laut gewesen, den sie für den Schrei einer Ente gehalten hatte –, und im selben Moment wußte Briony Bescheid. Vor Abscheu und Angst wurde ihr übel. Die größere Gestalt tauchte wieder auf, lief am Rand der Grasfläche entlang und hastete zur Böschung, die sie gerade herabgekommen war. Sie wußte, sie sollte sich um Lola kümmern, mußte aber unwillkürlich dem Mann nachsehen, der rasch und mühelos den Abhang hinauflief und auf dem Weg verschwand. Er lief zum Haus, sie hörte seine Schritte. Sie hatte nicht den geringsten Zweifel. Sie würde ihn beschreiben können. Es gab nichts, was sie nicht beschreiben konnte. Sie kniete neben ihrer Kusine.

»Alles in Ordnung, Lola?«

Briony berührte Lolas Schulter und tastete vergebens nach ihrer Hand. Lola saß vornübergebeugt, die Arme vor der Brust gekreuzt, und schwankte leicht. Ihre Stimme klang schwach und belegt, wie von einer Blase, etwas Speichel in der Kehle gedämpft. Sie mußte sich räuspern. Ein wenig unsicher sagte sie: »Es tut mir leid, entschuldige, ich wollte nicht...«

Briony flüsterte: »Wer war's?«, und ehe Lola antworten konnte, setzte sie mit aller Ruhe, die sie aufbringen konnte, noch hinzu: »Ich habe ihn gesehen. Ich habe ihn *gesehen.*«

Matt erwiderte Lola bloß: »Ja.«

Zum zweiten Mal an diesem Abend spürte Briony zärtliche Gefühle für ihre Kusine in sich aufkeimen. Gemeinsam stellten sie sich echten Gefahren. Sie und ihre Kusine waren sich sehr nah. Briony lag auf den Knien und versuchte, die Arme um Lola zu schlingen und sie an sich zu ziehen, aber der Körper ihrer Kusine war knochig und starr, in sich zurückgezogen wie eine Strandschnecke. Verschlossen wie eine Muschel. Lola preßte die Arme an sich und schaukelte vor und zurück.

Briony fragte: »Er ist es gewesen, nicht?«

Sie fühlte eher, als daß sie es sah, wie ihre Kusine an ihrer Brust nickte, langsam, nachdenklich. Bestimmt war sie ziemlich erschöpft.

Nach einer Weile sagte Lola im selben, schwachen, demütigen Ton: »Ja, er war's.«

Plötzlich wollte Briony, daß Lola seinen Namen aussprach. Um das Verbrechen zu brandmarken, es mit dem Fluch des Opfers zu belegen, das Schicksal des Täters mit dem Bann des Namens zu besiegeln.

»Lola«, flüsterte sie und konnte ein seltsames Hochgefühl nicht leugnen. »Wer war es, Lola?« Die regte sich nicht mehr.

Auf der Insel wurde es still. Ohne merklich ihre Stellung zu ändern, schien Lola von ihr abzurücken oder doch die Schultern einzuziehen, halb die Achseln zu zucken, halb sich fortzuducken, um Brionys teilnahmsvoller Umarmung zu entgehen. Sie drehte den Kopf und schaute hinüber ins Nichts, dorthin, wo der See sein mußte. Vielleicht wollte sie gerade etwas sagen, zu einem langen Bekenntnis ansetzen, mit dem sie ihre Gefühle in Worte gefaßt und sie so für sich geklärt hätte, ein Bekenntnis, das sie aus ihrer Lähmung in einen Zustand versetzt hätte, der an Grauen und Glück zugleich grenzte. Daß sie sich abwandte, war vielleicht gar nicht der Versuch, von Briony abzurücken, sondern eine Suche nach Nähe, ihre Art, sich zu sammeln, bevor sie ihr Innerstes dem einzigen Menschen preisgab, dem sie sich so weit fort von Zuhause anvertrauen zu können glaubte. Vielleicht hatte sie schon Luft geholt und die Lippen geöffnet, doch kam es darauf nicht mehr an, da Briony sie unterbrechen und die Gelegenheit vertan sein würde. So viele Sekunden waren vergangen – dreißig, fünfundvierzig? –, das jüngere Mädchen konnte sich einfach nicht länger zügeln. Alles fügte sich zusammen. Es war ihre ureigene Entdeckung. Es war ihre Geschichte, jene, die sich um sie herumschrieb.

»Robbie ist es gewesen, stimmt's?«

Der Psychopath. Sie wollte das Wort sagen.

Lola erwiderte nichts und rührte sich auch nicht.

Briony sagte es noch einmal, nun aber ohne jeden fragenden Ton. Es war die Feststellung einer Tatsache. »Robbie ist es gewesen.«

Obwohl sie sich weder umgedreht noch auch nur bewegt hatte, war deutlich, daß mit Lola etwas vorging, ihre Haut fühlte sich heiß an, und ein Laut wie ein trockenes Schlukken war zu hören, dann ein würgendes Zucken der Halsmuskeln, das wie ein mehrfaches kräftiges Klicken klang.

Briony wiederholte es noch einmal, sagte bloß: »Robbie.«

Weit draußen auf dem See sprang ein Fisch, ein fettes, sattes Platschen drang herüber, ein exakter, einsamer Laut, denn der Wind hatte sich gänzlich gelegt. Nichts Unheimliches mehr in den Wipfeln oder im Riedgras. Endlich drehte sich Lola zu ihr um.

»Du hast ihn gesehen«, sagte sie.

»Wie konnte er nur?« klagte Briony. »Wie konnte er es wagen?«

Lola legte eine Hand auf Brionys bloßen Unterarm und griff fest zu. Zwischen ihren leisen Worten lagen lange Pausen: »Du hast ihn gesehen.«

Briony rückte näher heran, fuhr mit einer Hand über Lolas Finger und sagte: »Du weißt ja noch gar nicht, was in der Bibliothek passiert ist, gleich nach unserem Gespräch. Er ist über meine Schwester hergefallen. Keine Ahnung, was er noch alles angerichtet hätte, wenn ich nicht gekommen wäre...«

Wie nah sie sich auch kamen, sie konnten die Miene der anderen nicht entziffern. Lolas dunkle Gesichtsfläche gab nichts preis, und dennoch spürte Briony, daß ihre Kusine nur halb zuhörte, eine Vermutung, die sich bestätigte, als Lola sie unterbrach, um noch einmal zu wiederholen: »Aber du hast ihn gesehen. Du hast ihn tatsächlich gesehen.«

»Natürlich habe ich das. Einwandfrei. Er ist es gewesen.«

Obwohl die Nacht noch warm war, begann Lola zu frösteln, und Briony hätte gern etwas gehabt, das sie ausziehen und ihr um die Schultern hätte legen können.

Lola sagte: »Weißt du, er ist von hinten gekommen und hat mich zu Boden geworfen... und dann... dann hat er mir den Kopf in den Nacken gedrückt und die Hand über die Augen gepreßt. Deshalb konnte ich nicht... wußte ich nicht...«

»Ach, Lola.« Briony streckte eine Hand aus, um ihrer Kusine übers Gesicht zu streichen, und berührte ihre Wange. Sie war trocken, aber das würde sie nicht mehr lange sein – das wußte Briony. »Hör doch. Ich kann mich gar nicht täuschen. Schließlich kenne ich ihn mein Leben lang. Ich habe ihn gesehen.«

»Ich war mir nämlich nicht sicher. Ich meine, wegen seiner Stimme habe ich mir gedacht, daß er es gewesen sein muß.«

»Was hat er denn gesagt?«

»Nichts. Es waren mehr die Geräusche, sein Atem, Laute, die er von sich gegeben hat. Aber sehen konnte ich ihn nicht, deshalb war ich mir eben nicht sicher.«

»Aber ich bin es. Und das werde ich allen sagen.«

Und so nahmen sie in diesen Augenblicken am See ihre jeweiligen Positionen ein, die in den folgenden Wochen und Monaten auch öffentlich bekannt und privat noch viele Jahre wie besessen stets aufs neue bekräftigt werden sollten, wobei Brionys Überzeugung wuchs, sooft ihrer Kusine Zweifel zu kommen schienen. Von Lola wurde danach nicht mehr viel verlangt, denn sie konnte ihre seelische Verfassung vorschieben, diese qualvolle Konfusion, und sich als umsorgte Patientin, als genesendes Opfer und armes Mädchen in der Sorge und Gewissensnot der Erwachsenen sonnen. Wie war es möglich, daß dies einem Kind widerfuhr? Lola konnte und mußte ihnen nicht helfen. Briony bot ihr eine Chance, und Lola griff instinktiv zu; nein, nicht einmal das – sie ließ es einfach geschehen. Sie brauchte kaum mehr zu tun, als sich stumm hinter ihrer eifrigen Kusine zu verbergen. Lola mußte nicht lügen, mußte ihrem vermeintlichen Angreifer nicht ins Gesicht sehen und den Mut nicht aufbringen, ihn anzuklagen, denn all diese Mühe wurde ihr von dem jüngeren Mädchen arglos und ohne Falsch abgenommen. Lola hatte nur die Wahrheit zu verschweigen, sie zu verbannen, vollständig zu vergessen, brauchte sich nicht einmal eine andere Geschichte einzureden, sondern sich bloß immer wieder ihrer eigenen Ungewißheit zu vergewissern. Sie konnte nichts sehen, seine Hand über ihren Augen, sie hatte Angst gehabt, sie war sich nicht sicher.

Briony war da, um ihr bei jedem Schritt zu helfen. Für sie paßte einfach alles zusammen; die jüngste Vergangenheit gipfelte in der schrecklichen Gegenwart, denn Ereignisse, die sie selbst bezeugen konnte, hatten das Verhängnis ihrer Kusine angekündigt. Wäre sie doch bloß nicht so ahnungslos, so dumm gewesen! Jetzt verstand sie, daß dieser Vorfall sich genauso zugetragen haben mußte, wie sie es beschrieb, weil ihm eine schlüssige Symmetrie zugrunde lag. Sie hielt sich ihre kindliche Unschuld vor, die sie hatte glauben lassen, Robbie beschränke seine Aufmerksamkeiten auf Cecilia. Was hatte sie sich bloß dabei gedacht? Jede war ihm recht. Und natürlich würde er sich an die Schwächste heranmachen – an ein schlaksiges Mädchen, das an fremdem Ort durch die Dunkelheit strauchelte, um tapfer auf der Insel nach seinen Brüdern zu suchen. Genau wie Briony es vorgehabt hatte. Fast wäre sie also selbst sein Opfer geworden, und dieser Gedanke schürte Brionys Eifer und ihre Wut. Wenn ihre arme Kusine die Wahrheit schon nicht beim Namen nennen wollte, dann würde Briony es eben für sie tun. *Ich kann. Und ich werde es tun.*

Schon in der darauffolgenden Woche war die blanke Fassade der Gewißheit nicht mehr frei von ersten Schönheitsfehlern und kleinen Rissen. Sobald sie daran dachte, was nicht sehr oft geschah, stand sie mit leichtem Magenflattern wieder jener Einsicht gegenüber, daß das, was sie wußte, genaugenommen nicht auf dem basierte, was sie gesehen hatte, jedenfalls nicht ganz allein. Es waren nicht bloß die Augen, die ihr die Wahrheit verraten hatten. Dafür war es zu dunkel gewesen. Selbst aus knapp einem halben Meter Entfernung hatte Lolas Gesicht nur einer leeren Scheibe geglichen, und diese Gestalt war viele Meter entfernt gewesen und hatte ihr im Davonlaufen den Rücken zugekehrt. Und dennoch war sie nicht unsichtbar gewesen, waren Briony die Statur und die Bewegungen vertraut gewesen. Die Augen bestätigten ihr nur die Summe dessen, was sie wußte oder erst kürzlich erfahren hatte. Die Wahrheit lag in der Symmetrie, will heißen, sie beruhte auf gesundem Menschenverstand. Die Wahrheit öffnete ihr die Augen. Wenn Briony also wieder und wieder sagte, sie habe ihn gesehen, meinte sie, was sie sagte, war sie ganz ehrlich und leidenschaftlich davon überzeugt. Was sie aber meinte, war etwas komplizierter als das, was alle so bereitwillig verstanden, und ihr wurde unbehaglich zumute, wenn sie spürte, daß sie diese Nuancen nicht in Worte fassen konnte. Sie versuchte es nicht einmal ernsthaft. Es gab keine Gelegenheit, keine Zeit, kein Entgegenkommen. Innerhalb weniger Tage, nein, innerhalb einiger Stunden war ein Prozeß ins Rollen gebracht, der sich rasch ihrer Kontrolle entzog. Ihre Worte riefen furchteinflößende Mächte in dem heimeligen Bilderbuchdorf wach. Es war, als hätten diese schrecklichen Autoritäten, diese uniformierten Beamten lauernd hinter den Fassaden hübscher Gebäude auf eine Katastrophe gewartet, von der sie wußten, daß sie geschehen würde. Und sie kannten ihre eigenen Absichten, wußten, was sie wollten und wie sie vorgehen mußten. Wieder und wieder wurde sie befragt, und mit jeder Wiederholung wuchs die Last der Widerspruchsfreiheit. Was sie gesagt hatte, mußte sie stets aufs neue sagen. Selbst geringe Abweichungen brachten ihr ein leichtes Stirnrunzeln weiser Häupter ein, einen frostigen Blick und schwindendes Mitgefühl. Sie gab sich Mühe zu gefallen und lernte rasch, daß die kleinen Ausschmückungen, die sie so gern hinzugefügt hätte, den Ablauf der Dinge störten, der von ihr selbst in Gang gesetzt worden war.

Sie kam sich wie eine Verlobte vor, die immer heftiger unter Zweifeln litt, je näher der Tag der Hochzeit rückte, und doch nicht offen zu reden wagte, weil ihretwegen bereits zahlreiche Vorbereitungen getroffen worden waren. Glück und Wohl so vieler lieber Menschen standen auf dem Spiel. In flüchtigen Momenten empfand sie eine innere Unruhe, die sich nur dadurch vertreiben ließ, daß sie sich von der freudigen Erregung ihrer Umgebung anstecken ließ. So viele anständige Menschen konnten nicht irren, und Zweifel wie die ihren, so wurde ihr gesagt, waren nichts Ungewöhnliches. Briony wollte nicht gleich alles in Frage stellen. Sie glaubte nicht, daß sie nach ihrer anfänglichen Gewißheit – und nach zwei, drei Tagen geduldiger, freundlicher Verhöre – noch den Mut besaß, ihre Aussage zurückzunehmen. Doch hätte sie gern die Bedeutung des Wortes »gesehen« erläutert oder doch ein wenig verkompliziert, so daß es weniger »sehen« und mehr »wissen« meinte. Dann hätte sie nämlich den Verhörspezialisten die Entscheidung überlassen können, ob sie gemeinsam im Namen dieser Art Vision, dieses Verständnisses von »Sehen« weitermachen wollten. Doch die reagierten gleichgültig, wenn sie zauderte, und erinnerten sie irgendwann nachdrücklich an ihre ersten Aussagen. War sie denn ein dummes Mädchen, sprachen ihre Mienen, das nur jedermanns Zeit verschwendete? Außerdem hatten sie eine strenge Auffassung vom Sichtbaren. Die das Licht der Straßenlampen in der nahen Ortschaft reflektierende Wolkendecke und die Sterne hatten, so war ermittelt worden, für genügend Helligkeit gesorgt. Entweder hatte sie ihn also gesehen, oder sie hatte ihn nicht gesehen, dazwischen gab es nichts. Das sagten sie zwar nicht, doch ihre brüske Haltung ließ es ahnen. In diesen Augenblicken, wenn Briony die unwirsche Mißbilligung dieser Männer spürte, griff sie auf ihre anfängliche Inbrunst zurück und sagte es noch einmal. Ich habe ihn gesehen. Ich weiß, daß er es gewesen ist. Wie tröstlich es doch war, ihnen etwas zu bestätigen, das sie ohnedies bereits wußten.

Sie würde sich niemals damit trösten können, daß man sie gezwungen oder unter Druck gesetzt hatte. Das hatte man nicht. Sie war selbst in die Falle gelaufen, ins Labyrinth ihrer Hirngespinste marschiert, und sie war zu jung, zu verschüchtert, zu gefallsüchtig, um auf einer Umkehr zu bestehen. Dazu fehlte ihr das nötige Selbstbewußtsein, vielleicht war sie auch noch nicht alt genug dafür. Eine eindrucksvolle Gemeinde hatte sich um ihre ersten Gewißheiten geschart, und die wartete nun auf sie und konnte vor dem Altar nicht mehr enttäuscht werden. Ihre Zweifel ließen sich bloß dadurch beschwichtigen, daß sie sich immer vehementer ans einmal Gesagte klammerte. Nur indem sie unbeirrt an dem festhielt, was sie zu wissen glaubte, keine Abweichung zuließ und ihre Aussage stetig wiederholte, konnte sie das Unheil aus ihren Gedanken verbannen, das sie, wie sie dumpf ahnte, mit ihren Worten anrichtete. Sobald der Fall aber abgeschlossen, das Urteil gefällt und die Gemeinde auseinandergegangen war, beschützte sie eine skrupellose, jugendliche Unbeschwertheit, ein eigensinniges Vergessen bis weit in die Pubertät hinein.

»Nun, ich kann. Und ich werde es tun.«

Sie schwiegen eine Weile, und Lolas Frösteln legte sich. Briony nahm an, daß sie gut daran täte, ihre Kusine nach Hause zu bringen, doch zögerte sie noch, ihre Zweisamkeit zu beenden – sie hatte die Arme um die Schultern des älteren Mädchens gelegt, und Lola schien Brionys Zärtlichkeit jetzt zu genießen. Auf der anderen Seeseite sahen sie ein nadelkopfgroßes Licht auf und ab hüpfen – eine Fackel, die über die Zufahrt getragen wurde –, verloren aber kein Wort darüber. Als Lola schließlich etwas sagte, klang sie sehr nachdenklich, als hätte sie die tückischen Strömungen einiger Gegenargumente ausgelotet.

»Aber das ergibt doch keinen Sinn. Er ist ein enger Freund der Familie. Er ist es bestimmt nicht gewesen.«

Briony murmelte: »Das würdest du nicht sagen, wenn du mit mir in der Bibliothek gewesen wärest.«

Lola seufzte und schüttelte langsam den Kopf, als versuchte sie, sich mit der unannehmbaren Wahrheit abzufinden.

Wieder schwiegen sie, und sie hätten vielleicht noch länger da gesessen, wäre nicht die Feuchtigkeit gewesen – für Tau war es noch etwas zu früh –, die sich langsam über das Gras legte, während der Himmel aufklarte und die Temperatur sank.

Als Briony ihre Kusine flüsternd fragte: »Glaubst du, du schaffst es?«, nickte diese tapfer. Briony half ihr auf, und dann gingen sie – erst Arm in Arm, dann stützte sich Lola mit ihrem Gewicht auf Brionys Schulter ab – über das Gras auf die Brücke zu. Sie kamen an den Rand der Böschung, und dort begann Lola schließlich doch noch zu weinen.

»Ich komm da nicht rauf«, brachte sie mühsam hervor, »ich bin einfach zu schwach.« Sicher wäre es besser, dachte Briony, wenn sie zum Haus liefe und Hilfe holte. Gerade wollte sie Lola ihre Absicht erklären und der Kusine einen bequemen Platz zum Ausruhen suchen, da hörte sie oben auf dem Weg Stimmen, und Fackellicht blendete sie. Ein Wunder, dachte Briony, als sie die Stimme ihres Bruders erkannte. Wie ein echter Held kam er mit wenigen, mühelosen Schritten die Böschung herab und nahm, ohne zu fragen, Lola wie ein kleines Kind auf den Arm. Cecilia rief nach ihnen, die Stimme heiser vor Sorge, doch gab ihr niemand Antwort. Mit raschen Sätzen eilte Leon den Abhang bereits wieder hinauf, so daß Briony nur mit Mühe Schritt halten konnte. Bevor sie aber den Weg erreichten und noch ehe er Lola wieder absetzen konnte, hatte ihm Briony erzählt, was vorgefallen war, genau so, wie sie es gesehen hatte.

Vierzehn

Die Erinnerungen an das Verhör, die schriftlichen und mündlichen Zeugenaussagen oder ihre ehrfürchtige Scheu vor dem Gerichtssaal, zu dem sie als Minderjährige keinen Zutritt hatte, sollten sie in den folgenden Jahren längst nicht so quälen wie die Tatsache, daß sie jenen späten Abend und die frühe Morgendämmerung nur bruchstückhaft zusammensetzen konnte. Wie Schuldgefühle doch die Selbstfolter verschärften, wie sie die Einzelheiten gleich Perlen auf eine Endlosschleife zogen, die man sein Leben lang wie einen Rosenkranz befingerte.

Endlich im Haus zurück, begann eine traumgleiche Zeit der Tränen, ernst dreinblickenden Neuankömmlinge, gedämpften Stimmen und hastigen Schritte über den Flur, aber auch der eigenen, schändlichen Erregtheit, die Briony die Schläfrigkeit vergessen ließ. Natürlich war sie alt genug, um zu wissen, daß sich augenblicklich alles um Lola drehte, doch wurde diese umgehend von mitfühlenden, weiblichen Händen ins Schlafzimmer geführt, um dort auf den Arzt und die Untersuchung zu warten. Vom Fuß der Treppe aus sah Briony, wie Lola nach oben ging, laut schluchzend, flankiert von Emily und Betty und gefolgt von einer Waschschüssel und Handtücher tragenden Polly. Durch den Abgang ihrer Kusine stand Briony nun allein im Rampenlicht der allgemeinen Aufmerksamkeit – von Robbie war noch nichts zu sehen –, und sie fand, daß es zu ihrer neugewonnenen Reife paßte, wie man plötzlich auf sie hörte, sich nach ihr richtete und ihr immer wieder behutsam zuredete.

Etwa um diese Zeit hielt ein Humber vor dem Haus, dann wurden zwei Polizeiinspektoren und zwei Wachtmeister hereingeführt. Briony war ihre einzige Zeugin, und sie zwang sich, ruhig und gefaßt mit ihnen zu sprechen. Ihre entscheidende Rolle stärkte ihre Gewißheit. Dies geschah noch in den wirren Stunden vor den eigentlichen Verhören, sie stand den Polizeibeamten im Flur gegenüber, flankiert von Leon und ihrer Mutter. Wie war Emily bloß so rasch von Lolas Bett nach unten gekommen? Der leitende Beamte hatte ein ernstes, zerfurchtes Gesicht, das aussah, als wäre es aus rauhem Granit gemeißelt. Briony hatte Angst, dieser ungerührt beobachtenden Maske ihre Geschichte zu erzählen, beim Reden aber schien eine Last von ihr abzufallen, und ein warmes, devotes Gefühl breitete sich vom Bauch her in all ihre Glieder aus. Es war wie Liebe, eine plötzliche Liebe für diesen wachsamen Mann, der bedingungslos für die Sache der Gerechtigkeit eintrat, der zu jeder Zeit bereit war, in ihrem Namen in den Kampf zu ziehen, assistiert von aller menschlichen Macht und allem menschlichen Wissen. Unter seinem nüchternen Blick zog sich ihre Kehle zusammen, und ihre Stimme versagte. Sie wünschte sich, der Inspektor würde sie umarmen, sie trösten und ihr vergeben, wie schuldlos sie auch immer sein mochte. Doch er schaute sie nur an und hörte zu. *Er ist es gewesen. Ich habe ihn gesehen.* Ihre Tränen waren ein weiterer Beleg für die Wahrheit, die sie empfand und aussprach, als aber die Hand der

Mutter ihren Nacken streichelte, brach sie völlig zusammen und wurde in den Salon geführt.

Doch wenn sie dort von ihrer Mutter auf dem Chesterfield-Sofa getröstet wurde, wieso erinnerte sie sich dann an die Ankunft von Dr. McLaren mit seiner schwarzen Weste, dem altmodisch aufgestellten Hemdkragen, Arztkoffer in der Hand, der schon die drei Geburten und sämtliche Kinderkrankheiten in der Familie Tallis miterlebt hatte? Leon besprach sich mit dem Arzt, beugte sich zu ihm vor und murmelte ihm eine männlich knappe Zusammenfassung der Ereignisse ins Ohr. Wo war nur Leons Unbeschwertheit geblieben? Diese leise Konsultation war typisch für die folgenden Stunden. Jeder Neuankömmling wurde solcherart instruiert; und die Leute – Polizei, der Arzt, Familienmitglieder, Dienstboten – standen in Grüppchen beieinander, die sich auflösten und sich in anderen Zimmerecken, im Flur und draußen hinter der Terrassentür wieder neu bildeten. Nichts wurde zusammengetragen oder öffentlich ausgesprochen. Alle kannten die schrecklichen Einzelheiten einer Vergewaltigung, doch blieben sie jedermanns Geheimnis, das man sich in immer wieder neu zusammengesetzten Gruppen zuflüsterte, um gleich darauf wichtigtuerisch neuen Aufgaben entgegenzueilen.

Möglicherweise weit ernster war der Fall der vermißten Kinder, doch galt allgemein die wie eine Zauberformel wiederholte Ansicht, daß die Jungen sicher wohlbehalten irgendwo im Park schliefen. So konzentrierte sich die Aufmerksamkeit auf das tragische Mißgeschick des Mädchens oben im Schlafzimmer.

Paul Marshall kehrte von seiner Suche zurück und wurde von den Polizeiinspektoren unterrichtet. Er ging mit ihnen die Terrasse auf und ab, einen Beamten an jeder Seite, und bot ihnen Zigaretten aus einem Goldetui an. Im Anschluß an ihr Gespräch klopfte er dann dem ranghöheren Beamten auf die Schulter und schien ihn wieder an seine Arbeit zu schicken. Danach kam er ins Haus, um sich mit Emily Tallis zu besprechen. Leon geleitete den Arzt nach oben, der einige Zeit später wieder herunterkam und durch seine Konfrontation mit dem Mittelpunkt all ihrer Sorgen auf unbestimmte Weise an Autorität noch gewonnen zu haben schien. Er hielt ebenfalls sofort eine längere Beratung mit den beiden Zivilbeamten ab, gleich darauf mit Leon und anschließend mit Leon und Mrs. Tallis. Bevor er ging, legte er Briony seine vertraute, schmale, trockene Hand auf die Stirn, prüfte ihren Puls und war zufrieden. Dann griff er nach der Tasche und erteilte, ehe er verschwand, an der Haustür noch einige letzte gemurmelte Ratschläge.

Wo aber war Cecilia? Sie hielt sich am Rand des Geschehens auf, sprach mit niemandem und rauchte ununterbrochen, führte die Zigarette mit einer raschen, hungrigen Bewegung an die Lippen und riß sie sich angewidert wieder aus dem Mund. Oder sie lief im Flur auf und ab und zerknüllte ein Taschentuch. Normalerweise hätte sie in einer solchen Situation das Heft in die Hand genommen, hätte sich um Lolas Behandlung gekümmert, ihre Mutter getröstet, den Empfehlungen des Arztes gelauscht und sich mit Leon beraten. Briony stand in der Nähe, als ihr Bruder kam, um mit Cecilia zu reden, doch die wandte sich von ihm ab, unfähig, ihm zu helfen oder auch nur ein Wort zu sagen. Gänzlich ungewohnt aber war, daß ihre Mutter in der Not über sich hinauswuchs, keine Migräne hatte und auch nicht allein sein mußte. Ihre Autorität schien sogar stärker zu werden, je mehr sich ihre ältere Tochter in ihrem Kummer verlor. Es gab Momente, da sah Briony, wenn sie gebeten wurde, ihren Bericht oder eine Einzelheit zu wiederholen, wie ihre Schwester bis auf Hörweite herankam und sie mit düsteren, glühenden Blicken musterte. Beunruhigt hielt sich Briony eng an ihre Mutter. Cecilias Augen waren blutunterlaufen. Und während sich die übrigen Anwesenden in Gruppen murmelnd unterhielten, ging sie ruhelos auf und ab, von einem Zimmer ins andere, oder stand, mindestens zweimal, draußen vor der Haustür. Nervös ließ sie das Taschentuch von einer Hand in die andere wandern, wickelte es auf, rollte es wieder auseinander, ballte es zusammen, nahm es erneut in die andere Hand und steckte sich eine Zigarette an. Als Betty und Polly Tee servierten, rührte sie ihn nicht an.

Man meldete nach unten, daß das vom Arzt verabreichte Beruhigungsmittel wirke und Lola eingeschlafen sei, eine Neuigkeit, die vorübergehend für eine gewisse Erleichterung sorgte. Ausnahmsweise hatten sich alle im Salon versammelt, um dort still und erschöpft den Tee zu sich zu nehmen. Niemand sprach es aus, aber man wartete auf Robbie. Außerdem rechnete man jeden Augenblick mit der Ankunft von Mr. Tallis aus London. Leon und Marshall beugten sich über eine Karte vom Park, die sie für den Inspektor gezeichnet hatten. Der nahm sie, warf einen Blick darauf und reichte sie seinem Assistenten. Die beiden Wachtmeister waren nach draußen geschickt worden, um bei der Suche nach

Pierrot und Jackson zu helfen, darüber hinaus hatte man offenbar weitere Polizisten zum Pförtnerhaus geschickt für den Fall, daß Robbie dorthin zurückkehren würde. Cecilia saß auf dem Cembalohocker, abseits, genau wie Marshall. Einmal stand sie auf, um sich von ihrem Bruder Feuer geben zu lassen, doch der Chefinspektor kam ihm zuvor. Briony saß neben ihrer Mutter auf dem Sofa, und Betty und Polly reichten das Tablett herum. Später konnte Briony sich nicht daran erinnern, was sie auf den Gedanken gebracht hatte. Wie aus dem Nichts kam ihr eine außerordentlich klare, bestechende Idee, sie brauchte nicht einmal ihre Absicht kundzutun oder ihre Schwester um Erlaubnis zu fragen. Ein schlagender Beweis, vollkommen unabhängig von ihrer eigenen Version der Ereignisse. Ein unumstößlicher Beleg. Oder ein Indiz für ein weiteres Verbrechen. Man fuhr erschreckt zusammen, als ihr Geistesblitz sie aufspringen ließ; fast hätte sie ihrer Mutter die Teetasse vom Schoß gestoßen.

Sie sahen ihr nach, wie sie aus dem Salon lief, doch fragte niemand, was los sei, so groß war die allgemeine Erschöpfung. Briony dagegen nahm zwei Stufen auf einmal, getrieben von dem Gefühl, etwas tun zu können, gut sein zu können, mit einer Überraschung herausplatzen zu können, die ihr nur Lob einbringen konnte. Es war fast wie an Heiligabend, wenn man weiß, daß man ein Geschenk überreicht, das nur Freude bereiten kann, ein seliges Gefühl untadeliger Eigenliebe.

Sie rannte über den Flur im zweiten Stock in Cecilias Zimmer. Wie konnte ihre Schwester bloß in einem solchen Saustall leben? Beide Schranktüren standen weit offen. Einzelne Kleider waren vorgezogen, andere hingen nur noch halb auf den Bügeln, und zwei lagen auf dem Boden, das eine schwarz, das andere rosa, seidige, edel aussehende, doch achtlos fallen gelassene Fähnchen. Verstreut um diese Haufen lagen einzelne Schuhe, so wie sie von den Füßen geschleudert worden waren. Briony bahnte sich einen Weg durch das Chaos zur Frisierkommode. Was hinderte Cecilia bloß daran, die Verschlüsse und Deckel ihrer Make-up-Döschen und Parfümfläschchen wieder zuzuschrauben? Warum machte sie nie ihren stinkenden Aschenbecher sauber? Warum schüttelte sie ihr Bett nicht auf oder öffnete die Fenster, um frische Luft einzulassen? Die erste Schublade, in der sie nachsah, ließ sich nur wenige Zentimeter weit öffnen – sie klemmte, zum Bersten voll mit Schachteln und Tuben. Sicher, Cecilia war zehn Jahre älter, aber irgendwie war sie doch ein hoffnungsloser Fall. Und obwohl sich Briony vor Cecilias wildem Blick fürchtete, war sie überzeugt, das Richtige zu tun, als sie eine weitere Schublade aufzog; schließlich war sie ihretwegen hier und nutzte den eigenen klaren Kopf nur zum Besten ihrer Schwester.

Als sie fünf Minuten später triumphierend wieder in den Salon kam, schenkte ihr niemand Beachtung, und alles war unverändert – müde, bekümmerte Erwachsene nippten an ihrem Tee oder rauchten stumm eine Zigarette. Vor lauter Aufregung hatte sie gar nicht überlegt, wem sie den Brief geben sollte; ihre Phantasie hatte ihr vorgegaukelt, daß ihn alle zugleich lesen könnten. Sie beschloß, ihn Leon anzuvertrauen, und ging durch das Zimmer auf ihren Bruder zu, doch als sie vor den drei Männern stand, änderte sie ihre Meinung und schob das gefaltete Papier in die Hände des

Polizisten mit dem Granitgesicht. Falls er überhaupt eine andere Miene aufsetzen konnte, tat er das jedenfalls nicht, als er den Brief entgegennahm, auch nicht, als er ihn las, was unglaublich rasch geschah, beinahe auf einen Blick. Er schaute sie an, dann sah er zu Cecilia hinüber, die ihr Gesicht abgewandt hatte. Mit einer sparsamen Handbewegung bedeutete er dem anderen Polizisten, den Brief ebenfalls zu lesen. Kaum war der damit fertig, wurde er Leon weitergereicht, der einen Blick darauf warf, ihn zusammenfaltete und dem leitenden Beamten zurückgab. Briony beeindruckte diese wortlose Reaktion – welche Souveränität diese drei Männer doch ausstrahlten. Erst jetzt wurde Emily Tallis auf den Gegenstand des Interesses aufmerksam. Auf ihre eher beiläufige Frage aber antwortete Leon: »Es ist nur ein Brief.«

»Gib ihn her, ich werde ihn lesen.«

Zum zweiten Mal an diesem Abend sah Emily sich gezwungen, in ihrem Haus kursierende Schriftstücke einzufordern. Als Briony merkte, daß von ihr nichts weiter erwartet wurde, verzog sie sich auf das Chesterfield-Sofa, um aus dem Blickwinkel ihrer Mutter das Unbehagen in den Mienen der Männer zu beobachten.

»Ich werde ihn lesen.«

Ihr scheinbar gleichgültiger Tonfall verhieß nichts Gutes. Leon zuckte die Achseln und zwang sich zu einem entschuldigenden Lächeln – was sollte er auch einwenden? – und Emilys nachsichtiger Blick wanderte zu den beiden Inspektoren. Sie gehörte einer Generation an, die Polizisten, gleich welchen Ranges, wie Gesinde behandelte. Also ging der jüngere Inspektor, einem Kopfnicken seines Vorgesetzten gehorchend, zu ihr und reichte ihr das Papier. Endlich wurde auch Cecilia stutzig, die in Gedanken weit fort gewesen sein mußte. Als gleich darauf der Brief offen im Schoß ihrer Mutter lag, sprang sie von ihrem Cembalohocker auf und stürzte darauf zu.

»Wie könnt ihr es wagen! Wie könnt ihr nur!«

Leon war ebenfalls aufgestanden und hob beschwichtigend die Hände. »Cee…«

Als sie ihrer Mutter den Brief mit einem Satz entreißen wollte, standen ihr allerdings nicht nur ihr Bruder, sondern auch die beiden Polizisten im Weg. Marshall war ebenfalls in der Nähe, mischte sich aber nicht ein.

»Er gehört mir«, rief sie. »Dazu habt ihr kein Recht!«

Emily blickte nicht einmal von ihrer Lektüre auf, sie nahm sich die Zeit, den Brief mehrere Male aufmerksam zu lesen.

Als sie schließlich fertig war, parierte sie die Empörung ihrer Tochter mit ihrer eignen kalten Wut. »Wenn du getan hättest, was sich gehört, meine junge, so überaus gebildete Dame, dann wärest du hiermit zu mir gekommen, und wir hätten rechtzeitig etwas dagegen unternommen. Deiner Kusine wäre dieser Alptraum dann erspart geblieben.«

Einen Moment lang stand Cecilia allein mitten im Raum, fuchtelte mit den Fingern der rechten Hand vor ihren Gesichtern herum und starrte sie der Reihe nach an, unfähig zu begreifen, was sie mit diesen Menschen verband, unfähig, ihnen auch nur ansatzweise zu erzählen, was sie wußte. Und obwohl sich Briony durch die Reaktion der Erwachsenen bestätigt fühlte und spürte, wie sich eine süße Glut in ihrem Innern auszubreiten begann, war sie doch froh, neben ihrer

Mutter auf dem Sofa zu sitzen und wenigstens teilweise durch die vor ihr stehenden Männer vor der rotäugigen Verachtung ihrer Schwester geschützt zu sein. Mehrere Sekunden lang ließ Cecilia sie nicht aus den Augen, dann drehte sie sich um und lief aus dem Zimmer. Auf dem Flur stieß sie einen lauten Verzweiflungsschrei aus, der über die nackten Bodenfliesen hallte. Dann hörte man sie die Treppe hinaufgehen, und im Salon machte sich ein Gefühl von Erleichterung, ja fast von Erlösung breit. Als Briony wieder einfiel, sich nach dem Brief umzusehen, hielt Marshall ihn in Händen und gab ihn gerade dem Inspektor zurück, der ihn ungefaltet in einen Hefter legte, den der jüngere Polizist für ihn aufhielt.

Die Stunden der Nacht vergingen wie im Flug, doch Briony wurde nicht müde. Niemand kam auf den Gedanken, sie ins Bett zu schicken. Nachdem Cecilia auf ihr Zimmer verschwunden war, ging Briony eine Ewigkeit später mit ihrer Mutter in die Bibliothek, um das erste offizielle Verhör mit der Polizei zu führen. Mrs. Tallis blieb stehen, während Briony auf der einen und die beiden Inspektoren auf der anderen Seite des Schreibtisches Platz nahmen. Der mit dem Gesicht wie aus uraltem Fels stellte die Fragen und erwies sich als ein unendlich gütiger Mann, der seine bedächtigen Fragen mit einer heiseren Stimme vorbrachte, die zugleich sanft und traurig klang. Da Briony ihnen die Stelle zeigen konnte, an der Robbie über Cecilia hergefallen war, gingen sie alle zu besagter Ecke in der Bibliothek, um den Tatort genauer in Augenschein zu nehmen. Briony zwängte sich zwischen die Regale, mit dem Rücken zu den Büchern, um ihnen zu zeigen, wo ihre Schwester gestanden hatte, und entdeckte durch die Scheiben der hohen Bibliotheksfenster den ersten dunkelblauen Schimmer der Morgendämmerung. Anschließend trat sie wieder aus der Ecke hervor, drehte sich um, nahm die Position des Angreifers ein und zeigte ihnen dann noch, wo sie selbst gestanden hatte.

Emily fragte: »Aber warum hast du mir nichts gesagt?«

Die Polizisten schauten Briony an und warteten.

Es war eine gute Frage, aber ihr wäre nie eingefallen, ihre Mutter zu belästigen. Das hätte nur zu einem neuen Migräneanfall geführt. »Wir wurden zum Essen gerufen, und dann sind die Zwillinge weggelaufen.«

Sie erklärte ihnen, wie ihr der Brief in der Dämmerung auf der Brücke überreicht worden war. Was hatte sie veranlaßt, ihn zu öffnen? Es war nicht einfach, jenen impulsiven Augenblick zu beschreiben, in dem sie sich geweigert hatte, über die Folgen ihres Tuns nachzudenken, den Polizisten klarzumachen, daß die Romanschriftstellerin, die sie erst an diesem Tag geworden war, unbedingt alles wissen, alles verstehen mußte, was ihr widerfuhr.

Sie sagte: »Ich weiß nicht. Ich war schrecklich neugierig. Ich hasse mich dafür.«

Etwa zu diesem Zeitpunkt steckte ein Wachtmeister den Kopf durch die Tür, um ihnen eine Neuigkeit mitzuteilen, die sich nahtlos in die Katastrophen dieser Nacht einzureihen schien. Der Fahrer von Mr. Tallis hatte aus einer Telefonzelle in der Nähe vom Flughafen Croydon angerufen. Der Wagen der Regierung, den der Minister freundlicherweise kurzerhand zur Verfügung gestellt hatte, war in der Vorstadt liegengeblieben. Jack Tallis schlief auf dem Rücksitz unter einer Decke und würde seine Fahrt vermutlich am

Morgen mit dem ersten Zug fortsetzen. Nachdem diese Nachricht verdaut und gebührend beklagt worden war, lenkte man Brionys Aufmerksamkeit wieder behutsam auf den eigentlichen Schauplatz des Geschehens und die Ereignisse auf der Insel. In diesem frühen Stadium achtete der Inspektor sorgsam darauf, dem jungen Mädchen mit keinen allzu bohrenden Fragen zuzusetzen, so daß Briony dank seiner Rücksicht ihre Erzählung mit eigenen Worten formen und die entscheidenden Fakten unbeeinflußt vorbringen konnte: Das Licht hatte gerade ausgereicht, um ein vertrautes Gesicht erkennen zu können; als er vor ihr zurückwich und über die Böschung lief, waren ihr auch seine Körpergröße und Bewegungen vertraut vorgekommen.

»Also hast du ihn gesehen.«

»Ich wußte, daß er es war.«

»Vergessen wir mal, was du gewußt hast. Du hast gesagt, du hättest ihn gesehen.«

»Ja, ich habe ihn gesehen.«

»So wie du mich siehst?«

»Ja.«

»Du hast ihn mit deinen eigenen Augen gesehen?«

»Ja, ich habe ihn gesehen. Ich habe ihn gesehen.«

Damit war das erste offizielle Verhör beendet. Während sich Briony in den Salon setzte und zu guter Letzt doch noch ihre Müdigkeit spürte, aber nicht zu Bett gehen wollte, wurde ihre Mutter befragt, anschließend Leon und Paul Marshall. Dann brachte man den alten Hardman und seinen Sohn Danny zum Verhör. Briony hörte, wie Betty sagte, daß Danny den ganzen Abend daheim bei seinem Vater gewesen sei, was dieser auch bezeugen könne. Diverse Polizisten kehrten von der Suche nach den Zwillingen zurück und wurden in die Küche geführt. Briony ahnte, daß Cecilia sich in dieser konfusen, erinnerungslosen Zeit der frühen Dämmerung weigerte, ihr Zimmer zu verlassen, nach unten zu kommen und sich ausfragen zu lassen, doch sollte man ihr in den folgenden Tagen keine Wahl lassen. Als sie schließlich ihre eigene Version dessen vorbrachte, was sich in der Bibliothek ereignet hatte – auf ihre Weise viel schockierender als Brionys Geschichte, selbst wenn das Ganze auf gegenseitigem Einverständnis beruht hatte –, bestätigte sie damit doch nur den Eindruck, den man sich inzwischen allgemein gemacht hatte: Mr. Turner war ein gefährlicher Mann. Cecilias wiederholter Hinweis, daß sie sich lieber Danny Hardman vorknöpfen sollten, wurde schweigend zur Kenntnis genommen. Es war verständlich, wenn auch ein wenig geschmacklos, daß diese junge Frau ihren Freund zu decken versuchte, indem sie einen unschuldigen Jungen verdächtigte.

Kurz nach fünf, als man gerade das Frühstück servieren wollte – zumindest für die Polizisten, da sonst niemand hungrig war –, machte das Wort die Runde, daß eine Gestalt, möglicherweise Robbie, durch den Park auf das Haus zukam. Vermutlich hatte jemand aus einem Fenster im oberen Stock gesehen und ihn entdeckt. Briony wußte nicht, wie es kam, daß sie nach draußen gehen wollten, um ihn dort zu erwarten, aber plötzlich waren alle da, die Familie, Paul Marshall, Betty und ihre Gehilfen, die Polizisten, ein vor der Haustür versammeltes Empfangskomitee. Nur Lola in ihrem Betäubungsschlaf und Cecilia in ihrer Wut waren oben geblieben. Möglicherweise hatte Mrs. Tallis Robbies verderblichen Einfluß nicht mehr in ihrem Haus haben wollen. Oder der Inspektor hatte eine gewaltsame Auseinandersetzung befürchtet, mit der man im Freien besser fertig werden konnte. Selbst eine Verhaftung ließe sich hier leichter vornehmen. Jedenfalls war der Zauber der Dämmerung mittlerweile verflogen, und ein grauer Morgen breitete sich aus, bemerkenswert nur durch den hochsommerlichen Nebel, den die Sonne sicherlich bald fortgebrannt haben würde.

Zuerst sahen sie gar nichts, obwohl Briony meinte, das Geräusch von Schritten auf der Zufahrt hören zu können. Dann hörten es alle, und leises Gemurmel und eine allgemeine Unruhe kamen auf, als man in gut dreißig Meter Entfernung eine undefinierbare Gestalt entdeckte, kaum mehr als ein gräulicher Fleck im weißen Nebel. Als der Fleck Form annahm, verstummte die Gruppe wieder. Niemand wußte recht zu deuten, was dort auftauchte. Bestimmt spielte ihnen Licht oder Nebel bloß einen Streich. In einer Zeit der Telefone und Motorwagen glaubte doch niemand mehr, daß im übervölkerten Surrey noch zweieinhalb Meter große Riesen existierten. Aber da kam einer, eine Erscheinung, ebenso unmenschlich wie zielstrebig. Dieses Etwas konnte es einfach nicht geben, und zugleich war es nicht zu übersehen und kam direkt auf sie zu. Betty – von der man wußte, daß sie Katholikin war – bekreuzigte sich, die kleine Gruppe scharte sich dichter um die Haustür. Nur der dienstältere Inspektor ging einige Schritte vor, und im selben Augenblick löste sich das Rätsel. Den entscheidenden Hinweis gab eine zweite, zwergenhafte Gestalt, die neben der ersten hertrottete. Dann war es nicht länger zu übersehen – es war Robbie, der einen Jungen auf der Schulter trug und den anderen an der Hand hielt und hinter sich herzog. Als er nur noch etwa zehn Meter entfernt war, blieb er stehen und schien etwas sagen zu wollen, wartete dann aber auf den Inspektor und die übrigen Polizisten, die ihm entgegeneilten. Der Junge auf seinen Schultern schien zu schlafen. Der andere Junge lehnte den Kopf an Robbies Hüfte und preßte dessen Hand an seine Brust, als wollte er sich schützen oder daran wärmen.

Im ersten Moment empfand Briony Erleichterung darüber, daß die Jungen wohlauf waren. Doch als sie Robbie sah, wie er da seelenruhig auf die Polizisten wartete, packte sie plötzlich die Wut. Glaubte er denn, sein Verbrechen ließe sich mit dieser netten Gefälligkeit, diesem Auftritt als Guter Hirte vertuschen? Das war doch wirklich ein unglaublich zynischer Versuch, Vergebung für etwas zu erringen, das niemals vergeben werden konnte. Wieder einmal wurde sie in ihrer Ansicht bestätigt, daß das Böse kompliziert und irreführend ist. Plötzlich spürte sie auf den Schultern die Hände ihrer Mutter, die sie unnachgiebig zum Haus umdrehten und Bettys Obhut anvertrauten. Emily wollte ihre Tochter möglichst weit fort von Robbie Turner wissen. Nun war es also doch Zeit fürs Bett geworden. Betty nahm sie fest an der Hand und führte sie ins Haus, während ihre Mutter und ihr Bruder sich um die Zwillinge kümmerten. Ein letzter Blick über die Schulter, als sie bereits durch die Tür gezogen wurde, zeigte ihr Robbie, wie er die Arme hob, als wollte er sich ergeben. Er stemmte den Jungen hoch, hievte ihn über seinen Kopf und stellte ihn behutsam auf den Boden.

Eine Stunde später lag sie in dem sauberen, weißen Baumwollnachthemd, das Betty für sie herausgesucht hatte, in ihrem Himmelbett. Die Vorhänge waren zugezogen, doch glitzerte an ihren Rändern Tageslicht, und obwohl ihr vor Müdigkeit fast schwindlig war, konnte sie nicht schlafen. Stimmen und Bilder reihten sich um ihr Bett, gereizte, nörgelnde Wesen, die drängelten oder miteinander verschmolzen und jedem ihrer Versuche widerstanden, ein wenig Ordnung ins Geschehene zu bringen. Waren sie wirklich alle Teil eines einzigen Tages, einer einzigen, durch keinen Schlaf unterbrochenen Zeitspanne, von den unschuldigen Proben für ihr Stück bis hin zu dem Riesen im Nebel? Die letzten Vorfälle waren einfach zu laut, zu ungreifbar gewesen, um verstanden werden zu können, doch spürte sie, daß sie gewonnen, ja, daß sie triumphiert hatte. Sie trat die Decke fort, drehte das Kissen um und suchte nach einem kühlen Fleck für ihre Wange. In ihrer Verfassung vermochte sie nicht genau zu sagen, was sie eigentlich gewonnen hatte, denn falls es eine gewisse Reife sein sollte, konnte sie jetzt nichts davon spüren: So kindlich, sogar hilflos fühlte sie sich vor lauter Schlafmangel, daß sie meinte, jeden Moment in Tränen ausbrechen zu müssen. Wenn es tapfer gewesen war, einen durch und durch bösen Menschen dingfest zu machen, dann war dieser Auftritt mit den beiden Zwillingen einfach schändlich von ihm. Sie fühlte sich betrogen. Wer würde ihr jetzt noch glauben, wenn Robbie als der freundliche Retter der entlaufenen Kinder dastand? Ihre Mühe, ihr Mut, ihre Besonnenheit, all das, was sie selbst getan hatte, um Lola nach Hause zu bringen – vergebens. Ohne Ausnahme würden sie ihr den Rücken zukehren, ihre Mutter, die Polizisten, ihr Bruder, und würden mit Robbie Turner irgendein erwachsenes Komplott aushecken. Sie sehnte sich nach ihrer Mutter, wollte die Arme um ihren Hals schlingen und ihr liebes Gesicht zu sich herabziehen, aber ihre Mutter würde jetzt nicht kommen, niemand würde zu Briony kommen, niemand würde jetzt noch mit ihr reden wollen. Sie verbarg ihr Gesicht im Kissen, ließ die Tränen hineinkullern und fühlte genau, daß alles noch viel schlimmer war, weil es keinen Zeugen für ihren Kummer gab.

Sie hatte etwa eine halbe Stunde im Halbdunkel gelegen und sich ihrem köstlichen Kummer hingegeben, als sie hörte, wie unter dem Fenster der Motor des Polizeiwagens angelassen wurde. Er rollte über den Kies und blieb erneut stehen. Gleich darauf folgte das Knirschen mehrerer Schritte, dann wurden Stimmen laut. Sie erhob sich und zog die Vorhänge beiseite. Es war noch nebelig, aber der Nebel war heller, fast, als würde er von innen erleuchtet, und sie kniff die Augen zusammen, um sich an sein grelles Licht zu gewöhnen. Alle vier Türen des Humbers waren geöffnet, drei Polizisten standen wartend daneben. Die Stimmen kamen aus einer Gruppe direkt unter ihr, gleich neben der Haustür, doch konnte sie niemanden sehen. Schließlich hörte sie wieder Schritte, und da tauchten sie auch schon auf, die zwei Inspektoren, Robbie in ihrer Mitte. Mit Handschellen! Er hielt die Hände nach vorn, und von ihrem erhöhten Platz konnte sie sogar den silbrigen Stahlschimmer um die Manschetten erkennen. Was für eine Schande, dachte sie entsetzt. Doch auch dies bestätigte seine Schuld, und seine Strafe begann. Es schien, als wäre es die ewige Verdammnis.

Sie gingen zum Wagen und blieben stehen. Robbie wandte sich halb um, aber Briony konnte sein Gesicht nicht erkennen. Er stand aufrecht, war mehrere Zentimeter größer als der Inspektor und reckte den Kopf. Vielleicht war er ja stolz auf das, was er getan hatte. Einer der Polizisten setzte sich auf den Fahrersitz. Der jüngere Inspektor ging um den Wagen herum zur hinteren Tür auf der anderen Seite, und sein Vorgesetzter wollte Robbie auf den Rücksitz bugsieren, als direkt unter Brionys Fenster ein heftiger Tumult ausbrach, ein scharfer Ruf ertönte, offenbar von Emily Tallis, und eine Gestalt plötzlich auf den Wagen zurannte, so rasch, wie dies in einem engen Kleid eben möglich war. Kurz vor dem Wagen wurde Cecilia langsamer. Robbie drehte sich um und ging ihr einen halben Schritt entgegen; der Inspektor aber wich, wie Briony erstaunt bemerkte, ein Stück zurück. Obwohl die Handschellen nicht zu übersehen waren, schien Robbie sich weder zu schämen noch die Fesseln zu spüren, als er vor Cecilia stand und sich mit ernstem Gesicht anhörte, was sie zu sagen hatte. Die Polizisten schauten ungerührt zu. Falls ihre Schwester ihm die heftigen Vorhaltungen machte, die er zu hören verdiente, verriet er dies jedoch mit keiner Miene. Briony fand, daß Cecilia, obwohl sie ihr den Rücken zukehrte, sich ebenfalls ziemlich unaufgeregt mit ihm unterhielt. Allerdings würden ihre Anschuldigungen sicherlich viel heftiger wirken, wenn sie mit leiser Stimme vorgebracht wurden. Jetzt standen sie eng beieinander, und Robbie erwiderte einige Worte, hob die gefesselten Hände und ließ sie wieder sinken. Cecilia berührte sie kurz, spielte dann mit den Fingern an seinem Revers, griff fest zu und schüttelte ihn sanft. Beinahe eine zärtliche Geste, dachte Briony und fand es ergreifend, daß ihre Schwester offenbar bereit war, Robbie zu vergeben, falls es denn darum ging. Um Vergebung. Das Wort hatte ihr bis zum heutigen Tag nicht viel bedeutet, obwohl sein Loblied in Schule oder Kirche tausendfach gesungen worden war. Ihre Schwester aber hatte schon immer darüber Bescheid gewußt. Nun, sicher war da so manches, was Briony nicht über ihre Schwester wußte. Doch sie hatten Zeit. Diese Tragödie würde sie gewiß noch enger zusammenschweißen.

Scheinbar fand der freundliche Inspektor mit dem Granitgesicht, daß er nachsichtig genug gewesen war, denn er trat nun vor, wischte Cecilias Hand beiseite und drängte die beiden auseinander. Rasch rief ihr Robbie noch etwas über die Schulter des Beamten zu und drehte sich dann zum Wagen um. Der Inspektor hob fürsorglich eine Hand, legte sie Robbie auf den Kopf und preßte ihn nachdrücklich nach unten, damit er sich nicht anstieß, wenn er sich bückte, um auf dem Rücksitz Platz zu nehmen. Die beiden Inspektoren zwängten sich links und rechts von ihrem Gefangenen ins Auto. Die Tür schlug zu, und der zurückgelassene Beamte hob salutierend die Hand an den Helm, als der Wagen davonfuhr. Cecilia blieb, wo sie war, blickte die Zufahrt hinunter und sah still dem Wagen nach, doch ein Zucken ihrer Schultern verriet, daß sie weinte, und Briony wußte, sie hatte ihre Schwester noch nie so geliebt wie eben jetzt.

Damit hätte er enden sollen, dieser nahtlose, um eine Sommernacht verlängerte Tag; er hätte damit aufhören sollen, daß der Humber in der Ferne verschwand. Doch eine letzte Begegnung stand noch aus. Der Wagen war keine zehn Meter weit gefahren, als er wieder langsamer wurde. Eine

Gestalt, die Briony zuvor nicht aufgefallen war, ging ihm mitten auf der Zufahrt entgegen und machte keinerlei Anstalten, zur Seite auszuweichen. Es war eine Frau, ziemlich klein, mit kurzen, tippelnden Schritten. Sie trug ein geblümtes Kleid, und eine Hand umklammerte etwas, das auf den ersten Blick wie ein Stock aussah, tatsächlich aber ein Männerschirm mit einem als Gänsekopf geformten Griff war. Der Wagen hielt an. Die Hupe ertönte, als die Frau näher kam und direkt vor dem Kühlergrill stehenblieb. Es war Grace Turner, Robbies Mutter. Sie hob den Schirm und schrie. Der Polizist auf dem Beifahrersitz war ausgestiegen und redete auf sie ein, dann faßte er sie am Ellbogen. Ein zweiter Polizist – derjenige, der salutiert hatte – kam angelaufen. Mrs. Turner riß ihren Arm los, hob erneut den Schirm, diesmal mit beiden Händen, und ließ ihn, Gänsekopf voran, mit einem Knall wie ein Pistolenschuß auf die blitzende Motorhaube des Humbers niedersausen. Als die Beamten sie halb schiebend, halb tragend an den Wegrand drängten, schrie sie ein einzelnes Wort so laut, daß Briony es in ihrem Schlafzimmer verstehen konnte.

»Lügner! Lügner! Lügner!« brüllte Mrs. Turner immer wieder.

Mit weitgeöffneter Beifahrertür rollte der Wagen langsam an ihr vorbei und hielt noch einmal an, um den Polizisten wieder einsteigen zu lassen. Sein Kollege hatte Mühe, die Frau zu bändigen. Sie konnte noch einmal ausholen, doch prallte der Schlag am Wagendach ab. Dann entwand er ihr den Schirm und warf ihn über die Schulter hinter sich ins Gras.

»Lügner! Lügner!« rief Grace Turner immer wieder,

rannte verzweifelt dem entschwindenden Wagen hinterher, blieb einige Schritte später stehen, die Hände in die Hüften gestemmt, und sah ihm nach, wie er über die erste Brücke fuhr, dann über die zweite und schließlich im Weiß verschwand.

ZWEITER TEIL

Entsetzliches gab es genug, doch waren es die unvermuteten Einzelheiten, die ihn zermürbten und nicht mehr losließen. Als sie nach einem gut fünf Kilometer langen Marsch auf schmaler Straße zu einem Bahnübergang kamen, sah er, daß der Pfad, den er gesucht hatte, sich nach rechts davonschlängelte, abfiel und dann zu jenem Wäldchen anstieg, das den flachen Hügel im Nordwesten bedeckte. Sie waren stehengeblieben, damit er auf der Karte nachsehen konnte. Aber die war nicht da, wo sie sein sollte. Sie war nicht in seiner Tasche und steckte auch nicht in seinem Gürtel. Hatte er sie verloren, sie bei der letzten Rast liegengelassen? Er warf den Militärmantel ab und griff in seine Jacke. Dann entdeckte er sie. Er hielt die Karte in der linken Hand, und dort mußte sie seit über einer Stunde gewesen sein. Er blickte zu den anderen beiden hinüber, aber die hatten ihm den Rücken zugedreht, standen jeder für sich und rauchten stumm. Sie war immer noch in seiner Hand. Er hatte sie den Fingern eines Hauptmanns der Royal West Kents entwunden, der in einem Graben gelegen hatte, irgendwo vor – wo eigentlich? Es gab nicht viele solcher Karten von der Etappe. Er hatte dem Toten auch die Pistole abgenommen, dabei wollte er sich gar nicht als Offizier ausgeben. Er hatte sein Gewehr verloren und wollte nur überleben.

Der gesuchte Pfad begann vor einem zerbombten Haus,

ziemlich neu, vermutlich ein Bahnwärterhaus, seit dem letzten Mal wiederaufgebaut. Um eine Pfütze in einer Reifenfurche entdeckte er Tierspuren im Schlamm. Bestimmt Ziegen. Überall lagen gestreifte Tuchfetzen mit angesengten Rändern, Reste von Vorhängen oder Kleidern; ein zerschmetterter Fensterrahmen hing über einem Busch, und es roch nach feuchtem Ruß. Dies war ihr Pfad, ihre Abkürzung.

Er faltete die Karte zusammen, bückte sich nach seinem Mantel, richtete sich wieder auf und warf ihn sich um die Schultern, als er es sah. Die beiden anderen spürten seine Bewegung, drehten sich um und folgten seinem Blick. Es hing ein Bein in einem Baum, einer ausgewachsenen Platane, die gerade erst neue Blätter getrieben hatte. Das Bein hing knapp sieben Meter hoch, eingekeilt in der ersten Astgabel, nackt, sauber überm Knie abgetrennt. Von ihrem Platz aus war kein Zeichen von Blut oder zerfetzter Haut zu erkennen. Es war ein vollkommenes Bein, bleich, glatt, klein genug, um einem Kind gehören zu können. Wie es da in der Astgabel steckte, sah es aus, als wäre es zu ihrer Besinnung oder ihrer Belehrung ausgestellt: Dies ist ein Bein.

Die beiden Unteroffiziere gaben einen angewiderten Laut von sich und nahmen ihre Sachen. Sie wollten damit nichts zu tun haben. In den letzten Tagen hatten sie genug gesehen.

Nettle, der Lastwagenfahrer, nahm sich noch eine Zigarette und fragte: »Und? Wo geht's weiter, Boss?«

Sie nannten ihn so, um das schwierige Problem mit seinem Rang zu umgehen. Hastig bog er in den Pfad ein, rannte fast. Er wollte weiter, wollte ihrem Blick entkommen. Damit er kotzen oder kacken konnte, was, wußte er selbst nicht. Hinter einer Scheune, neben einem Stapel zerbrochener Dachpfannen, begann sein Körper mit ersterem. Er war durstig, er konnte es sich nicht leisten, die Flüssigkeit zu verlieren. Er trank aus der Feldflasche, ging um die Scheune herum und nutzte diesen Augenblick des Alleinseins, um sich die Wunde anzusehen. Sie war rechts, gleich unterhalb der Rippenbögen, knapp halb so groß wie eine Münze. Und sie hatte gar nicht mal schlimm ausgesehen, als er gestern das getrocknete Blut abgewaschen hatte. Die Haut war leicht gerötet, aber nicht besonders stark geschwollen. Doch irgendwas steckte in ihm drin. Er konnte spüren, wie es sich beim Laufen bewegte. Vielleicht ein Schrapnellsplitter.

Als die Unteroffiziere ihn eingeholt hatten, war das Hemd wieder in die Hose gestopft, und er tat, als studiere er die Karte. In ihrer Gesellschaft war die Karte seine einzige Zuflucht.

»Weshalb die Eile?«

»Er hat ein paar Miezen gesehen.«

»Quatsch, es ist die Karte. Er hat wieder seine *Zweifel.*«

»Keine Zweifel, meine Herren. Das hier ist unser Weg.«

Er nahm sich eine Zigarette, und Unteroffizier Mace gab ihm Feuer. Damit sie nicht merkten, wie sehr seine Hände zitterten, ging Robbie Turner gleich weiter, und sie folgten ihm, wie sie ihm nun schon seit zwei Tagen folgten. Oder waren es drei? Er stand im Rang unter ihnen, aber sie folgten ihm und taten alles, was er vorschlug; bloß um ihren Stolz zu wahren, nahmen sie ihn manchmal auf den Arm. Wenn sie auf der Straße marschierten oder querfeldein liefen und er allzu lange schwieg, fragte Mace irgendwann:

»Na, Boss, denkste wieder an deine Mieze?« Und Nettle fiel ein: »Klar, Mann, verdammt, genau das macht er.« Sie waren Großstädter, die fürs Land nichts übrig hatten und sich dort verloren fühlten. Kompaßnadeln sagten ihnen nichts. Diesen Teil der Grundausbildung mußten sie irgendwie verpaßt haben. Sie hatten beschlossen, daß sie Robbie Turner brauchten, wenn sie es bis zur Küste schaffen wollten, aber einfach war es nicht für sie. Er benahm sich wie ein Offizier, hatte aber nicht einen einzigen Streifen. Als sie an ihrem ersten Abend im Fahrradschuppen einer ausgebrannten Schule übernachteten, hatte Unteroffizier Nettle gefragt: »Wie kommt es eigentlich, daß sich ein einfacher Schütze wie ein feiner Pinkel benimmt?«

Er schuldete ihnen keine Erklärung. Er hatte vor zu überleben, er hatte einen guten Grund zu überleben, und ihm war es egal, ob sie hinter ihm herliefen oder nicht. Beide Männer hatten noch ihre Gewehre, immerhin. Und Mace war ein Riese mit kräftigen Schultern und Händen, die gut anderthalb Oktaven auf dem Kneipenklavier umspannen konnten, auf dem er daheim spielte. Ihre Sticheleien machten ihm nichts aus. Während sie dem Pfad folgten und die Straße hinter sich ließen, wollte er nur so rasch wie möglich das Bein vergessen. Ein Weg mündete in ihren Pfad, der zwischen zwei Feldsteinmauern hindurch in ein Tal führte, das von der Straße aus nicht zu sehen gewesen war. Den braunen Fluß in der Talsohle überquerten sie auf Trittsteinen in einem dicken Teppich aus etwas, das wie winzige Wasserkresse aussah.

Ihr Weg wand sich nach Westen, als sie, immer noch zwischen alten Mauern, aus dem Tal aufstiegen. Vor ihnen begann der Himmel ein wenig aufzuklaren, dann glühte er wie eine Verheißung. Alles andere war grau. Als sie durch einen Kastanienhain gingen und sich dem Talende näherten, schob sich die versinkende Sonne unter der Wolkendecke hervor, tauchte das Land in helles Licht und blendete die drei ihr entgegenziehenden Soldaten. Wie schön es doch gewesen wäre, einen Tagesausflug aufs französische Land mit einem Spaziergang in die untergehende Sonne zu beenden. Stets etwas sehr Hoffnungsvolles.

Als sie den Kastanienhain hinter sich lassen wollten, hörten sie Bomber kommen, also gingen sie wieder zurück, rauchten und warteten unter den Bäumen. Von dort konnten sie keine Flugzeuge sehen, hatten aber eine herrliche Aussicht. Es ließ sich kaum Hügel nennen, was sich dort so weitläufig vor ihnen ausdehnte. Das waren höchstens Bodenwellen, schwache Ausläufer mächtiger, in weiter Ferne geschehener Umbrüche. Jede folgende Erhebung war fahler als die vorangegangene. Die graublaue Dünung, die sich vor der untergehenden Sonne in bloßen Dunst zu verlieren schien, glich einer orientalischen Porzellanmalerei.

Eine halbe Stunde später liefen sie diagonal einen etwas steileren Hang hinab, der sie weiter nach Norden und schließlich in ein neues Tal mit noch einem kleinen Fluß führte. Diesmal war die Strömung ein wenig kräftiger, und sie gingen auf einer dick mit Kuhmist gepflasterten Steinbrücke auf die andere Seite. Die Unteroffiziere, die nicht so müde waren wie er, machten sich einen Jux und taten, als würden sie sich vor der Brücke ekeln. Einer warf ihm sogar einen trockenen Fladen in den Rücken. Turner sah sich nicht einmal um. Die Tuchfetzen, dachte er gerade, könnten zu einem Kinderschlafanzug gehört haben. Dem eines Jungen. Manchmal kamen die Sturzkampfbomber schon kurz nach Anbruch der Morgendämmerung. Er mußte die Gedanken verdrängen, aber sie ließen ihn nicht los. Ein französischer Junge in seinem Bett. Turner wollte eine möglichst große Entfernung zwischen sich und dieses ausgebombte Landhaus legen, denn jetzt verfolgten ihn nicht bloß das deutsche Heer und die deutsche Luftwaffe. Hätte der Mond geschienen, wäre er gern die ganze Nacht weitergelaufen. Den Unteroffizieren würde das nicht gefallen. Vielleicht sollte er sich langsam wieder von ihnen trennen.

Von der Brücke flußabwärts gesehen stand eine Reihe Pappeln, deren Wipfel hell im letzten Tageslicht flirrten. Die Soldaten gingen aber in die andere Richtung. Bald wurde der Weg wieder zum Pfad und ließ den Fluß hinter sich zurück. Sie schlängelten und zwängten sich durch Gebüsch mit fetten, glänzenden Blättern. Außerdem waren da noch Krüppeleichen, die kaum ihr erstes Grün trugen. Das Unterholz roch feucht und süß, und er dachte, daß mit dieser Gegend irgendwas nicht stimmen konnte, weil sie so anders war als das, was sie bislang gesehen hatten.

Weiter vorn hörten sie das Summen von Maschinen. Es wurde lauter, wütender und erinnerte an die Hochgeschwindigkeitsumdrehungen von Schwungrädern oder an elektrische Turbinen, die mit irrsinnigem Tempo arbeiteten. Sie betraten einen großen Saal voller Lärm und Energie.

»Bienen!« rief er, mußte sich aber umdrehen und noch einmal rufen, damit sie ihn hörten. Es wurde schon dunkel. Er kannte die alten Erzählungen. Blieb eine im Haar hängen und stach zu, verschickte sie im Tod eine chemische

Nachricht, und alle, die sie erhielten, eilten herbei, um an derselben Stelle zu sterben. Allgemeiner Stellungsbefehl! Bei dem, was sie durchgemacht hatten, war das fast eine Beleidigung. Sie zogen die Mäntel über die Köpfe und rannten durch den Schwarm. Immer noch von Bienen verfolgt, kamen sie an einen stinkenden Abwassergraben, den sie auf einem wackligen Brett überquerten. Dann sahen sie eine Scheune, hinter der plötzlich alles wieder friedlich war. Vor ihnen lag ein Bauernhof. Kaum hatten sie ihn betreten, begannen Hunde zu bellen, und eine alte Frau lief ihnen entgegen und wedelte mit den Händen, als wären sie Hühner, die sie verscheuchen wollte. Die Unteroffiziere verließen sich ganz auf Turners Französisch. Er ging ihr einige Schritte entgegen, dann wartete er, bis die Alte nahe genug herangekommen war. Man erzählte sich Geschichten von Zivilisten, die Flaschen Wasser für zehn Franc verkauften, aber er selbst hatte das nie erlebt. Die Franzosen, soweit er sie kennengelernt hatte, waren entweder großzügig oder viel zu sehr mit ihrem eigenen Kummer beschäftigt gewesen. Die Frau wirkte energisch und doch irgendwie gebrechlich. Sie hatte ein knorriges Mann-im-Mond-Gesicht und starrte die Männer wütend an. Mit scharfer Stimme rief sie:

C'est impossible, M'sieu. Vous ne pouvez pas rester ici.

»Wir bleiben in der Scheune. Wir brauchen Wasser, Wein, Brot, Käse und was Sie sonst noch erübrigen können.«

Impossible!

Leise sagte er: »Wir haben auch für Frankreich gekämpft.«

»Sie können hier nicht bleiben.«

»Bei Morgengrauen verschwinden wir wieder. Die Deutschen sind noch…«

»Die Deutschen sind mir egal, *M'sieu.* Es geht um meine Söhne. Das sind Tiere. Und die kommen gleich zurück.«

Turner drängte sich an der Frau vorbei und ging zur Pumpe, die in der Ecke vom Hof in der Nähe der Küche stand. Nettle und Mace folgten ihm. Ein etwa zehnjähriges Mädchen, das seinen kleinen Bruder an der Hand hielt, schaute ihm von der Tür aus zu. Als er fertig war und seine Wasserflasche gefüllt hatte, lächelte er die Kleine an. Sie floh ins Haus. Die Unteroffiziere beugten sich gemeinsam unter die Pumpe, tranken gleichzeitig. Plötzlich stand die Frau hinter Robbie Turner und packte ihn beim Ellbogen, aber bevor sie wieder anfangen konnte, sagte er: »Bitte holen Sie uns, um was ich Sie gebeten habe, sonst kommen wir und nehmen es uns.«

»Meine Söhne sind Bestien. Die bringen mich um.«

Am liebsten hätte er »Sollen sie doch« gesagt, aber er ließ sie einfach stehen und rief ihr über die Schulter zu: »Ich rede mit ihnen.«

»Dann bringen sie Sie auch um, *M'sieu.* Sie reißen Sie in Stücke.«

Unteroffizier Mace war in derselben Nachschubeinheit Koch gewesen wie Unteroffizier Nettle. Doch ehe er Soldat wurde, hatte er als Lagerist bei Heal's in der Tottenham Court Road gearbeitet. Er behauptete, sich in Sachen Bequemlichkeit auszukennen, und in der Scheune machte er sich gleich daran, ihr Quartier einzurichten. Turner hätte sich einfach ins Stroh fallen gelassen. Mace fand einige

Säcke, stopfte sie mit Nettles Hilfe aus und machte ihnen drei Matratzen zurecht. Aus Heuballen, die er mit einer Hand herunterhob, wurden Kopfenden, und eine Tür wurde auf Ziegelsteinen aufgebockt und zum Tisch umfunktioniert. Er fischte eine halbe Kerze aus seiner Tasche.

»Wenn schon, dann können wir es uns auch richtig gemütlich machen«, sagte er leise. Es war das erste Mal, daß er etwas anderes als irgendwelche schweinischen Bemerkungen von sich gab. Die drei Männer lagen auf ihren Betten, rauchten und warteten. Jetzt, da sie nicht mehr durstig waren, drehten sich ihre Gedanken ums Essen, das ihnen gleich gebracht werden sollte, und sie hörten ihre Mägen im Halbdunkel grummeln und grollen und mußten lachen. Turner erzählte ihnen von seinem Gespräch mit der Alten und was sie über ihre Söhne gesagt hatte.

»Bestimmt Fünfte Kolonne«, sagte Nettle. Neben seinem Freund wirkte er fast wie ein Zwerg, doch hatte er die scharfgeschnittenen Züge eines kleinen Mannes und ein freundliches Frettchengesicht, ein Eindruck, der noch dadurch verstärkt wurde, daß die oberen Zähne meist an der Unterlippe knabberten.

»Oder französische Nazis. Sympathisanten der Deutschen. So wie bei uns die Mosley-Heinis«, sagte Mace.

Eine Weile schwiegen sie, dann fügte Mace noch hinzu: »Oder die sind bekloppt vor lauter Inzucht, so wie alle auf dem Land.«

»Jedenfalls«, sagte Turner, »solltet ihr lieber eure Waffen nachsehen und griffbereit halten.«

Sie folgten seinem Rat. Mace zündete die Kerze an, und routiniert machten sie sich an die Arbeit. Turner überprüfte seine Pistole und legte sie neben sich. Als die Unteroffiziere fertig waren, lehnten sie ihre Lee-Enfields an eine Holzkiste und machten es sich wieder auf ihren Betten bequem. Bald darauf kam das Mädchen mit einem Korb. Es setzte ihn an der Scheunentür ab und verschwand wieder. Nettle holte ihn, und sie breiteten seinen Inhalt auf ihrem Tisch aus. Ein runder Laib dunkles Brot, ein kleines Stück Weichkäse, eine Zwiebel und eine Flasche Wein. Das harte Brot ließ sich kaum schneiden und schmeckte schimmlig. Der Käse war gut, aber in Sekunden verschwunden. Die Flasche wurde herumgereicht und war auch bald leer. Also kauten sie an dem altbackenen Brot und aßen die Zwiebel.

Nettle sagte: »Das würde ich nicht mal meinem verdammten Köter hinwerfen.«

»Ich geh rüber«, sagte Turner, »und besorg uns was Besseres.«

»Wir kommen mit.«

Doch vorläufig blieben sie wortlos auf ihren Betten liegen. Noch hatte keiner so richtig Lust, sich mit der alten Schachtel anzulegen.

Dann hörten sie Schritte, drehten sich um und sahen zwei Männer im Tor stehen. Sie hielten etwas in ihren Händen, Knüppel, vielleicht auch Flinten. Im Dämmerlicht ließ sich das nicht genau erkennen, ebensowenig wie die Gesichter der französischen Brüder.

Eine leise Stimme sagte: *»Bonsoir, Messieurs.«*

»Bonsoir.«

Turner erhob sich von seinem Strohbett und griff nach der Pistole. Die Unteroffiziere schnappten sich die Gewehre. »Ruhig Blut«, flüsterte er.

»*Anglais? Belges?*«

»*Anglais.*«

»Wir haben hier was für Sie.«

»Und das wäre?«

»Was erzählt der denn da?« fragte einer der Unteroffiziere.

»Er sagt, er hätte was für uns.«

»Verdammte Scheiße.«

Die Männer kamen einige Schritte näher und hoben hoch, was sie in den Händen hielten. Bestimmt Schrotflinten. Turner entsicherte und hörte, wie Mace und Nettle es ihm nachtaten. »Immer mit der Ruhe«, murmelte er.

»Legen Sie die Waffen beiseite, *Messieurs.*«

»Sie zuerst.«

»Warten Sie einen Augenblick.« Der Mann, der gesprochen hatte, griff in seine Jackentasche. Er holte eine Taschenlampe heraus, leuchtete aber nicht die Soldaten, sondern seinen Bruder und das an, was er in der Hand hielt. Ein Baguette. Und dann das, was in der anderen Hand war: ein Leinenbeutel. Schließlich richtete er das Licht auf die beiden Brote, die er selbst trug.

»Außerdem haben wir noch Oliven, Käse, Pâté, Tomaten und Schinken. Und natürlich Wein. *Vive l'Angleterre.*«

»Äh, *Vive la France.*«

Sie setzten sich an den Tisch von Mace, den die Franzosen, Henri und Jean-Marie Bonnet, ebenso höflich wie ihre Matratzen bewunderten. Sie waren untersetzte, stämmige Männer um die Fünfzig. Henri trug eine Brille, was, wie Nettle fand, bei einem Bauern ziemlich seltsam aussah. Turner übersetzte das nicht. Für den Wein hatten die Franzosen auch Gläser mitgebracht, und die fünf Männer stießen auf die französische und die britische Armee an, danach auf eine vernichtende Niederlage der Deutschen. Die Brüder sahen den Soldaten beim Essen zu. Durch Turner teilte Mace ihnen mit, daß er noch niemals Gänseleberpastete probiert, ja, noch nicht mal von ihr gehört habe, und daß er von heute an nichts anderes mehr essen wolle. Die Franzosen lächelten, doch wirkten sie ziemlich erschöpft und hatten offenbar keine rechte Lust, sich zu betrinken. Sie sagten, sie seien mit ihrem Viehlaster, einem Tieflader, den weiten Weg bis zu einem Dörfchen in der Nähe von Arras gefahren, um eine junge Kusine und ihre Kinder zu suchen. Es habe eine große Schlacht um die Stadt gegeben, doch wüßten sie nicht, wer sie eingenommen, wer sie verteidigt oder wer die Oberhand behalten hatte. Sie waren über Landstraßen gefahren, um dem Flüchtlingschaos auszuweichen, und sie hatten brennende Bauernhäuser gesehen. Dann hätten plötzlich fast ein Dutzend Engländer tot auf ihrem Weg gelegen. Da sie nicht über sie drüber fahren wollten, mußten sie aussteigen und die Männer beiseite ziehen, doch einige waren fast in zwei Hälften zerfetzt. Offenbar ein Angriff mit einem großen Maschinengewehr, vielleicht ein Hinterhalt, vielleicht auch ein Angriff aus der Luft. Als sie wieder im Laster saßen, mußte Henri sich übergeben, und Jean-Marie, der am Steuer saß, bekam einen solchen Schreck, daß er in den Graben fuhr. Sie liefen ins nächste Dorf, liehen sich von einem Bauern zwei Gäule aus und zogen ihren Renault zurück auf die Straße. Das kostete sie zwei Stunden. Als sie dann wieder unterwegs waren, sahen sie ausgebrannte Panzer und gepanzerte Fahrzeuge, deutsche, aber auch britische und französische, doch sie sahen keine Soldaten mehr. Der Krieg war weitergezogen.

Erst spät am Nachmittag erreichten sie das Dorf. Es war verlassen und völlig zerstört. Das Haus ihrer Kusine glich einer Ruine, überall Einschußlöcher in den Wänden, nur das Dach war noch ganz. Sie sahen in allen Zimmern nach und waren erleichtert, als sie niemanden fanden. Offenbar hatte sie die Kinder mitgenommen und sich den abertausend Menschen auf den Straßen angeschlossen. Da sie sich davor fürchteten, im Dunkeln zurückzufahren, hielten sie in einem Wald an und versuchten, auf ihren Sitzen zu schlafen. Die ganze Nacht hörten sie, wie die Artillerie Arras bombardierte. Da konnte unmöglich irgendwer oder irgendwas überlebt haben. Sie fuhren schließlich eine andere Strecke zurück, die zwar viel länger war, aber dafür mußten sie nicht wieder an den toten Engländern vorbei. Und jetzt, erklärte Henri, seien sie hundemüde. Wenn sie die Augen schlössen, sähen sie die verstümmelten Leichen vor sich.

Jean-Marie schenkte ihnen nach. Der Bericht hatte, mit Turners Übersetzung, fast eine Stunde gedauert. Längst war bis auf den letzten Krümel alles aufgegessen. Turner dachte daran, ihnen von seinem grausigen Detail zu erzählen, wollte aber nicht noch mehr Entsetzen verbreiten. Vor allem aber wollte er den Anblick nicht wieder aufleben lassen, den Wein und Kameradschaft gerade in den Hintergrund gedrängt hatten. Also erzählte er statt dessen, wie er zu Beginn des Rückzugs durch einen Stuka-Angriff von seiner Einheit getrennt worden war. Seine Verletzung erwähnte er mit keinem Wort. Er wollte nicht, daß die Unteroffiziere davon erfuhren. Lieber erklärte er, daß sie nach Dünkirchen marschierten, querfeldein, wegen der Luftangriffe auf den Hauptrouten.

»Also stimmt es, was man sich erzählt«, sagte Jean-Marie. »Ihr zieht ab.«

»Wir kommen wieder«, sagte er, glaubte aber nicht daran.

Der Wein stieg Unteroffizier Nettle zu Kopf. Er hob zu einem geschwätzigen Lobeslied auf die »Franzweiber« an, wie er sie nannte, die üppig, willig und so wunderbar seien. Nichts als reine Phantasie. Die Brüder schauten fragend zu Turner hinüber.

»Er sagt, die Frauen Frankreichs seien die schönsten der Welt.«

Sie nickten feierlich und hoben ihre Gläser.

Eine Weile schwiegen sie. Der Abend ging seinem Ende zu, und sie lauschten auf die nächtlichen Geräusche, an die sie sich längst gewöhnt hatten: das Wummern der Artillerie, weit fort vereinzelte Schüsse, das laute Krachen einer fernen Explosion – vermutlich Pioniere, die auf dem Rückzug eine Brücke sprengten.

»Frag sie nach ihrer Mutter«, schlug Unteroffizier Mace vor. »Möchte doch zu gern wissen, was mit der los ist.«

»Wir waren drei Brüder«, erklärte Henri. »Der Älteste, Paul, ihr erstgeborenes Kind, starb 1915 vor Verdun. Eine Granate. Bis auf seinen Stahlhelm hat man nichts von ihm gefunden, was man beerdigen konnte. Wir beide haben Glück gehabt, sind ohne einen Kratzer davongekommen. Doch seitdem haßt sie Soldaten. Mittlerweile ist sie dreiundachtzig und nicht mehr ganz bei Verstand, aber die Sache mit den Soldaten ist zur reinsten Zwangsvorstellung geworden. Ob Franzosen, Engländer, Belgier oder Deutsche, das ist ihr egal. Für sie seid ihr alle gleich. Aber wir haben Angst, daß sie eines Tages mit der Mistgabel auf die Deutschen losgeht und erschossen wird.«

Müde standen die beiden Brüder auf. Die Soldaten erhoben sich mit ihnen.

»Wir hätten euch gern an unserem Küchentisch bewirtet«, sagte Jean-Marie, »aber dann hätten wir sie erst in ihr Zimmer einsperren müssen.«

»Aber das Essen war doch phantastisch«, protestierte Turner.

Nettle flüsterte Mace etwas ins Ohr, und als der nickte, holte Nettle zwei Stangen Zigaretten aus seinem Gepäck. Natürlich, das war jetzt genau das Richtige. Die Franzosen wehrten zwar höflich ab, aber Nettle ging um den Tisch herum und steckte ihnen die Geschenke unter die Arme. Er wollte, daß Turner für ihn übersetzte.

»Ihr hättet sehen sollen, wie der Befehl kam, die Vorratslager zu vernichten. Zwanzigtausend Zigaretten. Wir haben uns genommen, soviel wir wollten.«

Eine ganze Armee flüchtete zur Küste, mit Zigaretten gegen den Hunger bewaffnet.

Die Franzosen bedankten sich artig, lobten Turners Französisch und sammelten dann die leeren Flaschen und Gläser in den Leinenbeutel. Niemand gab vor, daß sie sich wiedersehen würden.

»Wir brechen mit dem ersten Tageslicht auf«, sagte Turner. »Also verabschieden wir uns lieber gleich.«

Sie gaben sich die Hände.

Henri Bonnet sagte: »All die Schlachten, die wir vor fünfundzwanzig Jahren geschlagen haben. All die Toten. Und jetzt sind die Deutschen wieder in Frankreich. In zwei Tagen werden sie hier sein und sich alles nehmen, was uns gehört. Wer hätte das je gedacht?«

Zum ersten Mal empfand Turner die ganze Schande ihres Rückzugs. Er schämte sich. Mit noch weniger Überzeugung als beim ersten Mal sagte er: »Wir kommen wieder. Wir treiben sie aus diesem Land, das verspreche ich euch.«

Die Brüder nickten, und mit einem letzten Lächeln traten sie aus dem schummerigen Schein der Kerze und gingen durch die dunkle Scheune zum offenen Tor; die Gläser klirrten bei jedem Schritt.

Lange lag er auf dem Rücken, rauchte und starrte hinauf in die schwarze Dachhöhlung. Das Schnarchen der Unteroffiziere schwoll im wechselseitigen Rhythmus an und verebbte wieder. Er war erschöpft, aber nicht müde. Die Wunde pochte unangenehm, jeder Pulsschlag prall und präzise. Es war spitz, was in ihm steckte, und lag gleich unter der Haut, weshalb er am liebsten mit der Fingerspitze darübergefahren wäre. Erschöpfung machte ihn für die Gedanken anfällig, die er so gern verdrängt hätte. Er dachte an den französischen Jungen, schlafend in seinem Bett, und an die Gleichgültigkeit, mit der Männer Granaten in die Gegend feuerten. Oder ihre Bombenschächte über einem schlafenden Haus an den Schienen öffneten, ohne zu wissen oder sich darum zu kümmern, wer dort unten lebte. Auch das war industrieller Fortschritt. Er hatte die eigenen Einheiten der Royal Artillery beobachtet, verschworene Truppen, die Tag und Nacht arbeiteten und stolz darauf waren, wie schnell sie Zündschnüre verlegen konnten, stolz auf ihre Disziplin, den Drill, auf Ausbildung und Mannschaftsgeist. Sie brauchten sich das Ergebnis auch nie anzusehen – einen verschwundenen Jungen. Verschwunden. Als ihm das Wort durch den Kopf ging, riß ihn der Schlaf hinab, doch nur für einige Sekunden. Dann war er wieder wach, lag auf dem Bett, auf dem Rücken, und starrte in die Dunkelheit seiner Zelle. Er spürte, daß er wieder dort war. Er konnte den Betonboden riechen, die Pisse im Eimer, die Lackfarbe an den Wänden, konnte das Schnarchen der anderen Männer in seiner Zellenreihe hören. Dreieinhalb Jahre lang Nächte wie diese, schlaflos, in Gedanken bei einem anderen Jungen, der verschwunden war, einem anderen Leben, das verschwunden war und einmal ihm gehört hatte; und warten, warten auf die Dämmerung, das Ausleeren der Toiletteneimer, auf noch einen sinnlosen Tag. Er wußte nicht, wie er die tagtägliche Idiotie des Ganzen überstanden hatte. Die Idiotie und die Klaustrophobie. Die Hand, die ihm die Kehle zudrückte. Hier zu sein, Schutz in einer Scheune zu suchen, zu einer fliehenden Armee zu gehören, hier, wo ein Kinderbein auf einem Baum etwas war, das normale Männer ignorieren konnten, wo ein ganzes Land, eine ganze Zivilisation unterzugehen drohte, hier war es immer noch besser, als dort auf schmalem Bett unter funzligem, elektrischem Licht zu liegen und auf nichts zu warten. Hier gab es immerhin bewaldete Täler, Flüsse, Sonnenlicht, das sich in

Pappeln fing und das sie ihm nicht nehmen konnten, es sei denn, sie töteten ihn. Und es gab Hoffnung. *Ich warte auf dich. Komm zurück.* Es gab eine Chance, immerhin eine Chance, daß er es zurück schaffte. Er hatte ihren letzten Brief in seiner Tasche, ihre neue Adresse. Deshalb mußte er überleben, listig sein und den Hauptrouten fernbleiben, wo die Sturzkampfbomber wie Raubvögel kreisten.

Später warf er den Militärmantel ab, zog die Stiefel an und tastete sich durch die Scheune, um sich draußen zu erleichtern. Ihm war schwindlig vor Müdigkeit, aber schlafen konnte er trotzdem nicht. Er ignorierte die knurrenden Hofhunde, schlug den Weg zu einer grasbewachsenen Anhöhe ein und beobachtete die Lichtblitze am südlichen Himmel. Der Sturmangriff der deutschen Panzertruppen. Er faßte sich an die obere Tasche, in der außer ihrem Brief auch das Gedicht steckte. *In the nightmare of the dark / All the dogs of Europe bark.* Die übrigen Briefe waren in der innen angeknöpften Tasche seines Militärmantels. Er kletterte auf das Rad eines abgestellten Wohnwagens und konnte von dort weit in die anderen Himmelsrichtungen blicken. Überall Mündungsfeuer, nur nicht im Norden. Die besiegte Armee flüchtete durch einen schmalen Korridor, der immer enger wurde und jeden Moment geschlossen werden konnte. Für Nachzügler gab es dann keine Hoffnung auf Entkommen mehr. Im besten Fall bedeutete das wieder Gefängnis. Gefangenschaft. Und diesmal würde er nicht durchhalten. Wenn Frankreich fiel, würde der Krieg nicht so bald zu Ende gehen. Keine Briefe mehr und kein Weg zurück. Kein Aushandeln einer vorzeitigen Entlassung, wenn er sich zur Infanterie meldete. Wieder die Hand an der Kehle. Tausend

Nächte in Gefangenschaft stünden ihm bevor, Tausende vielleicht, schlaflos die Vergangenheit umwälzen, darauf warten, daß sein Leben wieder begann, sich fragen, ob es je wieder beginnen würde. Vielleicht wäre es besser, jetzt sofort aufzubrechen, noch ehe es zu spät war, weiterzugehen, Tag und Nacht, bis an den Ärmelkanal. Sich heimlich davonmachen, die Unteroffiziere ihrem Schicksal überlassen. Er drehte sich um, ging die Anhöhe wieder hinab und entschied sich dagegen. Er konnte den Boden unter seinen Füßen nicht erkennen. Er würde im Dunkeln kaum vorankommen und brach sich womöglich ein Bein. Vielleicht waren die Unteroffiziere ja doch keine solchen Trottel – Mace mit seinen Strohmatratzen und Nettle mit dem Geschenk für die beiden Brüder.

Ihrem Schnarchen folgend, schleppte er sich zurück auf sein Lager. Doch der Schlaf wollte noch nicht kommen, oder wenn er kam, dann nur kurz; Turner sank unter und tauchte gleich wieder auf, benommen vor lauter Gedanken, die er nicht wollte und nicht beeinflussen konnte. Sie verfolgten ihn, diese alten Themen. Da war sie wieder, seine einzige Begegnung mit ihr. Seit sechs Tagen aus dem Gefängnis, einen Tag bevor er nahe Aldershot seinen Dienst antreten mußte. Als sie 1939 ausgemacht hatten, sich in Joe Lyons Teesalon an der Strand Street zu treffen, hatten sie sich dreieinhalb Jahre nicht gesehen. Er kam zu früh und setzte sich in eine Ecke mit Blick zur Tür. Die Freiheit war immer noch ungewohnt. Das Tempo und der Lärm, die Farben der Mäntel, Jacken und Röcke, die fröhlichen, lauten Unterhaltungen der Einkaufsbummler in West End, das freundliche Mädchen, das ihn bediente, nicht die allerkleinste Bedrohung – er lehnte sich zurück und genoß die Behaglichkeit des Alltäglichen. Diese Schönheit konnte nur er allein genießen.

Während der Haft hatte man als einzigen weiblichen Besucher nur seine Mutter zu ihm vorgelassen. Damit sein Blut nicht in Wallung geriete, hieß es. Cecilia schrieb jede Woche. Da er sie liebte, sich um ihretwillen zwang, bei Verstand zu bleiben, war er natürlich in ihre Worte verliebt. Wenn er ihr antwortete, gab er vor, unverändert zu sein, log sich zurück in die Normalität. Aus Angst vor seinem Psychiater, der auch sein Zensor war, konnten sie niemals ihr Begehren erwähnen, nicht einmal ihre Gefühle. Dabei galt das Gefängnis trotz seiner viktorianischen Unerbittlichkeit als modern und aufgeklärt. Mit klinischer Präzision aber hatte man bei ihm ein krankhaftes Sexualverlangen diagnostiziert, weshalb er nicht nur der Strafe, sondern auch der Hilfe bedurfte. Jegliche Erregung galt es also zu vermeiden. Manche Briefe – von ihm sowohl wie von ihr – wurden wegen einiger verschämter Eingeständnisse ihrer Zuneigung konfisziert. Also schrieben sie über Literatur, ließen literarische Figuren zu ihren Codeworten werden. In Cambridge waren sie auf den Straßen achtlos aneinander vorbeigegangen. All die Bücher, die glücklichen oder tragischen Gestalten, über die sie sich nie unterhalten hatten! Tristan und Isolde, der Herzog Orsino und Olivia (und auch Malvolio), Troilus und Criseyde, Mr. Knightley und Emma, Venus und Adonis. Turner und Tallis. In seiner Verzweiflung schrieb er über Prometheus, gekettet an einen Fels, an dessen Leber Tag für Tag ein Geier fraß. Manchmal war sie die geduldig ausharrende Griselde. Wurde »eine stille Ecke in einer Bibliothek« erwähnt, war dies das Schlüsselwort für sexuelle Ekstase. Sie nahmen sich auch die tägliche Routine samt aller langweiligen, liebevoll angeführten Einzelheiten vor. Er beschrieb ausführlich den Gefangenenalltag, sagte aber nichts über dessen Idiotie. Die war auch so nicht zu übersehen. Er gestand ihr nie, daß er fürchtete, nicht durchzuhalten. Auch das war offensichtlich. Und sie schrieb ihm nie, daß sie ihn liebte, doch hätte sie es getan, wenn sie geglaubt hätte, damit bis zu ihm vordringen zu können. Aber er wußte es auch so.

Dafür schrieb sie ihm, daß sie sich von ihrer Familie getrennt hatte. Nie wieder wollte sie mit ihren Eltern, ihrem Bruder oder ihrer Schwester reden. Und er folgte aufmerksam jedem ihrer Schritte bis zu ihrer Prüfung als Krankenpflegerin. Wenn sie schrieb: »Ich bin heute zur Bücherei gegangen, um mir das Anatomiebuch zu holen, von dem ich dir erzählt habe. In einer stillen Ecke habe ich dann getan, als würde ich lesen«, dann wußte er, daß sie von denselben Erinnerungen zehrte, die auch ihm Nacht für Nacht unter der dünnen Gefängnisdecke zusetzten.

Als sie das Café betrat, das Cape einer Krankenschwester um die Schultern, riß ihn ihr Anblick aus seinen Tagträumereien, und er stand so rasch auf, daß sein Tee überschwappte. Er wußte, sein Anzug, für den seine Mutter lange gespart hatte, war viel zu groß. Das Jackett schien an keiner einzigen Stelle die Schultern zu berühren. Sie setzten sich, schauten sich an, lächelten und blickten wieder beiseite. Robbie und Cecilia liebten sich seit Jahren – auf dem Postweg. In ihren verschlüsselten Mitteilungen waren sie sich nahegekommen, doch wie künstlich schien ihnen nun diese Nähe, als sie mit ihrem belanglosen Geplauder begannen, diesem hilflosen Katechismus höflicher Fragen und Antworten. Noch während sich die Kluft zwischen ihnen weitete, begriffen sie, wie sehr sie in ihren Briefen sich selbst überholt hatten. Dieser Moment, viel zu oft ausgemalt und herbeigesehnt, konnte ihren Erwartungen einfach nicht genügen. Robbie war zu lange Zeit aus der Welt gewesen; ihm fehlte das Selbstvertrauen, gleichsam einen Schritt zurückzutun und den größeren Gedanken zu wagen. *Ich liebe dich, du hast mein Leben gerettet.* Er fragte nach ihrem Zimmer. Sie erzählte.

»Und verstehst du dich mit deiner Vermieterin?«

Etwas Besseres fiel ihm nicht ein. Er fürchtete die Stille, die entstehen könnte, die Verlegenheit, die ihren Worten vorausgehen würde, ja, es sei nett gewesen, ihn einmal wiederzusehen, aber nun müsse sie zurück zur Arbeit. Alles, was sie besaßen, beruhte auf einigen wenigen, lang vergangenen Minuten in einer Bibliothek. Konnte das ausreichen? Gewiß würde sie problemlos wieder in die Rolle einer Art leiblichen Schwester schlüpfen können. War sie enttäuscht? Er hatte abgenommen. Er war in jeder Hinsicht weniger geworden. Im Gefängnis hatte er gelernt, sich zu verachten, sie aber sah so hinreißend aus wie eh und je, vor allem in dieser Krankenpflegertracht. Doch sie selbst war auch ziemlich nervös, unfähig, einfach mit den Belanglosigkeiten aufzuhören. Statt dessen versuchte sie, vergnüglich von den Launen ihrer Vermieterin zu erzählen. Noch einige hilflose Bemerkungen, dann schaute sie tatsächlich auf die kleine Uhr, die über ihrer linken Brust hing, und sagte, daß ihre

Mittagspause bald vorbei sei. Sie hatten eine halbe Stunde gehabt.

Er begleitete sie bis zur Bushaltestelle Whitehall. In den kostbaren letzten Minuten schrieb er ihr seine Adresse auf, eine deprimierende Reihe von Ziffern und Abkürzungen, und erklärte, daß er erst wieder Ausgang haben werde, wenn die Grundausbildung vorüber sei. Danach standen ihm zwei Wochen zu. Sie blickte ihn an, und als sie ein wenig verzweifelt den Kopf schüttelte, nahm er endlich ihre Hand und drückte sie sanft. Diese Geste mußte ihr alles sagen, was unausgesprochen geblieben war, und sie antwortete ihm, erwiderte den Druck seiner Hand. Ihr Bus kam, aber sie ließ nicht los. Sie schauten sich an. Er küßte sie, behutsam zuerst, doch dann drängten sie enger aneinander; und als ihre Zungen sich berührten, war ein körperloser Teil von ihm ganz erbärmlich dankbar, denn er wußte, jetzt speicherte er eine Erinnerung, von der er noch Monate zehren würde. So wie er jetzt davon zehrte, frühmorgens in einer französischen Scheune. Ihre Umarmung wurde enger; sie hörten nicht auf, sich zu küssen, während die Wartenden an ihnen vorbeidrängten. Irgendein Witzbold brüllte ihm was ins Ohr. Sie weinte, Tränen liefen über seine Wange, und Kummer spannte ihre Lippen. Der nächste Bus kam. Sie riß sich los, drückte sein Handgelenk, stieg ohne ein Wort ein und blickte sich nicht nach ihm um. Er sah, wie sie einen Platz suchte. Als der Bus losfuhr, fiel ihm ein, daß er hätte mitfahren sollen, daß er sie zum Krankenhaus hätte bringen sollen. Auf mehrere Minuten in ihrer Gesellschaft hatte er einfach verzichtet. Er mußte wieder lernen, für sich zu denken und zu handeln. Er lief hinterher, hoffte, Cecilia an der nächsten Haltestelle einzuholen, aber der Bus war weit voraus und verschwand bald in Richtung Parliament Square.

Sie schickten sich auch während seiner Ausbildung Briefe. Befreit von der Zensur und dem Zwang zur Umschreibung, gingen sie behutsam vor. Sie waren unzufrieden mit einem Leben auf dem Papier, kannten aber ihre Schwierigkeiten und trauten sich deshalb nicht recht, der Berührung ihrer Hände und diesem einen Bushaltestellenkuß vorauszueilen. Sie schrieben, daß sie sich liebten, nannten sich »Liebes« und »Liebster« und wußten, daß sie eine gemeinsame Zukunft hatten, aber vor größerer Intimität schreckten sie zurück. Ihre Aufgabe war es nun, bis zum Beginn der zwei Wochen die gerade gewonnene Nähe nicht wieder zu verlieren. Mit Hilfe einer Freundin vom Girton College fand Cecilia ein Cottage in Wiltshire, das sie mieten konnten, und obwohl sie in ihrer Freizeit kaum an etwas anderes dachten, versuchten sie in ihren Briefen, die Träume nicht mit sich durchgehen zu lassen. Lieber schrieben sie von ihrem Alltag. Cecilia war jetzt auf der Wöchnerinnenstation, und jeder Tag brachte seine kleinen Wunder, aber auch dramatische oder überaus heitere Augenblicke. Es gab allerdings Tragödien, vor deren Hintergrund ihre eigenen Probleme belanglos wurden: totgeborene Kinder; sterbende Mütter; junge Männer, die weinend auf den Fluren saßen; verwirrte minderjährige Mütter, die von ihren Familien verstoßen worden waren, oder Mißbildungen der Kinder, die zugleich Scham und Zuneigung in verwirrendem Maße weckten. Wenn Cecilia ein glückliches Ende beschrieb, jenen Augenblick, in dem der Kampf vorüber war und eine erschöpfte Mutter ihr Kind zum ersten Mal in den Armen hielt und verzückt in ein neues Gesicht blickte, dann war es die unausgesprochene Anspielung auf Cecilias eigene Zukunft, jene, die sie mit ihm teilen würde, die dem Brief seine schlichte Kraft verlieh, auch wenn seine Gedanken sich in Wahrheit weniger um die Geburt als um die Zeugung drehten.

Er dagegen beschrieb den Exerzierplatz, den Schießstand, den Drill, wie sie »geschliffen« wurden, die Kasernen. Er durfte sich nicht zur Offizierslaufbahn melden, aber das war ihm nur recht, denn früher oder später hätte er in der Offiziersmesse doch jemanden getroffen, der seine Vergangenheit kannte. Unter den einfachen Soldaten war er anonym, und weil er eingesessen hatte, begegnete man ihm sogar mit einer gewissen Hochachtung. Außerdem stellte er fest, daß er auf das Soldatenleben bereits gut vorbereitet war, auf den Terror der Spindinspektion, das Falten der Decken in exakte Vierecke, die Etiketten genau übereinander. Im Gegensatz zu seinen Kameraden fand er das Essen gar nicht mal übel, und die Tage waren ermüdend, dafür aber auch ziemlich abwechslungsreich. Die Querfeldeinmärsche bereiteten ihm ein Vergnügen, das er vor den anderen Rekruten gar nicht zu erwähnen wagte. Er nahm zu und wurde kräftiger. Alter und Bildung wurden ihm erst angekreidet, doch glich seine Vergangenheit dies wieder aus, und man machte ihm keine Schwierigkeiten. Meist hielt man ihn einfach für einen gewieften Schlawiner, der sich mit »denen da oben« auskannte und helfen konnte, wenn es galt, ein Formular auszufüllen. Wie Cecilia beschränkte er sich in seinen Briefen auf das Alltägliche, vermengt mit der ein oder anderen lustigen oder aufregenden Anekdote: der Rekrut, dem beim Antreten ein Stiefel fehlte; das Schaf, das in der Kaserne Amok lief und sich nicht vertreiben ließ; der Ausbilder, der auf dem Schießstand fast von einer Kugel getroffen worden wäre.

Doch gab es eine politische Entwicklung, einen Schatten, den er nicht unerwähnt lassen durfte. Nach München im letzten Jahr war er wie alle Welt überzeugt, daß es zum Krieg kommen mußte. Ihre Ausbildung wurde entsprechend geändert und rascher vorangetrieben, das Kasernengelände vergrößert, um mehr Rekruten aufnehmen zu können. Seine Sorge galt allerdings weniger den Kämpfen, in die er verwickelt werden könnte, als ihrem Wiltshire-Traum. Cecilia bestätigte seine Befürchtungen, wenn sie beschrieb, wie man sich im Krankenhaus auf den äußersten Notfall vorbereitete – mehr Betten, Spezialkurse, Übungen zum Katastrophenalarm. Doch beiden kam das Ganze auch irgendwie unwirklich vor, durchaus möglich, aber seltsam unwahrscheinlich. Nicht schon wieder, sagten sich viele. Und so klammerten sie sich weiterhin an ihre Hoffnungen.

Ein Problem machte ihm allerdings noch mehr zu schaffen. Seit seiner Verhaftung, also seit November 1935, hatte Cecilia kein Wort mehr mit ihren Eltern, ihrem Bruder oder ihrer Schwester geredet. Sie schrieb ihnen nicht und verschwieg ihnen auch ihre Adresse. Briefe erreichten sie über Robbies Mutter, die das Pförtnerhaus verkauft hatte und in ein anderes Dorf gezogen war. Und durch Grace ließ Cecilia ihrer Familie auch ausrichten, daß es ihr gutgehe und daß sie in Ruhe gelassen werden wolle. Einmal war Leon zum Krankenhaus gekommen, aber sie hatte kein Wort mit ihm geredet. Den ganzen Nachmittag hatte er gewartet. Als sie ihn sah, blieb sie im Haus, bis er fort war. Am nächsten Morgen stand er vorm Schwesternheim. Sie hastete an ihm vorbei, ohne ihm auch nur einen Blick zu gönnen. Er faßte sie am Ellbogen, aber sie riß sich los und ging weiter, nach außen hin völlig ungerührt von seinen Bitten.

Robbie wußte jedoch besser als jeder andere, wie sehr sie ihren Bruder liebte, wie nah sie ihrer Familie stand und wieviel ihr Haus und Park bedeuteten. Er selbst konnte nie wieder dorthin zurück, doch quälte ihn, daß sie um seinetwillen einen Teil ihrer selbst verleugnete. Einen Monat nach Beginn der Grundausbildung erzählte er ihr daher, was ihn beschäftigte. Sie redeten nicht zum ersten Mal darüber, aber allmählich wurde die Angelegenheit klarer.

Sie schrieb:

Sie haben sich gegen Dich gewandt, alle, sogar mein Vater. Als sie Dein Leben zerstörten, haben sie auch meines zerstört. Sie zogen es vor, der Aussage eines dummen, hysterischen Mädchens zu glauben. Sie ermutigten Briony sogar noch, als sie ihr keine Wahl ließen, es sich noch einmal zu überlegen. Sie war erst dreizehn, ich weiß, aber ich will nie wieder auch nur ein Wort mit ihr reden. Was die anderen betrifft, so kann ich ihnen das, was sie getan haben, niemals verzeihen. Erst seit ich mich von ihnen getrennt habe, beginne ich zu ahnen, welcher Snobismus ihrer Verständnislosigkeit zugrunde lag. Meine Mutter hat Dir Deinen Abschluß mit Auszeichnung nie verziehen. Mein Vater zog es vor, in Arbeit zu ertrinken. Und Leon erwies sich als grinsender, rückgratloser Idiot, der einfach mit der Herde mitlief. Als Hardman beschloß, Danny zu decken, wollte kein Mensch in meiner Familie mehr, daß die Polizei ihm die Fragen stellte, die doch auf der Hand lagen. Die Polizei hatte ja Dich. Und sie wollte sich ihren Fall nicht wieder nehmen lassen. Ich weiß, ich klinge verbittert, aber das täuscht, Liebster. Ich bin mit meinem neuen Leben und meinen neuen Freunden wirklich sehr zufrieden. Ich habe jetzt Raum zum Atmen. Und vor allem habe ich Dich, für den ich leben kann. Realistisch gesehen hätte ich mich früher oder später sowieso zwischen Dir und meiner Familie entscheiden müssen. Beides zusammen wäre unmöglich gewesen, daran habe ich keinen Moment gezweifelt. Ich liebe Dich. Ich glaube bedingungslos an Dich. Du bist mein Liebster, der Grund meines Lebens, lebenslang. Cee.

Er kannte die letzten Zeilen auswendig und murmelte sie nun im Dunkeln vor sich hin. Der Grund meines Lebens, lebenslang. Für immer, das war das Entscheidende. Und sie war der Grund seines Lebens. Er lag auf der Seite, starrte dorthin, wo das Scheunentor sein mußte, und wartete auf die ersten Anzeichen der Dämmerung. Er war jetzt zu unruhig, um noch schlafen zu können. Er wollte nur noch zur Küste.

Es sollte kein Cottage in Wiltshire für sie geben. Drei Wochen bevor seine Grundausbildung zu Ende war, wurde der Krieg erklärt. Die Reaktion des Militärs erfolgte so prompt wie das reflexhafte Zuschnappen einer Muschel. Sämtlicher Urlaub wurde gestrichen. Wenig später hieß es, er sei nicht gestrichen, sondern nur verschoben worden. Man gab ein Datum an, änderte es, strich es wieder. Und dann wurden innerhalb von vierundzwanzig Stunden plötzlich Bahnkarten ausgegeben. Ihnen blieben vier Tage, bevor er sich bei seinem neuen Regiment wieder zum Dienst melden mußte. Gerüchte besagten, es sollte verlegt werden. Cecilia hatte versucht, ihre Urlaubstage zu verschieben, was ihr teilweise auch gelungen war. Als sie es aber erneut versuchte, konnte man ihr nicht mehr entgegenkommen. Und als die Karte eintraf, die sie von seiner Ankunft informieren sollte, war sie bereits auf dem Weg nach Liverpool, um am Alder Hey Hospital einen Kurs für die Behandlung schwerer Schockzustände zu beginnen. Einen Tag nach seiner Ankunft in London brach er wieder auf, um ihr nach Norden zu folgen, aber die Züge waren entsetzlich langsam. Sämtliche Militärzüge auf dem Weg nach Süden hatten Vorrang. Auf dem Bahnhof New Street in Birmingham verpaßte er dann einen Anschlußzug, und die nächste Verbindung wurde gestrichen. Er würde bis zum folgenden Morgen warten müssen. Eine halbe Stunde marschierte er verzweifelt und unschlüssig die Bahnsteige auf und ab, um sich dann schließlich doch zur Umkehr zu entschließen. Sich verspätet zum Dienst zu melden war ein schweres Vergehen.

Als sie aus Liverpool zurückkehrte, ging er in Cherbourg an Land, und der trostloseste Winter seines Lebens begann. Natürlich waren sie beide gleichermaßen unglücklich, doch hielt sie es für ihre Aufgabe, ihn aufzumuntern und zu trösten. *Ich werde nicht von hier fortgehen,* schrieb sie in ihrem ersten Brief nach der Rückkehr aus Liverpool. *Ich warte auf Dich. Komm zurück.* Sie zitierte sich selbst. Sie wußte, daß er sich an ihre Worte erinnerte. Und von da an hörte jeder ihrer Briefe an Robbie in Frankreich mit diesen Worten auf, auch der letzte, den er kurz vor dem Befehl erhalten hatte, sich nach Dünkirchen zurückzuziehen.

Es war ein langer, bitterkalter Winter für das britische Expeditionsheer in Nordfrankreich. Es passierte so gut wie gar nichts. Sie hoben Gräben aus, sicherten die Nachschubwege und wurden auf nächtliche Manöver geschickt, die den Infanteristen völlig absurd erschienen, da es an Waffen fehlte und keiner ihnen die Manöverziele erklärte. Nach Dienst war jeder Mann ein General. Selbst der einfachste Schütze hatte begriffen, daß der Krieg diesmal kein Stellungskrieg sein würde. Die ersehnten Panzerabwehrwaffen sollten jedoch niemals eintreffen. Genaugenommen hatten sie fast überhaupt keine schweren Waffen. Es war eine Zeit der Langeweile, der Fußballspiele gegen andere Kompanien und der tagelangen Märsche mit vollem Gepäck über Landstraßen, auf denen sie stundenlang nichts weiter zu tun brauchten, als nicht aus dem Schritt zu fallen und im Takt der Stiefel auf dem Asphalt vor sich hin zu träumen. Meist war er in Gedanken bei ihr und plante den nächsten Brief, schliff an seinen Formulierungen und versuchte, ihr zuliebe der Trostlosigkeit etwas Heiteres abzugewinnen.

Vielleicht lag es am ersten grünen Schimmer entlang der französischen Wege, vielleicht an den im Wald erspähten blauen Glockenblumen, daß er an notwendige Versöhnungen und Neuanfänge dachte. Er beschloß, sie noch einmal zu bitten, sich mit ihren Eltern in Verbindung zu setzen. Sie brauchte ihnen gar nicht zu vergeben oder die alten Argumente noch einmal aufzuwärmen. Sie sollte ihnen bloß einen einfachen, kurzen Brief schreiben, der sie wissen ließ, wo sie war und wie es ihr ging. Wer konnte schon sagen, welche Veränderungen die nächsten Jahre bringen mochten? Er wußte nur, wenn sie mit ihren Eltern keinen Frieden geschlossen hatte, ehe einer von ihnen starb, würde sie sich ihr Leben lang Vorwürfe machen. Und er würde es sich selbst nie verzeihen, wenn er sie nicht zu diesem Schritt ermutigt hatte.

Also schrieb er im April einen Brief, und ihre Antwort erreichte ihn erst Mitte Mai, als sie bereits hinter die eigenen Linien zurückfielen, kurz bevor der Befehl kam, sich bis an den Ärmelkanal zurückzuziehen. Sie hatten keine Feindberührung gehabt. Der Brief steckte jetzt in der oberen Tasche. Es war der letzte Brief, der zu ihm durchkam, ehe die Feldpost zusammenbrach.

Ich wollte Dir eigentlich nichts davon erzählen, weil ich immer noch nicht weiß, was ich davon halten soll. Außerdem wollte ich warten, bis wir wieder zusammen sind. Doch jetzt, da ich Deinen Brief in Händen halte, wäre es unsinnig, Dir nichts zu sagen. Die erste Überraschung ist die, daß Briony gar nicht nach Cambridge gegangen ist. Ich war ziemlich erstaunt, da ich von Dr. Hall wußte, daß man dort mit ihr gerechnet hat. Die zweite Überraschung: Sie läßt sich in meinem alten Krankenhaus zur Krankenpflegerin ausbilden. Kannst Du Dir Briony mit Bettpfanne vorstellen? Wahrscheinlich hat man über mich auch so geredet, aber sie ist doch ein schrecklicher Phantast, wie wir zu unserem eigenen Leidwesen feststellen mußten. Mich dauern jetzt schon die Patienten, denen sie eine Spritze geben wird. Ihr Brief klingt jedenfalls ziemlich verwirrt und auch verwirrend. Sie will sich mit mir treffen. Langsam beginnt sie wohl das Ausmaß dessen zu begreifen, was sie angerichtet hat, und welche Folgen ihr Handeln damals hatte. Daß sie nicht zur Universität geht, hat damit wohl einiges zu tun. Sie behauptet, auf praktische Weise nützlich sein zu wollen. Aber ich habe eher den Eindruck, als wollte sie Krankenpflegerin werden, um eine Art Buße zu tun. Jedenfalls will sie herkommen, mich sehen und mit mir sprechen. Vielleicht irre ich mich ja – und deshalb wollte ich eigentlich abwarten und erst mit Dir persönlich darüber reden –, aber ich glaube, sie will ihre Aussage widerrufen, und zwar ganz offiziell und rechtsgültig. Könnte sein, daß das gar nicht möglich ist, wenn man bedenkt, daß Deine Berufung abgewiesen wurde. Zumindest müssen wir unbedingt mehr über die juristischen Probleme in Erfahrung bringen. Vielleicht sollte ich zu einem Anwalt gehen. Ich will nicht, daß wir uns vergebens Hoffnung machen. Vielleicht meint sie auch gar nicht, was ich aus ihrem Brief herauslese, vielleicht ist sie gar nicht bereit, es bis zu Ende durchzustehen. Vergiß nicht, was für eine Träumerin sie ist.

Ich werde jedenfalls nichts unternehmen, bis ich etwas von Dir gehört habe. Eigentlich wollte ich Dir von alldem ja nichts berichten, aber da Du mir wieder geschrieben hast, daß ich mich mit meinen Eltern in Verbindung setzen soll (ich bewundere Deine Großmut), mußte ich Dir einfach mitteilen, daß sich unsere Lage ändern könnte. Sollte es juristisch unmöglich sein, daß Briony vor einen Richter tritt und bestätigt, Bedenken wegen ihrer Aussage bekommen zu haben, kann sie wenigstens hingehen und es unseren Eltern gestehen. Die können dann immer noch entscheiden, wie sie vorgehen wollen. Falls sie sich überwinden und Dir einen Brief schreiben, in dem sie sich angemessen entschuldigen, könnte das doch immerhin ein Anfang sein.

Ich muß oft an Briony denken. Krankenpflegerin zu werden, sich aus ihrer sozialen Schicht zu lösen kostet sie sicherlich größere Überwindung als mich. Ich habe wenigstens meine drei Jahre in Cambridge gehabt, und ich hatte einen Grund, mich von meiner Familie zu trennen. Sie hat gewiß auch ihre Gründe. Ich kann nicht leugnen, daß ich sie gern erfahren würde. Doch ich warte auf Dich, Liebster, darauf, daß Du mir sagst, was Du von alldem hältst. Ach, fast hätte ich es vergessen, sie hat auch geschrieben, daß Cyril Connolly von Horizon *einen Text von ihr abgelehnt hat. Wenigstens einer, der ihre elenden Phantastereien durchschaut.*

Erinnerst Du Dich noch an die beiden Frühchen, von denen ich Dir erzählt habe, die Zwillinge? Das kleinere Baby ist gestorben, nachts, als ich Dienst hatte. Die Mutter war schrecklich niedergeschlagen. Man hatte uns gesagt, der Vater sei Maurer, und ich fürchte, wir haben alle einen frechen kleinen Kerl mit Zigarette im Mundwinkel erwartet. Er war in East Anglia mit einer Firma, die dem Heeresdienst unterstellt worden ist, um Verteidigungsanlagen entlang der Küste zu bauen, weshalb er auch erst so spät ins Krankenhaus kommen konnte. Wie sich dann herausstellte, war er ein ziemlich attraktiver Bursche, neunzehn Jahre alt, über eins achtzig groß, mit blondem Haar, das ihm ständig in die Stirn fiel. Er hat einen

Klumpfuß, genau wie Byron, weshalb er auch nicht eingezogen worden war. Jenny meinte, er sehe wie ein griechischer Gott aus. Wie lieb und sanft und geduldig er mit seiner jungen Frau umging! Wir waren alle ganz gerührt. Schlimm war bloß, daß er es gerade geschafft hatte, sie ein wenig zu beruhigen, als die Besuchszeit zu Ende ging und die Schwester durch die Zimmer kam und ihn wie alle anderen nach draußen schickte. Danach konnten wir dann weitermachen, wo er aufgehört hatte. Armes Mädchen. Aber es war nun mal vier Uhr, und Vorschrift ist Vorschrift.

Ich muß mich beeilen, damit der Brief noch rechtzeitig zum Postamt Balham kommt und hoffentlich noch vor dem Wochenende über den Kanal geht. Aber ich will nicht mit einem traurigen Bild enden. Eigentlich bin ich nämlich schrecklich aufgeregt wegen der Neuigkeiten von meiner Schwester und dem, was sie für uns bedeuten könnten. Deine Geschichte mit den Feldwebeln auf der Latrine hat mir übrigens gut gefallen. Ich habe sie den Mädchen vorgelesen, und sie haben gelacht wie die Irren. Schön, daß Euer Verbindungsoffizier festgestellt hat, wie gut Du Französisch sprichst, und daß er Dir eine Arbeit gegeben hat, bei der Du Deine Sprachkenntnisse anwenden kannst. Warum hat man eigentlich so lange gebraucht, Deine Talente zu entdecken? Hast Du Dich zu sehr zurückgehalten? Was das französische Brot angeht, hast Du allerdings völlig recht – nach zehn Minuten ist man wieder hungrig. Alles Luft und nichts dahinter. Balham ist eigentlich gar nicht so übel, wie ich es beschrieben habe, aber davon beim nächsten Mal mehr. Ich lege Dir in den Umschlag ein Gedicht von Auden über den Tod von Yeats, das ich aus einer London Mercury *vom letzten Jahr ausgeschnitten habe. Am Wochenende fahre ich zu Grace und werde in den Kisten nach Deinem Housman suchen. Muß mich beeilen. Denke jede Minute an Dich. Ich liebe Dich. Ich warte auf Dich. Komm zurück. Cee.*

Ein Stiefeltritt ins Kreuz weckte ihn.

»Komm schon, Boss. Raus aus den Federn!«

Er fuhr hoch und blickte auf seine Armbanduhr. Das Scheunentor war ein blauschwarzes Rechteck. Er nahm an, daß er etwa eine Dreiviertelstunde geschlafen hatte. Mace schüttelte gewissenhaft das Stroh aus den Säcken und baute den Tisch ab. Dann hockten sie stumm auf den Ballen und rauchten die erste Zigarette des Tages. Als sie nach draußen gingen, fanden sie einen Tontopf mit einem schweren Holzdeckel. Eingewickelt in ein Musselintuch lagen darin ein Laib Brot und eine Ecke Käse. Turner teilte die Vorräte gleich mit seinem Bowiemesser auf.

»Für den Fall, daß wir getrennt werden«, murmelte er.

Im Bauernhaus brannte bereits Licht, und die Hunde bellten wie verrückt, als sie über den Hof gingen. Sie stiegen über ein Tor und stapften in nördlicher Richtung über einen Acker davon. Nach knapp einer Stunde hielten sie in dichtem Unterholz an, rauchten und tranken aus ihren Feldflaschen. Turner studierte die Karte. Hoch oben am

Himmel flogen bereits die ersten Bomber, fünfzig Heinkel in Formation, ebenfalls unterwegs zur Küste. Die Sonne ging auf; Wolken waren kaum zu sehen. Ein idealer Tag für die Luftwaffe. Schweigend marschierten sie gut eine Stunde lang. Sie fanden keinen brauchbaren Weg, also folgten sie der Kompaßnadel, liefen über Weiden, vorbei an Kühen und Schafen, und über Äcker mit Rüben und jungem Weizen. Auch wenn sie sich von den Straßen fernhielten, waren sie nicht so sicher, wie Turner geglaubt hatte. Auf einer Kuhweide zählten sie ein Dutzend Bombentrichter, und in hundert Metern Umkreis versprengt lagen Fleischfetzen, Knochen und schwarzweiße Fellstücke. Doch die Männer waren in Gedanken versunken und sagten kein Wort. Turner hatte Probleme mit der Karte. Er nahm an, daß es noch etwa vierzig Kilometer bis Dünkirchen waren, aber je näher sie kamen, um so schwieriger würde es werden, die Straßen zu vermeiden. Alles lief dort zusammen. Flüsse und Kanäle mußten überquert werden. Und falls sie die Brücken benutzten, würden sie bloß Zeit verlieren, wenn sie anschließend wieder querfeldein marschierten.

Kurz nach zehn Uhr machten sie noch mal Rast. Sie waren über einen Zaun geklettert, um auf einen Weg zu gelangen, den er auf der Karte nicht finden konnte. Immerhin führte dieser in die richtige Richtung über flaches, fast baumloses Land. Sie waren knapp eine halbe Stunde marschiert, als sie einige Kilometer voraus einen Kirchturm sahen und eine Flak hörten. Er blieb stehen und sah erneut auf der Karte nach.

»Mann, mit der Karte kann man keine Miezen finden«, sagte Unteroffizier Nettle.

»Psst. Er hat wieder seine Zweifel.«

Turner lehnte sich gegen einen Zaunpfosten. Jedesmal, wenn er den rechten Fuß aufsetzte, tat ihm die ganze Seite weh. Das scharfe Ding schien sich durch die Haut zu bohren und sich in seinem Hemd zu verhaken. Er mußte einfach immer wieder mit dem Zeigefinger drüberfahren, fühlte aber nur gereizte, aufgeplatzte Haut. Es war nicht fair, daß er sich nach dem gestrigen Abend wieder den Spott der Unteroffiziere anhören mußte. Schmerz und Müdigkeit machten ihn überempfindlich, aber er sagte nichts und versuchte, sich zu konzentrieren. Das Dorf hatte er auf der Karte gefunden, aber nicht den Weg, obwohl der zweifellos zum Dorf führte. Offenbar war es genau so, wie er befürchtet hatte. Sie würden auf eine Straße stoßen und mindestens bis zur Verteidigungslinie am Bergues-Furnes-Kanal darauf bleiben müssen. Einen anderen Weg gab es nicht. Die Unteroffiziere rissen wieder ihre Sprüche. Er faltete die Karte zusammen und ging weiter.

»Irgendeinen Plan, Boss?«

Er gab keine Antwort.

»Huch, jetzt ist die Kleine aber beleidigt.«

Außer dem Tack-tack hörten sie tiefer im Westen noch Artilleriefeuer, ihr eigenes. Und je näher sie dem Dorf kamen, um so lauter wurde das Geräusch langsam fahrender Lastwagen. Dann sahen sie die Fahrzeuge, eine lange Reihe, die im Schrittempo nach Norden kroch. Es war verlockend, einfach hinten aufzusitzen, aber Turner wußte aus Erfahrung, was für leichte Ziele diese Laster aus der Luft boten. Zu Fuß konnte man wenigstens hören und sehen, was auf einen zukam.

Ihr Weg traf dort auf die Straße, wo diese mit einer scharfen Rechtskurve aus dem Dorf herausführte, und sie setzten sich auf den Rand eines steinernen Wassertrogs, um ihren Füßen zehn Minuten Pause zu gönnen. Mit kaum zwei Kilometern die Stunde quälten sich Dreitonner, Zehntonner, Halbkettenfahrzeuge und Sanitätswagen um die enge Biegung und verließen das Dorf auf einer langen, geraden, links von Platanen gesäumten Straße. Sie führte direkt nach Norden, wo eine schwarze Wolke von verbranntem Öl am Horizont stand und Dünkirchen markierte. Den Kompaß würden sie nicht mehr brauchen. Aufgereiht entlang der Straße lagen von den eigenen Truppen zerstörte Militärfahrzeuge. Dem Feind sollte nichts Brauchbares in die Hände fallen. Verwundete, soweit sie bei Bewußtsein waren, starrten ihnen ausdruckslos aus offenen Lastwagen nach. Und zwischen Panzerwagen, Stabswagen, Panzerspähwagen und Motorrädern entdeckten sie vollgestopfte, mit Koffern und Haushaltsdingen hoch beladene zivile Fahrzeuge, Autos, Busse, Viehlaster oder auch Karren, die von Männern und Frauen oder von Pferden gezogen wurden. Die Luft war grau vor Dieselqualm. Aberhundert Soldaten kämpften sich müde durch den Gestank, die meisten mit dem Gewehr in der Hand und über den Schultern den lästigen Militärmantel – bloßer Ballast in der zunehmenden Hitze –; für den Augenblick waren sie zu Fuß schneller als der motorisierte Verkehr.

Mit den Soldaten marschierten Familien, schleppten Bündel und Koffer, Babys auf dem Arm, Kinder an den Händen. Der einzige menschliche Laut, den Turner hörte, war das Geschrei dieser Babys. Einige ältere Menschen gingen allein. Ein alter Mann, sauberer grüner Leinenanzug, Fliege und Pantoffeln, schlurfte an zwei Stöcken so langsam voran, daß er sogar von den Autos überholt wurde. Er schnaufte erbärmlich. Wohin er auch wollte, er würde nicht ankommen. Auf der anderen Straßenseite, gleich an der Kurve, war ein Schuhgeschäft. Turner sah, wie eine Frau mit einem kleinen Mädchen auf eine Verkäuferin einredete, die zwei verschiedene Schuhe in Händen hielt – die drei achteten überhaupt nicht auf die Prozession in ihrem Rücken. Um dieselbe Kurve schob sich in Gegenrichtung eine Kolonne von Panzerwagen, deren Lack noch keinen einzigen Kratzer hatte. Sie fuhren nach Süden, dem deutschen Angriff entgegen. Sollten sie allerdings auf eine feindliche Panzerdivision treffen, konnten sie nicht damit rechnen, den fliehenden Soldaten mehr als ein oder zwei Stunden Zeit zu verschaffen.

Turner stand auf, nahm einen Schluck aus der Feldflasche und reihte sich hinter zwei Soldaten der Highland Light Infantery in die Prozession ein. Die Unteroffiziere folgten ihm, aber da sie sich nun dem Hauptstrom der Flüchtenden angeschlossen hatten, fühlte er sich nicht mehr für sie verantwortlich, jetzt nicht mehr. Der Schlafmangel verstärkte noch seinen Haß. Ihre Sticheleien ärgerten ihn heute, weil er fand, daß sie die Kameradschaft vom Vorabend verrieten. Aber eigentlich haßte er heute alle Menschen. Seine Gedanken drehten sich nur noch um den kleinen, harten Kern des eigenen Überlebens.

Um die Unteroffiziere abzuschütteln, beschleunigte er seinen Schritt, überholte die Schotten und drängte sich an einem Grüppchen Nonnen vorbei, die einige Dutzend Kinder mit blauen Hemdblusen vor sich her trieben. Sie sahen wie die übriggebliebenen Schüler eines Internats aus, wie jene, die er in der Nähe von Lille unterrichtet hatte, damals in dem Sommer, bevor er nach Cambridge ging. Eine Zeit, die ihm heute zum Leben eines anderen Menschen zu gehören schien. Eine tote Kultur. Erst hatten sie sein Leben zerstört, dann das aller anderen. Wütend preschte er voran, obwohl ihm klar war, daß er dieses Tempo nicht lange halten konnte. Er war nicht zum ersten Mal in einer solchen Kolonne, und er wußte genau, wonach er suchte. Gleich rechts war ein Graben, aber der war flach und zu einsehbar. Die Bäume standen auf der anderen Seite. Er drängte hinüber und geriet vor einen Renault, eine Limousine, deren Fahrer im gleichen Augenblick auf die Hupe drückte. Der schrille Lärm weckte Turners Wut. Genug! Er sprang zur Fahrertür und riß sie auf. Drinnen saß ein herausgeputztes Kerlchen mit Federhut und grauem Anzug, Lederkoffer neben sich, die Familie zusammengepfercht auf dem Rücksitz. Turner packte den Mann am Schlips und wollte ihm gerade mit der offenen rechten Hand ins dämliche Gesicht schlagen, als eine andere, weit stärkere Hand sich um sein Handgelenk schloß.

»Ist doch nicht der Feind, Boss.«

Ohne seinen Griff zu lockern, zog Unteroffizier Mace ihn beiseite. Nettle, der direkt hinter ihm stand, trat mit solcher Wucht gegen die Fahrertür, daß der Rückspiegel abfiel. Die Kinder in ihren blauen Hemden lachten und klatschten Beifall.

Die drei Männer drängten auf die andere Seite und hielten sich unter den Bäumen. Die Sonne stand hoch am Himmel, und es war warm, aber noch fiel kein Schatten auf die Straße. Von den Fahrzeugen im Straßengraben waren etliche aus der Luft zerstört worden. Rund um die aufgegebenen Lastwagen lag die Ladung, die immer wieder aufs neue von Soldaten auf der Suche nach Eßbarem, Getränken oder Benzin durchwühlt wurde. Turner und die beiden Unteroffiziere stapften an Kisten vorüber, aus denen Farbbandspulen für Schreibmaschinen quollen, an Hauptbüchern für doppelte Buchführung, einer Lieferung Blechtische und Drehstühle, Kochutensilien und Autoersatzteilen, Sätteln, Steigbügeln und Zaumzeug, Nähmaschinen, Fußballpokalen, stapelbaren Stühlen sowie einem Filmprojektor und einem Generator – beide zerschlagen von dem gleich daneben liegenden Kuhfuß. Sie sahen einen Sanitätswagen, der halb im Graben hing und von dem ein Rad abgeschraubt worden war. Auf einer Messingplakette an der Fahrertür stand: »Dieser Sanitätswagen ist ein Geschenk der britischen Bewohner Brasiliens.«

Turner fand heraus, daß man im Gehen schlafen konnte. Plötzlich verstummte das Lärmen der Motoren, die Nakkenmuskeln wurden schlaff, und der Kopf fiel vornüber; beim Aufwachen fuhr er dann zusammen und schwankte meist ein wenig. Nettle und Mace wollten sich mitnehmen lassen, aber er hatte ihnen am Vortag schon erzählt, was in seiner ersten Kolonne passiert war – zwanzig Mann hinten auf einem Dreitonner, von einer einzigen Bombe getötet. Er selbst hatte unterdessen in einem Graben gehockt, den Kopf in einem Kanalrohr, und sich den Schrapnellsplitter eingefangen.

»Geht nur«, hatte er gesagt. »Ich bleib hier.«

Also wurde das Thema fallengelassen, sie wollten nicht ohne ihn gehen – er war ihr Glücksbringer.

Wieder gingen sie hinter einigen Infanteristen der Highland Lights her. Ein Soldat spielte Dudelsack, und prompt fingen die Unteroffiziere an, ihre eigene, nasale Parodie seiner Musik zu winseln. Turner tat, als wollte er auf die andere Straßenseite.

»Wenn ihr eine Schlägerei anfangt, will ich nichts damit zu tun haben.«

Einige Schotten hatten sich bereits umgedreht und unterhielten sich leise.

»It's a braw bricht moonlicht nicht the nicht«, rief Nettle in breitestem Cockney. Wahrscheinlich hätte es gleich darauf Ärger gegeben, wäre nicht weiter vorn ein Schuß gefallen. Da verstummte der Dudelsack. Auf einem offenen Feld versammelte sich ein Großteil der französischen Kavallerie, saß ab und trat in einer langen Reihe an. Am Beginn der Reihe stand ein Offizier, tötete ein Pferd mit einem Schuß in den Schädel und ging zum nächsten. Jeder Soldat hatte neben seinem Tier Haltung angenommen, die Schirmmütze feierlich vor der Brust. Die Pferde warteten geduldig, bis sie an die Reihe kamen.

Dieses Schauspiel ihrer Niederlage schlug allen aufs Gemüt. Den Unteroffizieren war die Lust vergangen, sich mit den Schotten anzulegen, und die wiederum hatten sie längst vergessen. Minuten später sahen sie fünf Leichen im Graben, drei Frauen und zwei Kinder, das Gepäck um sie herum verstreut. Eine der Frauen trug Pantoffeln, genau wie der Mann im Leinenanzug. Turner wandte den Blick ab, fest entschlossen, nichts mehr an sich herankommen zu lassen. Wenn er überleben wollte, mußte er den Himmel im Auge behalten. Das vergaß er immer wieder, so müde war er. Außerdem war es schrecklich heiß. Einige Männer ließen ihren Militärmantel einfach zu Boden sinken. Ein herrlicher Tag. Jedenfalls hätte man ihn zu einer anderen Zeit einen herrlichen Tag genannt. Die Straße stieg an, langsam, aber stetig, gerade so viel, daß ihm die Beine schwer wurden und die Schmerzen in der Seite zunahmen. An der linken Ferse hatte er sich eine Blase gelaufen, weshalb er den Fuß im Stiefel möglichst weit vorschob. Ohne stehenzubleiben, holte er Brot und Käse aus dem Gepäck, doch war er zum Kauen zu durstig. Also steckte er sich wieder eine Zigarette an, um den Hunger zu betäuben, und versuchte, sein Ziel auf das Wesentliche einzugrenzen: Er ging über Land, bis er ans Meer kam. Was könnte einfacher sein, ließ man mal die anderen außer acht? Er war der einzige Mensch auf Erden, und sein Ziel war eindeutig. Er ging über Land, bis er ans Meer kam. In Wirklichkeit gab es viele Menschen, die ihm folgten, das wußte er, aber die Illusion tat gut, und endlich hatte er einen Rhythmus für seine Schritte gefunden. *Ich geh / durchs Land / so rasch / ich kann / bis ans / weite Meer.* Ein Hexameter. Fünf Jamben und ein Anapäst gaben den Rhythmus vor, nach dem er sich jetzt bewegte.

Zwanzig Minuten weiter, und sie hatten die Anhöhe geschafft. Wenn er über die Schulter zurückblickte, sah er, daß die Kolonne sich kilometerweit den Hügel hinabzog; nach vorn konnte er kein Ende erkennen. Sie kreuzten einen Schienenstrang. Laut Karte waren es noch gut fünfundzwanzig Kilometer bis zum Kanal. Inzwischen hatten sie einen Straßenabschnitt erreicht, der beinahe lückenlos von zerstörter Ausrüstung gesäumt wurde. Wie von einem schweren Bulldozer zusammengeschoben, türmten sich ein halbes Dutzend 25-Pfünder hinterm Graben. Vor ihnen fiel das Land wieder ab, und an einer Nebenstraßenkreuzung stockte der Verkehr. Gelächter brandete auf, dann waren vom Straßenrand laute Stimmen zu hören. Als Turner näher kam, sah er einen Major des East Kent Regiments, einen Soldaten der alten Schule, um die Vierzig, mit rosigem Gesicht, der laut schreiend über zwei Felder hinweg auf einen Wald in anderthalb Kilometer Entfernung zeigte. Er zerrte Männer aus der Kolonne, oder versuchte es doch zumindest, aber die meisten ignorierten ihn einfach und gingen weiter, andere lachten ihn aus. Vom Offiziersrang eingeschüchtert blieb jedoch der ein oder andere stehen, obwohl dem Mann selbst jede persönliche Autorität fehlte. Sie hatten sich mit ihren Gewehren um ihn versammelt und starrten ihn unsicher an.

»He, Sie da. Ja, genau, Sie meine ich.«

Die Hand des Majors lag auf Turners Schulter. Er blieb stehen und salutierte, noch ehe er recht wußte, was er tat. Die Unteroffiziere waren hinter ihm.

Ein kurzer Oberlippenbart überschattete die schmalen, zusammengepreßten Lippen, zwischen denen er barsch die Worte hervorstieß: »Der Jerry steckt drüben im Wald. Von uns eingekesselt. Muß eine Vorhut sein. Zwei Maschinengewehre. Verdammt gut eingegraben. Wir gehen rein und holen ihn da raus.«

Turner fühlte, wie ihn eisiges Entsetzen packte, die Knie begannen zu schlottern. Er zeigte dem Major die leeren Handflächen.

»Aber womit denn, Sir?«

»Mit List und einem bißchen Kameradschaftsgeist.«

Wie konnte er sich bloß gegen diesen Idioten zur Wehr setzen? Turner war zu müde zum Nachdenken, doch wußte er, daß er nicht mitgehen würde.

»Also, ich habe da oben die Reste von zwei Zügen auf dem östlichen...«

Reste war das Wort, das ihnen alles sagte und das Mace dazu brachte, ihm ins Wort zu fallen und seine ganze Kasernenhoferfahrung aufzubieten.

»Entschuldigen Sie, Sir. Erbitte Erlaubnis, sprechen zu dürfen.«

»Erlaubnis verweigert, Unteroffizier.«

»Besten Dank, Sir. Befehl vom Hauptquartier. Sofort, schnell, zügig und unverzüglich nach Dünkirchen vorzurücken, Sir, ohne zu debattieren, deroutieren oder sich zu verdünnisieren, und zwar zum Zweck der allgemeinen und sofortigen Evakuierung, da sonst Gefahr droht, von allen Seiten kolossal und katastrophal eingekesselt zu werden, Sir.«

Der Major drehte sich um und pochte mit dem Zeigefinger Mace auf die Brust.

»Jetzt hören Sie mir mal zu. Dies ist unsere allerletzte Chance...«

Verträumt warf Unteroffizier Nettle ein: »Kam von Lord Gort. Hat den Befehl höchstpersönlich aufgesetzt und selbst überbracht.«

Turner fand es unglaublich, daß er es wagte, so mit einem Offizier zu reden. Und riskant. Doch der Major hatte noch gar nicht begriffen, daß man ihn zum Narren hielt. Irgendwie schien er zu glauben, Turner habe mit ihm gesprochen, denn die kleine Ansprache, die er nun hielt, richtete er vor allem an ihn: »Ein absolutes Chaos, dieser Rückzug. Um Himmels willen, Mann, das ist die allerletzte Gelegenheit, denen zu zeigen, was in uns steckt, wenn wir entschieden und entschlossen vorgehen. Außerdem...«

Er sagte noch eine ganze Menge, aber es war, als hätte sich plötzlich eine dumpfe Stille über das helle, spätmorgendliche Land gelegt. Diesmal war Turner nicht eingeschlafen. Er blickte über die Schultern des Majors nach vorn. Dort hing, weit fort, etwa zehn Meter über der Straße und in der Hitze wabernd, etwas, das wie ein Holzbrett aussah und waagerecht in der Luft lag, in der Mitte eine kleine Beule. Die Worte des Majors drangen nicht mehr zu ihm durch, selbst seine eigenen klaren Gedanken kamen nicht mehr bei ihm an. Ohne größer zu werden, schwebte diese waagerechte Erscheinung am Himmel, und obwohl ihm langsam klar wurde, was sie zu bedeuten hatte, konnte er sich wie in einem Traum nicht regen und nicht rühren. Es gelang ihm bloß, den Mund zu öffnen, aber er brachte keinen Laut hervor, und hätte er reden können, hätte er nicht gewußt, was er sagen sollte.

Dann, genau in dem Augenblick, als der Lärm wieder über ihm zusammenbrach, platzte der Schrei aus ihm heraus: »Weg hier!« Schnurstracks lief er auf die nächste Deckung zu. Es war ein ungenauer, ganz und gar nicht soldatischer Rat gewesen, aber er spürte, daß die beiden Unteroffiziere ihm dicht auf den Fersen waren. Seine Beine schienen wie gelähmt. Es war kein Schmerz, den er unterhalb seiner Rippen spürte, eher ein Gefühl, als würde etwas über seine Knochen schaben. Er ließ den Militärmantel fallen. Fünfzig Meter vor ihm lag ein umgekippter Dreitonner. Sein schwarzes, öliges Chassis, sein knorriges Getriebe war sein einziges Zuhause. Ihm blieb nicht viel Zeit. Ein Kampfflugzeug sauste im Tiefflug über die Kolonne. Die breit gestreuten Geschoßgarben näherten sich mit dreihundertfünfzig Kilometern die Stunde, ein ratternder, lärmender Kugelhagel, der auf Glas und Metall niederprasselte. In den fast zum Stillstand gekommenen Fahrzeugen reagierte noch niemand. Fahrer wurden erst jetzt durch ihre Rückspiegel auf das Schauspiel aufmerksam. Sie waren dort, wo er noch vor Sekunden gestanden hatte. Die Männer hinten auf den Lastwagen ahnten noch nichts. Ein Feldwebel stand mitten auf der Straße und legte das Gewehr an. Eine Frau schrie. Dann erreichte ihn das Feuer, gerade als er sich in den Schatten des Lasters warf. Der Stahlrahmen zitterte, als Kugeln im wilden Stakkato eines Trommelwirbels einschlugen. Schon brauste das Feuer über ihn hinweg, huschte die Kolonne entlang, gefolgt vom Röhren der Kampfflugzeugmotoren und einem flirrenden Schatten. Er preßte sich neben dem Vorderrad in die Dunkelheit des Chassis. Nie hatte Schmieröl herrlicher gerochen. Wie ein Fötus rollte er sich zusammen; die Arme um den Kopf, die Augen fest geschlossen, dachte er nur ans Überleben und wartete auf das nächste Flugzeug.

Es kam keines mehr. Nur das Summen der Insekten, die entschlossen ihr spätfrühlingshaftes Treiben wieder aufnahmen, und der Gesang der Vögel setzten nach angemessener Pause wieder ein. Und dann, als hätten die Vögel ihnen das Stichwort gegeben, begannen die Verwundeten zu stöhnen und zu schreien, weinten verschreckte Kinder. Wie immer verfluchte irgend jemand die Royal Air Force. Turner stand auf und klopfte sich ab, als auch Nettle und Mace wieder auftauchten. Zusammen kehrten sie dahin zurück, wo der Major benommen auf der Erde saß. Alle Farbe war aus seinem Gesicht gewichen, und er hielt sich die rechte Hand.

Als er sie sah, sagte er: »Kugel ist glatt durchgegangen. Verdammt Glück gehabt.«

Sie halfen ihm auf und wollten ihn zu einem Sanitätswagen bringen, bei dem ein Arzt im Rang eines Hauptmanns und zwei Sanitäter sich bereits um die Verwundeten kümmerten. Doch er schüttelte den Kopf und konnte sich ohne ihre Hilfe auf den Beinen halten. Der Schock machte ihn gesprächig, aber er redete nicht mehr ganz so laut.

»ME 109. Muß das Maschinengewehr gewesen sein. Die Bordkanone hätte mir die ganze vermaledeite Hand abgehackt. Zwanzig Millimeter, sehen Sie ja. War bestimmt von seiner Rotte getrennt. Hat uns auf dem Heimweg gesehen und konnte nicht widerstehen. Kann es ihm nicht mal verübeln. Heißt nur, daß wir bald noch mehr von denen zu Gesicht kriegen.«

Das halbe Dutzend Männer, das er vorher um sich geschart hatte, kroch aus den Gräben, sammelte die Gewehre ein und marschierte los, doch ihr Anblick brachte den Major wieder zu sich.

»Also schön, Jungs. In einer Reihe angetreten.«

Sie schienen ihm nicht widerstehen zu können und stellten sich auf. Mit leicht bebender Stimme wandte er sich nun an Turner: »Und ihr drei da. Marsch, marsch!«

»Ehrlich gesagt, alter Junge, ich glaube, wir wollen eigentlich lieber nicht.«

»Aha, verstehe.« Mit zusammengekniffenen Augen starrte er auf Turners Schultern, schien dort die Abzeichen eines ranghöheren Offiziers zu entdecken und salutierte gutmütig mit der linken Hand. »Wenn das so ist, Sir, machen wir uns jetzt mal auf den Weg. Wünschen Sie uns Glück.«

»Viel Glück, Major.«

Sie sahen ihm nach, wie er mit seiner zögernden Truppe zum Wald marschierte, in dem die Maschinengewehre auf sie warteten.

Eine halbe Stunde lang kam die Kolonne keinen Schritt voran. Turner meldete sich beim Hauptmann und half den Krankenträgern, die Verwundeten einzusammeln. Anschließend suchte er ihnen einen Platz auf den Lastwagen. Von den Unteroffizieren war keine Spur zu sehen. Turner besorgte Verbandsmaterial aus dem Sanitätswagen, sah dem Hauptmann zu, wie er eine Kopfwunde vernähte, und spürte, wie sich der alte Ehrgeiz in ihm regte, doch die Unmengen Blut verwischten das letzte Lehrbuchwissen, das er noch besaß. Auf ihrem Straßenabschnitt hatte es fünf Verwundete, überraschenderweise aber keinen einzigen Toten gegeben; der Feldwebel mit dem Gewehr war allerdings ins Gesicht getroffen worden, und man nahm nicht an, daß er lange überleben würde. Drei Fahrzeugen hatte das Flugzeug den Motor zerschossen, weshalb sie von der Straße geschoben wurden. Man pumpte das Benzin ab und feuerte sicherheitshalber auch noch ein paar Kugeln in die Reifen.

Als sie in ihrem Abschnitt soweit fertig waren, kam die Kolonne weiter vorn noch immer nicht in Bewegung. Turner holte seinen Mantel von der Straße und zog los. Er war zu durstig, um noch länger warten zu können. Eine ältliche Belgierin mit einem Knieschuß hatte seinen letzten Tropfen Wasser getrunken. Die Zunge lag ihm dick und geschwollen im Mund, und all seine Gedanken konzentrierten sich darauf, etwas zu trinken zu finden. Und den Himmel im Auge zu behalten. In den nächsten Straßenabschnitten änderte sich das Bild nur wenig, Fahrzeuge waren unbrauchbar geworden und Verletzte wurden in Lastwagen gehoben. Nach knapp zehn Minuten sah er etwa zwanzig Meter abseits der Straße im tiefen, grünen Schatten einiger Pappeln den Kopf von Mace neben einem Erdhaufen aus dem Gras ragen. Er ging zu ihm, obwohl er wußte, daß er in seiner Gemütsverfassung vermutlich besser daran täte, einfach weiterzulaufen. Mace und Nettle standen schultertief in einem Loch. Sie hoben ein Grab aus und waren fast damit fertig. Hinter dem Haufen lag ein fünfzehnjähriger Junge mit dem Gesicht nach unten. Ein hellroter Fleck auf seinem Rücken hatte sich vom Kragen bis zum Gürtel über das weiße Hemd ausgebreitet.

Mace lehnte sich auf seinen Spaten und ahmte ziemlich gekonnt seine Stimme nach. »*Ich glaube, wir wollen eigentlich lieber nicht.* Gar nicht übel, Boss. Das merke ich mir fürs nächste Mal.«

»Deroutieren war klasse. Wo hast du das bloß aufgeschnappt?«

»Der hat ein ganzes verdammtes Wörterbuch gefressen«, sagte Unteroffizier Nettle stolz.

»Ich habe früher gern Kreuzworträtsel gelöst.«

»Und ›kolossal und katastrophal eingekesselt‹?«

»Stammt von einem Musikabend letzte Weihnacht in der Stufzmesse.«

Und immer noch im Grab stehend, sangen Nettle und Mace:

> Hinz und Kunz wurde kolossal klar,
> eingekesselt war die Lage katastrophal.

Hinter ihnen setzte sich die Kolonne wieder in Bewegung.

»Packen wir ihn rein«, sagte Unteroffizier Mace.

Die drei Männer trugen den Jungen ins Grab und legten ihn auf den Rücken. In seiner Hemdtasche steckte eine Reihe Füllfederhalter. Die Unteroffiziere hielten sich nicht mit Feierlichkeiten auf. Sie schaufelten die Erde wieder ins Loch, und bald war die Leiche nicht mehr zu sehen.

»Hübscher Junge«, sagte Nettle.

Mit einem Strick hatten sie zwei Zeltstangen zu einem Kreuz zusammengebunden. Nettle hämmerte es mit dem flachen Spaten in den Boden. Sobald sie fertig waren, gingen sie zurück auf die Straße.

Mace sagte: »Er war bei seinen Großeltern, und die wollten ihn nicht im Graben liegenlassen. Ich dachte, sie würden kommen und sich von ihm verabschieden, aber die beiden sind selbst ziemlich schlimm dran. Wir sollten ihnen lieber sagen, wo er liegt.«

Doch die Großeltern des Jungen waren nirgendwo aufzufinden. Als sie sich wieder in den Troß einreihten, holte Turner die Karte heraus und sagte: »Behaltet den Himmel im Auge.« Der Major hatte recht – da die Messerschmitt sie nur flüchtig gestreift hatte, würden die Flugzeuge wiederkommen. Sie hätten längst da sein müssen. Auf seiner Karte war der Bergues-Furnes-Kanal ein dicker, hellblauer Strich. Turners Ungeduld, endlich bis zu ihm vorzudringen, hatte sich untrennbar mit seinem Durst verknüpft. Er wollte sein Gesicht in dieses Blau tauchen, wollte es in tiefen Zügen austrinken. Dieser Gedanke erinnerte ihn an kindliche Fieberphantasien, an ihre wilde, erschreckende Logik, an die Suche nach der kühlsten Stelle auf dem Kissen, an die Hand seiner Mutter auf der Stirn. Die liebe Grace. Wenn er jetzt seine Stirn berührte, fühlte sich die Haut trocken und wie Pergament an. Er spürte, daß sich die Entzündung um seine Wunde ausbreitete; die Haut spannte sich immer stärker, verhärtete sich, und irgendwas, kein Blut, suppte ins Hemd. Er wollte sich in Ruhe untersuchen, aber das würde hier kaum möglich sein. Die Marschkolonne kroch in dem alten, unerbittlichen Tempo voran. Die Straße führte direkt zur Küste – Abkürzungen gab es nicht mehr. Und je näher sie kamen, desto weiter breitete sich die schwarze Wolke, die bestimmt von einer brennenden Raffinerie in Dünkirchen herrührte, über den nördlichen Himmel aus. Ihm blieb nichts anderes übrig, als darauf zuzulaufen. Also senkte er den Kopf und überließ sich wieder dem stummen Trott.

Es gab keine Platanen mehr, die Deckung geboten hätten. Schattenlos und Überfällen schutzlos ausgeliefert, wand sich die Straße in langen, flachen S-Kurven durch das wellige Gelände. Er hatte kostbare Reserven mit unnötigem

Geschwätz und überflüssigen Begegnungen vergeudet. Müdigkeit hatte ihn in oberflächliche Hochstimmung versetzt und unnötig mitteilsam gemacht. Jetzt beschränkte er seine Energie auf den Rhythmus seiner Stiefel – *ich geh durchs Land, so rasch ich kann, bis ans weite Meer.* All das, was ihn aufhielt, mußte, und wenn es noch so geringfügig war, von dem überboten werden, was ihn vorantrieb. In der einen Waagschale seine Wunde, der Durst, die Blase, Müdigkeit, Hitze, schmerzende Füße und Beine, Stukas, die vielen Kilometer, der Ärmelkanal, in der anderen *Ich warte auf Dich* und die Erinnerung an den Augenblick, in dem sie es gesagt hatte, der für ihn inzwischen gleichsam heilig geworden war. Dann noch die Angst davor, gefangengenommen zu werden. Seine sinnlichsten Erinnerungen – die wenigen Minuten in der Bibliothek, der Kuß an der Haltestelle – waren durch zu häufigen Gebrauch ausgebleicht. Bestimmte Abschnitte aus ihren Briefen kannte er auswendig, zum Brunnen, an dem sie sich wegen der Vase gestritten hatten, war er oft zurückgekehrt, und er hatte nicht vergessen, wie warm ihr Arm bei dem Abendessen gewesen war, an dem die Zwillinge verschwanden. Diese Erinnerungen gaben ihm Kraft, wenn auch nicht mehr so leichthin wie früher. Allzuoft mußte er daran denken, wo er sie zuletzt heraufbeschworen hatte. Sie lagen auf der anderen Seite einer großen Zeitenteilung, die ebenso bedeutsam wie *v. Chr.* und *n. Chr.* war. Vor dem Gefängnis, vor dem Krieg, vor den Tagen, in denen der Anblick einer Leiche zur Banalität verkommen war.

Doch diese Ketzereien verstummten, sobald er ihren letzten Brief gelesen hatte. Turner faßte nach seiner Brusttasche, fühlte nach dem Brief. Fast eine Art Bekreuzigung. Noch da. Dieser Brief war etwas Neues auf den Waagschalen. Der Gedanke, seine Unschuld könnte bewiesen werden, schien von der gleichen schlichten Größe wie die Liebe selbst. Allein der Vorgeschmack darauf machte ihm bewußt, wieviel verkümmert und abgestorben war. Seine Lust am Leben, nichts Geringeres, all die alten Ziele und Sehnsüchte. Jetzt bestand Hoffnung auf Wiedergeburt, auf eine triumphale Rückkehr. Er konnte wieder zu jenem Mann werden, der in der Abenddämmerung im besten Anzug durch einen Park in Surrey gegangen war, erhobenen Hauptes der Zukunft entgegen, der das Haus betreten und Cecilia geliebt hatte – nein, er wollte das Wort vor den Unteroffizieren retten, sie hatten gevögelt, während andere auf der Terrasse an ihren Cocktails nippten. Die Geschichte konnte weitergehen, jene, an die er an dem abendlichen Spaziergang gedacht hatte. Sie würden nicht mehr isoliert sein, er und Cecilia. Ihre Liebe würde den nötigen Raum und einen Platz in der Gesellschaft erhalten. Und er würde nicht mit der Mütze in der Hand um Verständnis von Freunden betteln, die ihn gemieden hatten. Er würde sich auch nicht zurücklehnen, grimmig und stolz, und sie nun seinerseits meiden. Er wußte genau, was er wollte. Er würde einfach weitermachen. Sobald seine Unschuld bewiesen war, konnte er sich nach Kriegsende fürs Medizinstudium bewerben, konnte sich vielleicht auch vorher schon zu den Sanitätern melden. Wenn Cecilia mit ihrer Familie Frieden schloß, würde er Abstand wahren, ohne beleidigt zu tun. Emily oder Jack würde er allerdings nie wieder nahestehen. Cecilias Mutter hatte sich mit seltsamem Nachdruck für seine Verurteilung eingesetzt, und Jack hatte sich von ihm abgekehrt, war, als er ihn gebraucht hatte, einfach in sein Ministerium verschwunden.

All das schien unwichtig, einfach, jedenfalls von hier aus. Sie sahen weitere Leichen auf der Straße, in der Gosse und auf den Bürgersteigen, Dutzende, Soldaten und Zivilisten. Der Gestank war fürchterlich; er setzte sich in seinen Kleidern fest. Die Kolonne hatte ein zerbombtes Dorf erreicht, vielleicht auch die Außenbezirke einer kleinen Stadt – was genau, ließ sich nicht sagen, da nur Ruinen übrig waren. Wen kümmerte schon, was es gewesen war? Wer könnte das Chaos beschreiben, die Namen der Dörfer nennen, die Daten für die Geschichtsbücher festhalten? Wer vernünftige Ansichten vertreten und Schuld zuweisen? Niemand würde je erfahren, wie es war, dabeizusein. Ohne Einzelheiten konnte es kein vollständiges Bild geben. Verlassene Geschäfte säumten die reinste Schrottallee, verlassene Fahrzeuge und ausrangierte Ausrüstung versperrten ihnen fast den Weg. Deshalb, und wegen der Leichen, mußten sie mitten auf der Straße laufen. Das war nicht weiter schlimm, denn der Flüchtlingsstrom bewegte sich sowieso nicht mehr. Soldaten sprangen von Truppentransportern und gingen zu Fuß weiter, stolperten über Steine und Dachziegel. Die Verwundeten ließ man auf den Lastern liegen. Wo es enger wurde, war das Gedränge, die Gereiztheit größer. Turner hielt den Kopf gesenkt, folgte dem Mann vor ihm, verschanzte sich hinter seinen Gedanken.

Seine Unschuld würde bewiesen werden. Von hier aus, wo man sich kaum die Mühe machte, den Fuß zu heben, um nicht auf den Arm einer toten Frau zu treten, schien es ihm unwahrscheinlich, daß er Entschuldigungen oder Ehrbezeugungen brauchte. Schuldlosigkeit würde ein reiner Zustand sein. Wie ein Liebhaber erträumte er ihn sich mit schlichter Sehnsucht. Er träumte davon, wie andere Soldaten von Heim und Herd oder ihren alten, zivilen Beschäftigungen träumten. Und wenn Unschuld hier so wesentlich schien, gab es keinen Grund, warum es daheim in England nicht auch so sein sollte. War sein Name erst reingewaschen, konnten die anderen ihre Ansichten korrigieren. Er hatte seine Zeit abgesessen, sollten sie jetzt das Ihre tun. Seine Aufgabe aber war klar und einfach. Cecilia finden, sie lieben, sie heiraten und unbescholten mit ihr leben.

Doch da gab es etwas, das er sich nicht vorstellen konnte, eine undeutliche Gestalt, die auch im Trümmerfeld neunzehn Kilometer vor Dünkirchen keine klare Kontur erhielt. Briony. Hier geriet er an die äußerste Grenze dessen, was Cecilia seine Großmut genannt hatte. Und an den Rand seiner Vernunft. Falls Cecilia sich wieder mit ihrer Familie vertrug, falls die Schwestern sich wieder anfreundeten, würde er sie nicht länger meiden können. Doch konnte er sich mit ihr abfinden? Konnte er sich in einem Zimmer mit ihr aufhalten? Mit ihr, die ihm die Hoffnung auf Lossprechung anbot? Doch die war nicht für ihn. Er hatte nichts Unrechtes getan. Die Lossprechung galt allein ihr selbst, ihrem eigenen Verbrechen, unter dem ihr Gewissen nicht länger leiden wollte. Sollte er dafür dankbar sein? Ja, natürlich, 1935 war sie noch ein Kind gewesen. Das hatte er sich selbst gesagt, das hatten Cecilia und er sich oft gesagt. Ja, sie war bloß ein Kind gewesen. Doch nicht jedes Kind schickte mit einer Lüge einen Mann ins Gefängnis. Nicht jedes Kind ist derart zielstrebig und bösartig, über lange Zeit so unbeirrt, schwankte nie, zweifelte nie. Ein Kind, doch das hatte ihn nicht davon abgehalten, in seiner Zelle davon zu träumen, wie er Briony demütigen könnte, Dutzende Möglichkeiten zu ersinnen, wie er sich an ihr rächen wollte. Einmal, in Frankreich, in der kältesten Winterwoche, von Cognac sturzbetrunken, hatte er sie sich aufgespießt auf seinem Bajonett ausgemalt. Briony und Danny Hardman. Es war weder gerecht noch vernünftig, Briony zu hassen, aber es half.

Wie wollte er auch bloß ansatzweise verstehen, was in diesem Kind vorging? Nur eine einzige Theorie hielt stand. Es hatte da einen Tag im Juni 1932 gegeben, der ihm so strahlend schön erschienen war, weil er völlig unvermutet nach einer langen, windigen Regenzeit anbrach, einer jener seltenen Vormittage, die mit ihrem verschwenderischen Übermaß an Wärme, Licht und frischem Grün den eigentlichen Beginn des Sommers bedeuteten, sein prächtiges Portal. Er ging mit Briony spazieren, vorbei am Triton-Brunnen, dem Grenzgraben und den Rhododendronbüschen, durch das eiserne Schwingtor und über den schmalen Pfad, der sich durch den Wald schlängelte. Sie war aufgeregt und redete ununterbrochen. Sie mußte damals zehn Jahre alt gewesen sein und hatte gerade angefangen, ihre kleinen Geschichten zu schreiben. Wie alle ihre Verwandten und Bekannten hatte auch er seine eigene, gebundene und bebilderte Erzählung von Liebe, bestandenen Gefahren, gefühlvollem Wiedersehen und abschließender Hochzeit erhalten. Sie waren unterwegs zum Fluß, eine versprochene Schwimmstunde einzulösen. Als sie das Haus verließen, hatte sie ihm bestimmt von einer ihrer jüngsten Geschichten erzählt, vielleicht auch von einem Buch, in dem sie gerade las. Kann sein, daß sie seine Hand gehalten hatte. Sie war ein stilles, leidenschaftliches Mädchen, fast ein wenig spröde, und ein solcher Redeschwall war ziemlich ungewöhnlich. Doch er hatte nichts dagegen, ihr einfach nur zuzuhören. Für ihn selbst war dies auch eine aufregende Zeit. Er war neunzehn, das Examen fast vorbei, und er glaubte, gar nicht mal schlecht abgeschnitten zu haben. Bald würde er kein Schuljunge mehr sein. Das Aufnahmegespräch in Cambridge hatte sich gut angelassen, und in zwei Wochen würde er nach Frankreich fahren, wo er an einer konfessionellen Schule Englisch unterrichten sollte. Dieser Tag hatte etwas Prunkvolles, vielleicht wegen der mächtigen, sich kaum regenden Buchen und Eichen oder wegen des Lichtes, das wie Perlen durch frisches Grün tropfte und sich zu kleinen Pfützen auf dem faulen Laub vom Vorjahr sammelte. Diese Pracht, so meinte er in jugendlichem Leichtsinn zu spüren, spiegelte den herrlichen Schwung seines Lebens.

Sie schwatzte weiter, und er hörte zufrieden, aber nur mit halbem Ohr zu. Der Pfad führte sie aus dem Wald auf das breite, grasbewachsene Flußufer, und sie gingen knapp einen Kilometer stromaufwärts, bis sie wieder in den Wald eintauchten. Hier, in einer Flußbiegung, unter überhängenden Bäumen, war das Becken, das man zu Zeiten von Brionys Großvater ausgetieft hatte. Ein steinernes Wehr dämmte die Strömung und eignete sich hervorragend als Sprungplatz. Für Anfänger war die Stelle allerdings weniger ideal. Ob vom Wehr oder vom Ufer, man landete jedesmal gleich in drei Meter tiefem Wasser. Er sprang hinein, trat auf der Stelle und wartete auf Briony. Sie hatten schon letztes Jahr mit dem Unterricht begonnen, spät im Sommer, als der Fluß weniger Wasser führte und die Strömung eher träge gewesen war. Doch heute konnte man selbst im Bekken einen stetigen, kreiselnden Sog spüren. Briony zögerte einen Moment, dann hüpfte sie mit lautem Schrei vom Ufer in seine Arme. Sie übte Wassertreten, bis die Strömung sie ans Wehr trieb, und dann zog er Briony quer durchs Bekken, damit sie wieder von vorn beginnen konnte. Als sie nach der langen Winterpause mit Brustschwimmen begann, mußte er sie halten, was, da er selbst Wasser trat, nicht ganz einfach war. Nahm er aber die Hand fort, schaffte sie höchstens drei oder vier Züge, ehe sie unterging. Sie fand es lustig, daß sie gegen die Strömung schwimmen mußte, wenn sie am selben Fleck bleiben wollte. Aber sie blieb nicht am selben Fleck. Jedesmal wurde sie wieder ans Wehr getrieben, hielt sich dann an einem rostigen Eisenring fest und wartete auf ihn, das weiße Gesicht hell vor der düsteren, moosbewachsenen Mauer und dem grünlichen Zement. »Bergauf schwimmen«, nannte sie das. Sie konnte gar nicht genug davon bekommen, aber das Wasser war kalt, und nach fünfzehn Minuten reichte es ihm. Er zog sie ans Ufer, ignorierte ihren Protest und half ihr aus dem Wasser.

Er nahm seine Kleider aus dem Korb und ging etwas abseits in den Wald, um sich anzuziehen. Als er zurückkam, stand sie immer noch genau dort, wo er sie verlassen hatte, am Ufer, Blick aufs Wasser, Handtuch um die Schultern.

Sie fragte: »Wenn ich ins Wasser falle, rettest du mich dann?«

»Natürlich.«

Er hatte sich gerade über den Korb gebeugt, weshalb er hörte, aber nicht sah, daß sie ins Wasser sprang. Ihr Handtuch lag am Ufer, doch bis auf die konzentrischen Kreise, die sich über das Wasser ausbreiteten, war keine Spur mehr von ihr zu sehen. Gleich darauf tauchte ihr Kopf auf, sie schnappte nach Luft und war wieder verschwunden. Voller Verzweiflung dachte er daran, zum Wehr zu laufen und sie dort herauszufischen, aber das Wasser war von undurchsichtiger, schlickgrüner Farbe, und unterhalb der Oberfläche würde er sie nur finden, wenn er den Grund nach ihr abtastete. Also blieb ihm keine Wahl – er sprang, mit Schuhen und Jackett, fand fast sofort ihren Arm, schob eine Hand unter ihre Schulter und zog Briony nach oben. Erstaunt sah er, daß sie die Luft anhielt. Mit leuchtenden Augen klammerte sie sich an ihm fest. Er schob sie ans Ufer und hievte sich samt seinen durchweichten Sachen mit einiger Mühe aus dem Wasser.

»Danke«, sagte sie immer wieder, »danke, danke.«

»Das war verdammt blödsinnig, was du da getan hast.«

»Ich wollte, daß du mich rettest.«

»Weißt du denn nicht, wie leicht man hier ertrinken kann?«

»Aber du hast mich gerettet.«

Sorge und Erleichterung schürten seine Wut: »Du dumme Göre. Du hättest uns beide umbringen können.«

Sie verstummte. Er hockte auf dem Gras und kippte Wasser aus seinen Schuhen. »Du bist untergegangen, und ich konnte dich nicht sehen. Meine Kleider haben mich runtergezogen. Wir hätten ertrinken können, alle beide. Findest du das witzig? Ja?«

Es gab nichts mehr zu sagen. Sie zog sich an, und dann gingen sie beide zurück, Briony zuerst, er selbst patschte hinterdrein. Er wollte in den Park, zurück ins Sonnenlicht. Dann stand ihm noch der lange Weg bis zum Pförtnerhaus bevor, wo er sich umziehen konnte. Seine Wut allerdings war noch nicht verraucht. Sie ist alt genug, dachte er, um sich zu einer Entschuldigung durchringen zu können. Doch sie lief wortlos vor ihm her, hielt den Kopf gesenkt, schmollte vermutlich, aber das konnte er nicht sehen. Als sie den Wald verließen und durch das Schwingtor gingen, blieb sie plötzlich stehen und drehte sich um. Sie schaute ihn offen, beinahe trotzig an. Und statt zu schmollen, fiel sie über ihn her.

»Weißt du denn nicht, warum ich wollte, daß du mich rettest?«

»Nein.«

»Ist das nicht offensichtlich?«

»Nein, ist es nicht.«

»Weil ich dich liebe.«

Tapfer brachte sie die Worte mit hochgerecktem Kinn vor und blinzelte rasch mehrmals hintereinander, selbst überwältigt von der ungeheuren Wahrheit, die sie ihm offenbart hatte.

Fast hätte er laut aufgelacht. Er war das Opfer einer Schulmädchenromanze. »Was um alles in der Welt meinst du denn damit?«

»Ich meine damit, was alle Welt damit meint, wenn sie es sagt. Ich liebe dich.«

Diesmal sprach sie die Worte in pathetisch ansteigendem Ton, doch er ahnte, daß er der Versuchung widerstehen sollte, sich über sie lustig zu machen. Es fiel ihm nicht leicht. Er sagte: »Du liebst mich, also wirfst du dich in den Fluß?«

»Ich wollte wissen, ob du mich rettest.«

»Und jetzt weißt du es. Ich riskiere mein Leben für dich, aber das heißt noch lange nicht, daß ich dich liebe.«

Sie richtete sich ein wenig auf. »Ich möchte dir danken, daß du mir mein Leben gerettet hast. Ich werde ewig in deiner Schuld stehen.«

Zeilen, die bestimmt aus einem ihrer Bücher stammten oder die sie kürzlich gelesen oder auch selbst geschrieben hatte.

»Ist schon in Ordnung«, sagte er. »Aber tu das nie wieder, weder für mich noch für sonst jemanden. Versprochen?«

Sie nickte und sagte zum Abschied: »Ich liebe dich. Jetzt weißt du Bescheid.«

Sie ging auf das Haus zu. Trotz der Sonne fröstelte er, sah ihr aber nach, bis sie seinem Blick entschwunden war, und machte sich dann erst auf den Weg nach Hause. Vor seiner Abreise nach Frankreich sollte er sie nicht wiedertreffen, und als er im September zurückkehrte, war sie im Internat. Kurze Zeit später ging er nach Cambridge und feierte Weihnachten mit Freunden, weshalb er Briony erst im darauffolgenden April wiedergesehen hatte, und da war der Vorfall längst vergessen.

Oder vielleicht doch nicht?

Er hatte viel Zeit zum Nachdenken gehabt, viel zuviel Zeit. Doch er konnte sich an kein zweites, irgendwie auffälliges Gespräch mit ihr erinnern, an kein merkwürdiges Benehmen, keine bedeutungsvollen Blicke oder beleidigten Mienen, die ihm verraten hätten, daß der Schulmädchenflirt länger als jenen einen Tag im Juni gedauert hätte. In den Semesterferien war er fast immer daheim in Surrey gewesen, und sie hatte oft Gelegenheit gehabt, ihn im Pförtnerhaus aufzusuchen oder ihm eine Nachricht zukommen zu lassen. Damals hatte ihn sein neues Leben fasziniert, hatte er den Reiz des ungewohnten Studentendaseins genossen und außerdem darauf geachtet, ein wenig Abstand von der Familie Tallis zu gewinnen. Doch es mußte Anzeichen gegeben haben, die von ihm übersehen worden waren. Drei Jahre lang mußte sie Gefühle für ihn gehegt und sie vor ihm verborgen haben, Gefühle, die allein von ihrer Phantasie gespeist und nur in ihren Geschichten ausgelebt wurden. Sie gehörte zu jenen Mädchen, die mit dem Kopf in den Wolken lebten. Vielleicht hatte ihr das Drama am Fluß genügend Stoff für all die Jahre geboten.

Diese Theorie oder auch diese Gewißheit gründete sich auf die Erinnerung an eine einzige Begegnung – die Begegnung in der Dämmerung auf der Brücke. Jahrelang hatte er immer wieder über seinen Spaziergang durch den Park nachgedacht. Sie dürfte gewußt haben, daß er zum Essen eingeladen war. Und da stand sie, barfuß, in ihrem schmutzigen, weißen Kleid. Das allein war schon merkwürdig genug. Vermutlich hatte sie auf ihn gewartet, hatte vielleicht eine kleine Rede vorbereitet, sie vielleicht, während sie auf der steinernen Brüstung saß, sogar laut geübt. Als er schließlich kam, brachte sie keinen Ton heraus. Das war an sich schon eine Art Beweis. Selbst damals hatte er es seltsam gefunden, daß sie kein Wort sagte. Er gab ihr den Brief, und sie rannte los. Minuten später hatte sie den Umschlag aufgemacht. Sie war schockiert, und nicht nur über das eine Wort. In ihren Augen hatte er ihre Liebe verraten, weil er ihrer Schwester den Vorzug gegeben hatte. In der Bibliothek dann sah sie ihre schlimmsten Befürchtungen bestätigt, und im selben Moment brach ihre ganze Phantasiewelt zusammen. Erst Enttäuschung und Verzweiflung, später wachsende Verbitterung. Im Dunkeln schließlich, während alle nach den Zwillingen suchten, die unglaubliche Gelegenheit zur Rache. Sie nannte seinen Namen – und außer ihrer Schwester und seiner Mutter zweifelte niemand an dem, was sie erzählte. Den spontanen Impuls, die aufbrausende Gehässigkeit, die kindliche Zerstörungswut, die konnte er verstehen. Erstaunlich fand er nur, wie tief die Verbitterung des Mädchens saß, wie beharrlich es an einer Geschichte festhielt, die ihn ins Gefängnis von Wandsworth gebracht hatte. Doch nun würde seine Unschuld wohl endlich festgestellt werden, und darüber freute er sich. Er konnte den Mut anerkennen, den es sie kosten würde, erneut vor Gericht zu gehen und die Zeugenaussage zu widerrufen, die sie unter Eid abgelegt hatte. Doch glaubte er nicht, daß er jemals aufhören würde, sie zu verachten. Gewiß, sie war damals ein Kind gewesen, aber er konnte ihr nicht verzeihen. Er würde ihr niemals verzeihen. Das war der eigentliche Schaden, den sie angerichtet hatte.

Vorn kam es wieder zu irgendeiner Unruhe, irgendwelchem Geschrei. Es war kaum zu fassen, aber eine Panzerkolonne rückte gegen den Strom vor, mitten durch die Menge der Flüchtlinge und Soldaten. Widerwillig teilte sich der Troß, zwängten sich die Menschen in die Lücken zwischen liegengelassenen Fahrzeugen oder drängten sich an zerschmetterte Mauern und in zerstörte Hauseingänge. Es war eine französische Einheit, eine kleine Abteilung – drei Panzerwagen, zwei Halbkettenfahrzeuge und zwei Mannschaftswagen. Schwer zu glauben, daß sie auf derselben Seite standen. Die britischen Truppen waren der Ansicht, die Franzosen hätten sie im Stich gelassen. Keine Lust, fürs eigene Land zu kämpfen. Wütend fluchten die beiseite gedrängten Tommies und riefen ihren Alliierten spöttisch »Maginot!« hinterher. Die *poilus* ihrerseits hatten Gerüchte über eine Evakuierung gehört. Und jetzt waren sie auch noch zur Rückendeckung abkommandiert worden. »Feiglinge! Zu den Schiffen! Macht euch doch in die Hosen!« Dann waren sie fort, und die Menge schloß sich in der Dieselwolke wieder und marschierte weiter.

Sie näherten sich den letzten Häusern im Dorf. Auf den angrenzenden Feldern sah er einen Mann mit seinem Collie hinter einem Pflug herstapfen, der von einem Pferd gezogen wurde. Wie die Frauen im Schuhgeschäft schien der Bauer die Marschkolonne überhaupt nicht zu bemerken. Ihre Leben wurden parallel gelebt – Krieg war ein Hobby für Enthusiasten, wenn auch deshalb nicht weniger ernst zu nehmen. So wie etwa Hunde die Fuchsjagd tödlich ernst nahmen, während hinter der nächsten Hecke eine Frau auf dem Rücksitz eines vorbeifahrenden Autos selbstvergessen strickte und im kahlen Garten eines neuen Hauses ein Mann seinem Sohn beibrachte, wie man Fußball spielte. Das Pflügen würde weitergehen, und es würde eine Ernte geben, jemanden, der das Korn einfuhr und mahlte, andere, die es verzehrten, und nicht alle würden tot sein...

Daran dachte Turner, als Nettle ihn beim Arm packte und nach oben zeigte. Der von der französischen Einheit verursachte Aufruhr hatte das Geräusch ihrer Motoren übertönt, aber sie ließen sich mühelos erkennen. Es waren mindestens fünfzehn, gut dreitausend Meter hoch, kleine Punkte am blauen Himmel, die über der Straße kreisten. Turner und die Unteroffiziere blieben stehen, und alle in ihrer Nähe sahen sie ebenfalls.

Irgendeine erschöpfte Stimme murmelte nah an seinem Ohr: »Verflucht noch mal! Und wo ist die Royal Air Force?«

Eine andere Stimme meinte vielsagend: »Die knöpfen sich die Franzmänner vor.«

Doch als reizte es ihn, das Gegenteil zu beweisen, löste sich einer der Tüpfel und setzte unmittelbar über ihren Köpfen zu einem fast senkrechten Sturzflug an. Sekundenlang hörten sie keinen Ton. Die Stille schien zu einem Druck auf ihren Ohren anzuwachsen. Und selbst das laute Geschrei, das entlang der Straße aufbrandete, konnte diesen Druck nicht lindern. Deckung! Auseinander! Auseinander! Marsch, marsch!

Jede Bewegung fiel schwer. Er konnte sich langsam voranschleppen, und er konnte stehenbleiben, aber es kostete ihn Kraft, Verstandeskraft, sich an halb vergessene Befehle zu erinnern, sich umzudrehen und von der Straße fortzulaufen. Sie hatten beim letzten Haus im Dorf haltgemacht. Hinter dem Haus stand eine Scheune, auf beiden Seiten von dem Feld flankiert, auf dem der Bauer gepflügt hatte. Jetzt suchte er mit seinem Hund Schutz unter einem Baum, als warte er einen Regenschauer ab. Sein immer noch aufgezäumtes Pferd graste auf dem ungepflügten Ackerstreifen. Soldaten und Zivilisten spritzten in alle Richtungen von der Straße. Eine Frau mit einem weinenden Kind rannte an ihm vorbei, änderte dann ihre Meinung, kam zurück, blieb am Straßenrand stehen und schaute unentschlossen mal in die eine, dann in die andere Richtung. Wohin? Zum Bauernhof oder aufs Feld? Ihre Reglosigkeit befreite ihn aus seiner Starre. Als er sie an der Schulter auf das Tor zuschob, hörten sie das Heulen der Jerichosirenen. Alpträume waren zu einer eigenen Wissenschaft geworden. Irgend jemand, auch nur ein Mensch, hatte die Zeit aufgewandt, sich dieses satanische Heulen auszudenken. Und mit welchem Erfolg! Es war das Geräusch der Panik schlechthin, das lauter und lauter wurde und jenem Untergang entgegenstrebte, der, wie sie alle, wie jeder einzelne von ihnen wußte, sie jetzt erwartete. Es war ein Geräusch, das man einfach persönlich nehmen mußte. Turner schob die Frau durch das Tor. Er wollte, daß sie mit ihm auf das Feld lief. Er hatte sie berührt, hatte eine Entscheidung für sie getroffen, und deshalb meinte er, sie nicht im Stich lassen zu dürfen. Doch der Junge war mindestens sechs Jahre alt und schwer; gemeinsam kamen sie kaum voran.

Er riß ihr das Kind aus den Armen. »Kommen Sie«, schrie er.

Ein Stuka hatte eine einzige Fünfhundert-Kilo-Bombe

an Bord, deshalb mußte man sich möglichst weit von Gebäuden, Fahrzeugen und anderen Menschen fernhalten. Der Pilot würde seine kostbare Fracht nicht für eine einsame Gestalt auf einem Feld verschwenden. Wenn er allerdings umkehrte, um im Tiefflug zu jagen, war das etwas anderes. Turner hatte schon erlebt, wie sie nur zum Spaß auf einen einzelnen Mann Hatz gemacht hatten. Mit der freien Hand zog er die Frau am Arm hinter sich her. Der Junge machte sich in die Hose und brüllte Turner ins Ohr. Die Mutter bekam einfach kein Bein vors andere. Sie streckte eine Hand aus und rief etwas. Sie wollte ihren Sohn zurück. Das Kind zappelte und kroch über seine Schulter auf sie zu. Dann begann das Kreischen der fallenden Bombe. Es hieß, wenn man dieses Geräusch vor der Explosion verstummen hörte, war es um einen geschehen. Im Fallen zog er die Frau mit sich und preßte ihren Kopf ins Gras. Kaum hatte er sich halb über das Kind geworfen, da bäumte sich auch schon mit unglaublichem Gebrüll die Erde auf. Die Schockwelle riß sie vom Boden hoch; zum Schutz vor umherfliegenden Erdbrocken schoben sie die Hände vors Gesicht. Dann hörten sie, wie der Stuka nach dem Sturzflug wieder hochgezogen wurde, und gleich darauf setzte das Klagegeheul des nächsten Angriffs ein. Die Bombe war nur siebzig Meter entfernt eingeschlagen. Er nahm den Jungen unter den Arm und versuchte, die Frau wieder auf die Beine zu ziehen.

»Wir müssen weiter. Wir sind zu nah an der Straße.«

Die Frau antwortete, aber er konnte sie nicht verstehen. Erneut stolperten sie über das Feld. Wie ein Farbenblitz flammte der Schmerz in seiner Seite auf. Der Junge lag in seinen Armen, und wieder schien ihn die Frau aufhalten, ihm ihren Sohn entreißen zu wollen. Sie liefen nun zu Hunderten über das Feld, und alle versuchten, den Waldrand am anderen Ende zu erreichen. Beim schrillen Kreischen der Bombe warfen sie sich hin. Nur der Frau fehlte offenbar jeglicher Instinkt für Gefahr, und er mußte sie einmal mehr zu Boden reißen. Diesmal preßten sie die Gesichter in frisch umbrochene Erde. Als das Kreischen lauter wurde, begann die Frau etwas zu schreien, das sich wie ein Gebet anhörte. Und erst jetzt ging ihm auf, daß sie kein Französisch sprach. Der Einschlag lag auf der anderen Straßenseite, gut hundertdreißig Meter entfernt. Doch der erste Stuka hatte inzwischen über dem Dorf gewendet und kam im Tiefflug zurück. Der Junge war vor Schreck verstummt. Seine Mutter wollte nicht aufstehen. Turner zeigte auf den Stuka, der über die Dächer angeflogen kam. Sie waren direkt in seiner Flugbahn, für einen Streit blieb keine Zeit. Sie rührte sich nicht. Er warf sich in die nächste Furche. Die dumpfen Einschläge der Maschinengewehrkugeln pflügten die Erde auf, und die Motoren brüllten über sie hinweg. Ein verwundeter Soldat schrie. Turner war wieder auf den Beinen. Aber die Frau schlug seine Hand beiseite. Sie saß auf dem Boden und drückte ihren Jungen an sich. Sie sprach Flämisch mit ihm, tröstete ihn, sagte ihm bestimmt, daß alles gut werden würde. Mama würde schon dafür sorgen. Turner verstand kein einziges Wort, doch das machte keinen Unterschied. Sie beachtete ihn gar nicht. Mit leerem Blick starrte der Junge über die Schulter seiner Mutter zu ihm herüber.

Turner wich einen Schritt zurück. Dann rannte er und quälte sich noch über die Furchen, als der Angriff begann. Die fette Erde klebte an seinen Stiefeln. Nur in Alpträumen waren die Füße so schwer. Eine Bombe fiel auf die Straße, mitten ins Dorfzentrum, dorthin, wo die Lastwagen standen. Doch ein Kreischen hatte das andere übertönt, und die nächste Bombe schlug ein, ehe er sich hinwerfen konnte. Die Schockwelle schleuderte ihn mehrere Meter weit und warf ihn mit dem Kopf voran zu Boden. Als er aufstand, waren Mund, Nase und Ohren voll Dreck. Er wollte ausspucken, doch ihm fehlte der Speichel. Er nahm den Finger, aber das machte es nur schlimmer. Erst erstickte er fast an der Erde, dann an seinem verdreckten kleinen Finger. Er blies den Schmutz aus der Nase. Sein Rotz war schwarze Erde und rann ihm über den Mund, aber bis zum Wald war es nicht mehr weit, dort würde es Flüsse und Wasserfälle und Seen geben. Für ihn lag dort das Paradies. Als erneut das Heulen eines angreifenden Stukas anschwoll, versuchte er verzweifelt, das Geräusch einzuordnen. Oder blies da jemand Entwarnung? Seine Gedanken waren so verstopft wie seine Ohren. Er konnte nicht spucken und nicht schlucken, konnte nur mit Mühe atmen und konnte nicht denken. Dann, als er den Bauern sah, der mit seinem Hund noch immer geduldig unter den Bäumen wartete, fiel es ihm wieder ein; er konnte sich an alles erinnern und drehte sich um. Dort, wo die Frau mit ihrem Sohn gesessen hatte, war nur noch ein Bombenkrater. Als er das sah, dachte er, er habe es immer gewußt. Deshalb hatte er sich von ihnen trennen müssen. Seine Aufgabe war es zu überleben, auch wenn er den Grund dafür nicht mehr kannte. Er hastete weiter auf den Wald zu.

Er lief einige Schritte in den Schutz der Bäume und setzte sich dann ins frische Unterholz, den Rücken an eine junge

Birke gelehnt. Er dachte bloß noch an Wasser. Über zweihundert Leute versteckten sich im Wald, unter ihnen auch einige Verwundete, die sich irgendwie hierhergeschleppt hatten. Da war ein Mann, ein Zivilist, gar nicht weit weg, der schrie vor Schmerz. Turner stand auf und ging weiter. All das frische Grün sagte ihm nur, daß es hier Wasser geben mußte. Der Angriff konzentrierte sich auf die Straße und auf das Dorf. Er wischte alte Blätter beiseite und benutzte seinen Helm zum Graben. Der Boden war feucht, aber kein Wasser sickerte in sein Loch, selbst dann nicht, als es schon einen halben Meter tief war. Also hockte er einfach nur da, dachte an Wasser und versuchte, seine Zunge an seinem Ärmel abzuputzen. Er mußte sich ducken und zusammenzucken, wenn ein Stuka angriff, ob er wollte oder nicht, auch wenn er jedesmal glaubte, daß ihm die Kraft dazu fehlen würde. Gegen Ende brausten sie im Tiefflug über den Wald, richteten aber keinen Schaden mehr an. Blätter und Zweige taumelten herab. Dann waren sie fort, und in der ungeheuren Stille, die über Feldern, Wald und Dorf lag, war nicht mal ein einziger Vogelruf zu hören. Nach einer Weile gaben schrille Pfeiftöne aus Richtung Straße Entwarnung. Doch niemand regte sich. Er kannte das vom letzten Mal. Sie waren zu benommen, standen noch unter dem Schock des immer wiederkehrenden Entsetzens. Jeder Angriff brachte die sich duckenden, in die Enge getriebenen Menschen dazu, dem eigenen Ende ins Auge zu sehen. Wenn es ausblieb, mußte die Tortur aufs neue durchlebt werden, und die Angst wurde niemals geringer. Die Überlebenden eines Stuka-Angriffs waren am Ende vor Schock, vor mehrfachem Schock, wie gelähmt. Unteroffiziere oder irgendwelche anderen Vorgesetzten mochten noch so Befehle schreien und die Männer aufscheuchen wollen, sie waren zu ausgelaugt und würden fürs erste keine besonders brauchbaren Soldaten abgeben.

Also hockte er wie all die anderen benommen da, so wie beim ersten Mal, kurz vor jenem Dorf, an dessen Namen er sich nicht erinnern konnte. Diese französischen Dörfer mit den flämischen Namen. Damals jedenfalls, als er seine Einheit und, für einen Infanteristen weit schlimmer, sein Gewehr verloren hatte. Vor wie vielen Tagen war das gewesen? Unmöglich zu sagen. Er untersuchte seine verdreckte Pistole, entlud sie und warf sie in die Büsche. Später dann hörte er hinter sich ein Geräusch, und eine Hand legte sich auf seine Schulter.

»Da. Mit besten Wünschen von den Green Howards.«

Unteroffizier Mace reichte ihm die Feldflasche irgendeines Toten. Sie war noch fast voll, und er wollte sich mit dem ersten Schluck bloß den Mund ausspülen, aber das wäre Verschwendung gewesen, also trank er den Dreck mit dem Wasser.

»Bist ein Engel, Mace.«

Der Unteroffizier hielt ihm die Hand hin, um ihn hochzuziehen. »Wir müssen weiter. Es kursiert die Latrinenparole, daß sich die verdammten Belgier ergeben haben, also könnte uns von Osten der Weg abgeschnitten werden. Und ein paar Meilen haben wir schließlich noch vor uns.«

Nettle holte sie ein, als sie über das Feld zurückliefen. Er hatte eine Flasche Wein und einen Amo-Riegel organisiert und gab jedem davon ab.

»Ausgezeichnetes Bukett«, sagte Turner, nachdem er einen tiefen Schluck genommen hatte.

»Schmeckt wie alte Socken.«

Der Bauer ging mit seinem Collie wieder hinter dem Pflug her. Die drei Soldaten kamen zu dem Krater, der nach Kordit stank. Das Loch war ein vollkommen symmetrischer, umgekehrter Kegel, die Seitenwände so rund, als hätte man die Erde durchgesiebt und glattgestrichen. Menschliche Überreste waren nicht zu sehen, kein Fetzen Tuch und kein Stück Schuhleder. Als wären Mutter und Kind pulverisiert worden. Er blieb stehen und versuchte zu begreifen, was er sah, aber die Unteroffiziere hatten es eilig und drängten weiter, so daß sie sich bald wieder in den Strom der Flüchtenden einreihten. Sie kamen jetzt leichter voran. Erst wenn die Pioniere mit ihren Bulldozern die Dorfstraßen geräumt hatten, würde auch von hinten wieder Verkehr nachdrängen. Wie ein zürnender Gottvater ragte die Wolke von brennendem Öl über dem Land auf. Hoch oben brummten einige Bomber, ein steter, zweispuriger Strom von Maschinen, die ihren Zielen entgegenflogen oder zurückkehrten. Turner fragte sich plötzlich, ob er nicht zu einem Schlachtfeld lief, doch wußte er, daß ihm keine Wahl blieb. Ihre Route führte sie ein Stück weit rechts an der Wolke vorbei, östlich von Dünkirchen, bis nah an die belgische Grenze.

»Bray-les-Dunes«, sagte er, als ihm der Name auf der Karte wieder einfiel.

»Klingt gar nicht mal übel«, sagte Nettle.

Sie begegneten Männern, die vor lauter Blasen an den Füßen kaum noch laufen konnten. Ein Soldat mit klaffender Brustwunde lag in einem alten Kinderwagen und wurde von seinen Kameraden geschoben. Ein Feldwebel trieb einen Karrengaul vor sich her, auf dessen Kruppe ein Offizier lag, bewußtlos oder tot, Handgelenke und Füße mit einer Schnur zusammengebunden. Einige Soldaten fuhren Fahrräder, die meisten marschierten zu zweit oder zu dritt. Ein Meldefahrer der Highland Light Infantery saß auf einer Harley-Davidson. Die blutüberströmten Füße baumelten nutzlos herab, sein Beifahrer, beide Arme verbunden, bediente für ihn die Pedale. Da den Männern zu warm geworden war, lagen überall entlang der Straße fortgeworfene Militärmäntel. Turner hatte den beiden Unteroffizieren bereits eingeschärft, sich auf keinen Fall von ihren Mänteln zu trennen.

Sie waren etwa eine Stunde gelaufen, als sie hinter sich ein rhythmisches Klacken wie das Ticken einer gigantischen Uhr hörten. Sie drehten sich um. Auf den ersten Blick schien ihnen auf der Straße eine gewaltige Tür horizontal entgegenzufliegen, aber es war nur ein Zug der Welsh Guards, der in Reih und Glied, Gewehr über, unter dem Kommando eines Leutnants im Gewaltmarsch daherkam, die Augen starr geradeaus, die Arme im Takt. Die Menge trat beiseite, um sie durchzulassen. Es waren zynische Zeiten, doch pfiff ihnen niemand hinterher. Dieser Anblick von Disziplin und Zusammenhalt war beschämend, und alle waren erleichtert, als die Guards davongedonnert waren und man den nachdenklichen Schlurfschritt wiederaufnehmen konnte.

Der Anblick war vertraut, das Inventar das gleiche, nur gab es hier mehr von allem, mehr Fahrzeuge, mehr Bombenkrater, mehr Müll. Und mehr Leichen. Er ging durchs Land bis an ... – es roch nach Meer, eine erfrischende Brise, die über die flache Marsch heranwehte. Der Strom der Menschen, alle in eine Richtung unterwegs, mit einem einzigen Ziel vor Augen, die unablässig am Himmel kreisenden, hochnäsigen Maschinen, die enorme Wolke, die ihr Ziel an den Horizont zeichnete, all das flößte seinem müden, doch überaktiven Hirn die Hoffnung auf eine lang vergessene Kinderüberraschung ein, eine Karnevalsparty, ein Sportfest, dem sie alle entgegeneilten. Da war eine Erinnerung, die er nicht festmachen konnte, er wurde von seinem Vater auf den Schultern getragen, einen Hügel hinauf, einer tollen Attraktion entgegen, dem Quell der ungeheuren Begeisterung. Auf diesen Schultern säße er jetzt gern. Sein verschwundener Vater hatte nur wenige Andenken hinterlassen. Ein Halstuch mit Knoten, einen bestimmten Geruch, die vage Kontur einer dumpf brütenden, gereizten Person. Hatte er sich vor dem Ersten Weltkrieg gedrückt, oder war er hier irgendwo unter fremdem Namen gestorben? Vielleicht hatte er überlebt. Grace war davon überzeugt, hielt ihn für viel zu feige, viel zu verschlagen, um zur Armee zu gehen, aber sie hatte ihre eigenen Gründe, enttäuscht von ihm zu sein. Fast jeder Mann hier hatte einen Vater, der sich an Nordfrankreich erinnerte oder der hier begraben lag. Er wollte auch so einen Vater, tot oder lebendig. Vor langer Zeit, noch vor dem Krieg, vor Wandsworth, hatte er es genossen, seine Geschichte selbst in der Hand zu haben, ein eigenes Leben – mit ein wenig Hilfe von Jack Tallis – entwerfen zu können. Jetzt begriff er, wie eitel diese Illusion gewesen war. Wurzellos und deshalb nutzlos. Er wollte einen Vater, und aus demselben Grund wollte er ein Vater sein. Es war nicht ungewöhnlich, den Tod zu sehen und deshalb ein Kind zu wollen. Nicht ungewöhnlich, also menschlich, und er wollte es mehr als alles andere. Wenn die Verwundeten schrien, träumte man von einem kleinen Häuschen irgendwo, einem ganz normalen Leben, einer Familie, Zusammenhalt. Überall um ihn herum marschierten Männer, stumm in Gedanken versunken, machten Pläne für ihr Leben, faßten Vorsätze. Wenn ich je aus diesem Schlamassel herauskomme ... Sie ließen sich nicht zählen, die erträumten Kinder, die in Gedanken auf dem Weg nach Dünkirchen empfangen worden waren und später gezeugt wurden. Er würde Cecilia finden. Ihre Adresse stand auf dem Umschlag in seiner Tasche, in der auch das Gedicht steckte. *In the deserts of the heart / Let the healing fountain start.* Er würde seinen Vater finden. Sie sollte ziemlich gut sein im Aufspüren von Vermißten, die Heilsarmee. Was für ein passender Name. Er würde seinen Vater ausfindig machen oder doch zumindest die Geschichte seines toten Vaters – wie auch immer, er würde der Sohn seines Vaters werden.

Sie marschierten den ganzen Nachmittag, bis sie endlich, anderthalb Kilometer voraus, dort, wo graugelber Rauch aus den Feldern aufstieg, die Brücke über den Bergues-Furnes-Kanal sehen konnten. Kein Bauernhaus und keine Scheune war hier stehengeblieben. Mit dem Rauch trieb auch der Gestank von verrottetem Fleisch zu ihnen herüber – abgeschlachtete Kavalleriepferde, die zu Hunderten auf einem Haufen lagen. Gleich daneben qualmte ein Berg Uniformen und Decken. Ein bulliger Obergefreiter zerschmetterte Schreibmaschinen und Vervielfältigungsapparate mit einem Vorschlaghammer. Am Straßenrand standen zwei Sanitätswagen, die Türen offen. Von innen war das Stöhnen und Schreien verwundeter Männer zu hören. Einer von ihnen rief immer und immer wieder, eher wütend als klagend: »Wasser, ich will Wasser!« Wie alle anderen auch ging Turner einfach weiter.

Wieder staute sich die Menge. Vor der Kanalbrücke war eine Kreuzung, und aus Dünkirchen kam auf der Straße, die parallel zum Kanal verlief, ein Troß von Dreitonnern, den die Militärpolizei auf einen Platz hinter jenem Feld zu lenken versuchte, auf dem die Pferde lagen. Doch auf der mit Soldaten vollgestopften Straße kam die Kolonne ins Stokken. Die Fahrer stemmten sich auf die Hupen und fluchten, aber die Menge schob sich unbekümmert an ihnen vorbei. Männer, die nicht länger warten wollten, sprangen von den Lastern. Dann der Schrei: »Deckung!« Doch ehe man Zeit gehabt hatte, sich umzusehen, explodierte der Berg Uniformen. Winzige, dunkelgrüne Sergefetzen regneten herab. Weiter vorn schlug eine Abteilung Artilleristen mit Hämmern auf die Zifferblätter und Verschlußblöcke ihrer Kanonen ein. Turner sah, wie einer der Männer weinte, als er seine Haubitze zerstörte. An der Durchfahrt zum selben Feld sprengten ein Militärgeistlicher und sein Küster Benzin über Kisten voller Gebetbücher und Bibeln. Männer liefen über das Feld zu einem Abladeplatz der Truppenbetreuung NAAFI und suchten nach Zigaretten und Alkohol.

Als ein Schrei ertönte, verließen Dutzende die Straße, um sich ihnen anzuschließen. Eine Gruppe saß vor einem Hoftor und probierte neue Schuhe an. Ein Soldat mit vollgestopften Backen schlurfte an Turner vorbei, in der Hand eine Packung rosaroter und weißer Marshmellows. Hundert Meter weiter wurde ein Haufen Gummistiefel, Gasmasken und Regencapes angesteckt, und der beißende Rauch hüllte die über die Brücke nach vorn drängenden Männer ein. Endlich geriet die Lastwagenkolonne in Bewegung und rumpelte auf das große Feld südlich vom Kanal. Wie Ordner auf einem Dorffest wies die Militärpolizei die Lastwagen ein und sorgte dafür, daß sie akkurat, Reihe um Reihe, abgestellt wurden. Nach den Lastern kamen Halbkettenfahrzeuge, Motorräder, Panzerspähwagen und Feldküchen. Die Methode, mit der die Fahrzeuge unbrauchbar gemacht wurden, war simpel, aber wirksam – eine Kugel in den Kühler und den Motor laufen lassen, bis sich der Kolben festfraß.

Die Brücke wurde von den Coldstream Guards bewacht. Zwei ganz nach Vorschrift mit Sandsäcken geschützte Maschinengewehrposten sicherten die Zufahrt. Die Männer waren glattrasiert und musterten mit steinernem Blick und leiser Verachtung den unordentlichen, verdreckten Haufen, der da an ihnen vorüberzog. Auf der anderen Kanalseite markierten weißgestrichene Steine in gleichmäßigem Abstand den Weg zu einem Schuppen, der als Schreibstube diente. In östlicher wie in westlicher Richtung hatten sich die Guards auf ihrem Abschnitt planmäßig eingegraben. Die Häuser am Kanal waren requiriert, einzelne Dachziegel herausgeschlagen und Fenster bis auf schmale Schlitze für die Maschinengewehre mit Sandsäcken verbarrikadiert worden. Ein grimmiger Feldwebel sorgte auf der Brücke für Ordnung. Er schickte einen Oberleutnant samt seinem Motorrad zurück. Keinerlei Ausrüstung oder Fahrzeug erlaubt. Ein Mann mit einem Papagei in einem Käfig wurde ebenfalls abgewiesen. Außerdem pickte sich der Feldwebel Soldaten zur zusätzlichen Sicherung der Verteidigungslinie aus der Menge und tat dies mit weit größerer Autorität als der arme Major. Eine wachsende Zahl bekümmert dreinblickender Männer sammelte sich vor der Schreibstube. Ein ganzes Stück vor der Brücke erkannte Turner – im selben Moment wie die Unteroffiziere –, was da vor sich ging.

»Diesmal geht's dir an den Kragen, Kumpel«, sagte Mace zu Turner. »Die blöde, arme Infanterie. Wenn du zu deiner Mieze willst, solltest du dich lieber bei uns einhängen und tun, als müßtest du humpeln.«

Es schien ihm würdelos, doch kannte er nur ein Ziel, also legte er die Arme um die Schultern der Unteroffiziere, und gemeinsam stolperten sie weiter.

»Das linke, Boss, nicht vergessen«, sagte Nettle. »Oder soll ich deinen Fuß mal eben mit meinem Bajonett anpiksen?«

»Besten Dank, aber ich glaub, ich schaff's auch so.«

Auf der Brücke ließ Turner den Kopf hängen, weshalb er den scharfen Blick des diensthabenden Feldwebels nicht sah, ihn aber zu spüren meinte, als der in schneidendem Kommandoton »He, Sie da!« bellte. Irgendein Unglücklicher gleich hinter ihm wurde herausgefischt, um den Ansturm aufzuhalten, der in den nächsten zwei, drei Tagen erfolgen mußte, dann, wenn hoffentlich bereits die letzten Soldaten des britischen Expeditionsheeres in die Boote sprangen. Während er den Kopf gesenkt hielt, sah er statt dessen einen langen, schwarzen Schleppkahn, der mit Fahrt auf das belgische Furnes unter der Brücke hindurchglitt. Der Kapitän saß an der Ruderpinne, rauchte eine Pfeife und blickte stoisch geradeaus. Hinter ihm, nur fünfzehn Kilometer entfernt, brannte Dünkirchen. Im Bug beugten sich zwei Jungen über ein umgedrehtes Rad und flickten einen Reifen. Wäsche, auch weibliche Unterwäsche, war zum Trocknen aufgehängt. Jemand kochte, der Geruch nach Zwiebeln und Knoblauch stieg vom Boot auf. Turner und die Unteroffiziere überquerten die Brücke und gingen an den weißgestrichenen Steinen vorbei, die sie an die Ausbildungslager mit ihrem Drill erinnerten. In der Schreibstube klingelte ein Telefon.

Mace brummte: »Verdammt, du humpelst, bis wir außer Sicht sind.«

Doch auf Kilometer im Umkreis war das Land offen und flach, und sie konnten nicht wissen, in welcher Richtung der Feldwebel blickte, und wollten sich nicht umdrehen, um nachzusehen. Eine halbe Stunde später setzten sie sich auf eine rostige Sämaschine und schauten zu, wie die besiegte Armee an ihnen vorüberwankte. Sie würden warten und sich unter völlig unbekannte Leute mischen, damit Turners plötzliche Genesung nicht die Aufmerksamkeit irgendeines Offiziers erregte. Viele Männer, die an ihnen vorbeikamen, ärgerten sich, weil der Strand nicht gleich hinterm Kanal lag. Sie schienen das für einen Planungsfehler zu halten. Turner wußte von der Karte, daß es bis dahin noch elf Kilometer waren, und als sie sich schließlich wieder auf den Weg machten, waren dies die härtesten, die mühseligsten Kilometer, die sie an diesem Tag zurücklegten. Das weite, eintönige Land ließ kein Gefühl dafür aufkommen, daß sie überhaupt vorankamen. Und obwohl die nachmittägliche Sonne von den schlierigen Rändern der Ölwolke halb verdeckt wurde, war es unerträglich warm. Sie sahen Flugzeuge hoch über dem Hafen ihre Bomben abwerfen, aber noch schlimmer fanden sie, daß Stukas über den Strand jagten, auf den sie zuhielten. Sie marschierten an Verwundeten vorbei, die nicht weitergehen konnten und wie Bettler am Straßenrand hockten, um Hilfe riefen oder um einen Schluck Wasser baten. Andere lagen im Graben, bewußtlos oder in Trübsinn versunken. Bestimmt fuhren regelmäßig Sanitätswagen von der Verteidigungslinie herauf zur Küste. Wenn man Zeit hatte, Steine weiß anzumalen, mußte es auch Zeit geben, solche Fahrten zu organisieren. Sie hatten kein Wasser. Der Wein war ausgetrunken und ihr Durst jetzt noch größer als vorher. Sie hatten auch keine Medikamente. Was sollten sie denn machen? Ein Dutzend Männer auf den Rücken nehmen, wo sie sich doch selbst kaum weiterschleppen konnten?

Von plötzlichem Trotz gepackt, setzte sich Unteroffizier Nettle auf die Straße, zog seine Stiefel aus und feuerte sie ins Feld. Er sagte, er hasse sie, er hasse sie mehr als alle verdammten Deutschen zusammen. Und seine Blasen seien so schlimm, daß er ohne die Mistdinger sowieso besser dran wäre.

»Auf Socken ist es bis England ziemlich weit«, sagte Turner. Er fühlte sich seltsam benommen, als er aufs Feld ging.

Der erste Stiefel war leicht zu finden, für den zweiten brauchte er eine Weile. Endlich sah er ihn im Gras neben einer schwarzen, pelzigen Gestalt liegen, die zu pulsieren oder sich zu bewegen schien. Plötzlich stieg mit ärgerlichem Gebrumm eine Wolke Schmeißfliegen auf und gab den Blick auf einen halb verwesten Leichnam frei. Turner hielt den Atem an, schnappte sich den Stiefel und lief davon. Die Fliegen ließen sich erneut auf dem Toten nieder, und es wurde wieder still.

Mit einiger Mühe überredeten sie Nettle, die Stiefel an sich zu nehmen, sie zusammenzubinden und um den Hals zu hängen. Er tue dies, sagte er, bloß Turner zu Gefallen.

In seinen klaren Momenten machte er sich Sorgen. Nicht um seine Wunde, obwohl die bei jedem Schritt schmerzte, auch nicht um die Sturzkampfbomber, die einige Kilometer weiter im Norden über dem Strand kreisten. Er sorgte sich um seinen Verstand. In gewissen Abständen entglitt ihm etwas. Irgendein alltägliches Prinzip der Kontinuität, dieses Etwas, das ihm gewöhnlich verriet, wo er selbst in seiner eigenen Geschichte stand, zerrann unter seinem Zugriff, überließ ihn einem Tagtraum, in dem es Gedanken gab, aber kein Gefühl dafür, wer sie dachte. Keine Verantwortung, keine Erinnerung an die vergangenen Stunden, keine Ahnung, was oder wohin er wollte, welche Pläne er verfolgte. Er lebte dann im Bann unlogischer Gewißheiten.

In diesem Zustand befand er sich, als sie nach drei Stunden Marsch den östlichen Rand eines Badeortes erreichten. Sie gingen über eine Straße voller Glassplitter und zerbrochener Fliesen; spielende Kinder sahen den Soldaten nach. Nettle hatte seine Stiefel wieder angezogen, aber nicht zugebunden, die Schnürbänder schleiften über die Straße. Und wie ein Springteufel tauchte plötzlich ein Oberleutnant der Dorsets aus dem Keller eines Verwaltungsgebäudes auf, das als Stabsquartier genutzt wurde. Aktenmappe unterm Arm, kam er mit arrogantem, forschem Schritt auf sie zu, blieb stehen, ließ sie salutieren und fuhr dann den Unteroffizier empört an, sich auf der Stelle die Stiefel zuzubinden, falls er nicht vors Kriegsgericht gestellt werden wolle.

Während der Unteroffizier sich hinkniete, um dem Befehl Folge zu leisten, sagte der Oberleutnant, ein schmalschultriger, knochiger Mann mit dünnem Schnäuzer und dem Gesicht eines Schreibstubenhockers: »Mann, Sie sind eine verdammte Schande für die Armee.«

In der hemmungslosen Freiheit seines Traumzustandes beschloß Turner, dem Offizier eine Kugel in die Brust zu jagen. Es würde für alle das Beste sein. Darüber brauchte man gar nicht groß zu diskutieren. Er griff nach seiner Pistole, aber die war verschwunden – er konnte sich nicht erinnern, wo sie geblieben war –, und der Oberleutnant marschierte bereits davon.

Nachdem minutenlang Glas unter ihren Stiefeln geknirscht hatte, wurde es plötzlich still, weil die Straße in feinen Sand überging. Sie stapften zu einer Bresche zwischen den Dünen hinauf und konnten es hören, konnten Salz schmecken, ehe sie das Meer selbst sahen. Der Geschmack von Urlaub. Sie wichen vom Pfad ab, liefen durch Strandgras zu einer erhöhten Stelle und blieben dort schweigend einige Minuten stehen. Die feuchte Brise, die vom Ärmelkanal herüberwehte, pustete ihm den Kopf frei. Wahrscheinlich war es bloß das Fieber, das mal stieg, mal wieder sank.

Er hatte geglaubt, keinerlei Erwartungen zu haben – bis er den Strand sah. Er hatte einfach angenommen, daß diese vermaledeite Kasernenhofmentalität, die sie noch im Angesicht des eigenen Unterganges Steine weiß bemalen ließ, sich auch hier durchsetzen würde. Also bemühte sich Turner, Ordnung in das Gewusel da unten zu bringen, und fast wäre es ihm auch gelungen: Kommandozentralen, Stabsfeldwebel an provisorischen Schreibtischen, Stempel und Lieferscheine, mit Seilen gesicherte Korridore zu den wartenden Booten, schikanierende Feldwebel, zähe Warteschlangen vor Feldküchen. Insgesamt eben ein Ende aller Eigeninitiative. So hatte, ohne daß es ihm bewußt gewesen war, der Strand ausgesehen, auf den er seit Tagen zumarschierte. Der Strand aber, auf den er und die Unteroffiziere jetzt hinabblickten, unterschied sich nur wenig von dem, was sie in letzter Zeit erlebt hatten: Ein wilder Haufen strömte hier zusammen. Jetzt, da sie das Chaos vor sich sahen, schien es ihnen unvermeidlich – wie konnte es auch anders sein, wenn ein ungeordneter Rückzug sein Ende erreichte? Sie brauchten nur einen Augenblick, um sich darauf einzustellen. Turner sah abertausend Männer, zehntausend, zwanzigtausend, vielleicht auch mehr, die sich über den breiten Strand verteilt hatten. Wie schwarze Sandkörner wirkten sie von weitem. Doch es gab keine Boote, keine Schiffe, von einem gekenterten Walfänger einmal abgesehen, der in der fernen Dünung rollte. Es herrschte Ebbe, und bis zum Wasser waren es fast anderthalb Kilometer. Auch an der langen Mole lagen keine Schiffe. Turner blinzelte und schaute genauer hin. Die Mole bestand aus Männern, die sich in einer langen Reihe, sechs bis acht nebeneinander, knietief, hüfttief, schultertief ins flache Wasser vorgeschoben hatten. Sie warteten, doch war nichts zu sehen, wollte man die Flecken am Horizont nicht gelten lassen – Schiffe, die nach einem Luftangriff brannten –, nichts, was den Strand in den nächsten Stunden erreichen konnte. Die Soldaten aber standen da, die Gesichter unter den Stahlhelmen dem Horizont zugewandt, Gewehre überm Kopf. Aus dieser Entfernung wirkten sie so geduldig und ergeben wie Vieh.

Diese Männer waren jedoch nur ein kleiner Teil des großen Stroms. Die meisten hielten sich am Strand auf und schlenderten ziellos hin und her. Einzelne Grüppchen umstanden die Verwundeten vom letzten Stuka-Angriff. Und ebenso ziellos wie die Männer trabte eine kleine Herde aus einem halben Dutzend Artilleriepferden am Meeresufer entlang. Ein paar Soldaten versuchten, den gekenterten Walfänger wieder flottzumachen, andere hatten sich ausgezogen und badeten. Weiter im Osten fand ein Fußballspiel statt, und aus derselben Richtung ertönten leise die getragenen Klänge eines Chorals, die bald vom Wind wieder verweht wurden. Am Fußballplatz war das einzige Zeichen geordneter Aktivität auszumachen. Lastwagen reihten sich hintereinander, wurden zusammengezurrt und fuhren ins Meer, um eine provisorische Landungsbrücke zu bilden. Weitere Lastwagen folgten. Auf dem Strand selbst schaufelten sich einige Männer mit ihrem Helm ein Schützenloch. In den Dünen, unweit von Turner und den Unteroffizieren, war man damit schon fertig, und die Männer lugten selbstzufrieden und voller Besitzerstolz aus ihren Löchern hervor. Wie Krallenäffchen, dachte Turner. Doch der Großteil der Armee wanderte planlos über den Sand wie die Bürger einer italienischen Stadt zur Stunde des *passeggio.* Sie sahen keinen unmittelbaren Anlaß, sich in die gewaltige Schlange einzureihen, wollten aber für den Fall, daß doch noch plötzlich ein Boot auftauchen sollte, den Strand nicht verlassen.

Linker Hand lag der Badeort Bray-les-Dunes, eine Reihe freundlicher Cafés und kleiner Läden, die in der Saison für gewöhnlich Strandkörbe und Fahrräder vermieteten. In einem kreisförmig angelegten Park mit ordentlich gemähtem Rasen standen ein Musikpavillon und ein rot, weiß und blau gestrichenes Karussell. Hierhin zog es eine eher sorglose Schar von Soldaten. Sie hatten die Cafés in Beschlag genommen und betranken sich draußen an den Tischen, grölten und lachten, andere alberten auf Fahrrädern über vollgekotzte Bürgersteige. Einige Betrunkene lagen beim Musikpavillon im Gras und schliefen ihren Rausch aus. Ein einzelner Sonnenanbeter döste in Unterhose auf seinem Handtuch, Gesicht nach unten, einen ungleichmäßigen Sonnenbrand auf Beinen und Schultern, rosa und weiß wie Erdbeer- und Vanilleeis.

Es fiel ihnen nicht schwer, sich zwischen diesen Kreisen der Qual zu entscheiden – Meer, Strand oder Promenade. Die Unteroffiziere waren schon unterwegs. Der Durst allein entschied. Sie fanden einen Pfad auf der meerabgewandten Seite der Dünen und kamen gleich darauf zu einer sandigen, mit zerbrochenen Flaschen übersäten Rasenfläche. Während sie sich ihren Weg durch das rauhe Treiben an den Tischen suchten, sah Turner einige Marinesoldaten über die Promenade näher kommen und bei diesem Anblick stehenbleiben. Sie waren zu fünft, zwei Offiziere und drei einfache Matrosen, eine blitzblanke Truppe in sauberem Weißblaugold. Keine Rede von Tarnanzügen. Ernst und in strammer Haltung, Pistolen in den Halftern, schritten sie mit wortloser Autorität an den vielen dunklen Kampfanzügen und verdreckten Gesichtern vorbei und blickten von einer Seite auf die andere, als führten sie eine Truppeninspektion durch. Einer der Offiziere machte sich Notizen auf seinem Klemmbrett. Dann gingen sie zum Strand. Angstvoll wie ein Kind, das fürchtet, verlassen zu werden, blickte Turner ihnen nach, bis sie nicht mehr zu sehen waren.

Er folgte Mace und Nettle in den Lärm, Qualm und Gestank der ersten Bar an der Promenade. Zwei Koffer voll mit Zigaretten standen offen auf der Theke – aber es gab nichts zu trinken. Die Regale vor dem Spiegel aus geschliffenem Glas waren leer. Als Nettle sich bückte, um unter dem Tresen nachzusehen, grölten die Soldaten. Jeder der Anwesenden war auf die gleiche Idee gekommen, doch was es an Flüssigem gegeben hatte, war von den Besoffenen da draußen längst getrunken worden. Turner drängte sich durch die Menge bis nach hinten in eine kleine Küche. Alles geplündert, die Wasserhähne abgestellt. Draußen sah er das Pissoir und einen Stapel Leergut. Ein Hund versuchte, mit seiner Zunge eine leere Sardinenbüchse auszulecken, und schob die Dose auf dem Betonboden vor sich her. Turner drehte sich um, tauchte wieder ein in das Getöse und ging zurück in den großen Raum. Es gab keinen Strom, nur Sonnenlicht, das braun gefleckt schien von dem nirgendwo auffindbaren Bier. Nichts zu trinken, und trotzdem blieb die Kneipe voll. Männer kamen, wurden enttäuscht und blieben, verführt von den kostenlosen Zigaretten und den vielen Anzeichen für ein zünftiges Gelage. Leer baumelten die Halterungen an der Wand, aus denen man die kopfüber hängenden Flaschen herausgerissen hatte. Ein süßer Likörgeruch stieg vom klebrigen Zementboden auf. Der Lärm, das Gedränge und der klamme Tabakgeruch in der Luft stillten Heimweh und die Sehnsucht nach einem Samstagabend im Pub. Hier war es für die Männer wie in den Pubs der Mile End Road und der Sauchiehall Street und in sämtlichen Kneipen dazwischen.

Er blieb mitten in dem Höllenspektakel stehen und wußte nicht recht, was er tun sollte. Es würde soviel Kraft kosten, sich einen Weg durch die Menge zu bahnen. Einige zufällig aufgeschnappte Gesprächsfetzen verrieten ihm, daß gestern Schiffe gekommen waren und daß morgen vielleicht wieder welche kommen würden. Dann stellte er sich vor der Küche auf die Zehen und gab den Unteroffizieren über die Menge hinweg mit einem Achselzucken zu verstehen, daß er kein Glück gehabt hatte. Nettle wies mit einem Kopfnicken auf die Tür, und sie arbeiteten sich langsam dahin vor. Ein Bier wäre nicht verkehrt gewesen, aber Wasser war ihnen jetzt wichtiger. Obwohl sie in dem Gedränge kaum vorankamen, hatten sie es fast geschafft, als ihnen der Weg zur Tür plötzlich von einer lückenlosen Mauer aus lauter

Rücken versperrt wurde, die sich um einen einzelnen Mann geschlossen hatte.

Er konnte nicht allzu groß sein – keine eins siebzig –, und außer einem Stück von seinem Hinterkopf vermochte Turner nichts von ihm zu sehen.

Jemand sagte: »Beantworte die Frage, du Blödmann.«

»Ja, mach schon.«

»Laß hören, Fettlocke. Wo biste gewesen?«

»Wo warste, als mein Kumpel abgemurkst wurde?«

Spucke landete auf seinem Hinterkopf und rann am Ohr entlang. Turner drängte weiter vor, um besser sehen zu können. Erst fiel ihm nur das Graublau der Jacke auf, dann sah er die wortlose Angst im Gesicht des Mannes. Er war ein drahtiger, kleiner Kerl mit dicken, verschmierten Brillengläsern, die seinen entsetzten Blick noch vergrößerten. Offenbar ein Buchhalter oder ein Telefonist, möglicherweise aus einem der längst aufgelösten Stabsquartiere. Doch er war in der Royal Air Force, und die Tommies glaubten, er sei verantwortlich. Langsam drehte er sich um und musterte den Kreis der Fragenden. Er konnte ihnen keine Antworten geben, unternahm aber auch nicht den Versuch, seine Verantwortung für die nicht vorhandenen Spitfires und Hurricanes über dem Strand zu leugnen. Die rechte Hand zitterte, so fest umklammerte er seine Mütze. Ein Kanonier an der Tür versetzte ihm einen harten Stoß in den Rücken, und er flog quer durch den Ring gegen die Brust eines Soldaten, der ihn mit einem lässigen Hieb an den Kopf wieder auf die andere Seite trieb. Zustimmendes Brummen. Alle hatten sie gelitten, und jetzt würde einer dafür zahlen müssen.

»Also? Wo ist die Royal Air Force?«

Eine Hand schoß vor, schlug dem Mann ins Gesicht und fegte die Brille zu Boden. Der Schlag klang scharf wie ein Peitschenknall, war das Signal für eine neue Phase, eine neue Stufe der Auseinandersetzung. Die nackten Augen schrumpften zu blinzelnden, kleinen Pünktchen zusammen, und er sank auf die Knie, tastete um seine Füße den Boden ab. Und das war ein Fehler. Ein Tritt mit der Stahlkappe eines Stiefels traf ihn so in den Hintern, daß er drei, vier Zentimeter in die Luft geschleudert wurde. Allgemeines Wiehern und Glucksen in der Runde. Ein erwartungsfrohes Gefühl breitete sich in der Bar aus und zog immer mehr Soldaten an, doch während die Meute stetig größer wurde, ging den Männern auch der letzte Rest von persönlicher Verantwortung verloren. Großmäulige Unerschrokkenheit packte sie. Beifall brandete auf, als jemand eine Zigarette auf seinem Kopf ausdrückte. Sie lachten über sein komisches Japsen. Sie haßten ihn, und er verdiente alles, was ihm passieren konnte. Er war verantwortlich dafür, daß die Luftwaffe sich ungehindert am Himmel bewegen konnte, für jeden Stuka-Angriff, jeden toten Freund. Seine schmale Gestalt verkörperte sämtliche Gründe für die Niederlage einer Armee. Turner nahm an, daß er nichts für den Mann tun konnte, wollte er nicht riskieren, daß man über ihn selbst herfiel. Doch nichts zu tun war einfach unmöglich. Und besser, als nichts zu tun, war mitzumachen. Unangenehm erregt drängte er nach vorn. Jetzt stellte eine Stimme mit klangvollem walisischem Akzent die Frage: »Wo ist die Royal Air Force?«

Es war beinahe unheimlich, daß der Mann nicht um Hilfe

rief, daß er sie nicht anflehte, seine Unschuld nicht beteuerte. Schien sein Schweigen nicht Zustimmung zu seinem Schicksal zu bedeuten? War er so blöd, daß ihm nicht mal der Gedanke kam, er könnte sterben? Ordentlich hatte er die Brille zusammengelegt und in seine Tasche gesteckt. Ohne sie war sein Gesicht leer. Wie ein Maulwurf in hellem Sonnenlicht stierte er seine Folterknechte an, den Mund leicht geöffnet, doch eher ungläubig als in dem Versuch, ein Wort hervorzubringen. Er konnte den Schlag nicht sehen, und so traf er ihn mitten im Gesicht. Diesmal war es eine Faust. Als sein Kopf nach hinten flog, krachte ein Stiefel gegen sein Schienbein, und einige anfeuernde Rufe wurden laut, hier und da auch etwas Beifall, als hätte jemand beim Kricket auf dem Dorfanger den Ball seitlich hinterm Tor anständig gehalten. Es wäre verrückt, dem Mann zu Hilfe zu kommen, es wäre eine Schande, es nicht zu tun. Und doch konnte Turner auch die Erregung der Peiniger verstehen, den heimtückischen, ansteckenden Aufruhr. Er selbst könnte jetzt etwas Unerhörtes mit seinem Bowiemesser anstellen und sich die Anerkennung von hundert Männern verdienen. Um diesen Gedanken zu verdrängen, suchte er sich die zwei oder drei Soldaten in dem Kreis aus, die größer oder stärker als er selbst wirkten. Die eigentliche Gefahr aber kam vom Mob, von seiner Überzeugung, im Recht zu sein. Der würde sich nicht mehr um seinen Spaß bringen lassen wollen.

Jetzt war ein Punkt erreicht, an dem derjenige, der den nächsten Treffer landete, etwas Raffiniertes oder Komisches anstellen mußte, wenn er breite Zustimmung ernten wollte. Man konnte förmlich spüren, wie die Männer nach einem beeindruckenden Einfall suchten. Niemand mochte jetzt einen falschen Ton anschlagen. Und für einige wenige Sekunden hielt diese Hürde sie auf. Doch sehr bald, das wußte Turner aus seiner Zeit in Wandsworth, würde aus dem einzelnen Hieb ein Regen von Schlägen werden. Und dann gab es keinen Weg mehr zurück und für den Mann von der Royal Air Force nur noch ein einziges Ende. Auf seinem Wangenknochen gleich unter dem rechten Auge prangte ein rosiger Fleck. Der Mann hatte die Fäuste ans Kinn gehoben – immer noch die Mütze fest im Griff – und die Schultern eingezogen. Wahrscheinlich wollte er sich durch diese Haltung schützen, doch signalisierte er Schwäche und Unterwerfung, was nur zu heftigerer Gewalt reizen konnte. Wenn er etwas gesagt hätte, irgendwas, hätten sich die Soldaten um ihn herum vielleicht daran erinnert, daß er ein Mensch war und kein Kaninchen, dem man das Fell abzog. Der Waliser – ein kleiner, untersetzter Kerl, einer von den Pionieren – meldete sich wieder zu Wort. Er zog einen Leinengurt aus seiner Tasche und hielt ihn hoch.

»Na, was meint ihr, Jungs?«

Sein exakt kalkulierter, vielsagender Ton deutete Schrekken an, die sich Turner im Augenblick nicht mal vorzustellen wagte. Wenn er noch einschreiten wollte, war jetzt die letzte Gelegenheit. Als er sich aber nach den Unteroffizieren umschaute, hörte er plötzlich ein Gebrüll wie von einem gereizten Stier, und gleich darauf sah er Mace, der durch die wankende, taumelnde Menge pflügte und in den inneren Kreis platzte. Als wäre er Johnny Weissmüller in seiner Rolle als Tarzan riß er mit einem gellenden, jodelnden Schrei den Buchhalter in seine Arme, hob ihn glatt einen halben Meter hoch und schüttelte die verschreckte Kreatur wie eine Ratte hin und her. Der Mob brüllte und pfiff, schrie Hurra und stampfte mit den Füßen.

»Ich weiß, was ich mit dem mache«, röhrte Mace. »Ich werf ihn ins verdammte Meer!«

Erneutes Gebrüll und Gestampfe waren die Antwort. Plötzlich stand Nettle neben Turner, und sie verständigten sich mit einem kurzen Blick. Sie ahnten, was Mace vorhatte, und schoben sich deshalb zur Tür vor, denn ihnen war klar, daß sie schnell sein mußten. Der Vorschlag, ihn zu ertränken, fand keineswegs allgemeine Zustimmung. Selbst im Irrsinn dieses Augenblicks erinnerten sich einige daran, daß es bei Ebbe bis zum Wasser anderthalb Kilometer waren. Vor allem der Waliser fühlte sich betrogen. Er hielt seinen Riemen hoch und schrie. Pfiffe und Buhrufe mischten sich unter den Beifall. Sein Opfer immer noch im Arm, drängte Mace zur Tür. Turner und Nettle waren vor ihm, bahnten ihm einen Weg durch die Menge. Endlich hatten sie den Eingang erreicht – zum Glück keine Doppeltür –, ließen Mace durch und blockierten, Schulter an Schulter, den Weg, taten aber, als steckten sie fest, und grölten und schüttelten die Fäuste wie alle anderen auch. In ihren Rücken spürten sie das ungeheure Gewicht der erregten Menge, die sie höchstens einige Sekunden aufhalten konnten. Doch die genügten Mace, um nicht zum Meer, sondern scharf nach links zu rennen und in die enge Gasse einzutauchen, die hinter den Gaststätten und Geschäften vom Strand fortführte.

Die jubelnde Meute platzte wie ein Champagnerkorken aus der Kneipe nach draußen und schleuderte Turner und

Nettle beiseite. Jemand glaubte, er habe Mace auf dem Strand entdeckt, und eine halbe Minute lang stürmte der Mob in die angegebene Richtung. Als man den Irrtum bemerkte und wieder umkehrte, war von Mace und seinem Mann keine Spur mehr zu sehen. Turner und Nettle hatten sich ebenfalls verkrümelt.

Der endlose Strand, die abertausend wartenden Soldaten und das Meer ohne Schiffe führten den Tommies ihre Lage wieder vor Augen. Es war, als schreckten sie aus einem Traum auf. Weiter im Osten, dort, wo die Nacht aufkam, lag der äußere Verteidigungsring unter schwerem Artilleriebeschuß. Der Feind rückte näher, und bis England war es noch weit. In der sich ausbreitenden Dämmerung blieb ihnen nicht mehr viel Zeit, sich noch einen Schlafplatz zu suchen. Vom Ärmelkanal blies ein kalter Wind herüber, und die Mäntel lagen irgendwo weit hinter ihnen am Straßenrand. Die Menge zerstreute sich. Der Mann von der Royal Air Force war vergessen.

Turner kam es vor, als wäre er mit Nettle losgezogen, um Mace zu suchen und hätte ihn dann vergessen. Sie mußten wohl eine Weile durch die Straßen gewandert sein, weil sie ihn zu seiner Rettungsaktion beglückwünschen und gemeinsam mit ihm darüber lachen wollten. Doch wieso er und Nettle gerade hier waren, in dieser engen Gasse, das wußte Turner nicht mehr. Er konnte sich an die vorangegangene Zeit nicht erinnern, an keine wunden Füße, nun aber war er hier und sprach überaus höflich eine alte Dame an, die in der Tür eines Reihenhauses mit flacher Fassade stand. Als er etwas von Wasser sagte, schaute sie ihn mißtrauisch an, als wüßte sie, daß er mehr als bloß Wasser wollte. Sie war eine ziemlich attraktive Frau, mit dunkler Haut, stolzem Blick, langer, gerader Nase und einem geblümten Kopftuch auf silbrigem Haar. Er ahnte sofort, daß sie eine Zigeunerin war, die nicht auf sein Französisch hereinfiel. Sie schaute direkt durch ihn hindurch, sah seine Fehler und wußte, daß er im Gefängnis gesessen hatte. Mit einem verächtlichen Blick streifte sie Nettle und zeigte schließlich auf die Straße, in deren Gosse ein Schwein wühlte.

»Bringt mir die Sau«, sagte sie, »und ich werde sehen, was ich für euch auftreiben kann.«

»Scheiß drauf«, sagte Nettle, als Turner für ihn übersetzt hatte. »Wir haben sie doch bloß um eine verdammte Tasse Wasser gebeten. Gehen wir rein und nehmen wir uns, was wir haben wollen.«

Doch Turner, der spürte, wie ihn die vertraute Unwirklichkeit wieder überkam, durfte die Möglichkeit nicht außer acht lassen, daß diese Frau gewisse Kräfte besaß. Im kümmerlichen Licht pulsierte die Stelle über ihrem Kopf im Rhythmus seines eigenen Herzens. Er stützte sich auf Nettles Schulter. Sie stellte ihn auf die Probe, aber er war viel zu gewieft und wachsam, um dieser Herausforderung auszuweichen. Er war ein alter Hase. So kurz vor der Heimat tappte er doch in keine Falle mehr. Trotzdem sollte er lieber vorsichtig sein.

»Wir holen ihr das Schwein«, sagte er zu Nettle. »Dauert doch nur eine Minute.«

Nettle war es seit langem gewohnt, Turners Ratschläge zu befolgen, da sie sich meist als vernünftig erwiesen hatten, aber als sie die Gasse hinaufgingen, brummte er: »Irgendwas stimmt nicht mit dir, Boss.«

Ihre Blasen machten ihnen zu schaffen, die Sau aber war jung, schnell, und sie genoß ihre Freiheit. Außerdem hatte Nettle Angst vor ihr. Als sie das Tier vor einem Ladeneingang in die Enge getrieben hatten, rannte es plötzlich auf ihn zu, und mit einem Schrei, der keineswegs nur gespielt klang, sprang er zur Seite. Turner ging zurück zu der Frau, um sie um ein Seil zu bitten, aber niemand kam an die Tür, außerdem war er sich auch nicht sicher, ob er wirklich vor dem richtigen Haus stand. Dafür wußte er jetzt genau, daß sie nie wieder nach Hause zurückkehren würden, wenn es ihnen nicht gelang, das Schwein einzufangen. Er ahnte, daß sein Fieber wieder gestiegen war, aber deshalb hatte er noch lange nicht unrecht. Das Schwein bedeutete Glück. Als Kind hatte sich Turner einmal einzureden versucht, daß es Unsinn sei, den plötzlichen Tod seiner Mutter dadurch verhindern zu wollen, daß er nicht auf die Ritzen zwischen den Fliesen auf dem Schulspielplatz trat. Aber er war nicht darauf getreten, und sie war nicht gestorben.

Sie liefen die Gasse hinauf, doch das Schwein entwischte ihnen immer wieder aufs neue.

»Scheiße«, sagte Nettle, »ich kann einfach nicht glauben, was wir hier tun.«

Ihnen blieb keine Wahl. Als sie einen umgestürzten Telegraphenmast entdeckten, schnitt Turner ein Stück Kabel ab und knüpfte sich daraus eine Schlinge. Sie folgten der Sau über eine Straße, die aus dem Badeort hinausführte. Vor jedem Haus lag ein kleiner, umzäunter Garten. Also gingen sie hin und machten auf beiden Seiten entlang der ganzen

Straße jedes Gartentor auf. Dann hasteten sie durch eine Seitenstraße, überholten das Schwein und trieben es den Weg zurück, den es gerade gekommen war. Wie sie gehofft hatten, lief es bald in einen Garten und begann dort, die Erde aufzuwühlen. Turner schloß das Gartentor, beugte sich über den Zaun und warf dem Schwein die Schlinge über.

Es kostete sie ihre letzte Kraft, die quiekende Sau zurückzuzerren. Wenigstens wußte Nettle noch, wo die Frau wohnte. Als sie das Tier endlich wohlbehalten in seinem winzigen Verschlag im Garten untergebracht hatten, setzte ihnen die alte Frau zwei Steinkrüge Wasser vor und sah ihnen zu, wie sie selig in dem kleinen Hof vor der Küchentür standen und tranken. Selbst als ihre Bäuche zu platzen drohten, verlangten ihre Gaumen noch mehr, und sie tranken immer weiter. Schließlich brachte ihnen die Frau Seife, Handtücher und zwei Emailleschüsseln, in denen sie sich waschen konnten. Von Turners heißem Gesicht färbte sich das Wasser rostrot. Zufrieden merkte er, wie sich das getrocknete Blut, das wie Schorf auf seiner Oberlippe geklebt hatte, in einem Stück von der Haut löste. Als er fertig war, meinte er eine angenehme Leichtigkeit in der Luft um ihn herum zu spüren, die seidenweich über seine Haut strich und sanft durch seine Nase strömte. Mit dem schmutzigen Wasser gossen sie das Löwenmaul, und Nettle sagte, bei diesem Anblick überkomme ihn Heimweh nach dem Garten seiner Eltern. Die Zigeunerin füllte ihre Feldflaschen auf, gab jedem außerdem noch eine Flasche Wein, die Korken halb herausgezogen, und eine Wurst, die sie in den Provianttaschen verstauten. Als sie sich schon verabschieden wollten, fiel ihr noch etwas ein, und sie lief noch einmal ins

Haus. Sie kam mit zwei kleinen Papiertüten wieder, in jeder ein halbes Dutzend gezuckerter Mandeln.

Feierlich reichten sie sich die Hände.

»Unser Leben lang werden wir Ihre Freundlichkeit nicht vergessen«, sagte Turner.

Sie nickte, und er meinte zu hören, wie sie ihm antwortete: »Mein Schwein wird mich immer an euch erinnern.« Dabei schaute sie ihn mit unverändert ernster Miene an, so daß er nicht zu sagen gewußt hätte, ob ihre Bemerkung eine Beleidigung war, ein Witz oder eine versteckte Botschaft. Glaubte sie tatsächlich, daß sie ihre Freundlichkeit nicht verdient hatten? Verlegen wich er zurück, und kurz darauf waren sie wieder auf der Straße, und er übersetzte Nettle ihre Worte. Der Unteroffizier zweifelte keinen Augenblick.

»Sie lebt allein, und sie liebt ihr Schwein. Ist doch logisch, daß sie uns dankbar ist.« Und dann fragte er mißtrauisch: »Wie fühlst du dich, Boss?«

»Danke, bestens.«

Die Blasen an den Füßen taten ihnen weh, als sie in Richtung Strand zurückhumpelten, um Mace zu suchen und ihre Schätze mit ihm zu teilen. Doch Nettle meinte, da sie das Schwein gefangen hätten, hätten sie sich auch einen guten Tropfen verdient. Sein Glaube an Turners Rat war wiederhergestellt. Und so teilten sie sich unterwegs den Wein. Selbst in dieser späten Dämmerung war die düstere Wolke über Dünkirchen noch zu erkennen. In der anderen Richtung konnten sie jetzt Mündungsfeuer sehen. Am Verteidigungsring gab es keine Verschnaufpause.

»Die armen Hunde«, sagte Nettle.

Turner wußte, daß er von den Männern vor der provisorischen Schreibstube redete. Er sagte: »Lange halten sie den nicht mehr.«

»Dann werden wir überrannt.«

»Also sollten wir morgen lieber ein Boot auftreiben.«

Da sie nicht mehr durstig waren, konzentrierten sich ihre Gedanken jetzt aufs Essen. Turner dachte an ein stilles Zimmer und einen quadratischen Tisch mit grünem Baumwolltuch, an der Decke eine dieser französischen Zuglampen aus Keramik. Und auf einem hölzernen Brett Brot, Wein, Käse und die Wurst.

Er sagte: »Ich überlege gerade, ob der Strand wirklich der beste Platz für unser Abendessen ist.«

»Da klauen sie uns nur die Wurst vom Brot«, stimmte ihm Nettle zu.

»Ich glaube, ich weiß schon, was wir brauchen.«

Sie waren wieder in der Gasse hinter der Bar. Wenn sie zurückblickten, konnten sie vor dem erlöschenden Glanz des Meeres einige Gestalten in der Dämmerung ausmachen und weiter hinter ihnen und ein wenig seitlich davon eine dunklere Masse, bei der es sich um Truppen am Wasser, um Strandgras oder auch nur um Dünen handeln mochte. Selbst bei Tageslicht würden sie Mühe haben, Mace zu finden, jetzt war es jedenfalls unmöglich. Also liefen sie weiter und suchten einen Platz für die Nacht. In diesem Teil des Badeortes wimmelte es von Soldaten; viele zogen in lärmenden Trupps durch die Straßen, sangen und grölten. Nettle ließ die Flasche wieder in seinem Proviantbeutel verschwinden. Ohne Mace fühlten sie sich nicht mehr so sicher.

Sie kamen an einem Hotel vorbei, das einen Volltreffer abbekommen hatte. Turner fragte sich, ob ihm ein Hotelzimmer vorschwebte, als Nettle plötzlich auf die Idee kam, Bettzeug nach draußen zu schleppen. Durch ein Loch in der Wand gingen sie ins Haus, tasteten sich im Halbdunkel über Geröll und herabgefallene Deckenbalken und fanden die Treppe. Doch zu Dutzenden hatten andere Männer die gleiche Idee gehabt. Am Fuß der Treppe bildete sich bereits eine Warteschlange, und Soldaten schleppten mühsam die schweren Roßhaarmatratzen nach unten. Auf dem ersten Treppenabsatz – Turner und Nettle konnten nur Stiefel und Unterschenkel hin und her laufen sehen – kam es zu einer Prügelei mit grunzenden Ringkampflauten und den Geräuschen klatschend aufschlagender Fäuste. Ein Warnruf, dann rollten mehrere Männer rückwärts über die Treppe auf die unten Wartenden zu. Gelächter war zu hören, dann wurden einige Flüche laut, und man stand wieder auf und befühlte prüfend Arme und Beine. Ein Mann allerdings erhob sich nicht wieder, sondern blieb in merkwürdiger Haltung auf der Treppe liegen, die Füße höher als der Kopf. Er wimmerte heiser, fast unhörbar, wie in einem angsterfüllten Traum. Jemand hielt ein brennendes Feuerzeug an sein Gesicht, und sie sahen gebleckte Zähne und weißen Schaum in den Mundwinkeln. Er habe sich den Rücken gebrochen, sagte jemand, da sei nichts zu machen, und so stiegen die Männer mit ihren Decken und Nackenrollen über ihn hinweg, andere drängten an ihm vorbei, um nach oben zu kommen.

Sie ließen das Hotel hinter sich und liefen weiter ins Landesinnere, zurück zu der alten Frau mit ihrem Schwein. Offenbar war die Stromversorgung von Dünkirchen zusammengebrochen, doch an einigen sorgfältig verhängten

Fenstern sahen sie am Rand ockerfarbenes Licht von Kerzen und Ölfunzeln hindurchschimmern. Auf der anderen Straßenseite klopften Soldaten an die Haustüren, aber niemand machte ihnen auf. Diesen Augenblick wählte Turner, um Nettle jenen Raum zu beschreiben, in dem er zu Abend essen wollte. Um keinen Zweifel aufkommen zu lassen, schmückte er ihn noch etwas aus, fügte eine Glastür hinzu, die auf einen schmiedeeisernen Balkon hinausging, um dessen Geländer sich Glyzinien wanden, ein Grammophon auf einem runden Tisch mit einem grünen Chenilletuch und eine Chaiselongue, über der eine Perserdecke lag. Je ausführlicher er ihn beschrieb, um so überzeugter war er, daß der Raum gleich hier in ihrer Nähe war. Seine Worte beschworen ihn herauf.

Nettles Vorderzähne gruben sich in seine Unterlippe, als er Turner mit dem gutherzigen Blick eines erstaunten Nagers betrachtete, ihn ausreden ließ und dann sagte: »Ich hab's gewußt, verdammt, ich hab's gewußt.«

Sie standen vor einem zerbombten Haus, dessen Keller zur Hälfte unter freiem Himmel lag und wie eine gigantische Höhle aussah. Nettle packte Turner, zog ihn an der Jacke über die Trümmer einer geborstenen Ziegelmauer und führte ihn vorsichtig über den Kellerboden ins Dunkle. Turner wußte, daß dies nicht der richtige Ort war, konnte Nettles ungewohnter Entschlossenheit aber nichts entgegensetzen. Vor ihnen tauchte ein Lichtpunkt auf, dann noch einer, gleich darauf ein dritter. Die Zigaretten der Männer, die hier bereits Zuflucht gefunden hatten.

Eine Stimme sagte: »Mann, verschwindet. Hier ist besetzt.«

Nettle riß ein Streichholz an und hielt es hoch. Überall waren Männer, halb sitzend an die Wände gelehnt, die meisten schliefen. Einige lagen mitten im Keller, aber es gab noch Platz, und als das Streichholz erlosch, legte Nettle ihm eine Hand auf die Schulter und drückte ihn sanft zu Boden. Als er den Schutt unter seinem Hintern beiseite schob, spürte Turner, wie feucht sein Hemd war. Wahrscheinlich Blut, vielleicht aber auch irgendwas anderes, im Moment hatte er jedenfalls keine Schmerzen. Nettle legte Turner den Militärmantel um. Jetzt, da er endlich die Füße von sich strecken konnte, fühlte er eine ungeheure Erleichterung in seinen Beinen aufsteigen, und er wußte, selbst wenn Nettle noch so enttäuscht sein würde, konnte er heute keinen Schritt mehr tun. Die schaukelnde Bewegung tagelangen Marschierens übertrug sich auf den Boden. In der völligen Dunkelheit spürte Turner, wie es unter ihm taumelte und schwankte. Die Frage war bloß, wie man hier etwas essen wollte, ohne daß die anderen über einen herfielen. Überleben bedeutete egoistisch sein. Doch erst mal tat er nichts und dachte auch an nichts. Nach einer Weile knuffte Nettle ihn wach und schob ihm die Flasche in die Hand. Er legte den Mund an die Öffnung, kippte die Flasche und trank. Jemand hörte ihn schlucken.

»Was trinkste denn da?«

»Schafsmilch«, sagte Nettle. »Noch warm. Willste?«

Man hörte einen würgenden Laut, und etwas Lauwarmes, Glibberiges landete auf Turners Hand. »Ist ja widerlich.«

Eine andere Stimme forderte in drohenderem Ton: »Haltet das Maul. Ich versuch zu schlafen.«

Lautlos langte Nettle nach seinem Proviantbeutel, fischte die Wurst heraus, teilte sie in drei Teile und reichte ihm ein Stück zusammen mit etwas Brot. Turner streckte sich der Länge nach auf dem Betonboden aus, zog sich den Militärmantel über den Kopf, damit man die Wurst nicht riechen und sein Kauen nicht hören konnte, und im Mief seines eigenen Atems genoß er, während sich Schutt und Bruchgestein in seine Wange bohrten, das beste Essen seines Lebens. Auf seinem Gesicht lag ein Duft nach Seife. Er biß vom Brot ab, das nach Militärplane roch, mümmelte und nukkelte an der Wurst. Und als die Nahrung seinen Magen erreichte, kroch ein warmes Gefühl über die Brust bis hinauf zum Hals. Ihm war, als wäre er sein Leben lang über diese Straßen gelaufen. Wenn er die Augen schloß, sah er Asphalt unter sich vorüberziehen, und die Stiefel schwangen abwechselnd in den Blick. Er kaute und versank sekundenlang in Schlaf. Eine andere Zeitspanne tat sich vor ihm auf; jetzt schmiegte sich seine Zunge um eine gezuckerte Mandel, so süß, daß sie einer anderen Welt anzugehören schien. Als er hörte, wie die Männer sich über die Kälte im Keller beklagten, war er froh über den Mantel, unter dem er lag, und dachte mit väterlichem Stolz daran, daß er die Unteroffiziere davon abgehalten hatte, ihre Mäntel fortzuwerfen.

Auf der Suche nach einem Unterschlupf kam ein Trupp Soldaten herein und zündete Streichhölzer an, genau wie er und Nettle es getan hatten. Turner fand sie aufdringlich, der Dialekt der West Countys störte ihn. Wie alle übrigen Kellerinsassen wollte er nur, daß sie wieder verschwanden. Doch irgendwo vor seinen Füßen fanden sie noch Platz. Dann roch er eine Cognacfahne und ärgerte sich erst recht.

Außerdem sorgten die Neuankömmlinge beim Hinlegen für eine ziemliche Unruhe. Als jemand an der Wand »Verdammte Bauerntrampel« rief, hechtete einer der Soldaten in die Richtung, aus der die Stimme gekommen war, und einen Moment lang schien es, als würde es eine Prügelei geben. Aber die Dunkelheit und die müden Proteste der übrigen Schläfer sorgten dafür, daß rasch wieder Frieden einkehrte.

Bald waren nur noch regelmäßige Atemzüge und hier und da Schnarchlaute zu hören. Der Boden unter ihm schien erst Schlagseite zu haben, dann wiegte er sich im Rhythmus stetiger Schritte, und wieder einmal sah sich Turner von allzu vielen Eindrücken überwältigt, war er zu fiebrig, zu erschöpft, um schlafen zu können. Durch den Stoff seines Mantels fühlte er das Bündel Briefe. *Ich warte auf Dich. Komm zurück.* Die Worte waren zwar nicht bedeutungslos, aber sie sagten ihm nichts mehr. Ihr Sinn war klar und deutlich: Eine Person wartete auf eine andere, das war wie eine arithmetische Gleichung – und ebenso bar aller Gefühle. Warten. Eine Person tat also nichts, eine Zeitlang, während die andere näher kam. Warten war ein gewichtiges Wort. Er fühlte die drückende Last, schwer wie sein Mantel. Alle im Keller warteten, auch auf dem Strand warteten alle. Und Cecilia wartete, ja, aber dann? Er versuchte, ihre Stimme diese Worte sagen zu lassen, doch hörte er nur seine eigene, leise, unter dem Marschtritt seines Herzens. Er konnte nicht mal ihr Gesicht heraufbeschwören. Resolut richtete er seine Gedanken auf seine veränderte Lage, auf jene Umstände, die ihn glücklich machen sollten. Das Schwierige daran entging ihm, das drängende Verlangen danach war verstummt. Briony würde ihre Aussage ändern, sie würde die Vergangenheit neu schreiben, so daß die Schuldigen unschuldig wurden. Doch was war heutzutage Schuld? Sie war billig. Alle hatten Schuld, und niemand war schuldig. Keiner würde durch eine geänderte Aussage erlöst werden, denn es gab gar nicht genug Menschen und nicht genug Papier, nicht genügend Stifte, genügend Frieden und Geduld, um die Aussagen aller Zeugen aufschreiben und die Fakten festhalten zu können. Die Zeugen waren ebenso schuldig. Den ganzen Tag lang haben wir uns bei unseren Verbrechen gegenseitig beobachtet. Du hast heute niemanden umgebracht? Aber wie viele hast du sterben lassen? Hier unten im Keller verraten wir kein Wort. Wir schlafen drüber, Briony. Die süße Mandel schmeckte nach ihrem Namen, was ihm so ungeheuer kurios und unwahrscheinlich schien, daß er sich fragte, ob es der richtige Name war. Mit Cecilia genau dasselbe. War ihm stets selbstverständlich vorgekommen, wie seltsam diese Namen klangen? Doch auch über diese Frage konnte er nicht lange nachdenken. Da war so vieles in Frankreich, was er noch zu erledigen hatte, also schien es ihm nur vernünftig, die Abreise nach England eine Weile zu verschieben, auch wenn die Taschen schon gepackt waren, diese merkwürdigen, schweren Taschen. Niemand würde sie finden, wenn er sie hierließe und zurückginge. Unsichtbares Gepäck. Er mußte zurück und den Jungen aus dem Baum holen. Er hatte es schon mal getan. Er war dorthin zurückgegangen, wohin außer ihm niemand gegangen war, und hatte die Jungen unter einem Baum gefunden und Pierrot auf den Schultern getragen und Jackson an der Hand geführt, quer durch den ganzen Park. So schwer! Er war verliebt, in Cecilia, in die Zwillinge, in den Erfolg und in die Morgendämmerung, in den seltsam hell schimmernden Nebel. Doch was für ein Empfang! Mittlerweile war er es gewohnt, Gruppen am Straßenrand gab es genug, aber damals, ehe der Ton rauher und alle Welt ruppiger wurde, als es noch etwas Einmaliges und alles noch neu war, da hatte es ihn empfindlich getroffen. Ihm hatte es viel bedeutet, daß Cecilia über den Kies auf ihn zugelaufen war und mit ihm gesprochen hatte, dort vor der offenen Tür des Polizeiautos. *Oh, when I was in love with you,/ Then I was clean and brave.* Also würde er den Weg zurückgehen, den er gekommen war, würde in umgekehrter Reihenfolge durchleben, was sie hinter sich gebracht hatten, würde zurück durch das von Kanälen durchzogene, trostlose Marschland marschieren, vorbei am grimmigen Feldwebel auf der Brücke und durch das zerbombte Dorf, würde dem Straßenband folgen, das sich kilometerweit über hügeliges Ackerland hinzog, linker Hand, gegenüber vom Schuhgeschäft, nach dem Weg am Dorfrand suchen, dann zwei Meilen weiter über den Stacheldrahtzaun klettern und durch den Wald und über die Felder laufen, dann eine Nacht auf dem Hof der Brüder verbringen, und am nächsten Tag, im gelben Morgenlicht, der zitternden Kompaßnadel nach, rasch durch jene herrliche Gegend mit ihren kleinen Tälern eilen, ihren Flüssen und Bienenschwärmen und den Pfad hinauf zum traurigen Haus am Bahnübergang. Dann der Baum. Aus dem Schlamm die angekohlten, gestreiften Tuchfetzen, die Schlafanzugfitzel aufsammeln und ihn herunterholen, den armen, blassen Jungen, und anständig begraben. Sollen die Schuldigen die Unschuldigen begraben, und möge niemand seine Aussage ändern. Und wo war Mace? Wieso half er ihm nicht beim Graben? Unteroffizier Mace, dieser tapfere Bär. Noch etwas, das es zu tun galt, und ein weiterer Grund, warum er nicht fortkonnte. Er mußte Mace finden. Zuallererst aber mußte er die vielen Kilometer wieder zurückgehen, mußte zurück nach Norden zu dem Feld, wo der Bauer immer noch mit seinem Hund hinter dem Pflug herging, und er mußte die Flämin und ihren Sohn fragen, ob sie ihn schuldig fanden an ihrem Tod. Denn manchmal kann man sich vor lauter Selbstanklage zuviel einbilden. Vielleicht sagte sie nein – sagte das flämische Wort für nein. Du hast versucht, uns zu helfen. Du hättest uns nicht beide übers Feld tragen können. Du hast die Zwillinge getragen, aber uns, nein, das konntest du nicht. Nein, du bist nicht schuldig. Nein.

Ein Flüstern, dann spürte er den Atem auf seinem brennenden Gesicht. »Du bist zu laut, Boss.«

Hinter Unteroffizier Nettles Kopf war ein breiter, dunkelblauer Streifen Himmel und darauf eingraviert die zakkige, schwarze Mauerkrone der Kellerruine.

»Laut? Was habe ich gemacht?«

»Du hast: ›Nein, nein‹ geschrien und alle aufgeweckt. Ein paar von den Jungs wurden schon ein bißchen sauer.«

Er versuchte, den Kopf zu heben, schaffte es aber nicht. Der Unteroffizier zündete ein Streichholz an.

»Meine Güte, du siehst beschissen aus. Komm. Trink was.«

Er richtete Turner auf und setzte ihm die Feldflasche an die Lippen.

Das Wasser schmeckte metallisch. Er trank, und eine

lange, ozeanische Welle der Erschöpfung zog ihn tief hinab. Er ging durchs Land, bis er ins Meer fiel. Doch um Nettle nicht zu erschrecken, gab er sich Mühe, vernünftiger zu klingen, als ihm zumute war.

»Hör mal, ich habe beschlossen, noch eine Weile zu bleiben. Muß da noch ein paar Dinge erledigen.«

Mit dreckiger Hand wischte Nettle ihm die Stirn. Er sah keinen Grund dafür, daß Nettle es nötig fand, mit seinem Gesicht, seinem besorgten Rattengesicht, so nah an ihn heranzurücken.

Der Unteroffizier sagte: »Kannst du mich hören, Boss? Hörst du mich? Vor knapp einer Stunde war ich draußen pissen. Rate mal, was ich gesehen habe. Die halbe Navy treibt sich auf der Straße rum und trommelt alle Offiziere zusammen. Langsam kommt Zug in den Haufen unten am Strand. Und die Boote sind auch wieder da. Wir fahren nach Hause, Kumpel. Ein Oberleutnant von den East Kents marschiert um sieben mit uns hin. Also schlaf noch eine Runde, aber hör mit dem verdammten Geschrei auf.«

Jetzt fiel er und wollte nur noch schlafen, tausend Stunden schlafen. Es war leichter. Das Wasser war widerlich, aber es half, genau wie die Neuigkeiten, wie Nettles tröstliches Geflüster. Sie würden sich draußen auf der Straße aufstellen und zum Strand marschieren. In Reih und Glied. Ordnung würde herrschen. Kein Mensch brachte einem in Cambridge etwas über die Vorteile einer anständigen Marschordnung bei. Da verehrten sie die freien, die ungebändigten Geister. Die Dichter. Aber was wußten die Dichter schon vom Überleben? Davon, wie man als Gruppe, als Einheit überlebte? Niemand sprang aus der Reihe, niemand stürzte sich auf die Boote, keine Rede davon, daß den Letzten die Hunde beißen oder der Teufel holen würde. Keine lärmenden Stiefel, wenn sie über den Sand zum Wasser liefen. Hilfsbereite Hände, in wogender Dünung über den Dollbord gestreckt, damit die Kameraden ins Boot klettern konnten. Doch die See war ruhig, und nun, da er selbst auch ruhig wurde, begriff er natürlich, wie wunderbar es war, daß sie wartete. Von wegen Arithmetik! *Ich warte auf Dich* war elementar. Es war der Grund, warum er überlebt hatte. Es war die geläufige Art zu sagen, daß sie alle anderen Männer abweisen würde. Du allein. *Komm zurück.* Er spürte noch den Kies unterm dünnen Leder seiner Schuhe, konnte ihn immer noch fühlen, genau wie die eiskalten Fesseln an den Handgelenken. Er und der Inspektor blieben am Wagen stehen und drehten sich um, als sie ihre Schritte hörten. Wie könnte er je das grüne Kleid vergessen, das sich eng um ihre Hüfte schmiegte, sie am Laufen hinderte und die schönen Schultern freigab. Weißer als der Nebel. Es überraschte ihn nicht, daß er mit ihr reden durfte. Er dachte nicht einmal darüber nach. Beide benahmen sie sich, als wären sie ganz allein. Sie wollte auf keinen Fall weinen, als sie ihm sagte, daß sie ihm glaubte, ihm vertraute, ihn liebte. Er sagte ihr bloß, daß er ihr dies nie vergessen werde, und wollte ihr damit zu verstehen geben, wie dankbar er war, vor allem damals, vor allem heute. Dann strich sie kurz mit einem Finger über die Handschellen und sagte, sie schäme sich nicht, es gebe nichts, wofür sie sich schämen müsse. Sie packte einen Zipfel seines Revers, schüttelte ihn, und das war der Moment, in dem sie sagte: »Ich warte auf dich. Komm zurück.« Sie meinte es ernst. Die Zeit würde zeigen, daß sie es ernst meinte. Danach hatte man ihn ins Auto gedrängt, und sie hatte schnell gesprochen, bevor die Tränen kamen, die sie nicht länger zurückhalten konnte, und sie sagte, es gehöre ihnen, was zwischen ihnen geschehen sei, ihnen allein. Sie meinte natürlich die Bibliothek. Dieser Augenblick gehörte ihnen. Den konnte ihnen niemand nehmen. »Das ist unser Geheimnis«, rief sie ihm vor allen anderen nach, und dann schlug die Wagentür zu.

»Ich sage kein Wort«, murmelte er, doch Nettles Kopf war längst aus seinem Blick verschwunden. »Weck mich kurz vor sieben. Ich verspreche dir, du hörst kein Wort mehr von mir.«

DRITTER TEIL

Das Unbehagen erfaßte nicht nur das Krankenhaus. Es schien mit dem Wasser des reißenden, braunen Flusses anzusteigen, in den der Aprilregen niederging, um sich dann abends über die verdunkelte Stadt zu legen, als wäre es eine geistige Dämmerung, die das ganze Land erfaßte, ein unbemerktes, bösartiges Wuchern, das kaum vom späten, kühlen Frühling zu unterscheiden war, hinter dessen angenehmeren Seiten es sich so geschickt verbarg. Etwas ging zu Ende. Brionys Vorgesetzte, die auf den Gängen miteinander konferierten, teilten ein Geheimnis. Junge Ärzte schienen einen Kopf größer zu sein und schritten selbstsicherer aus, und der Chefarzt wirkte auf seiner Visite ein wenig abwesend. Eines Morgens trat er sogar ans Fenster, um minutenlang über den Fluß zu schauen, während in seinem Rücken die Schwestern bei den Betten warteten und sich nicht zu rühren wagten. Die älteren Krankenträger blickten bekümmert drein, wenn sie die Patienten abholten oder wieder auf die Stationen schoben, und schienen die flotten Kalauer aus den heiteren Rundfunksendungen vergessen zu haben, die ihnen sonst so leicht über die Lippen gekommen waren. Vielleicht hätte Briony es inzwischen sogar tröstlich gefunden, wenn sie den Spruch wieder gehört hätte, den sie eigentlich verachtete – Kopf hoch, Kleines, vielleicht kommt's nie dazu.

Aber offenbar kam es doch dazu. Das Krankenhaus war

leerer geworden, unmerklich beinahe, über viele Tage hinweg. Anfangs schien es reiner Zufall zu sein, eine Gesundheitsepidemie, die nicht allzu erfahrene Pflegerinnen ihren wachsenden Lernerfolgen zuschreiben mochten. Erst nach und nach begann man zu ahnen, daß dahinter ein System steckte. Die Zahl der leeren Betten auf den Stationen wuchs, als griffe Nacht für Nacht der Tod um sich. Briony fand, daß Schritte, die auf den breiten, gebohnerten Gängen davoneilten, sich dumpf, fast abbittend anhörten, wo sie doch früher hell und emsig geklungen hatten. Die Handwerker, die auf den Treppenabsätzen gleich neben den Fahrstühlen neue Trommeln für die Feuerwehrschläuche anbrachten und zusätzliche Sandeimer zur Feuerbekämpfung bereitstellten, arbeiteten den ganzen Tag ohne Unterbrechung und sprachen kein einziges Wort, nicht einmal mit den Krankenträgern. Von zwanzig Betten waren auf der Station nur acht belegt, und obwohl die Arbeit anstrengender als vorher war, hielt die Lernschwestern eine gewisse Unruhe, eine fast abergläubische Furcht davon ab, sich zu beklagen, wenn sie allein zusammensaßen und ihren Tee tranken. Überhaupt waren sie insgesamt ruhiger, duldsamer. Sie spreizten voreinander nicht mal mehr die Hände, um sich ihre Frostbeulen zu zeigen.

Außerdem litten die Lernschwestern unter der ewigen, allgegenwärtigen Angst, Fehler zu machen. Und sie fürchteten sich ausnahmslos vor Stationsschwester Marjorie Drummond und dem tückischen, feinen Lächeln, das ihre Wutausbrüche ankündigte. Briony wußte, daß sie sich in letzter Zeit eine Reihe von Fehlern geleistet hatte. Vor vier Tagen erst hatte eine ihrer Patientinnen trotz genauer Anweisungen die karbolhaltige Mundspülung in einem Zug ausgetrunken – einem Krankenträger zufolge, der sie dabei beobachtet hatte, hatte sie die Lösung wie ein Guinness in sich hineingekippt – und sich dann quer übers Bett erbrochen. Briony war sich außerdem bewußt, daß sie von Stationsschwester Drummond gesehen worden war, wie sie gerade mal drei Bettpfannen getragen hatte, obwohl doch inzwischen von ihnen erwartet wurde, daß sie behend wie eifrige Kellnerinnen im *La Coupole* mit sechs Pfannen über den Flur eilen konnten. Möglicherweise waren ihr noch weitere Fehler unterlaufen, die sie vor lauter Müdigkeit wieder vergessen oder gar nicht erst bemerkt hatte. So neigte sie zu einer fehlerhaften Körperhaltung – in unachtsamen Augenblicken verlagerte sie gern das Gewicht auf nur einen ihrer Füße, worüber sich ihre Vorgesetzte ganz besonders aufregen konnte. Weitere Nachlässigkeiten und Verstöße sammelten sich wie von selbst über mehrere Tage an: ein Besen, der nicht an der richtigen Stelle stand, eine mit dem Etikett nach oben gefaltete Decke, ein gestärkter Kragen, kaum wahrnehmbar verrutscht, die Laufrollen der Bettgestelle, die nicht in einer Reihe ausgerichtet waren oder nach innen zeigten, und vielleicht war sie sogar einmal mit leeren Händen über den Flur gehastet – alles wurde stillschweigend registriert, bis das Maß voll war, und dann brach, hatte man die Zeichen nicht rechtzeitig erkannt, der Sturm mit urplötzlicher Gewalt über einen herein. Meist gerade dann, wenn man glaubte, sich eigentlich ganz gut zu halten.

Doch in letzter Zeit bedachte die Schwester ihre Zöglinge nur selten mit einem freudlosen Lächeln und sprach auch kaum noch in jenem gedämpften Ton zu ihnen, der sie in solche Schrecken versetzte. Eigentlich kümmerte sie sich so gut wie gar nicht mehr um die Lernschwestern. Ihr gingen andere Dinge durch den Kopf, und oft stand sie im Innenhof vor dem Männer-OP in lange Gespräche mit ihren Kollegen vertieft, oder sie verschwand gleich für zwei Tage oder länger.

Andernorts, in einem anderen Beruf, hätte Schwester Drummonds pummeliges Aussehen sie mütterlich, vielleicht sogar sinnlich wirken lassen, besaßen ihre ungeschminkten Lippen nebst adrettem Schwung doch einen kräftigen, natürlichen Farbton, und die runden Bäckchen mit den gesunden, rosigen Flecken einer Puppe schienen ein freundliches Gemüt zu verraten. Dieser Eindruck aber wurde frühzeitig zunichte gemacht, als eine Lernschwester aus Brionys Jahrgang, ein großes, treuherziges, eher betuliches Mädchen mit dem harmlosen Blick einer Kuh den vernichtenden Zorn der Stationsschwester auf sich zog. Lernschwester Langland war der chirurgischen Abteilung im Männertrakt zugeteilt worden und sollte einen jungen Soldaten auf eine Blinddarmoperation vorbereiten. Ein oder zwei Minuten mit ihm allein gelassen, schwatzte sie unbekümmert drauflos und machte einige tröstliche Bemerkungen über seine Operation. Dann hatte er wohl die naheliegende Frage gestellt, und sie hatte die heilige Regel gebrochen. Es stand klipp und klar im Handbuch, doch woher hätten sie wissen sollen, wie ungeheuer wichtig diese Vorschrift war? Stunden später kam der Soldat aus der Narkose zu sich und murmelte den Namen der Lernschwester, während die OP-Schwester noch in seiner Nähe stand. Lernschwester Langland wurde mit Schimpf und Schande auf ihre eigene Station zurückgesandt.

Die übrigen Lernschwestern mußten sich im Kreis um sie aufstellen und aufmerksam achtgeben. Hätte die arme Susan Langland arglos oder in grausamer Absicht zwei Dutzend Patienten getötet, es hätte für sie kaum schlimmer kommen können. Als Stationsschwester Drummond sie zum Schluß noch eine Schande für die Schwesternschaft einer Florence Nightingale nannte und sagte, daß sie sich glücklich schätzen dürfe, einen Monat lang dreckige Bettwäsche zu sortieren, weinte außer Susan Langland auch die Hälfte aller Mädchen, die um sie herumstanden. Briony gehörte nicht dazu, aber abends im Bett nahm sie sich, immer noch ein wenig zitternd, das Handbuch wieder vor, um nachzulesen, ob es vielleicht noch andere Verhaltensregeln gab, die sie bislang übersehen hatte. Und sie las und lernte die Vorschrift auswendig: Unter keinen Umständen darf eine Krankenschwester einem Patienten ihren Vornamen nennen.

Die Stationen wurden leerer, aber die Arbeit nahm zu. Jeden Morgen wurden die Betten in die Mitte geschoben, damit die Lernschwestern den Boden mit dem mächtigen Bohnerbesen polieren konnten, der so schwer war, daß ein Mädchen allein ihn kaum hin und her zu schwingen vermochte. Dreimal am Tag wurden die Böden gewischt. Die ausgeräumten Spinde wurden geschrubbt, Matratzen ausgeräuchert, die Kleiderhaken aus Messing, Türknäufe und Schließbleche wurden gewienert. Sämtliches Holz – Türblätter und Fußbodenleisten – wurde mit einer Karbollösung abgewaschen, nicht anders als die Betten, ihre eisernen Gestelle ebenso wie die Stahlfedern. Die jungen Frauen wuschen, putzten und trockneten Bettpfannen und Urinflaschen, bis sie wie edles Eßgeschirr glänzten. Dreitonner der

Armee fuhren in die Ladebuchten und brachten noch mehr Betten, dreckige, alte Dinger, die viele Male gescheuert werden mußten, ehe sie auf die Station gebracht, in die Reihen gezwängt und mit Karbol abgewaschen werden konnten. Zwischen diesen Aufgaben schrubbten sich die Lernschwestern bestimmt ein Dutzend mal am Tag ihre aufgeplatzten, blutenden, mit Frostbeulen übersäten Hände unter eiskaltem Wasser. Der Krieg gegen die Bazillen fand kein Ende. Die Auszubildenden wurden in den Hygienekult eingeführt. Sie begriffen, daß es nichts Verwerflicheres als die Staubflocke einer Tagesdecke gab, die sich unter einem Bett versteckte und ein Bataillon, eine ganze Division von Bakterien in sich barg. Ihr tägliches Tun, das Kochen, Schrubben, Polieren und Wischen, wurde für die Lernschwestern zum Inbegriff ihres beruflichen Stolzes, dem jegliche Bequemlichkeit geopfert werden mußte.

Die Krankenträger brachten aus den Ladebuchten große Mengen neuer Vorräte, die ausgepackt, registriert und verstaut werden mußten – Verbandsrollen, Nierenschalen, Spritzen, drei neue Sterilisatoren und viele Kisten, auf denen »Bunyanbeutel« stand, deren Verwendungszweck ihnen noch nicht erklärt worden war. Ein zusätzlicher Medizinschrank wurde aufgestellt und eingeräumt, nachdem sie ihn dreimal gründlich geschrubbt hatten. Er blieb verschlossen, und den Schlüssel hatte Stationsschwester Drummond, doch konnte Briony eines Morgens sehen, daß er reihenweise Fläschchen enthielt, die mit »Morphium« beschriftet waren. Wenn sie auf andere Stationen kam, stellte sie fest, daß man sich dort gleichermaßen vorbereitete. In einer Abteilung gab es schon keine Patienten mehr, und sie blitzte in geräumiger Stille vor sich hin und wartete. Doch stand es den Lernschwestern nicht an, Fragen zu stellen. Bereits im Vorjahr waren gleich nach der Kriegserklärung die oberen Stationen zum Schutz vor möglichen Bombenangriffen geschlossen worden. Die Operationsräume lagen nun im Keller. Außerdem hatte man die ebenerdigen Fenster mit Sandsäcken verbarrikadiert und sämtliche Oberlichter zubetoniert.

Ein Armeegeneral inspizierte mit einem halben Dutzend Chefärzten das Krankenhaus. Es gab keinen festlichen Empfang, es herrschte nicht mal Stille, als sie kamen. Gewöhnlich mußten bei solch wichtigen Besuchen, so wurde erzählt, die Nasen aller Patienten exakt an der Mittelfalte der Bettdecke ausgerichtet werden, aber ihnen war keine Zeit geblieben, irgendwas vorzubereiten. Der General schritt mitsamt seinem Gefolge die Station ab, murmelte, nickte, und dann waren sie wieder verschwunden.

Das Unbehagen wuchs, doch blieb ihnen nur wenig Zeit zu Spekulationen, die ohnedies nicht erwünscht waren. Wenn die Lernschwestern keinen Dienst hatten, absolvierten sie Unterrichtsstunden, Vorlesungen und Praxiskurse, oder sie lernten für sich allein. Essenszeiten und Schlafenszeiten wurden so peinlich genau überwacht wie bei Neulingen im Internat Roedean. Als Fiona, die mit Briony auf einem Zimmer schlief, ihren Teller von sich schob und verkündete, daß sie »klinisch unfähig« sei, mit Maggi gewürztes Gemüse zu essen, blieb die Heimschwester neben ihr stehen, bis sie den letzten Bissen runtergeschluckt hatte. Die Umstände machten Fiona zu Brionys Freundin: Am ersten Abend des Einführungskurses bat sie Briony, ihr die Fingernägel der rechten Hand zu schneiden, und erklärte, daß sie mit links keine Schere halten könne; außerdem habe ihr bislang stets ihre Mutter diesen Gefallen getan. Sie hatte rotes Haar und Sommersprossen, was unwillkürlich Brionys Mißtrauen weckte, doch war Fiona im Gegensatz zu Lola laut und lebenslustig, hatte Grübchen auf dem Handrücken und einen enormen Busen, der die anderen Mädchen zu der Bemerkung veranlaßte, daß ihr gar nichts anderes übrigbliebe, als eines Tages Stationsschwester zu werden. Fionas Familie wohnte in Chelsea. Eines Abends flüsterte sie aus ihrem Bett herüber, daß man ihren Vater vermutlich bitten werde, Churchills Kriegskabinett beizutreten. Als aber die Kabinettsmitglieder vorgestellt wurden, stimmten die Nachnamen nicht überein. Fiona verlor kein Wort darüber, und Briony hielt es folglich für besser, nicht weiter nachzufragen. In den ersten Monaten nach dem Einführungskurs blieb Fiona und Briony kaum Gelegenheit herauszufinden, ob sie sich tatsächlich mochten. Jedenfalls war es praktisch, einfach davon auszugehen. Außerdem gehörten sie beide zu den wenigen Mädchen, die über keinerlei medizinische Vorbildung verfügten; die anderen hatten entweder schon einen Erste-Hilfe-Kurs mitgemacht oder ein Praktikum im Krankenhaus geleistet, so daß sie mit Blut und Leichen längst vertraut waren – wenigstens behaupteten sie das.

Doch Freundschaften waren nicht leicht zu pflegen. Die Lernschwestern taten Dienst auf den Stationen, büffelten anschließend mindestens drei Stunden und fielen dann ins Bett. Die Teezeit zwischen vier und fünf war für sie der reinste Luxus. Dann nahmen sie aus den Bretterregalen die winzigen, braunen Teekannen, auf denen ihre Namen standen, und setzten sich in den kleinen Aufenthaltsraum der Station. Die Atmosphäre war meist ziemlich verkrampft, da die Heimschwester Aufsicht führte und für Anstand und Ordnung sorgte. Außerdem hatten sie sich kaum hingesetzt, da hüllte die Müdigkeit sie wie eine dreifache Decke ein. Eine von ihnen, Tasse und Untertasse in der Hand, schlief einmal sogar ein und verbrühte sich den Schenkel – eine ausgezeichnete Gelegenheit, so die vom Geschrei angelockte Schwester Drummond, um die Behandlung von Brandwunden zu üben.

Überhaupt stand die Stationsschwester jeglicher Freundschaft im Wege. In diesen ersten Monaten dachte Briony oft, daß sie allein mit Schwester Drummond eine Beziehung verband. Sie war immerzu da, in dem einen Moment kam sie vom Ende des Flurs mit furchteinflößender Zielstrebigkeit auf Briony zu, im nächsten stand sie hinter ihr und murmelte ihr ins Ohr, sie habe offenbar im Vorbereitungskurs versäumt, auf das korrekte Vorgehen beim Baden männlicher Patienten zu achten: Erst nachdem das Badewasser ein *zweites* Mal erneuert worden sei, müsse dem Patienten der frisch eingeseifte Waschlappen und das Handtuch ausgehändigt werden, damit er allein »fertigmachen« könne. Brionys Verfassung hing vor allem davon ab, wie sie diese Stunde in den Augen der Stationsschwester bewältigte. Und jedesmal, wenn Schwester Drummonds Blick auf sie fiel, spürte sie, wie eine eisige Kälte sich in ihrem Magen ausbreitete. Es ließ sich unmöglich sagen, ob sie sich gut gehalten hatte. Briony fürchtete Schwester Drummonds Kritik. Ein Lob war undenkbar; im besten Falle durfte man mit Gleichgültigkeit rechnen.

In den wenigen Augenblicken, die sie für sich hatte, meist einige Minuten im Dunkeln kurz vor dem Einschlafen, dachte Briony an ihr gespenstisches Parallelleben, in dem sie in Girton studierte und Milton las. Sie hätte aufs College ihrer Schwester statt ins Krankenhaus ihrer Schwester gehen können, doch Briony meinte, so ihren Teil zu den Kriegsanstrengungen beitragen zu können. Tatsächlich aber hatte sie ihr Leben auf die Beziehung zu einer um fünfzehn Jahre älteren Frau beschränkt, deren Macht über sie größer war als die einer Mutter über ihr Kind.

Diese Beschränkung, die sie allmählich ihre eigene Identität verlieren ließ, begann schon Wochen vorher, noch ehe sie überhaupt von Stationsschwester Drummond gehört hatte. Es geschah am ersten Tag ihres zweimonatigen Einführungskurses, und Brionys Demütigung vor der ganzen Klasse war überaus lehrreich gewesen. So würde es von nun an immer sein. Sie hatte die Lehrschwester angesprochen und höflich auf einen Fehler auf ihrem Namensschild hingewiesen. Sie sei B. Tallis und nicht, wie es auf der kleinen, rechteckigen Spange stand, S. Tallis.

Die lakonische Antwort lautete: »Sie sind – und werden bleiben –, was auf diesem Schild steht. Ihr Vorname interessiert mich nicht im geringsten. Und jetzt setzen Sie sich bitte wieder hin, Schwester Tallis.«

Die übrigen Mädchen hätten gelacht, wenn sie es denn gewagt hätten, da auf all ihren Namensschildern dasselbe Initial stand, doch nahmen sie zu Recht an, daß sie sich diese Freiheit nicht herausnehmen durften. Es war die Zeit, in der sie alles Notwendige über Hygiene erfuhren und das Decken-Baden an lebensgroßen Modellen übten – an Mrs.

Mackintosh, Lady Chase und Baby George, dessen ausdrucksloses, leicht defektes Gesicht es ihm gestattete, sich wahlweise auch als Mädchen auszugeben. Es war die Zeit, in der sie unbedingten Gehorsam übten, lernten, Bettpfannen stapelweise zu tragen, und sich eine grundlegende Regel einprägten: Geh niemals über den Flur, ohne etwas in Händen zu halten. Körperlicher Schmerz half, Brionys geistigen Horizont zu verengen. Die hohen, gestärkten Kragen scheuerten die Haut am Hals auf. Da sie sich die Hände Dutzende Male am Tag unter eisigem Wasser mit einem Stück Sodaseife wusch, hatte sie bald ihre ersten Frostbeulen. Die Schuhe, die sie von ihrem eigenen Geld kaufen mußte, waren an den Zehen viel zu eng. Die Uniform aber untergrub wie alle Uniformen die Identität, und die Pflege, die sie ihr täglich abverlangte – Falten mußten gebügelt, Hüte festgesteckt, der Saum geradegezupft, Schuhe, besonders die Hacken, geputzt werden –, drängte allmählich alle anderen Interessen in den Hintergrund. Als die Mädchen schließlich so weit waren, daß sie ihre Ausbildung als Lernschwestern beginnen und die Arbeit unter Stationsschwester Drummond aufnehmen konnten, um sich ganz der täglichen Routine von »Bettpfanne bis Bananenbrei« zu widmen, verschwammen ihnen in der Erinnerung bereits ihre früheren Leben. Ihr Verstand war gewissermaßen ausgeräumt worden, die Abwehr geschwächt, so daß sie leicht von der absoluten Autorität der Stationsschwester überzeugt werden konnten, und als diese begann, ihre leeren Köpfe zu füllen, vermochten sie ihr keinerlei Widerstand mehr zu bieten.

Es wurde niemals ausgesprochen, doch das Modell, das

diesem Prozeß zugrunde lag, war vom Militär vorgegeben. Miss Nightingale, die unter keinen Umständen Florence genannt werden durfte, hatte lange genug auf der Krim geweilt, um die Bedeutung von Disziplin, festen Befehlsstrukturen und gut trainierten Truppen zu schätzen zu wissen. Wenn Briony im Dunkeln lag und hörte, wie die auf dem Rücken schlafende Fiona ihr allnächtliches Schnarchkonzert begann, spürte sie, daß sich ihr paralleles Leben – das sie sich ohne weiteres vorstellen konnte, da sie Leon und Cecilia in Kindertagen oft genug in Cambridge besucht hatte – mehr und mehr von ihrem jetzigen Leben entfernte. Dies hier war ihre Studentenzeit, diese vier Jahre, dieses allumfassende Regime, und sie besaß weder die Absicht noch die Freiheit, etwas daran zu ändern. Sie überließ sich einem Leben voll harscher Kritik, strenger Regeln, Gehorsam, Hausarbeit und der steten Angst, Mißfallen zu erregen. Sie war eine unter vielen Lernschwestern – alle paar Monate traf ein neuer Schwung ein –, und außer ihrem Namensschild war ihr keine Identität geblieben. Hier gab es keine Tutorien, und niemand verbrachte eine schlaflose Nacht mit Sorgen um den genauen Verlauf ihrer intellektuellen Entwicklung. Sie leerte Bettpfannen aus und putzte sie, wischte und bohnerte den Boden, machte Kakao und Hühnerbrühe, holte dies, brachte jenes, und jegliche Selbstbesinnung blieb ihr erspart. Irgendwann in naher Zukunft – das wußte sie aus Gesprächen mit Lernschwestern aus dem zweiten Lehrjahr – würde sie anfangen, an ihrer Kompetenz ein gewisses Vergnügen zu finden. Einen Vorgeschmack hatte sie kürzlich davon erhalten, als man ihr die Aufgabe anvertraute, unter Aufsicht Puls und Temperatur zu messen und die Ergebnisse in eine Karte einzutragen. Was die medizinischen Behandlungen selbst betraf, so hatte sie immerhin bereits Gentianaviolett auf Grind aufgetupft, eine Schnittwunde mit einer Betaisodonasalbe behandelt und Bleisalbe auf eine Prellung aufgetragen. Doch in erster Linie war sie eine Gehilfin, eine Magd, die überdies in den freien Stunden noch simple Fakten paukte. Sie war froh, so wenig Zeit zum Nachdenken zu haben. Doch wenn sie abends, am Ende des Tages, im Nachthemd auf dem Treppenabsatz stand und über den Fluß auf die verdunkelte Stadt schaute, befiel sie wieder dieses Unbehagen, das dort unten in den Straßen weilte, so wie es hier auf den Stationen herrschte, und das die Düsternis selbst zu sein schien. Nichts in ihrem straffen Tagesablauf, nicht einmal Stationsschwester Drummond, konnte sie davor schützen.

Nach ihrem Kakao, also in jener halben Stunde, ehe das Licht gelöscht wurde, besuchten sich die Mädchen gegenseitig auf ihren Zimmern, saßen auf den Betten und schrieben Briefe nach Hause oder an ihren Liebsten. Manche weinten auch ein wenig vor lauter Heimweh, so daß um diese Zeit stets reichlich getröstet, hier und da ein Arm um die Schulter gelegt und ein beschwichtigendes Wort gesprochen wurde. Für Briony war das nur Theater; sie fand es einfach lächerlich, daß sich junge, erwachsene Frauen tränenreich nach ihren Müttern sehnten oder, wie eine der Lernschwestern unter Schluchzen gestand, nach dem Geruch von Daddys Pfeife. Diejenigen, die trösteten, schienen ihr außerdem allzu verliebt in diese Rolle zu sein. In einer derart überhitzten Atmosphäre schrieb Briony gelegentlich ihre eigenen knappen Briefe nach Hause, in denen kaum mehr stand, als daß sie weder krank noch unglücklich sei, kein Geld brauche und ihre Meinung keineswegs ändern werde, wie ihre Mutter es ihr vorhergesagt hatte. Manche Mädchen schrieben stolz von der zermürbenden Arbeit und dem aufreibenden Studium, um ihre liebenden Eltern in Erstaunen zu versetzen, doch Briony vertraute diese Dinge nur ihrem Tagebuch an, und auch dies nicht besonders ausführlich. Sie wollte nicht, daß ihre Mutter erfuhr, welch niedrige Arbeiten sie verrichtete. Schließlich würde sie nicht zuletzt deshalb Krankenschwester werden, um später einmal unabhängiger zu sein, weshalb es ihr wichtig war, daß ihre Eltern, vor allem aber ihre Mutter, so wenig wie irgend möglich über ihr jetziges Leben wußten.

Bis auf eine Reihe stets aufs neue wiederholter Fragen, die unbeantwortet blieben, handelten Emilys Briefe meist von den Landverschickungen. Drei Mütter mit sieben Kindern, alle aus dem Londoner Bezirk Hackney, waren ins Haus der Familie Tallis einquartiert worden. Eine der Frauen hatte sich im Dorfpub danebenbenommen und daraufhin Lokalverbot erhalten, eine andere war eine fromme Katholikin, die jeden Sonntag mit ihren drei Kindern sechs Kilometer weit in die nächste Stadt ging, um die Messe zu besuchen. Doch Betty, selbst Katholikin, machte keine Unterschiede. Sie haßte alle Mütter und ihre Kinder gleichermaßen. Schon am ersten Morgen war ihr gesagt worden, daß das Essen nicht schmecke. Sie behauptete sogar, gesehen zu haben, wie die Kirchgängerin in der Eingangshalle auf den Boden spuckte. Das älteste der Kinder, ein Junge von dreizehn Jahren, der aber kaum älter als ein Achtjähriger aussah, war in den Brunnen gestiegen, auf die Statue geklettert und hatte Tritons Schneckenhorn und den Arm kurz unterm Ellbogen abgebrochen. Jack behauptete, das ließe sich wieder richten, doch war das Bruchstück, das man ins Haus getragen und in der Waschküche aufbewahrt hatte, inzwischen verschwunden. Ein Hinweis vom alten Hardman brachte Betty dazu, dem Jungen vorzuwerfen, er habe das Stück in den See geworfen. Der Junge aber behauptete, nichts zu wissen. Es wurde sogar überlegt, das Wasser aus dem See abzulassen, doch sorgte man sich um das brütende Schwanenpaar. Die Mutter hatte sich heftig für ihren Jungen eingesetzt und gesagt, ein Brunnen sei gefährlich, wenn sich Kinder im Haus befänden, und daß sie an ihren Parlamentsabgeordneten schreiben wolle. Sir Arthur Ridley war Brionys Taufpate.

Trotzdem fand Emily, daß sie sich glücklich schätzen sollten, Landverschickte im Haus zu haben, da es eine Zeitlang so ausgesehen hatte, als ob die Armee das ganze Haus requirieren wollte. Es wurde dann allerdings mit Hugh van Vliets Anwesen vorliebgenommen, da es dort einen Billardtisch gab. Zu den übrigen Neuigkeiten zählte auch, daß Emilys Schwester Hermione immer noch in Paris weilte, aber daran dachte, nach Nizza umzuziehen, außerdem hatte man die Kühe auf die drei Weiden an der Nordseite getrieben, damit man den Park umpflügen und Korn ansäen konnte. Zweieinhalb Kilometer Eisenzaun aus der Mitte des achtzehnten Jahrhunderts hatte man entfernt, um ihn einzuschmelzen und Spitfires daraus zu bauen. Selbst die Handwerker, die den Zaun abtrugen, hatten gesagt, daß es das falsche Metall dafür sei. Aus Stein und Zement war unten am Fluß, gleich in der Biegung und mitten im Riedgras, ein Bunker errichtet worden, und dabei hatte man die Nester der Kricketenten und der grauen Bachstelze zerstört. Ein zweiter Bunker wurde dort errichtet, wo die Hauptstraße ins Dorf führte. Alle zerbrechlichen Dinge lagerten nun im Keller, auch das Cembalo. Und die arme Betty hatte Onkel Clems Vase nach unten tragen wollen, doch sei sie ihr runtergefallen und auf den Stufen in tausend Stücke zerschellt. Sie behauptete, sie sei ihr in den Händen einfach auseinandergefallen, was doch ziemlich unglaubwürdig klang. Danny Hardman hatte sich zur Marine gemeldet, die übrigen Jungs aus dem Dorf waren alle zu den East Surreys gegangen. Jack arbeitete wirklich viel zuviel. Er hatte zu einer Sonderkonferenz gemußt und bei der Rückkehr ganz dünn und müde ausgesehen, dabei durfte er ihr nicht einmal sagen, wo er gewesen war. Über die Vase hatte er sich schrecklich aufgeregt und Betty sogar angeschrien, was doch sonst so gar nicht seine Art war. Zu guter Letzt hatte sie auch noch eine Lebensmittelkarte verloren, weshalb sie zwei Wochen ohne Zucker auskommen mußten. Die Mutter, der man im Red Lion Lokalverbot erteilt hatte, war ohne ihre Gasmaske angekommen, und nirgendwo ließ sich Ersatz auftreiben. Der Luftschutzwart, übrigens der Bruder von Wachtmeister Vockins, war nun schon zum dritten Mal aufgetaucht, um die Verdunklung zu inspizieren. Er benahm sich wie ein richtiger kleiner Diktator. Kein Mensch konnte ihn ausstehen.

Wenn sie diese Briefe am Ende eines anstrengenden Tages las, überkam Briony ein träumerisches Heimweh, eine unbestimmte Sehnsucht nach einem lang verlorenen Leben. Dabei konnte sie sich selbst kaum leid tun. Schließlich war sie diejenige, die sich von daheim löste. In der Urlaubswoche nach dem Einführungskurs und vor Ausbildungsbeginn hatte sie bei ihrem Onkel und ihrer Tante in Primrose Hill gewohnt und den Bitten ihrer Mutter am Telefon widerstanden. Warum konnte Briony sie nicht besuchen, nicht einmal für einen Tag, wo alle sie so gern wiedersehen und unbedingt etwas über ihr neues Leben erfahren wollten? Und warum schrieb sie so selten? Es war schwierig, darauf eine direkte Antwort zu geben. Vorläufig war es jedenfalls notwendig, sich von zu Hause fernzuhalten.

In der Schublade ihres Nachtschränkchens bewahrte Briony ein großes Notizbuch mit einem marmorierten Kartoneinband auf. An den Buchrücken war ein Stück Schnur geklebt, und daran hing ein Bleistift. Füllfederhalter waren im Bett nicht erlaubt. Am Ende des ersten Tages ihres Einführungskurses begann sie mit ihren Notizen und schaffte es an den meisten Abenden, wenigstens zehn Minuten zu schreiben, ehe das Licht ausging. Zu ihren Einträgen gehörten künstlerische Grundsatzerklärungen, banale Beschwerden, Charakterskizzen und schlichte Berichte über den Tagesablauf, die jedoch immer stärker ins Phantastische abglitten. Sie las fast nie durch, was sie geschrieben hatte, blätterte aber gern die beschriebenen Seiten auf. Hier drin, hinter ihrem Namensschild und unter der Uniform, verbarg sich ihr wahres Ich, heimlich gehortet, im stillen angesammelt. Sie hatte das kindliche Vergnügen nie ganz verloren, mit dem sie die mit eigener Handschrift bedeckten Blätter betrachtete. Was sie schrieb, war eigentlich fast egal. Da die Schublade nicht abgeschlossen werden konnte, achtete sie jedoch sorgsam darauf, ihre Beschreibungen von Stationsschwester Drummond zu kaschieren. Sie änderte auch die Namen der Patienten. Und da sie die Namen ohnedies geändert hatte, fiel es ihr leicht, auch die Umstände abzuwandeln und frei zu erfinden. Genüßlich malte sie sich die Gedanken ihrer Figuren aus und fühlte sich dabei in keinster Weise zur Wahrheit verpflichtet, schließlich hatte sie niemandem eine Chronik versprochen. Dies hier war der einzige Ort, an dem sie frei sein konnte. Sie spann kleine Geschichten – nicht sonderlich überzeugend, ein wenig zu schwülstig – um die Leute auf der Station. Eine Zeitlang hielt sie sich gar für den weiblichen Chaucer der Medizin, auf deren Station es von den wundersamsten Typen wimmelte: komische Käuze, Schnapsdrosseln, Tattergreise und nette Damen, die gräßliche Geheimnisse preiszugeben hatten. In späteren Jahren sollte sie bedauern, sich nicht stärker an die Fakten gehalten, sich nicht mit einem Vorrat an Rohmaterial versorgt zu haben. Es wäre so nützlich gewesen, wenn sie gewußt hätte, was genau geschehen war, wie es eigentlich ausgesehen hatte, wer dort gewesen war und was er gesagt hatte. Zu seiner Zeit jedoch hatte das Tagebuch ihre Würde bewahrt: Sie mochte aussehen, sich benehmen und leben wie eine Lernschwester, aber eigentlich war sie eine bedeutende Schriftstellerin. Und zu einer Zeit, in der sie von allem einst Vertrauten getrennt lebte – ihrer Familie, ihrem Zuhause, ihren Freundinnen –, war das Schreiben der einzige rote Faden, das einzig Beständige in ihrem Leben. Es war, was sie schon immer getan hatte.

Sie waren selten, diese Augenblicke am Tag, in denen sie ihre Gedanken ungehindert schweifen lassen konnte. Manchmal wurde sie zur Krankenhausapotheke geschickt und mußte warten, bis der Apotheker zurückkam. Dann schlenderte sie über den Flur ins Treppenhaus an ein Fenster, das auf den Fluß schaute. Unmerklich verlagerte sich ihr Gewicht auf den rechten Fuß, während sie, ohne etwas wahrzunehmen, zu den Parlamentsgebäuden hinüberblickte und nicht an ihr Tagebuch, sondern an die lange Geschichte dachte, die sie geschrieben und einer Zeitschrift anvertraut hatte. In Primrose Hill hatte sie sich die Schreibmaschine ihres Onkels geliehen, das Eßzimmer in Beschlag genommen und mit den Zeigefingern die endgültige Version getippt. Eine ganze Woche hatte sie daran gesessen, mehr als acht Stunden jeden Tag, bis Hals und Rücken schmerzten und lauter Kringel wie ausfransende Kaufmannszeichen vor ihren Augen vorüberschwammen. Doch konnte sie sich kaum erinnern, je so glücklich gewesen zu sein wie in dem Augenblick, als sie den vollständigen Papierstapel – einhundertdrei Seiten – ordnete und mit wunden Fingerspitzen das Gewicht ihrer Schöpfung prüfte. Allein ihr Werk. Niemand sonst hätte es schreiben können. Sie behielt einen Durchschlag für sich, schlug ihre Geschichte (welch unzureichendes Wort!) in braunes Papier, nahm den Bus nach Bloomsbury, ging in die Lansdowne Terrace zum Büro der neuen Zeitschrift *Horizon* und gab ihr Päckchen der zuvorkommenden jungen Frau, die ihr die Tür geöffnet hatte.

Stolz war sie vor allem auf die Anlage, den klaren Aufbau

ihres Werks und darauf, wie es alles in der Schwebe ließ, was, wie sie fand, der modernen Sensibilität entsprach. Die Zeit einfacher Antworten war vorbei. Ebenso die Zeit für fiktive Charaktere und Romanhandlungen. Trotz der in ihrem Tagebuch skizzierten Typen glaubte sie nicht länger an Charaktere. Das waren schnurrige Kunstgriffe, die ins neunzehnte Jahrhundert gehörten. Schon das Konzept einer handelnden Figur basierte auf einem Irrtum, was die moderne Psychologie schließlich längst bewiesen hatte. Und die Handlung selbst war auch nur eine rostige Maschine, deren Zahnräder nicht mehr recht ineinandergreifen wollten. Ein moderner Schriftsteller konnte ebensowenig noch Handlung und Figuren erfinden, wie ein Komponist heute noch eine Mozart-Symphonie schreiben konnte. Gedanken, Wahrnehmungen, Empfindungen interessierten sie, das bewußte Denken als Fluß durch die Zeit, und wie dieser eilende Strom darstellbar war, wie seine Zuflüsse, die ihn anschwellen lassen konnten, und wie die Hindernisse, die ihn von seinem Kurs abbrachten. Wenn sie doch nur das klare Licht eines Sommermorgens wiedergeben könnte, die Empfindungen eines Kindes, das am Fenster stand, das Schwirren einer Schwalbe über einem Teich. Der Roman der Zukunft würde anders als irgendein Roman der Vergangenheit sein. Dreimal hatte sie Virginia Woolfs *Die Wellen* gelesen und fand, daß eine große Verwandlung mit der menschlichen Natur vor sich ging, daß allein der Roman, eine neue Art von Roman, die Essenz dieses Wandels erfassen konnte. In eine Psyche einzudringen und zu zeigen, wie sie arbeitete oder bearbeitet wurde, und dies mit einem symmetrisch angelegten Plan zu tun – was für ein künstlerischer Triumph.

Das jedenfalls dachte Schwester Tallis, während sie sich in der Nähe der Apotheke herumtrieb, darauf wartete, daß der Apotheker wiederkam, und ganz vergessen hatte, was ihr drohte, wenn Stationsschwester Drummond sie entdeckte, wie sie dort auf einem Bein stand und über die Themse blickte.

Drei Monate waren vergangen, und Briony hatte kein Wort von *Horizon* gehört.

Auf ein zweites Schriftstück hatte sie ebenfalls keine Antwort erhalten. Sie war zur Verwaltung gegangen, um Cecilias Adresse in Erfahrung zu bringen. Anfang Mai hatte sie dann ihrer Schwester geschrieben. Und nun war sie allmählich davon überzeugt, daß Schweigen Cecilias Antwort war.

In den letzten Maitagen wurden deutlich mehr Medikamente geliefert, und man schickte die letzten leichten Fälle nach Hause. Viele Stationen wären inzwischen völlig leer gewesen, hätte man nicht vierzig Matrosen aufnehmen müssen – die Royal Navy wurde von einer seltenen Form von Gelbsucht heimgesucht. Briony blieb keine Zeit mehr, sich um solche Dinge zu kümmern. Für sie begannen neue Krankenpflegekurse und eine Einführung in die Anatomie. Die Lernschwestern im ersten Jahr hasteten vom Dienst zum Unterricht und von den Mahlzeiten zum Studium auf ihren Zimmern. Hatten sie drei Seiten gelesen, konnten sie kaum noch die Augen aufhalten. Big Bens Glockenschläge läuteten jeden Wechsel im Tagesablauf ein, und es gab Momente, in denen beim feierlichen Viertelstundenschlag ein Stöhnen unterdrückter Panik laut wurde, weil den Mädchen aufging, daß sie längst woanders sein sollten.

Völliger Bettruhe wurde eine heilende Wirkung zugesprochen. Den meisten Patienten war es deshalb, unabhängig von ihrem Zustand, nicht erlaubt, die wenigen Schritte bis zur Toilette zu gehen. Jeder Tag begann also mit den Bettpfannen. Und die Stationsschwester sah es nicht gern, wenn sie »wie Tennisschläger« über den Flur getragen wurden. Sie mußten »zur Ehre Gottes« gehalten, geleert, ausgespült, gewaschen und bis um halb acht fortgeräumt werden, da es nun Zeit wurde, die morgendlichen Getränke auszuteilen. Den ganzen Tag nichts als Bettpfannen, Dekken-Baden und Boden wischen. Die Mädchen klagten über Rückenschmerzen vom Betten machen und über brennende Füße, weil sie pausenlos auf den Beinen waren. Eine eigens damit beauftragte Aushilfe zog die Verdunklungsvorhänge vor die riesigen Stationsfenster. Gegen Abend dann wieder Bettpfannen, Spucknäpfe leeren und Kakao anrühren. Zwischen Schichtende und dem Anfang des Unterrichts blieb ihnen kaum Zeit, um zurück zum Schwesternheim zu hasten und Bücher und Hefte zu holen. An einem Tag hatte Briony zweimal das Mißfallen der Stationsschwester erregt, weil sie über den Flur gerannt war, und beide Male wurde sie mit tonloser Stimme zurechtgewiesen. Nur Blutsturz oder Feueralarm waren für eine Schwester Grund genug, um über den Flur zu rennen.

Doch das eigentliche Reich der Lernschwestern war der Spülraum. Angeblich beabsichtigte man, automatische Bettpfannen- und Urinflaschenspüler zu installieren, aber das waren bloß Gerüchte von paradiesischen Zuständen. Vorläufig blieb ihnen nichts anderes übrig, als das zu tun, was andere vor ihnen auch getan hatten. An dem Tag, an dem die Schwester sie zweimal gerügt hatte, weil sie zu schnell über den Flur gelaufen war, durfte Briony eine Extraschicht im Spülraum einlegen. Womöglich nur ein Versehen auf dem ungeschriebenen Dienstplan, aber Briony hatte da so ihre Zweifel. Sie zog die Tür zum Spülraum zu und band sich die schwere Gummischürze um. Der Trick beim Entleeren, das heißt die einzig mögliche Art und Weise, wie sie die Schüsseln leeren konnte, bestand darin, die Augen zu schließen, den Atem anzuhalten und den Kopf abzuwenden. Anschließend wurden die Bettpfannen dann mit einer Karbollösung ausgespült. Wenn sie aber nachzusehen vergaß, ob die hohlen Griffe trocken und sauber waren, würde sie erst recht den Ärger der Stationsschwester auf sich ziehen.

Nachdem diese Aufgabe erledigt war, ging sie, am Ende des Tages, dazu über, die fast menschenleere Station zu putzen – Spinde geradezurücken, Aschenbecher auszuleeren, Zeitungen einzusammeln. Unwillkürlich fiel ihr Blick auf eine gefaltete *Sunday Graphic.* Bislang waren Nachrichten nur in zusammenhangslosen Bruchstücken zu ihr durchgedrungen. Es blieb einfach nie genügend Zeit, sich hinzusetzen und gründlich Zeitung zu lesen. Sie wußte, daß die Deutschen die Maginot-Linie umgangen hatten, daß Rotterdam bombardiert und die holländische Armee besiegt worden war, und einige Mädchen hatten am Abend zuvor von der drohenden Kapitulation der belgischen Armee gesprochen. Es stand schlecht um den Krieg, aber bestimmt ging es bald wieder bergauf. Ein ähnlich tröstlicher Satz erregte plötzlich ihre Aufmerksamkeit – nicht wegen seines Inhalts, sondern wegen der Dinge, die er schamlos zu vertuschen suchte: Die britische Armee in Nordfrankreich »befindet sich auf dem strategischen Rückzug in die dafür vorgesehenen Stellungen«. Selbst sie, die über militärische Strategie und journalistische Gepflogenheiten nichts wußte, verstand, daß mit dieser Formulierung eine Flucht umschrieben wurde. Vermutlich war sie der letzte Mensch im Krankenhaus, der begriff, was da vor sich ging. Die immer leerer werdenden Stationen, die zusätzlichen Vorräte, all das hatte sie für bloße Kriegsvorbereitungen gehalten. Sie war zu sehr mit ihren eigenen kleinen Sorgen beschäftigt gewesen. Jetzt aber ahnte sie, wie die einzelnen Informationen zusammenhingen, und verstand, was alle anderen längst wußten und worauf sich die Krankenhausverwaltung einrichtete. Die Deutschen waren bis an den Ärmelkanal vorgedrungen, die britische Armee steckte in Schwierigkeiten. Irgendwas war in Frankreich schrecklich schiefgelaufen, man wußte bloß noch nicht, welches Ausmaß die Katastrophe annehmen würde. Das also war diese Vorahnung, diese stumme Angst, die sie um sich herum gespürt hatte.

Etwa um diese Zeit, an dem Tag, an dem die letzten Patienten die Station verließen, erhielt sie einen Brief von ihrem Vater. Nach einem beiläufigen Gruß und der Frage, wie es mit dem Einführungskurs und um ihre Gesundheit stehe, gab er ihr die Neuigkeit weiter, die ihm von einem Kollegen mitgeteilt und von der Familie bestätigt worden war: Paul Marshall und Lola Quincey heirateten Samstag in einer Woche in der Holy-Trinity-Kirche in Clapham Common. Er gab nicht an, weshalb er vermutete, daß sie dies wissen wollte, und enthielt sich auch sonst jeder weiteren Äußerung. Er unterschrieb einfach nur mit einem Krakel unten auf der Seite – »in Liebe, wie immer«.

Während sie am Vormittag ihren Pflichten nachging, sann sie über diesen Brief nach. Seit jenem Sommer damals hatte sie Lola nicht mehr gesehen, so daß sie in Gedanken ein staksiges Mädchen von fünfzehn Jahren vor den Altar treten sah. Unterdessen half Briony einer heimkehrenden Patientin, einer älteren Dame aus Lambeth, beim Kofferpacken und versuchte, sich auf deren Beschwerden zu konzentrieren. Die Frau hatte sich einen Zeh gebrochen, und man hatte ihr zwölf Tage Bettruhe versprochen, ihr aber nur sieben gegönnt. Sie wurde in den Rollstuhl gesetzt, und ein Krankenträger brachte sie fort. Im Spülraum rechnete Briony dann nach. Lola war zwanzig, Marshall mußte neunundzwanzig sein. Die Heirat war keine Überraschung; der Schock lag allein in der Bestätigung. Briony hatte nicht nur einen gewissen Anteil an dieser Verbindung, sie hatte sie überhaupt erst möglich gemacht.

In jedem Augenblick, ob auf den Krankenzimmern oder auf dem Flur, spürte Briony, wie ihr die vertrauten Schuldgefühle mit neuem Nachdruck zusetzten. Sie schrubbte die letzten frei geräumten Spinde, half, die Betten mit Karbollösung abzuwaschen, wischte und wienerte die Böden, lief zur Apotheke und zur Krankenhausfürsorge doppelt so schnell wie gewöhnlich, ohne jedoch zu rennen, wurde mit einer zweiten Lernschwester zur Männerabteilung geschickt, um einen Furunkel zu verbinden, und sprang für Fiona ein, die zum Zahnarzt mußte. An diesem ersten schönen Tag im Mai schwitzte sie in ihrer gestärkten Uniform, aber sie wollte nur noch arbeiten, dann baden und schließlich schlafen, bis es wieder Zeit zum Arbeiten war. Doch es half nichts, das wußte sie. Wie aufopferungsvoll oder erniedrigend ihre Arbeit auch sein mochte und wie sehr sie sich auch anstrengte, auf welch hehre Erkenntnisse in den Tutorien und entscheidende Augenblicke auf dem College-Rasen sie auch verzichtet hatte, sie konnte den angerichteten Schaden nie wieder rückgängig machen. Was sie getan hatte, war unverzeihlich.

Zum ersten Mal seit Jahren spürte sie den Wunsch, mit ihrem Vater zu reden. Sie hatte seine Unnahbarkeit stets für selbstverständlich gehalten und nichts anderes von ihm erwartet. Sie fragte sich, ob er ihr, indem er ihr diese Neuigkeit mitteilte, nicht zu verstehen geben wollte, daß er die Wahrheit kannte. Nach dem Tee blieb ihr eigentlich zu wenig Zeit, aber sie ging trotzdem zur Telefonzelle vorm Krankenhauseingang an der Westminster Bridge und versuchte, ihn in seinem Büro anzurufen. Die Vermittlung stellte sie zu einer hilfsbereiten, nasalen Stimme durch, dann wurde die Verbindung unterbrochen, und sie mußte von vorn beginnen, was wieder zu dem gleichen Ergebnis führte. Beim dritten Versuch wurde die Verbindung schon unterbrochen, als jemand sagte: »Einen Moment, ich stelle durch.«

Mittlerweile war ihr Kleingeld aufgebraucht, und sie mußte zurück auf die Station. Doch vor der Telefonzelle blieb sie stehen, um die riesigen Kumuluswolken zu bewundern, die sich am blaßblauen Himmel auftürmten. Die Flutwellen im Fluß jagten zurück zum Meer, spiegelten das Blau und mengten einige Spritzer Grün und Grau darunter. Und Big Ben schien im ruhelosen Himmel endlos vornüberzufallen. Trotz der Abgase hing ein Geruch von frischem Grün in der Luft, vielleicht vom gemähten Krankenhausrasen, vielleicht auch von den jungen Bäumen am Flußufer. Die Sonne strahlte, doch noch war es angenehm kühl. Seit Tagen, wenn nicht seit Wochen, hatte sie etwas derart Schönes weder gesehen noch gespürt. Sie verbrachte einfach zuviel Zeit im Haus und atmete zuviel Desinfektionsmittel ein. Als sie sich umdrehte, hätte sie fast zwei junge Offiziere gestreift, Ärzte vom Militärkrankenhaus in der Millbank, die an ihr vorübergingen und ihr freundlich zulächelten. Automatisch senkte sie den Kopf, bedauerte aber sofort, nicht wenigstens ihren Blicken standgehalten zu haben. Die beiden Männer entfernten sich, schlenderten über die Brücke und schienen sich ausschließlich für ihr Gespräch zu interessieren und alles andere um sich herum vergessen zu haben. Einer tat, als griffe er nach oben in ein Regal und suchte etwas; sein Kamerad lachte. In der Mitte der Brücke blieben sie stehen und bewunderten ein Kanonenboot, das unter der Brücke hindurchglitt. Briony dachte, wie lebensfroh und gelöst die beiden Ärzte doch wirkten, und wünschte sich, sie hätte ihr Lächeln erwidert. Offenbar gab es da die ein oder andere Seite an ihr, die sie völlig vergessen hatte. Aber sie war spät dran, und sie mußte sich sputen, trotz der Schuhe, die vorn an den Zehen drückten. Hier, auf dem fleckigen, ungebohnerten Pflaster, besaß die Order von Stationsschwester Drummond keine Geltung. Kein Feuer und kein Blutsturz, doch was für ein herrliches, körperliches Vergnügen, eine Kostprobe der Freiheit, in Uniform und gestärkter Schürze so schnell wie nur irgend möglich zum Krankenhauseingang hinüberzurennen.

Im Krankenhaus begann eine drückende Zeit des Wartens. Nur die gelbsuchtkranken Matrosen waren geblieben. Unter den Schwestern erregten sie allerhand Interesse und sorgten für manch amüsierte Unterhaltung, denn diese abgehärteten Seemänner saßen auf den Betten, stopften ihre Socken und bestanden darauf, eigenhändig ihre Unterwäsche zu waschen, die sie dann auf einer zwischen zwei Heizkörpern gespannten Wäscheleine aufhängten. Wer noch ans Bett gefesselt war, litt lieber Höllenqualen, als um die Bettente zu bitten. Angeblich beharrten die genesenden Matrosen sogar darauf, ihre Zimmer selbst sauberzuhalten, und hatten deshalb den Feudel und den schweren Bohnerbesen an sich genommen. Solch häusliche Fertigkeiten unter Männern waren den Mädchen völlig unbekannt, und Fiona sagte, sie wolle keinen Mann heiraten, der nicht in der Royal Navy gedient habe.

Ohne ersichtlichen Grund wurde den Lernschwestern ein halber Tag freigegeben; der Unterricht fiel aus, doch die Trachten mußten sie anbehalten. Nach dem Mittagessen ging Briony mit Fiona über den Fluß und an den Parlamentsgebäuden vorbei in den St. James Park. Sie schlenderten um den See, holten sich am Stand eine Tasse Tee und zahlten für die Klappstühle, um einigen älteren Männern der Heilsarmee zuzuhören, die ein für Bläser umgeschriebenes Stück von Elgar spielten. In jenen Tagen im Mai, ehe durchsickerte, was in Frankreich geschehen war, und ehe dann im September die Stadt bombardiert wurde, wies London alle äußeren Anzeichen eines Krieges auf, doch war er noch nicht bis in die Köpfe der Menschen vorgedrungen. Uniformen; Plakate, die vor Spionage warnten; zwei riesige Luftschutzbunker mitten auf dem Parkrasen und allgegenwärtig die mürrischen Hüter der öffentlichen Ordnung. Ein Mann mit Schirmmütze und Armstreifen ging zu den auf ihren Klappstühlen sitzenden Mädchen und verlangte Fionas Gasmaske zu sehen, die halb von ihrem Mantel verdeckt wurde. Ansonsten war es noch eine unschuldige Zeit. Die Sorge um die Lage in Frankreich, die das Land gefangengehalten hatte, wurde für den Augenblick vom nachmittäglichen Sonnenschein vertrieben. Von den Toten wußte man noch nichts, die Abwesenden glaubte man lebendig. Den Mädchen bot sich ein in seiner Normalität traumgleicher Anblick. Kinderwagen glitten über die Wege, das Verdeck im vollen Sonnenlicht geöffnet, und weiße, weichschädelige Babys starrten erstaunt zum ersten Mal in die Natur. Kinder, die der Landverschickung irgendwie entkommen zu sein schienen, tollten auf dem Gras, lachten und schrien, das Orchester plagte sich mit einer Musik ab, die seine Fähigkeiten überstieg, und die Stühle kosteten noch zwei Pence. Fast nicht zu glauben, daß kaum hundert Meilen weiter eine militärische Katastrophe stattfand.

Brionys Gedanken drehten sich weiter um ihr Problem. Vielleicht starb London ja an Giftgasen oder es wurde mit Hilfe von Kollaborateuren durch deutsche Fallschirmjäger überrannt, ehe Lolas Hochzeit stattfinden konnte. Briony hatte einen neunmalklugen Krankenträger in einem Ton sagen hören, der beinahe wie Genugtuung klang, daß die deutsche Armee nun nicht mehr aufzuhalten sei. Die Deutschen kannten die neuen Taktiken, wir nicht, sie hatten die Armee modernisiert, wir nicht. Die Generäle hätten eben besser das Buch des Militärstrategen Liddell Hart lesen oder in den Aufenthaltsraum der Krankenträger kommen und in der Teepause aufmerksam zuhören sollen.

Neben ihr erzählte Fiona von ihrem heißgeliebten kleinen Bruder und den schlauen Dingen, die er beim Abendessen gesagt hatte, und Briony tat, als höre sie zu, und dachte dabei an Robbie. Wenn er in Frankreich gekämpft hatte, war er vielleicht schon gefangengenommen worden. Oder Schlimmeres war passiert. Wie würde Cecilia eine solche Nachricht aufnehmen? Während die Musik, belebt von Dissonanzen, die auf keinem Notenblatt standen, zu einem lärmenden Höhepunkt anschwoll, umklammerte sie die hölzernen Lehnen ihres Klappstuhls und schloß die Augen. Was, wenn Robbie etwas zustieß, wenn Cecilia und Robbie nie zusammenkommen sollten ... Ihre geheime Qual und die Wirren des Krieges waren für sie immer zwei getrennte Welten gewesen, doch nun begriff sie, daß der Krieg ihr Verbrechen noch verschlimmern konnte. Die einzig denkbare Lösung wäre die, daß die Vergangenheit nie geschehen wäre. Wenn er nicht zurückkäme ... Sie sehnte sich danach, eine andere Vergangenheit zu haben, jemand anderes zu sein, jemand wie die herzensgute Fiona, deren unbeflecktes Leben sich vor ihr ausdehnte, die eine liebevolle, weitverzweigte Familie hatte, deren Hunde und Katzen lateinische Namen trugen und deren Haus ein bekannter Treffpunkt für Chelseas Künstler war. Fiona brauchte nur ihr Leben zu führen, dem Weg zu folgen, der vor ihr lag, und zu erleben, was geschehen würde. Briony dagegen kam es so vor, als ob sie ihr Leben in einem einzigen Zimmer leben mußte, in einem Zimmer ohne Tür.

»Alles in Ordnung, Briony?«

»Wie? Ja, natürlich. Mir geht es gut, danke.«

»Ich glaube dir kein Wort. Soll ich dir ein Glas Wasser holen?«

Während der Applaus aufbrandete – niemand schien sich darüber aufzuregen, wie schlecht das Orchester spielte –, sah Briony Fiona über den Rasen eilen, vorbei an den Musikern und dem Mann im braunen Mantel, der die Klappstühle verlieh, bis zu einem kleinen Café unter den Bäumen. Die Heilsarmee spielte jetzt »Bye, Bye Blackbird«, was ihr weit besser gelang. Die Leute auf den Klappstühlen stimmten ein, manche klatschten im Takt. Öffentliches Mitsingen hatte etwas leicht Zwanghaftes – Fremde, die sich gegenseitig Blicke zuwarfen, wenn sie ihre Stimmen hoben –, dem Briony sich entschlossen widersetzen wollte. Trotzdem besserte sich ihre Stimmung, und als Fiona mit einer Tasse Wasser zurückkehrte und das Orchester mit »It's a Long Way to Tipperary« zu einem Potpourri beliebter Melodien ansetzte, begannen sie, sich von der Arbeit zu erzählen. Fiona steckte Briony mit ihrer Tratscherei an – welche Lernschwestern sie mochten und welche sie unmöglich fanden, was sie von Stationsschwester Drummond hielten, deren Stimme Fiona nachahmen konnte, oder von der Heimschwester, die ebenso imposant und unnahbar wie ein Chefarzt wirkte. Sie erinnerten sich gegenseitig an die Eigenheiten gewisser Patienten und an gemeinsamen Kummer – so war Fiona empört, daß sie nichts auf das Fensterbrett stellen durfte, und Briony haßte es, daß abends um elf Uhr das Licht abgedreht wurde –, doch taten sie dies mit einem gewissen behaglichen Vergnügen und prusteten manchmal regelrecht vor Lachen, so daß man sich nach ihnen umdrehte und mit theatralischer Geste Finger an die Lippen gelegt wurden. Ganz ernst gemeint war das allerdings nicht; die meisten Leute, die sich umdrehten, lächelten nachsichtig aus ihren Klappstühlen zu ihnen herüber. Es war etwas an diesen beiden jungen Pflegerinnen – Krankenschwestern in Kriegszeiten – in ihren weißen und purpurfarbenen Trachten mit den dunkelblauen Mänteln und den fleckenlos sauberen Hauben, das sie so untadelig erscheinen ließ wie Nonnen. Die Mädchen spürten ihre Immunität, weshalb ihr Lachen lauter wurde und immer öfter zu übermütigem, spöttischem Gegacker anwuchs. Fiona erwies sich als passable Mimin, doch bei aller Fröhlichkeit schwang in ihrem Humor ein grausamer Unterton mit, der Briony gut gefiel. Fiona konnte Cockney, wie es in Lambeth gesprochen wurde, und nahm mit grausamer Schärfe die Ignoranz einiger Patienten aufs Korn, imitierte ihre flehenden, winselnden Stimmen: »'s isses Herz, Schwester. War immer schon auffer falschn Seite, ehrlich. Genau wie bei meine Mum. Sagn Se ma, stimmts eigentlich wirklich, dass Babys ausm Popo komm, Schwester? Ich weiß nämlich echt nich, wie das bei mir klappen soll, so wie ich immer verstopft bin. Sechs Görn hab ich gehabt, dann bin ich los und hab eins im Bus vergessn, im Achtundachtziger aus Brixton. Musses Balg einfach sitzn gelassn ham. Habs nie wieder gesehn, Schwester. Hat mich mächtig aufgeregt. Hab mir die Augn ausm Kopp geheult.«

Als sie zurück zum Parliament Square gingen, fühlte sich Briony leicht benommen und vor lauter Lachen noch ganz wacklig auf den Beinen. Sie staunte selbst, wie rasch ihre

Stimmung umschlug. Die Sorgen verschwanden zwar nicht, aber sie glitten in den Hintergrund, verloren ihre emotionale Wucht. Arm in Arm spazierten die Mädchen über die Westminster Bridge. Es war Ebbe, und in dem kräftigen Licht lag ein purpurfarbener Schimmer über den Schlammbänken, auf denen Abertausende der von Würmern aufgeschütteten Erdhäufchen winzige scharfe Schatten warfen. Als Briony und Fiona nach rechts in die Lambeth Palace Road einbogen, sahen sie eine lange Reihe Armeelaster vor dem Haupteingang warten, und die Aussicht auf weitere Vorräte, die ausgepackt und fortgeräumt werden mußten, ließ die Mädchen gutmütig aufstöhnen.

Doch dann entdeckten sie Sanitätswagen zwischen den Lastern, und als sie näher kamen, sahen sie Krankentragen, Dutzende, die wild verstreut auf dem Boden abgesetzt worden waren, und überall grüne, verdreckte Kampfanzüge und blutfleckige Verbände. Soldaten standen in Gruppen herum, regungslos und benommen; alle trugen sie wie die Männer auf dem Boden schmutzige Verbände. Ein Hilfspfleger sammelte auf der Ladefläche eines Lasters Gewehre ein. Zahllose Krankenträger, Schwestern und Ärzte bewegten sich durch die Menge. Fünf oder sechs fahrbare Tragen waren zum Eingang gebracht worden – viel zu wenige. Einen Augenblick blieben Briony und Fiona wie erstarrt stehen und schauten zu, dann rannten sie los.

Nur einen Augenblick später waren sie bei den Männern. Selbst der frische Frühlingswind konnte den Gestank von Maschinenöl und eiternden Wunden nicht vertreiben. Die Gesichter und Hände der Soldaten waren schwarz, und mit ihren Bartstoppeln, dem verfilzten schwarzen Haar und den umgehängten Schildchen von der Aufnahmestation sahen sie fast identisch aus, eine wilde Menschenrasse aus einer schrecklichen Welt. Soweit die Männer standen, schienen sie zu schlafen. Noch mehr Schwestern und Ärzte strömten nach draußen. Ein Chefarzt übernahm das Kommando und sorgte für ein grobes Auswahlverfahren. Einige der dringendsten Fälle wurden auf die fahrbaren Tragen gehoben. Und zum ersten Mal seit Beginn ihrer Ausbildung wurde Briony von einem Arzt angesprochen, einem Assistenzarzt, den sie noch nie zuvor gesehen hatte.

»Sie da, packen Sie mit an.«

Der Arzt nahm das eine und sie das andere Ende. Briony hatte nie zuvor eine Trage in Händen gehalten und fand sie überraschend schwer. Sie gingen ins Gebäude, waren aber noch keine zehn Schritte über den Flur gelaufen, als ihr klar wurde, daß sie einfach nicht genügend Kraft im linken Handgelenk hatte. Sie hielt das Fußende. Der Soldat mit den Abzeichen eines Feldwebels hatte keine Stiefel an, seine blau angelaufenen Zehen stanken. Um den Kopf klebte eine schwarzrot verfärbte Binde. Am Schenkel hingen Stoffetzen in eine offene Wunde, in der Briony einen weißen Knochen erkennen zu können meinte. Jeder Schritt bereitete dem Mann Schmerzen. Seine Augen waren fest geschlossen, doch öffnete und schloß er den Mund in stummer Qual. Die Trage würde zur Seite kippen, wenn ihre linke Hand losließ, doch als die Finger nachgaben, hatten sie endlich den Fahrstuhl erreicht und stellten die Trage ab. Langsam fuhren sie nach oben, der Arzt nahm den Puls und sog scharf die Luft durch die Nase ein. Brionys Anwesenheit hatte er offenbar völlig vergessen. Als der zweite Stock in ihren

Blick sank, konnte sie nur an den fünfundzwanzig Meter langen Flur bis zur Station denken. War es nicht ihre Pflicht, dem Arzt zu sagen, daß sie es nicht schaffte? Doch als er die Fahrstuhltür aufriß und ihr befahl, die Trage anzuheben, kehrte er ihr den Rücken zu. Alle Kraft in den linken Arm lenkend, flehte sie den Arzt lautlos an, doch schneller zu gehen. Wenn sie jetzt versagte, würde sie sich diese Schande nie verzeihen. Der Mann öffnete und schloß den Mund in seinem schwarzen Gesicht, als kaute er auf etwas herum. Seine Zunge war mit weißen Pickeln übersät. Der schwarze Adamsapfel hüpfte auf und ab, und sie zwang sich, ihren Blick darauf zu konzentrieren. Dann waren sie auf der Station. Briony hatte Glück, denn gleich hinter der Tür stand ein Notbett. Schon glitt ihr die Trage aus den Fingern. Eine Oberschwester und eine erfahrene Pflegerin erwarteten sie. Kaum war die Trage neben dem Bett ausgerichtet, gaben Brionys gefühllos gewordene Finger nach, und sie konnte nur noch das linke Knie hochziehen, um das Gewicht abzufangen. Der Holm krachte auf ihr Bein. Die Trage wakkelte, doch die Oberschwester griff zu und hielt fest. Den Lippen des verwundeten Feldwebels entwich ein fassungslos klingender Laut, als hätte er bislang gar nicht geahnt, wie ungeheuerlich der Schmerz sein konnte.

»Paß doch auf, Mädchen«, brummte der Arzt. Sie hievten den Patienten vorsichtig ins Bett.

Briony wartete ab, ob sie noch gebraucht wurde, doch die drei waren eifrig beschäftigt und hatten sie völlig vergessen. Die Pflegerin löste den Kopfverband, die Oberschwester schnitt die Hose auf. Der Assistenzarzt drehte sich zum Licht um, damit er lesen konnte, was auf dem Laufzettel stand, der auf dem Hemd des Mannes gelegen hatte. Briony räusperte sich leise, und die Oberschwester blickte herüber und stellte verärgert fest, daß sie immer noch auf der Station war.

»Stehen Sie hier nicht einfach rum, Schwester Tallis. Ab nach unten, da wird Ihre Hilfe gebraucht.«

Sie fühlte sich gedemütigt, und ein flaues Gefühl breitete sich in ihrem Magen aus. In dem Augenblick, in dem der Krieg in ihr Leben drang, in dem allerersten Augenblick, in dem sie unter Druck geriet, hatte sie versagt. Sollte man sie auffordern, noch eine Trage zu nehmen, würde sie nicht mal die halbe Strecke bis zum Fahrstuhl schaffen, doch würde sie es nicht wagen, sich zu widersetzen, wenn man ihr diese Aufgabe zuwies. Und falls sie ihr Ende tatsächlich fallen ließ, würde sie einfach aufs Zimmer gehen, ihre Sachen packen und nach Schottland fahren, um als Magd auf einem Bauernhof zu arbeiten. Das dürfte dann wohl für alle das Beste sein. Als sie im Parterre über den Flur eilte, kam ihr Fiona entgegen, die das vordere Ende einer Trage hielt. Sie war stärker als Briony. Das Gesicht des Verletzten war vollständig verbunden, nur über dem Mund war ein dunkles, ovales Loch geblieben. Die Blicke der Mädchen trafen sich und lösten irgendwas aus, einen Schock, vielleicht aber auch Scham darüber, daß sie im Park gelacht hatten, obwohl es so etwas wie dies hier gab.

Briony ging nach draußen und sah mit Erleichterung, daß die letzten Tragen auf Fahrgestelle gehoben wurden und daß Krankenträger darauf warteten, sie ins Haus zu schieben. Etwa ein Dutzend ausgebildeter Schwestern stand neben einigen Koffern. Briony kannte ein paar der Frauen von ihrer Station, hatte aber keine Zeit, sie zu fragen, wohin sie geschickt wurden. Woanders passierte offenbar noch Schlimmeres. Das Wichtigste waren jetzt die Verwundeten, die ohne fremde Hilfe gehen konnten, und von denen gab es noch über zweihundert. Eine Schwester trug Briony auf, fünfzehn Männer auf die Station Beatrice zu bringen. Wie Schulkinder folgten sie ihr im Gänsemarsch über den Flur. Manche trugen den Arm in einer Schlinge, andere hatten Kopfverletzungen oder Brustwunden. Drei Männer gingen auf Krücken. Keiner sagte ein Wort. Vor den Fahrstühlen kam es zu einem Stau, da fahrbare Tragen darauf warteten, zu den Operationssälen in den Keller gebracht zu werden, und andere noch nach oben zu den Stationen gefahren werden mußten. Für die Männer mit Krücken fand sie eine stille Ecke, sagte ihnen, sie sollten sich setzen und sich nicht von der Stelle rühren, und führte die übrigen Verletzten die Treppe hinauf. Sie kamen nur langsam voran und ruhten sich auf jedem Treppenabsatz aus.

»Ist nicht mehr weit«, sagte sie immer wieder, doch niemand schien sie wahrzunehmen.

Auf der Station angekommen, mußte sie sich als erstes den Vorschriften nach bei der Stationsschwester melden, aber die war nicht in ihrem Büro. Briony drehte sich zu der langen Reihe Soldaten um, die hinter ihr aufgelaufen war, doch keiner blickte sie an. Sie starrten an ihr vorbei in den hohen viktorianischen Flur, auf die stolzen Säulen, die Palmen in den Blumenkübeln und die ordentlich aufgereihten Betten mit den sauberen, aufgeschlagenen Laken.

»Warten Sie hier«, sagte Briony. »Die Schwester wird Ihnen allen ein Bett zuteilen.«

Rasch ging sie zum anderen Flurende, wo sich die Schwester mit zwei Pflegerinnen um einen Patienten kümmerte, als sie schlurfende Schritte hörte. Die Soldaten wankten hinter ihr her.

Entsetzt fuchtelte Briony mit den Händen: »Zurück, bitte, gehen Sie zurück und warten Sie.«

Doch sie schwärmten aus und verteilten sich über die Station. Jeder Mann hatte das Bett gesehen, in dem er liegen wollte. Und ohne ihr Bett zugeteilt bekommen zu haben, ohne sich die Stiefel auszuziehen, ohne sich zu baden, ohne entlaust zu werden und ohne Krankenhausschlafanzug legten sie sich in ihre Betten. Ihre verfilzten Haare, die geschwärzten Gesichter senkten sich auf die Kissen. Die Stationsschwester kam im Geschwindschritt von ihrem Flurende herübergeeilt, die hastigen Schritte hallten im altehrwürdigen Gemäuer wider. Briony trat an ein Bett und zupfte am Ärmel eines Soldaten, der mit dem Gesicht nach oben lag und sich den aus der Schlinge gerutschten Arm hielt. Als er die Beine langstreckte, rieb er einen Ölfleck in seine Decke. Alles ihre Schuld.

»Bitte, stehen Sie wieder auf«, sagte sie, als die Stationsschwester neben ihr stand. Und hilflos fügte sie noch hinzu: »Wir haben doch unsere Vorschriften.«

»Die Männer müssen schlafen. Die Vorschriften sind für später.« Eine irische Stimme. Die Schwester legte Briony die Hand auf die Schulter und drehte sie zu sich um, damit sie ihr Namensschild lesen konnte. »Sie gehen jetzt besser auf Ihre Station zurück, Schwester Tallis. Ich denke, Sie werden da gebraucht.«

Mit einem sanften Schubs schickte sie Briony wieder auf

den Weg. Die Station kam auch ohne Vorschriftenfanatiker wie sie zurecht. Die Männer schliefen bereits, und erneut stand sie wie ein Trottel da. Natürlich mußten sie schlafen, aber Briony hatte doch nur tun wollen, was man ihrer Meinung nach von ihr erwartete. Schließlich hatte sie die Vorschriften nicht erfunden. Sie waren ihr in den letzten Monaten eingetrichtert worden, diese abertausend Kleinigkeiten, die bei einer Neuaufnahme beachtet werden mußten. Woher sollte sie wissen, daß sie in Wirklichkeit nichts zu bedeuten hatten? Solch trotzigen Gedanken hing sie nach, bis sie fast ihre eigene Station erreicht hatte, als ihr die Männer mit den Krücken wieder einfielen, die unten darauf warteten, zum Fahrstuhl gebracht zu werden. Aber die Sitzecke war leer, und auf den Fluren war keine Spur von den Männern zu entdecken. Um ihre Unfähigkeit nicht herauszuposaunen, fragte sie lieber nicht bei den Schwestern und Krankenträgern nach. Offenbar hatte sich jemand der Verletzten angenommen. Doch auch in den folgenden Tagen sollte sie keinen von ihnen wiedersehen.

Ihre eigene Station war zu einem Not-OP umfunktioniert worden, allerdings hatten solche Bezeichnungen anfangs wenig zu besagen. Ebensogut hätte es sich um einen Truppenverbandsplatz an der Front handeln können. Weitere Krankenschwestern und Pflegerinnen waren herbeordert worden, und fünf oder sechs Ärzte kümmerten sich um die dringendsten Fälle. Außerdem hielten sich zwei Priester auf der Station auf, einer saß neben einem Mann, der auf der Seite lag, ein anderer betete neben einer menschlichen Gestalt unter einer Decke. Sämtliche Pflegerinnen trugen Mundschutzmasken und hatten wie die Ärzte ihre Ärmel aufgekrempelt. Zwischen den Betten hasteten Schwestern umher, gaben Spritzen – vermutlich Morphium – oder legten Katheter, damit die Verwundeten an die Blutbeutel und gelben Plasmaflaschen angehängt werden konnten, die wie exotische Früchte von den hohen, fahrbaren Galgen herabhingen. Praktikanten liefen mit Stapeln von Wärmflaschen über den Flur. Überall war das Geflüster leiser Stimmen zu hören, Ärztestimmen, die regelmäßig von lautem Stöhnen und Schmerzensschreien unterbrochen wurden. Jedes Bett war belegt; Neuzugänge blieben auf den Tragen liegen und wurden zwischen die Betten geschoben, um möglichst viele Kranke an die Fusionsständer anhängen zu können. Zwei Hilfspfleger machten sich daran, die Toten fortzubringen. An vielen Betten saßen Krankenschwestern und nahmen schmutzige Verbände ab. Immer wieder die Entscheidung, behutsam und langsam vorzugehen oder es in einer Schmerzsekunde rasch und mit einem Ruck hinter sich zu bringen. Auf dieser Station wurde letzteres bevorzugt, was einige der Schmerzensschreie erklärte. Und dann ein Wust von Gerüchen – säuerlich klebrig nach frischem Blut, dann nach dreckigen Kleidern, nach Schweiß, Öl, Desinfektionsmitteln, medizinischem Alkohol, und über allem der Gestank von Wundbrand. Bei zwei Fällen mußte im OP amputiert werden.

Da die Vollschwestern vorübergehend an die Notaufnahmen im äußeren Krankenhausbezirk überstellt worden waren und immer neue Fälle hereinkamen, gaben die Krankenpflegerinnen bedenkenlos Befehle, und die Lernschwestern aus Brionys Jahrgang übernahmen zusätzliche Verantwortung. Eine Schwester trug Briony auf, einem

Unteroffizier auf einer Tragbahre an der Tür den Verband abzunehmen und ihm die Beinwunde zu säubern. Sie sollte ihn aber erst wieder verbinden, wenn sich einer der Ärzte die Verletzung angesehen hatte. Der Unteroffizier lag auf dem Bauch und verzog das Gesicht, als sie sich hinkniete und ihm ins Ohr flüsterte, was sie vorhatte.

»Wenn ich schrei, müssen Sie sich nicht drum kümmern«, murmelte er. »Machen Sie die Wunde ruhig sauber. Ich will's Bein nicht verlieren.«

Die Hose mußte aufgeschnitten werden. Der äußere Verband sah noch ziemlich neu aus. Sie begann ihn abzuwikkeln, doch als sie die Hand nicht unter seinem Bein durchführen konnte, schnitt sie die Binde durch.

»Haben mich in Dover am Kai erwischt.«

Längs über der Wunde, die vom Knie bis zum Knöchel reichte, lag jetzt nur noch ein Streifen Mull, dunkel von geronnenem Blut. Das Bein selbst war haarlos und schwarz. Briony befürchtete das Schlimmste und atmete durch den Mund.

»Wie haben die denn das fertiggebracht?« Sie gab ihrer Stimme einen möglichst munteren Ton.

»Eine Granate. Hat mich auf so einen Wellblechzaun geschleudert.«

»Was für ein Pech. So, und der Rest muß auch noch ab.« Behutsam hob sie den Rand an, und der Unteroffizier stöhnte auf.

Er sagte: »Zählen Sie bis drei, und dann machen Sie schnell.«

Der Unteroffizier ballte die Hände zu Fäusten. Sie packte das Stück, das sie bereits gelöst hatte, hielt es fest zwischen

Daumen und Zeigefinger und riß mit einer plötzlichen Bewegung an dem Mull. Ihr fiel etwas aus Kindertagen ein, eine Erinnerung an jenen Nachmittag, an dem sie auf einer Geburtstagsfeier den berühmten Tischdeckentrick gesehen hatte. Mit einem klebrigen, knirschenden Laut löste sich der Verband in einem einzigen Stück.

Der Unteroffizier sagte: »Mir wird schlecht.«

Sie hatte eine Nierenschale griffbereit. Er würgte, aber es kam nichts. Schweißtropfen bildeten sich in seinen Nackenfalten. Die Wunde war gut vierzig Zentimeter lang, vielleicht noch länger, zog sich um das Knie herum und war mit groben, unregelmäßigen Stichen vernäht worden. Hier und da schoben sich die Ränder der aufgeplatzten Haut übereinander, so daß das Fettgewebe und kleine Fleischknöllchen zu sehen waren, die wie winzige Büschel roter Weintrauben von der Wunde nach oben gedrückt wurden.

»Halten Sie still«, sagte Briony. »Ich mache jetzt um die Wunde sauber, rühr sie selbst aber nicht an.« Noch nicht jedenfalls. Das Bein war schwarz und weich wie eine überreife Banane. Briony tunkte den Wattebausch in Alkohol. Sie hatte Angst, die Haut könnte sich einfach ablösen, deshalb strich sie ganz behutsam über den Schenkel, knapp fünf Zentimeter oberhalb der Wunde. Dann wischte sie noch einmal drüber, diesmal jedoch etwas kräftiger. Die Haut war fest, also verstärkte sie den Druck, bis er zusammenzuckte. Da nahm sie die Hand fort und betrachtete den Streifen weißer Haut, den sie freigelegt hatte. Der Wattebausch war schwarz. Kein Wundbrand. Sie stieß einen Seufzer der Erleichterung aus, sie konnte nicht anders. Sogar die Kehle zog sich ihr zusammen.

»Was ist, Schwester?« fragte er. »Sie können es mir ruhig sagen.« Er richtete sich auf und versuchte, über die Schulter zu blicken. In seiner Stimme schwang Angst mit.

Sie schluckte und erwiderte gefaßt: »Ich glaube, die Wunde heilt gut.«

Sie brauchte noch mehr Watte. Der Dreck war Öl oder Schmierfett, vermischt mit Strandsand, und ließ sich nur mühsam entfernen. Sie reinigte ein fünfzehn Zentimeter breites Umfeld um die Wunde.

Nachdem sie sich einige Minuten mit dem Bein beschäftigt hatte, legte sich eine Hand auf ihre Schulter, und eine weibliche Stimme sagte ihr ins Ohr: »Sie machen das prima, Schwester Tallis, aber Sie müssen schneller arbeiten.«

Kniend über die an ein Bett gerückte Trage gebeugt, war es nicht leicht, sich umzudrehen. Als sie es schließlich geschafft hatte, sah sie nur noch eine vertraute Gestalt davoneilen. Der Unteroffizier schlief, als Briony sich daranmachte, die Nähte selbst zu säubern. Er zuckte, fuhr manchmal zusammen, wachte aber nicht auf. Die Erschöpfung war sein Betäubungsmittel. Endlich konnte sie sich wieder aufrichten, doch kaum hatte sie die Schale sowie die dreckigen Wattebäusche eingesammelt, kam ein Arzt, und sie war entlassen.

Sie schrubbte sich die Hände und bekam eine neue Arbeit zugewiesen. Jetzt, da sie eine kleine Aufgabe erfolgreich bewältigt hatte, war alles anders. Man trug ihr auf, jenen Soldaten, die vom Kampf erschöpft zusammengebrochen waren, Wasser zu bringen. Es war wichtig, daß sie genügend Flüssigkeit zu sich nahmen. »So ist es gut, Schütze Carter. Trinken Sie, und dann können Sie gleich weiterschlafen.

Setzen Sie sich ein bißchen auf ...« Sie hielt eine kleine, weiße Emaillekanne in der Hand und ließ die Männer aus der Tülle Wasser saugen, während sie wie Riesenbabys die verdreckten Köpfe an ihre Schürze lehnten. Dann schrubbte sie sich wieder die Hände und sammelte Bettpfannen ein. Noch nie hatte es ihr so wenig ausgemacht. Ihr wurde gesagt, daß sie sich um einen Soldaten mit einer Bauchwunde kümmern sollte, der auch noch einen Teil seiner Nase verloren hatte. Sie konnte an dem blutigen Knorpel vorbei in seinen Mund und auf die verletzte Zunge schauen. Ihre Aufgabe war es, sein Gesicht zu säubern. Wieder war es ölverschmiert und voller Sand, der in die Haut gerieben schien. Sie nahm an, daß er wach war, doch hielt er die Augen geschlossen. Morphium beruhigte ihn, und er wiegte sich sanft hin und her wie im Takt einer Musik, die nur er allein hören konnte. Als seine Gesichtszüge schließlich unter der schwarzen Maske auftauchten, mußte sie an jene Bücher mit den schimmernden leeren Seiten denken, über die sie als Kind mit einem stumpfen Bleistift gerubbelt hatte, um ein Bild zum Vorschein zu bringen. Sie malte sich aus, daß einer dieser Männer Robbie wäre, daß sie seine Wunde verbände, ohne zu wissen, wer er war, sein Gesicht sanft mit Wattebäuschen abriebe, bis die vertrauten Züge erschienen, und daß er sich ihr dankbar zuwenden würde, sobald er sie erkannt hatte, daß er ihre Hand nehmen, sie stumm drücken und ihr vergeben würde. Und dann würde er zulassen, daß sie ihn wieder schlafen legte.

Sie bekam immer verantwortungsvollere Aufgaben. Mit Pinzette und Nierenschale schickte man sie auf eine angrenzende Station an das Bett eines Soldaten der Royal Air

Force mit Schrapnellsplittern im Bein. Er beobachtete sie mißtrauisch, als sie ihre Utensilien abstellte.

»Wenn Sie mir die schon rausnehmen wollen, dann möchte ich lieber richtig operiert werden.«

Ihre Hände zitterten. Doch sie war überrascht, wie leicht er ihr fiel, dieser forsche Jetzt-wird-nicht-lange-gefackelt-Ton der Krankenschwestern. Sie zog einen Schirm um sein Bett.

»Nun haben Sie sich nicht so. Die sind im Handumdrehen draußen. Wie ist es passiert?«

Während er ihr erklärte, daß es seine Aufgabe gewesen sei, auf den Feldern Nordfrankreichs Landebahnen anzulegen, wanderten seine Augen immer wieder zu der stählernen Pinzette, die sie aus dem Sterilisator geholt hatte. Tropfnaß lag sie in der blauumrandeten Nierenschale.

»Wir haben uns an die Arbeit gemacht, dann kam der Jerry und hat seine Ladung abgeworfen. Wir haben uns zurückgezogen, auf einem anderen Feld von vorn angefangen, der Jerry kam wieder, und wir haben uns noch weiter zurückgezogen. Bis wir dann irgendwann ins Meer gefallen sind.«

Sie lächelte und schlug die Bettdecke zurück. »Dann wollen wir uns das mal ansehen, ja?«

Unterhalb des Schenkels, dort, wo die Schrapnellsplitter saßen, waren Öl und Schmutz bereits abgewaschen worden. Er beugte sich vor und beobachtete sie ängstlich.

»Legen Sie sich hin, damit ich sehen kann, womit wir es hier zu tun haben«, sagte Briony.

»Eigentlich stören sie mich überhaupt nicht.«

»Legen Sie sich bitte wieder hin.«

Auf einer Fläche von etwa dreißig Zentimetern saßen mehrere Splitter im Fleisch. Rund um die Eintrittslöcher war das Bein geschwollen und die Haut leicht entzündet.

»Die machen mir wirklich nichts aus, Schwester. Von mir aus können sie bleiben, wo sie sind.« Er lachte, doch keineswegs besonders überzeugend. »Hab ich was, das ich später meinen Enkeln zeigen kann.«

»Die könnten sich entzünden«, sagte Briony. »Und sie könnten wandern.«

»Wandern?«

»Sie graben sich ins Fleisch, dann in den Blutkreislauf und wandern schließlich zum Herz hinauf. Oder in Ihr Hirn.«

Er schien ihr zu glauben, legte sich hin und seufzte zur fernen Decke hinauf. »Verdammter Mist. Entschuldigen Sie, Schwester, ich meine, ich glaub, ich schaff das heute nicht.«

»Wollen wir sie nicht erst einmal zählen?«

Das taten sie, laut. Acht. Sie drückte ihn sanft wieder in die Kissen.

»Die müssen raus. Bleiben Sie liegen. Ich mach, so schnell ich kann. Wenn es hilft, klammern Sie sich ruhig an der Bettkante fest.«

Seine Beine waren verkrampft und zitterten, als sie nach der Pinzette griff.

»Halten Sie nicht den Atem an. Versuchen Sie, sich zu entspannen.«

Er schnaubte verächtlich: »Entspannen!«

Sie stützte ihre rechte Hand mit der linken. Natürlich wäre es einfacher gewesen, sich aufs Bett zu setzen, doch das war unprofessionell und strikt verboten. Als sie die linke Hand auf einen gesunden Teil des Beins legte, zuckte er zusammen. Dann wählte sie das kleinste Stück am Rand des Splitterfeldes aus. Zu sehen war nur ein schiefwinkliges Dreieck. Sie packte es, wartete eine Sekunde und zog es schließlich ohne zu wackeln und mit festem Ruck heraus.

»Scheiße!«

Das entschlüpfte Wort hallte durch die Station, schien sich wie ein Echo noch mehrmals zu wiederholen. Daraufhin wurde es still, zumindest wirkten die üblichen Stationsgeräusche hinterm Schirm plötzlich sehr gedämpft. Briony hielt das blutige Metallstück immer noch mit der Pinzette fest: Es war knapp zwei Zentimeter lang und lief unten spitz zu. Sie hörte zielstrebige Schritte näher kommen und ließ gerade den Schrapnellsplitter in die Nierenschale fallen, als Stationsschwester Drummond den Schirm beiseite fegte. Sie wirkte vollkommen gelassen, warf einen Blick auf das Bettende, um den Namen des Mannes zu lesen, und wohl auch, um sich über seinen Zustand zu informieren, beugte sich dann über ihn und starrte ihm ins Gesicht.

»Wie können Sie es wagen«, sagte die Schwester ruhig. Und dann noch einmal: »Wie können Sie es wagen, so vor einer meiner Pflegerinnen zu reden.«

»Tut mir leid, Schwester. Ist mir einfach so rausgerutscht.«

Stationsschwester Drummond musterte verächtlich den Inhalt der Schale. »Sie können sich glücklich schätzen, Flieger Young. Verglichen mit dem, was wir in den letzten Stunden aufgenommen haben, haben Sie nur eine leichte Verletzung. Und jetzt zeigen Sie mal ein bißchen von dem

Mut, den Ihre Uniform verdient. Machen Sie weiter, Schwester Tallis.«

Das Schweigen, das auf ihren Abgang folgte, unterbrach Briony mit munterer Stimme: »Dann wollen wir mal wieder, nicht? Sind ja bloß noch sieben. Und wenn alles vorbei ist, bring ich Ihnen auch einen Schluck Brandy.«

Er schwitzte, sein ganzer Körper bebte, und die Knöchel liefen weiß an, so fest umklammerte er das eiserne Bettgestell, aber er gab keinen Laut von sich, als Briony anfing, die übrigen Stücke herauszuziehen.

»Wenn Sie wollen, können Sie ruhig schreien.«

Doch er wollte keinen zweiten Besuch von Stationsschwester Drummond riskieren, und Briony konnte ihn verstehen. Den größten Splitter hob sie bis zum Schluß auf. Er löste sich nicht gleich beim ersten Mal. Der Soldat bäumte sich auf und stieß durch geschlossene Zähne ein lautes Zischen aus. Nach dem zweiten Versuch ragte der Splitter fünf Zentimeter aus der Wunde. Erst beim dritten Versuch klappte es, und sie hielt das Schrapnellstück hoch, ein blutverschmiertes, zehn Zentimeter langes Stilett aus unregelmäßig geformtem Stahl.

Erstaunt starrte er es an. »Spülen Sie es ab, Schwester. Das nehme ich mit nach Hause«. Dann drehte er sich um, drückte das Gesicht ins Kissen und begann zu schluchzen. Sicher nicht nur wegen der Schmerzen, sondern auch wegen der Worte »nach Hause«. Sie verschwand leise, um den Brandy zu holen, ging in den Spülraum und übergab sich.

Eine Ewigkeit lang nahm sie Verbände ab und wusch und verband die leichteren Wunden aufs neue. Dann kam der Auftrag, den sie bereits gefürchtet hatte.

»Ich möchte, daß Sie den Kopf des Schützen Latimer verbinden.«

Sie hatte vor einer Weile schon versucht, ihn zu füttern, hatte ihm das Essen teelöffelweise in das geträufelt, was von seinem Mund übriggeblieben war, und dabei darauf geachtet, daß er nicht sabberte, um ihm wenigstens diese Peinlichkeit zu ersparen. Er hatte ihre Hand fortgestoßen. Jedes Schlucken tat mörderisch weh. Das halbe Gesicht war ihm fortgeschossen worden. Doch mehr als das Abwickeln der Verbände fürchtete sie den vorwurfsvollen Blick in seinen großen, braunen Augen. Was habt ihr mir angetan? Seine einzige Form der Mitteilung war ein leiser Aaah-Laut, der aus der Kehle aufstieg, ein kleiner Seufzer der Enttäuschung.

»Wir kriegen Sie schon hin«, hatte sie immerzu wiederholt und an nichts anderes denken können.

Als sie sich nun mit dem Verbandszeug seinem Bett näherte, rief sie fröhlich: »Guten Tag, Schütze Latimer, ich bin's noch mal.«

Er schaute sie an, schien sie aber nicht wiederzuerkennen. Während sie die Klammern löste, mit denen der Verband oben an seinem Kopf befestigt war, sagte sie: »Es wird schon werden. Warten Sie es ab, in ein, zwei Wochen spazieren Sie aus dem Krankenhaus. Und das können wir längst nicht über jeden hier sagen.«

Das war ein Trost. Immer gab es jemanden, dem es noch schlechter ging. Vor einer halben Stunde erst mußte ein Hauptmann der East Surreys – von jenem Regiment also, zu dem sich die Jungs aus dem Dorf gemeldet hatten – mehrfach amputiert werden. Und dann waren da auch noch die Männer, die im Sterben lagen.

Mit einer Chirurgenzange entfernte sie behutsam die vollgesogenen Mullstreifen aus dem Loch in seinem Gesicht. Doch nachdem sie den letzten herausgeholt hatte, ließ sich nur eine entfernte Ähnlichkeit mit der Anatomiepuppe feststellen, die sie im Unterricht benutzt hatten. Das hier waren bloß noch Trümmer, wunde, scharlachrote Fetzen. Durch die fehlende Wange konnte sie die oberen und unteren Backenzähne sowie die glitzernde, scheußlich lange Zunge erkennen. Weiter oben, dort, wohin sie kaum zu blicken wagte, lagen rund um die Augenhöhle die Muskeln offen. Ein intimer Anblick, den niemand je so hatte sehen sollen. Schütze Latimer war ein Monster geworden, und bestimmt spürte er das auch. Ob ihn mal ein Mädchen geliebt hatte? Ob es ihn auch jetzt noch lieben konnte?

»Wir kriegen das schon wieder hin«, log sie erneut.

Sie fing an, sein Gesicht mit sauberer, lysolgetränkter Gaze abzudecken. Als sie die Verbandklammern festmachte, gab er seinen traurigen Laut von sich.

»Soll ich Ihnen die Bettente bringen?«

Er schüttelte den Kopf und machte wieder dies Geräusch.

»Drückt es irgendwo?«

Nein.

»Möchten Sie Wasser?«

Ein Kopfnicken. Nur ein kleiner Rest seiner Lippen war ihm geblieben. Sie schob die Tülle der kleinen Kanne in die Mundöffnung und gab ihm etwas Wasser. Bei jedem Schluck zuckte er zusammen, was ihm wegen der fehlenden Gesichtsmuskeln wiederum entsetzliche Qualen bereitete. Er hielt es einfach nicht mehr aus, doch als sie die Kanne fortnehmen wollte, berührte er ihr Handgelenk. Er mußte mehr haben. Lieber Schmerz als Durst. Und so ging es minutenlang weiter – er konnte die Schmerzen nicht ertragen, doch er mußte Wasser haben.

Sie wäre bei ihm geblieben, hätten nicht stets neue Aufgaben auf sie gewartet, Krankenpflegerinnen um ihre Hilfe gebeten oder Soldaten sie an ihr Bett gerufen. Sie gönnte sich eine kurze Pause, als ein Mann, der aus der Narkose aufwachte, sich auf ihren Schoß erbrach und sie eine frische Schürze holen mußte. Bei einem Blick aus dem Flurfenster stellte sie überrascht fest, daß es draußen bereits dunkel wurde. Fünf Stunden waren seit der Rückkehr aus dem Park vergangen. Sie stand gerade vor dem Wäscheschrank und band sich eine Schürze um, als Stationsschwester Drummond hereinkam. Schwer zu sagen, was sich verändert hatte – sie war weiterhin auf stille Weise distanziert, ihr Ton bestimmt, doch meinte Briony unter aller Selbstdisziplin einen Hauch von persönlicher Verbundenheit in der allgemeinen Not zu spüren.

»Schwester, als nächstes helfen Sie, Bunyanbeutel an Unteroffizier MacIntyres Armen und Beinen anzulegen. Der übrige Körper wird mit Borsäure eingerieben. Sollte es Schwierigkeiten geben, kommen Sie unverzüglich zu mir.«

Sie drehte sich um, und eine weitere Lernschwester erhielt ihre Anweisungen. Briony hatte den Unteroffizier bei der Einlieferung gesehen. Er gehörte zu den Männern, die vor Dünkirchen auf einer sinkenden Fähre mit brennendem Öl überschüttet und von einem Zerstörer aus dem Wasser gefischt worden waren. Das zähflüssige Öl klebte auf seiner Haut und fraß sich durch sie hindurch. Es waren kaum mehr als die verkohlten Überreste eines Menschen, was sie ins Bett gelegt hatten. Der Mann konnte es gar nicht schaffen, dachte Briony. Es war schon schwierig genug gewesen, auch nur eine Vene zu finden, um ihm Morphium zu spritzen. Irgendwann in den letzten zwei Stunden hatte Briony bereits zwei Pflegerinnen geholfen, ihn auf die Bettpfanne zu heben, und er hatte geschrien, sobald sie nur Hand an ihn legten.

Die Bunyanbeutel waren große Zellophantüten, in denen das verletzte Körperteil schwamm, umhüllt von einer Salzlösung, die exakt die richtige Temperatur haben mußte. Selbst eine Abweichung von nur einem Grad wurde nicht toleriert. Als Briony ans Bett trat, wärmte eine Lernschwester bereits mit Hilfe eines Primuskochers auf einer Fahrbahre die frische Lösung an. Die Beutel mußten ziemlich oft gewechselt werden. Unteroffizier MacIntyre lag rücklings unter einem Bettbogen, weil er es nicht ertrug, daß seine Haut mit Wäsche in Berührung kam. Er jammerte erbärmlich und verlangte nach Wasser. Verletzte mit Verbrennungen litten immer unter Feuchtigkeitsentzug, doch die Lippen des Unteroffiziers waren wund und geschwollen, die Zunge mit Blasen übersät, weshalb man ihm nichts zu trinken geben konnte. Und der Katheter hatte in der kaputten Vene nicht gehalten, weshalb er auch nicht mehr am Tropf mit der Salzlösung hing. Eine Krankenpflegerin, die Briony noch nie zuvor gesehen hatte, hängte einen neuen Beutel an, während Briony in einer Schüssel die Borsäure vorbereitete und sich einen Wulst Watte nahm. Sie wollte mit den Beinen beginnen, um der Pflegerin nicht im Weg zu stehen, die seinen schwarzen Arm nach einer brauchbaren Vene absuchte.

»Wer hat Sie denn hergeschickt?« fragte die Pflegerin.

»Stationsschwester Drummond.«

Die Pflegerin war kurz angebunden und blickte nicht einen Moment von ihrer Suche auf. »Er hat zu starke Schmerzen. Ich will nicht, daß er behandelt wird, ehe er nicht genügend Flüssigkeit im Körper hat. Suchen Sie sich irgendeine andere Arbeit.«

Briony tat wie geheißen. Sie wußte nicht, wie viele Stunden später – vermutlich erst nach Mitternacht – sie losgeschickt wurde, um frische Handtücher zu holen. An der Tür zur Wäschekammer stand die Krankenpflegerin und weinte unauffällig vor sich hin. Unteroffizier MacIntyre war tot. In seinem Bett lag bereits ein anderer Patient.

Die Lernschwestern und die Krankenschwestern im zweiten Lehrjahr arbeiteten zwölf Stunden ohne Pause. Die Assistenzärzte und ausgebildeten Schwestern arbeiteten auch danach noch weiter, und niemand schien zu wissen, wie lang sie schon auf der Station waren. Später begriff Briony, daß ihre Ausbildung eine durchaus nützliche Vorbereitung gewesen war, vor allem in Sachen Gehorsam, doch was sie über Krankenpflege wußte, das hatte sie in jener Nacht gelernt. Nie zuvor hatte sie einen Mann weinen sehen. Anfangs war sie schockiert, doch nach einer Stunde hatte sie sich daran gewöhnt. Dann wiederum erstaunte sie der Gleichmut mancher Soldaten, er widerte sie sogar an. Wenn die Männer etwa nach einer Amputation zu sich kamen und meinten, gräßliche Witze reißen zu müssen. Womit soll ich denn jetzt meiner Madame einen Tritt in den Hintern verpassen? Der Körper gab all seine Geheimnisse preis – Knochen ragten aus dem Fleisch, Gedärm oder Sehnerv boten sich frevlerischen Blicken dar. Aus dieser neuen, intimen Perspektive lernte sie eine einfache, offenkundige Tatsache, die ihr immer schon bewußt gewesen war und die jeder kannte: Der Mensch ist nicht zuletzt auch ein materielles Ding, leicht zu zerstören und gar nicht so leicht wieder zu heilen. Näher als in dieser Nacht sollte sie einem Schlachtfeld niemals kommen, hatte doch jeder Patient, um den sie sich kümmerte, einige wesentliche Bestandteile mitgebracht – Blut, Öl, Sand, Dreck, Meerwasser, Kugeln, Schrapnellsplitter, Motorfett, Korditgeruch oder den klammen, verschwitzten Kampfanzug, dessen Taschen außer verschimmelten Essensresten auch einige klebrige Krümel irgendwelcher Amo-Riegel enthielten. Oft, wenn sie wieder einmal an das Waschbecken mit den mächtigen Hähnen und dem Stück Sodaseife zurückkehrte, mußte sie sich Sandkörner vom Strand von den Händen waschen. Sie und die übrigen Lernschwestern ihrer Gruppe nahmen sich gegenseitig nur noch als Krankenhauspersonal und nicht mehr als Freundinnen wahr: Briony hatte nicht mal recht registriert, daß eines der Mädchen, die geholfen hatten, Unteroffizier MacIntyre auf die Bettpfanne zu heben, Fiona gewesen war. Und manchmal, wenn Briony sich um einen Soldaten kümmerte, der schreckliche Schmerzen litt, überkam sie ein unpersönliches Mitgefühl, das sich gleichsam vor sein Leid schob, wodurch es ihr möglich wurde, die Arbeit zügig und ohne jeden Widerwillen zu erledigen. In solchen Momenten begriff sie, was Krankenpflege bedeuten konnte, und sie wünschte sich nichts mehr, als ihren Abschluß zu machen und das Schildchen einer ausgebildeten Krankenschwester zu tragen. Dann konnte sie sich sogar vorstellen, daß sie ihren Ehrgeiz aufgab, Schriftstellerin werden zu wollen, um ihr Leben ganz diesen Augenblicken glücklicher, unterschiedsloser Menschenliebe zu widmen.

Gegen halb vier Uhr morgens sagte man ihr, sie solle zu Stationsschwester Drummond gehen, die gerade allein ein Bett bezog. Vor einer Weile hatte Briony sie im Spülraum gesehen. Sie schien überall zu sein und die unterschiedlichsten Aufgaben zu verrichten. Automatisch begann Briony, ihr zu helfen.

Schwester Drummond sagte: »Wenn ich mich richtig erinnere, sprechen Sie etwas Französisch?«

»Nur Schulfranzösisch, Schwester.«

Mit einer Kopfbewegung wies sie zum Flurende. »Sehen Sie da den Soldaten am Ende der Reihe sitzen? Er wartet auf seine Operation, aber Sie brauchen keine Gesichtsmaske zu tragen. Suchen Sie sich einen Stuhl und setzen Sie sich zu ihm. Halten Sie ihm die Hand, und reden Sie mit ihm.«

Briony konnte nicht anders, sie fühlte sich gekränkt. »Aber ich bin überhaupt nicht müde, Schwester. Ehrlich nicht.«

»Sie tun, was ich Ihnen gesagt habe.«

»Ja, Schwester.«

Er sah aus wie fünfzehn, doch entnahm sie seinem Krankenblatt, daß er achtzehn war, genauso alt wie sie. Er saß aufrecht, gestützt von mehreren Kissen, und beobachtete das Geschehen um sich herum mit kindlichem Staunen. Es fiel schwer, ihn sich als Soldaten vorzustellen. Er hatte ein zartes, hübsches Gesicht mit dunklen Brauen, dunklen, grünen Augen und weichen, vollen Lippen. Über dem weißen Antlitz lag ein ungewöhnlicher Schimmer, die Augen glänzten ungesund, und um den Kopf trug er einen dicken Verband. Als sie ihren Stuhl neben sein Bett stellte und sich setzte, lächelte er, als hätte er sie erwartet, und er wirkte durchaus nicht überrascht, als sie seine Hand nahm.

»Te voilà enfin.« Seine Worte klangen wie ein melodisches Krächzen, doch konnte sie ihn mit knapper Not verstehen. Die Hand war kalt und fühlte sich glitschig an.

Sie sagte: »Schwester hat mich gebeten, mich zu Ihnen zu setzen und ein bißchen mit Ihnen zu schwatzen.« Da sie die genaue Vokabel nicht kannte, hatte sie »Schwester« wörtlich übersetzt.

»Deine Schwester ist sehr freundlich.« Dann legte er den Kopf schief und fügte noch hinzu: »Aber das war sie ja schon immer. Und? Geht es ihr gut? Was treibt sie denn heutzutage so?«

Seine Augen verrieten solche Warmherzigkeit, solchen Charme, solch jungenhaftes Bemühen, sie unterhalten zu wollen, daß sie nicht anders konnte, als sich auf ihn einzulassen.

»Sie ist auch Krankenpflegerin.«

»Natürlich. Das hattest du mir ja schon erzählt. Ist sie immer noch so glücklich? Hat sie den Mann geheiratet, den sie liebte? Du weißt schon, wen, ich hab seinen Namen vergessen. Du bist mir deshalb nicht böse, nein? Seit meiner Verwundung ist mein Gedächtnis nicht mehr besonders. Aber man hat mir gesagt, es würde bald wieder besser. Wie hieß er noch mal?«

»Robbie, aber...«

»Und jetzt sind sie glücklich verheiratet?«

»Äh, ich hoffe, das sind sie bald, ja.«

»Das freut mich für sie.«

»Sie haben mir noch gar nicht Ihren Namen gesagt.«

»Luc. Luc Cornet. Und du, wie heißt du?«

Sie zögerte. »Tallis.«

»Tallis. Sehr schön.« Und so wie er ihren Namen aussprach, klang er tatsächlich schön.

Er wandte den Blick von ihrem Gesicht ab, schaute auf die Station und drehte den Kopf in stillem Staunen langsam hin und her. Dann schloß er die Augen und brabbelte leise vor sich hin. Ihr Französisch reichte nicht aus, um alles verstehen zu können. Einiges schnappte sie auf: »Man zählt sie langsam an der Hand ab, an den Fingern ... Mutters Schal ... du hast die Farbe ausgesucht, und jetzt mußt du auch damit leben.«

Er verstummte für einige Minuten. Seine Hand umklammerte ihre Finger. Als er wieder zu reden begann, hielt er die Augen weiterhin geschlossen.

»Weißt du, was seltsam ist? Ich bin zum ersten Mal in Paris.«

»Sie sind in London, Luc. Wir schicken Sie bald wieder nach Hause.«

»Es heißt, die Menschen hier seien abweisend und unfreundlich, aber das Gegenteil ist der Fall. Sie sind wirklich sehr lieb zu mir. Und daß du mich noch mal besuchst, das ist auch sehr freundlich.«

Eine Zeitlang nahm sie an, daß er eingeschlafen war, und da sie sich seit Stunden zum ersten Mal ausruhte, spürte sie, wie ihr vor Müdigkeit die Augen zufallen wollten.

Dann blickte er sich mit derselben langsamen Kopfbewegung wieder um, schaute sie schließlich an und sagte:

»Natürlich, du bist das Mädchen mit dem englischen Akzent.«

Sie erwiderte: »Erzählen Sie mir, was Sie vor dem Krieg getan haben. Wo haben Sie gewohnt? Können Sie sich daran erinnern?«

»Weißt du noch, wie du Ostern nach Millau gekommen bist?« Kraftlos schwenkte er ihre Hand hin und her, als wollte er ihre Erinnerung aufrühren, und die dunklen grünen Augen musterten fragend ihr Gesicht.

Sie fand es nicht richtig, ihm etwas vorzumachen. »Ich bin nie in Millau gewesen...«

»Weißt du noch, wie du zum ersten Mal in unser Geschäft gekommen bist?«

Sie rückte ihren Stuhl näher ans Bett. Sein blasses, ölig schimmerndes Gesicht tanzte vor ihren Augen auf und ab. »Luc, ich möchte, daß Sie mir zuhören.«

»Ich glaub, meine Mutter hat dich bedient. Vielleicht war es auch eine von meinen Schwestern. Ich habe jedenfalls hinten mit meinem Vater am Ofen gestanden, als ich deinen Akzent hörte. Und dann bin ich nach vorn, um dich anzusehen...«

»Ich möchte Ihnen sagen, wo Sie sind. Sie sind nicht in Paris...«

»Am nächsten Tag bist du wiedergekommen, und diesmal war ich da, und du hast gesagt...«

»Bald können Sie schlafen. Ich sehe morgen noch mal nach Ihnen, versprochen.«

Luc hob eine Hand an den Kopf und runzelte die Stirn. Mit etwas leiserer Stimme bat er: »Tallis, ich möchte, daß du mir einen Gefallen tust.«

»Natürlich.«

»Der Verband ist so eng. Könntest du den etwas lockerer machen?«

Sie stand auf und schaute auf seinen Kopf hinunter. Die Binden waren in einer Schleife zusammengeknotet, um sie rasch wieder lösen zu können. Behutsam zog sie an den Enden, während er erzählte: »Anne, meine jüngste Schwester, kannst du dich an sie erinnern? Sie ist das hübscheste Mädchen aus ganz Millau. Ihr Examen hat sie übrigens mit Debussy bestanden, mit einem kleinen, ganz hellen, heiteren Stück. So hat Anne es jedenfalls beschrieben. Es geht mir nicht aus dem Kopf. Vielleicht kennst du es ja.«

Er summte einige Takte, während sie die einzelnen Lagen abwickelte.

»Keiner weiß, woher sie ihr Talent hat. Die übrige Familie ist in Sachen Musik einfach hoffnungslos. Und wenn sie spielt, hält sie sich so gerade und lächelt nie, bis das Stück zu Ende ist. Ja, das fühlt sich schon besser an. Ich glaub, es war Anne, die dich bedient hat, als du zum ersten Mal in unser Geschäft gekommen bist.«

Sie hatte nicht vorgehabt, die Mullbinden ganz abzunehmen, aber als sie den Verband lockerte, geriet das darunterliegende sterile Wundtuch ins Rutschen und mit ihm ein Teil der blutgetränkten Gaze. Luc fehlte der halbe Schädelknochen. Rund um das mehrere Zentimeter breite, von der Kopfdecke bis fast zum Ohr reichende Loch waren die Haare abrasiert, und unter dem gezackten Knochenrand lag die schwammartige, blutrote Hirnmasse. Sie fing das Tuch auf, ehe es zu Boden fallen konnte, und wartete einen Augenblick, bis der Anfall von Übelkeit vorüber war. Erst jetzt begriff sie, wie dumm und unverantwortlich das war, was sie gerade getan hatte. Luc saß still da und wartete darauf, daß sie weitermachte. Sie blickte über den Flur. Niemand schien sie zu beachten, also legte sie das sterile Tuch auf die Wunde zurück, wickelte die Binde um und knüpfte schließlich eine neue Schleife. Dann setzte sie sich, griff nach seiner feuchten Hand und versuchte, sich wieder zu beruhigen.

Luc brabbelte erneut vor sich hin. »Ich rauche nicht. Meine Ration hab ich Jeannot versprochen... Paß auf, das spritzt ja über den ganzen Tisch ... jetzt unter den Blumen... das Kaninchen kann dich doch nicht hören, Dummerchen...« Und dann sprudelten die Worte nur so aus ihm hervor, so daß sie den Faden endgültig verlor. Später fing sie noch eine Bemerkung über einen Lehrer auf, der offenbar zu streng gewesen war, vielleicht handelte es sich auch um einen Offizier. Dann verstummte er. Sie wischte ihm mit einem feuchten Lappen das verschwitzte Gesicht ab und wartete.

Als er die Augen aufschlug, nahm er ihr Gespräch wieder auf, als hätte es keinerlei Unterbrechung gegeben.

»Wie findest du unsere Baguettes und Ficelles?«

»Sehr lecker.«

»Deshalb bist du auch jeden Tag gekommen, nicht?«

»Ja.«

Er schwieg und dachte darüber nach. Dann fragte er vorsichtig, als schneide er ein heikles Thema an: »Und unsere Croissants?«

»Die besten in Millau.«

Er lächelte. Wenn er sprach, machte er hinten in der

Kehle einen seltsam knarzigen Laut, dem sie aber beide keinerlei Beachtung schenkten.

»Ein Spezialrezept von meinem Vater. Entscheidend ist die Qualität der Butter.«

Er schaute sie verzückt an und legte seine freie Hand über ihre. »Weißt du, daß meine Mutter dich sehr gern hat?« fragte er.

»Wirklich?«

»Sie redet ständig von dir. Sie findet, wir sollten diesen Sommer heiraten.«

Sie hielt seinem Blick stand. Jetzt wußte sie, warum sie hergeschickt worden war. Er konnte nur mit Mühe schlukken, Schweißtropfen traten ihm auf die Stirn und sammelten sich am Verband und auf seiner Oberlippe. Sie wischte sie fort und wollte ihm gerade etwas Wasser geben, als er fragte: »Liebst du mich?«

Sie zögerte. »Ja.« Eine andere Antwort war nicht möglich. Und im Augenblick liebte sie ihn tatsächlich. Er war ein hübscher Junge, weit fort von daheim, und er würde bald sterben.

Sie gab ihm etwas Wasser. Als sie ihm erneut das Gesicht abwischte, fragte er: »Bist du jemals auf dem Causse de Larzac gewesen?«

»Nein, nie.«

Er bot ihr nicht an, sie dorthin mitzunehmen. Statt dessen drehte er den Kopf auf die andere Seite und murmelte unverständliche Satzfetzen, hielt ihre Hand aber fest umklammert, als spürte er die ganze Zeit ihre Anwesenheit.

Kaum war er wieder bei Verstand, wandte er sich erneut zu ihr um.

»Du mußt doch noch nicht gehen, oder?«

»Natürlich nicht. Ich bleib bei dir.«

»Tallis...«

Immer noch lächelnd schloß er halb die Augen. Plötzlich schoß er auf, als wäre ein Stromstoß durch seine Glieder gefahren. Er starrte sie verwundert an, die Lippen geöffnet. Dann kippte er vornüber und schien sich auf sie werfen zu wollen. Sie sprang vom Stuhl auf und griff zu, damit er nicht zu Boden fiel. Immer noch hielt er ihre Hand, den freien Arm hatte er ihr um den Hals gelegt, die Stirn an ihre Schulter gepreßt. Seine Wange lag an ihrer Wange. Sie hatte Angst, das sterile Tuch könne erneut verrutschen, und fürchtete, das Gewicht des Jungen nicht halten und den Anblick seiner Wunde bestimmt nicht noch einmal ertragen zu können. Das knarzige Geräusch tief aus seiner Kehle drang an ihr Ohr. Taumelnd schob sie ihn zurück und bettete seinen Kopf wieder auf das Kissen.

»Ich heiße Briony«, sagte sie so leise, daß nur er sie hören konnte.

Die Augen waren vor Erstaunen weit geöffnet, die wächserne Haut schimmerte im elektrischen Licht. Sie beugte sich über ihn und legte die Lippen an sein Ohr. Hinter ihr war jemand; eine Hand lag auf ihrer Schulter.

»Nicht Tallis. Nenn mich Briony«, flüsterte sie, als die Hand nach ihr griff und ihre Finger aus der Hand des Jungen löste.

»Sie können jetzt aufstehen, Schwester Tallis.«

Stationsschwester Drummond faßte sie am Ellbogen und half ihr auf die Füße. Die Wangen der Schwester glühten; eine präzise, quer über den Wangenknochen laufende

Linie trennte die rosigen Flecken vom Weiß des übrigen Gesichtes.

Auf der anderen Bettseite zog eine Krankenpflegerin das Laken über Luc Cornets Gesicht.

Mit geschürzten Lippen zupfte die Stationsschwester Brionys Kragen zurecht. »Sieht doch gleich viel besser aus. So, und jetzt gehen Sie und waschen sich das Blut aus dem Gesicht. Wir wollen doch die Patienten nicht beunruhigen.«

Sie tat, was ihr gesagt worden war, ging in den Waschraum, wusch sich das Gesicht mit kaltem Wasser und nahm Minuten später ihre Arbeit auf der Station wieder auf.

Um halb fünf Uhr morgens wurden die Lernschwestern zum Schlafen auf ihre Zimmer geschickt. Um elf Uhr sollten sie sich wieder zum Dienst melden. Briony ging mit Fiona. Die beiden Mädchen sagten kein Wort, doch als sie sich unterhakten, war es, als würden sie nach den Erfahrungen eines ganzen Lebens ihren Spaziergang über die Westminster Bridge wiederaufnehmen. Was auf der Station geschehen war, hätten sie nicht beschreiben können, auch nicht, wie die Stunden sie verändert hatten. Sie brauchten ihre letzte Kraft, um sich auf den Beinen halten und den übrigen Mädchen über die leeren Flure folgen zu können.

Briony hatte gute Nacht gesagt und betrat ihr winziges Zimmer, als sie einen Brief auf dem Boden fand. Die Handschrift auf dem Umschlag war ihr fremd. Offenbar hatte eines der Mädchen den Brief aus der Pförtnerloge mitgebracht und unter ihrer Tür durchgeschoben. Statt ihn gleich zu öffnen, zog sie sich aus und machte sich zum Schlafen zurecht. Im Nachthemd setzte sie sich dann mit dem Brief im Schoß auf den Bettrand und dachte an den Jungen. Das Stückchen Himmel in ihrem Fenster wurde schon hell. Sie konnte seine Stimme noch hören, die Art, wie er Tallis sagte, wie er ihren Nachnamen zu einem Vornamen machte. Und sie stellte sich die unerreichbare Zukunft vor – die Boulangerie in der engen, schattigen Gasse, durch die magere Katzen streunten, Klaviermusik aus einem Fenster im ersten Stock, die kichernden Schwägerinnen, die sich über ihren Akzent lustig machten, und Luc Cornet, der sie auf seine rührende Art so sehr liebte. Sie hätte gern um ihn geweint und um seine Familie in Millau, die sicher auf Neuigkeiten von ihm wartete. Doch sie empfand überhaupt nichts. Sie war leer. Fast eine halbe Stunde blieb sie reglos sitzen, beinahe wie betäubt, dann band sie sich erschöpft, aber immer noch nicht müde, das Haar mit jenem Band zusammen, das sie immer dafür benutzte, legte sich ins Bett und öffnete den Brief.

Sehr geehrte Miss Tallis,

herzlichen Dank für die Übersendung von Zwei Gestalten am Brunnen, *und bitte entschuldigen Sie unsere verspätete Antwort. Wie Sie sicherlich wissen, wäre es ungewöhnlich für uns, die vollständige Novelle einer unbekannten Autorin – oder übrigens auch einer etablierten Autorin – zu veröffentlichen. Dennoch haben wir uns den Text auf einen möglichen Auszug hin angesehen. Leider kommt er für uns nicht in Frage. Ich schicke Ihnen daher das Manuskript mit gesonderter Post zurück.*

Nachdem dies gesagt ist, müssen wir jedoch gestehen, den ganzen Text (anfänglich gegen unser besseres Wissen, da es in diesem Büro allerhand zu tun gibt) mit großem Interesse gelesen zu haben. Wir können Ihnen zwar nicht anbieten, einen Auszug daraus zu veröffentlichen, doch dachten wir uns, Sie sollten wissen, daß es in unserem Haus den einen oder anderen gibt – zu denen auch ich mich zähle –, die mit Aufmerksamkeit zur Kenntnis nehmen würden, was Sie künftig schreiben mögen. Hinsichtlich des Durchschnittsalters unserer Mitarbeiter sind wir keineswegs sonderlich glücklich und daher lebhaft daran interessiert, das Werk junger, vielversprechender Autoren zu veröffentlichen. Was immer Sie auch zu Papier bringen, wir würden es uns gern ansehen, insbesondere, wenn Sie uns ein oder zwei Kurzgeschichten schreiben wollten.

Wir fanden Zwei Gestalten am Brunnen *jedenfalls so ansprechend, daß wir es mit entschiedener Aufmerksamkeit gelesen haben. Und ich schreibe dies keineswegs nur so dahin, da wir Unmengen von Texten ablehnen, darunter durchaus auch die Arbeiten von bekannten Autoren. Es gibt da einige ganz passable Metaphern – besonders gefiel mir »das lange Gras, dem bereits das löwenmähnige Gelb des Hochsommers auflauerte« –, und es gelingt Ihnen zweierlei: einen Gedankenstrom in Worten festzuhalten und ihn so zu nuancieren, daß unterschiedliche Charaktere erkennbar werden. Etwas Einzigartiges, Unausgesprochenes wird so eingefangen. Doch fragen wir uns, ob dies nicht allzusehr den Techniken von Mrs. Woolf zu verdanken ist. Der kristalline Augenblick der Gegenwart ist als solcher natürlich ein dankbares Thema, vor allem für die Lyrik, erlaubt er dem Schreibenden doch, sein Talent zu beweisen, in die Geheimnisse der Wahrnehmung einzutauchen, eine stilisierte Version der Denkprozesse darzubieten, das Unbestimmte sowie die Unwägbarkeiten des inneren Seelenlebens zu erforschen und so weiter. Wer wollte den Wert derartigen Experimentierens bezweifeln? Doch kann ein solcher Text ins Preziöse umschlagen, wenn es keinerlei Entwicklung gibt. Anders ausgedrückt, unsere Aufmerksamkeit wäre noch nachhaltiger gewonnen worden, wenn der Erzählung etwas Handlung zugrunde gelegen hätte. Entwicklung tut not.*

So ist zum Beispiel die Kleine am Fenster, deren Bericht wir zuerst lesen, und ihr fundamentales Unvermögen, die Situation zu begreifen, auf das schönste eingefangen. Gleiches gilt für ihren nachfolgend gefaßten Vorsatz wie auch für ihr Empfinden, nun in die Geheimnisse der Erwachsenen einzudringen. Wir erleben das Mädchen in der Morgenröte seiner Individualität. Man ist fasziniert von seinem Entschluß, die zuvor verfaßten Märchen, erfundenen Sagen und Theaterstücke aufgeben zu wollen (um wieviel schöner wäre es nur, bekäme man eine kleine Kostprobe von einem dieser Werke), doch hat es möglicherweise das Kind seiner schriftstellerischen Fertigkeiten mit dem Märchenwasser ausgeschüttet. Denn trotz aller schönen Rhythmen und ansprechenden Beobachtungen geschieht nicht viel nach diesem vielverheißenden Anfang. Ein junger Mann und eine junge Frau, die offenkundig allerhand unausgesprochene Gefühle teilen, raufen sich an einem Brunnen um eine Ming-Vase, die daraufhin zerbricht. (Mehr als einer von uns hier im Haus hat sich gefragt, ob eine Ming-Vase nicht zu kost-

bar ist, um sie mit nach draußen zu nehmen. Würde für Ihre Zwecke nicht eine Sèvres- oder Nymphenburger-Vase genügen?) Die Frau steigt angezogen in den Brunnen, um die Bruchstücke herauszufischen. Könnte es übrigens nicht von Vorteil sein, wenn das beobachtende Mädchen gar nicht begriffe, daß die Vase zerbrochen ist? Dann wäre es für dieses Kind noch unverständlicher, wieso die Frau untertaucht. So vieles jedenfalls könnte sich aus dem ergeben, was Sie beschrieben haben – doch Sie widmen Dutzende von Seiten der exakten Beschaffenheit von Licht und Schatten sowie zufälligen Impressionen. Dann wird uns dasselbe Geschehen aus dem Blickwinkel des Mannes und daraufhin aus dem der Frau erzählt, doch erfahren wir eigentlich nichts Neues. Es folgen nur weitere Beschreibungen von Äußerlichkeiten und Empfindungen sowie einige unbedeutende Erinnerungen. Der Mann und die Frau trennen sich, es bleibt ein feuchter Fleck auf dem Boden, der rasch verdunstet – und wir sind am Ende. Dieser statische Charakter wird Ihrem offensichtlichen Talent schlichtweg nicht gerecht.

Wenn dieses Mädchen den seltsamen kleinen Vorfall, der sich vor den eigenen Augen abgespielt hat, so gründlich mißverstand oder ihn so überaus verwirrend fand, wie hat dies dann das Leben der beiden Erwachsenen beeinflußt? Ist das Kind auf verheerende Weise zwischen die beiden getreten? Oder hat es sie durch Zufall oder Absicht einander nähergebracht? Hat es sie etwa unabsichtlich bloßgestellt, gar gegenüber den Eltern der jungen Frau? Sie hätten doch gewiß keine Liaison zwischen ihrer ältesten Tochter und dem Sohn ihrer Putzfrau ge-

billigt. Hat das junge Paar das Kind vielleicht als Boten eingesetzt?

Mit anderen Worten: Statt sich gar so lange über die Wahrnehmungen jeder der drei Charaktere auszulassen, wäre es da nicht möglich, sie uns etwas bündiger darzubieten und dabei dennoch manche dieser lebhaften Beschreibungen von Licht, Stein und Wasser beizubehalten, die Sie so gut beherrschen – um sich dann daran zu wagen, ein wenig Spannung aufzubauen, etwas Licht und Schatten innerhalb der Erzählung selbst zu erzeugen? Die Gebildetsten unter Ihren Lesern mögen durchaus mit Bergsons neuesten Bewußtseinstheorien vertraut sein, doch bin ich mir sicher, daß auch sie sich das kindliche Vergnügen an einer Geschichte bewahrt haben, daran, in Spannung versetzt zu werden und wissen zu wollen, was als nächstes geschieht. Der Bernini, auf den Sie sich in Ihrer Beschreibung beziehen, steht übrigens auf der Piazza Barberini, nicht auf der Piazza Navona.

Kurz gesagt, Sie brauchen das Rückgrat einer Geschichte. Es mag Sie interessieren, zu erfahren, daß eine Ihrer eifrigsten Leserinnen Mrs. Elizabeth Bowen war. In einem müßigen Augenblick griff sie, als sie auf dem Weg zum Mittagessen durch dieses Büro kam, nach dem Bündel Papiere, fragte, ob sie es mit nach Hause nehmen dürfe, und las es noch am selben Nachmittag. Anfänglich fand sie den Stil »zu voll, zu überladen«, sah sich aber durch einen »Hauch von Dunkle Antwort*« von Rosamond Lehmann versöhnt (worauf ich selbst nie gekommen wäre). Dann war sie eine Weile »wie gebannt« und gab uns schließlich einige Hinweise, die in unsere obigen*

Anmerkungen eingeflossen sind. Mag sein, daß Sie mit Ihrem Text in seiner jetzigen Fassung vollauf zufrieden sind, daß Sie unsere Vorbehalte ärgerlich abtun oder nun derart verzweifelt sind, daß Sie nie wieder einen Blick darauf werfen wollen. Wir hoffen ernstlich, daß dies nicht der Fall ist. Vielmehr wünschen wir uns, daß Sie unseren Kommentar – der mit aufrichtiger Sympathie verfaßt wurde – als Grundlage für eine Überarbeitung ansehen.

Ihr Begleitbrief war bewundernswert zurückhaltend, doch deuteten Sie an, daß Sie gegenwärtig kaum Zeit haben. Sollte sich dies ändern und Ihr Weg Sie in unsere Nähe führen, würden wir uns mehr als glücklich schätzen, das Geschriebene bei einem Glas Wein mit Ihnen vertiefen zu können. Wir hoffen, daß wir Sie nicht entmutigt haben. Vielleicht tröstet es Sie, zu erfahren, daß unsere ablehnenden Bescheide gewöhnlich kaum drei Zeilen lang sind.

Entschuldigen Sie bitte, nebenbei bemerkt, daß wir kein Wort über den Krieg verloren haben. Wir schicken Ihnen unsere neueste Ausgabe mit einer entsprechenden Vorbemerkung des Herausgebers. Wie Sie daraus ersehen, sind wir nicht der Ansicht, daß Künstler verpflichtet sind, in einem Krieg Stellung zu beziehen. Sie tun sogar weise und recht daran, ihn zu ignorieren und sich anderen Themen zu widmen. Da Künstler politisch machtlos sind, müssen sie diese Zeit nutzen, um sich in tieferen, emotionalen Schichten zu entwickeln. Ihr Beitrag, ihr Kriegsbeitrag, besteht darin, ihr Talent zu kultivieren und ihm dahin zu folgen, wohin es sie führt. Der Krieg ist, wie wir einmal bemerkten, der Feind aller kreativen Tätigkeit.

Ihre Anschrift läßt vermuten, daß Sie entweder Ärztin sind oder an einer langwierigen Krankheit leiden. Sollte letzteres der Fall sein, wünschen wir Ihnen alle eine rasche und vollständige Genesung.

Zum Schluß will ich nur noch anfügen, daß sich jemand von uns hier fragt, ob Sie eine ältere Schwester haben, die vor sechs, sieben Jahren aufs Girton College gegangen ist.

Mit herzlichen Grüßen

CC

Die Rückkehr zu striktem Schichtdienst vertrieb in den folgenden Tagen jenes Gefühl diffuser Zeitlosigkeit, das sie in den ersten vierundzwanzig Stunden empfunden hatte. Briony war froh, tagsüber zu arbeiten, von sieben Uhr morgens bis abends um acht. Für die Mahlzeiten blieb ihr jeweils eine halbe Stunde. Wenn der Wecker um Viertel vor sechs klingelte, glitt sie aus einem zähen Abgrund der Erschöpfung nach oben, und während jener Sekunden im Niemandsland, irgendwo zwischen Schlaf und vollem Bewußtsein, fiel ihr ein, daß sie etwas Aufregendes erwartete, ein besonderer Hochgenuß oder auch eine tiefgreifende Veränderung. Als Kind am Weihnachtstag war es ähnlich gewesen – ein schläfriger Jubel, noch ehe einem der Grund dafür einfiel. Sie hielt die Augen vor dem hellen Sommermorgen geschlossen, tastete nach dem Weckerknopf, sank in die Kissen zurück, und dann wußte sie es wieder. Ganz das Gegenteil von Weihnachten. Das Gegenteil von allem. Die Deutschen würden einmarschieren. Jeder behauptete das, von den Krankenträgern, die ihre krankenhauseigene Wehrgruppe gebildet hatten, bis hin zu Churchill persönlich, der das Bild eines unterjochten, hungernden Landes heraufbeschwor, in dem sich allein die Royal Navy noch frei bewegen konnte. Briony wußte, daß Entsetzliches bevorstand, daß es in den Straßen zu Nahkampf und öffentlichen Hinrichtungen kommen würde, daß Sklaverei und der Niedergang alles Anständigen drohten. Doch wie sie auf dem Rand ihres zerwühlten, immer noch warmen Bettes saß und ihre Strümpfe anzog, konnte sie ein grauenerregendes Gefühl freudiger Erwartung weder leugnen noch verdrängen. Das Land war jetzt ganz allein auf sich gestellt, jeder sagte das, und so war es wohl auch am besten.

Und schon wirkten die Dinge irgendwie verändert – das Schwertlilienmuster auf ihrem Kulturbeutel, der gesprungene Gipsrahmen um den Spiegel, ihr Gesicht darin, wenn sie sich das Haar kämmte, alles sah heller aus, schärfer umrissen. Der Türknauf in ihrer Hand fühlte sich zudringlich kühl und fest an. Und als sie auf den Flur trat und ferne, schwere Tritte auf der Treppe hörte, krampfte sich bei dem Gedanken an deutsche Armeestiefel ihr Magen zusammen. Vor dem Frühstück hatte sie auf dem Treidelpfad am Fluß ein, zwei Minuten für sich. Selbst um diese Stunde lag unter klarem Himmel ein grimmiges Glitzern auf den frischen Flutwellen, die am Krankenhaus vorübereilten. War es wirklich möglich, daß den Deutschen die Themse gehören sollte?

Die ungewohnte Klarheit all dessen, was sie sah, berührte

oder hörte, verdankte sich gewiß nicht den frischen Anfängen, dem Überreichtum des frühen Sommers, sondern einem brennenden Wissen um den nahenden Abschluß, darum, daß die Ereignisse einem Ende zustrebten. Sie spürte, daß dies die letzten Tage waren, Tage, die auf besondere Weise in der Erinnerung aufscheinen würden. Diese Helligkeit, diese lange Reihe sonniger Tage waren ein letzter Wurf der Geschichte, ehe eine neue Zeitspanne begann. Die frühmorgendlichen Aufgaben – erst der Spülraum, dann Tee servieren, Verbände wechseln sowie die erneute Auseinandersetzung mit dem nicht wiedergutzumachenden Unheil, das sie angerichtet hatte – dämpften diese gesteigerte Wahrnehmung nicht im mindesten. Sie bestimmte alles, was Briony tat, war immer da und verlieh ihren Plänen eine neue Dringlichkeit, denn sie spürte, daß ihr nicht viel Zeit blieb. Wenn sie noch länger zögerte, könnten die Deutschen kommen, und dann würde sich nie wieder eine Gelegenheit bieten.

Jeden Tag trafen weitere Verletzte ein, doch nicht mehr in solch überwältigender Zahl. Das System griff, und es gab für jeden ein Bett. Die dringlichsten Fälle wurden für die Operationssäle im Keller vorbereitet. Anschließend schickte man die meisten Patienten zur Genesung in Krankenhäuser außerhalb Londons. Die Todesrate war ziemlich hoch, was für die Lernschwestern jedoch längst kein Drama mehr, sondern Routine war: Die Schirme wurden um das Gemurmel des Priesters aufgestellt, das Laken über den Kopf gezogen, die Krankenträger gerufen, das Bett abgezogen und wieder hergerichtet. Die Toten lösten einander so rasch ab, daß Feldwebel Mooneys Gesicht zu dem vom

Schützen Lowell wurde und beide ihre tödlichen Wunden mit denen anderer Männer tauschten, an deren Namen sich kaum noch jemand erinnern konnte.

Jetzt, da der Feldzug in Frankreich gescheitert war, nahm man allgemein an, daß bald die Phase des Zermürbens beginnen und die erste Bombe fallen würde. Niemand hielt sich unnötig in der Stadt auf. Vor die Parterrefenster des Krankenhauses wurden zusätzliche Sandsäcke gestapelt, und zivile Firmen prüften auf dem Dach die zubetonierten Oberlichter sowie die Schornsteine auf ihre Festigkeit. Verschiedentlich übte man sogar mit Kommandogebrüll und lauten Trillerpfeifen die Evakuierung der Stationen. Und immer wieder wurde Alarm ausgelöst, wurden Sammelpunkte benannt und behinderten oder bewußtlosen Patienten Gasmasken aufgesetzt. Die Lernschwestern erinnerte man daran, zuerst die eigenen Gasmasken aufzusetzen. Doch jetzt, da sie ihre Feuertaufe bestanden hatten, terrorisierte Stationsschwester Drummond sie nicht länger und sprach zu ihnen auch nicht mehr wie zu Schulmädchen. Sie erteilte ihre Anweisungen in einem kühlen, professionellen Ton, und die Pflegerinnen fühlten sich geschmeichelt. Unter diesen neuen Bedingungen war es für Briony vergleichsweise einfach, ihren freien Tag mit Fiona zu tauschen, die großmütig ihren Samstag gegen einen Montag hergab.

Weil in der Verwaltung etwas schiefgelaufen war, blieben einige Soldaten bis zu ihrer Genesung auf der Station. Hatten sie sich erst mal ausgeschlafen, ihre Erschöpfung einigermaßen überwunden, sich wieder an regelmäßige Mahlzeiten gewöhnt und etwas Gewicht zugelegt, wurden sie meist mißmutig und ziemlich mürrisch, selbst die, die keinen bleibenden Schaden genommen hatten. In der Mehrzahl waren es Infanteristen. Sie lagen auf den Betten, rauchten, starrten stumm an die Decke, hingen den Erinnerungen an die letzten Monate nach oder hockten in kleinen, rebellischen Gruppen zusammen. Sie waren von sich selbst angewidert. Einige erzählten Briony, daß sie keinen einzigen Schuß abgefeuert hatten. Vor allem aber waren sie auf die »Lamettaheinis« und die eigenen Offiziere sauer, die sie auf dem Rückzug im Stich gelassen hatten – und auf die Franzosen, die kampflos in die Knie gegangen waren. Verbittert lasen sie in den Zeitungen von dem Wunder von Dünkirchen und der heldenhaften Rettung durch die kleinen Boote.

»Ein verdammtes Chaos war das«, hörte man die Männer murmeln. »Diese verfluchte Royal Air Force.«

Manche Männer benahmen sich unfreundlich und stellten sich ziemlich störrisch an, wenn es um ihre Medizin ging, war es ihnen doch irgendwie gelungen, die Unterschiede zwischen Generälen und Krankenpflegerinnen zu verwischen. Alles hirnlose Vorgesetzte, wenn man sie fragte. Erst ein Besuch von Schwester Drummond rückte ihnen dann den Kopf wieder zurecht.

Am Samstag morgen verließ Briony das Krankenhaus um acht Uhr ohne Frühstück und ging, die Themse rechter Hand, flußaufwärts. Drei Busse hielten vor den Toren von Lambeth Palace, als sie daran vorbeikam. Um den Feind zu verwirren, zeigte keiner sein Fahrtziel an. Briony kümmerte das nicht weiter, da sie bereits beschlossen hatte, zu Fuß zu gehen. Daß sie einige Straßennamen auswendig gelernt hatte, war allerdings keine große Hilfe, da sämtliche Schilder entfernt oder geschwärzt worden waren. Briony hegte die vage Absicht, einige Kilometer dem Flußlauf zu folgen und schließlich nach links abzubiegen, sich dann also Richtung Süden zu halten. Die meisten Stadtpläne waren eingezogen worden, aber sie hatte das Glück gehabt, einen alten, zerknitterten Busfahrplan von 1926 auftreiben zu können. Er war an den Faltkanten eingerissen, genau dort, wo ihr Weg sie langführte. Wenn sie ihn aufschlug, riskierte sie, daß er in seine Einzelteile zerfiel. Außerdem fragte sie sich besorgt, was sie für einen Eindruck machen würde. In der Zeitung hatten einige Artikel vor deutschen Fallschirmjägern gewarnt, die sich als Nonnen und Krankenschwestern verkleidet in der Stadt verteilten und die Bevölkerung infiltrierten. Man erkannte sie leicht daran, daß sie gelegentlich eine Karte zu Rate zogen, auf Nachfragen in allzu perfektem Englisch antworteten und keinerlei Kinderreime kannten. Kaum hatte sich dieser Gedanke in ihrem Kopf festgesetzt, konnte sie nicht anders, als ständig daran zu denken, wie verdächtig sie aussehen mußte. Sie hatte geglaubt, ihre Tracht würde sie schützen, wenn sie sich in unbekannten Gegenden bewegte. Statt dessen sah sie darin wie eine Spionin aus.

Während der morgendliche Verkehr in entgegengesetzter Richtung an ihr vorüberfloß, ging sie sämtliche Kinderreime durch, an die sie sich erinnern konnte. Es gab nur wenige, die sie von Anfang bis Ende kannte. Vor ihr war ein Milchmann vom Karren gestiegen, um an seinem Pferd den Packgurt nachzuziehen. Als sie hinter ihm stehenblieb und sich höflich räusperte, brummelte er dem Tier irgendwas zu, und für einen kurzen Moment mußte sie an den alten Hardman und seine Kutsche denken. Jeder, der heute siebzig Jahre zählte, war achtzehnhundertachtundachtzig so alt gewesen, wie sie es heute war. Immer noch das Zeitalter der Pferde, zumindest auf den Straßen, und die alten Männer hingen an den Tieren.

Sie fragte nach dem Weg. Der Milchmann antwortete freundlich und beschrieb ihr lang und undeutlich, wie sie gehen sollte. Er war ein großer Kerl mit einem weißen, vom Tabak verfärbten Bart und näselte beim Reden, offenbar ein Problem mit den Polypen, weshalb sie seine Worte kaum auseinanderhalten konnte. Er wies auf eine Straße, die nach links abzweigte und unter einer Eisenbahnbrücke hindurchführte. Sie fand zwar, daß es noch viel zu früh war, den Fluß hinter sich zu lassen, doch meinte sie, im Weitergehen seinen Blick auf sich zu spüren, und fand es unhöflich, seine Anweisungen zu mißachten. Vielleicht war der Abzweig nach links eine Abkürzung.

Es überraschte sie, wie unbeholfen und befangen sie sich fühlte, obwohl sie in der letzten Zeit doch so viel gelernt und gesehen hatte. Sie kam sich irgendwie unfähig vor, ganz verzagt, weil sie auf sich allein gestellt war und keiner Gruppe mehr angehörte. Monatelang hatte sie ein Leben geführt, in dem jede Stunde reglementiert gewesen war. Sie kannte ihren bescheidenen Platz auf der Station. Und je tüchtiger sie wurde, um so besser gelang es ihr, Anordnungen zu befolgen, das Reglement einzuhalten und nicht weiter über sich nachzudenken. Nur für sich selbst hatte sie schon lange nichts mehr getan, bestimmt nicht mehr seit jener Woche in Primrose Hill, als sie ihre Novelle getippt hatte, und wie töricht ihr doch heute diese ganze Aufregung schien.

Als sie die Brücke unterquerte, fuhr ein Zug darüber hinweg. Das donnernde, rhythmische Rattern drang ihr durch Mark und Bein. Stahl, der über Stahl rumpelte, im Dämmerlicht da oben die großen verschraubten Platten, dort eine mysteriöse, in die Ziegelmauer eingelassene Tür und mächtige, gußeiserne, von rostigen Eisenklammern gehaltene Rohre, in denen Gott weiß was floß – solch brutale Erfindungen waren das Werk von Übermenschen. Sie selbst wischte Böden auf und legte Verbände an. War sie wirklich stark genug für diesen Ausflug?

Sie kam unter der Brücke hervor, lief durch einen staubigen Keil Morgensonne, und der Zug verschwand in der Ferne mit einem harmlos klickenden, vorstädtischen Geräusch. Was sie brauchte, ermahnte Briony sich aufs neue, war Rückgrat. Sie kam an einer Grünanlage mit einem Tennisplatz vorbei, auf dem zwei Männer in weißen Flanellhosen in aller Ruhe einen Ball hin- und herschlugen und sich für ein Spiel aufwärmten. Zwei Mädchen in khakifarbenen Shorts saßen in der Nähe auf einer Bank und lasen einen Brief. Sie dachte an ihren Brief, diesen zuckersüßen Ablehnungsbescheid. Er hatte beim Dienst in ihrer Tasche gesteckt, und auf der zweiten Seite breitete sich jetzt ein krabbenähnlicher Karbolfleck aus. Mittlerweile war sie davon überzeugt, daß der Brief unbeabsichtigt eine wichtige Anklage gegen sie erhob. *War sie auf verheerende Weise zwischen die beiden getreten?* Ja, das war sie. Und hatte sie daraufhin nicht ihr Tun mit einer fadenscheinigen, spitzfindigen Erzählung verschleiern und zugleich ihre Eitelkeit befriedigen wollen, als sie dieses Gebräu an eine Zeitschrift sandte? Dutzende Seiten über Licht, Stein und Wasser, eine in drei Perspektiven aufgeteilte, in der Schwebe gehaltene Erzählung, in der so gut wie nichts passierte – all das konnte ihre Feigheit nicht verdecken. Oder hatte sie wirklich geglaubt, sich hinter einigen zusammengeklaubten Ideen von moderner Literatur verbergen und ihre Schuld in einem Bewußtseinsstrom – in drei Bewußtseinsströmen! – ertränken zu können? Die Ausflüchte ihres kleinen Romans waren genau dieselben wie die in ihrem Leben. Alles, was sie mied, das fehlte auch in ihrem Roman – und war doch notwendig. Was sollte sie jetzt tun? Ihr fehlte nicht das Rückgrat einer Geschichte. Ihr selbst fehlte es an Rückgrat.

Sie ließ die Grünanlage hinter sich und kam an einer nicht besonders großen Fabrik vorbei, deren pochender Maschinenlärm den Bürgersteig vibrieren ließ. Nichts verriet, was hinter diesen hohen, verdreckten Fenstern hergestellt wurde oder warum gelbschwarzer Rauch aus dem einsamen, schlanken Aluminiumrohr quoll. Gegenüber lag ein Pub, der sich die gesamte Kurve entlangzog. Die Tür stand weit offen, als gäbe sie den Blick auf eine Theaterbühne frei. Drinnen hing noch ein bläulicher Dunst vom Vorabend in der Luft, und ein Junge mit hübschem, nachdenklichem Gesicht leerte Aschenbecher in einen Eimer aus. Zwei Männer mit Lederschürzen rollten Bierfässer über die Rampe eines Tafelwagens. Noch nie hatte Briony so viele Pferde auf den Straßen gesehen. Offenbar waren sämtliche Laster vom Militär requiriert worden. Jemand drückte von innen die Kellerfalltür auf, die krachend auf das Pflaster schlug und eine Staubwolke aufwirbelte. Ein Mann mit einer Tonsur, die

Beine noch unter dem Straßenniveau, verharrte einen Augenblick und schaute ihr nach. Er kam ihr wie eine riesige Schachfigur vor. Die beiden Brauereiarbeiter starrten sie jetzt ebenfalls an, und einer pfiff ihr hinterher.

»Alles in Ordnung, Darling?«

Ihr machte so etwas nichts aus, aber sie wußte nie, wie sie darauf antworten sollte. Ja, danke, alles bestens? Sie lächelte und war froh über ihre Tracht. Bestimmt dachten alle Leute immerzu an die Invasion, aber es blieb ihnen nichts anderes übrig, als einfach weiterzumachen. Selbst wenn die Deutschen kamen, würden die Menschen Tennis spielen, tratschen oder Bier trinken. Vielleicht pfiffen sie dann allerdings den Frauen nicht mehr hinterher. Die Straße machte einen Bogen und wurde enger, der unablässige Verkehr dröhnte lauter, die warmen Abgase bliesen ihr ins Gesicht. Viktorianische Reihenhäuser aus leuchtendrotem Ziegelstein drängten sich dicht an den Bürgersteig. Eine Frau, die eine Schürze mit Paisley-Muster trug, fegte mit grimmiger Entschlossenheit vor einem Haus, aus dessen offener Tür der Geruch von gebratenem Frühstücksspeck drang. Sie trat beiseite, um Briony vorbeizulassen, da der Weg hier ziemlich schmal wurde, kehrte ihr aber abrupt den Rücken zu, als Briony einen guten Morgen wünschte. Gleich darauf kamen ihr eine Frau und vier henkelohrige Jungen mit Koffern und Rucksäcken entgegen. Die Kinder tobten, schrien, bolzten einen alten Schuh vor sich her und überhörten den kraftlosen Befehl ihrer Mutter, als Briony sich an die Hauswand pressen mußte, um sie durchzulassen.

»Jetzt paßt doch auf! Laßt mal die Schwester vorbei!«

Die Frau warf ihr im Vorübergehen ein schiefes, entschuldigendes Lächeln zu. Ihr fehlten beide Vorderzähne, und sie roch durchdringend nach billigem Parfüm. Zwischen den Fingern hielt sie eine unangezündete Zigarette.

»Sie sind so aufgeregt, weil sie aufs Land fahren. Sind noch nie da gewesen, können Sie sich das vorstellen?«

»Viel Glück«, wünschte ihr Briony. »Hoffentlich kommen Sie zu einer netten Familie.«

Die Frau, deren ebenfalls abstehende Ohren teilweise von ihrem Pagenschnitt verdeckt wurden, stieß ein fröhliches Lachen aus: »Wenn die wüßten, was ihnen mit dieser Rasselbande blüht!«

Ein inzwischen abgerissenes Kartenviertel verriet ihr, daß sie in Stockwell war, wo mehrere ziemlich schäbige Straßen zusammenliefen. An der Straße, die nach Süden führte, stand ein Bunker, davor eine Handvoll gelangweilter Männer der Bürgerwehr, die zusammen nur ein einziges Gewehr besaßen. Ein älterer Mann mit Filzhut, Overall, Armband und den Hängebacken einer Bulldogge löste sich aus der Gruppe und wollte ihren Ausweis sehen. Mit herablassender Miene winkte er sie weiter. Sie wußte, daß sie gut daran tat, ihn nicht nach dem Weg zu fragen. Außerdem meinte sie zu wissen, daß sie der Clapham Road etwa drei Kilometer weit folgen mußte. In dieser Gegend waren nicht mehr so viele Menschen unterwegs, und der Verkehr hatte nachgelassen, außerdem war die Straße breiter als jene, die sie hergeführt hatte. Nur das Rattern einer abfahrenden Straßenbahn war zu hören. Vor einer Reihe edwardianischer, von der Straße zurückgesetzter Häuser gönnte sie sich auf einer niedrigen Mauer eine halbe Minute Rast und zog sich die Schuhe aus, um eine Blase an ihrer Ferse zu untersuchen. Ein Konvoi Dreitonner fuhr vorüber, unterwegs nach Süden, raus aus der Stadt. Automatisch warf sie einen Blick auf die Ladeflächen und rechnete fast damit, dort Verwundete zu sehen, doch hatten die Laster nur Holzkisten geladen.

Vierzig Minuten später erreichte sie die Station Clapham Common. Die gedrungene Kirche aus wie zerknittert wirkendem Stein war verschlossen, also zog sie den Brief ihres Vaters aus der Tasche und las ihn noch einmal durch. Eine Frau in einem Schuhgeschäft zeigte ihr den Weg zum offenen Parkland, dem Common. Selbst als Briony die Straße überquerte und über den Rasen ging, konnte sie die andere Kirche erst nicht entdecken, da sie vom Laub einiger Bäume fast verborgen und nicht gerade das war, was Briony erwartet hatte. Ihr hatte der Schauplatz eines Verbrechens vorgeschwebt, eine schaurige Kathedrale, deren pompöses Gewölbe vom schamlosen scharlachroten und indigofarbenen Licht der düsteren Leidensszene eines Bleiglasfensters überschwemmt wurde. Doch was da im Näherkommen im kühlen Baumschatten auftauchte, war ein Backsteingebäude, elegant dimensioniert wie ein griechischer Tempel, mit schwarzen Dachziegeln, Fenstern aus schlichtem Glas und einem flachen, von weißen Säulen getragenen Vorbau unter einem Glockenturm von harmonischer Proportion. Vor dem Eingang parkte ein blankpolierter, schwarzer Rolls-Royce. Die Fahrertür stand offen, doch vom Chauffeur war keine Spur zu sehen. Als sie am Wagen vorbeiging, konnte sie die Wärme des Motors spüren, intim wie Körperwärme, und hörte das leise Klicken von Metall, das sich zusammenzog. Sie ging die Stufen hinauf und stieß die schwere, mit Ziernägeln beschlagene Tür auf.

Die feuchten Mauern, der Duft von Wachs und Holz: Es roch wie überall in den Kirchen. Noch während sie sich umdrehte, um diskret die Tür zu schließen, fiel ihr auf, daß die Kirche fast leer war. Die Worte des Vikars wurden vom eigenen Echo überlagert. Sie stand an der Tür, teilweise vom Taufbecken verborgen, und wartete darauf, daß sich Augen und Ohren ans Kircheninnere gewöhnten. Dann näherte sie sich der letzten Bank und glitt bis an ihr Ende, konnte den Altar aber immer noch sehen. Dies war nicht ihre erste Familienhochzeit, doch war sie zu jung, als daß sie jene prächtige Feier in der Liverpool Cathedral miterlebt hätte, auf der Onkel Cecil mit Tante Hermione vermählt worden war, deren Gestalt sie am ausgefallenen Hut in der ersten Reihe erkennen konnte. Daneben entdeckte sie Pierrot und Jackson, beide um zwölf, fünfzehn Zentimeter gewachsen, schlaksiger, eingekeilt zwischen ihren sich fremd gewordenen Eltern. Auf der anderen Gangseite sah sie die drei Mitglieder der Familie Marshall. Dies war die gesamte Gemeinde. Eine private Feier. Keine Klatschjournalisten. Brionys Anwesenheit war nicht vorgesehen. Sie war mit der Zeremonie so weit vertraut, daß sie wußte: Den entscheidenden Augenblick hatte sie nicht versäumt.

»Zum zweiten ward es verfügt als ein Heil gegen die Sünde und um der Unzucht Einhalt zu gebieten, auf daß jene, denen die Gabe der Enthaltsamkeit nicht eignet, einander freien und fürderhin makellose Glieder des Leibes Christi sein können.«

Das Paar, umrahmt von der erhöhten, weißgewandeten

Gestalt des Vikars, stand mit dem Gesicht zum Altar. Lola war ganz traditionell in Weiß gekleidet, und, soweit Briony das von hinten beurteilen konnte, tief verschleiert. Das Haar hatte sie zu einem einzigen, kindlichen Zopf geflochten, der sich unter einem Krönchen aus Tüll und Organdy ihren Rücken hinabschlängelte. Marshall in seinem Cutaway stand kerzengerade vor dem Priester, die Umrisse seiner Schulterpolster hoben sich wie scharf gestochen vor dem Meßgewand ab.

»Zum dritten ward die Ehe zu gegenseitiger Gemeinschaft, Hilfe und Trost bestimmt, auf daß der Mensch nicht allein sei...«

Wie Dreck auf ihrer Haut, wie einen Ausschlag spürte sie die Erinnerungen, die schmerzenden Details: Lola, die mit Tränen in den Augen in ihr Zimmer platzte, die aufgescheuerten, blau angelaufenen Handgelenke, die Kratzer auf ihrer Schulter und in Marshalls Gesicht; Lolas Schweigen in der Dunkelheit am See, als sie zuließ, daß ihre ernste, lächerliche, ach so prüde Kusine, die das wahre Leben von den Geschichten in ihrem Kopf nicht zu unterscheiden wußte, den Angreifer freisprach. Die arme, eitle, schwierige Lola mit ihrem perlenbesetzten Samthalsband und dem Rosenwasserduft, die sich sehnlichst wünschte, die letzten Fesseln der Kindheit abzuwerfen, die jede Demütigung vermied, indem sie sich verliebte oder sich dies doch zumindest einredete, und die ihr Glück kaum fassen konnte, als Briony darauf bestand, die Anklage und das Reden zu übernehmen. Welch ein Glück für Lola – kaum mehr als ein Kind, verführt und geschändet – ihren Vergewaltiger heiraten zu können.

»...Wer aber unter den hier Anwesenden einen berechtigten Grund vorbringen kann, warum diese beiden nicht vor dem Gesetz vereint werden sollen, der möge nun sprechen oder auf immer schweigen.«

Geschah es wirklich? Stand sie wirklich auf, mit wackligen Knien, leerem, sich verkrampfendem Magen und pochendem Herzen, glitt durch die Bank, um mitten in den Gang zu treten und mit herausfordernder, kein bißchen zittriger Stimme ihre Motive darzulegen, ihre gerechten Gründe, und mit Mantel und Kopfputz wie eine Braut Christi zum Altar zu schreiten, hinüber zum mit offenem Mund dastehenden Vikar, der in all den Jahren nie zuvor unterbrochen worden war, den versammelten Gemeindemitgliedern, die den Hals nach ihr verrenkten, dem halb zu ihr umgewandten, blaßgesichtigen Paar entgegen? Sie hatte nichts dergleichen vorgehabt, aber die Frage aus dem Gebetbuch, die sie ganz vergessen hatte, war ihr zu sehr wie eine Herausforderung erschienen. Wie aber lauteten ihre Einwände? Jetzt bot sich die Gelegenheit, in aller Öffentlichkeit ihre innere Not zu beschreiben und sich von dem Unrecht zu reinigen, das sie begangen hatte. Vor dem Altar dieser vernünftigsten aller Kirchen.

Doch die blauen Flecken waren verschwunden, die Kratzer längst verheilt, und all ihre damaligen Aussagen hatten das Gegenteil besagt. Auch schien die Braut kein Opfer zu sein, sie besaß sogar die Zustimmung ihrer Eltern. Wahrscheinlich sogar noch mehr als das: ein Schokoladenbaron, der Erfinder des Amo-Riegels. Tante Hermione dürfte sich die Hände reiben. Wollte sie etwa behaupten, daß Paul Marshall, Lola Quincey und sie, Briony Tallis, sich verschworen hatten, um mit Stillschweigen und Verleumdungen einen Unschuldigen ins Gefängnis zu schicken? Die Worte, die ihn verurteilt hatten, waren doch ihre eigenen Worte gewesen, in ihrem Namen laut im Gericht vorgetragen. Die Strafe war bereits abgesessen, die Schuld bezahlt, das Urteil gefällt.

Mit klopfendem Herzen, schweißnassen Händen und demütig gesenktem Kopf blieb sie auf ihrem Platz.

»Und so begehre ich denn von euch beiden und mache es euch zur heiligen Pflicht, da ihr am furchtbaren Tage des Jüngsten Gerichts, wenn die Geheimnisse aller Herzen enthüllt werden, auch darüber werdet Rechenschaft ablegen müssen, daß ihr jetzt in aller Wahrheit bekennt, ob einem von euch ein Hindernis bekannt ist, das euch verbietet, gesetzmäßig in den Stand der Ehe zu treten.«

Selbst bei vorsichtiger Schätzung war es noch lang bis zum Tag des Jüngsten Gerichtes, und ebenso lange würde nun die Wahrheit, die allein Marshall und seine junge Frau aus erster Hand kannten, im Mausoleum ihrer Ehe eingemauert bleiben. Dort würde sie geborgen im Dunkeln liegen, selbst dann noch, wenn alle, die es etwas anging, bereits gestorben waren. Jedes Wort dieser Zeremonie war ein weiterer Ziegelstein in der Mauer des Schweigens.

»Wer gibt diese Frau in die Hände dieses Mannes?«

Wie ein Vogel huschte Onkel Cecil eilfertig nach vorn, sichtlich darauf bedacht, sich rasch seiner Pflicht zu entledigen, um so schnell wie möglich wieder ins All Souls College in Oxford zu flüchten. Briony hörte, wie erst Marshall und dann Lola die Worte des Vikars wiederholten, und lauschte angestrengt, ob ihnen ein leiser Zweifel anzumerken war, doch Marshalls Stimme dröhnte ausdruckslos, beinahe trotzig, Lolas klang lieblich und fest. Wie schamlos, wie sinnlich seine Worte vor dem Altar widerhallten, als er sagte: »Mit meinem Leib will ich dich ehren.«

»Lasset uns beten.«

Da senkten sich die sieben scharf umrissenen Köpfe, und der Vikar nahm seine Schildpattbrille ab, reckte das Kinn, schloß die Augen und wandte sich in müdem, kummervollem Singsang an die himmlischen Mächte.

»O ewiger Gott, Schöpfer und Bewahrer der Menschheit, der du der Seele Gnade und immerwährendes Leben schenkst, gib deinen Segen diesen deinen Dienern, Mann und Frau...«

Der letzte Stein wurde vom Vikar eingefügt, der, kaum war die Brille wieder aufgesetzt, sie feierlich zu Mann und Frau erklärt und die Heilige Dreifaltigkeit angerufen hatte, nach der diese Kirche benannt worden war. Anschließend gab es noch weitere Gebete, einen Psalm, das Vaterunser und zum Schluß eine lange Fürbitte, deren letzte, abschließende Worte in melancholischer Endgültigkeit ausklangen.

»...möge er über euch den Reichtum seiner Gnade ausschütten, euch gebenedeien und segnen, auf daß ihr mit Leib und Seele sein Wohlgefallen findet und bis ans Ende eures Lebens in heiliger Liebe vereint bleibt.«

Im selben Augenblick schüttete die Orgel in hellen Flötentönen einen Konfettiregen quirliger Triolen über sie aus, und der Vikar drehte sich um und schritt vor dem Paar her. Die sieben Familienmitglieder reihten sich hinter ihm ein. Briony, die in der Bank gekniet und getan hatte, als ob sie beten würde, stand auf und sah der Prozession entgegen. Der Vikar war den Hochzeitsgästen bereits einige Schritte vorausgeeilt, da er offenbar etwas unter Zeitdruck stand. Als er aber nach links schaute und die junge Krankenschwester entdeckte, schienen sein herzlicher Blick und sanft geneigter Kopf sie freundlich zu begrüßen und zugleich auch eine gewisse Neugier auszudrücken. Dann eilte er weiter, um eine der hohen Türhälften zu öffnen. Sonnenlicht züngelte in die Kirche, fiel genau dorthin, wo Briony stand, und beleuchtete ihr Gesicht und ihre Haube. Sie wollte zwar wahrgenommen werden, aber so deutlich nun auch wieder nicht. Immerhin würde man sie jetzt nicht übersehen können. Lola, die auf Brionys Seite den Mittelgang heraufkam, war nun auf einer Höhe mit ihr. Den Schleier hatte sie bereits zurückgeschlagen. Die Sommersprossen waren verschwunden, aber ansonsten hatte sie sich kaum verändert. Vielleicht war sie ein bißchen größer geworden, im Gesicht etwas weicher und runder, und die Augenbrauen schienen kräftig ausgedünnt. Briony starrte sie einfach nur an. Sie wollte nichts weiter, als daß Lola von ihrer Anwesenheit wußte und sich fragte, warum sie gekommen war. Das Sonnenlicht blendete Briony, weshalb sie nicht allzu viel erkennen konnte, doch einen Augenblick lang meinte sie ein kurzes, mißvergnügtes Stirnrunzeln auf dem Gesicht der Braut erkannt zu haben. Dann schürzte Lola die Lippen, schaute nach vorn und war gleich darauf verschwunden. Paul Marshall hatte Briony angeschaut, sie aber nicht wiedererkannt, ebensowenig wie Tante Hermione oder Onkel Cecil, die sie mehrere Jahre nicht gesehen hatten. Doch die Zwillinge, die in ihren Schuluniformen, Hosen mit Hochwasser, den Abschluß bildeten, freuten sich aufrichtig über ihren Anblick, deuteten scheinbar erschrocken auf ihre Tracht, rollten die Augen wie zwei Clowns, gähnten und schlugen in gespieltem Entsetzen die Hand vor den Mund.

Dann war sie allein in der Kirche mit dem unsichtbaren Organisten, der zu seinem eigenen Vergnügen weiterspielte. Es ging alles zu rasch, und sie hatte nichts Greifbares erreicht. Sie blieb, wo sie war, und begann, sich ein wenig dumm zu fühlen, zögerte aber, nach draußen zu gehen. Tageslicht und banales Familiengeschwätz würden jeglichen Eindruck verwischen, den sie als gespenstisch angeleuchtete Erscheinung gemacht haben mochte. Außerdem fehlte ihr der Mut zu einer Gegenüberstellung. Wie wollte sie sich ihrem Onkel und ihrer Tante erklären, sie, ein ungebetener Gast? Vielleicht waren sie beleidigt, oder schlimmer noch, sie waren es nicht. Womöglich würden sie ihre Nichte in ein Hotel entführen, zu einem schauderhaften Frühstück mit dem vor Haß triefenden Ehepaar Mr. und Mrs. Paul Marshall und einer Hermione, der es nicht gelang, ihre Verachtung für Cecil zu verbergen. Briony blieb noch ein, zwei Minuten, als hielte die Musik sie zurück, dann aber ärgerte sie ihre Feigheit, und sie eilte hinaus in den von Säulen getragenen Portikus. Der Vikar war schon fast hundert Meter weit fort und eilte mit kräftig schwingenden Armen durch den Park davon. Die Frischvermählten saßen im Rolls, Marshall am Steuer, fuhren rückwärts und wendeten. Briony war überzeugt, daß die beiden sie sehen konnten. Mit metallischem Knirschen legte Marshall den Gang ein – vielleicht ein gutes Zeichen. Der Wagen brauste davon, und durch ein Seitenfenster sah sie Lola, deren weiße Gestalt sich an den Fahrer schmiegte. Was die übrigen Hochzeitsgäste betraf, so waren sie bereits spurlos unter den Bäumen verschwunden.

Die Karte sagte ihr, daß Balham am anderen Parkende lag, in jener Richtung also, in die der Vikar ging. Bis dahin war es nicht weit, und allein aus diesem Grund zögerte sie. Sie würde zu früh kommen. Außerdem hatte sie noch nichts gegessen, und sie war durstig. Ihre Ferse puckerte und schien an ihrem Schuh festzukleben. Es war warm geworden. Sie würde eine weite, schattenlose Fläche überqueren müssen, die von einigen wenigen schnurgeraden Asphaltwegen durchzogen wurde und auf der nur hier und da Unterstände zu sehen waren. In der Ferne entdeckte sie einen Pavillon, vor dem Männer in dunkelblauen Uniformen umherschlenderten. Sie dachte an Fiona, deren freien Tag sie eingetauscht hatte, und an ihren gemeinsamen Nachmittag im St. James Park. Wie lang sie vorbei schien, diese unschuldige Zeit, dabei waren kaum zehn Tage vergangen. Jetzt würde Fiona bald mit der zweiten Runde Bettpfannen anfangen. Sie blieb im Schatten der Säulenhalle und dachte an das kleine Geschenk, das sie ihrer Freundin kaufen wollte – irgendeine leckere Köstlichkeit, eine Banane, Orangen oder etwas Schweizer Schokolade. Die Krankenträger wußten, wo es so etwas gab. Briony hatte sie sagen hören, daß sich alles organisieren ließe, wenn man das nötige Geld habe. Sie sah dem Verkehrsstrom zu, der den Park in ihrer Richtung umfloß, und dachte an Essen. Schinkenscheiben, pochierte Eier, gebratene Hühnerschenkel, kräftigen Eintopf, Zitronenbaiser. Eine Tasse Tee. Die unruhige, fahrige Musik drang erst in ihre Gedanken, als sie verstummte, und in der raumgreifenden Stille, die plötzlich eine ungeahnte Freiheit zu versprechen schien, entschied sie, daß sie erst einmal frühstücken mußte. Allerdings konnte sie auf ihrem Weg keine Restaurants oder Geschäfte erkennen, nur langweilige Mietshäuser aus Ziegelsteinen in dunklem Orange.

Einige Minuten vergingen, dann kam der Organist aus der Kirche, den Hut in der einen, einen schweren Schlüsselbund in der anderen Hand. Sie hätte ihn gern nach dem nächsten Café gefragt, aber er war ein fahrig wirkender Mann, ganz eins mit seiner Musik, der fest entschlossen schien, sie nicht weiter beachten zu wollen, während er die Tür ins Schloß krachen ließ und sich bückte, um abzuschließen. Dann rammte er sich den Hut in die Stirn und eilte davon.

Vielleicht war dies der erste Schritt, der dazu führte, daß sie ihre Pläne aufgab, doch ging sie bereits zurück, lief wieder in Richtung Clapham High Street, woher sie gekommen war. Sie würde frühstücken und alles noch einmal überdenken. Unweit der Untergrundbahn kam sie an einem Steintrog vorbei und hätte zu gern ihr Gesicht ins Wasser getaucht. Dann fand sie ein trostloses kleines Café mit schmierigen Fenstern und zahllosen Zigarettenstummeln auf dem Boden, doch konnte das Essen kaum schlimmer als das sein, was sie gewohnt war. Sie bestellte Tee, dazu drei Scheiben Toast mit Margarine und blaßrötlicher Erdbeermarmelade und häufte reichlich Zucker in ihre Tasse, da sie sich selbst die Diagnose gestellt hatte, an Hypoglykämie zu leiden. Der Zucker vermochte allerdings den Geschmack nach Desinfektionsmittel nicht ganz zu überdecken.

Sie trank eine zweite Tasse, froh, daß sie den lauwarmen Tee rasch in sich hineinschütten konnte, und ging dann hinters Café und über einen gepflasterten Hof, um die stinkende, sitzbrillenlose Toilette zu benutzen. Aber es gab keinen Gestank, der eine Lernschwester beeindrucken konnte. Sie klemmte sich etwas Klopapier zwischen Ferse und Schuh; damit würde sie es weitere zwei oder drei Kilometer aushalten können. Festgeschraubt an die Ziegelwand war ein Waschbecken mit einem einzigen Hahn, neben dem ein grauadriges Seifenstück lag, das sie lieber nicht anfassen wollte. Als sie den Hahn aufdrehte, spritzte ihr das Wasser direkt auf die Knie. Sie wischte sie mit dem Ärmel trocken, kämmte sich das Haar und versuchte, sich auf den Ziegeln ihr Gesicht vorzustellen. Die Lippen konnte sie ohne Spiegel allerdings nicht nachziehen. Sie befeuchtete ihr Taschentuch, tupfte sich das Gesicht ab und klopfte sich auf die Wangen, um etwas Farbe hineinzubringen. Eine Entscheidung war gefallen – scheinbar ohne ihr Zutun. Sie bereitete sich auf ein Einstellungsgespräch vor. Sie bewarb sich um den Posten der jüngeren Schwester.

Sie verließ das Café und spürte, während sie durch den Park ging, wie sich die Entfernung zwischen ihr und ihrem anderen, ebenso realen Ich ausweitete, das zurück zum Krankenhaus ging. Vielleicht war aber auch die Briony, die nach Balham eilte, bloß ihr imaginiertes, gespenstisches Ebenbild. Dieses unwirkliche Gefühl wurde noch dadurch verstärkt, daß sie nach einer halben Stunde auf eine weitere High Street stieß, die mehr oder weniger genauso wie jene aussah, die sie gerade hinter sich gelassen hatte. Das nämlich war London, wenn man sich aus dem Zentrum vorwagte: eine Ansammlung kleiner, langweiliger Städte. Sie faßte den Entschluß, niemals in einer von ihnen zu wohnen.

Die gesuchte Straße lag drei Querstraßen hinter der Untergrundstation, die selbst nur ein Nachbau war. Fast einen Kilometer lang zogen sich die schäbigen Reihenhäuser hin, vor deren Fenstern Stores hingen. Nummer 43, Dudley Villas, lag auf halber Strecke und unterschied sich durch nichts von den übrigen Häusern, sah man einmal von einem alten Ford 8 ab, der, ohne Räder, auf Steinen aufgebockt, den gesamten Vorgarten einnahm. Wenn keiner zu Hause war, konnte sie immer noch wieder gehen und sich einreden, daß sie es wenigstens versucht hatte. Die Klingel funktionierte nicht. Sie ließ den Türklopfer zweimal fallen, trat zurück, hörte eine wütende Frauenstimme, dann ein Türknallen und gleich darauf lautes Getrappel. Briony wich einen weiteren Schritt zurück. Noch war es nicht zu spät, sie konnte einfach wieder davonlaufen. Jemand hantierte am Schloß, ein gereizter Seufzer, dann wurde die Tür von einer großen Frau um die Dreißig mit scharf geschnittenen Gesichtszügen geöffnet. Irgendeine schreckliche Anstrengung hatte sie völlig außer Atem gebracht. Sie kochte vor Wut. Sie war mitten in einem Streit unterbrochen worden und hatte sich, während sie Briony musterte, noch nicht wieder gefangen – ihr Mund stand offen, die Oberlippe war leicht hochgezogen.

»Was wollen Sie?«

»Ich suche Miss Cecilia Tallis.«

Die Schultern der Frau sackten herab, und sie drehte den Kopf zur Seite, als schauderte sie vor einer Beleidigung zurück. Sie musterte Briony von oben bis unten.

»Sie sehen ihr ähnlich.«

Verwirrt starrte Briony sie einfach nur an.

Die Frau stieß noch einen Seufzer aus, der sich anhörte, als wollte sie gleich ausspucken, und ging dann in den Flur bis an den Fuß der Treppe.

»Tallis!« schrie sie gellend. »Besuch!«

Sie stolzierte den halben Flur zurück zur Wohnzimmertür, warf Briony einen verächtlichen Blick zu, verschwand und knallte die Tür hinter sich ins Schloß.

Es war still im Haus. Brionys Blick durch die offene Haustür fiel auf ein Stück Linoleum mit Blumenmuster und auf die ersten sieben oder acht Stufen mit dem dicken, roten Läufer. An der dritten Stufe fehlte die Messingstange. Im Flur stand ein halbrunder Wandtisch mit einem auf Hochglanz polierten Briefgestell, das wie ein Toastscheibenständer aussah. Das Gestell war leer. Das Linoleum zog sich an der Treppe vorbei bis zu einer Tür mit einer Mattglasscheibe. Bestimmt ging es da zur Küche. Auf der Tapete waren auch Blumen – ein Strauß Rosen, drei Stiele, wechselte sich mit einem Schneeflockenmuster ab. Von der Türschwelle bis zum Treppenanfang konnte sie fünfzehn Rosensträuße und sechzehnmal die Schneeflocken zählen. Kein gutes Omen.

Endlich hörte sie, wie oben eine Tür geöffnet wurde, bestimmt dieselbe, die zugeknallt worden war, als sie unten geklopft hatte. Dann das Knarren der Treppenstufen und

Füße, die in ihr Blickfeld kamen, Füße mit dicken Socken, darüber ein Streifen nackter Haut und schließlich ein blauer, vertrauter Seidenmantel. Zu guter Letzt sah sie das schräg geneigte Gesicht, als Cecilia sich vorbeugte, um nachzusehen, wer an der Tür stand, und um sich die Mühe zu sparen, in diesem unschicklichen Aufzug ganz nach unten zu gehen. Cecilia brauchte einen Moment, bis sie ihre Schwester erkannte. Dann ging sie langsam die letzten drei Stufen hinab.

»Ach herrje.«

Sie setzte sich und verschränkte die Arme.

Briony blieb stehen, einen Fuß auf dem Gartenweg, den anderen auf der Haustürstufe. Im Wohnzimmer der Vermieterin wurde ein Rundfunkempfänger angestellt, und mit den warm werdenden Röhren schwoll das Lachen eines unsichtbaren Publikums an. Dann folgte die schleimige Stimme eines Kabarettisten, die zum Schluß, ehe ein fröhliches Orchester einsetzte, von Beifall überdeckt wurde. Briony tat einen Schritt in den Flur und murmelte: »Ich muß mit dir reden.«

Cecilia wollte schon aufstehen, änderte dann aber ihre Absicht. »Warum hast du mir nicht geschrieben, daß du kommst?«

»Du hast nicht geantwortet, deshalb bin ich hier.«

Sie zog den Morgenmantel enger um sich und klopfte die Taschen ab, wahrscheinlich in der Hoffnung auf eine Zigarette. Ihre Haut war dunkler, sogar die Hände waren braun. Sie hatte nicht gefunden, was sie suchte, doch sah es für den Augenblick nicht so aus, als ob sie aufstehen wollte.

Eher um Zeit zu gewinnen, als um das Thema zu wechseln, sagte sie: »Du bist eine Lernschwester.«

»Ja.«

»Welche Station?«

»Die von Schwester Drummond.«

Es ließ sich nicht sagen, ob Cecilia diesen Name kannte oder ob sie sich über ihre jüngere Schwester ärgerte, weil sie im selben Krankenhaus ausgebildet wurde. Und es gab einen auffälligen Unterschied – Cecilia hatte früher stets in einem eher mütterlichen oder herablassenden Ton zu ihr gesprochen. Schwesterchen! Nichts mehr davon. In ihrer Stimme lag eine Härte, die Briony davor warnte, Cecilia nach Robbie zu fragen. Sie ging noch einen Schritt weiter hinein in den Flur, vergaß aber nicht die offene Tür in ihrem Rücken.

»Und wo bist du?«

»In der Nähe von Morden. Ein EMS.«

Eine Station der Emergency Medical Services, vermutlich in einem requirierten Haus, eine Notaufnahme, die sicher die Hauptlast, den ersten Ansturm der Evakuierung auszuhalten hatte. Es gab zuviel, was nicht gesagt, zuviel, das nicht gefragt werden konnte. Die beiden Schwestern schauten sich an. Obwohl Cecilia so verwuschelt aussah, als ob sie gerade aus dem Bett käme, war sie schöner, als Briony sie in Erinnerung hatte. Ihr langes Gesicht hatte immer etwas merkwürdig gewirkt, verletzlich, ein Pferdegesicht, hatte es oft geheißen, selbst im schönsten Licht. Jetzt sah es bemerkenswert sinnlich aus, waren die vollen, purpurn angehauchten Lippen betont geschwungen. Vielleicht war es die Müdigkeit, die ihre dunklen Augen größer wirken ließ. Oder der Kummer. Die lange, schmale Nase, die zierlich gebogenen Nasenflügel – das Gesicht strahlte etwas Maskenhaftes, Geschnitztes, sehr Stilles aus und war schwer zu deuten. Das Äußere ihrer Schwester verstärkte Brionys Unbehagen noch und sorgte dafür, daß sie sich irgendwie linkisch fühlte. Sie kannte diese Frau kaum, die sie seit fünf Jahren nicht gesehen hatte; nichts konnte sie bei ihr als selbstverständlich voraussetzen, also suchte Briony nach einem weiteren neutralen Gesprächsthema, doch alles, was ihr einfiel, hätte zu den heiklen Punkten geführt – zu jenen Dingen, denen sie sich sowieso stellen mußte –, und nur weil sie das Schweigen und ihren Blick nicht länger ertragen konnte, sagte sie schließlich: »Hast du vom alten Herrn gehört?«

»Nein, hab ich nicht.« Der abfällige Ton deutete an, daß sie auch nichts von ihm hören wollte und daß es sie, sollte sie es doch tun, weder kümmern würde, noch sie ihm dann antworten wollte. »Hast du?« fragte Cecilia.

»Vor ein paar Wochen, ein flüchtig hingekritzelter Brief.«

»Gut.«

Mehr gab es dazu nicht zu sagen. Nach einer weiteren Pause versuchte Briony es erneut.

»Und von daheim?«

»Kein Wort. Ich will nichts mit denen zu tun haben. Und du?«

»Emily schreibt dann und wann.«

»Aha? Was gibt's Neues, Briony?«

Die Frage war ebenso sarkastisch wie der Gebrauch ihres Vornamens. Und während Briony ihre Erinnerung anstrengte, fühlte sie sich als Verräterin an der Sache ihrer Schwester bloßgestellt.

»Sie haben Flüchtlinge aufgenommen, und Betty haßt sie

allesamt. Der Park wird umgepflügt, um Korn anzusäen.« Sie verstummte. Es war einfach albern, hier herumzustehen und diese Einzelheiten aufzulisten.

Doch unnachgiebig verlangte Cecilia: »Weiter. Was noch?«

»Na ja, die meisten Jungs aus dem Dorf sind zu den East Surreys gegangen, nur –«

»Nur Danny Hardman nicht. Ja, ich weiß das alles.« Sie lächelte ein strahlendes, künstliches Lächeln und wartete darauf, daß Briony fortfuhr.

»Vor der Post hat man einen Bunker gebaut, und der alte Eisenzaun wurde abmontiert. Ähm. Tante Hermione wohnt jetzt in Nizza, und, ach ja, Betty hat Onkel Clems Vase zerbrochen.«

Erst jetzt schien Cecilia ihre abweisende Haltung aufzugeben. Sie löste die verschränkten Arme und preßte eine Hand an die Wange.

»Zerbrochen?«

»Sie hat sie auf der Treppe fallen lassen.«

»Du meinst richtig zerbrochen? In ganz viele Teile?«

»Ja.«

Cecilia dachte darüber nach. Schließlich sagte sie: »Das ist ja schrecklich.«

»Ja«, erwiderte Briony. »Der arme Onkel Clem.« Wenigstens klang ihre Schwester nicht mehr so verächtlich. Das Verhör wurde fortgesetzt.

»Haben sie die Scherben behalten?«

»Ich weiß nicht. Emily hat geschrieben, der alte Herr hätte Betty angeschrien.«

In diesem Augenblick flog die Wohnzimmertür auf und

die Vermieterin stand so dicht vor Briony, daß sie den Pfefferminzgeruch im Atem der Frau riechen konnte. Sie zeigte auf die Haustür.

»Das hier ist kein Bahnhof. Entweder Sie kommen rein, junge Frau, oder Sie gehen wieder.«

Ohne sich sonderlich zu beeilen, stand Cecilia auf, zog den Seidengürtel um den Morgenmantel enger und sagte in kühlem Ton: »Das ist Briony, meine Schwester, Mrs. Jarvis. Achten Sie bitte auf Ihre Manieren, wenn Sie mit ihr reden.«

»In meinem Haus rede ich, wie es mir paßt«, sagte Mrs. Jarvis und kehrte Briony den Rücken zu. »Bleiben Sie, wenn Sie bleiben wollen, ansonsten gehen Sie bitte, und schließen Sie die Tür hinter sich.«

Briony blickte ihre Schwester an und vermutete, daß sie sie jetzt kaum gehen lassen würde. Mrs. Jarvis war unverhofft zu ihrer Verbündeten geworden.

Cecilia sprach zu ihr, als wenn sie allein wären: »Hör gar nicht auf meine Vermieterin. Ich ziehe hier Ende nächster Woche aus. Mach einfach die Tür zu, und komm mit nach oben.«

Unter Mrs. Jarvis' Blicken folgte Briony ihrer Schwester die Treppe hinauf.

»Und was Sie angeht, Gräfin Koks –«, rief die Hauswirtin nach oben.

Doch da fuhr Cecilia herum und unterbrach sie mitten im Satz. »Genug jetzt, Mrs. Jarvis. Nun ist wirklich genug.«

Briony kannte die Stimme: die reinste Nightingale, zum Gebrauch gegenüber schwierigen Patienten und weinerlichen Lernschwestern empfohlen. Es dauerte Jahre, diesen

Ton zu perfektionieren. Keine Frage, Cecilia war zur Stationsschwester befördert worden.

Im ersten Stock, kurz bevor sie die Tür öffnete, warf Cecilia ihrer Schwester einen Blick zu, einen kühlen, distanzierten Blick, der sie wissen lassen sollte, daß sich nichts verändert hatte, daß nichts einfacher geworden war. Aus dem Bad auf der anderen Flurseite drang feuchtwarme Luft herüber, ein Geruch nach Parfüm und ein dumpfes Tröpfeln. Offenbar hatte Cecilia gerade in die Wanne steigen wollen. Sie führte Briony in ihre Wohnung. Auf den Zimmern der ordentlichsten Schwestern herrschte manchmal die größte Unordnung, und Briony wäre nicht überrascht gewesen, eine Neuauflage von Cecilias früherem Chaos zu erleben, doch machten ihre Räume den Eindruck, als führte sie ein ziemlich einfaches, einsames Leben. Ein mittelgroßes Zimmer hatte man unterteilt, um daraus einen schmalen Streifen Küche und aus der zweiten Hälfte vermutlich ein Schlafzimmer zu machen. Die Tapete mit den blassen, senkrechten Streifen erinnerte an einen Jungenschlafanzug und verstärkte noch das Gefühl des Eingesperrtseins. Auf dem Boden lagen die Reste des Linoleums im Parterre; an manchen Stellen kamen die grauen Dielen zum Vorschein. Unter einem längsgeteilten Fenster war ein Waschbecken angebracht, daneben befand sich ein Gasherd mit einer einzigen Kochplatte. An der Wand stand ein Tisch, der kaum Platz ließ, sich daran vorbeizudrücken, darauf eine gelbe Baumwolldecke, ein Marmeladenglas mit blauen Blumen, vermutlich Glockenblumen, und ein voller Aschenbecher. Daneben ein Stapel Bücher. Zuunterst entdeckte sie *Gray's Anatomy* und eine Ausgabe der gesammelten Werke Shakespeares, darüber, auf schlankeren Buchrücken, Namen in verblaßten Silber- und Goldlettern – Gedichte von Housman und Crabbe. Vor den Büchern zwei Bierflaschen. In der dem Fenster gegenüberliegenden Ecke war die Tür zum Schlafzimmer, an der eine Karte von Nordeuropa hing.

Cecilia nahm sich eine Zigarette aus einer Schachtel, die neben dem Gasherd lag, und als ihr einfiel, daß ihre Schwester kein Kind mehr war, bot sie Briony auch eine an. Am Tisch standen zwei Küchenstühle, aber Cecilia lehnte mit dem Rücken am Waschbecken und hatte Briony nicht gebeten, sich zu setzen. Die beiden Frauen rauchten und warteten darauf, so jedenfalls kam es Briony vor, daß die Erinnerung an die Hauswirtin verflog.

Mit leiser, beherrschter Stimme sagte Cecilia: »Nachdem ich deinen Brief erhalten hatte, bin ich zu einem Anwalt gegangen. Wenn es keine neuen, eindeutigen Beweise gibt, ist die Sache nicht gerade einfach. Deine Sinnesänderung allein reicht nicht aus, da Lola weiterhin behaupten wird, daß sie nichts weiß. Unsere einzige Hoffnung war der alte Hardman, aber der ist tot.«

»Hardman?« Verwirrt versuchte Briony, das Gehörte zu verarbeiten – die Tatsache, daß er gestorben war; die Frage, was er mit alldem zu tun hatte –, und kramte angestrengt in ihrem Gedächtnis. Hatte Hardman in jener Nacht nach den Zwillingen gesucht? Hatte er wen gesehen? War vor Gericht etwas gesagt worden, wovon sie nichts wußte?

»Hast du nicht gewußt, daß er tot ist?«

»Nein, aber ...«

»Nicht zu fassen.«

Cecilias Versuch, einen neutralen, sachlichen Ton zu

wahren, drohte zu scheitern. Verstört trat sie aus der Kochnische vor, drückte sich am Tisch vorbei, ging ans andere Zimmerende und blieb vor der Schlafzimmertür stehen. Ihre Stimme war heiser vor kaum verhohlenem Ärger.

»Ist ja seltsam, daß Emily dies bei alldem Geschwätz über Kornanbau und Flüchtlinge nicht erwähnt hat. Er hatte Krebs. Und vielleicht hat er in seinen letzten Tagen aus Angst vor dem Zorn Gottes noch etwas gesagt, das jetzt einfach niemand mehr hören wollte.«

»Aber Cee...«

»Nenn mich nicht so!« fauchte Cecilia sie an. Und noch einmal, diesmal mit leiserer Stimme: »Bitte nenn mich nicht so.« Ihre Hand lag auf der Klinke der Schlafzimmertür, und es sah ganz so aus, als ob sie ihr Gespräch beenden und gleich hinter dieser Tür verschwinden wollte.

Äußerlich völlig ruhig faßte sie für Briony zusammen: »Ich habe zwei Guineas bezahlt, um zu erfahren, daß es zu keiner Berufung kommen wird, bloß weil du dich nach fünf Jahren entschieden hast, endlich die Wahrheit zu sagen.«

»Ich verstehe nicht, was...« Briony wollte auf Hardman zurückkommen, aber Cecilia mußte ihr erst erzählen, was ihr in letzter Zeit sicher oft durch den Kopf gegangen war.

»Das ist doch nicht schwer zu verstehen. Warum sollte man dir heute glauben, wenn du damals schon gelogen hast? Es gibt keine neuen Fakten, und du bist eine unzuverlässige Zeugin.«

Briony trat mit der halbgerauchten Zigarette ans Waschbecken. Ihr war schlecht. Sie nahm eine Untertasse aus dem Geschirrständer und benutzte sie als Aschenbecher. Es war fürchterlich, ihre Schwester so über ihr Verbrechen reden zu hören. Doch bloß die Perspektive war ungewohnt. Schwach, dumm, durcheinander, feige, ausweichend – sie hatte sich für alles gehaßt, was sie gewesen war, nur für eine Lügnerin hatte sie sich nie gehalten. Wie seltsam, und doch – wie selbstverständlich für Cecilia. So offensichtlich und unwiderlegbar. Dennoch war sie einen Augenblick lang versucht, sich zu verteidigen. Sie hatte niemanden täuschen wollen, hatte nicht aus Böswilligkeit gehandelt. Aber wer wollte ihr das glauben?

Sie stand, wo Cecilia vorher gestanden hatte, lehnte sich mit dem Rücken ans Waschbecken, unfähig, den Blick ihrer Schwester zu erwidern, und sagte: »Es war schrecklich, was ich getan habe. Ich erwarte nicht, daß du mir verzeihst.«

»Keine Sorge«, sagte Cecilia beschwichtigend, und in den ein oder zwei Sekunden, in denen sie einen kräftigen Zug tat, durchfuhr Briony eine verrückte Hoffnung. »Keine Sorge«, begann ihre Schwester noch einmal, »ich werde dir nie verzeihen.«

»Selbst wenn ich nicht vor Gericht gehen kann, hindert mich doch nichts daran, es allen Leuten zu erzählen.«

Als ihre Schwester ein kurzes, wildes Lachen ausstieß, begriff Briony, wie sehr sie sich vor Cecilia fürchtete, deren Verachtung noch viel schwerer zu ertragen war als ihre Wut. Dieses kleine Zimmer mit Tapetenstreifen wie Gefängnisgitter barg eine Geschichte an Gefühlen, die sich niemand vorzustellen vermochte. Briony drängte weiter. Immerhin führte sie nun ein Gespräch, das sie oft geübt hatte.

»Ich fahre nach Surrey und rede mit Emily und dem alten Herrn. Ich sag ihnen alles.«

»Ja, das hast du schon in deinem Brief geschrieben. Was

hält dich auf? Du hattest fünf Jahre Zeit. Warum warst du noch nicht bei ihnen?«

»Ich wollte zuerst mit dir reden.«

Cecilia trat von der Schlafzimmertür zurück, blieb am Tisch stehen und warf ihren Zigarettenstummel in eine der Bierflaschen. Ein kurzes Zischen, dann stieg eine dünne Rauchspur hinter dem dunklen Glas auf. Während sie ihrer Schwester zusah, wurde Briony wieder schlecht. Sie hatte angenommen, daß die Flaschen leer waren, und fragte sich nun, ob sie etwas zum Frühstück gegessen hatte, das nicht mehr gut gewesen war.

Cecilia sagte: »Ich weiß, warum du nicht hingefahren bist. Weil du nämlich dasselbe denkst, was ich denke. Sie wollen nichts mehr davon hören. Diese unangenehme Geschichte ist doch längst vorbei, besten Dank auch. Was geschehen ist, das ist nun mal geschehen. Warum jetzt noch an alte Wunden rühren? Und du weißt auch genau, daß sie die Geschichte vom alten Hardman geglaubt haben.«

Briony löste sich vom Waschbecken, trat an den Tisch und stellte sich ihrer Schwester direkt gegenüber. Es war nicht einfach, in diese schöne Maske zu blicken.

Sehr bedacht sagte sie: »Ich verstehe nicht, wovon du redest. Was hat er denn damit zu tun? Es tut mir leid, daß er tot ist, und ich bedaure, es nicht gewußt zu haben, aber –«

Ein Geräusch ließ sie zusammenfahren. Die Schlafzimmertür ging auf, und Robbie stand vor ihnen. Er trug Armeehosen, ein Hemd und blankgeputzte Stiefel, die Hosenträger hingen ihm um die Hüfte. Er war unrasiert, das Haar zerzaust, und sein Blick galt ausschließlich Cecilia. Sie hatte sich zu ihm umgedreht, ging ihm aber nicht entgegen. In jenen wenigen Sekunden, in denen die beiden sich stumm betrachteten, hätte Briony sich am liebsten in ihre Uniform verkrochen.

Er sprach mit Cecilia und klang so ruhig, als ob er mit ihr allein wäre: »Ich habe Stimmen gehört und dachte, es hätte was mit dem Krankenhaus zu tun.«

»Ist schon in Ordnung.«

Er schaute auf die Uhr. »Ich sollte mich lieber beeilen.«

Er durchquerte den Raum, doch kurz bevor er auf den Treppenabsatz hinausging, nickte er Briony flüchtig zu. »Entschuldigen Sie mich.«

Sie hörten, wie die Toilettentür zugezogen wurde. In die nachfolgende Stille sagte Cecilia, als wenn nichts zwischen ihr und ihrer Schwester wäre: »Er schläft so tief. Ich wollte ihn nicht wecken.« Und dann fügte sie noch hinzu. »Außerdem hielt ich es für besser, daß ihr beide euch nicht begegnet.«

Brionys Knie begannen tatsächlich zu zittern. Sich mit einer Hand auf den Tisch stützend, trat sie aus der Kochnische vor, damit Cecilia den Kessel füllen konnte. Briony hätte sich gern hingesetzt. Doch unaufgefordert würde sie das nicht tun, und sie würde niemals darum bitten. Also blieb sie an der Wand stehen, bemüht, sich nicht anzulehnen, und beobachtete ihre Schwester. Es war erstaunlich, wie schnell ihre Erleichterung darüber, daß Robbie lebte, von der Angst abgelöst worden war, ihm gegenübertreten zu müssen. Jetzt, da sie ihn in diesem Zimmer gesehen hatte, wirkte jene andere Möglichkeit, die, daß er hätte getötet werden können, ziemlich weit hergeholt und abwegig. Dann hätte doch alles keinen Sinn gehabt. Sie starrte auf den

Rücken ihrer Schwester, die in der Küche herumhantierte. Briony wollte ihr sagen, wie wunderbar es sei, daß Robbie wohlbehalten zurückgekehrt war. Welch eine Erlösung. Doch wie banal hätte das geklungen. Und es war nicht an ihr, so etwas zu sagen. Sie fürchtete ihre Schwester, ihren Zorn.

Briony war immer noch übel, und als ihr auch noch heiß wurde, preßte sie die Wange an die Wand. Die war nicht kühler als ihr Gesicht. Briony sehnte sich nach einem Glas Wasser, wollte ihre Schwester aber um nichts bitten. Cecilia ging inzwischen resolut ihren Aufgaben nach, mischte Milch und Wasser mit Eipulver, stellte ein Glas Marmelade auf den Tisch und deckte drei Teller und Tassen auf. Briony registrierte das dritte Gedeck, konnte ihm aber nichts Tröstliches abgewinnen. Vielmehr wuchs dadurch noch ihre Angst vor dem, was sie erwartete. Glaubte Cecilia wirklich, sie könnten sich zusammen an einen Tisch setzen und Appetit auf Rühreier haben? Oder versuchte sie nur, sich selbst mit ihrem Tun zu beruhigen? Angespannt wartete Briony auf das Geräusch von Schritten draußen auf dem Treppenabsatz, und um sich selbst abzulenken, fragte sie, da sie den Umhang an der Tür entdeckt hatte, in eher beiläufigem Ton: »Bist du jetzt Stationsschwester, Cecilia?«

»Ja, bin ich.«

Ihr Ton war endgültig und zog einen Schlußstrich unter dieses Thema. Ihr gemeinsamer Beruf würde sie nicht miteinander verbinden. Nichts würde das tun, und bis Robbie zurückkehrte, gab es auch nichts zu bereden.

Endlich hörte sie das Schloß der Toilettentür knarren. Vor sich hin pfeifend trat Robbie auf den Flur, und Briony wich von der Tür zurück, schob sich tiefer in eine dunklere Zimmerecke. Doch als er hereinkam, stand sie direkt in seinem Blickfeld. Er hatte die Hand halb gehoben, um sie ihr zu geben, während seine Linke gleichzeitig nach hinten griff, um die Tür hinter sich zu schließen. Offenbar mußte er zweimal hinsehen, doch war seine Reaktion gänzlich undramatisch. Kaum trafen sich ihre Blicke, ließ er die Hände sinken, aber er behielt Briony im Auge und stieß schließlich einen kleinen, gepreßt klingenden Seufzer aus. Trotz ihrer Angst mußte sie seinen Blick erwidern. Sie nahm einen schwachen Seifenduft wahr und stellte mit Entsetzen fest, wie alt Robbie geworden war, vor allem um die Augen. Kleinlaut fragte sie sich, ob denn alles ihr Fehler sein mußte. Konnte es nicht auch am Krieg liegen?

»Du bist es also doch«, sagte er schließlich und stieß die Tür mit dem Fuß zu. Cecilia hatte sich an seine Seite gestellt, und er schaute sie an.

Cecilia gab eine präzise Zusammenfassung ihrer Unterhaltung, doch selbst wenn sie es gewollt hätte, wäre es ihr kaum gelungen, nicht sarkastisch zu klingen.

»Briony will allen die Wahrheit sagen. Vorher wollte sie aber mit mir reden.«

Er wandte sich erneut an Briony. »Hast du geahnt, daß ich hier bin?«

Sie wollte unter keinen Umständen weinen. Nichts wäre in diesem Augenblick demütigender gewesen. Erleichterung, Scham, Selbstmitleid, sie wußte nicht, was es war, aber es kam. Wie eine sanfte Woge stieg es in ihr auf, saß wie ein Kloß im Hals, machte jedes Reden unmöglich, und dann, als sie dagegen ankämpfte, die Lippen spannte, verschwand es, und sie hatte es geschafft. Keine Tränen, aber ihre Stimme war nur ein klägliches Wispern. »Ich wußte nicht, daß du noch lebst.«

Cecilia sagte: »Wenn wir uns schon unterhalten, sollten wir uns doch wenigstens hinsetzen.«

»Ich weiß nicht, ob ich das kann.« Er schritt ungeduldig die wenigen Meter bis zur gegenüberliegenden Wand ab, lehnte sich an, die Arme verschränkt, und blickte von Briony zu Cecilia. Doch fast im selben Augenblick trieb es ihn erneut durchs Zimmer, diesmal zur Schlafzimmertür, er drehte sich um, kehrte zurück, änderte seine Absicht und blieb stehen, die Hände in den Taschen. Er war ein großgewachsener Mann, und das Zimmer schien plötzlich geschrumpft zu sein. Auf engem Raum wirkten seine Bewegungen verzweifelt, fast, als würde er ersticken. Er zog die Hände aus den Taschen und glättete das Haar am Hinterkopf. Dann stützte er die Hände in die Hüften. Gleich darauf ließ er sie wieder sinken. Doch Briony brauchte all die Zeit, all diese Bewegungen, um zu begreifen, daß er wütend war, sehr wütend, und kaum war sie soweit, sagte er: »Was willst du hier? Erzähl mir nichts von Surrey. Kein Mensch hält dich davon ab, nach Surrey zu fahren. Also, was suchst du hier?«

Sie sagte: »Ich mußte mit Cecilia reden.«

»Ach ja? Und worüber?«

»Über das Schreckliche, das ich getan habe.«

Cecilia ging zu ihm. »Robbie«, flüsterte sie, »Liebling.« Sie legte einen Arm um ihn, doch er entzog sich ihr.

»Ich weiß nicht, warum du sie überhaupt reingelassen hast.« Und zu Briony gewandt: »Ich will ehrlich sein. Ich schwanke noch, ob ich dir auf der Stelle deinen dummen Hals brechen oder dich vor die Tür setzen und die Treppe runterwerfen soll.«

Sie hätte schreckliche Angst vor ihm gehabt, hätte sie in letzter Zeit nicht einige Erfahrungen mit Männern gesammelt. Manchmal hörte sie auf der Station Soldaten gegen die eigene Hilflosigkeit wüten. Wenn sie sich allerdings erst einmal in Rage gebracht hatten, war es sinnlos, mit ihnen reden zu wollen. Erst mußte alles raus, und da war es am besten, sich zurückzuhalten und zuzuhören. Briony wußte, selbst wenn sie Robbie nun anbot, wieder zu gehen, würde er sich provoziert fühlen. Also blickte sie ihn an und wartete auf den Rest, auf das, was ihr gebührte. Aber sie hatte keine Angst vor ihm oder vor körperlicher Gewalt.

Er wurde nicht lauter, doch seine Stimme bebte vor Verachtung. »Hast du überhaupt eine Ahnung, wie es da zugeht?«

Sie stellte sich schmale, hohe Fenster in einer steilen Ziegelmauer vor und dachte, ja, vielleicht, so wie man sich die unterschiedlichen Qualen der Hölle ausmalt. Kraftlos schüttelte sie den Kopf. Um wieder etwas inneren Halt zu gewinnen, versuchte sie, sich auf die Einzelheiten der Verwandlung zu konzentrieren, die mit ihm vorgegangen war. Daß sie glaubte, er wäre größer geworden, lag an seiner Exerzierplatzhaltung. Kein Student aus Cambridge hielt sich derart gerade. Selbst in seiner Wut blieben die Schultern durchgedrückt, und wie bei einem altmodischen Boxer war das Kinn leicht vorgereckt.

»Nein, natürlich nicht. Und? Hast du dich gefreut, als ich gesessen habe?«

»Nein.«

»Aber getan hast du auch nichts.«

Sie hatte oft an dieses Gespräch gedacht, so wie ein Kind sich vorstellt, geschlagen zu werden. Nun fand es endlich statt, und sie fühlte sich, als wäre sie nicht ganz anwesend. Wie aus weiter Ferne beobachtete sie sich und fühlte sich zugleich wie betäubt. Doch sie wußte, später einmal würden seine Worte sie verletzen.

Cecilia hatte sich zurückgehalten, doch jetzt legte sie eine Hand auf Robbies Arm. Er hatte abgenommen, sah aber kräftiger aus und steckte voller hagerem, sehnigem, muskulösem Grimm. Halb drehte er sich zu ihr um.

»Denk dran –«, begann Cecilia, aber er schnitt ihr das Wort ab.

»Glaubst du wirklich, ich bin über deine Kusine hergefallen?«

»Nein.«

»Hast du das damals geglaubt?«

»Ja. Ja und nein. Ich war mir nicht sicher.« Sie tastete nach den richtigen Worten.

»Und warum bist du dir heute so sicher?«

Sie zögerte, da sie wußte, daß sie mit ihrer Antwort eine Art Rechtfertigung bot, einen Grund, der ihn noch wütender machen konnte.

»Weil ich erwachsen geworden bin.«

Er starrte sie an, die Lippen leicht geöffnet. In den fünf Jahren hatte er sich wirklich stark verändert. Diese Härte in seinem Blick war neu, und die Augen waren kleiner, schmaler, in den Augenwinkeln deutliche Krähenfüße. Sein Gesicht schien hagerer, als sie es in Erinnerung hatte, die Wangen eingesunken wie die eines Indianers, und über der Oberlippe wuchs ihm nach Soldatenart ein schmaler Schnurrbart. Er war ein überraschend attraktiver Mann geworden. Und plötzlich kam ihr die Erinnerung, wie sie vor Jahren, sie konnte höchstens zehn oder elf gewesen sein, in ihn verliebt gewesen war, eine kindliche Schwärmerei, die kaum einige Tage gedauert hatte. Eines Morgens im Garten hatte sie ihm dann ihre Gefühle gestanden und sie gleich darauf wieder vergessen.

Sie hatte recht daran getan, vorsichtig zu sein. Ihn hatte jene Art Wut gepackt, die vorgibt, bloß Verwunderung zu sein.

»Erwachsen geworden«, wiederholte er. Und sie zuckte zusammen, als er brüllte: »Verdammt, du bist achtzehn! Wie lange willst du noch erwachsen werden? Auf dem Schlachtfeld sterben Soldaten, die kaum achtzehn sind. Die Jungen sind alt genug, um auf den Straßen zu verrecken. Hast du das gewußt?«

»Ja.«

Es war ein kümmerlicher Trost, daß er nicht wissen konnte, was sie erlebt hatte. Seltsam, daß sie sich trotz aller Schuld gedrängt fühlte, ihm zu widerstehen. Tat sie es jedoch nicht, würde er sie vernichten.

Sie deutete ein Nicken an, traute sich nicht, noch etwas zu sagen, denn als er vom Sterben sprach, packte ihn eine Woge von Gefühl und trieb ihn über alle Wut hinaus in ein Extrem äußerster Verwirrung und schlimmsten Ekels. Sein Atem ging schwer und unregelmäßig, abwechselnd ballte er die rechte Faust und löste sie wieder und starrte Briony unverwandt an, starrte in sie hinein, etwas Wildes, Unnachgiebiges im Blick. Die Augen funkelten, und mehrmals mußte er mühsam schlucken, so daß sich die Muskeln in seinem Hals spannten und zu Knoten anschwollen. Er kämpfte selbst gegen eine Empfindung, die er niemandem zeigen wollte. Das wenige, was sie wußte, die winzigen, kaum greifbaren Fetzen, hatte sie als Pflegerin aufgeschnappt, am Bett und in der Sicherheit der Station. Doch sie wußte genug, um zu ahnen, daß ihn Erinnerungen überwältigten, daß er nichts dagegen tun konnte. Sie würden ihn nicht zu Wort kommen lassen. Und Briony würde niemals erfahren, welche Bilder diese Aufruhr verursachten. Er trat einen Schritt vor, und sie wich zurück, längst nicht mehr sicher, ob er wirklich harmlos war – wenn er nicht reden konnte, würde er vielleicht handeln müssen. Noch einen Schritt, dann würde er sie mit seinen sehnigen Armen erreichen. Doch Cecilia glitt zwischen sie beide. Mit dem Rükken zu Briony baute sie sich vor Robbie auf und legte ihm die Hände auf die Schultern. Er wandte sein Gesicht ab.

»Sieh mich an«, murmelte sie. »Sieh mich an, Robbie.«

Briony konnte nicht verstehen, was er ihr antwortete. Sie begriff nur, daß er nicht wollte, daß er sich weigerte. Vielleicht hatte er auch etwas Obszönes gesagt. Als Cecilia fester zugriff, krümmte sich sein ganzer Körper, wehrte sich gegen sie, und als sie daraufhin die Hände hob und versuchte, seinen Kopf zu sich umzudrehen, wirkten sie wie zwei Ringkämpfer. Das Gesicht nach oben gekehrt, riß er den Mund auf und fletschte die Zähne zur grausigen Parodie eines Lächelns. Mit beiden Händen hielt sie nun seine Wangen, drehte seinen Kopf mit aller Kraft herum, zog ihn zu sich. Endlich schaute er ihr in die Augen, doch sie ließ nicht los, hielt ihn und zog ihn immer näher zu sich heran, zog ihn in ihren Blick, bis ihre Gesichter sich berührten und sie ihn leicht und lang auf die Lippen küßte. Mit einer Zärtlichkeit, die Briony von früher kannte, sagte Cecilia: »Komm zurück… Robbie, komm zurück.«

Er nickte, holte tief Luft und atmete langsam wieder aus, während sie ihren Griff lockerte und die Hände von seinem Gesicht nahm. In der anschließenden Stille schien das Zimmer noch mehr zu schrumpfen. Er legte die Arme um sie, senkte den Kopf und küßte sie, ein inniger, langer, intimer Kuß. Briony wich leise ans andere Zimmerende und trat ans Fenster. Sie ließ Wasser in ein Glas laufen. Während sie trank, dauerte der Kuß an und einte das Paar in seiner Einsamkeit. Sie fühlte sich wie ausgelöscht, wie aus dem Zimmer getilgt, und sie war froh darüber.

Briony kehrte ihnen den Rücken zu und blickte auf die stumm dastehenden Reihenhäuser im hellen Sonnenlicht und auf den Weg, den sie von der High Street hierher gekommen war. Es überraschte sie, daß sie noch nicht wieder fortwollte, obwohl ihr der lange Kuß peinlich war und sie sich vor dem fürchtete, was sie noch erwartete. Sie beobachtete eine alte Frau auf dem gegenüberliegenden Bürgersteig, die trotz der Hitze einen dicken Mantel trug. Sie führte einen kränklich aussehenden, hängebäuchigen Dackel an der Leine. Cecilia und Robbie unterhielten sich jetzt leise, doch Briony beschloß, sie nicht zu stören und sich erst vom Fenster abzuwenden, wenn sie angesprochen wurde. Sie fand es beruhigend, der Frau zuzusehen, wie sie das Gartentor entriegelte und mit betulicher Sorgfalt wieder hinter sich schloß und wie sie, auf halbem Weg zur Haustür, sich mühsam bückte, um ein Unkraut aus dem schmalen Beet am Wegrand zu zupfen. Sobald sie sich bückte, watschelte der Hund auf sie zu; er leckte ihr über die Hand. Frau und Hund gingen ins Haus, die Straße war wieder leer. Eine Amsel schwang sich auf eine Ligusterhecke herab, fand keinen richtigen Halt und flatterte davon. Der Schatten einer Wolke zog rasch heran, dämpfte das Licht und wanderte weiter. Es hätte ein x-beliebiger Samstagnachmittag sein können. Kaum etwas in dieser Vorstadtstraße deutete auf einen Krieg hin, höchstens die gerade noch zu erkennende Verdunklungsjalousie auf der anderen Straßenseite oder der aufgebockte Ford 8.

Briony hörte, wie ihre Schwester sie beim Namen nannte, und drehte sich um.

»Es bleibt nicht viel Zeit. Robbie muß sich heute abend um sechs Uhr zum Dienst melden und rechtzeitig seinen Zug erwischen. Also setz dich. Es gibt da einige Dinge, die du für uns erledigen wirst.«

Die Stimme der Stationsschwester. Nicht mal besonders herrisch. Cecilia sagte bloß, was unvermeidlich war. Briony setzte sich auf den nächstbesten Platz, Robbie zog sich einen Stuhl heran, Cecilia saß zwischen ihnen. Das Frühstück war vergessen. Die drei leeren Tassen standen mitten auf dem Tisch. Robbie legte den Stapel Bücher auf den Boden, und während Cecilia das Marmeladenglas mit den Glokkenblumen beiseite schob, damit es nicht umkippte, warf sie Robbie einen langen Blick zu.

Robbie starrte die Blumen an und räusperte sich. Als er zu sprechen begann, verriet seine Stimme keinerlei Gefühl. Er hätte ebensogut eine Reihe von Befehlen vorlesen können. Zudem musterte er sie jetzt mit unverwandtem Blick. Er hatte alles unter Kontrolle. Nur auf seiner Stirn, gleich über den Augenbrauen, bildeten sich einige Schweißtropfen.

»Dem Wichtigsten hast du bereits zugestimmt. Sobald du kannst, fährst du zu deinen Eltern und erzählst ihnen alles, was nötig ist, um sie davon zu überzeugen, daß deine Zeugenaussage falsch war. Wann ist dein nächster freier Tag?«

»Sonntag in einer Woche.«

»An diesem Sonntag wirst du fahren. Du nimmst unsere Adressen mit und sagst Jack und Emily, daß Cecilia auf Nachricht von ihnen wartet. Das Nächste erledigst du schon morgen. Cecilia sagt, du hättest irgendwann eine Freistunde. In der gehst du zu einem Anwalt – einem Notar, genauer gesagt – und legst vor Zeugen eine eidesstattliche Erklärung ab, die von ihm gegengezeichnet wird. Darin führst du aus, was du getan hast und daß du deine frühere Zeugenaussage zurückziehst. Anschließend schickst du an jeden von uns eine Abschrift. Verstanden?«

»Ja.«

»Dann schreibst du mir einen ausführlichen Brief. Darin erwähnst du alles, was dir irgendwie von Bedeutung zu sein scheint. Jede noch so geringe Kleinigkeit, die dazu führte, daß du behauptet hast, mich am See gesehen zu haben. Und warum du, obwohl du dir unsicher warst, in den Monaten bis zur Verhandlung bei deiner Aussage geblieben bist. Falls die Polizei oder deine Eltern irgendwelchen Druck auf dich ausgeübt haben, will ich das wissen. Hast du dir das gemerkt? Es sollte ein langer Brief werden.«

»Ja.«

Er fing Cecilias Blick auf und nickte. »Wenn du dich an irgendwas über Danny Hardman erinnern kannst, wo er war, was er getan hat, wann er es getan hat, wer ihn sonst noch gesehen hat oder was sein Alibi auch nur irgendwie ins Wanken bringen könnte – dann wollen wir das von dir wissen.«

Cecilia schrieb ihr die Adressen auf. Briony schüttelte den Kopf und wollte etwas sagen, aber Robbie beachtete sie gar nicht und redete einfach weiter. Er stand auf und schaute auf die Uhr.

»Die Zeit ist knapp. Wir bringen dich zur Untergrundbahn. Die letzte Stunde vor meiner Abreise will ich allein mit Cecilia verbringen. Und du wirst den Rest des Tages brauchen, um deine Aussage zu formulieren und deine Eltern wissen zu lassen, daß du kommst. Außerdem solltest du schon damit anfangen, über den Brief nachzudenken, den du mir schicken wirst.«

Nachdem er so mit spröder Stimme ihre Aufgaben aufgelistet hatte, wandte er sich vom Tisch ab und ging zum Schlafzimmer.

Briony erhob sich nun ebenfalls und sagte: »Wahrscheinlich hat der alte Hardman die Wahrheit gesagt. Danny dürfte die ganze Nacht bei ihm gewesen sein.«

Cecilia wollte ihr gerade den gefalteten Zettel geben, auf den sie die Adressen geschrieben hatte. Robbie blieb in der Schlafzimmertür stehen.

»Was redest du da?« fragte Cecilia. »Was soll das heißen?«

»Es war Paul Marshall.«

In der anschließenden Stille versuchte Briony sich vorzustellen, was jetzt in jedem von ihnen vorging. Jahrelange Überzeugungen mußten angeglichen werden. Und doch, wie verblüffend die Neuigkeit auch sein mochte, war sie letztlich bloß ein Detail. Nichts Wesentliches wurde dadurch geändert. Ihre eigene Rolle blieb dieselbe.

Robbie kehrte an den Tisch zurück. »Marshall?«

»Ja.«

»Du hast ihn gesehen?«

»Ich habe einen Mann seiner Größe gesehen.«

»Meiner Größe.«

»Ja.«

Cecilia stand jetzt und schaute sich suchend um – die Jagd nach den Zigaretten begann. Robbie fand sie schließlich und warf ihr die Schachtel quer durchs Zimmer zu. Cecilia steckte sich eine an und sagte, während ihr der Rauch aus dem Mund quoll: »Es fällt mir schwer, das zu glauben. Ich weiß, er ist ein Trottel, aber...«

»Er ist ein gieriger Trottel«, sagte Robbie. »Aber ich kann ihn mir nicht zusammen mit Lola Quincey vorstellen, selbst wenn es nur fünf Minuten gedauert hat...«

Briony wußte, daß sie angesichts all dessen, was passiert war, und der schrecklichen Konsequenzen, die dieses Geschehen gehabt hatte, ein beinahe frivoles Vergnügen dabei empfand, ihnen die entscheidende Neuigkeit mitzuteilen. »Ich komme gerade von ihrer Hochzeit.«

Wieder die erstaunten Angleichungen langgehegter Auffassungen, die ungläubigen Wiederholungen. Hochzeit? Heute morgen? Clapham? Dann nachdenkliches, nur von einzelnen Ausbrüchen unterbrochenes Schweigen.

»Den knöpf ich mir vor.«

»Das wirst du nicht tun.«

»Am liebsten würde ich ihn umbringen.«

Und dann: »Es wird Zeit. Wir müssen los.«

Es gab noch so vieles zu sagen, aber Brionys Anwesenheit oder das Thema selbst hatte sie erschöpft. Vielleicht wollten sie auch einfach nur allein sein. Jedenfalls war deutlich, daß sie ihre Begegnung für beendet hielten. Jegliche Neugier war gestillt. Der Rest konnte warten, bis Briony den Brief geschrieben hatte. Robbie holte Jacke und Mütze aus dem Schlafzimmer. Briony sah den Unteroffiziersstreifen auf den Schulterklappen.

Cecilia sagte zu ihm: »Damit ist er unangreifbar. Sie wird ihn immer decken.«

Mehrere Minuten verschwendeten sie mit der Suche nach ihren Lebensmittelkarten. Schließlich gab Cecilia auf und sagte zu Robbie: »Bestimmt liegen sie im Cottage in Wiltshire.«

Als sie gehen wollten und Robbie die Tür für die Schwestern aufhielt, sagte er: »Ich schätze, Vollmatrose Hardman hat eine Entschuldigung verdient.«

Mrs. Jarvis ließ sich nicht blicken, als sie an ihrer Wohnzimmertür vorbeigingen. Aus dem Radio ertönte Klarinettenmusik. Dann öffneten sie die Haustür, und Briony glaubte, in einen neuen Tag hinauszutreten. Es blies ein kräftiger, sandiger Wind, und im Licht der Sonne, die noch heller als zuvor zu leuchten schien, zeichnete sich scharf die beinahe schattenlos vor ihr liegende Straße ab. Der Bürgersteig war nicht breit genug, um zu dritt nebeneinander gehen zu können. Robbie und Cecilia folgten ihr, Hand in Hand. Briony spürte, wie die Blase an ihrer Ferse am

Schuh scheuerte, wollte aber auf keinen Fall vor den beiden hinken. Ihr war, als würde sie des Grundstücks verwiesen. Einmal drehte Briony sich um und erklärte, sie könnte durchaus auch allein zur Untergrundbahn laufen, aber sie bestanden darauf, sie zu begleiten. Vor Robbies Abreise mußten noch einige Einkäufe erledigt werden. Stumm gingen sie weiter. Belangloses Geplauder kam nicht in Frage. Briony wußte, sie hatte kein Recht, ihre Schwester nach der Adresse zu fragen, sich bei Robbie zu erkundigen, wohin er fahre oder was es mit dem Cottage in Wiltshire auf sich hatte. Ob die Glockenblumen von dort stammten? Bestimmt hatten sie dort einige Schäferstündchen verlebt. Sie konnte die beiden auch nicht fragen, wann sie sich wiedersehen würden. Zu dritt – sie, ihre Schwester und Robbie – hatten sie nur ein einziges Thema, und das ruhte fest verankert in der unveränderlichen Vergangenheit.

Sie standen vor der Untergrundstation Balham, die drei Monate später im Blitz auf so schreckliche Weise von sich reden machen würde. Ein dünnes Rinnsal samstäglicher Einkäufer umspülte sie und drängte sie gegen ihren Willen enger zusammen. Kühl wünschten sie sich Lebewohl. Robbie erinnerte sie daran, Geld mitzunehmen, wenn sie zum Notar ging. Und Cecilia sagte, sie solle die Adressen nicht vergessen, wenn sie nach Surrey fahre. Dann war es vorbei. Robbie und Cecilia starrten sie an, warteten darauf, daß sie ging. Doch da gab es noch etwas, das sie ihnen sagen mußte.

»Es tut mir sehr, sehr leid«, sagte sie langsam. »Ich habe euch schrecklichen Kummer zugefügt.« Sie starrten sie weiterhin unverwandt an, und Briony wiederholte sich. »Es tut mir sehr leid.«

Es klang so läppisch und unangemessen, fast, als hätte sie eine geliebte Topfpflanze umgestoßen oder einen Geburtstag vergessen.

Leise erwiderte Robbie: »Mach einfach, worum wir dich gebeten haben.«

Es klang beinahe versöhnlich, dieses »einfach«, doch nicht ganz, noch nicht.

»Natürlich«, sagte sie, wandte sich dann um, ging und spürte ihre Blicke im Rücken, als sie durch die Eingangshalle lief und an den Schalter trat. Sie bezahlte die Fahrt bis zur Waterloo Station. Kurz vor der Sperre schaute sie sich nach ihnen um, aber sie waren verschwunden.

Sie zeigte ihre Fahrkarte vor und ging durch schmutziggelbes Licht zu dem quietschenden, rasselnden Fahrstuhl, der sie hinabtrug in den unnatürlichen, aus schwarzem Schlund aufsteigenden Lufthauch, den Atem einer Million Londoner, der ihr Gesicht kühlte und an ihrem Mantel zupfte. Reglos stand sie da, ließ sich hinabtragen und war froh, daß sie sich bewegte, ohne ihre Ferse aufscheuern zu müssen. Überrascht merkte sie, wie beschwingt ihr zumute war und daß sie sich nur ein klein wenig traurig fühlte. War sie enttäuscht? Schließlich hatte sie kaum erwarten können, daß man ihr verzieh. Eher empfand sie wohl eine Art Heimweh, obwohl sie nicht wußte, wonach, da es kein Zuhause mehr gab. Doch es machte sie traurig, ihre Schwester verlassen zu müssen. Sie vermißte sie, ihre Schwester – vielmehr sie beide, ihre Schwester zusammen mit Robbie. Ihre Liebe. Weder sie selbst noch der Krieg hatten ihr etwas anhaben können. Und das tröstete sie, während sie tief hinab unter die Stadt sank. Wie Cecilia ihn mit ihren Augen angelockt hatte. Diese Zärtlichkeit in der Stimme, als sie ihn zurückrief aus seinen Erinnerungen, aus Dünkirchen, zurück von den Straßen, die dorthin führten. Als Cecilia sechzehn und sie selbst noch ein Kind von sechs Jahren gewesen war, hatte sie manchmal, wenn irgendwas schrecklich schiefgelaufen war, so zu ihr geredet. Oder in der Nacht, wenn Cecilia sie vor einem Alptraum rettete und mit in ihr Bett nahm. Damals waren es die gleichen Worte gewesen. *Komm zurück. Es war nur ein böser Traum, Briony. Komm zurück.* Wie rasch doch diese bedingungslose Familienliebe vergessen war. Briony glitt hinab, durch braunes, suppiges Licht, fast bis auf den Grund. Niemand sonst war zu sehen, und die Luft stand plötzlich still. Gefaßt dachte sie an das, was sie zu tun hatte. Die Nachricht an ihre Eltern und die eidesstattliche Aussage würden nicht viel Zeit kosten. Den Rest des Tages hatte sie frei. Und sie wußte, was von ihr erwartet wurde. Nicht bloß ein Brief, nein, ein neuer Entwurf, eine Abbitte, und sie war bereit.

BT
London 1999

LONDON 1999

Was ist dies doch für eine seltsame Zeit. Heute, am Morgen meines siebenundsiebzigsten Geburtstages, beschloß ich, ein letztes Mal die Bibliothek im Imperial War Museum in Lambeth aufzusuchen. Das paßte zu meiner eigenartigen Stimmung. Der Lesesaal oben in der Kuppel des Gebäudes gehörte früher einmal zur Kapelle des Royal Bethlehem Hospitals – der alten Nervenheilanstalt Bedlam also. Wo einst die Schwachsinnigen ihre Gebete verrichteten, erforschen heute die Gelehrten den kollektiven Schwachsinn des Krieges. Der Wagen, den mir die Familie schicken wollte, würde erst nach dem Mittagessen vorfahren. In der Zwischenzeit wollte ich mich mit einer Überprüfung letzter Einzelheiten ablenken und mich vom Bibliothekar und den immer gutgelaunten Pförtnern verabschieden, die in diesen winterlichen Wochen so oft mit mir im Fahrstuhl nach oben und wieder nach unten gefahren waren. Außerdem wollte ich dem Archiv das Dutzend dicker Briefe vom alten Mr. Nettle überlassen. Ich schätze, es war eine Art Geburtstagsgeschenk an mich selbst, diese ein, zwei Stunden, in denen ich mir einreden konnte, fleißig zu arbeiten, während ich jene kleinen Aufgaben des Ordnens und Sortierens erledigte, die am Ende anfallen und einfach dazugehören, wenn man sich nur ungern von etwas trennt. In genau der gleichen Stimmung hatte ich den gestrigen Nachmittag in meinem Arbeitszimmer zugebracht, hatte die diversen Entwürfe geordnet und datiert, das fotokopierte Quellenmaterial beschriftet, die geliehenen Bücher zur Rückgabe bereitgelegt und alles im richtigen Aktenschuber verstaut. Ich hatte schon immer eine Vorliebe für ordentliche Abschlüsse.

Es war zu kalt und zu feucht, und mir ging zuviel durch den Kopf, deshalb verzichtete ich auf Bus oder Untergrundbahn und nahm mir am Regent's Park ein Taxi. Während der Wagen durch Londons Stadtmitte kroch, dachte ich an Bedlams traurige Insassen, die früher einmal Anlaß zu allgemeiner Belustigung geboten hatten, und ein wenig rührselig überlegte ich, daß ich mich bald selbst zu ihnen zählen konnte. Die Ergebnisse der Untersuchung lagen vor. Ich war tags zuvor bei meinem Arzt gewesen, und er hatte keine guten Neuigkeiten für mich. So jedenfalls drückte er sich aus, als ich mich hingesetzt hatte. Meine Kopfschmerzen, das Druckgefühl an der Schläfe, hatten eine spezifische und schlimme Ursache. Er wies auf einige körnige Schmierflekken auf dem Hirnscan. Ich merkte, daß die Bleistiftspitze in seiner Hand zitterte, und fragte mich, ob er selbst auch an einer nervlichen Störung litt. Meine Laune des »Tötet den Überbringer schlechter Nachrichten« ließ es mich jedenfalls hoffen. Ich würde, so sagte er, eine Reihe winziger, kaum wahrnehmbarer Schlaganfälle erleiden. Der Verlauf sei langsam, aber mein Hirn, mein Verstand stelle die Arbeit ein. Die kleinen Erinnerungslücken, die uns alle ab einem gewissen Alter zu schaffen machen, würden allmählich immer kraftraubender und auffälliger, bis ich sie schließlich nicht mehr wahrnähme, weil mir die Fähigkeit abhanden gekommen sei, überhaupt irgend etwas zu begreifen. Mir werden die Tage der Woche fehlen, die Ereignisse vom Vormittag, selbst das, was vor zehn Minuten geschah. An meine Telefonnummer, meine Adresse, meinen Namen werde ich mich nicht mehr erinnern können, auch nicht daran, was ich aus meinem Leben gemacht habe. In zwei, drei oder vier Jahren kann ich dann selbst meine ältesten Freunde nicht wiedererkennen, und wenn ich morgens aufwache, weiß ich nicht mehr, daß ich in meinem eigenen Zimmer liege. Das werde ich allerdings auch bald nicht mehr tun, da ich dann auf ganztägige Pflege angewiesen bin.

Ich litte an vaskulärer Demenz, erklärte der Arzt, doch könne er mir auch etwas Tröstliches mitteilen. Da sei zum einen der langsame Verlauf, den er Dutzende Male erwähnte. Zum anderen sei vaskuläre Demenz nicht so schlimm wie Alzheimer mit seinen Aggressionen und Stimmungsschwankungen. Wenn ich Glück hätte, verliefe die Krankheit sogar halbwegs gnädig. Vermutlich würde ich mich nicht mal allzu unglücklich fühlen – ein altes Muttchen eben, das im Rollstuhl vor sich hin dämmert und nichts weiß, nichts erwartet. Ich hatte ihn gebeten, völlig offen zu sein, ich konnte mich also nicht beklagen. Dann aber hatte er es plötzlich eilig, mich zu verabschieden. Im Wartezimmer saßen zwölf Leute, die auch noch an die Reihe kommen wollten. Während er mir in den Mantel half, skizzierte er zusammenfassend noch einmal den Weg, der vor mir lag: Gedächtnisverlust, Kurzzeit- wie Langzeitgedächtnis, den Verlust einzelner Worte – einfache Substantive dürften als erste verschwinden –, anschließend würde ich die Sprache selbst verlieren, zusammen mit dem Gleichgewichtssinn, danach jegliche Körperkontrolle, und zum

Schluß dann der Zusammenbruch des vegetativen Nervensystems. *Bon voyage!*

Ich war nicht verzweifelt, anfangs jedenfalls nicht. Im Gegenteil, ich war wie berauscht und wollte unbedingt meinen engsten Freunden alles erzählen. Eine Stunde hing ich am Telefon und teilte ihnen meine Neuigkeiten mit. Vielleicht verlor ich schon langsam meine Selbstbeherrschung. Es kam mir so ungeheuerlich vor. Den ganzen Nachmittag machte ich mich dann in meinem Arbeitszimmer zu schaffen und räumte auf. Als ich fertig war, standen sechs Aktenschuber auf den Regalen. Abends kamen Stella und John vorbei, und wir ließen uns vom Chinesen etwas zu essen bringen. Zu zweit tranken sie zwei Flaschen Morgon. Ich selbst nahm mit grünem Tee vorlieb. Niedergeschlagen hörten sich meine bezaubernden Freunde die Beschreibung meiner Zukunft an. Sie sind beide um die Sechzig, alt genug also, um sich einzureden, daß siebenundsiebzig noch kein Alter sei. Im Taxi heute, als ich bei eisigem Regen im Schrittempo durch London rollte, dachte ich an kaum etwas anderes. Ich werde verrückt, sagte ich mir. Laß mich nicht verrückt werden. Ich konnte es kaum glauben. Vielleicht war ich bloß ein Opfer moderner Diagnostik; in einem anderen Jahrhundert hätte man über mich gesagt, daß ich alt werde und den Verstand verliere. Was wollte ich anderes erwarten? Ich sterbe doch nur, sinke langsam hinab ins Vergessen.

Mein Taxi schlängelte sich durch die Nebenstraßen von Bloomsbury, vorbei an dem Haus, in dem mein Vater mit seiner zweiten Ehefrau gelebt hat, und vorbei an der Parterrewohnung, die in den fünfziger Jahren mein Zuhause und mein Arbeitsplatz gewesen war. In einem gewissen Alter wecken Fahrten durch die Stadt unbequeme Erinnerungen. Die Adressen der Toten häufen sich. Wir überquerten den Platz, an dem Leon gewohnt und so aufopferungsvoll seine Frau gepflegt hatte, um später dann seine Rasselbande mit einer Hingabe aufzuziehen, über die wir uns alle nur wundern konnten. Eines Tages werde auch ich bei den Insassen eines vorbeifahrenden Taxis einen Augenblick des Nachdenkens auslösen. Der Inner Circle vom Regent's Park ist eine beliebte Abkürzung.

Wir fuhren auf der Waterloo Bridge über die Themse. Ich rückte auf meinem Sitz ganz nach vorn, um meinen Lieblingsblick auf die Stadt zu genießen, und als ich mich umwandte, flußabwärts sah, hinüber zu St. Paul's, flußaufwärts zum Big Ben – dazwischen die ganze Palette des touristischen Londons –, da fühlte ich mich körperlich wohl und geistig fit, von gelegentlichen Kopfschmerzen und einer gewissen Müdigkeit einmal abgesehen. Ich finde, daß ich, auch wenn ich noch so ergraut sein mag, immer noch genau derselbe Mensch bin, der ich immer war. Den Jüngeren läßt sich das kaum erklären. Wir mögen wahre Tattergreise sein, gehören aber dennoch derselben Spezies an. In den nächsten ein, zwei Jahren aber werde ich den Anspruch auf diese liebgewordene Beteuerung verlieren. Die ernsthaft Kranken, die Geistesgestörten, sie gehören zu einer anderen, einer minderwertigen Spezies. Und davon kann mich niemand abbringen.

Mein Taxifahrer fluchte. Auf der anderen Flußseite zwangen uns Straßenarbeiten zu einem Umweg in Richtung der alten County Hall. Als wir dort im Kreisverkehr Richtung

Lambeth abbogen, konnte ich einen kurzen Blick auf das Krankenhaus St. Thomas werfen. Im Blitz hatte es mächtig gelitten – zum Glück war ich damals bereits woanders –, und die neuen Gebäude mit dem zentralen Hochhaus waren eine nationale Schande. Zu meiner Zeit habe ich in drei Krankenhäusern gearbeitet – im Alder Hey, dem Royal East Sussex und im St. Thomas –, und um das Erlebte an einem Ort zu bündeln, sind alle drei in meine Beschreibung eingeflossen. Eine praktische Verzerrung der Wirklichkeit und wohl das geringste meiner Vergehen an der Wahrhaftigkeit.

Es regnete nicht mehr ganz so schlimm, als der Fahrer mitten auf der Straße rasant den Wagen wendete und vor dem Haupteingang des Museums hielt. Da ich anfangs damit beschäftigt war, in meiner Tasche nach einem Zwanzig-Pfund-Schein zu kramen, und dann damit, den Regenschirm zu öffnen, fiel mir der unmittelbar vor uns parkende Wagen erst auf, als das Taxi wieder abfuhr. Es war ein schwarzer Rolls-Royce. Für einen Moment dachte ich, es säße niemand drin, doch der Chauffeur war nur ein kleiner Kerl, der hinter dem Steuer ziemlich verloren wirkte. Ich bin mir nicht sicher, ob das, was ich nun beschreiben will, tatsächlich als ungewöhnlicher Zufall gelten kann, denn ich denke oft an die Marshalls, wenn ich irgendwo einen Rolls ohne Fahrer sehe. Mit den Jahren ist es mir schon zur Gewohnheit geworden. Meist kommen sie mir in den Sinn, ohne irgendwelche besonderen Gefühle auszulösen. Ich habe mich daran gewöhnt, daß es sie gibt. Manchmal werden sie auch noch in den Zeitungen erwähnt, etwa im Zusammenhang mit ihrer Stiftung und deren guten Werken in der medizinischen Forschung, wegen der Kunstsammlung, die sie der Tate Gallery überlassen haben, oder wegen ihrer großzügigen Unterstützung landwirtschaftlicher Projekte im südlichen Afrika. Und dann sind da auch noch ihre Partys und die erbittert geführten Verleumdungsprozesse gegen die großen Tageszeitungen. Es war also keineswegs bemerkenswert, daß Lord und Lady Marshall in meinen Gedanken auftauchten, als ich mich den beiden riesigen Kanonen vor dem Museum näherte, doch war es ein Schock, sie vor mir die Treppe herunterkommen zu sehen.

Ein Schwarm von Museumsbediensteten – ich erkannte nur den Direktor – ließ sich zum Abschied mit ihnen von einem Fotografen ablichten. Zwei junge Männer spannten Regenschirme über den Marshalls auf, als diese zwischen die Säulen traten, um die Treppe hinunterzugehen. Ich stockte, verlangsamte aber bloß meinen Schritt, statt stehenzubleiben und dadurch auf mich aufmerksam zu machen. Ein allgemeines Händeschütteln, dann wurde herzlich über irgendeine Bemerkung von Lord Marshall gelacht. Er stützte sich auf seinen Stock, jenen lackierten Bambusstab, der, wenn ich mich recht erinnere, so etwas wie sein Markenzeichen geworden war. Marshall, seine Frau und der Direktor posierten vor der Kamera, dann kam mir das Paar entgegen, begleitet von diesen jungen, Anzug tragenden Männern mit Regenschirmen. Die Museumsangestellten blieben auf der Treppe. Meine einzige Sorge war die Frage, welchen Weg die Marshalls einschlagen würden, damit ich eine direkte Begegnung vermeiden konnte. Sie entschieden sich dafür, auf der für sie linken Seite um die Kanonen herumzugehen, also tat ich dasselbe.

Teils von den aufragenden Kanonenrohren und ihren Betonsockeln, teils von meinem schief gehaltenen Regenschirm verdeckt, entging ich ihrer Aufmerksamkeit, konnte sie selbst aber gründlich in Augenschein nehmen. Sie schritten wortlos vorbei. Er war mir von Fotos vertraut. Trotz der Leberflecke und der purpurnen Tränensäcke unter den Augen sah er nun doch noch wie ein grausam faszinierender Plutokrat aus, wenn auch irgendwie weniger geworden. Das Alter hatte sein Gesicht schrumpfen lassen und ihm jenes Aussehen beschert, zu dem ihm bislang immer etwas gefehlt hatte – der Knochenschwund meinte es gut mit ihm. Er war etwas tatterig und trat ein wenig plattfüßig auf, doch für einen Mann von achtundachtzig Jahren hielt er sich recht anständig. Man entwickelt einen Blick für derlei Dinge. Seine Hand hielt ihren Arm allerdings fest umklammert, und der Stock war keineswegs bloß Zierde. Es ist schon oft gesagt worden, wieviel Gutes er in der Welt getan hat. Vielleicht war er sein Leben lang bestrebt gewesen, seine Schuld zu tilgen. Vielleicht aber ist er auch gedankenlos vorangestürmt, dem Leben entgegen, das ihn immer schon erwartet hatte.

Was Lola betraf – meine kettenrauchende, auf großem Fuß lebende Kusine –, so war sie immer noch rank und schlank wie ein Windhund und ihrem Mann treu ergeben. Wer hätte sich das je träumen lassen? Offenbar hatte sie genau gewußt, wo Barthel den Most holt, wie man so sagt. Das mag verbittert klingen, doch mußte ich einfach daran denken, als ich zu ihr hinüberschaute. Sie trug einen scharlachroten Fedora mit breiter Krempe zu ihrem Zobelmantel. Eher gewagt als vulgär. An die achtzig Jahre, aber immer noch hochhackige Schuhe. Und die klapperten über das Pflaster, als steckte eine jüngere Frau darin. Von einer Zigarette nichts zu sehen. Eher weckte ihr Anblick Gedanken an Beautyfarm und Höhensonne. Sie war jetzt größer als ihr Mann und ihre Vitalität nicht zu übersehen. Aber irgendwie hatte sie auch etwas Groteskes an sich – oder versuchte ich bloß, sie schlechter zu machen, als sie war? Sie hatte ihr Make-up ein wenig dick aufgetragen, wirkte rund um die Mundwinkel ziemlich aufgedonnert und ging allzu freigebig mit Hautcreme und Gesichtspuder um. Ich bin in dieser Hinsicht stets sehr zurückhaltend gewesen, weshalb ich mich in derlei Dingen keine verläßliche Zeugin nennen kann, aber ich fand, sie hatte etwas von einer Bilderbuchhexe an sich – die hagere Gestalt, der schwarze Mantel, die grellroten Lippen. Noch eine Zigarettenspitze, einen Schoßhund unterm Arm, und sie hätte als Cruella de Vil durchgehen können.

In wenigen Sekunden waren wir aneinander vorbeigegangen. Ich stieg weiter die Treppe hinauf, blieb dann, vor dem Regen geschützt, unterm Vordach stehen und sah zu, wie die vier zum Rolls gingen. Lord Marshall wurde als erstem in den Wagen geholfen, und jetzt sah ich auch, wie gebrechlich er tatsächlich war. Er konnte sich nicht bücken und vermochte nicht das eigene Gewicht vom einen auf den anderen Fuß zu verlagern. Man mußte ihn regelrecht auf seinen Platz hieven. Die gegenüberliegende Tür wurde für Lady Lola aufgehalten, die behend im Innern verschwand. Ich sah dem Wagen nach, wie er sich in den Verkehr einfädelte, dann trat ich ins Museum. Ihr Anblick hatte sich mir wie ein schwerer Stein aufs Herz gelegt, und ich versuchte, nicht daran zu denken, es nicht zu spüren. Mich beschäftigte schließlich schon genug. Doch Lolas körperliche Verfassung ging mir nicht aus dem Sinn, als ich meine Tasche an der Garderobe abgab und auf das fröhliche Guten Morgen der Pförtner antwortete. In diesem Haus ist es Vorschrift, daß man zum Lesesaal in einem Lift hinaufeskortiert wird, dessen beengte Verhältnisse in meinen Augen ein wenig leichte Konversation unerläßlich machen. Doch während ich anfing – schreckliches Wetter heute, aber zum Wochenende soll's besser werden –, konnte ich der Versuchung nicht widerstehen, in den fundamentalen Kategorien der Gesundheit über meine Begegnung dort draußen nachzudenken: Paul Marshall könnte ich vielleicht noch überleben, doch Lola würde ganz bestimmt älter werden als ich. Die Folgen sind klar. Das Thema beschäftigt uns seit Jahren. Wie mein Verleger einmal sagte: Veröffentlichen heißt prozessieren. Doch würde ich mich dem kaum noch aussetzen können. Es gab schon genug, worüber ich nicht nachdenken wollte. Außerdem war ich hergekommen, um zu arbeiten.

Eine Zeitlang schwatzte ich mit dem Bibliothekar und gab ihm dann den Packen Briefe, die Mr. Nettle mir über Dünkirchen geschrieben hatte – und sie wurden überaus dankbar entgegengenommen. Man wird sie zu den übrigen Papieren legen, die ich ihm schon überreicht habe. Der Bibliothekar hatte mir einen gefälligen alten Oberst vom East Kent Regiment aufgetrieben, selbst eine Art Amateurhistoriker, der die entsprechenden Seiten meines Manuskriptes gelesen und mir seine Kommentare zugefaxt hatte. Seine hilfreichen, manchmal mürrisch klingenden Anmerkungen wurden mir nun anvertraut, und sie hielten mich zum Glück völlig gefangen.

Unter keinen (zweimal unterstrichen) *Umständen würde ein Soldat der britischen Armee »schnell, schnell« rufen. Das käme nicht einmal in der deutschen Armee vor. Der korrekte Befehl lautet »marsch, marsch«.*

Ich liebe diese Kleinigkeiten, diese pointillistische Annäherung ans Realistische, die Korrekturen der Details, die zusammengenommen solch tiefe Befriedigung verschaffen.

Niemand würde je daran denken, »fündundzwanzig Pfund Kanonen« zu sagen. Entweder waren es die »25-Pfünder« oder das »25-Pfünder-Geschütz«. Ihre Wortwahl klingt höchst bizarr, selbst für jemanden, der nicht in der Royal Artillery gewesen ist.

Wie Polizisten eines Suchkommandos kriechen wir auf Knien und Händen der Wahrheit entgegen.

Sie lassen diesen Burschen der Royal Air Force ein Barett tragen. Davon kann ich nur abraten. Vom Panzerkorps einmal abgesehen, gab es Baretts 1940 nicht einmal in der Armee. Ich denke, Sie sollten Ihrem Mann lieber ein Schiffchen aufsetzen.

Schließlich ließ der Oberst, der seinen Brief damit begonnen hatte, daß er mich als »Miss Tallis« anredete, ein wenig Ungeduld mit meinem Geschlecht erkennen. Was hatte sich unsereins denn auch in diese Dinge einzumischen?

Meine liebe Dame (»Dame« dreimal unterstrichen) – *ein Stuka hat keine »Tausend-Tonnen-Bombe« an Bord. Wissen Sie eigentlich, daß selbst eine Fregatte der Marine kaum so viel wiegt? Ich schlage vor, Sie gehen der Sache noch einmal nach.*

Bloß ein Tippfehler. Eigentlich hatte ich »Pfund« schreiben wollen. Ich notierte mir die nötigen Änderungen, schrieb einen Dankesbrief an den Oberst und zahlte für die Fotokopien einiger Dokumente, die ordentlich gestapelt meiner eigenen Sammlung beigefügt werden sollten. Dann brachte ich die von mir benutzten Bücher zur Ausleihe zurück und warf diverse Zettel in den Müll. Mein Arbeitsplatz war aufgeräumt, sämtliche Spuren meiner Anwesenheit beseitigt. Als ich mich vom Bibliothekar verabschiedete, erfuhr ich, daß die Marshall-Stiftung dem Museum eine Spende zukommen lassen wollte. Nachdem ich auch den übrigen Bibliotheksmitarbeitern die Hand gegeben und versprochen hatte, die Unterstützung des Museums im Buch dankend zu erwähnen, rief man den Pförtner, der mich nach unten begleitete. Das Mädchen in der Garderobe war so freundlich, mir ein Taxi zu bestellen, und einer der jüngeren Türsteher trug meine Tasche bis hinaus auf den Bürgersteig.

Auf der Fahrt zurück in den nördlichen Teil Londons dachte ich an den Brief des Obersts oder vielmehr daran, welches Vergnügen mir doch diese scheinbar trivialen Kleinigkeiten bereiteten. Wenn mir aber Fakten wirklich so viel bedeuteten, hätte ich vielleicht ein anderes Buch schreiben sollen. Doch das Werk war getan. Es würde keine weiteren Fassungen geben. Diesen Gedanken hing ich nach, als wir durch den alten Tunnel unter dem Aldwychbogen fuhren und ich einschlief. Als mich der Fahrer weckte, stand das Taxi vor meiner Wohnung in Regent's Park.

Ich sortierte die Papiere ein, die ich aus der Bibliothek mitgebracht hatte, machte mir ein Sandwich und packte meinen Koffer. Während ich durch meine Wohnung ging, von einem vertrauten Zimmer ins andere, dachte ich daran, daß die Jahre meiner Unabhängigkeit bald vorbei sein würden. Auf meinem Tisch stand ein Foto von Thierry, meinem Mann, aufgenommen zwei Jahre vor seinem Tod in Marseille. Eines Tages würde ich fragen, wer dieser Mann ist. Ich tröstete mich damit, daß ich in aller Ruhe ein Kleid für mein Geburtstagsdinner aussuchte. Allein der Blick in den Schrank war eine Verjüngungskur. Ich bin schlanker als noch vor einem Jahr. Während meine Finger über die Bügel wanderten, vergaß ich minutenlang die Diagnose. Schließlich entschied ich mich für ein taubengraues Hemdblusenkleid aus Kaschmirwolle. Der Rest ergab sich wie von selbst: ein weißes Satintuch, gehalten von Emilys Kameenbrosche, lacklederne Pumps – natürlich mit flachem Absatz – und ein schwarzer Dévoré-Seidenschal. Ich schloß den Koffer und fand ihn überraschend leicht, als ich ihn in den Flur trug.

Vor meiner Rückkehr würde morgen meine Sekretärin kommen. Ich hinterließ ihr eine Nachricht, notierte die Aufgaben, die ich erledigt haben wollte, nahm dann ein Buch und setzte mich mit einer Tasse Tee in einen Sessel an ein Fenster mit Blick auf den Park. Ich habe schon immer gut beiseite schieben können, was mir wirklich Sorgen machte. Doch lesen konnte ich nicht. Ich war zu aufgeregt. Eine Fahrt aufs Land, ein Essen zu meinen Ehren, ein Auffrischen der Familienbande. Und dabei hatte ich gerade eines dieser klassischen Arztgespräche gehabt. Ich sollte deprimiert sein. Verschloß ich mich, wie man heute so sagte, etwa der Realität? Die Frage allein änderte jedenfalls überhaupt nichts. Der Wagen kam erst in einer halben Stunde, und ich war unruhig. Ich stand aus dem Sessel auf und lief ein paarmal im Zimmer auf und ab. Wenn ich zu lange saß, taten mir die Knie weh. Lolas Anblick verfolgte mich, dieses strenge, hagere, angemalte Gesicht, ihr resoluter Schritt, die gefährlich hochhackigen Schuhe. Wie gelenkig sie in den Rolls gestiegen war. Versuchte ich vielleicht, es mit ihr aufzunehmen, als ich auf dem Teppich zwischen Kamin und Chesterfield-Sofa hin- und hereilte? Ich hatte immer angenommen, daß die Zigaretten, das dekadente Leben ihr Ende sein würden. Noch als wir um die Fünfzig waren, war ich davon überzeugt. Doch mit achtzig hatte sie dann diesen gierigen, wissenden Blick. Stets war sie das überlegene ältere Mädchen geblieben, mir immer einen Schritt voraus. In der allerletzten bedeutsamen Angelegenheit aber würde ich ihr vorangehen, und sie wird weiterleben und ihre hundert Jahre alt werden. Zu Lebzeiten werde ich jedenfalls nicht veröffentlichen können.

Der Rolls hatte mir offenbar den Kopf verdreht, aber der Wagen, der schließlich mit fünfzehn Minuten Verspätung kam, bot auch wirklich einen zu traurigen Anblick. Normalerweise schenkte ich dem keine Beachtung. Auf dem Rücksitz des schmuddeligen Minicabs lag ein künstliches Zebrafell. Michael, der Fahrer, ein fröhlicher Bursche von den Westindischen Inseln, kümmerte sich um meinen Koffer und schob eigens für mich umständlich den Beifahrersitz nach vorn. Und sobald einmal klargestellt war, daß ich mich keinesfalls, egal in welcher Lautstärke, mit der Stakkatomusik aus den Boxen auf der Ablage hinter meinem Kopf abfinden würde und Michael nicht mehr eingeschnappt war, verstanden wir uns ausgezeichnet und unterhielten uns über unsere Familien. Seinen Vater hatte Michael nie kennengelernt, seine Mutter war Ärztin am Middlesex Hospital. Er selbst hatte Jura an der Leicester University studiert und ging jetzt an die London School of Economics, um dort eine Doktorarbeit über Recht und Armut in der Dritten Welt zu schreiben. Während wir London auf dem schauderhaften Westway hinter uns ließen, gab er mir die Kurzfassung seiner Arbeit: Kein Eigentumsrecht, daher kein Kapital, also kein Wohlstand.

»Da hör sich einer den Anwalt an«, sagte ich. »Klingt wie eine Arbeitsbeschaffungsmaßnahme in eigener Sache.«

Er lachte höflich, hielt mich aber ganz offensichtlich für ziemlich dämlich. Heutzutage ist es fast unmöglich geworden, von der Art der Wortwahl, der Kleidung oder vom Musikgeschmack der Menschen auf ihren Bildungsgrad zu schließen. Das Beste ist, man behandelt jeden, der einem über den Weg läuft, wie einen gestandenen Intellektuellen.

Nach zwanzig Minuten hatten wir genug geredet, und als der Wagen über die Autobahn rollte und das Motorengeräusch in ein stetes Brummen überging, döste ich abermals ein. Als ich aufwachte, fuhren wir über eine Landstraße, und ein schmerzhafter Druck lastete auf meiner Stirn. Ich holte drei Aspirin aus der Handtasche, zerkaute sie angewidert und schluckte sie herunter. Welchen Teil meines Verstandes, meiner Erinnerung hatte ich im Schlaf durch einen kleinen Hirnschlag verloren? Ich würde es nie erfahren. Erst jetzt, auf dem Rücksitz dieses lärmenden kleinen Autos, überkam mich zum ersten Mal so etwas wie Verzweiflung. Panik wäre ein zu starkes Wort. Klaustrophobie gehörte dazu, hilflos einem Verfallsprozeß ausgeliefert zu sein, aber auch das Gefühl zu schrumpfen. Ich tippte Michael auf die Schulter und bat ihn, die Musik wieder anzustellen. Er dachte, ich täte es ihm zuliebe, da es bis zu meinem Ziel nicht mehr weit war, und lehnte ab. Doch ich bestand darauf, und so setzte der wummernde, vibrierende Baß wieder ein, überlagert von einem hellen Bariton, der auf Patois im Rhythmus von Kinderreimen oder Hüpfseilliedern sang. Es half. Es amüsierte mich. Es klang unglaublich kindlich, doch bestimmt wurden irgendwelche gräßlichen Gefühlsduseleien besungen. Ich zog es vor, mir die Texte nicht übersetzen zu lassen.

Die Musik lief noch, als wir in die Auffahrt zum Hotel Tilney einbogen. Mehr als fünfundzwanzig Jahre waren vergangen, seit ich zuletzt hier langgefahren war, damals, zu Emilys Beerdigung. Als erstes fiel mir auf, daß die Bäume im Park fehlten, die Riesenulmen, die bestimmt an irgendeiner Krankheit eingegangen waren, und die letzten Eichen, die man gefällt hatte, um einen Golfplatz anzulegen. Wir fuhren langsamer und ließen einige Golfspieler mit ihren Caddies vorüber. Ich konnte mir nicht helfen, aber in meinen Augen waren sie unbefugte Eindringlinge. Rund um Grace Turners ehemaliges Pförtnerhaus standen die Bäume noch, und sobald wir das letzte Buchenwäldchen hinter uns gelassen hatten, kam das Haupthaus in Sicht. Kein Grund, nostalgisch zu werden – es war schon immer häßlich gewesen, auch wenn es von weitem eher nackt und ungeschützt wirkte. Wohl dem Mauerwerk zuliebe hatte man den Efeu entfernt, der früher den Anblick der hellroten

Fassade gemildert hatte. Dann fuhren wir über die erste Brücke, und ich sah sofort, daß es den See nicht mehr gab. Einen Moment lang schwebten wir über einen perfekten Rasen dahin, wie man ihn gelegentlich in alten Burggräben findet, gar nicht mal unansehnlich, wenn man nicht wußte, was vorher dort gewesen war – das Riedgras, die Enten und der Riesenkarpfen, den zwei Landstreicher am Inseltempel gebraten und verspeist hatten. Den Tempel gab es auch nicht mehr. An seiner Stelle stand eine Holzbank mit einem Abfallkorb. Die Insel, die natürlich keine mehr war, glich einem gewaltigen alten Hügelgrab, eine langgestreckte, mit weichem Gras bewachsene Anhöhe, auf der sich Rhododendron und andere Sträucher ausbreiteten. Ein Kiespfad schlängelte sich daran vorbei, und hier und da standen noch weitere Bänke und einige kugelförmige Gartenlampen. Mir blieb keine Zeit, die Stelle auszumachen, an der ich einst die junge Lady Lola Marshall getröstet hatte, da wir gleich darauf über die zweite Brücke fuhren, langsamer wurden und auf den asphaltierten Parkplatz einbogen, der die gesamte Hausfront einnahm.

Michael trug meinen Koffer zum Empfang in der alten Eingangshalle. Wie seltsam, daß man sich die Mühe gemacht hatte, die schwarzweißen Fliesen mit Auslegware zu bedecken. Wahrscheinlich war die Akustik schon immer ein Problem gewesen, auch wenn mich das nie gestört hatte. Aus verborgenen Lautsprechern rieselte eine der Jahreszeiten von Vivaldi herab. Ein dezenter Rosenholztisch mit Blumenvase und Computerbildschirm, auf beiden Seiten von einer Ritterrüstung flankiert, war die Rezeption; an der Täfelung hingen zwei gekreuzte Hellebarden nebst einem

Wappenschild, darüber das Porträt, das früher im Speisesaal gehangen und das mein Großvater ins Haus geholt hatte, um der Familie eine vornehme Herkunft anzudichten. Ich gab Michael ein Trinkgeld und wünschte ihm von Herzen Glück mit seinem Eigentumsrecht und der Armut. Es sollte ihn meine dumme Bemerkung über Anwälte vergessen lassen. Er dagegen wünschte mir einen schönen Geburtstag, gab mir die Hand – ein federleichter, ganz und gar nicht energischer Griff – und ging. Eine ernste junge Frau im Business-Kostüm reichte mir meinen Schlüssel und sagte, daß die alte Bibliothek für die Geburtstagsgesellschaft reserviert sei. Die wenigen Gäste, die bereits eingetroffen waren, machten einen Spaziergang, und man wolle sich um sechs auf einen Drink treffen. Ein Portier würde meinen Koffer nach oben tragen. Falls es mir lieber sei, könne ich auch den Fahrstuhl benutzen.

Also war niemand da, um mich zu begrüßen. Ich war erleichtert, da ich es vorzog, mich allein umzusehen, all das zu begutachten, was sich verändert hatte, bevor ich in die Rolle des Ehrengastes schlüpfen mußte. Mit dem Fahrstuhl fuhr ich in den zweiten Stock, öffnete eine gläserne Brandschutztür und ging über den Flur, dessen gebohnerte Dielen auf so vertraute Weise knarrten. Merkwürdig, Nummern an den verschlossenen Schlafzimmertüren zu sehen. Meine eigene Zimmernummer – sieben – sagte mir natürlich nichts, aber ich glaube, ich ahnte bereits, wo ich schlafen würde. Zumindest war ich nicht überrascht, als ich vor der Tür stand. Es war nicht mein altes Zimmer, sondern jenes von Tante Venus, dem schon immer der schönste Ausblick über den See, die Auffahrt, den Wald und die Hügel in der Ferne nachgesagt worden war. Bestimmt hatte Charles, Pierrots Enkel und der Organisator des Festes, es für mich reserviert.

Ich wurde bei meinem Eintritt angenehm überrascht. Um eine Suite entstehen zu lassen, waren auf beiden Seiten Zimmer angegliedert worden. Ein gewaltiger Strauß Treibhausblumen stand auf einem niedrigen Glastisch. Das riesige, hohe Bett, in dem Tante Venus so lange klaglos ausgeharrt hatte, war verschwunden, ebenso die geschnitzte Truhe und das grüne Seidensofa. Sie gehörten jetzt Leons ältestem Sohn aus zweiter Ehe, der sie in einem Schloß irgendwo in den schottischen Highlands untergebracht hatte. Doch die neuen Möbel waren hübsch, und mir gefiel das Zimmer. Mein Koffer wurde gebracht, ich bestellte ein Kännchen Tee, hängte mein Kleid auf, sah mich in meinem Wohnzimmer um, in dem es einen Schreibtisch mit anständiger Lampe gab, und war von dem großen Bad mit der Schale getrockneter Blüten und dem Stapel vorgewärmter Handtücher sehr angetan. Es erleichterte mich, nicht jede Veränderung als geschmacklose Verschlechterung empfinden zu müssen – das wird im Alter rasch zur schlimmen Gewohnheit. Ich schaute aus dem Fenster, um das seitlich über den Golfplatz fallende Sonnenlicht zu bewundern, das selbst die kahlen Bäume auf den fernen Hügeln wie poliert wirken ließ. Daß der See nicht mehr da war, ging mir allerdings gegen den Strich, doch ließ er sich eines Tages vielleicht wieder anlegen, und als Hotel beherbergte dieses Gebäude heute sicherlich mehr menschliches Glück als zu jener Zeit, in der ich in ihm gewohnt hatte.

Eine Stunde später, als ich gerade daran dachte, mich

umzuziehen, rief Charles an. Er schlug vor, mich um Viertel nach sechs abzuholen und nach unten zu begleiten, da dann alle beisammen sein würden und ich meinen großen Auftritt haben könnte. Und so geschah es, daß ich an seinem Arm in meinem schönsten Kaschmirkleid den großen, L-förmigen Raum betrat und mit allgemeinem Applaus und erhobenen Gläsern von fünfzig Verwandten begrüßt wurde. Mein erster Eindruck sagte mir, daß ich niemanden kannte. Nicht ein einziges vertrautes Gesicht! Ich fragte mich schon, ob dies ein Vorgeschmack auf die Geistesverwirrung sei, die mir bevorstand, als sich einzelne Gestalten herauszuschälen begannen. Man mußte den Jahren einfach einige Zugeständnisse machen, dem Tempo, mit dem sich Kleinkinder in ausgelassene Zehnjährige verwandelten. Mein Bruder war allerdings nicht zu verkennen, krumm und schief in sich zusammengesunken in seinem Rollstuhl, eine Serviette unterm Kinn, um aufzufangen, was vom Champagner danebenging, den man ihm an die Lippen hielt. Als ich mich vorbeugte, um ihm einen Kuß zu geben, gelang ihm ein Lächeln auf dem halben Gesicht, das er noch in seiner Gewalt hatte. Auch Pierrot hatte ich rasch wiedererkannt, kräftig verschrumpelt und mit einer spiegelglatt polierten Glatze, auf die ich gern meine Hand gelegt hätte, verschmitzt wie eh und je und ganz der Familienvater. Es gilt als ausgemacht, daß wir niemals von seiner Schwester reden.

Ich schritt durchs Zimmer, Charles an meiner Seite, der mir die Namen zuflüsterte. Wie wunderbar es doch war, der Mittelpunkt einer solch liebenswürdigen Familienzusammenkunft zu sein. Ich machte mich aufs neue mit den Kindern, Enkeln und Großenkeln von Jackson bekannt, der vor fünfzehn Jahren gestorben war. Allein die beiden Zwillinge hatten fast den ganzen Saal bevölkert. Doch mit seinen vier Ehen und der hingebungsvoll ausgefüllten Vaterrolle hatte Leon sich auch nicht schlecht gehalten. Die Altersspanne reichte von drei Monaten bis zu seinen neunundachtzig Jahren. Und was für ein Stimmengetöse, brummig und schrill zugleich, als die Kellner noch eine Runde Champagner und Limonade brachten. Die älteren Kinder entfernter Vettern und Kusinen begrüßten mich wie lang verschollene Freunde, und jede zweite Person im Saal wollte mir etwas Nettes über meine Bücher sagen. Eine Gruppe bezaubernder Teenager erzählte mir, daß sie meine Romane im Unterricht durchnähmen. Ich versprach sogar, das Manuskript irgendeines abwesenden Sohnes zu lesen. Zettel und Visitenkarten wurden mir in die Hände gedrückt. Auf einem Tisch in einer Saalecke stapelten sich Geschenke, die ich, wie mehrere Kinder anmahnten, noch zu öffnen hatte, bevor sie ins Bett mußten, und nicht erst hinterher. Also gab ich Versprechen, schüttelte Hände, küßte Wangen und Lippen, bewunderte und kitzelte Babys, und gerade als ich dachte, wie gern ich mich irgendwo hinsetzen würde, fiel mir auf, daß Stühle reihenweise nebeneinander aufgestellt wurden. Dann klatschte Charles in die Hände, hob die Stimme, als der Lärm kaum verebben wollte, und kündete an, daß mir zu Ehren vor dem Essen noch etwas Unterhaltung geboten werden würde. Ob wir bitte alle Platz nehmen könnten.

Man brachte mich zu einem Sessel in der ersten Reihe. Neben mir saß der alte Pierrot, der sich mit einer links von ihm sitzenden Kusine unterhielt. Nervöse Stille machte sich breit. Aus irgendeiner Ecke war das aufgeregte Flüstern einiger Kinder zu hören, doch fand ich es taktvoll, gar nicht darauf zu achten. Und während wir warteten, während ich also gleichsam einige Sekunden für mich hatte, schaute ich mich um und nahm erst jetzt richtig wahr, daß sämtliche Bücher und auch alle Regale aus der Bibliothek entfernt worden waren. Deshalb war mir der Raum soviel größer vorgekommen, als ich ihn in Erinnerung hatte. Der einzige Lesestoff waren die Country-Zeitschriften in den Ständern am Kamin. *Psst* zischelte es, Stühle scharrten, und ein Junge mit schwarzem Umhang stand vor uns. Ein blasses Gesicht, Sommersprossen, rote Haare – unverkennbar ein junger Quincey. Ich schätzte ihn auf etwa neun oder zehn Jahre. Er war von zartem Körperbau, was seinen Kopf noch größer wirken ließ und ihm ein ätherisches Aussehen verlieh. Doch schaute er selbstbewußt drein, als er sich im Saal umblickte und darauf wartete, daß sein Publikum zur Ruhe kam. Dann reckte er sein Elfenkinn, füllte die Lungen und hob mit klarer, reiner Sopranstimme zu sprechen an. Ich hatte mit einem Zaubertrick gerechnet, doch was ich zu hören bekam, wirkte wie ein Wunder.

Dies ist der unbesonnenen Arabella Geschichte,
Die mit einem fremdländischen Bösewichte
Unerlaubt nach Eastbourne echappierte,
Was die Eltern ziemlich konsternierte,
Um dort, kaum angekommen, der Paupertät
anheimzufallen,
Bis auch der letzte Pfennig ging perdü…

Plötzlich stand es direkt vor mir, dieses kokette, übereifrige, eingebildete kleine Mädchen, und es war auch nicht tot, denn als die Leute bei »echappierte« anerkennend kicherten, machte mein schwaches Herz – lächerliche Eitelkeit! – einen kleinen Sprung. Der Junge sprach seinen Text mit elektrisierender Eindringlichkeit und einem hinreißenden Anflug jenes Dialektes, den meine Generation Cockney nannte, obwohl ich längst nicht mehr zu sagen vermocht hätte, worauf heutzutage ein halb verschlucktes ›t‹ verwies. Ich wußte, es waren meine Worte, doch konnte ich mich kaum an sie erinnern, und bei all den Fragen, all den Gefühlen, die auf mich einstürmten, fiel es mir schwer, mich zu konzentrieren. Wo hatten sie das Stück aufgetrieben, und war diese unheimliche Selbstsicherheit das Symptom einer anderen Zeit? Ich schaute zu Pierrot, meinem Nachbarn. Er hielt ein Taschentuch in der Hand und tupfte sich Tränen aus den Augenwinkeln; ich glaube nicht, daß er dies nur aus urgroßväterlichem Stolz tat. Außerdem nahm ich an, daß dies seine Idee gewesen war. Der Prolog setzte zu seinem vernunftbestimmten Höhepunkt an:

Für dies fortüne Ding dämmert der süße Tag
Der Hochzeit mit dem Fürstgemahl.
Doch seid gewarnt,
Denn Arabella mußte fast zu spät erfahr'n,
Daß erst kontempliere, wer spekulieret
auf der Liebe Wahn.

Wir brachen in lärmenden Beifall aus. Es waren sogar einige vulgäre Pfiffe zu hören. Dieses Wörterbuch, mein *Oxford*

Concise. Wo es jetzt wohl war? Im Norden Schottlands? Ich wollte es wiederhaben. Der Junge verbeugte sich, wich einige Schritte zurück, und vier weitere Kinder gesellten sich zu ihm, die von mir unbemerkt in dem gewartet haben mußten, was man die Kulisse nennen mochte.

Und so begannen die *Heimsuchungen Arabellas* mit einem Abschied von den besorgten, betrübten Eltern. In der Heldin erkannte ich gleich Leons Urenkelin Chloe wieder. Was für ein hübsches, ernsthaftes Mädchen sie mit ihrer vollen, tiefen Stimme und dem spanischen Blut ihrer Mutter doch geworden war. Mir fiel ein, daß ich zu ihrer ersten Geburtstagsparty eingeladen gewesen war, und die schien erst wenige Monate zurückzuliegen. Ich sah ihr zu, wie sie überzeugend in Armut und Verzweiflung stürzte, verlassen vom verruchten Fürsten – jenem, der in schwarzem Umhang den Prolog gesprochen hatte. Nach kaum zehn Minuten war es vorbei. In der Erinnerung, verzerrt von kindlichem Zeitgefühl, war es mir stets so lang wie ein Shakespeare-Stück vorgekommen. Ich hatte völlig vergessen, daß Arabella und ihr heilkundiger Fürst nach der Hochzeit Arm in Arm vortreten, um dem Publikum ein letztes Verspaar mit auf den Weg zu geben:

Nun also der Beginn einer Liebe am Ende unserer Mühen,
Daher *Lebet wohl!* Freunde, der sinkenden Sonne wir entgegenziehn!

Nicht gerade mein bester Reim, dachte ich. Doch der ganze Saal, Leon, Pierrot und mich selbst ausgenommen, sprang auf, um zu applaudieren. Wie routiniert diese Kinder doch waren, selbst die Verbeugungen klappten wie am Schnürchen. Hand in Hand standen sie in einer Reihe, warteten auf ein Signal von Chloe, traten zwei Schritte zurück, kamen wieder vor und verbeugten sich erneut. In der allgemeinen Begeisterung fiel niemandem auf, daß Pierrot, von Gefühlen völlig überwältigt, das Gesicht in seinen Händen barg. Ob er noch einmal jene einsame, schreckliche Zeit nach der Scheidung seiner Eltern durchlebte? Die Zwillinge hatten sich so darauf gefreut, an jenem Abend in der Bibliothek mitspielen zu dürfen, und nun war das Stück aufgeführt worden, mit vierundsechzig Jahren Verspätung, und Pierrots Bruder war schon lange tot.

Man half mir aus meinem bequemen Sessel, und ich hielt eine kleine Dankesrede, gab mir Mühe, ein greinendes Baby weiter hinten im Saal zu übertönen, und versuchte, jenen heißen Sommer des Jahres 1935 heraufzubeschwören, in dem meine Vettern und meine Kusine aus dem Norden gekommen waren. Dann wandte ich mich an die Schauspieler und sagte ihnen, daß unsere Aufführung mit ihrer nicht hätte mithalten können. Pierrot nickte eifrig. Ich erklärte, es sei allein mein Fehler gewesen, daß die Proben damals abgebrochen worden waren, da ich mittendrin beschlossen hatte, Romanschriftstellerin zu werden. Nachsichtiges Gelächter, noch mehr Applaus, und Charles kündigte an, daß nun das Essen serviert würde. Und so nahm ein angenehmer Abend seinen Lauf – das lebhafte Mahl, bei dem ich sogar einen Schluck Wein trank, die Geschenke, danach Bettzeit für die Kleinen, während ihre größeren Geschwister sich vor den Fernseher setzen durften. Zum Kaffee dann

Reden und reichlich gutmütiges Gelächter, und gegen zehn Uhr begann ich, an mein schönes Zimmer oben zu denken, nicht, weil ich müde war, sondern weil es mich erschöpfte, in Gesellschaft und im Mittelpunkt von soviel Aufmerksamkeit zu sein, auch wenn sie noch so liebenswürdig gemeint war. Eine weitere halbe Stunde verging damit, sich zu verabschieden oder sich gute Nacht zu wünschen, ehe Charles und seine Frau Annie mich schließlich zu meinem Zimmer begleiteten.

Jetzt ist es fünf Uhr früh, und ich sitze immer noch am Schreibtisch und denke über die seltsamen letzten beiden Tage nach. Es stimmt, daß die Alten keinen Schlaf brauchen – wenigstens nicht in der Nacht. Ich muß noch so vieles überlegen, und bald, vielleicht noch innerhalb eines Jahres, wird mir der nötige Verstand dazu fehlen. Ich denke über meinen letzten Roman nach, über jenen, der mein erster hätte sein sollen. Über die früheste Version vom Januar 1940, über die letzte vom März 1999 und über das halbe Dutzend Überarbeitungen, das es dazwischen gegeben hat. Die zweite Überarbeitung im Juni 1947, die dritte … wen interessiert das noch? Nach neunundfünfzig Jahren habe ich meine Auftragsarbeit beendet. Da war unser Verbrechen – Lolas, Marshalls –, und mit der zweiten Version hatte ich begonnen, es zu beschreiben. Ich hielt es für meine Pflicht, nichts zu verheimlichen, weder Namen noch Orte, noch die genauen Umstände – ich habe es für die Nachwelt festgehalten. Doch aus juristischen Gründen, so wurde mir von verschiedenen Verlegern im Laufe der Jahre bescheinigt, können meine forensischen Memoiren nicht veröffentlicht werden, solange meine Mitverbrecher noch leben. Verleumden darf man nur sich selbst und die Toten. Seit den späten vierziger Jahren sind die Marshalls regelmäßig vor Gericht gezogen, um ihren guten Namen mit kostspieliger Hartnäckigkeit zu verteidigen. Allein aus ihrer Portokasse könnten sie ein Verlagshaus in den Ruin treiben. Fast möchte man glauben, sie hätten etwas zu verbergen. Glauben, gewiß, doch keinesfalls durfte man es niederschreiben. Die naheliegenden Vorschläge wurden gemacht – verschweigen, verzerren, verstellen. Den Schleier der Phantasie vorziehen! Wozu sind Schriftsteller schließlich da? Treib es soweit wie nötig, schlag dein Lager haarscharf außerhalb ihrer Reichweite auf, dort, wo die Fingerspitzen der Justiz nicht hinlangen können. Doch niemand kennt die exakte Distanz, ehe nicht das Urteil verkündet wurde. Um aber auf Nummer Sicher zu gehen, müßte man unklar und nichtssagend sein. Ich weiß, ich kann erst veröffentlichen, wenn sie tot sind. Und seit heute morgen habe ich mich damit abgefunden, daß ich dies nicht mehr erleben werde. Es reicht nicht, wenn nur einer von ihnen stirbt. Selbst wenn Lord Marshalls knochengeschrumpftes Konterfei endlich unter den Todesanzeigen auftauchte, würde sich meine Kusine aus dem Norden den Vorwurf eines kriminellen Komplotts nicht gefallen lassen.

Da war das Verbrechen. Aber da waren auch die Liebenden. Liebende und ihr Happy-End haben mich die ganze Nacht beschäftigt. Der sinkenden Sonne wir entgegenziehn. Unglücklich gewählte Inversion. Mir fällt auf, daß ich seit meinem kleinen Stück eigentlich keinen besonders weiten Weg zurückgelegt habe. Oder sagen wir, ich habe einen riesigen

Umweg gemacht, um wieder an die Stelle zu kommen, von der aus ich losgezogen bin. Erst meine letzte Version geht für die Liebenden gut aus. Nebeneinander stehen sie auf einem Bürgersteig im südlichen London, und ich gehe fort. Sämtliche vorhergehenden Überarbeitungen haben dagegen keine Gnade gekannt. Doch heute fällt mir nicht mehr ein, welchem Zweck es diente, wenn ich meinen Leser direkt oder indirekt davon zu überzeugen suchte, daß etwa Robbie Turner am 1. Juni 1940 bei Bray-les-Dunes an einer Blutvergiftung verendete oder daß Cecilia im September desselben Jahres durch ebenjene Bombe starb, die auch die Station der Untergrundbahn in Balham zerstörte. Oder daß ich sie in jenem Jahr gar nicht gesehen habe. Daß mein Spaziergang durch London in der Kirche auf dem Clapham Common endete und daß eine feige Briony zurück zum Krankenhaus humpelte, da sie es nicht gewagt hatte, ihrer Schwester, die gerade erst ihren Liebsten verloren hatte, unter die Augen zu treten. Daß die Briefe, die sich das Paar schrieb, in den Archiven des War Museum liegen. Wie sollte dies ein Ende ergeben? Welchen Sinn hätte es, welche Hoffnung, welche Befriedigung könnte ein Leser aus einer solchen Erzählung ziehen? Wer möchte schon glauben, daß sie sich nie wieder begegnet sind, daß sie niemals ihre Liebe erleben durften? Wer wollte das schon glauben, selbst wenn er dem trostlosestem Realismus huldigte? Ich konnte ihnen das nicht antun. Ich bin zu alt, zu verängstigt, zu sehr in den letzten Rest meines Lebens verliebt. Mich erwartet eine Flut des Vergessens, dann das Vergessen selbst. Ich habe nicht mehr den Mut, den mir mein Pessimismus gab. Wenn ich tot bin und die Marshalls sind tot und wenn der Roman schließlich veröffentlicht wird, dann werden wir nur noch als meine Schöpfungen existieren. Briony wird ebenso bloß eine Phantasiegestalt sein wie die Liebenden, die in Balham ein Bett teilten und ihre Zimmerwirtin in Rage brachten. Niemand interessiert sich dann noch dafür, welche Ereignisse, welche Gestalten verfälscht wurden, um sich zu einem Roman zusammenzufinden. Ich weiß, es wird immer eine gewisse Sorte Leser geben, die unbedingt fragen muß, was denn nun *tatsächlich* geschah. Die Antwort ist einfach: Die Liebenden leben glücklich bis zum heutigen Tag. Solange es noch ein einziges Exemplar gibt, ein einsames Manuskript meiner letzten Version, so lange werden auch meine impulsive, fortüne Schwester und ihr heilkundiger Fürst überdauern, um sich zu lieben.

Das Problem in allen diesen neunundfünfzig Jahren lautete folgendermaßen: Wie vermag eine Schriftstellerin Absolution zu erlangen, wie Abbitte zu leisten, wenn sie, die mit uneingeschränkter Macht über das Ende entscheidet, zugleich auch Gott ist? Es gibt niemanden, kein Wesen, kein höheres Geschöpf, an das sie appellieren, mit dem sie sich versöhnen, das ihr verzeihen könnte. Außer ihr ist nichts. In ihrer Phantasie hat sie die Grenzen und Bedingungen festgelegt. Keine Absolution für Götter oder für Romanschriftsteller, auch wenn sie Atheisten sind. Das war schon immer eine unlösbare Aufgabe, aber ebendarauf kam es an. Der Versuch allein zählte.

Ich stehe am Fenster, spüre Wellen der Müdigkeit die letzte Kraft aus meinem Körper spülen. Der Boden scheint unter meinen Füßen zu wogen. Ich habe zugesehen, wie das erste graue Licht den Park und die Brücken über den verschwundenen See zum Vorschein brachte. Und den langen, schmalen Weg, auf dem Robbie fortgefahren worden war, hinein ins Weiß. Ich stelle mir gern vor, daß es weder Willensschwäche noch ein unlauterer Winkelzug, sondern ein letzter Akt der Güte ist, Widerstand gegen Verzweiflung und Vergessen, daß ich meine Liebenden leben lasse und sie am Ende miteinander vereine. Ich gab ihnen Glück, doch war ich nicht so selbstsüchtig, mir von ihnen vergeben zu lassen. Nicht ganz, noch nicht. Hätte ich die Macht, sie auf meiner Geburtstagsfeier heraufzubeschwören … Robbie und Cecilia, noch am Leben, noch verliebt, Seite an Seite in der Bibliothek, lächelnd über die *Heimsuchungen Arabellas*? Unmöglich wäre es nicht.

Doch jetzt muß ich schlafen.

Danksagung

Den Mitarbeitern des Archivs im Imperial War Museum bin ich zu Dank verpflichtet, da sie mich unveröffentlichte Briefe, Zeitschriften und die Lebenserinnerungen von Soldaten und Krankenschwestern einsehen ließen, die 1940 Dienst taten. Dank schulde ich außerdem folgenden Autoren und ihren Büchern: Gregory Blaxland: *Destination Dunkirk;* Walter Lord: *The Miracle of Dunkirk* (dt.: *Das Geheimnis von Dünkirchen,* Bern, München 1982); Lucilla Andrews: *No Time for Romance.* Darüber hinaus möchte ich auch Claire Tomalin, Craig Raine und Tim Garton-Ash für ihre scharfsinnigen und hilfreichen Kommentare danken, ganz besonders aber Annalena McAfee, meiner Frau, für ihre Unterstützung und ihre wunderbar aufmerksame Lektüre.

IM

Ian McEwan im Diogenes Verlag

Erste Liebe – letzte Riten

Erzählungen. Aus dem Englischen von Harry Rowohlt

»Die Mehrzahl dieser Geschichten handelt von Jugendlichen und davon, wie sie von der Welt der Erwachsenen verdorben werden. Die Unschuld der Pubertät wird weniger verloren als zerschmettert... Nichts für Zimperliche, aber dieser Stil hat eine lakonische Brillanz, die Bände – andeutet. Nichts wird ausgesprochen, alles wird angetippt.«
Peter Lewis / Daily Mail, London

»Das brillante Debüt des hoffnungsvollsten Autors weit und breit.« *A. Alvarez / The Observer, London*

Der Zementgarten

Roman. Deutsch von Christian Enzensberger

Ein Kindertraum wird Wirklichkeit: Papa ist tot, Mama stirbt und wird, damit keiner was merkt, einzementiert, und die vier Kinder haben das große Haus in den großen Ferien für sich. Im Laufe des drückend heißen, unwirklichen Sommers kapselt sich die Gemeinschaft mehr und mehr gegen die Außenwelt ab, und keiner merkt, daß etwas faul ist.

Verfilmt von Andrew Birkin mit Charlotte Gainsbourg in der Hauptrolle. 1993 ausgezeichnet mit dem Silbernen Bären.

Zwischen den Laken

Erzählungen. Deutsch von Michael Walter Wulf Teichmann und Christian Enzensberger

»Noch in der erbärmlichsten, entfremdetsten Beziehung finden sich Spuren wirklicher Liebe und des

wirklichen menschlichen Bedürfnisses, zu lieben und geliebt zu werden.«
Jörg Drews / Süddeutsche Zeitung, München

»Präzis, zärtlich, komisch, sinnlich – und beunruhigend.« *Myrna Blumberg / The Times, London*

Der Trost von Fremden

Roman. Deutsch von Michael Walter

Hochsommer, Venedig ist von Touristen überschwemmt. Auch Colin und Mary sind im Urlaub. Jeden Abend sitzen sie auf dem Balkon ihres Hotels und blicken hinaus auf den Kanal. Dann machen sie sich zurecht für ihren Dinnerspaziergang durch die Stadt. Auch an diesem Abend verlieren sie sich im Gewirr der Kanäle und engen Gassen. Noch sind sie dem Fremden nicht begegnet; noch ahnen sie nicht, daß sie beide bereits Teil seiner Geschichte sind.

»*Der Trost von Fremden* ist ein irritierendes, atmosphärisch dichtes kleines Meisterwerk.«
Neue Zürcher Zeitung

Verfilmt von Paul Schrader mit Rupert Everett, Helen Mirren, Natasha Richardson und Christoper Walken.

Ein Kind zur Zeit

Roman. Deutsch von Otto Bayer

Eines Tages wird für Stephen und Julie der schlimmste Alptraum aller Eltern Wirklichkeit: ihre dreijährige Tochter verschwindet spurlos.
Ein Roman über eine Welt, in der Bettler Lizenzen haben und Eltern darüber aufgeklärt werden, daß Kindsein eine Krankheit ist. Aber auch eine subtile Ergründung von Zeit, Zeitlosigkeit, Veränderung und Alter.

»Ein großartiger Roman.« *Frankfurter Rundschau*

Unschuldige

Eine Berliner Liebesgeschichte

Roman. Deutsch von Hans-Christian Oeser

Eine abenteuerliche Liebe im Berlin der 50er Jahre kurz vor dem Mauerbau, verfilmt unter dem Titel *»... und der Himmel steht still«* von John Schlesinger mit Anthony Hopkins, Isabella Rossellini und Campbell Scott.

»*Unschuldige* ist auf mehreren Ebenen zu lesen: als Spionage- und Kalte-Kriegs-Story, als Heraufbeschwörung einer politischen Wahnwelt, als moralisches Puzzle, als panische Blut-Oper. Und natürlich auch als eine Art Liebesgeschichte.«
Sigrid Löffler/Profil, Wien

Schwarze Hunde

Roman. Deutsch von Hans-Christian Oeser

Überglücklich verliebt und voller Ideale, als der Krieg endlich vorbei ist, gehen June und Bernard Tremaine 1946 auf Hochzeitsreise. Doch inmitten der Naturschönheiten Südfrankreichs holt eine traumatische Wirklichkeit sie ein. June begegnet zwei ungeheuerlichen Hunden von einer Bedrohlichkeit, die ihren Glauben an das Gute erschüttert. Der vernunftbetonte Bernard kann Junes Gefühle nicht verstehen.

»Eine unvergeßliche Parabel über die Zerbrechlichkeit der Zivilisation.« *Publishers Weekly, New York*

»McEwan ist ein Romancier der obersten Kategorie.«
Georg Hensel/Frankfurter Allgemeine Zeitung

Der Tagträumer

Erzählung. Deutsch von Hans-Christian Oeser

Die gesamte Familie mittels einer Zaubercreme zum Verschwinden zu bringen oder aber dem Kater seine

Katzenseele zu entlocken, das wäre doch was, denkt sich Peter Glück. Und was wäre, wenn Bewegung in die Puppen der Schwester käme und sie ihm ein Bein ausrissen …

»Eine wohlwollende Hommage an die Kindheit, wie Erwachsene sie sehen, in anderen Worten: auch für Kinder bestens geeignet.«
Times Literary Supplement, London

Liebeswahn

Roman. Deutsch von Hans-Christian Oeser

Clarissa und Joe waren ein glückliches Paar – bis zu dem Tag, an dem Joe in einen Ballonunfall verwickelt wird – zusammen mit Jed Parry. Jed entwickelt Joe gegenüber einen Liebeswahn. Eine extreme Form der Liebe oder vielmehr blanker Irrsinn? Joe beteuert immer wieder, daß er nichts von Jed wissen, sondern bei Clarissa bleiben will …

»Eine Geschichte von mitreißender Wucht.«
Publishers Weekly, New York

Amsterdam

Roman. Deutsch von Hans-Christian Oeser

Alle haben sie dieselbe Frau geliebt, die nun nicht mehr ist: ein Politiker, ein Chefredakteur, ein Komponist. Als desto gegensätzlicher erweisen sich ihre Ambitionen: Ein Freundschaftspakt wird zum Teufelspakt, als es in Amsterdam zum Showdown kommt.
Ian McEwan wurde 1998 der Booker-Preis verliehen für diese ebenso witzige wie gnadenlose Geschichte über die Mechanismen der Medien und der Macht.

»*Amsterdam* führt knapper und deutlicher als alle früheren McEwan-Werke vor, wie präzise der Autor das

Räderwerk seiner Erzähltechnik ineinandergreifen läßt, wie virtuos er sein Handwerk beherrscht.«
Wolfgang Höbel/Der Spiegel, Hamburg

»McEwan hat mit *Amsterdam*, wofür er im letzten Jahr den begehrten Booker-Preis erhielt, einen seiner bisher besten Romane geschrieben, weil er die Metamorphosen seiner Generation zwar von innen beschreibt, dabei aber nie den nötigen kalten Blick verliert.«
Uwe Pralle/Neue Zürcher Zeitung

Psychopolis
Abschied aus L.A.
Deutsch von Wulf Teichmann

Dieses Kleine Diogenes Taschenbuch umfaßt eine Erzählung aus dem Band *Zwischen den Laken*.
Enttäuscht von Los Angeles, beschließt ein englischer Schriftsteller, Abschied zu feiern. Er trifft sich mit seinen Freunden – einer feministischen Buchhändlerin, einem frustrierten Schürzenjäger und einem Partyzubehörverleiher – zu einem Drink. Was sich als gemütlicher Abend anläßt, wird schon bald zum Alptraum.

»Die Geschichten von Ian McEwan sind beängstigend und wirken lange nach.« *The Observer, London*

Jane Austen im Diogenes Verlag

Emma

Roman. Aus dem Englischen von Horst Höckendorf
Mit einem Nachwort von Klaus Udo Szudra

Etwas schockiert waren sie ja, die vornehmen englischen Leserinnen zu Beginn des 19. Jahrhunderts, als ihnen da in den Romanen der Jane Austen Heldinnen gegenübertraten, die nicht ständig in Tränen ausbrachen oder in Ohnmacht fielen, die sich auch keineswegs überdimensionaler Tugenden oder unirdischer Vollkommenheit rühmen konnten – nein, Frauen, die unerhört realistisch und unsentimental geschildert waren, voller Fehler und Schwächen, jedoch mit liebenswürdiger Natürlichkeit. Eine aus dem Reigen dieser Frauengestalten ist Emma Woodhouse. Kapriziös, ein wenig arrogant, aber sympathisch, will sie Vorsehung spielen und versucht, ihre männlichen und weiblichen Bekannten miteinander zu verheiraten. Das geht natürlich ständig schief, und es gelingt ihr auf diese Weise, das stille, eintönige Highbury gründlich durcheinanderzuwirbeln. Schließlich kommt auch sie, die nie heiraten wollte, zu Vernunft und Ehemann.

»Als schöpferische Realistin, die ihren Gestalten die Substanz und die Last des wirklichen Lebens verleiht, ist Jane Austen von keinem lebenden oder toten Autor je überboten worden.« *John Cowper Powys*

Gefühl und Verstand

Roman. Deutsch von Erika Gröger

Teezirkel, Dinners und Bälle, Spazierfahrten, Picknicks und Reisen über Land – das sind die aufregenden Ereignisse, um die sich das Leben der feinen Leute in der englischen Provinz um 1800 dreht. Den Rest ihrer müßigen Tage verbringen sie an Kartentisch und Zeichenbrett, bei Musik und Literatur, mit Klatsch und Tratsch. Das spannendste Gesellschaftsspiel aber ist die Jagd nach der besten Partie. Ist man selbst schon versorgt, müht man sich nach Kräften, all seine Verwandten und Bekannten zu verkuppeln. Als lohnende Beute gelten dabei Vermögen und Ansehen. Ein gutes Herz und ein kluger Kopf zählen nicht, sogar Schönheit ist nur eine angenehme Zugabe.

»Der virtuos charakterenthüllende Dialog und der auf Dekor verzichtende, äußerst disziplinierte Erzählstil sind kennzeichnend für Jane Austen.«
Kindlers Literaturlexikon

Die Abtei von Northanger

Roman. Deutsch von Christiane Agricola

Catherine Morland, eine siebzehnjährige Pfarrerstochter, ist leidlich hübsch und unbedarft. Ihre Freundin Isabella Thorpe weckt ein glühendes Interesse an den alten Schlössern und romantischen Heldinnen der Schauerromane. In Bath verliebt sich Henry Tilney, ein junger Geistlicher, in Catherine. Als sein Vater, General Tilney, sie auf den alten Familiensitz Northanger Abbey, ein ehemaliges Kloster, einlädt, wird ihr gesunder Menschenverstand durch das Rätsel um den Tod der Hausherrin und durch die Avancen des großspurigen John, Isabellas Bruder, auf eine harte Probe gestellt … Jane Austen schreibt gefühlvoll, aber nicht sentimental, ironisch, aber nicht zynisch, und nimmt durch ihre einnehmend ungekünstelte Heldin die Gesellschaft und ihre Eigenarten aufs Korn.

»Am Schluß hat Catherine, deren Hineinwachsen in die Wirklichkeit psychologisch äußerst feinfühlig nachgezeichnet ist, das erworben, was sie zur echten Austen-Heldin macht: Selbsterkenntnis.«
Kindlers Literaturlexikon

»Nicht Emma Thompson, auch nicht Sandra Bullock oder Jane Campion ist die Heldin des cinematischen Augenblicks. So erstaunlich es klingen mag: Filmemacher und Publikum der schnellebigen, lärmenden mittneunziger Jahre haben sich mit Haut und Haaren einem stillen und überdies längst toten Idol verschrieben: der englischen Romanschriftstellerin Jane Austen.«
Süddeutsche Zeitung, München

»Jane Austen ist eine meiner liebsten Autorinnen.«
Emma Thompson

Die Liebe der Anne Elliot oder Überredungskunst

Roman. Deutsch von Gisela Reichel

Sir Walter Elliot lebt mit seinen drei Töchtern Mary, Anne und Elizabeth auf Kellynch Hall in Somersetshire. Eitelkeit und Adelsstolz haben den Witwer den nahenden finanziellen Ruin ignorieren lassen. Als die Familie den Herrensitz verlassen muß, zieht Anne zu ihrer mütterlichen Freundin Lady Russell, bei der sie Captain Frederick Wentworth wiedersieht. Vor acht Jahren hatte Anne seinen Heiratsantrag abgelehnt. Jetzt treffen zwei gereifte Persönlichkeiten aufeinander, die in allerlei Wirren und Turbulenzen der Adelswelt doch noch zueinander finden könnten …
Anne Elliot ist die aktivste, modernste Heldin Jane Austens.

»Jane Austens Bedeutung für die Vollendung des englischen Gesellschaftsromans des 18. Jahrhunderts wurde erst im 20. Jahrhundert gebührend gewürdigt.«
Der Literatur Brockhaus

»Austen war kein zahmes Huhn, das in seinem literarischen Vorgärtchen pickte, sondern das eleganteste satirische Talent des ausgehenden 18. Jahrhunderts.«
Elsemarie Maletzke / Die Zeit, Hamburg